KB093328

A GENTLEMAN IN MOSCOW

Copyright ⓒ 2016 by Amor Towles
Published by arrangement with William Morris Endeavor Entertainment, LLC.
All rights reserved.

Korean Translation Copyright ⓒ 2018 by Hyundae Munhak Publishing Co., Ltd.
Korean edition is Published by arrangement
with William Morris Endeavor Entertainment, LLC.
through Imprima Korea Agency.

이 책의 한국어판 저작권은 Imprima Korea Agency를 통해
William Morris Endeavor Entertainment, LLC.와 독점 계약한 ㈜현대문학에 있습니다.
저작권법에 의해 한국 내에서 보호를 받는 저작물이므로 무단전재 및 복제를 금합니다.

A
GENTLEMAN
IN MOSCOW

모스크바의
신사

에이모 토울스 장편소설

서창렬 옮김

현대문학

스토클리와 에스메를 위해

일러두기

＊ 모든 각주는 옮긴이 주입니다. 원문 주석은 미주로, 각 권 마지막에 정리했습니다.
＊ 작품 속 지명과 인명은 국립국어원의 외래어 표기법 규정에 따라 표기했습니다.
＊ 본문의 성경 구절 인용은 대한성서공회의 공동번역 개정판을 따랐습니다.

1922년, 모스크바

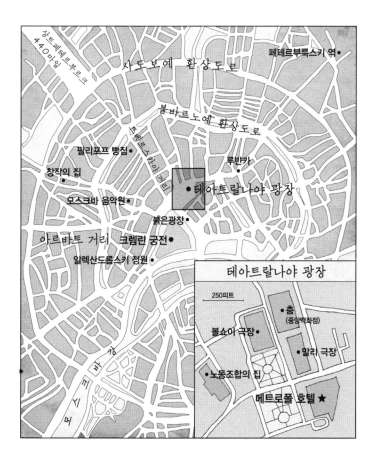

상트페테르부르크 440마일

페테르부르크 역

사도보예 환상도로

불바르노예 환상도로

필리포프 빵집

페트로프카야 거리

창작의 집

루반카

모스크바 음악원

테아트랄나야 광장

붉은광장

아르바트 거리   크렘린 궁전

알렉산드롭스키 정원

모스크바 강

테아트랄나야 광장

250피트

춤
(중앙백화점)

볼쇼아 극장

말리 극장

노동조합의 집

메트로폴 호텔 ★

차 례

나는 아주 잘 기억한다

그것이 걸어서 손님처럼 찾아와
야생 고양이 같은 기운찬 가락으로
잠시 우리 곁에 머물렀던 때를.

그런데 지금 우리의 목적은 어디 있는가?

많은 질문과 마찬가지로
나는 눈길을 피한 채 배를 깎으며
이 질문에 대답한다.

나는 고개 숙여 잘 자라고 말한 다음
테라스 문을 지나
또 하나의 온화한 봄날의
해사하게 아름다운 봄빛 속으로 들어선다;

하지만 나도 이건 안다:

페트롭스카야 광장의 가을 단풍 속에 그걸 잃어버린 것은 아니다.
아테나움 납골당 유골함 속에 그걸 잃어버린 것은 아니다.
멋진 중국풍의 파란색 탑 안에 그걸 잃어버린 것은 아니다.

브론스키의 안장 주머니 속에 그걸 잃어버린 것은 아니다;
소네트 30, 1연에서 잃어버린 것은 아니다;
스물일곱 붉은……

　　　　　　　　　　　　「그것은 지금 어디 있는가?」 (1~19행)

　　　　　　　　　　　　　　　　알렉산드르 일리치 로스토프 백작
　　　　　　　　　　　　　　　　　　　　　　　　1913

1922년 6월 21일

알렉산드르 일리치 로스토프 백작이 내무 인민위원회 소속 긴급 위원회에 출두함

주재: V. A. 이그나토프, M. S. 자콥스키, A. N. 코사레프
검사: A. Y. 비신스키

비신스키 검사 이름을 말하시오.

로스토프 성 안드레이 훈장 수훈자, 경마 클럽 회원, 사냥의 명인인
알렉산드르 일리치 로스토프 백작입니다.

비신스키 다른 사람에게 아무 쓸데없는 그런 작위와 칭호들은 얼마
든지 가져도 좋소. 기록을 위해 묻겠소. 1889년 10월 24일

에 상트페테르부르크에서 태어난 알렉산드르 로스토프가 당신이 맞소?

로스토프 내가 바로 그 사람입니다.

비신스키 시작하기 전에, 난 이처럼 장식 단추가 많이 달린 재킷을 본 적이 없는 것 같소.

로스토프 고맙습니다.

비신스키 칭찬으로 한 말은 아니오.

로스토프 그렇다면 난 명예를 위해 결투를 신청하겠습니다.

[웃음]

이그나토프 비서 다들 조용히 하시오.

비신스키 현재 사는 곳의 주소는?

로스토프 모스크바 메트로폴 호텔 스위트룸 317호입니다.

비신스키 거기서 산 지 얼마나 되었소?

로스토프 1918년 9월 5일 이후로 거기서 지내고 있습니다. 4년이 조금 못 되었군요.

비신스키 직업은?

로스토프 직업을 갖는 것은 신사의 일이 아닙니다.

비신스키 좋아요. 그럼 당신은 시간을 어떻게 보내죠?

로스토프 식사와 토론, 독서와 사색 같은 일상적이고 잡다한 일들입니다.

비신스키 시도 쓰죠?

로스토프 나는 깃펜으로 펜싱을 한다고 알려져 있습니다.

비신스키 [작은 책을 들고] 당신이 1913년에 발표된 「그것은 지금 어디 있는가?」라는 이 긴 시를 쓴 사람인가요?

로스토프 내가 썼다고들 하더군요.

비신스키 왜 그 시를 썼습니까?

로스토프 시가 절로 써진 겁니다. 시가 나오려고 내 안에서 꿈틀거 리던 날 나는 그저 어느 특정한 날 아침에 특정한 책상 앞 에 앉아 있었을 뿐입니다.

비신스키 정확히 어디였나요?

로스토프 티히차스*의 남쪽 방이었습니다.

비신스키 티히차스?

로스토프 니즈니노브고로드에 있는 로스토프 가문의 땅입니다.

비신스키 아, 그래. 그렇겠죠. 적절한 곳이로군요. 아무튼 다시 당신 의 시로 돌아갑시다. 그 시가 나왔을 때—1905년의 봉기가 실패한 뒤로 오랫동안 잠잠하던 시기에 그게 발표되었을 때—많은 사람들은 그 시가 행동을 요구하는 것이라고 생 각했소. 당신, 그 평가에 동의하나요?

로스토프 모든 시는 행동을 요구합니다.

비신스키 [기록을 확인하며] 당신이 러시아를 떠나 파리로 간 것은 그 이듬해 봄이었지요?

로스토프 사과나무 꽃이 기억나는 것 같군요. 그래요, 맞습니다. 틀 림없이 봄이었을 겁니다.

비신스키 정확히는 5월 16일이었소. 우린 당신이 자진해서 이 땅을

✦ 러시아어로 '조용한 시간'이라는 뜻.

떠난 이유를 이해하고 있소. 심지어 당신을 떠나게 만든 상황에 약간의 동정심이 들기도 하고. 여기서 우리가 우려하는 것은 당신이 1918년에 귀국했다는 점이오. 나는 당신이 투쟁을 준비할 의도로 돌아온 게 아닐까, 만약 그렇다면 혁명에 찬성하는 쪽일까, 반대하는 쪽일까 궁금해하고 있소.

로스토프 그 점에 관해서라면, 내 투쟁의 시기는 이미 지난 것 같군요.

비신스키 그럼 왜 귀국한 거요?

로스토프 러시아의 기후가 그리웠습니다.

[웃음]

비신스키 로스토프 백작, 당신은 당신이 처한 상황의 심각성을 모르는 것 같군요. 게다가 당신 앞에 모인 사람들에게 마땅히 보여야 할 존경심도 보이지 않고 있소.

로스토프 예전에 황후폐하께서도 나에 대해 그와 똑같은 불만을 가지고 계셨지요.

이그나토프 비신스키 검사, 내가 좀 얘기를…….

비신스키 이그나토프 비서 동무.

이그나토프 로스토프 백작, 이 방에 있는 여러 사람이 당신은 아주 매력적인 사람이라는 걸 깨닫고서 놀라고 있다는 걸 믿어 의심치 않소. 하지만 나로서는 전혀 놀랍지 않소. 매력은 유한계급의 마지막 야망이라는 걸 역사가 보여주었으니까. 내가 놀랍다고 생각하는 건 문제의 시를 쓴 사람이 이토록 눈에 띄게 목적 없는 사람이 될 수도 있구나

하는 점이오.

로스토프 사나이의 목적은 오직 신에게만 알려져 있다는 생각으로 살아왔습니다.

이그나토프 그러시겠지. 그렇게 생각하는 게 당신에겐 편리했을 거요.

[위원회는 12분 동안 정회함.]

이그나토프 알렉산드르 일리치 로스토프, 당신의 증언을 모두 고려해보면 우린 그 시 「그것은 지금 어디 있는가?」를 썼던 명민한 영혼이 자기 계급의 부패에 돌이킬 수 없을 정도로 굴복했으며, 지금은 한때 자신이 지지했던 바로 그 이상에 위협이 되고 있다고밖에 생각할 수 없소. 이를 근거로 한다면 우리로서는 당신을 이 방에서 내보내 총살하는 게 온당할 것이오. 하지만 당의 고위직 중에는 혁명 이전 단계 영웅의 범주에 당신을 넣는 사람들이 있소. 그래서 위원회의 의견은, 당신은 당신이 그리도 좋아하는 그 호텔로 돌아가야 한다는 것이오. 하지만 절대 착각하지 마시오. 만약 당신이 한 걸음이라도 메트로폴 호텔 바깥으로 나간다면 당신은 총살될 테니까. 다음 사건.

서명.
V. A. 이그나토프
M. S. 자콥스키
A. N. 코사레프

1권

1922

대사

　1922년 6월 21일 오후 6시 30분 알렉산드르 일리치 로스토프 백작이 에스코트를 받으며 크렘린 궁전 문을 나와 '붉은광장'에 들어섰을 때 날은 눈부시게 아름답고 시원했다. 걸음을 멈추지 않고 어깨를 활짝 편 백작은 수영을 하다 물 밖으로 막 나온 사람처럼 공기를 들이마셨다. 하늘이 무척 파랬다. 성 바실리 대성당 둥근 지붕에 칠해진 색들이 그 하늘빛을 돋보이게 했다. 마치 신성에 갈채를 보내는 것이 종교의 유일한 목적인 양 분홍색, 녹색, 금색 등이 일렁이듯 빛났다. 국영백화점 창문 앞에서 얘기를 나누고 있는 볼셰비키 여자들도 봄의 마지막 날들을 기념하는 옷을 입은 듯했다.

　"안녕하시오." 백작은 광장의 가장자리에서 큰 소리로 표도르에게 말했다. "올해는 블랙베리가 일찍 나왔군요!"

백작은 깜짝 놀란 과일 상인에게 대답할 시간을 주지 않고 기운차게 계속 걸었다. 와스를 바른 백작의 수염은 갈매기 날개처럼 펼쳐져 있었다. '부활의문'을 통과한 뒤 알렉산드롭스키 정원의 라일락을 뒤로한 채 호텔 메트로폴이 아름답고 웅장한 자태로 서 있는 테아트랄나야 광장을 향해 나아갔다. 호텔 입구에 이르렀을 때 백작은 오후 근무 수위인 파벨에게 윙크한 뒤, 몸을 돌려 뒤를 따라온 두 군인에게 손을 내밀었다.

"날 무사히 데려다줘서 고맙네. 이제 자네들 도움이 필요치 않을 것 같네."

두 군인은 건장한 청년들이었지만 백작의 시선을 마주 보기 위해서는 모자 밑에서 눈을 치켜떠야만 했다. 로스토프 가문의 10대손답게 백작은 190센티미터가 넘었기 때문이다.

"계속 가시오." 둘 중에서 더 거칠어 보이는 군인이 말했다. 그의 손은 소총의 개머리판에 놓여 있었다. "우린 당신이 방으로 가는 것까지 볼 거요."

로비에 들어선 백작은 크게 손을 흔들며 침착한 아르카디(프런트에서 일하고 있었다)와 다정한 발렌티나(작은 조각품에 내려앉은 먼지를 닦고 있었다)에게 동시에 인사했다. 전에도 수없이 이런 태도로 그들에게 인사했는데도 두 사람은 눈을 휘둥그레 뜨고 백작을 보았다. 마치 바지를 입는 것을 잊어버리고 디너파티에 온 사람을 맞아들일 때 보일 법한 반응이었다.

가장 좋아하는 로비 의자에 앉아 잡지를 읽는, 노란색을 좋아하는 어린 여자아이를 지나가고 나서 백작은 그를 에스코트하는 병사에게 말하기 위해 화분에 심어진 종려나무 앞에서 우뚝 멈춰 섰다.

"승강기를 탈 텐가, 계단을 오를 텐가?"

두 병사는 서로를 보다가 백작을 보고, 다시 그러기를 반복했다. 마음을 결정하지 못하는 것 같았다.

위층으로 올라가는 방식조차 결정하지 못하는 군인에게 어떻게 전쟁터에서 승리하기를 기대할 수 있단 말인가 하는 생각이 백작의 머릿속에 떠올랐다.

"계단으로 가세." 백작은 병사 대신 결정하고 나서 한 번에 두 계단씩 성큼성큼 걸어 올라갔다. 아카데미 생활 이후 생긴 버릇이었다.

3층에서 백작은 자신의 스위트룸을 향해 붉은 양탄자가 깔린 복도를 걸었다. 스위트룸은 침실, 욕실, 식당 방과 더불어 커다란 응접실이 서로 연결되어 있었다. 응접실에는 테아트랄나야 광장의 보리수나무들이 내려다보이는 2미터 50센티미터 정도 크기의 창들이 설치되어 있었다. 그곳에서 그날의 무례함이 백작을 기다리고 있었다. 활짝 열린 백작의 스위트룸 문 앞에 보안대 대위가 호텔의 사환인 파샤, 페탸와 함께 서 있었던 것이다. 두 젊은 사환은 난처한 표정으로 백작의 눈길을 맞았다. 무척이나 하기 싫은 어떤 일에 동원된 게 틀림없었다. 백작이 대위에게 말했다.

"이건 뭘 의미하는 겁니까, 대위?"

대위는 그 질문에 약간 놀란 것처럼 보였다. 하지만 그는 자신의 감정을 동요 없이 유지하는 훈련이 잘되어 있는 사람이었다.

"당신이 기거할 숙소를 보여주려고 여기 있는 겁니다."

"여기가 내 숙소인데요."

대위가 자기도 모르게 희미한 미소를 드러내며 대답했다. "이젠 아닌 것 같군요."

대위는 파샤와 페탸를 남겨둔 채 백작과 두 병사를 이끌고 호텔 중앙부의 눈에 잘 안 띄는 문 뒤에 숨겨진 다용도 계단으로 갔다. 흐릿한 층계를 다섯 계단씩 오를 때마다 마치 종탑을 오르는 것처럼 급격히 꺾인 모퉁이가 나왔다. 돌고 돌아 세 개 층을 더 올라가니 문이 열린 곳이 나왔다. 그곳의 좁은 복도에는 화장실 하나와 수도승의 방을 연상시키는 여섯 개의 좁은 침실이 있었다. 이 다락방들은 원래 메트로폴 손님들을 수행하는 집사나 하녀들의 숙소로 지어졌다. 하지만 하인들을 데리고 여행하는 관습이 시들해지자 사용하지 않는 방들을 평상시 갑자기 일어날 수 있는 긴급한 일에 대비하는 공간으로 사용하자는 주장이 나왔고, 그때부터 이 방들은 이런저런 잡동사니와 부서진 가구, 갖가지 물건 잔해들을 보관해두는 창고로 쓰였다.

그날 일찍 인부들이 층계에서 가장 가까운 방을 비웠다. 그 방에서 철제 침대와 다리가 세 개인 농, 그리고 해묵은 먼지만 남기고 모든 물건을 다 빼냈다. 문 가까이에 있는 구석에는 전화박스처럼 생긴 조그만 옷장이 있었는데, 그것은 나중에 방에 넣어준 것처럼 보였다. 지붕의 물매를 그대로 반영하는 천장은 문에서 멀어지면서 완만히 경사져 있었고, 백작이 몸을 숙이지 않고 온전히 서 있을 수 있는 유일한 장소인 방의 외벽 쪽에는 체스보드 크기의 지붕창이 하나 나 있었다.

두 보안대 병사가 복도에서 의기양양한 표정으로 지켜보는 동안 대위는 백작이 새로운 숙소로 가져갈 수 있는 몇 가지 물건들을 옮기는 것을 도와줄 사환들을 미리 불러두었다고 설명했다.

"나머지 물건들은요?"

"인민의 재산이 됩니다."

이게 그들의 수법이지, 백작은 생각했다.

"좋습니다."

백작은 종탑 같은 그곳을 성큼성큼 뛰어 내려갔다. 두 병사가 급히 그 뒤를 따랐다. 그들의 소총이 벽에 덜커덕덜커덕 부딪쳤다. 3층에서 백작은 씩씩하게 복도를 걸어서 스위트룸으로 들어갔다. 그곳에 있던 두 사환이 슬픈 표정으로 그를 바라보았다.

"괜찮아." 백작은 그들을 안심시킨 다음 손가락으로 물건들을 가리키기 시작했다. "이것. 저것. 저것들도. 책은 **전부 다.**"

새 숙소에서 함께할 운명인 가구로 백작이 고른 것 가운데는 등받이가 높은 의자 두 개, 할머니의 동양식 커피 탁자, 할머니가 가장 좋아하는 도자기 접시 세트가 포함되어 있었다. 흑단 코끼리 장식을 바탕으로 만들어진 탁상용 등 두 개와 여동생 엘레나의 초상화도 챙겼다. 그 초상화는 1908년 화가 발렌틴 세로프가 티히차스에 잠깐 머무르는 동안에 그린 것이었다. 가죽 상자도 잊지 않았다. 런던의 아스프리+에서 특별히 그를 위해 만든 것에, 좋은 친구인 미시카가 아주 적절하게도 '대사'라는 이름을 붙여준 가죽 상자였다.

누군가가 백작의 여행 트렁크 하나를 침실로 가져다주는 친절을 베풀었다. 그래서 두 사환이 앞에서 말한 물건들을 위로 옮기는 동안 백작은 그 트렁크에 옷과 개인 소지품을 채워 넣었다. 두 병사가 콘솔 테이블 위에 놓인 브랜디 두 병을 흘끔거리는 것을 알아챈 백

✦ 1781년 런던에서 창립된 세계에서 가장 오래된 고급품 상점. 고객이 원하는 디자인과 상품을 만들어주는 서비스가 가능하다.

작은 그것도 트렁크 안에 넣었다. 트렁크가 위층으로 옮겨지고 나자 백작은 마지막으로 책상을 가리켰다.

열심히 짐을 옮기느라 이미 새파란 제복에 얼룩이 진 두 사환이 책상 모서리를 붙잡았다.

"와, 엄청 무거운걸." 한 사환이 다른 사환에게 말했다.

"왕은 성으로 힘을 돋우고," 백작이 말했다. "신사는 책상으로 힘을 돋우니까."

사환들이 힘겹게 책상을 들고 복도로 나갈 때 뒤에 남을 운명인 로스토프의 패종시계가 구슬프게 울리며 8시를 알렸다. 보안대 대위는 한참 전에 근무지로 돌아갔고, 이제 호전성이 지루함으로 바뀐 두 병사는 벽에 기댄 채 담배를 피워댔다. 담뱃재가 쪽모이 세공을 한 바닥에 떨어지는데도 그들은 그저 내버려두었다. 하짓날 모스크바의 이울지 않은 햇빛이 커다란 응접실로 쏟아져 들어왔다.

백작은 동경 어린 눈으로 스위트룸의 북서쪽 구석에 있는 창문으로 다가갔다. 얼마나 많은 시간을 이 앞에서 보냈을까? 얼마나 많은 아침을 가운 차림으로 손에 커피를 든 채 서서 상트페테르부르크에서 새로 온 사람들, 택시에서 내리는 사람들, 밤새 기차를 타고 온 탓에 지치고 초췌해 보이는 사람들을 지켜보았을까? 얼마나 많은 겨울밤, 천천히 내리는 눈을 바라보면서 어떤 땅딸막한 남자의 고독한 실루엣이 가로등 밑을 지나가는 것을 지켜보곤 했을까? 바로 그 순간, 광장의 북쪽 끝에서 저녁 공연의 첫 30분을 놓친 젊은 적군赤軍 장교 한 명이 볼쇼이 극장의 계단을 급히 올라가는 모습이 눈에 들어왔다.

백작은 막간에 극장에 도착하여 들어가는 것을 좋아했던 젊은 시절의 버릇을 떠올리며 빙긋 웃었다. 잉글리시 클럽에서 한 잔 더 마시고 가도 될 거라고 우기며 머물다가 세 잔을 더 마시곤 했다. 그런 다음 기다리고 있던 마차에 재빨리 올라타서 황급히 시내를 가로질러 달렸다. 이어 멋들어진 계단을 한걸음에 오른 뒤, 저 젊은 장교처럼 금빛 문 안으로 슬며시 들어갔다. 무대 위에서 발레리나가 우아하게 춤출 때 백작은 "실례합니다"라고 나직이 속삭이면서 자신의 평소 자리인 스무 번째 줄로 나아가곤 했다. 그곳은 칸막이 관람석에 자리 잡은 숙녀들이 보이는, 특별한 전망을 가진 자리였다.

늦게 들어가는 것, 그것은 얼마나 저릿한 젊음의 치기였던가.

그는 몸을 돌려 방들을 돌아보기 시작했다. 먼저 굉장한 크기의 응접실과 거기에 달린 두 개의 샹들리에를 감탄 어린 눈으로 바라보았다. 조그만 식당 방의 색칠된 벽을 바라보았다. 이어 침실 이중문의 안전을 확고히 보장해주는 정교한 황동 기계장치를 감탄스레 바라보았다. 요컨대 그는 그곳에 입주할 생각이 있는 잠재적 구매자가 처음으로 그 방들을 보는 것처럼 실내를 살펴보았다. 침실에 들어간 백작은 상판이 대리석으로 된 탁자 앞에 멈추어 섰다. 탁자 위에는 여러 가지 특이한 수집품들이 놓여 있었다. 그중에서 여동생이 소중히 여겼던 가위를 집어 들었다. 가위는 왜가리 모양으로 만들어졌는데, 기다란 은색 가윗날이 왜가리의 부리를 나타냈고 중심축에 박은 조그만 금빛 나사가 왜가리의 눈을 나타냈다. 가위는 작고 섬세해서 그로서는 손잡이에 손가락을 집어넣기가 쉽지 않았다.

백작은 스위트룸의 한쪽 끝에서 다른 쪽 끝까지 죽 훑어보면서 남겨놓고 갈 수밖에 없는 그 모든 것들의 목록을 재빨리 머릿속으로 작성해보았다. 4년 전에 그가 이 스위트룸으로 가져온 모든 개인 소지품과 비품과 예술품들은 이미 그때 엄격히 선별한 물건들이었다. 차르가 처형당했다는 말이 귀에 들어오자 파리에 있던 백작은 즉시 고향을 향해 출발했다. 그는 등에 배낭 하나만 짊어진 채 20일이 넘게 여섯 나라를 거치고, 서로 다른 다섯 개의 국기 아래 전투를 벌이는 여덟 개의 군대가 있는 지역 언저리를 지나 마침내 1918년 8월 7일에 티히차스에 도착했다. 그곳 시골 마을은 금방이라도 동란이 발생할 것 같았고 가문은 곤경에 처한 상태였지만, 백작 부인인 할머니는 평소의 할머니답게 차분했다.

"사샤✦," 할머니는 의자에서 일어나지 않고 말했다. "네가 집에 오니 정말 좋구나. 배고프겠다. 먼저 나랑 같이 차 한잔 하자꾸나." 백작이 할머니에게 이 나라를 떠나 있어야 한다고 설명한 다음 어떻게 떠날 것인지 그가 준비해둔 방안을 얘기했을 때, 할머니는 다른 대안이 없다는 것을 이해했다. 할머니는 자신이 고용한 모든 하인이 자신을 따라 떠날 준비가 되어 있긴 하지만, 여건상 두 명만 데리고 떠날 수밖에 없다는 것도 이해했다. 할머니는 또한 열 살 때부터 자신이 키운 유일한 상속자인 손자가 자신과 함께 가지 않으려 하는 이유도 이해했다.

일곱 살의 어린 나이였을 때 백작은 체커 게임에서 이웃집 아이에게 철저히 졌다. 눈물이 나고 욕설이 튀어나왔다. 체커 도구를 방바닥에 내팽개쳤다. 스포츠 정신이 부족한 태도 때문에 백작은 아버지로부터 호되게 야단을 맞았고, 저녁도 먹지 않고 자기 방으로

✦ 알렉산드르의 애칭.

들어갔다. 어린 백작이 비참한 마음으로 이불을 움켜쥐고 있을 때 할머니가 방으로 찾아왔다. 침대 발치에 앉은 할머니는 얼마간 동정심을 나타냈다. "지는 것은 정말 속상하고 억울한 일이지." 할머니가 말했다. "게다가 그 오볼렌스키 가문 아이는 말썽꾸러기니까. 그런데 사샤, 왜 그 아이가 기분 좋아할 만한 행동을 하려는 거니?" 백작과 할머니는 페테르고프의 부두에서 바로 이런 정신으로 눈물을 보이지 않고 헤어졌다. 할머니를 떠나보낸 백작은 저택을 폐쇄하기 위해 가문 사유지로 돌아왔다.

굴뚝을 청소하고 식료품 저장실을 비우고 가구를 천으로 덮는 일들을 신속히 진행했다. 온 가족이 상트페테르부르크에서 한 철을 보내려고 준비하던 것 같은 모습이었다. 다만 이번에는 개들을 개집에서 풀어주고 말들을 마구간에서 풀어주고 하인들을 의무감에서 해방시켜주었다는 것이 이전과는 달랐다. 백작은 집 안의 가구 중에서 가장 좋은 것을 골라 마차 한 대를 채운 다음, 문에 빗장을 지르고 나서 모스크바를 향해 출발했다.

참 이상한 일이야. 스위트룸을 포기할 준비가 되었을 때 백작의 머릿속에 어떤 생각이 떠올랐다. 우리는 아주 어린 시절부터 친구나 가족과 헤어지는 법을 배운다. 우리는 역에서 부모님이나 형제자매를 배웅한다. 사촌을 방문하고 학교에 입학하고 군대에 입대한다. 결혼을 하고 외국 여행을 한다. 우리는 끊임없이 가까운 사람의 어깨를 붙잡고서 그가 건강하게 잘 지내기를 바라고, 머잖아 그로부터 소식을 듣게 될 거라는 생각에서 위로를 받는다. 그것은 인간 경험의 일부인 것이다.

그러나 우리는 가장 소중히 여기는 물건에 작별을 고하는 법은 경험으로부터 배우지 못하는 것 같다. 그런데 그런 물건과 작별해야만 한다면? 우리는 기꺼이 배우려 들지 않을 것이다. 결국 우리는 친구에 집착하는 것보다 더 극성스럽게 소중히 여기는 물건에 집착하게 된다. 우리는 흔히 꽤 많은 비용과 불편함을 감수하면서 그 물건들을 이 장소에서 저 장소로 옮긴다. 표면의 먼지를 떨고 광을 내며, 가까이에서 너무 거칠게 노는 아이들을 나무라기도 한다. 그런 물건들에 계속해서 추억이 쌓여 점점 더 중요성을 띠게 되는 것을 허용한다. 우리는, 이 장식장은 우리가 어렸을 때 안으로 들어가 숨던 장식장이야, 크리스마스이브가 되면 우린 이 은색 촛대들을 탁자 위에 나란히 놓아두었지, 이게 바로 그녀가 한때 눈물을 닦던 그 손수건이야, 같은 추억을 떠올리곤 한다. 그리하여 우리는 마침내 정성껏 간수해온 이런 물건들이 친구나 동반자를 잃어버리는 상황에 직면했을 때 진정한 위로를 줄 수 있을 거라고 생각하게 된다.

그러나 물론, 물건은 물건일 뿐이다. 그래서 그는 여동생의 가위를 호주머니에 넣은 다음 남아 있는 가문의 가보에 한 번 더 눈길을 주고 나서 그것들을 자신의 아픈 마음에서 영원히 지워버렸다.

한 시간 뒤 백작은 새 침대 스프링의 음높이를 알아보고자(솔 샤프였다) 매트리스 위에서 두 번 뛰어보면서 주변에 쌓인 가구를 살폈다. 그러자 어린 시절에 증기선을 타고 프랑스로 여행을 가고 싶었던 기억, 야간열차로 모스크바 여행을 떠나고 싶었던 간절한 마음이 떠올랐다.

왜 그는 그런 특별한 여행을 갈망했을까?

증기선과 열차의 침대가 아주 작았기 때문이다!

탁자가 흔적도 없이 접혀 사라지는 것을 보는 것은 얼마나 신기하던가. 침대 바닥으로 변하는 서랍과 딱 책 한 페이지를 비출 정도로만 빛을 내는, 벽에 고정된 전등을 보는 것은 얼마나 놀랍던가. 이같은 디자인의 효율성은 어린 그의 마음에는 음악이었다. 그것은 목적의 정확성과 모험의 가능성을 입증해주는 것이었다. 왜냐하면 그러한 곳이 바로 '해저 2만 리'를 여행할 때 니모 선장이 사용한 숙소였을 테니까 말이다. 진취적인 기상이 조금이라도 있는 소년이라면 누구나 노틸러스호에서 보내는 하룻밤과 궁전에서 보내는 100일 밤을 기꺼이 맞바꾸지 않겠는가?

흠. 마침내 그는 여기에 이르렀다.

2층에 있는 방들의 절반은 일시적으로 볼셰비키들에 의해 징발되었는데, 그들은 거기서 끊임없이 지시문을 타이핑해댔다. 적어도 6층에서는 자신의 생각에 귀 기울일 수 있을 터였다.[1]

백작은 일어서다가 경사진 천장에 머리를 찧었다.

"그럼 그렇지." 그가 화답했다.

등받이가 높은 의자 하나를 옆으로 치우고 코끼리 등 두 개를 침대로 옮긴 다음 트렁크를 열었다. 먼저 대표단의 사진을 꺼내 책상 위, 원래 있던 자리에 놓았다. 그런 다음 브랜디 두 병과 하루에 두 번만 울리는 아버지의 시계를 꺼냈다. 이어 할머니의 오페라글라스를 꺼내 책상에 내려놓을 때 지붕창 쪽에서 나는 파닥거리는 소리가 그의 주의를 끌었다. 창문은 만찬 초대장 정도의 크기밖에 되지 않았지만, 백작은 비둘기 한 마리가 밖에서 창문 아래 선반의 동판에 내려앉은 것을 볼 수 있었다.

"오, 안녕." 백작이 말했다. "내 방을 찾아주다니 참 친절한 녀석이구나."

비둘기는 명백히 자기가 주인이라는 듯한 태도로 그를 돌아보았다. 그런 다음 빗물막이 동판을 발로 문지르다가 재빨리 연거푸 몇 차례 부리로 창문을 쪼았다.

"아, 그렇구나." 백작이 인정했다. "네가 하는 말 속에 뭔가 뜻이 있어."

그가 새 이웃에게 예기치 않게 이사 오게 된 까닭에 대해 설명하려 했을 때 복도에서 점잖게 헛기침하는 소리가 들렸다. 백작은 고개를 돌리지 않고도 보야르스키의 지배인인 안드레이라는 것을 알 수 있었다. 할 얘기가 있을 때 보이는 그의 특징적인 버릇이기 때문이었다.

백작이 잠시 후에 다시 얘기를 나누자는 뜻으로 비둘기에게 고개를 한 번 끄덕이고 나서 재킷의 단추를 다시 채우며 몸을 돌리는데, 알고 보니 안드레이 혼자 찾아온 것이 아니었다. 호텔 직원 세 명이 문간에 서 있었던 것이다.

대단히 침착한 태도와 신중해 보이는 긴 손가락이 눈에 띄는 안드레이, 비길 데 없이 뛰어난 호텔 안내인 바실리, 그리고 최근에 객실 담당 여종업원에서 재봉사로 승진한, 곧잘 한눈파는 버릇과 수줍게 기뻐하는 모습이 인상적인 마리나가 거기 있었다. 세 사람은 백작이 몇 시간 전에 아르카디와 발렌티나의 얼굴에서 보았던 것과 똑같은 어리둥절한 눈길로 백작을 바라보았다. 백작은 마침내 그 이유를 깨달았다. 그날 아침 그가 연행될 때 그들은 모두 그가 다시는 돌아오지 못할 거라고 생각했던 것이다. 그런 그가 추락한 비행기의 잔해에서 나타난 비행사처럼 크렘린 벽 너머에서 나타난 것이었다.

"친애하는 친구들." 백작이 말했다. "여러분은 당연히 오늘 일에 대해 궁금해하고 있을 겁니다. 아시다시피 나는 면담을 위해 크렘린으로 초대받았습니다. 거기서 턱수염을 멋지게 기른 현 정권의 당국자 몇 사람이 나는 귀족으로 태어난 죄로 여생을 한 장소에서 보내는 형을 받아야 한다고 결정했습니다. 그곳은 바로…… 이 호텔입니다."

세 손님의 환호에 응하여 백작은 그들과 한 명씩 악수하면서 그들의 우정에 감사를 표하고 진심으로 고마워했다.

"들어와요, 들어와." 백작이 말했다.

세 명의 직원은 불안정하게 서 있는 가구 사이 비좁은 틈을 겨우 지나 안으로 들어왔다.

"좀 도와줄래요?" 백작이 안드레이에게 브랜디 한 병을 건네며 말했다. 이어 '대사' 앞에서 무릎을 꿇고 걸쇠를 푼 다음 마치 커다란 책을 펴듯이 상자를 열었다. 안에는 유리잔 52개가—좀 더 정확히 말하면 유리잔 26쌍이—매우 안전한 상태로 보관되어 있었는데, 폭이 넓고 풍성한 부르고뉴 와인 잔에서부터 남유럽의 밝은 빛깔 리큐어를 위해 디자인된 조그마한 멋진 잔에 이르기까지 각각의 유리잔은 목적에 따라 모양을 달리했다. 백작은 그 순간의 기분에 따라 무작위로 잔 네 개를 골라서 옆으로 건넸고, 그러는 동안 안드레이는 병의 코르크 마개를 따는 명예로운 역할을 수행했다.

백작의 손님들이 각자의 브랜디 잔을 손에 들었을 때 백작은 자신의 잔을 높이 치켜들었다.

"메트로폴 호텔을 위해." 그가 말했다.

"메트로폴 호텔을 위해!" 그들이 화답했다.

백작은 손님 접대에 타고난 소질이 있었다. 이어지는 시간에 여기서 잔을 채우고 저기서 대화를 끌어내는 동안 백작은 방 안의 모든 기분과 분위기를 본능적으로 알아차렸다. 자신의 지위에 적합한 격식을 지닌 안드레이도 오늘 밤은 기꺼이 미소를 짓고 때때로 윙크를 보내기까지 했다. 도시의 관광지를 안내할 때면 그토록 적절하고 정확하게 얘기하는 바실리가 갑자기 오늘 말한 것을 내일은 기억하지 못해도 괜찮은 사람 같은 쾌활한 어조로 말하기 시작했다. 평소에는 수줍음이 많은 마리나였지만 지금은 어떤 농담에도 손으로 입을 가리는 일 없이 킥킥거렸다.

특별한 밤인 이 밤, 백작은 이들의 따뜻한 성원과 갈채에 깊이 감사했다. 하지만 그는 이것이 단지 그가 가까스로 풀려났다는 소식만으로 만들어진 자리라고 생각할 만큼 안이한 사람이 아니었다. 그는 대표단이 러일전쟁을 끝내기 위해 포츠머스 조약에 서명한 것이 1905년 9월이었다는 것을 무엇보다도 잘 알고 있었다. 그 강화조약 이후 17년 동안에—한 세대도 안 되는 기간에—러시아는 세계대전과 내전, 두 번의 기근, 그리고 이른바 적색 테러를 겪었다. 간단히 말해서 러시아는 격변기를 거쳐왔고, 그런 탓에 한 치의 여유도 없는 상황이었다. 그러므로 자신의 성향이 좌든 우든, 적색이든 백색이든, 자신의 개인적 처지가 나아졌든 나빠졌든, 지금은 분명 국가의 건강을 위해 건배할 시간이었다.

★

　10시에 백작은 손님들과 함께 종탑으로 걸어 나와서 편히 주무시라는 인사를 했다. 상트페테르부르크의 가족 저택 문 앞에서 손님들에게 작별을 고하던 그런 기분으로 인사했다. 숙소로 돌아온 그는 창문(우표딱지만 한 크기에 불과했지만)을 열고, 병 바닥에 조금 남은 브랜디를 부어서 버린 다음 책상 앞에 앉았다.

　금박으로 장식하고 상판에 가죽을 입힌 책상은 루이 16세 시대 파리에서 만들어진 것이었는데, 백작은 그 책상을 대부인 데미도프 대공으로부터 물려받았다. 대공은 무성한 흰 구레나룻과 연푸른색 눈, 그리고 금색 견장이 인상적인 분으로, 네 가지 언어를 말하고 여섯 가지 언어를 읽을 줄 알았다. 평생 결혼하지 않았고, 포츠머스 회담에서는 조국을 대표했으며, 사유지 세 곳을 관리했고, 일반적으로 공허하고 무가치한 일보다 산업을 높이 평가했다. 그러나 그 모든 것 이전에 대공은 백작의 아버지와 함께 기병대에서 쾌활하고 담대한 사관후보생으로 복무했다. 그런 연유로 대공은 백작을 유심히 지켜보고 돌보아주는 후견인이 되었다. 1900년에 백작의 부모님이 두 분 모두 몇 시간 간격으로 콜레라에 굴복해 돌아가셨을 때, 대공은 젊은 백작을 한쪽으로 데리고 가서 여동생을 위해서라도 강해져야 한다고, 역경은 여러 가지 형태로 나타난다고 말했다. 그리고 인간은 자신의 환경을 지배하지 않으면 그 환경에 지배당할 수밖에 없다고 말해주었다.

　백작은 손으로 자잘하게 팬 곳들이 있는 책상 표면을 쓸었다.

　이 자잘하게 팬 자국들이 대공의 말을 얼마나 많이 반영했을까?

대공은 여기서 관리인들에게 주는 간결한 지시 사항과 정치인들에게 보내는 설득력 있는 주장, 친구들에게 보내는 섬세한 조언을 40년 이상 작성했다. 다시 말해서 이 책상은 소홀히 취급할 수 없는 의미심장한 책상이었다.

백작은 자신의 잔을 비운 다음 의자를 뒤로 밀치고 바닥에 앉았다. 그는 책상 오른쪽 앞다리의 뒷면을 손으로 더듬었다. 잠금장치가 만져졌다. 그걸 누르자 이음매가 없는 문이 열리면서 벨벳으로 안감을 댄 우묵한 구멍이 드러났고, 거기에는 다른 세 개의 다리에 있는 구멍과 마찬가지로 금붙이들이 쌓여 있었다.

해안으로 떠밀려 온 영국 국교도

9시 30분, 의식이 돌아오기 전의 몽롱한 시간에 몸이 꿈틀하고 움직이기 시작했을 때 알렉산드르 일리치 로스토프 백작은 새로운 하루의 맛을 미리 음미했다.

그는 한 시간 안에 따뜻한 봄 공기 속에서 콧수염을 휘날리며 트베르스카야 거리를 활보할 것이다. 도중에 가제트니 길에 있는 가판대에서 《헤럴드》를 한 부 살 것이고, 필리포프 빵집을 지나쳐(창가에 있는 페이스트리를 보기 위해 아주 잠깐 걸음을 멈추기는 할 것이다) 은행가들을 만나러 계속 걸어갈 것이다.

그러나 갓돌에서 (차가 지나갈 수 있도록) 걸음을 멈춘 백작은 경마 클럽에서의 점심이 2시로 예정되어 있다는 것을 알아차릴 것이다. 그리고 그의 은행가들이 10시 30분에 그를 기다리고 있을 테지만 그들은 사실상 예금주에게 고용된 신세이기 때문에 더 기다릴 수 있을 거라는 사실도 알아차릴 것이다. 이런 생각을 하며 그는 오던 길로 되돌아가서 실크해트를 벗고 필리포프 빵집 문을 열 것이다.

그의 감각은 즉시 이 빵집의 반박할 여지가 없는 숙달된 기술의 증거에 의해 보상받을 것이다. 갓 구운 프레첼의 고소한 냄새, 달콤한 롤빵과 식빵의 향긋한 냄새가 공기 중에 떠다닐 테니까 말이다. 비할 데 없이 맛있는 이 빵들은 매일매일 기차 편으로 예르미타시로 배달되었다. 앞 진열창 뒤로는 암스테르담의 튤립 색깔만큼이나 다양한 색상의 설탕을 입힌 케이크들이 완벽하게 줄을 이루어 놓여 있을 것이다. 백작은 카운터로 다가가서 연푸른색 앞치마를 두른 소녀에게 밀푀유(얼마나 적절한 이름인가)[✦] 하나를 부탁하고 나서 그녀가 티스푼을 사용하여 밀푀유를 은색 삽에서 도자기 접시로 부드럽게 조금씩 밀어서 옮기는 모습을 감탄하며 바라볼 것이다.

주문한 빵과 음료를 손에 든 백작은 사교계의 젊은 숙녀들이 매일 아침 만나 전날 저녁에 있었던 흥미로운 일들을 되새기는 자리인 한쪽 구석의 조그만 탁자에서 가능한 한 가까운 자리에 앉을 것이다. 세 숙녀는 주변을 의식하고 유념하면서 처음에는 얌전하게 목소리를 낮춰 얘기할 것이다. 그러나 자신들의 감정의 물살에 휩쓸리면서 그들의 목소리는 필연적으로 높아질 것이고, 그리하여 11시 15분쯤 되면 가장 조심성 있는 태도로 페이스트리를 먹는 사람조차도 천 겹으로 이루어진 그들의 복잡한 마음에서 나오는 얘기들을 엿듣지 않을 도리가 없을 것이다.

[✦] 밀푀유는 '천 겹의 잎사귀'라는 뜻이 있다.

그는 11시 45분께에 접시를 비우고 콧수염에 붙은 빵 부스러기를 털어낸 다음 카운터의 소녀에게 고맙다는 뜻으로 손을 흔들고, 잠깐 동안 담소를 나눈 젊은 숙녀들에게 모자를 기울여 인사할 것이다. 그리고 다시 트베르스카야 거리로 나와서 걸음을 멈추고 생각에 잠길 것이다. '다음엔 뭐 하지?' 베르트랑 화랑에 들러 최근에 파리에서 온 유화를 감상할 수도 있을 것이고, 어떤 젊은 사중주단이 베토벤의 작품을 철저히 익히려 열심히 노력하고 있는 음악원의 강당 안으로 슬며시 들어갈 수도 있을 것이다. 또는 알렉산드롭스키 정원으로 돌아가 벤치에 앉아 라일락을 감상하면서 비둘기 한 마리가 구구거리며 창턱의 빗물막이 동판 위를 되똥되똥 걷는 모습을 바라볼 수도 있을 것이다.

창턱의 빗물막이 동판 위를…….

"아, 그래." 백작이 인정했다. "그런 건 없는 것 같아."

만약 백작이 눈을 감고 벽 쪽으로 몸을 돌린다면, 필리포프 빵집에서 나온 젊은 세 숙녀를 때마침 자신의 벤치 앞에서 만나 "정말 멋진 우연이네요" 하고 말을 건네는 일도 가능할까?

물론 가능할 것이다. 그러나 자신의 상황이 다르다면 무슨 일이 일어날까 하고 상상하는 것은 미쳐가는 확실한 길일 뿐이었다.

백작은 양탄자를 깔지 않은 바닥에 발바닥을 온전히 대고서 똑바로 앉아 콧수염의 끝부분을 비틀었다.

대공의 책상에는 샴페인 잔 하나와 브랜디 잔 하나가 놓여 있었다. 날씬하고 길쭉한 샴페인 잔이 땅딸막하고 둥근 브랜디 잔을 내려다보는 모습을 보면 시에라모레나 평원의 돈키호테와 산초 판사, 셔우드 숲 그늘 속의 로빈 후드와 턱 수사, 또는 저잣거리의 핼 왕자와 폴스태프를 떠올리지 않을 수 없을 것이다.✦ 그리고…….

그때 문에서 노크 소리가 났다.

백작은 일어서다가 머리를 천장에 찧었다.

"잠시만요." 그는 정수리를 문지르며 큰 소리로 말한 다음 트렁크를 뒤져서 가운을 찾았다. 적절한 복장을 하고 나서 문을 여니 아침 식사를 가져온 부지런한 어린 친구가 복도에 서 있었다. 커피 한 주전자, 비스킷 두 개, 과일 하나(오늘은 자두였다)가 그의 아침 식사였다.

"고마워, 유리! 들어와, 들어와. 거기에 둬, 거기."

유리가 트렁크 위에 아침 식사를 내려놓는 동안 백작은 대공의 책상 앞에 앉아서 두르놉스키 길에 사는 콘스탄틴 콘스탄티노비치라는 사람에게 보낼 짧은 메모를 작성했다.

"부탁할 게 있는데, 이걸 좀 전해줄 수 있겠니?"

부탁을 거절하는 법이 없는 유리는 그 메모를 흔쾌히 받아 들고 직접 전달하겠다고 약속했으며, 백작이 주는 팁을 고개 숙여 받았다. 그는 문을 나서다가 걸음을 멈추었다.

"저…… 문을 좀 열어둘까요?"

합리적인 제안이었다. 그 방은 약간 퀴퀴했으며, 게다가 6층인 이곳은 사생활이 침해당할 위험이 거의 없었기 때문이다.

"그러렴."

종탑을 내려가는 유리의 발자국 소리가 들릴 때 백작은 냅킨을 무릎 위에 펴고 커피를 잔에 따른 다음 크림을 몇 방울 떨어뜨려 우

✦ 모두 '날씬하고 길쭉한' 인물과 '땅딸막하고 둥근' 인물 콤비로, 각각 세르반테스 사아베드라의 『돈키호테』, 『로빈후드』, 윌리엄 셰익스피어의 『헨리 4세』에 나온다.

미함을 더했다. 첫 모금을 마신 그는 어린 유리가 전보다 세 층이나 늘어난 계단을 부리나케 뛰어 올라온 게 틀림없다는 것을 알아차리고 흡족해했다. 커피의 온도가 평소보다 1도도 내려가지 않고 거의 똑같았던 것이다.

과도로 자두의 꼭지를 도려내던 그는 우연히 한 덩이 연기처럼 실체가 없어 보이는 은빛 그림자가 트렁크 뒤로 슬쩍 기어드는 것을 보았다. 등받이가 높은 의자를 피해서 자세히 보기 위해 옆으로 몸을 기울인 백작은 이 허깨비 같은 것이 다름 아닌 메트로폴 호텔 로비를 근거지 삼아 지내는 고양이라는 것을 알아냈다. 호텔 안의 그 어떤 일도 자기 모르게 벌어지는 것을 용인하지 않는, 한쪽 눈이 먼 애꾸눈 러시안블루답게 그는 백작의 새 숙소를 몸소 확인하기 위해 이 다락방에 온 것이 분명했다. 그는 그늘진 곳에서 나와 바닥에서 대사 위로 뛰어오르고, 대사에서 조그만 탁자로, 조그만 탁자에서 다리가 세 개인 농 위로 아무 소리도 내지 않고 뛰어올랐다. 유리한 위치를 확보한 그는 방 안을 자세히 눈여겨보더니 실망스러운 듯 고개를 저었다.

"그래." 백작 역시 방 안을 둘러보고 나서 말했다. "네가 뭘 말하려 하는지 알겠어."

어지럽게 널린 가구들이 백작의 조그만 영역을 아르바트 거리에 있는 위탁 판매점처럼 보이게 했다. 이 크기의 방에서는 등받이가 높은 의자 하나, 침대 옆에 두는 탁자 하나, 등 하나면 족할 터였다. 할머니의 리모주 도자기 접시들은 없어도 괜찮을 것이다.

그리고 책은? 책은 **전부 다!** 그는 그렇게 허세스럽게 말했었다. 그러나 아침의 햇빛 속에서 생각하니 그가 그렇게 지시한 것은 분별 있는 판단에서 나온 것이라기보다는 사환들을 감동시키고 보안대 병사들의 코를 납작하게 해주려는 유치한 충동에서 비롯된 측면이 있다는 것을 인정하지 않을 수 없었다. 그 책들은 백작의 취향에도 맞지 않았기 때문이다. 그가 좋아하는 발자크, 디킨스, 톨스토이의 숭고한 작품들이 있는 개인 서재는 파리에 남아 있었다. 사환들이 다락방으로 옮긴 책들은 실은 아버지의 책들이었고, 주로 합리주의 철학과 현대 농업 과학을 다룬 것들이었다. 대부분의 책이 무거웠고, 읽어도 이해할 수 없을 거라는 위압감을 주었다.

당연히 한 번 더 걸러내는 작업이 필요했다.

그래서 백작은 먹다가 중단한 아침을 마저 먹고, 목욕을 하고, 옷을 입고 나서 작업을 시작했다. 먼저 바로 옆방의 문을 열어보려 했다. 그 방은 안에서 아주 무거운 물건이 문을 막고 있는 게 틀림없었다. 백작이 어깨로 힘껏 밀어도 문이 꿈쩍도 하지 않았던 것이다. 다음 세 개의 방에서는 온갖 잡동사니들이 바닥에서 천장까지 가득 쌓여 있는 모습이 눈에 들어왔다. 그러나 마지막 방에는 슬레이트 타일과 빗물막이 조각들 사이에 찌그러진 낡은 사모바르* 하나가 놓여 있고, 그 주위로 널따란 빈 공간이 있었다. 한때 지붕 공사를 하던 인부들이 차를 마시던 곳인 듯했다.

자신의 방으로 돌아온 백작은 옷장에 재킷을 몇 벌 걸었다. 이어 바지와 셔츠를 몇 벌 꺼내서 농의 오른쪽 구석 뒤편에 넣었다(다리가 세 개인 그 짐승이 넘어지지 않도록 확실히 해두려는 것이었다). 그는 트렁크와 가구 절반, 그리고 한 권을 제외한 아버지의 책 전부

---

* 러시아에서 찻물을 끓일 때 쓰는 큰 주전자.

를 복도로 끌어냈다. 그리하여 한 시간 이내에 방의 물건들을 꼭 필요한 것들로만 줄였다. 방은 이제 책상과 의자 한 벌, 침대와 침대 옆 탁자 한 벌, 손님맞이용으로 필요한 등받이가 높은 의자 한 개, 그리고 신사가 사색에 잠긴 채 서성이기에 적당한 3미터 정도의 통로가 있는 공간이 되었다.

백작은 만족스러운 표정으로 고양이를 향해 눈을 돌렸다(고양이는 등받이가 높은 의자에 편안히 앉아 발에 묻은 크림을 열심히 핥고 있었다). "이제 좀 어떠니, 해적 양반?"

그런 다음 책상에 앉아 방에 남겨놓은 책 한 권을 집어 들었다. 전 세계의 찬사를 받았으며 아버지가 몹시 좋아했던 이 책을 읽겠노라고 백작이 자신과 처음 약속한 것이 분명 10년은 되었을 것이다. 그렇지만 달력을 손가락으로 짚으며 '이번 달엔 미셸 드 몽테뉴의 『수상록』을 읽는 데 전념할 거야!'라고 선언했을 때마다 인생의 어떤 악마적인 면이 문간에서 고개를 들이밀었다. 뜻밖의 곳에서 어떤 연애 감정을 드러내는 사람을 만나게 되고, 그러면 도의상 무시할 수가 없었다. 그가 거래하는 은행가가 전화를 하기도 했다. 혹은 서커스단이 마을에 오기도 했다.

어찌 됐든 인생은 유혹할 것이다.

그런데 드디어 백작의 주의를 산만하게 하지 않고, 책을 읽는 데 필요한 시간과 고독을 그에게 제공하는 상황이 마련된 것이었다. 그래서 그는 책을 손에 꼭 들고 한 발을 농의 구석에 댄 채 의자를 뒤로 젖혀서, 의자가 뒷다리 두 개로만 균형을 이룬 기울어진 자세로 앉아 책을 읽기 시작했다.

우리는 여러 가지 방법으로 동일한 결과에 도달한다

우리에게 원한을 품어 언제든 복수하고자 하는 사람들의 마음을 부드럽게 만들 수 있는 가장 일반적인 방법은 굴복함으로써 그들의 마음을 동정과 연민으로 향하게 하는 것이다. 그렇지만—그와는 완전히 반대되는 방법으로—대담하고 단호한 태도를 취하는 것도 때로는 같은 효과를 낸다……

의자를 뒤로 기울인 자세로 책을 읽는 백작의 버릇이 처음으로 생긴 것은 티히차스에서였다.

과수원에 꽃이 만발하고 둑새풀이 잔디 위로 고개를 내민 찬란한 봄날이면 그와 옐레나는 한가로이 시간을 보내기 위해 구석지고 포근한 곳을 찾곤 했다. 어느 날은 위쪽 안뜰에 있는 퍼걸러⁺ 밑에서 시간을 보냈던 듯싶다. 옆에는 강굽이를 내려다보는 거대한 느릅나무가 서 있었다. 옐레나는 수를 놓았고, 그러면 백작은 옐레나가 가장 좋아하는 푸시킨의 작품을 큰 소리로 읽어주기 위해—한 발을 분수대 가장자리나 나무 몸통에 가볍게 댐으로써 몸의 균형을 유지한 채—의자를 뒤로 젖히곤 했다. 시간이 흐르고, 낭독은 스탠자⁺⁺에서 스탠자로 거듭 이어지고, 옐레나의 조그만 바늘은 쉼 없이 움직였다.

"그 모든 자수는 다 어디로 가는 거야?" 그는 이따금씩 페이지의 끝부분을 읽고 나서 그렇게 묻곤 했다. "지금쯤은 집 안의 모든 베

<hr>

⁺ 덩굴 식물이 타고 올라가도록 만들어놓은 정자.
⁺⁺ 일정한 운율적 구성을 갖는 시의 기초 단위. 4행 이상의 각운이 있는 시구를 이른다.

개에 나비가 수놓이고, 모든 손수건에 모노그램⁺이 수놓였어야 하잖아." 그리고 그가 또 다른 시집을 읽어주지 않을 수 없도록, 너는 페넬로페⁺⁺처럼 밤이 되면 자수를 풀어버리는 게 아니냐고 나무라듯 말하면 옐레나는 헤아릴 수 없는 미소를 짓곤 했다.

몽테뉴의 책에서 눈을 떼고 고개를 든 백작은 벽에 기대어 세워진 옐레나의 초상에 시선을 고정했다. 8월에 티히차스에서 그려진 초상화는 복숭아가 담긴 그릇이 놓인 식당 방 탁자 앞에 앉은 옐레나를 그린 것이었다. 세로프가 여동생의 특징—까마귀처럼 까만 머리, 살짝 붉어진 뺨, 부드럽고 너그러운 표정—을 절묘하게 포착한 초상화였다. 아마 그 자수들에는 뭔가 있었을 거야, 백작은 생각했다. 하나하나 소품을 완성하면서 동생이 익히고 터득한 어떤 부드러운 지혜가 담겨 있었을 거라고 생각했다. 그랬다. 열네 살 때 보인 그 같은 다정한 마음씨를 생각하면 스물다섯의 나이에 동생이 드러내 보였을 우아함은 충분히 상상이 되었다…….

누가 가볍게 문을 똑똑 노크하는 소리에 백작은 회상에서 깨어났다. 아버지의 책을 덮고 뒤를 돌아보니 문간에 예순 살 먹은 그리스 사람이 서 있었다.

"콘스탄틴 콘스탄티노비치!"

의자의 앞다리가 쿵 하고 바닥을 찧는 소리를 들으며 자리에서 일어난 백작은 문지방을 건너서 방문객의 손을 잡았다.

"여기까지 와주셔서 정말 반갑습니다. 우린 한두 번밖에 만나지

⁺ 이름의 첫 글자 등 두 개 이상의 글자를 합쳐 한 글자 모양으로 도안한 것.
⁺⁺ 그리스 신화에 나오는 오디세우스의 아내. 낮에는 베를 짜고 밤이 되면 짠 베를 풀어 구혼자들로부터 정절을 지켰다.

않았으니 당신은 기억하지 못할 수도 있겠지만요, 저는 알렉산드르 로스토프입니다."

나이 많은 그리스인은 기억을 상기시켜주지 않아도 될 만큼 잘 안다는 듯이 꾸벅 인사를 했다.

"들어오세요, 들어오세요. 앉으세요."

백작은 몽테뉴의 걸작을 들고 애꾸눈 고양이를 향해 저은 다음 (고양이는 쉬익 소리를 내며 바닥으로 뛰어내렸다) 손님에게 등받이가 높은 의자를 권하고 자신은 책상 의자에 앉았다.

이어지는 순간에 나이 든 그리스인은 적당히 호기심 어린 표정으로 백작의 눈을 마주 바라보기만 했다. 그들이 사업상의 문제로 만난 적이 없었다는 점을 고려하면 그 표정은 어느 정도 예상된 표정이었다. 어쨌든 백작은 게임에서 지는 것에 익숙지 않았다. 그래서 백작이 시작하는 역할을 맡았다.

"콘스탄틴, 보시다시피 제 환경이 바뀌었습니다."

백작의 손님은 놀란 표정을 지었다.

"사실이에요." 백작이 말했다. "제 상황이 꽤 많이 바뀌었어요."

나이 많은 그리스인은 방 안을 한 번 둘러본 뒤, 슬프게도 환경은 덧없는 것이라는 것을 인정하는 뜻으로 두 손을 들어 보였다.

"당신은 어떤…… 돈을 융통할 수 있는 곳을 찾고 있나 보군요?" 그리스인이 조심스럽게 말했다.

나이 든 그리스인은 이 얘기를 하면서 **돈**이라는 단어 앞에서 아주 잠깐 말을 멈추었다. 백작이 곰곰이 생각해보니 잠깐 말을 멈춘 것은 완벽한 기교였다. 수십 년에 걸쳐 섬세하고 미묘한 대화에 숙달된 사람의 기교였다. 그렇게 말을 멈춤으로써 그는 대화 상대에게 서로의 상대적 위치가 바뀌었다는 것을 전혀 내비치지 않은 채 동정의 요소를 표출한 것이었다.

"아닙니다, 아니에요." 백작이 돈을 빌리는 것은 로스토프 가문의 습관이 아니라는 것을 강조하기 위해 고개를 저으며 분명히 말했다. "콘스탄틴, 오히려 저에겐 당신이 관심을 보일 거라고 생각되는 게 있답니다." 그러고 나서 백작은 불쑥 대공의 책상에서 동전을 하나 꺼내서 엄지와 집게손가락 끝으로 그걸 똑바로 세워 들었다.

나이 든 그리스인은 잠시 그 동전을 살펴보고 나서 보여주어 고맙다는 표시로 천천히 숨을 내쉬었다. 콘스탄틴 콘스탄티노비치는 직업상으로는 돈놀이꾼이지만 그의 장기는 물건을 잠시 눈여겨보고, 잠시 손에 넣어보고, 그런 다음 그것의 진가를 알아내는 것이었다.

"제가 좀……?" 그가 물었다.

"얼마든지요."

그는 동전을 받아 들고 한 번 뒤집어본 다음 경건한 태도로 돌려주었다. 그 동전은 금속공학적인 의미에서 순수한 것일 뿐 아니라, 뒷면의 눈을 가늘게 뜬 쌍두 독수리는 경험 많은 사람의 눈에 그 동전이 예카테리나 대제의 대관식을 기념하여 발행한 5천 개의 동전 가운데 하나라는 것을 확인시켜주었다. 그러한 물건을 곤궁한 처지에 놓인 신사에게서 구입한다면 최적의 시기에 금융 회사에서 가장 신중한 사람에게 상당한 이익을 남기고 팔 수 있을 터였다. 하지만 이런 격변의 시기에 그게 가능할까? 일상적인 사치에 대한 욕구가 와해된다 할지라도 이 같은 보물의 가치는 상승할 것이다.

"궁금한 게 많아서 죄송합니다만 각하, 그것…… 하나뿐인가요?"

"하나뿐이냐고요? 천만에요." 백작이 고개를 저으며 대답했다.

"이 녀석은 막사 안의 병사처럼, 갤리선 안의 노예처럼 지낸답니다. 한 순간도 홀로 있지 않아요."

나이 많은 그리스인이 다시 숨을 내쉬었다.

"그럼……."

두 사람은 몇 분 만에 일사천리로 합의를 보았다. 게다가 나이 많은 그리스인은 백작이 즉석에서 작성한 세 개의 메모를 기꺼이 자신이 직접 전달하겠노라는 말까지 했다. 그리고 나서 두 사람은 친구처럼 악수하며 3개월 뒤에 만나자고 약속했다.

나이 많은 그리스인은 문을 막 나가다가 우뚝 멈춰 섰다.

"각하…… 개인적인 질문 하나 해도 될까요?"

"얼마든지요."

그리스인은 수줍어하는 모습으로 대공의 책상을 가리켰다.

"앞으로도 백작님의 시를 기대할 수 있을까요?"

백작은 고맙다는 뜻으로 빙긋 미소 지었다.

"이런 말을 하게 되어 유감입니다만, 콘스탄틴, 시를 쓰던 나의 시절은 이미 지나갔습니다."

"로스토프 백작님, 시인으로서 백작님의 시절이 지나갔다고 한다면 유감스러운 사람은 우리입니다."

러시아를 통틀어 가장 좋은 식당은 아니라 할지라도 모스크바에서는 가장 좋은 식당인 보야르스키는 호텔 2층 북동쪽 구석에 조심스럽게 박혀 있었다. 러시아 귀족의 은거처를 연상시키는 둥근 천장과 검붉은 벽으로 꾸며진 보야르스키*는 모스크바에서 가장 우아한 장식과 가장 세련된 종업원, 그리고 가장 섬세한 주방장을 자랑했다.

그래서 보야르스키에서의 저녁 식사 경험은 명성이 자자한데, 어느 날 밤에 가든지 자리를 잡으려면 기다리는 사람들을 팔꿈치로 헤치고 나아가, 운 좋게 예약이 된 사람들의 이름이 적힌 큼지막한 검은 책을 들여다보며 업무를 처리하는 안드레이의 시선을 붙잡아야 할 것이다. 지배인 안드레이가 앞으로 오라고 손짓하면, 그 손님은 구석에 위치한 자리까지 가는 도중에 여러 번 멈춰 서서 네 가지 언어로 안내를 받을 수도 있을 것이다. 자리에 앉으면 손님은 하얀 연미복을 입은 웨이터에게서 나무랄 데 없는 시중을 받을 것이다.

1920년까지는 이런 것을 기대할 수 있었다. 그러나 1920년에는 이미 국경이 봉쇄되었고, 볼셰비키는 고급 식당에서 루블화를 사용하는 것을 금지하기로 결정했다. 이로써 고급 식당의 이용을 인구의 99퍼센트까지 효과적으로 차단했다. 그러므로 오늘 밤, 물 잔이 포크나 나이프에 부딪치는 소리를 들으며 백작이 앙트레**를 먹기 시작했을 때, 부부나 연인들은 어색하게 소곤거렸으며 최고의 웨이터들도 무심결에 천장을 쳐다보곤 했다.

하지만 모든 시기는 나름대로 미덕이 있다. 혼란의 시대라 할지라도…….

1912년 메트로폴 호텔에서 에밀 주콥스키를 주방장으로 데려왔을 때, 에밀에게는 노련한 직원과 꽤 큰 주방을 지휘하는 권한이 주

---

* 보야르스키는 '귀족의'라는 뜻이다.
** 서양 요리에서 식단의 중심이 되는 요리.

어졌다. 게다가 그는 빈^{wein} 동부에 그 지역에서 가장 유명한 식품 저장실을 가지고 있었다. 그의 양념 선반에는 세계인이 좋아하는 요리에 대한 개론서가 있었고, 냉장실 안에는 갈고리에 발을 걸어서 거꾸로 매달아둔 새와 짐승들에 대한 광범위한 조사 자료가 들어 있었다. 그러므로 1912년은 그 주방장의 재능을 평가하기에 더없이 좋은 해였다고 자연스럽게 결론을 내리는 사람도 있을 것이다. 하지만 풍요로운 시기에는 어떤 시시한 요리사도 미각을 만족시킬 수 있다. 요리사의 창의력을 진정으로 시험하려면 오히려 궁핍한 시기에 살펴보아야 한다. 그리고 전쟁보다 궁핍을 더 잘 제공하는 것이 어디 있는가?

혁명의 여파—경기 하락, 흉작, 무역의 중단—로 인해 정제된 요리 재료가 모스크바에서는 바다의 나비처럼 드물게 되었다. 메트로폴 식품 저장실의 재료들은 급격히 줄어들었으며 이윽고 거의 고갈될 지경에 이르렀다. 요리사들은 손님의 기대를 옥수숫가루와 콜리플라워와 양배추로 때울 수밖에 없었다. 요컨대 구할 수 있는 거라면 뭐든 가리지 않고 재료로 사용했던 것이다.

사실, 에밀 주콥스키가 심술궂은 구두쇠라고 주장하는 사람들도 있고 무뚝뚝한 인간이라고 말하는 사람들도 있었다. 그를 키가 작고 성마른 사람으로 깎아내리는 이들도 있었다. 그러나 그의 천재성을 반박할 수 있는 사람은 없었다. 백작이 방금 식사를 마친 그 요리만 해도 그랬다. 필요에 따라 만든 살팀보카였다. 에밀은 송아지 고기 대신에 납작하게 만든 닭 가슴살을 이용했다. 프로슈토 디 파르마 대신에 우크라이나 햄을 얇게 썰어 사용했다. 그리고 세이지 대신에 사용해서 풍미를 돋운 그 은은한 잎은 뭐였을까? 에밀은 세이지만큼이나 부드럽고 향기롭지만 조금 더 씁쓸한 허브를 택한 것이었다……. 바질이나 오레가노가 아니었다. 바질이나 오레가노였다면 백작이 확실히 알았을 테니까. 그렇지만 그것은 백작이 틀림없이 전에 어디선가 먹어본…….

"오늘 저녁 음식은 어떻습니까, 각하?"

"아, 안드레이. 평소와 마찬가지로 모든 게 완벽해요."

"살팀보카도요?"

"훌륭했어요. 한데 물어볼 게 하나 있습니다. 에밀이 햄 밑에 넣은 허브 말인데요…… 그게 세이지가 아니라는 건 알겠어요. 혹시 쐐기풀이 아닐까요?"

"쐐기풀요? 저는 그렇게 생각지 않습니다. 아무튼 제가 물어보겠습니다."

그러고 나서 지배인은 고개를 숙이며 자리를 떴다.

에밀 주콥스키는 의심할 여지 없는 천재지만, 식당 안의 모든 것이 차질 없이 원활하게 돌아가게 함으로써 보야르스키의 평판을 크게 높인 사람은 안드레이 듀라스라고 백작은 생각했다.

프랑스 남부에서 태어난 안드레이는 잘생기고 키가 컸으며 관자놀이께가 희끗희끗했다. 하지만 그의 가장 두드러진 특징은 용모나 키나 머리털이 아니었다. 그것은 손이었다. 잘 관리한 하얀 손가락은 그와 키가 비슷한 대부분의 남자들의 손가락보다 1센티미터 이상 길었다. 만약 피아니스트였다면 안드레이는 쉽게 12도 음정을 한꺼번에 짚을 수 있었을 것이다. 만약 그가 인형극 공연자였다면 세 마녀가 모두 지켜보는 가운데 맥베스와 맥더프의 칼싸움을 공연해 보일 수 있었을 것이다. 그러나 안드레이는 피아니스트도 인형극 공연자도 아니었다. 적어도 전통적인 의미에서는 그랬다. 그는 보야르스키 식당의 우두머리였다. 손이 움직일 때마다 의도한 목적을 달성하는 것을 사람들은 경이롭게 지켜보았다.

예를 들면 한 무리의 여자들을 지금 막 자리에 안내한 안드레이는 그들의 의자를 뒤로 당겨주었는데, 그 모습은 마치 의자를 한꺼번에 동시에 뒤로 당기는 것처럼 보였다. 숙녀 한 명이 담배를 꺼냈을 때 안드레이는 어느새 한 손에 라이터를 들고 불을 켰으며 다른 손으로는 그 불꽃 주위를 둘렀다(마치 보야르스키의 실내에는 언제나 외풍이 느껴진다는 듯이!). 그 여자가 와인 목록을 들고 추천해달라고 했을 때 그는 적어도 게르만식으로 딱딱하게 1900년산 보르도를 가리키지는 않았다. 그는 시스티나 성당 천장에 그려진, 조물주가 생명의 불꽃을 보내려는 찰나의 그 손짓[*]을 연상시키는 태도로 집게손가락을 천천히 폈다. 그런 다음 고개를 숙이고 물러나서 실내를 가로질러 주방 문을 열고 안으로 들어갔다.

그런데 1분도 채 지나지 않아서 주방 문이 다시 열렸다. 그리고 에밀이 모습을 드러냈다.

키 165센티미터에 몸무게가 90킬로그램인 주방장이 실내를 재빨리 둘러보고 나서 백작을 향해 씩씩하게 걸어왔다. 안드레이가 그의 뒤를 따르고 있었다. 주방장 에밀은 식당을 걸어오다가 한 손님의 의자에 부딪쳤으며, 그릇을 든 식탁 치우는 종업원을 하마터면 넘어뜨릴 뻔했다. 백작의 탁자 앞으로 와서 우뚝 멈춰 선 그는 결투를 신청하기 전에 상대를 파악하려는 사람처럼 백작을 위아래

[*] 부오나로티 미켈란젤로의 시스티나 성당 천장화 중 〈아담의 창조〉를 말한다.

로 살펴보았다.

"브라보, 무슈." 그가 분한 어조로 말했다. "브라보!"

그런 다음 발걸음을 돌려 다시 주방 안으로 사라졌다.

안드레이가 약간 숨을 헐떡이면서 머리 숙여 용서와 축하를 동시에 표했다.

"쐐기풀이 맞는답니다, 각하. 백작님의 미각은 따라올 사람이 없습니다."

백작은 자신의 재능에 우쭐해하는 사람이 아니었지만, 그럼에도 만족스러운 미소를 억누를 수 없었다.

백작이 단것을 좋아한다는 것을 아는 안드레이가 디저트 수레를 향해 손짓했다.

"찬사의 뜻으로 자두타르트를 하나 갖다 드릴까요?"

"마음 써줘서 고마워요, 안드레이. 평소라면 전혀 사양치 않겠지만, 오늘 저녁엔 다른 것이 당기는군요."

인간은 자신의 환경을 지배해야 하며 그러지 않으면 그 환경에 지배당할 수밖에 없다는 것을 인정하는 한편으로 백작은 평생을 연금 상태로 지내야 하는 형을 선고받은 사람이 이 목표를 이루려면 어떻게 하는 게 가장 가능성이 높은지 궁리해볼 가치가 있다고 생각했다.

이프성에 갇힌 에드몽 당테스의 경우, 그의 정신을 말짱하게 유지해준 것은 복수에 대한 생각이었다. 부당하게 갇혀 사는 동안 그는 자신에게 악행을 저지른 사람들에게 체계적으로 복수할 계획을 설계함으로써 자기 자신을 지켜나갔다. 세르반테스는 해적들에게 잡혀 알제리에서 노예가 되었지만, 그에게 삶의 버팀목이자 자극제가 된 것은 아직 쓰이지 않은 작품에 대한 기대감이었다. 엘바섬에 유폐된 나폴레옹이 닭들 사이를 거닐고 파리 떼와 씨름하고 진흙 구덩이를 피해 걸을 때 그의 의지가 꺾이지 않도록 힘을 불어넣어 준 것은 싸움에 이기고 파리로 돌아가는 환상이었다.

그러나 백작에게는 복수의 기질이 없었다. 장대한 작품을 구상할 상상력도 없었다. 제국을 복원하겠다는 꿈을 꿀 정도의 공상적인 자아도 없는 게 확실했다. 그는 그런 것들과는 거리가 멀었다. 자신의 환경을 지배하는 사람으로서 백작이 본보기로 삼아야 할 인물은 전혀 다른 종류의 억류자일 터였다. 그것은 바로 해안으로 떠밀려 온 영국 국교도*였다. 배가 난파되어 '절망의 섬'에서 살게 된 로빈슨 크루소처럼 백작은 실질적인 일에 헌신함으로써 자신의 결의를 유지해나가야 하리라. 이 세상의 로빈슨 크루소들은 피난처와 깨끗한 물이 나오는 곳을 찾는다. 그러한 것을 빨리 찾아낼 수 있으리라는 꿈도 없이 찾는다. 그들은 부싯돌로 불을 피우는 법을 익힌다. 그들은 섬의 지형과 기후, 그리고 섬에서 자라는 식물과 동물을 연구한다. 그러는 내내 수평선에 돛이 보이거나 모래밭에 발자국이 나타났는지를 유심히 지켜보는 것을 잊지 않는다.

백작이 나이 많은 그리스인에게 세 개의 메모를 건네며 전달해달라고 한 것은 이걸 위해서였다. 그리스인이 떠난 뒤 몇 시간 안 되

✦ 로빈슨 크루소를 말한다. 참고로, 『로빈슨 크루소』를 쓴 대니얼 디포는 비국교도였으나, 작품에 나타난 로빈슨 크루소의 종교는 영국 국교회(성공회)라는 게 일반적인 평가이다.

어 두 배달원이 백작을 찾아왔다. 뮤어앤멀레스 백화점에서 한 젊은이가 침대 시트를 비롯한 질 좋은 리넨 제품과 적당한 베개를 가지고 왔고, 페트롭스키 아케이드 백화점의 또 다른 젊은이는 백작이 가장 좋아하는 비누 네 개를 가지고 왔다.

그러면 세 번째 사람은? 그녀는 백작이 저녁 식사를 하는 동안 찾아온 게 틀림없었다. 그의 방 침대 위에 밀푀유 하나가 든 연푸른색 상자가 그를 기다리고 있었던 것이다.

예약

낮 12시를 알리는 종소리가 이렇게 환영받은 적은 없었다. 러시아뿐 아니라 유럽, 전 세계를 통틀어도 그랬다. 만약 줄리엣이 낮 12시, 자기 방 창가에 모습을 드러내겠다고 로미오에게 말했다고 치자. 베로나의 청년 로미오가 그 약속 시간에 느꼈을 황홀감도 백작의 황홀감에는 미치지 못했을 것이다. 크리스마스 아침에 슈탈바움 박사의 아이들—프리츠와 클라라*—이 응접실 문이 정오에 열릴 거라는 말을 들었다고 생각해보자. 첫 번째 종이 울릴 때 그 아이들의 기쁨도 백작의 기쁨에는 필적하지 못했을 것이다.

트베르스카야 거리(그리고 한껏 맵시를 부린 젊은 숙녀들과 마주칠 기회)에 대한 생각을 성공적으로 물리치고, 목욕을 하고, 옷을 입고, 커피와 과일(오늘은 무화과였다)을 먹고 나니 10시가 조

✦ 발레 〈호두까기 인형〉에 나오는 인물.

금 지나 있었다. 백작은 몽테뉴의 걸작을 의욕적으로 집어 들었으나, 열다섯 줄쯤 읽고 나서는 매번 그의 눈길이 시계를 향해 슬금슬금 움직인다는 것을 알아차렸다.

솔직히 말하자면 백작은 전날 책상에서 처음으로 그 책을 집어 들었을 때 약간 걱정스러운 생각이 들었다. 한 권의 책으로서는 사전이나 성경—그런 책들은 필요한 내용을 참고하거나 아니면 마음먹고 정독하는 용도의 책이지 '읽는' 책이 아니다—에 버금가는 밀도를 지녔기 때문이었다. 그러나 목차—절개, 절제, 고독, 잠과 같은 주제를 다룬 107편의 에세이 목록—를 살펴본 백작은, 그 책은 마음에 겨울밤이 스며들었을 때 쓰인 책일 거라는 애초의 의심이 확인되었다고 생각했다. 의심할 여지 없이 그 책은, 새들은 이미 남쪽으로 날아갔고 장작은 벽난로 옆에 쌓여 있고 들판은 눈으로 하얀, 그런 때를 위한 책이었다. 즉, 밖으로 나가서 뭔가 할 엄두가 나지 않고 친구들도 고생스럽게 자기를 찾아올 생각이 없는, 그런 시간을 위한 책이었다.

그럼에도 노련한 선장이 먼 여행을 떠날 때 출항하는 정확한 시각을 일지에 기록하는 것처럼 백작은 단호한 표정으로 시계를 흘끗 본 다음 다시 '우리는 여러 가지 방법으로 동일한 결과에 도달한다'는 첫 번째 사유의 바다에 뛰어들었다.

첫 에세이—능란하게 역사 기록에서 실례를 들어 설명한다—에서 작가는 자신의 운명이 다른 사람의 처분에 달려 있을 때는 살려달라고 애원해야 한다는 주장을 대단히 설득력 있게 제시했다.

굴복하지 않는 당당한 태도를 유지하는 것에 대해서도 설득력 있는 주장을 펼쳤다.

어쨌든 두 가지 방법 모두 올바른 방법일 수 있다는 점을 확고히 밝히고 나서 작가는 두 번째 사유로 나아갔다. '슬픔에 대하여'가 그것이었다.

여기서 몽테뉴는 슬픔이 가장 잘 공유되는 감정이라는 것을 확증해준 황금시대의 여러 저명한 권위자들의 사례를 인용했다.

슬픔을 혼자만 간직하는 것에 대해서도 얘기했다.

세 번째 에세이를 읽다가 중간 어디쯤에선가 백작은 시계를 네 번째인가 다섯 번째로 흘깃 쳐다보았다. 아니, 여섯 번째였던가? 흘깃 본 횟수를 정확히 알지는 못했지만, 아무튼 그 행동은 백작의 주의가 두어 번 이상 시계에 끌렸다는 것을 뜻했다.

하긴 그 시계는 참으로 멋지고 정밀한 시계였다!

백작 아버지의 주문에 따라 신망이 두터운 시계 회사 브레게가 만든, 하루에 두 번만 울리는 시계는 그 자체로 걸작이었다. 시계의 글자판은 흰색 에나멜이고, 글자판 테두리는 그레이프프루트색으로 장식되어 있었다. 청금석 몸체는 맨 위에서 맨 아래로 점근적으로 경사지고, 보석으로 장식된 내부 장치들은 정확성을 위해 초지일관 매진하는 것으로 전 세계에 알려진 장인들이 깎고 다듬은 것이었다. 그들은 그런 명성을 얻을 자격이 충분하다고 생각되었다. 세 번째 에세이를 읽어나가는 동안(그 글에서는 플라톤, 아리스토텔레스, 키케로가 막시밀리안 황제와 함께 소파에 모여 있었다) 백작은 똑딱거리는 시계 소리를 낱낱이 들을 수 있었던 것이다.

10시 20분 56초, 시계가 알려주었다.

10시 20분 57초.

58초.

59초.

시계는 호메로스가 자신의 강약약격 운율을 알려주고 베드로가 죄인의 죄를 알려주듯이 초를 완벽하게 알려주었다.

그런데 어디를 읽고 있었더라?

아, 그래. 세 번째 에세이.

백작은 시계가 시야에 들어오지 않게 하려고 의자를 약간 왼쪽으로 옮겼다. 그런 다음 읽던 부분을 찾았다. 15페이지 다섯 번째 단락이었다고 믿었다. 그러나 그 단락의 글로 되돌아갔을 때 문맥이 전혀 와닿지 않고 생소했다. 바로 앞 단락을 읽어봐도 마찬가지였다. 사실, 그는 뒤로 세 페이지를 온전히 돌아가고 나서야 비로소 다시 읽어나갈 수 있을 만큼 분명히 기억나는 구절을 발견했다.

"당신과 함께한다는 건 이런 겁니까?" 백작이 몽테뉴에게 따져 물었다. "한 걸음 나아갔다 두 걸음 뒷걸음질해야 하는 거예요?"

누가 누구의 주인인지 보여주겠노라고 작정한 백작은 스물다섯 번째 에세이에 이를 때까지는 책에서 다시 눈을 떼지 않겠다고 맹세했다. 자신의 각오에 힘입어 네 번째, 다섯 번째, 여섯 번째 에세이를 빨리 읽었다. 일곱 번째와 여덟 번째 글을 더욱더 빨리 해치우고 나자 스물다섯 번째 에세이도 식당 탁자 위에 놓인 물 주전자만큼이나 가까이에 있는 것처럼 보였다.

그러나 열한 번째, 열두 번째, 열세 번째 에세이를 읽어나갔을 때는 목표 지점이 멀리 물러나버린 듯했다. 갑자기 그 책이 식당 탁자가 전혀 아니고 일종의 사하라 사막 같기만 했다. 물통도 비었기 때문에 백작은 곧 힘겹게 당도한 매 페이지의 정상을 향해 문장 위를 기어서 나아갈 것이다. 정상 너머에는 또 다른 페이지가 있을 뿐이지만…….

뭐, 하는 수 없지. 백작은 기어서 앞으로 나아갔다.

11시가 지났다.

열여섯 번째 에세이를 통과했다.

문득 보니, 갑자기 긴 다리로 걸음을 옮기던 분침이 글자판의 꼭대기에서 안짱다리 형제인 시침을 따라잡았다. 두 형제가 막 포옹을 할 때 시계 내부의 스프링이 느슨해지고, 톱니바퀴들이 돌고, 아주 작은 망치가 떨어지면서 정오의 시작을 알리는 첫 종소리가 특유의 감미로운 음향으로 울렸다.

백작의 의자 앞다리가 쿵 하고 바닥을 찧었고 몽테뉴의 책은 공중에서 두 번 돌아 침대보로 떨어졌다. 시계종이 네 번 울릴 때 백작은 종탑의 계단을 돌았으며, 여덟 번 울렸을 때는 이미 로비를 지나 아래층으로 걸음을 향하고 있었다. 그가 매주 한 번씩 찾는 메트로폴 호텔의 독보적인 이발사 야로슬라프 야로슬라블과의 약속이 잡혀 있었던 것이다.

2세기 이상(역사가들이 말하는 바에 따르면 그렇다) 우리 나라 문화를 증진시킨 힘이 상트페테르부르크 살롱에서 나왔다. 새로운 요리, 패션, 사상 등이 러시아 사회로 진입하는 시험적인 첫걸음을 내디딘 곳이 모두 폰탄카강이 내려다보이는 그 커다란 살롱들이었다. 그러나 만약 그렇다고 한다면 그것은 주로 살롱 층 아래, 사람들이 북적거리는 곳 덕분이었다. 일반 거리에서 몇 걸음만 아래로 내려가면 거기에는 집사, 요리사, 하인 등이 있었는데, 다윈이나 마네 같은 인물의 주장이 처음으로 사람들의 입에 오르내릴 때 그러한 개념들이 하나같이 순조로이 퍼져 나갈 수 있게 해준 사람들이 바로 이들이었다.

메트로폴 호텔에서도 그랬다.

1905년에 문을 연 이래 메트로폴 호텔의 스위트룸과 식당들은 매력적이고 영향력 있고 학식 높은 사람들의 모임 장소였다. 그러나 눈에 들어오는 그들의 자연스러운 우아함은 아래층의 가게나 업소에서 행해지는 서비스 없이는 존재하지 않았을 것이다.

로비에서 아래층으로 통하는 넓은 대리석 계단을 내려가면 맨 먼저 신문, 잡지 판매대가 나왔다. 비록 지금은 러시아 국내 뉴스뿐이긴 하지만, 아무튼 신사에게 수많은 뉴스를 제공하는 곳이었다.

다음 가게는 파티마 페데로바의 꽃 가게였다. 자연스레 시대의 피해자가 되고 만 파티마의 가게 선반은 썰렁하게 비었고, 창문들에는 1920년 이래로 종이가 도배되어 있었다. 이 호텔에서 가장 밝았던 곳 가운데 하나인 꽃집이 가장 고적한 곳 가운데 하나가 되어 버린 것이었다. 한창때 이 꽃 가게는 꽃을 대량으로 엄청나게 팔았다. 높다랗게 꽃꽂이한 장식을 호텔 로비에 공급했고, 호텔 방에는 백합을 공급했다. 볼쇼이단 발레리나의 발치에 던질 장미 꽃다발뿐 아니라 그걸 던진 남성의 옷깃 단춧구멍에 꽂을 부토니에도 만들어 공급했다. 그뿐만 아니라 파티마는 기사도 시대 이래로 상류사회를 재배해온 꽃에 관한 관례에 능했다. 사과의 뜻으로 보내야 할 꽃도 알았고 약속 시간에 늦었을 때 어떤 꽃을 보내야 하는지도 알았다. 경솔하게 주제넘은 말을 했을 때 보내는 꽃에 대해서도, 문 앞에서 젊은 숙녀를 보고는 부주의하게 추어올려 자기 애인의 기분을 상하게 했을 때 보내는 꽃에 대해서도 알았다. 요컨대 파티마는 꽃의 향기, 색깔, 목적 등을 벌보다도 더 잘 알았다.

글쎄, 파티마 꽃 가게는 폐업했는지도 몰라, 백작은 생각에 잠겼다. 그러나 파리의 꽃집들도 로베스피에르 '통치' 시기에 문을 닫았었지만, 지금 그 도시에는 꽃들이 넘치고 있지 않은가? 그와 마찬가지로 메트로폴에도 꽃이 풍성해지는 때가 반드시 다시 올 것이다.

복도의 맨 끝에 이르니 마침내 야로슬라프 이발소가 나타났다. 그곳은 낙관주의, 정확성, 정치적 중립성의 땅이었다. 이를테면 호텔의 스위스였다. 백작이 실질적인 일을 통해 자신의 환경을 이겨내기로 맹세했다면, 여기서는 그 수단을 엿볼 수 있었다. 이곳은 매주 한 차례 종교적 의식을 치르듯 머리를 다듬기로 마음먹은 곳이었다.

백작이 안으로 들어섰을 때 야로슬라프는 밝은 회색 옷을 입은 은발의 손님 옆에 서 있었고, 벽 가까이에 놓인 벤치에는 구겨진 재킷을 입은 건장한 사내가 앉아서 자기 차례를 기다리고 있었다. 이발사는 미소로 백작을 맞으며 자기 옆에 있는 빈 의자로 안내했다.

백작은 의자에 올라앉으면서 건장한 사내에게 우호적인 태도로 까딱 고갯짓을 했다. 그런 다음 의자에 등을 기댄 채 야로슬라프 이발소의 경이로운 캐비닛을 물끄러미 바라보았다. 라루스에게 '캐비닛'이라는 단어에 대한 정의를 내려달라고 요청했다면 그 찬사가 자자한 사전 편찬가는 이렇게 대답했을지도 모른다. 물품들을 눈에 안 띄게 넣어두는, 흔히 세부 장식으로 치장된 가구. 이것은 분명 유용한 정의다. 시골의 부엌 찬장에서 버킹엄 궁전의 치펀데일 가구◆에 이르기까지 모든 것을 아우르는 정의일 테니까. 그러나 야로슬라프의 캐비닛은 그런 정의에 깔끔하게 맞아 떨어지지 않을 것이다. 왜냐하면 니켈과 유리로만 만들어진 이 캐비닛은 내용물을 감추려고 고안된 것이 아니라 내용물을 사람들의 눈에 드러나게 할 의도로 고안되었기 때문이다.

그리고 그 의도는 온당하다. 이 캐비닛에 담긴 내용물이 모두 자랑할 만하기 때문이다. 파라핀 포장지로 싼 프랑스제 비누, 상아색 통에 담긴 영국제 비누 거품, 특이하게 생긴 작은 유리병에 담긴 이탈리아제 화장수, 그리고 뒤쪽에 숨어 있나? 야로슬라프가 눈을 찡긋하며 '젊음의 샘'이라고 말했던 그 검은색 작은 병 말이다.

백작의 시선이 캐비닛에서 야로슬라프에게로 옮겨가는 모습이 거울에 비쳤다. 야로슬라프는 가위 두 개를 동시에 들고 은발의 신사에게 마법 같은 기술을 발휘하고 있었다. 야로슬라프의 손에 들린 가위는 처음에는 무용수가 뛰어올라 두 다리를 공중에서 교차하는 동작인 앙트르샤를 연상시켰다. 그러나 이발이 진행되는 동안 그의 손은 점점 더 빨라져서 마침내 가위는 고파크◆◆를 추는 카자크 사람처럼 뛰어올라 다리를 내차곤 했다. 만약 마지막 가위질이 끝나는 순간에 커튼이 내려왔다가 잠시 후에 다시 올라가면서 이발사가 허리 숙여 인사하고 청중들이 박수갈채를 보낸다면 더없이 적절했을 것이다.

야로슬라프는 손님의 목에 둘렀던 하얀 망토를 벗겨서 허공에서

◆ 곡선이 많은 장식적인 디자인의 가구.
◆◆ 우크라이나의 민속춤. 4분의2 박자의 빠른 춤이다.

툭툭 털었다. 이어 신발 뒷굽을 딸깍 맞부딪치며 정중히 서서 훌륭히 끝낸 일에 대한 대가를 받았다. 그 신사가 이발소를 나갈 때(백작이 이발소에 들어왔을 때 본 모습보다 더 젊고 기품 있어 보였다) 이발사는 새 망토를 들고 백작에게로 왔다.

"각하, 오늘 기분은 어떠십니까?"

"아주 좋아요, 야로슬라프. 더할 나위 없이 좋아요."

"오늘은 어떻게 해드릴까요?"

"그냥 다듬어만 줘요, 야로슬라프. 조금 다듬기만 해줘요."

가위가 섬세하게 사각사각 소리를 내기 시작했을 때, 백작은 벤치에 앉아 있는 건장한 손님에게 뭔가 변화가 일어난 것 같다는 느낌이 들었다. 백작은 바로 좀 전에 그에게 우호적인 태도로 고개를 까딱해 보였지만, 사내의 얼굴은 그사이 더 붉어진 것 같았다. 실은 백작은 그게 틀림없다고 확신했다. 붉은빛이 사내의 귀까지 퍼져 있었던 것이다.

백작은 한 번 더 우호적으로 고개를 까딱해 보일 심산으로 그와 다시 눈을 맞추려 했으나 사내는 야로슬라프의 등에 시선을 고정하고 있었다.

"내가 다음 차례였소." 사내가 말했다.

자신의 기술에 빠져드는 경향이 있는 대부분의 예술가들처럼 야로슬라프는 효과적으로 우아하게 계속 가위질을 해나갔다. 따라서 사내는 좀 더 단호한 목소리로 자신의 말을 되풀이해야 했다.

"내가 다음 차례였소."

더 날카로운 어조로 내뱉는 사내의 예술적인 목소리에 끌린 야로슬라프는 정중하게 대답했다.

"잠시만 기다려주시면 곧 해드리겠습니다, 선생님."

"내가 여기 들어왔을 때도 그렇게 말했잖소."

사내의 말에는 적의가 뚜렷이 배어 있어서 야로슬라프는 가위질을 멈추고 고개를 돌려야 했고, 놀란 표정으로 사내의 도끼눈을 마주하게 되었다.

백작은 남의 대화에 절대 끼어들지 말라는 가르침을 받으며 자랐지만, 지금 이발사는 백작을 위해 상황을 설명해야 할 처지에 놓이지 않아야 한다는 생각이 들었다. 그래서 백작은 중재에 나섰다.

"야로슬라프는 선생을 불쾌하게 할 뜻이 전혀 없었습니다. 단지 매주 목요일 12시에 내 고정적인 예약이 잡혀 있어서 그랬을 뿐이에요."

사내는 이제 도끼눈을 백작에게로 돌렸다.

"고정적인 예약." 그가 그 말을 반복했다.

"예."

사내가 갑자기 일어났다. 그 바람에 벤치가 뒤로 밀리며 벽을 쩧었다. 사내의 키는 168센티미터가 채 안되어 보였다. 재킷 소매에서 튀어나온 그의 주먹도 귀만큼 빨갰다. 그가 한 걸음 다가오자 야로슬라프는 뒷걸음치며 카운터 가장자리로 물러섰다. 사내는 한 걸음 더 이발사 쪽으로 다가가더니 이발사의 손에서 가위 하나를 빼앗았다. 이어 몸이 한결 가벼운 사람 같은 재빠른 움직임으로 몸을 돌려 백작의 멱살을 잡더니 단번에 백작의 오른쪽 콧수염을 잘라버렸다. 사내는 더욱 단단히 멱살을 잡고서 그들 두 사람의 코가 거의 맞닿을 정도로 백작을 바짝 끌어당겼다.

"당신, 곧바로 예약을 또 해야겠군." 사내가 말했다.

그러고 나서 백작을 다시 의자에 밀어 넣고 가위를 바닥에 팽개친 다음 어슬렁어슬렁 이발소를 나갔다.

"각하." 야로슬라프가 소스라치게 놀라며 소리쳤다. "그 사람은 평생 처음 보는 사람입니다. 과연 이 호텔에 묵는 사람인지조차 전 모릅니다. 아무튼 그자는 다시는 여기 발붙이지 못하게 될 거예요. 그건 장담할 수 있습니다."

일어선 백작은 화를 터뜨리는 야로슬라프의 말에 맞장구치고 싶었고, 그자의 죄에 합당한 벌을 내려달라고 부탁하고 싶었다. 하지만 백작은 자신에게 그런 짓을 한 사람에 대해 무엇을 알고 있단 말인가?

구겨진 재킷 차림으로 벤치에 앉아 있는 사내를 처음 보았을 때 백작은 그가 정신없이 일하는 부류의 사람이라는 것을 즉시 느낄 수 있었다. 이발소 안에서 우연히 본 그 사람은 처음부터 자신을 해코지하고자 마음먹고 있었다는 생각이 들었다. 그러나 백작이 아는 거라곤 그 사내는 아마도 2층에서 묵고 있는 신규 입주자 가운데 한 명일 수 있다는 것뿐이었다. 사내는 성년이 되어 제철소에서 일하고, 1912년에 노동조합에 가입하고, 1916년에 파업을 이끌고, 1918년에 적색 대대를 통솔하고, 이제는 전 산업계를 지휘하는 인물인지도 몰랐다.

"그 사람이 옳았어요." 백작이 야로슬라프에게 말했다. "그는 믿음을 가지고 기다리고 있었던 거예요. 당신은 다만 내 예약을 존중해주길 바란 거고요. 내가 의자를 양보하고 당신에게 그의 이발을 먼저 하라고 얘기해야 했어요."

"그런데 우린 이제 어떡해야 합니까?"

백작은 거울을 향해 몸을 돌리고 자신의 모습을 들여다보았다. 그처럼 자신의 모습을 눈여겨 살핀 것은 몇 년 만에 처음인 것 같았다.

오랫동안 백작은 신사란 불신감을 가지고 거울을 보아야 한다고 믿어왔다. 거울은 자기 발견의 도구이기보다는 자기기만의 도구인 경향이 있기 때문이었다. 젊은 미인이 거울에 비친 자기 모습이 가장 아름다워 보이는 각도에 맞추려고 30도쯤 몸을 돌려 거울을 들여다보는 것을 그는 얼마나 자주 보았던가?(이후로 모든 세상이 그녀를 오직 그 각도에서만 바라볼 거라는 듯이!) 형편없이 유행에 뒤떨어진 모자를 쓴 귀부인이 스스로 그 모자를 현대적인 것으로 여기는 경우를 그는 얼마나 자주 보았던가? 부인의 거울 또한 똑같이 지나간 시대의 양식으로 만들어졌기 때문인 것일까? 백작은 멋들어진 재킷을 입고 있다는 사실을 자랑스러워했다. 그러나 신사의 존재는 외투의 맵시에 의해서가 아니라 태도와 발언과 몸가짐을 통해 가장 잘 드러난다는 것을 알고 있다는 사실에 더 큰 자부심을 가지고 있었다.

그래, 백작은 생각했다. 세상은 돌고 도는 거야.

사실 지구는 지축을 중심으로 회전하면서 동시에 태양 주위를 돈다. 은하수도 돈다. 더 큰 바퀴 속의 작은 바퀴인 셈이다. 천체는 돌면서 시계의 작은 망치가 내는 종소리와는 완전히 다른 자연의 소리를 낸다. 그 천체의 종소리가 울리면 아마 거울은 불현듯 자신의 보다 더 진정한 목적에 맞게 일할 것이다. 즉, 우리 인간에게 자신이 상상하는 자신의 모습이 아니라 자신이 어떤 사람이 되었는지, 그 실제 모습을 드러내 보일 것이다.

백작은 다시 의자에 앉았다.

"수염을 깨끗이 깎아줘요." 그가 이발사에게 말했다. "깨끗이 밀어줘요, 친구."

아는 사이

호텔 메트로폴에는 식당이 두 개 있었다. 우리가 이미 가본 적이 있는, 2층 구석에 차분히 자리 잡은 전설적인 식당 보야르스키가 그 하나였다. 다른 하나는 로비에서 약간 떨어져 있는 대식당으로, 공식적으로는 '메트로폴'로 알려졌지만 백작은 애정을 담아 피아차◆라고 부르는 식당이었다.

분명히 말하건대, 피아차는 보야르스키의 우아한 장식과 세련된 서비스와 절묘한 요리에 맞설 수 없었다. 실제로도 피아차는 우아함이나 서비스나 절묘함을 갈망하지 않았다. 대리석 분수대 주위로 80개의 탁자가 흩어져 있고, 양배추 피로시키에서 송아지 커틀릿에 이르기까지 모든 메뉴를 제공하는 피아차는 이 도시의 확장이라는 의미를 띠고자 했다. 도시의 정원, 시장, 도로의 확장을 의미하는 식당이 되고자 했다. 이곳은 모든 부류의 러시아인들이 와서 커피를 마시며 여유로운 시간을 보내고, 우연히 친구를 만나고, 뜻하지 않게 논쟁에 끼어들고, 일없이 시간을 때우는 곳이었다. 거대한 유리천장 아래에 자리 잡고 혼자서 식사하는 사람이 의자에서 일어나는

◆ 이탈리아어로 광장을 의미한다.

일 없이 그대로 앉아 마음껏 감탄하고 분개하고 의심하고 웃을 수 있는 곳이기도 했다.

웨이터는? 파리 카페의 웨이터들처럼 피아차의 웨이터들은 '능률적'이라는 칭찬이 딱 어울리는 사람들이었다. 그들은 많은 손님을 안내하는 데 익숙해서 여덟 명의 일행을 4인용 탁자에 쉽게 앉힐 수 있었다. 오케스트라 음악이 흐르는 동안 고객들이 원하는 음료를 파악한 후, 몇 분 내에 여러 가지 음료를 쟁반에 담아 들고 사뿐히 돌아와서 자리를 혼동하는 일 없이 빠른 솜씨로 탁자 둘레에 연속적으로 내려놓았다. 만약 누가 메뉴판을 손에 들고 뭘 주문할지 잠시라도 망설인다면 그들은 그 손님의 어깨 위로 몸을 기울이며 이 식당의 별미 요리를 콕 찍어줄 것이다. 손님이 마지막 남은 디저트를 먹고 나면 그들은 잽싸게 그릇을 치우고 계산서를 줄 것이며, 그로부터 1분도 안 되어 거스름돈을 거슬러줄 것이다. 다시 말해서 피아차의 웨이터들은 자신들이 할 일을 속속들이 잘 알았다.

적어도 전쟁 전에는 그런 식이었다…….

오늘은 식당이 거의 비었고, 백작을 시중드는 웨이터는 피아차에 새로 왔을 뿐 아니라 웨이터 업무도 처음인 것처럼 보였다. 키가 크고 마르고 머리가 작고 거만한 태도를 지닌 그는 얼마간 체스보드에서 튀어나온 비숍 같아 보였다. 백작이 손에 신문을 들고 자리에 앉았을 때—혼자서 식사를 한다는 국제적 상징이다—그 친구는 자리를 다시 정리해주려는 노력도 기울이지 않았다. 백작이 메뉴판을 닫고서 접시 옆에 내려놓았을 때—주문할 준비가 되었다는 국제적 상징이다—에도 그 친구는 별다른 반응이 없어서 백작은 손을 흔들어 신호를 보내야 했다. 백작이 오크로시카*와 넙치 필레를 주문했을 때 그 친구는 소테른 와인 한 잔을 곁들이지 않겠느냐고 물었다. 만약 백작이 푸아그라를 주문했더라면 분명 완벽한 제안이었을 것이다!

"샤토 드 보들레르 한 병이 낫겠군요." 백작이 점잖게 고쳐 말했다.

"그럼요." 비숍이 성직자 같은 미소를 지으며 대답했다.

솔직히 보들레르 한 병은 혼자 먹는 점심에는 사치스러운 것이었다. 그러나 오늘 아침에도 지칠 줄 모르는 미셸 드 몽테뉴를 읽으며 시간을 보낸 터라 백작은 자신의 사기를 북돋울 필요가 있다고 생각했다. 사실, 며칠 동안 불안한 상태를 막아보려고 긴장 속에서 지냈다. 하루에 몇 번씩 로비에 내려갈 때면 자기도 모르게 계단을 세고 있었다. 항상 즐겨 찾는 의자에 앉아 신문 헤드라인을 훑을 때면 콧수염의 끝을 비틀려고 자연스레 손이 올라가는데, 그곳에는 이제 콧수염이 없었다. 그는 12시 1분이면 점심을 먹으러 피아차의 문을 들어섰다. 그리고 1시 35분에 110개의 계단을 걸어 올라가 자기 방으로 들어가는데, 그 순간에 이미 술을 한잔하러 다시 아래층으로 내려갈 수 있는 시간을 계산해보는 것이었다. 그가 이런 과정을 계속한다면 오래지 않아 천장은 조금씩 밑으로 내려오고 벽은 조금씩 안으로 좁혀 들고 바닥은 조금씩 위로 올라와서 마침내 호텔 전체가 비스킷 통만 한 크기로 좁아들 것만 같았다.

백작은 와인을 기다리면서 식당을 둘러보았지만 식사하는 사람들은 그에게 아무런 위안이 되지 못했다. 건너편 탁자에는 외교 사절단에서 낙오된 두 사람이 앉아 외교의 시대가 오기를 기다리며

✦ 러시아에서 여름철에 즐겨 먹는 차가운 수프.

음식을 깨작거리고 있었다. 저편 한쪽 구석에서는 2층에서 지내는 안경 쓴 사내 한 명이 탁자 위에 커다란 서류 네 부를 펼쳐놓고 단어 하나하나를 비교하고 있었다. 특별히 즐거워 보이는 사람은 없었다. 백작에게 관심을 보이는 사람도 없었다. 단 노란색을 좋아하는 성향이 있는 그 여자아이는 예외였다. 그 애는 분수대 뒤편 자신의 탁자에 앉아 백작을 몰래 살펴보는 것 같았다.

바실리에 따르면 곧은 금발의 이 아홉 살배기 아이는 아내를 여의고 홀아비가 된 우크라이나 관리의 딸이었다. 여느 때와 마찬가지로 아이는 아이의 여자 가정교사와 함께 앉아 있었다. 아이는 백작이 자기 쪽을 보고 있다는 것을 깨닫자 메뉴판으로 얼굴을 가리고 숨었다.

"수프 나왔습니다." 비숍이 말했다.

"아, 고마워요. 맛있어 보이는군요. 와인 잊지 말아요!"

"그럼요."

오크로시카로 주의를 돌린 백작은 그 수프가 썩 훌륭하게 요리되었다는 것을 한눈에 알 수 있었다. 러시아인이라면 누구나 집에서 먹어보았을, 할머니가 만들어준 수프 한 그릇, 바로 그것이었다. 수프의 맛을 음미하려고 눈을 감고 한 스푼 떠서 입에 넣은 백작은 온도는 알맞게 차갑고, 소금은 약간 많이 넣은 편이며, 크바스*는 약간 적게 넣었고, 딜**은 딱 적당하게 넣었다는 것을 알아차렸다. 그것은 여름을 알리는 음식이었다. 귀뚜라미 울음소리를 떠올리게 하고 마음을 차분하게 안정시키는 음식이었다.

✦ 러시아의 전통 청량음료.
✦✦ 허브의 일종. 시베리아에는 '모든 수프에 딜을 넣어라'라는 말이 있다.

눈을 떴을 때 백작은 하마터면 스푼을 떨어뜨릴 뻔했다. 노란색을 좋아하는 그 여자아이가 탁자 모서리에 서서 그를 보고 있었다. 아이는 어린이와 개 특유의, 예의에 대한 관념이 없는 호기심으로 백작을 살펴보고 있었다. 게다가 오늘은 아이의 옷이 레몬색을 띠고 있다는 사실이 아이가 갑작스럽게 나타난 충격을 증폭시켰다.

"그거 어디 갔어요?" 아이가 다짜고짜 물었다.

"뭐 말이니? 뭐가 어디 갔다는 거니?"

아이는 백작의 얼굴을 더 자세히 보기 위해 고개를 기울였다.

"아저씨 콧수염 말이에요."

백작은 아이들과 소통할 일이 많지 않았지만, 아무튼 그는 아이가 낯선 사람에게 함부로 접근해서는 안 되고, 식사 도중에 식사를 방해하며 끼어들어서도 안 되고, 개인적인 외모에 관해 물어보는 것은 더더욱 안 된다는 것을 충분히 알 만큼 교육받고 자랐다. 이제는 학교에서 남의 일에 참견하지 말라고 가르치지 않는 걸까?

"그게 말이다." 백작이 대답했다. "여름을 보내려고 제비처럼 다른 곳으로 날아갔단다."

그러고 나서 그는 아이들이 모방하는 것을 좋아할 거라는 생각에서 한 손을 파닥이며 탁자에서 공중으로 움직여 제비가 날아가는 흉내를 냈다.

아이는 백작의 반응에 고개를 끄덕여 만족감을 표현했다.

"나도 여름엔 다른 곳으로 여행할 거예요."

백작은 고개를 끄덕여 축하한다는 뜻을 나타냈다.

"흑해로." 아이가 덧붙였다.

그런 다음 아이는 빈 의자를 끌어당겨서 앉았다.

"나랑 얘기하고 싶니?" 백작이 물었다.

아이는 대답 대신 몸을 앞뒤로 꼼지락꼼지락 움직여서 편안하게 자리 잡은 다음 팔꿈치를 탁자 위에 올려놓았다. 아이의 목에는 조그만 펜던트가 달린 금목걸이가 걸려 있었다. 펜던트는 행운의 마스코트이거나 아니면 로켓*인 듯싶었다. 백작은 아이의 가정교사 쪽을 바라보았다. 가정교사의 주의를 끌기 위함이었으나, 그녀는 책에 코를 파묻고 있는 법을 경험으로 배운 게 틀림없었다.

아이는 다시 갯과 동물처럼 고개를 기울였다.

"아저씨가 백작이라는 거, 사실이에요?"

"그래, 사실이다."

아이의 눈이 휘둥그레졌다.

"아는 공주님이 한 명이라도 있었어요?"

"아는 공주님이 많았지."

아이의 눈이 더 크게 휘둥그레졌다가 작아졌다.

"공주가 되는 건 아주 어려운 일이죠?"

"아주 어렵지."

그 순간, 아직 오크로시카가 그릇에 반이나 남았는데도 비숍이 넙치 필레를 들고 나타나 그것과 먹던 것을 바꾸었다.

"고마워요." 백작이 말했다. 손에는 여전히 스푼이 들려 있었다.

"예."

백작은 보들레르 와인은 어찌 됐느냐고 물어보려 입을 열었으나 비숍은 이미 가버렸다. 백작이 다시 아이에게 눈을 돌렸을 때 아이

◆ 사진이나 기념품, 머리카락 따위를 넣어 목걸이에 다는 작은 장신구.

는 생선 요리를 빤히 쳐다보고 있었다.

"이게 뭐예요?" 아이가 물었다.

"이거? 넙치 필레야."

"맛있어요?"

"너, 점심 안 먹었니?"

"점심이 맛이 없었어요."

백작은 맛보기로 생선 요리를 한 점 떼어서 접시에 옮긴 다음, 그 것을 밀어서 건넸다. "자, 먹어보렴."

아이는 그 전부를 포크로 찍어서 입에 넣었다.

"끝내주게 맛있어요." 아이가 말했다. 우아한 표현은 아니었을지 라도 맞는 말이긴 했다. 그리고 나서 아이는 약간 슬픈 미소를 띠며 한숨을 내쉬었는데, 밝은 푸른 빛깔의 아이의 눈은 백작의 점심을 겨냥하고 있었다.

"음." 백작이 나직이 말했다.

백작은 접시를 다시 가져와서 넙치 필레의 절반을 옮겼다. 아울 러 시금치와 꼬마 당근도 절반을 던 다음 다시 아이에게 주었다. 아 이는 아마 오래 있기 위해서인 듯 다시 몸을 앞뒤로 꼼지락거리며 고쳐 앉았다. 그러고는 조심스럽게 채소를 접시 가장자리로 밀어놓 은 다음 생선을 같은 크기 넷으로 잘랐다. 이어 오른쪽 위에 있는 조각을 입에 넣고 나서 다시 질문을 시작했다.

"공주님은 하루를 어떻게 보내나요?"

"보통의 젊은 아가씨들처럼." 백작이 대답했다.

아이는 계속 얘기해달라는 뜻으로 끄덕하고 고갯짓을 했다.

"아침에는 프랑스어, 역사, 음악 같은 것을 배울 거야. 공부가 끝나면 친구들과 이야기를 나누며 시간을 보내거나 공원을 산책할 수도 있겠지. 그리고 점심은 채소를 곁들여서 먹을 테고."

"아빠가 얘기하길, 공주는 패배자들이 군림하던 시대의 타락을 보여주는 사람들이래요."

백작은 깜짝 놀랐다.

"몇몇은 그랬을 수도 있겠지." 백작이 수긍했다. "그러나 다 그런 건 아니야. 그건 확실히 말할 수 있어."

아이가 포크를 흔들며 말했다.

"신경 쓰지 마세요. 아빠는 훌륭한 사람이고 트랙터 일에 관해서라면 알아야 할 것을 다 알고 있지만 공주와 관련된 일에 관해서는 아무것도 몰라요."

백작은 안도의 표정을 지었다.

"무도회에 가본 적 있어요?" 아이가 잠시 생각한 뒤에 말을 이었다.

"있고말고."

"아저씨도 춤추었어요?"

"난 무도회장 마룻바닥을 꽤나 닳게 만든 사람으로 알려져 있단다." 그 말을 하는 백작의 눈에 예의 그 반짝이는 빛—과열된 대화를 진정시키고, 상트페테르부르크의 수많은 살롱에서 미녀들의 눈을 사로잡곤 했던 그 조그만 불꽃—이 서렸다.

"마룻바닥을 닳게 만들어요?"

"으흠." 백작이 말했다. "그래. 난 무도회에서 춤을 추었어."

"아저씬 성에서 살았어요?"

"우리 나라에선 성이 동화에 나오는 것만큼 흔치 않단다." 백작이 설명했다. "하지만 난 성에서 식사를 한 적이 있지……."

백작의 이러한 반응을 완벽하지는 않다 해도 충분히 만족스러운 것으로 받아들인 아이는 이제 생각에 잠긴 표정으로 이마를 찌푸렸다. 아이는 생선 요리 한 조각을 다시 입에 넣고 씹으며 뭔가를 골똘히 생각했다. 그러다가 갑자기 앞으로 몸을 기울였다.

"결투해본 적 있어요?"

"아페르 도뇌르(결투)?" 백작이 머뭇거리며 말했다. "결투 같은 것을 해본 적이 있는 것 같은데……."

"권총을 들고 서른두 걸음 걸어가서?"

"내 경우엔 진짜 결투라기보다는 비유적인 의미에서의 결투였어."

이 유감스러운 설명에 백작의 손님인 아이가 실망감을 드러내자 백작은 위로가 될 다른 얘깃거리를 찾았다.

"나의 대부께서는 두 번 이상의 결투에서 입회인으로 나섰단다."

"입회인?"

"어떤 신사가 모욕을 당해서 결투장에서 결투를 벌일 것을 제의하면 그와 상대는 각각 입회인을 선정하지. 입회인은 본질적으로 참모 같은 사람인 거야. 결투의 규칙을 정하는 사람도 입회인이란다."

"어떤 결투 규칙요?"

"결투 시간과 장소. 어떤 무기를 사용할 것인가. 만약 권총이라면 몇 걸음을 걸어간 뒤에 쏠 것이며, 한 번만 쏠 것인가 그 이상 쏠 것인가 따위."

"아저씨의 대부라고 하셨죠? 그분은 어디에서 사셨어요?"

"여기 모스크바에서."

"결투가 모스크바에서 있었어요?"

"그중 한 번은 그랬어. 사실, 그 결투는 이 호텔에서 일어난 분쟁에서 비롯되었단다. 한 해군 제독과 공작 간의 분쟁이었어. 그들 두 사람은 꽤 오랫동안 사이가 안 좋았던 것 같아. 그러다가 어느 날 밤, 둘이 이 호텔 로비에서 마주쳤을 때 일이 터지고 말았어. 그중 한 사람이 장갑 한 짝을 바로 그곳에 던진 거지."

"어느 곳에요?"

"안내인 데스크 옆에."

"내가 늘 앉는 곳이네요!"

"그래. 그럴 거야."

"두 사람이 한 여자를 사랑했던 거예요?"

"여자는 이 일과 관련이 없었던 것 같아."

아이는 믿을 수 없다는 표정으로 백작을 쳐다보았다.

"여자는 언제나 관련이 있어요." 아이가 말했다.

"그런가. 그럴지도. 아무튼 원인이 뭐든 간에 모욕한 사람은 사과하라는 요구를 받았는데, 그걸 거절한 거야. 그래서 모욕당한 사람이 장갑을 던진 거지. 당시 이 호텔을 운영하던 사람은 케플러라는 독일인이었어. 소문에 의하면 그 사람은 자신의 능력으로 남작 작위를 받았다고 해. 그리고 자신의 사무실 판벽 뒤편에 권총 두 자루를 숨겨두고 있는 것으로 일반적으로 알려져 있었지. 그래서 그런 일이 일어나면 입회인들이 비밀리에 협의할 수 있었고, 마차를 부를 수 있었고, 결투하게 될 두 사람이 손에 권총을 들고 정해진 장소로 재빨리 갈 수 있었다는 거야."

"동이 트기 전 이른 시각에……."

"동이 트기 전 이른 시각에."

"어떤 외진 곳으로 가서……."

"어떤 외진 곳으로 가서."

아이가 몸을 내밀었다.

"렌스키는 결투에서 오네긴의 총에 맞아 죽었어요."✦

아이는 푸시킨의 작품에 나오는 신중함이 요구되는 그 결투를 그대로 전달하는 양 숨죽인 목소리로 말했다.

"맞아." 백작도 낮은 목소리로 대답했다. "그리고 푸시킨도 그랬지."

아이는 엄숙한 표정으로 고개를 끄덕이며 동의했다.

"상트페테르부르크의 초르나야레치카(검은 강) 강둑에서." 아이가 말했다.

"초르나야레치카 강둑에서."

이제 아이의 생선 요리가 없어졌다. 아이는 냅킨을 접시에 내려놓고, 백작이 좋은 점심 친구임이 입증되었다는 것을 완전히 받아들일 수 있다는 뜻으로 한 차례 끄덕 고갯짓을 하고 나서 자리에서 일어났다. 그러나 몸을 돌려 떠나기 전에 잠시 멈춰 섰다.

"난 아저씨 콧수염이 없는 게 더 좋아요." 아이가 말했다. "콧수염이 없으니 아저씨의…… 용모가 더 살아나는 것 같아요."

그런 다음 아이는 약간 어색하게 한쪽 다리를 뒤로 빼고 무릎을 구부려 인사하고 나서 분수대 뒤로 사라졌다.

✦ 알렉산드르 푸시킨의 운문 소설 『예브게니 오네긴』에 나오는 내용.

아페르 도뇌르…….

백작은 그날 밤 호텔 술집에서 브랜디 한 잔을 앞에 두고 홀로 앉아 약간의 자책감을 느끼며 그것에 관해 생각했다.

로비에서 조금 떨어진 곳에 자리 잡은 이 미국풍의 술집에는 긴 의자와 마호가니 카운터가 있었으며, 한쪽 벽에는 술병이 가득 진열되어 있었다. 백작은 이 술집을 샬랴핀이라고 불렀는데, 그것은 혁명 이전에 이곳을 자주 찾았던 위대한 러시아 오페라 가수 샬랴핀을 기념하려는 뜻으로 애정을 담아 부르는 이름이었다. 샬랴핀은 한때는 사람들로 북적거렸으나 지금은 기도와 사색에 적합한 예배당 같은 곳이 되어버렸다. 그러나 오늘 밤은 샬랴핀의 분위기가 백작의 기분과 잘 어울렸다.

그건 그래. 그는 생각을 계속했다. 거의 모든 인간 행위가 적절한 프랑스어로 표현되기만 하면 아주 그럴듯하게 들린단 말이야…….

"제가 도와드릴까요, 백작님?"

샬랴핀의 바텐더 아우드리우스였다. 금빛 염소수염과 넉넉한 미소를 지닌 리투아니아 사람인 아우드리우스는 자신의 일을 잘 아는 사내였다. 손님이 스툴에 앉으면 곧장 팔을 카운터에 올리고 몸을 기울여서 손님이 원하는 것을 물었으며, 손님의 잔이 비면 지체 없이 다가와서 정성껏 응대하곤 했다. 그러나 백작은 왜 그가 지금 이 순간에 도와주겠다고 하는지 그 이유를 알지 못했다.

"옷 입는 거 말이에요." 바텐더가 말했다.

실은 백작은 블레이저 소매에 팔을 집어넣기 위해 애를 쓰고 있었다. 언제 상의를 벗었는지 기억도 나지 않았다. 백작은 여느 때와 다름없이 6시에 샬랴핀에 들어섰다. 그는 평소 저녁 식사 전에 아페리티프◆를 한 잔으로 엄격히 제한했으며, 그 습관을 줄곧 유지해왔다. 그러나 점심때 보들레르 와인이 끝내 나오지 않았다는 생각에 백작은 뒤보네를 두 잔이나 마셨다. 그러고 나서 브랜디를 한 잔인가 두 잔인가 마셨다. 그리고 문득 정신을 차리니 시간이……, 시간이…….

"지금 몇 시인가, 아우드리우스?"

"10시입니다, 각하."

"10시라고!"

아우드리우스가 갑자기 손님의 자리인 카운터 이쪽에 나타나서 백작이 스툴에서 일어서는 것을 돕고 있었다. 그는 백작이 로비를 가로질러 가도록 인도했는데(전혀 불필요한 일이었다), 그사이에 백작은 꼬리를 물고 이어지는 자신의 생각 속으로 그를 초대했다.

"아우드리우스, 이거 알아? 1700년대 초에 러시아 장교들이 결투라는 것을 처음 발견했을 때 그들은 결투를 지나치게 열광적으로 좋아했어. 그래서 그걸 그대로 두면 머잖아 군대를 이끌 사람이 하나도 남아 있지 않을지도 모른다는 두려움 때문에 차르가 결투 행위를 금지했다는 거 말이야."

"전 몰랐습니다, 각하." 바텐더가 빙긋 웃으며 대답했다.

"음, 사실이네. 결투는 『예브게니 오네긴』에서 행동의 중심을 이루지. 그뿐 아니라 『전쟁과 평화』, 『아버지와 아들』, 『카라마조프가

◆ 식욕을 증진하기 위해 식전에 마시는 술.

의 형제들』에서도 결정적인 때에 결투 장면이 등장한다네! 러시아 문호들은 대단한 창작 능력에도 두 명의 중심인물이 서른두 걸음을 걸어간 다음 권총으로 양심의 문제를 해결하는 것보다 더 좋은 플롯 장치를 생각해낼 수 없었던 것 같아.”

“백작님 말씀의 요점을 알겠습니다. 그런데 벌써 여기네요. 제가 5층을 눌러드릴까요?”

백작은 자신이 승강기 앞에 서 있다는 것을 문득 깨닫고서 놀란 표정으로 바텐더를 쳐다보았다.

“그런데 말이야 아우드리우스, 나는 평생 승강기를 타지 않았다네!”

백작은 바텐더의 어깨를 토닥거린 후에 계단을 걸어 오르기 시작했다. 그러다가 2층 층계참에 이르렀을 때 계단에 주저앉았다.

“왜 우리 국민은 다른 나라 모든 국민들보다 더 열렬히, 전폭적으로 결투를 수용했을까?” 그가 계단통에 대고 수사적으로 물었다.

일부 사람들은 틀림없이 그걸 야만성의 부산물로 치부해버릴 것이다. 러시아의 길고 무자비한 겨울, 익숙한 기근, 정의에 대한 거친 감각 등등을 고려하면 상류층 사람들이 최종적인 폭력 행위를 분쟁 해결의 수단으로 받아들인 것은 지극히 자연스러웠다는 것이다. 그러나 결투가 러시아 신사들 사이에 만연했던 것은 다만 장려한 것, 숭고한 것에 대한 그들의 열정에서 비롯된 것이었을 뿐이라는 게 그에 대해 깊이 생각해본 백작의 견해였다.

사실, 결투는 관련한 신사들의 비밀을 보장하기 위해 관례적으로 새벽에 외딴 장소에서 이루어졌다. 그러나 그렇다고 해서 잿더미 뒤쪽이나 폐품 하치장에서 결투가 벌어졌는가? 당연히 그렇지 않았다! 결투는 눈 덮인 자작나무 사이 빈터에서, 또는 구불구불한 강의 강둑에서 벌어졌다. 또는 나무에 핀 꽃들이 산들바람에 흔들리는 어느 가문 사유지의 가장자리에서 벌어졌다……. 요컨대 결투는 오페라 2막에서 볼 수 있을 법한 배경 같은 곳에서 이루어졌던 것이다.

러시아에서는 어떤 행위든 간에 배경이 장려하고 대의가 숭고하기만 하다면 지지자가 있을 것이다. 사실 시간이 지날수록 결투 장소가 더 아름다워지고 권총이 더 멋있게 만들어지면서 잘난 남자들은 점점 더 사소하고 하찮은 모욕에도 자신의 명예를 지키겠다고 흔쾌히 나서는 형국이 되었다. 그래서 처음에는 결투가 큰 죄─배반, 반역, 간통 따위─에 대한 반응으로 시작되었다면, 1900년 무렵에는 아주 사소한 것까지 결투의 이유가 되는 지경에 이르렀다. 결국 모자를 삐딱하게 썼다거나 계속 쩨려보았다거나 쉼표의 위치가 틀렸다거나 하는 이유로도 결투가 벌어졌다.

잘 정립된 옛 결투 규약에는 모욕한 사람과 모욕받은 사람이 총을 쏘기 전에 걸어가는 걸음의 수는 모욕의 강도에 반비례해야 한다는 생각이 자리 잡고 있었다. 즉, 가장 심한 모욕의 경우에는 두 사람 중 한 사람은 절대 살아서 결투장을 떠나는 일이 없도록 가장 적게 걸어가서 쏘는 결투로 끝장을 보아야 한다는 것이다. 흠, 그렇다고 한다면…… 백작은 생각했다. 새로운 시대에는 적어도 만 걸음 이상 떨어진 거리에서 결투를 벌여야 하리라. 다음과 같은 방법은 어떨까. 누가 장갑을 내던져서 입회인을 지정하고 무기를 선택한다. 모욕한 사람은 미국행 배를 타야 하고, 모욕받은 사람은 일본행 배를 탄다. 각 나라에 도착한 두 사람은 각자 가장 좋은 외투를

입고 각자의 건널 판자를 내려가서 부두에서 몸을 돌려 총을 쏠 수
도 있으리라.

어쨌든……

닷새 후 백작은 기쁘게도 새롭게 아는 사이가 된 니나 쿨리코바
에게서 차를 마시자는 초대를 정식으로 받았다. 약속 시각은 3시였
고, 장소는 이 호텔의 1층 북서쪽 모퉁이에 있는 커피점이었다. 백
작은 15분 일찍 와서 두 사람이 앉을 자리를 창에서 가까운 자리로
부탁했다. 그를 초대한 니나는 연노랑 드레스에 검노랑 허리띠를
두른 수선화 같은 자태로 3시 5분에 나타났다. 백작은 자리에서 일
어나 의자를 뒤로 당겨주었다.

"메르시(고마워요)." 아이가 말했다.

"즈탕프리(천만에요)."

뒤이어 신호를 보내 웨이터를 불렀고, 차를 사모바르에 담아 오
도록 주문했다. 테아트랄나야 광장 위로 번개 구름이 몰려 있어서
비가 올 것 같다는, 한편으로는 반갑고 한편으로는 싫은 얘기를 주
고받았다. 그러나 일단 차가 따라지고, 차와 함께 먹는 과자가 탁자
에 놓이자 니나는 한결 심각한 표정을 지었다. 더 중요한 관심사를
얘기할 시간이 왔다는 것을 암시하는 표정이었다.

이러한 변화를 다소 갑작스럽거나 때에 어울리지 않는 것으로 여
기는 사람도 있을 것이다. 그러나 백작은 그렇지 않았다. 오히려 그
와는 반대로 몇 마디 의례적인 인사말을 나눈 뒤 재빨리 당면한 화

제로 옮아가는 것이 다도茶道의 예절에 전적으로 부합한다고—심지어 차를 마시는 관습에서 본질적인 부분일 거라고—생각했다.

아무튼 백작이 정식 초대를 받아 참석한 모든 차 모임은 이러한 방식을 따랐다. 폰탄카강이 내려다보이는 응접실에서 열린 차 모임에서든 공원 찻집에서 가진 차 모임에서든, 처음 과자를 맛보기 전에 모임의 목적이 테이블 위에 올라오는 것이 보통이었다. 사실, 대단히 뛰어나고 능란한 안주인들은 필요한 인사말을 몇 마디 나눈 뒤, 자신이 택한 한마디 말로 상황이 바뀌었다는 신호를 보낼 줄 알았다.

백작의 할머니의 경우 그 한마디 말은 "자, 알렉산드르. 너에 관한 몹시 비통한 얘기를 들었단다. 얘야……"에서처럼 '자'였다. 오래도록 자신의 따뜻한 마음씨의 희생자였던 폴랴코바 공주의 경우에는 '오'였다. "오, 알렉산드르. 난 끔찍한 실수를 저질렀어요……"에서처럼 말이다. 그리고 어린 니나의 경우 그 한마디 말은 '어쨌든'인 것 같았다.

"알렉산드르 일리치 아저씨, 당신 말이 옳아요. 또다시 비가 오면 라일락은 다 지고 말 거예요. 어쨌든……."

니나의 어조가 바뀌었을 때 백작은 마음의 준비가 되어 있었다고만 말해두자. 팔을 무릎 위에 올린 채 70도 각도로 몸을 앞으로 기울인 백작은 진지하면서도 감정이 절제된 표정을 지었다. 그래야 상황에 따라 곧바로 동정심이나 우려를 전달할 수도 있고 맞장구치며 분노를 표출할 수도 있을 테니까.

"……만약 아저씨가," 니나가 계속 말했다. "공주가 되는 규칙을 나한테 얘기해준다면 난 언제까지나 아저씨에게 고마워할 거예요."

"규칙?"

"예, 규칙."

"하지만 나나," 백작이 빙그레 웃으며 말했다. "공주가 되는 것은 게임이 아닌걸."

나나는 참는 표정으로 백작을 빤히 바라보았다.

"아저씨는 내가 무슨 뜻으로 말하는지 알 거예요. 공주에게 **요구되는** 것들 말이에요."

"아, 그래. 알겠다."

백작은 자신을 초대한 나나의 질문에 대해 좀 더 적절히 생각해보려고 상체를 뒤로 젖혔다.

"음……." 잠시 후 그가 말했다. "우리가 전에 얘기했던 교양 과목들을 공부하는 것과는 별도로 공주가 되는 규칙은 세련된 태도와 더불어 시작한다고 생각해. 그걸 위해서 공주는 사람들 속에서 올바로 처신하는 법을 배울 거야. 또한 상대를 부를 때 쓰는 호칭이나 식사 예절, 자세도……."

백작이 말해주는 여러 가지 항목을 들으며 호의적으로 고개를 끄덕이던 나나가 자세라는 말에서 갑자기 고개를 들고 쳐다보았다.

"자세? 자세도 예절의 한 종류인가요?"

"맞아." 백작이 조금 망설이는 듯한 태도로 대답했다. "자세도 예절의 일종이야. 구부정한 자세는 그 사람이 다른 사람들에 대해서 관심이 부족할 뿐 아니라 얼마간 게으를 거라는 인상을 주는 경향이 있지. 반면 똑바른 자세는 침착성과 참여 정신의 소유자라는 느낌을 주는 경향이 있는데, 둘 다 공주에 어울리는 자질이란다."

나나는 이 말에 감화된 듯 조금 더 똑바로 앉았다.

"계속 얘기해주세요."

백작은 곰곰이 생각했다.

"공주는 나이 많은 사람을 공경하도록 배우며 자랄 거야."

니나가 백작을 향해 경의를 표하는 뜻으로 고개를 숙였다. 백작이 기침을 했다.

"나한테 그러라는 게 아니야, 니나. 사실 난 젊은 편에 속한단다. 그리고 생각만큼 너와 나이 차이가 많지도 않아. 내가 말한 나이 많은 사람은 흰머리가 난 사람을 의미해."

니나가 고개를 끄덕이며 이해했다는 표시를 했다.

"대공이나 대공 부인 같은 사람을 말하는 거잖아요."

"음, 그래. 물론 그런 분들을 말하지. 하지만 내 말은 모든 계층의 나이 많은 사람들을 의미하는 거였어. 장사하는 사람, 소젖 짜는 사람, 대장장이, 소작농 등등."

얼굴 표정으로 적극적으로 감정을 표현하는 니나가 눈살을 찌푸렸다. 백작은 더 자세히 설명했다.

"원칙적으로 말해서 새 세대는 이전 세대의 모든 구성원들에게 어느 정도 고마움의 빚을 지고 있단다. 우리의 나이 많은 분들이 밭을 경작하고 전쟁에 나가 싸웠어. 그분들이 예술과 과학을 발전시키고, 일반적으로 우리를 대신해서 희생한 거야. 그러한 노력을 해왔으니, 설령 그 노력이 변변찮다 할지라도, 그분들은 마땅히 우리의 감사와 존경을 받아야 하는 거란다."

니나가 아직 확신하지 못하는 것처럼 보이자 백작은 어떻게 해야 요점을 가장 잘 전달할 수 있을지 생각해보았다. 바로 그때 커피점의 커다란 창문을 통해 사람들이 막 우산을 펼쳐 드는 모습이 보였다.

"좋은 예가 하나 있다." 그가 말했다.

그리하여 골리치냐 공주와 쿠드로보의 노파 이야기가 시작되었다.

상트페테르부르크의 어느 폭풍우 치는 밤이었어, 백작이 이야기했다. 젊은 골리치냐 공주는 투신 가문의 저택에서 열리는 연례 무도회에 가고 있었단다. 공주가 탄 마차가 로모노소바 다리를 건널 때, 공주는 우연히 여든 살쯤 되어 보이는 노파가 허리를 구부정하게 구부리고 빗속을 걸어가는 모습을 보게 되었어. 공주는 더 생각할 것도 없이 마부에게 소리쳐서 마차를 세우고 그 가엾은 노인을 마차 안으로 모시게 했어. 눈이 거의 멀다시피 한 노파는 하인의 도움을 받아 마차에 올랐고, 공주에게 연신 고마움을 표했단다. 공주의 마음 한구석에는 틀림없이 노파가 그 부근에 살 거라는 생각이 들었을 거야. 눈이 거의 먼 늙은 노인이 이 같은 궂은 밤에 멀리 가보았자 얼마나 멀리 가겠니? 그런데 공주가 노파에게 어디로 가느냐고 물었을 때, 노파는 대장장이인 아들을 보러 쿠드로보에 가는 중이라고 대답했어. 쿠드로보는 11킬로미터 이상 떨어진 곳인데!

지금쯤 투신 가문에서는 이미 공주를 기다리고 있을 터였어. 그리고 몇 분 후면 마차는 그 저택을 지나갈 거였고. 지하실부터 무도회장 천장까지 환하게 불을 밝히고 각 계단마다 하인들이 한 명씩 서 있을 그 저택 말이야. 공주가 양해를 구하고 마차에서 내리고, 마차는 노파를 태운 채 계속 쿠드로보에 가게 해도 그다지 예의에 어긋나는 일은 아니었을 거야. 실제로 투신 저택이 가까워지자 마부는 마차의 속도를 줄이고 공주를 돌아보며 지시를 기다렸지…….

이 대목에서 백작이 효과를 높이려고 말을 멈췄다.

"그래서," 니나가 물었다. "그래서 공주는 어떻게 했어요?"

"계속 가라고 마부에게 말했단다." 백작은 살포시 승리의 미소를 지었다. "게다가 말이다, 그들이 쿠드로보에 도착하고 대장장이 가족이 마차 주위로 모였을 때, 노파는 차를 마시고 가라며 공주를 집 안으로 초대했단다. 그 말을 들은 대장장이는 움찔했고, 마부는 숨이 막힐 만큼 놀랐고, 하인은 거의 까무러칠 정도였지. 그러나 골리치냐 공주는 노파의 초대를 우아하게 받아들였어. 그걸로 투신 저택의 무도회에 갈 가능성도 완전히 사라져버렸지."

백작이 말하고자 하는 바가 훌륭하게 전달되었다. 백작은 자신의 찻잔을 들고 고개를 한 번 끄덕이고 나서 차를 마셨다.

니나가 기대 어린 표정으로 백작을 쳐다보았다.

"그래서요?"

백작이 잔을 받침 접시에 내려놓았다.

"그래서 뭐?"

"공주가 대장장이의 아들하고 결혼했나요?"

"대장장이의 아들하고 결혼했느냐고! 어이구. 물론 안 했지. 차를 마시고 나서 마차를 타고 집으로 돌아갔단다."

니나는 이에 대해 곰곰이 생각했다. 아이는 공주가 대장장이 아들과 결혼하는 것이 한결 어울리는 결론이라고 생각하는 게 분명했다. 그러나 그러지 못한 역사의 단점에도 아이는 고개를 끄덕여서 백작이 재미있는 일화를 들려주었다는 것을 인정했다.

자신의 성공을 그대로 유지하고 싶은 백작은 이 유쾌한 상트페테르부르크 일화를 얘기할 때면 보통 결말처럼 덧붙이는 부분을 이번에는 생략하기로 마음먹었다. 그 부분은 이러했다. 그 도시에서 잘 알려진 골리치냐 공주의 선명한 파란색 마차가 투신 저택의 대문 앞에서 천천히 움직이다가 속력을 내서 지나가버렸을 때 투시나 백작 부인은 현관 지붕 밑에서 손님들을 맞이하고 있었다. 결국 골리친 가문과 투신 가문 사이에 불화가 생겼고, 그 불화가 해소되려면 삼대는 지나야 했을 것이다. 만약 어떤 혁명이 그들의 분노를 일거에 끝장내지 않았다면 말이다…….

"공주에게 어울리는 행동이었어요." 니나가 인정했다.

"그래, 맞아." 백작이 말했다.

백작은 과자를 권했고, 니나는 두 개를 집어서 하나는 자신의 접시에 내려놓고 하나는 입에 넣었다.

백작은 평소 상대의 사교상의 결례에 대해 주의를 환기하는 사람이 아니었지만, 자신의 이야기에 대한 반응이 좋은 것에 들뜬 나머지 또 다른 사항을 지적하고 싶은 마음을 참지 못하고 빙그레 웃으며 말했다.

"다른 예가 또 있어."

"그게 뭔데요?"

"공주는 과자를 달라고 부탁할 땐 '부디'라는 말을 하고, 상대가 먹어보라고 권하면 '고맙습니다'라는 말을 하도록 배우며 자랄 거야."

니나는 놀란 표정을 지었고, 이어 무시하는 표정을 지었다.

"공주가 과자를 달라고 부탁할 때 '부디'라고 말하는 게 아주 적절하다는 건 나도 알겠어요. 그러나 다른 사람에게서 뭘 권유받았을 때 왜 공주가 '고맙습니다'라고 말해야 하는지는 전혀 이해가 안 돼요."

"예절은 사탕 같은 게 아니란다, 니나. 너한테 가장 잘 맞는 것들을 고를 수 있는 게 아니야. 그리고 반쯤 먹고 남은 것을 다시 상자 속에 집어넣을 순 없어⋯⋯."

니나는 노련하고 참을성 있는 표정으로 백작을 바라보더니 아마도 백작을 위해서인 듯 조금 더 천천히 얘기했다.

"공주가 과자를 부탁할 때 '부디'라고 말해야 한다는 것은 이해해요. 왜냐하면 누가 자기에게 과자를 주도록 설득하는 것이니까요. 그리고 과자를 달라고 부탁하고 나서 과자를 받았다고 한다면, 그땐 '고맙습니다'라고 말할 이유가 충분하다고 생각해요. 그렇지만 아저씨의 예에서 두 번째 경우, 공주는 과자를 달라고 부탁하지 않았어요. 먹어보라는 권유를 받은 거예요. 남이 권유한 것을 받아들여서 그 사람이 원한 것을 들어주었을 뿐인데 왜 '고맙습니다'라고 말해야 하는지, 난 그 이유를 모르겠어요."

니나는 자신의 주장에 마침표를 찍듯이 조그만 레몬 파이를 입에 넣었다.

"네 주장에도 약간의 일리가 있다는 걸 인정한다." 백작이 말했다. "그러나 내가 이제까지 살아온 경험을 통해 배운 것을 얘기하자면⋯⋯."

니나는 집게손가락을 세워 흔들면서 백작의 말을 잘랐다.

"아저씨는 방금 전에 실은 아주 젊다고 말했잖아요."

"그럼. 젊고말고."

"그렇다면 아저씨는 '이제까지 살아온 경험'이라는 말을 하기엔 아직은 좀 이른 것 같아요."

잘났어, 정말. 백작은 생각했다. 이 차만큼이나 명징하고 야무지군.

"나는 바른 자세를 위해 노력할 거예요." 니나가 손가락에 묻은 과자 부스러기를 털면서 힘주어 말했다. "그리고 뭘 부탁할 때마다 '부디'와 '고맙습니다'라는 말을 꼭 사용할 거예요. 하지만 내가 먼저 부탁하지 않은 것에 대해선 고맙다고 말할 생각이 전혀 없어요."

여기저기

7월 12일 오후 7시, 백작이 보야르스키에 가려고 로비를 걷고 있을 때 니나가 화분에 심긴 종려나무 뒤에서 백작의 시선을 끌며 신호를 보냈다. 니나가 백작과 어딘가를 함께 가려고 이렇게 늦은 시간에 그를 불러 세운 것은 이번이 처음이었다.

"빨리 가요." 백작이 니나가 있는 종려나무 뒤로 갔을 때 니나가 설명했다. "그 신사분이 저녁 식사 하러 갔어요."

"그 신사?"

두 사람은 사람들의 시선이 자기들에게 쏠리는 것을 피하기 위해 태연히 계단을 걸어 올라갔다. 그러나 3층에 들어섰을 때 한 손님과 딱 마주쳤다. 그 사람은 호주머니를 쓰다듬으며 열쇠를 찾고 있었다. 승강기 맞은편 층계참에는 다리가 긴 새들이 얕은 개울을 걷는 그림의 스테인드글라스 창문이 있었다. 백작이 무수히 많이 걸어서 지나치던 창이었다. 니나가 스테인드글라스 그림을 주의 깊게 들여다보기 시작했다.

"예, 아저씨 말이 맞아요." 니나가 말했다. "두루미의 한 종류예요."

그러나 그 손님이 방으로 들어가자마자 니나는 빠르게 나아갔다. 두 사람은 양탄자가 깔린 복도를 사뿐사뿐 걸어서 313호, 314호, 315호를 지나갔다. 이어 문밖에 헤르메스 조각상이 놓인 조그만 탁자가 있는 316호를 지나갔다. 순간, 백작은 가벼운 현기증을 느끼며 자기들이 지금 그의 옛 스위트룸 쪽으로 가고 있다는 것을 깨달았다!

그러나 잠깐.

우리는 너무 서두르고 있다…….

술에 취해 2층 계단에 주저앉는 것으로 끝난 그 찝찝한 밤 이후로 백작은 아페리티프를 끊었다. 술이 자신의 기분에 건강하지 못한 영향을 끼친다는 생각 때문이었다. 그러나 성스러운 금주 행위는 영혼의 활력에 도움이 되지 않았다. 할 일은 너무 없고, 할 일 없이 때우기엔 시간이 너무너무 많아서 인간 감정의 공포스러운 수렁이라 할 수 있는 권태감이 계속해서 백작의 마음의 평화를 위협했다.

겨우 3주가 지났을 때 느끼는 감정이 이 정도로 종잡을 수 없다면, 3년이 지났을 땐 자신의 감정이 얼마나 종잡을 수 없게 될 것인가? 이런 생각이 백작의 마음을 어지럽혔다.

하지만 길을 잃었으나 덕이 있는 사람에게는 종종 운명이 길잡이를 제공한다. 크레타섬의 테세우스에게는 아리아드네와 그녀가 준실 뭉치가 있었고, 그 덕에 그는 안전하게 미노타우로스의 미궁에서 빠져나올 수 있었다. 단테에게 베르길리우스가 있었듯이 유령이 사는 동굴을 지나가는 오디세우스에게는 티레시아스가 있었다. 그리고 메트로폴 호텔의 알렉산드르 일리치 로스토프 백작에게는 니나 쿨리코바라는 이름의 아홉 살배기 여자아이가 있었다.

7월 첫째 주 수요일, 백작이 뭘 해야 할지 모르는 당황스러운 기분으로 로비에 앉아 있을 때 니나가 평소와는 다른 단호한 표정을 한 채 빠른 걸음으로 지나가는 모습이 우연히 눈에 들어왔다.

"안녕, 친구. 어디 가니?"

뭔가 나쁜 짓을 하다가 붙잡힌 사람처럼 고개를 돌린 니나는 마음을 가라앉히고 나서 손을 흔들며 대답했다.

"여기저기……."

백작은 눈썹을 치키며 쳐다보았다.

"정확히 어디?"

……

"카드놀이 방에요."

"아, 넌 카드놀이를 좋아하는구나."

"그렇진 않아요……."

"그런데 왜 가는 거니?"

……

"오, 그러지 말고 말해다오." 백작이 대답을 졸랐다. "우리 사이에 비밀은 없잖아!"

니나는 백작의 말을 진지하게 생각해보더니 왼쪽을 한 번, 이어 오른쪽을 한 번 보고 나서 털어놓았다. 니나가 설명했다. 카드놀이 방은 거의 사용되지 않지만 매주 수요일 3시가 되면 여자 네 명이

어김없이 거기 모여서 정기적으로 휘스트를 한다는 것이었다. 그래서 2시 30분에 거기로 가서 옷장 속에 숨어 있으면 그 사람들이 하는 말을 모두 들을 수 있으며—불경스러운 말도 꽤 많이 한다고 했다—그 여자분들이 가고 나면 남은 쿠키를 먹을 수도 있다고 했다.

백작이 자세를 바로잡고 앉았다.

"그곳 말고 또 어디에서 시간을 보내니?"

니나는 다시 한번 백작의 말을 신중하게 생각하고 나서 왼쪽과 오른쪽을 번갈아 보았다.

"우리, 내일 여기서 만나요." 니나가 말했다. "내일 2시에."

그렇게 해서 백작의 교육이 시작되었다.

메트로폴 호텔에서 4년을 살아온 백작은 자신을 이 호텔에 관해 꽤 많이 아는 전문가라고 생각했다. 직원들의 이름을 알고 이곳의 서비스를 직접 겪어서 알고 여러 스위트룸의 장식 스타일을 쉬이 머리에 떠올릴 수 있을 정도로 알고 있었다. 그러나 일단 니나에게서 교육을 받고 나니 자신이 얼마나 풋내기였는지 깨닫게 되었다.

메트로폴에서 지낸 지 10개월이 된 니나는 나름의 감금 생활을 하고 있는 셈이었다. 아이의 아버지가 '일시적으로' 모스크바에 파견된 탓에 아이를 학교에 보내지 않았기 때문이다. 니나의 여자 가정교사 또한 메트로폴의 구석진 곳에 한 발을 확고히 붙인 채 생활했기 때문에 자신이 돌봐야 하는 아이가 가로등과 노면 전차 따위에 의해 오염될 염려가 한결 덜한 호텔 구역을 벗어나지 않는 걸 더 좋아했다. 그러므로 메트로폴 호텔의 문이 멈추지 않고 회전하는 것으로 세상에 알려졌다 해도, 그 문은 니나를 위해 회전하지는 않왔다. 그러나 모험심과 지칠 줄 모르는 정신을 지닌 이 어린 숙녀는 모든 방과 방의 목적, 그리고 어떻게 하면 방이 더 좋은 용도로 쓰일 수 있는지 등을 알 때까지 혼자서 직접 호텔을 조사함으로써 자신의 상황을 최대한으로 활용했다.

그랬다, 백작은 자신에게 온 우편물이 있는지 물어보려고 로비 뒤편의 조그만 창구로 가곤 했었다. 하지만 오전 10시와 오후 2시가 되면 도착한 우편물을 탁자 위에 쏟아부으며—그 우편물 가운데는 '즉시 배달'이라는 분명한 지침이 붉은색 스탬프잉크로 찍혀 있는 것들도 있었다—분류하는 우편물 분류실에는 가본 적이 있던가?

그랬다, 백작은 낮 동안 파티마 꽃 가게가 열려 있을 때 그 가게를 찾아가곤 했었다. 하지만 꽃을 자르고 꾸미는 일을 하는 방 안으로 들어가본 적이 있던가? 가게 뒤쪽에 있는 조그만 문을 열면 나오는 좁은 공간이 바로 그곳이었다. 거기에는 좁고 긴 연녹색 탁자가 하나 있었는데, 파티마는 거기서 줄기를 자르고 장미 가시를 제거하며 꽃을 다듬었다. 지금도 그곳에 가면 물약을 만드는 데 필수적인 열 가지 다년생 화초의 마른 꽃잎들이 바닥에 흩어져 있는 것을 볼 수 있을 것이다.

그렇고말고. 백작은 속으로 외쳤다. 메트로폴 호텔에는 방 뒤에 방들이 있고, 문 뒤에 또 문들이 있지. 리넨 제품 보관실, 세탁실, 식료품 저장실, 전화 교환실!

그것은 기선을 타고 항해하는 것과도 비슷했다. 승객은 배의 우현 앞쪽에서 클레이 사격을 즐긴 다음, 저녁 식사를 위해 옷을 차려입고, 선장의 테이블에서 식사를 하고, 바카라 게임에서 잘난 체하는 프랑스 사람의 코를 납작하게 해주고, 새로 사귄 지인의 팔에 이끌려 별빛이 쏟아지는 갑판 위를 산책한다. 그는 내내 바다 여행을 최대한으로 활용했다고 자찬하며 기뻐한다. 그러나 실은 그는 선상 생활의 극히 '일부'만을 경험했을 뿐이다. 생명력이 충만한, 그 항해를 가능케 해주는 낮은 지위의 사람들을 깡그리 무시하고 말이다.

니나는 상갑판에서 바라본 전망에 만족하지 않았다. 밑으로 내려갔다. 뒤로도 갔다. 여기에 가고 저기에 갔다. 니나가 호텔에 있는 동안 벽은 안으로 좁혀 들어오지 않았다. 오히려 영역과 복잡성이 모두 확대되면서 밖으로 팽창했다. 니나가 이곳에 온 지 첫 주가 지났을 때 호텔은 두 구역의 삶을 포괄할 정도로 팽창했다. 첫 달이 지났을 때는 모스크바의 절반을 아우를 정도로 팽창했다. 만약 니나가 이 호텔에서 충분히 오래 지낸다면 호텔은 러시아 전체가 될 것이다.

니나는 현명하게도 백작의 학습 과정을 밑바닥—지하실과 지하실 통로의 연결 구조와 막다른 골목—부터 시작했다. 묵직한 강철문을 잡아당겨서 연 니나는 백작을 맨 먼저 보일러실 안으로 안내했다. 아코디언처럼 생긴 밸브에서 증기가 뿜어 나왔다. 니나가 백작의 손수건을 이용하여 화덕의 조그만 주철 문을 조심스럽게 열자 밤낮으로 타는 불길이 모습을 드러냈다. 그곳은 이 호텔 안에서 비밀문서나 온당치 못한 연애편지를 없애기에 가장 좋은 곳일 터였다.

"백작 아저씨, 아저씨도 옳지 않은 연애편지를 받아요?"

"그럼, 받고말고."

다음은 전기실이었다. 니나는 아무것도 만지지 말라고 백작에게 경고했는데, 그것은 불필요한 말이었다. 윙윙거리는 금속성 소리와 유황 냄새는 아무리 무모한 모험가일지라도 조심하지 않을 수 없게 만들 테니까 말이다. 니나는 그곳 뒷벽의 어지럽게 널린 전선 사이에 설치된 레버를 그에게 보여주었다. 그 레버를 잡아당기면 무도회장이 어둠에 빠지게 될 텐데, 그 어둠은 진주 장신구를 낚아챌 수 있는 완벽한 덮개 역할을 할 것이라고 했다.

한 번 왼쪽으로 꺾고 두 번 오른쪽으로 꺾어 걸어가니 물건들이 어수선하게 널린 조그만 방이 나왔다. 이런저런 별난 잡동사니들을 보관해두는 캐비닛 기능을 하는 방이었다. 우산, 여행안내서, 아직다 읽지 않았지만 무겁게 계속 가지고 다니기가 싫어진 두꺼운 소설책 등등, 호텔 손님들이 두고 간 온갖 물품들이 눈에 띄었다. 구석에는 사용하는 데 전혀 문제가 없어 보이는 조그만 동양풍 융단 두 개와 전기스탠드가 처박혀 있었고, 백작이 옛 스위트룸에 두고 갔던 조그만 마호가니 책장도 있었다.

지하실 한쪽 끝에서 백작과 니나는 밝은 파란색 문을 지나 좁은 뒷계단으로 다가갔다.

"여긴 무슨 방이지?" 백작이 물었다.

니나는 평소답지 않게 당황했다.

"나도 여긴 들어가보지 않은 것 같아요."

백작이 손잡이를 돌려보았다.

"아, 잠겼나 봐요."

니나가 왼쪽, 오른쪽을 보았다.

백작이 그 동작을 따라 했다.

이어 니나는 손을 들어서 머리 밑으로 가져가더니 목에 건 섬세한 목걸이를 풀었다. 포물선을 그리는 금목걸이의 맨 밑에는 백작이 피아차 식당에서 처음 보았던 펜던트가 달려 있었는데, 그러나 그것은 행운의 마스코트도 아니고 로켓도 아니었다. 그것은 호텔의 마스터키였다!

니나는 목걸이에서 열쇠를 살며시 빼서 백작에게 건넸다. 그 짜릿한 경험을 백작이 맛보게 하려는 것이었다. 백작이 장식쇠 안 해골 모양 구멍에 열쇠를 넣고 부드럽게 돌리자 텀블러가 딱 맞아떨어지면서 딸깍하는 기분 좋은 소리가 들렸다. 이어 그가 문을 열자, 니나가 헉하며 깜짝 놀랐다. 그 안에 귀중한 물건들이 가득했던 것이다.

말 그대로 귀중한 물건들이었다.

바닥에서 천장까지 벽을 따라 죽 설치된 선반에는 호텔에서 쓰는 은으로 된 식기와 식탁 기물들이 놓여 있었는데, 바로 그날 아침에 닦아서 윤을 낸 것처럼 아른아른 빛났다.

"이게 다 뭐에 쓰는 거예요?" 니나가 놀란 얼굴로 물었다.

"연회에." 백작이 대답했다.

호텔 문양이 새겨진 프랑스 세브르제 접시 더미 옆에 60센티미터 정도 크기의 사모바르와 신의 잔처럼 보이는 수프 그릇들이 놓여 있었다. 커피포트와 배 모양의 그레이비 그릇도 있었다. 단일한 요리에 사용할 목적으로 하나하나가 다 대단히 섬세하게 디자인된 식탁 용품 일습도 있었다. 니나가 그중 하나를 집어 들었다. 상아 손잡이가 달린 우아한 삽 모양의 기구였다. 니나는 레버를 누르면서 서로 맞물리는 두 개의 날이 물렸다 열렸다 하는 모양을 지켜보다가 신기해하는 표정으로 백작을 쳐다보았다.

"아스파라거스 서버✦야." 백작이 설명했다.

"연회 때 정말 아스파라거스 서버가 필요해요?"

"그럼, 오케스트라에 바순이 필요한 것처럼."

니나가 그것을 다시 선반 위에 조심스럽게 올려놓는 것을 보며 백작 자신은 몇 번이나 그 도구를 사용해보았을까, 몇 번이나 이 접시들에 담긴 음식을 먹어보았을까, 하는 생각에 잠겼다. 상트페테르부르크 200년 기념제는 메트로폴 무도회장에서 열렸다. 푸시킨 탄생 100주년 기념제와 백개먼✦✦ 클럽 연례 만찬 모임도 그곳에서 열렸다. 보야르스키 근처에 있는 밀실 두 곳인 '노란 방'과 '빨간 방'에서 열리는 한결 친밀한 모임도 있었다. 한창때의 두 조용한 장소는 감정을 솔직히 표현하기에 아주 좋은 곳이어서 만약 누가 한 달 동안 그곳 테이블에서 손님들이 하는 이야기를 엿듣는다면, 그 사람은 앞으로 닥칠 모든 파산과 결혼식과 전쟁을 예견할 수 있었을 것이다.

백작은 선반 위의 물품들을 이리저리 둘러보다가 어리둥절한 생각이 들어 고개를 저으며 말했다.

"틀림없이 볼셰비키들이 이 노다지를 발견했을 텐데 왜 이걸 실어 가지 않았을까?"

니나가 아이답게 천진한 대답을 했다.

"그 사람들도 이곳에서는 이 물건들이 필요했을 거예요."

맞아, 백작은 생각했다. 정확히 그거야.

✦ 아스파라거스를 옮길 때 사용하는 도구.
✦✦ 주사위를 던져 열다섯 개의 말을 진행시켜 모으는 보드 게임.

특권층과의 싸움에서 프롤레타리아를 대신한 볼셰비키의 승리가 아무리 확고하다 해도 그들도 머잖아 연회를 열 것이기 때문이다. 아마 로마노프 왕조 시절만큼 많지는 않겠지만—가을 무도회나 즉위 60주년 기념제는 없을 것이다—그들도 뭔가를 기념하지 않을 수 없을 것이다. 『자본론』 출간 100주년 기념이든 레닌의 수염 25주년 기념이든 간에 아무튼 기념 연회를 열게 될 것이다. 초대 손님 명단을 작성하고, 그걸 줄여나갈 것이다. 초대장을 인쇄하고 배달할 것이다. 거대한 원형으로 배치한 테이블 주위에 사람들이 모였을 때 새 정치인들은 (우뚝 서서 장광설을 늘어놓는 연사를 방해하지 않고) 웨이터에게 아스파라거스를 조금 더 가져와야 할 것 같다는 신호를 보내기 위해 끄덕 고갯짓을 할 것이다.

화려함은 끈질긴 힘이니까 말이다. 영악함도 끈질긴 힘이다.

황제가 계단 아래로 끌려 내려와 거리에 던져질 때 화려함은 얼마나 겸손하게 머리를 숙이는가. 그러고 나서 화려함은 조용히 알맞은 때를 기다리며 새로 임명된 지도자의 복장에 관해 조언해준다. 그 지도자의 외모를 칭찬하면서 한두 개의 훈장을 착용하는 게 좋겠다고 제안한다. 또는 공식 만찬 자리에서 그 지도자를 접대하면서, 화려함은 이 같은 막중한 책임을 맡은 분에게는 더 높은 의자가 더 적합하지 않았을까 하는 생각을 일부러 들리도록 중얼거린다. 일반 병사들은 구체제의 깃발을 승리의 장작더미에 던져버리겠지만, 그러나 곧 트럼펫이 울려 퍼지고 화려함이 옥좌 옆에서 다시 역사와 왕들에 대한 자신의 지배력을 확보하게 될 것이다.

니나는 존경과 경외감이 뒤섞인 마음으로 여러 서빙 도구들을 손가락으로 어루만졌다. 그러다가 동작을 멈추었다.

"이건 뭐예요?"

선반 위, 나뭇가지 모양의 촛대 뒤로 8센티미터 정도 크기의 은으로 만들어진 여자가 놓여 있었다. 속이 넓은 후프 스커트 차림에 높이 틀어 올린 마리 앙투아네트풍 머리를 한 여자였다.

"호출종이라는 거야." 백작이 말했다.

"호출종?"

"안주인이 앉는 자리 옆에 두는 물건이란다."

백작은 그 조그만 여자의 불룩한 머리 부분을 잡고 집어 들었다. 백작이 그것을 앞뒤로 흔들자 치마 밑에서 (높은 도 음으로) 낭랑하게 땡그랑거리는 소리가 났다. 그 소리는 연회의 수많은 코스를 끝내고 무수히 많은 접시를 치우도록 안내했을 것이다.

이후 날마다 니나는 자신의 학생을 이 방 저 방으로 안내하며 체계적으로 교육을 진행했다. 처음에 백작은 모든 수업이 호텔의 서비스 시설과 물품들이 있는 저층부에서만 이루어질 거라고 생각했다. 그러나 지하실, 우편물실, 전화 교환실, 그리고 1층에 있는 다른 모든 곳들을 가보고 난 뒤, 어느 날 오후 그들은 스위트룸들로 이어지는 계단을 올랐다.

사실, 사적인 공간인 객실을 탐사하는 것은 분명 예의에 어긋나는 행위지만, 니나가 객실 방문에 호기심을 갖는 이유는 뭘 훔치고자 하는 것이 아니었다. 염탐하려는 목적도 아니었다. 니나가 그곳을 찾는 이유는 전망 때문이었다.

메트로폴 호텔의 각 방들은 아주 다른 전망을 제공했다. 높이와 방위에 의해서뿐 아니라 하루 중 시간과 계절에 따라 다른 전망이 만들어졌다. 그러므로 만약 11월 7일에♦ 붉은광장을 향해 행진하는 군인들을 보고 싶다면 322호 이상으로 멀리 가지 말아야 했다. 아무 낌새도 못 느끼고 길을 걷는 행인에게 눈덩이를 떨어뜨리고 싶다면 창틀이 넓은 405호가 그런 행동을 하기에 가장 좋았다. 호텔 뒷골목이 내려다보이는 약간 좁고 답답한 244호조차도 나름의 매력이 있었다. 그곳에서는 창밖으로 몸을 주욱 내밀면 과일 상인들이 주방 문 앞에 모여 있는 것을 볼 수 있었으며, 간혹 그들이 위로 던져주는 사과를 받을 수도 있었다. 여름밤에 볼쇼이 극장을 찾는 관람객을 구경하고 싶다면, 가장 좋은 장소는 말할 것도 없이 317호의 북서쪽 창문이었다. 그리고…….

7월 12일 오후 7시, 백작이 로비를 지날 때 니나가 백작의 시선을 끌어 신호를 보냈다. 2분 후에 그는 계단에서 합류하여 니나의 뒤를 따라 걸었다. 니나는 313호, 314호, 315호를 지나 그의 옛 스위트룸을 향해 걸어갔다. 니나가 열쇠를 돌리고 가만히 안으로 들어갔을 때 백작은 충실하게 그 뒤를 따라 들어갔다. 하지만 마음은 무겁기 짝이 없었다.

방의 모든 것들이 단번에 백작의 눈에 들어왔다. 붉은 천을 씌운 소파와 의자도 그대로였고, 티히차스에서 가져온 괘종시계와 커다란 중국 항아리도 그대로 남아 있었다. 프랑스제 커피 탁자(그들이 할머니의 커피 탁자 대신에 들여놓은 것이었다) 위에는 접혀 있는

♦ 혁명이 성공하여 소비에트 정권이 수립되었음을 선포한 날이 1917년 11월 7일(러시아 구력으로는 10월 25일)이다. 해마다 이날이 되면 붉은광장에서 혁명 기념 군사 행진을 거행했으나, 1990년대 들어 없어졌다.

《프라브다》♦ 한 부, 은 스푼 하나, 그리고 덜 마신 차가 남아 있는 찻잔 하나가 놓여 있었다.

"빨리요." 니나가 다시 재촉하며 날쌔게 방 안을 가로질러 북서쪽 구석에 있는 창문으로 갔다.

테아트랄나야 광장 건너편 볼쇼이 극장은 현관 지붕에서 박공벽까지 불을 밝히고 있었다. 평소처럼 〈라 보엠〉 출연자들 같은 옷을 입은 볼셰비키들은 따뜻한 밤공기를 이용하려고 기둥 사이에 떼 지어 모여 있었다. 갑자기 로비의 불들이 깜박거렸다. 남자들이 담뱃불을 발로 짓이겨 끈 다음 함께 온 여자들의 팔짱을 끼고 안으로 들어갔다. 그러나 마지막 관람객이 문 안으로 사라지려는 순간 택시 한 대가 갓돌 옆에 서더니 문이 홱 열렸고, 붉은색 옷을 입은 여자 한 명이 손으로 치맛단을 들어 올린 채 계단을 뛰어 올라갔다.

몸을 앞으로 기울이고 있던 니나가 오므린 두 손바닥으로 유리를 짚은 채 눈을 가늘게 떴다.

"내가 저기에 있고, 저 숙녀가 여기에 있다면 얼마나 좋을까." 니나가 한숨을 내쉬었다.

하지만, 백작이 속으로 생각했다. 모든 인류에겐 적당한 정도의 슬픔이 있단다.

그날 밤 늦은 시간에 백작은 침대에 혼자 앉아 옛 스위트룸을 찾

♦ 옛 소련 공산당 기관지. 러시아어로 '진실'이라는 의미이다.

아갔던 일을 곰곰이 생각했다.

그의 마음속에 머물러 있는 것은 여전히 문 옆에서 똑딱거리던, 가문의 시계였던 괘종시계의 모습이 아니었다. 그 방의 멋진 건축 양식도 아니었고, 북서쪽 창문에서 바라본 전망도 아니었다. 그의 마음속을 떠나지 않고 남아 있는 것은 커피 탁자 위, 접힌 신문 옆에 놓여 있던 스푼과 찻잔의 모습이었다.

그것들에게 죄가 있는 건 아니었지만 그 작은 그림은, 그동안 백작의 영혼을 짓누른 게 무엇인지 정확히 알려주었다. 그는 단번에 그 장면에 담긴 모든 면을 이해했던 것이다. 이 스위트룸의 현 거주자는 어딘가로 외출했다가 4시에 돌아와서 재킷을 의자 등받이에 걸어놓고, 전화로 차와 석간신문을 요청했다. 그러고 나서 저녁을 먹으러 갈 시간이 되기 전까지 소파에 앉아 느긋하게 문화생활을 했다. 즉, 백작이 스위트룸 317호에서 본 것은 단순히 오후의 차 한 잔이 아니라 자유인인 한 신사의 일상생활의 한 단면이었던 것이다.

이런 생각을 하며 백작은 자신의 새 방을 다시 한번 살펴보았다. 자신에게 주어진 넓이는 9제곱미터 정도에 불과했다. 새삼 방이 더 없이 작아 보였다. 침대가 커피 탁자에 바싹 붙어 있고, 커피 탁자는 등받이가 높은 의자에 바싹 붙어 있고, 등받이가 높은 의자는 매번 옷장을 열 때마다 옆으로 밀쳐야 했다. 간단히 말해서 그런 문화생활을 누릴 만한 공간이 없었다.

그러나 이런 우울한 생각을 하며 주위를 둘러볼 때 자신의 또 다른 반쪽이 내는 목소리가 메트로폴 호텔에는 방 뒤에 방들이 있고 문 뒤에 또 문들이 있다는 것을 상기시켰다.

백작은 침대에서 일어나 할머니의 커피 탁자를 돌아서 걸어간 다음 등받이가 높은 의자를 옆으로 치우고 전화박스 같은 옷장 앞에 섰다. 옷장과 벽이 만나는 곳의 가장자리 둘레는 멋진 오크 원목 몰딩이 되어 있었다. 백작은 이 몰딩을 볼 때마다 늘 다소 과한 장식이라고 생각했다. 그러나 만약 이 옷장이 예전의 문틀에 만들어놓은 것이라고 한다면? 백작은 옷장 문을 열고 옷을 양옆으로 밀치고 나서 시험 삼아 뒤쪽 벽을 톡톡 두드려보았다. 소리는 기대를 저버리지 않고 얇고 가늘었다. 그는 손가락 세 개로 벽을 밀어보았다. 벽이 낭창거리는 느낌이 들었다. 백작은 옷장 안의 재킷을 전부 꺼내서 침대 위에 내려놓았다. 그런 다음 문설주를 붙잡고 뒤꿈치로 내벽을 힘껏 찼다. 우지끈 부서지는 기분 좋은 소리가 났다. 그는 상체를 뒤로 젖힌 채 그 장벽이 쪼개질 때까지 거듭거듭 찼다. 이윽고 그는 깔쭉깔쭉하게 쪼개진 널빤지를 자기 방으로 잡아당기고 나서 그 구멍을 지나갔다.

그는 이제 건조한 삼나무 목재 냄새가 나는 어둡고 좁은 공간 속에 있었다. 아마도 이웃한 옷장 속일 터였다. 백작은 숨을 들이쉬며 손잡이를 돌려 문을 열고 그 방에 들어섰다. 방의 구조는 백작 자신의 방과 똑같았다. 그렇지만 그 방에는 사용하지 않는 침대 틀 다섯 개가 보관되어 있었다. 어느 시점에선가 벽에 기대어 세워져 있던 그 침대 틀 가운데 두 개가 바닥으로 떨어져서 복도로 통하는 문을 꼼짝 못 하게 막고 있었다. 백작은 침대 틀을 옆으로 끌어당겨서 복도 문을 연 다음, 방 안의 모든 것을 밖으로 끌어냈다. 그리고 방을 꾸미기 시작했다.

먼저 그는 등받이가 높은 의자 두 개와 할머니의 커피 탁자를 원래대로 재결합했다. 그런 다음 종탑 계단을 걸어서 지하실로 내려 갔다. 별별 잡동사니들을 보관해두는 캐비닛 기능을 하는 방에서 융단 하나와 전기스탠드, 그리고 조그만 책장을 세 번에 걸쳐 위로 날랐다. 그러고 나서 손님이 버리고 간 두꺼운 소설책 중에서 열 권을 챙기기 위해 한 번에 두 계단씩 뛰어서 마지막으로 그곳에 내려 갔다. 새 서재가 구색을 갖추고 나자 백작은 복도를 걸어서 지붕 공사 인부들이 사용한 망치와 못 다섯 개를 들고 왔다.

백작은 소년 시절 이른 봄의 티히차스에서 울타리를 수리하는 늙 은 관리인 티혼을 도와 망치질을 해본 이후로 망치를 사용한 적이 없었다. 그때, 망치로 못의 머리를 똑바로 내리쳐서 아침 공기 속에 서 울려 퍼지는 그 금속성 소리를 들으며 널빤지를 꿰뚫고 울타리 기둥 깊숙이 못을 박을 때의 기분은 참으로 좋았다. 그러나 이번에 는 백작이 처음 휘두른 망치가 정면으로 때린 것은 못이 아니라 엄 지손가락이었다. (잊지 않도록 상기시키자면, 엄지손가락을 망치에 맞으면 그 고통이 극심하다. 필시 펄쩍펄쩍 뛰면서 헛되이 욕설을 내뱉을 것이다.)

하지만 운명은 담대한 자를 좋아한다. 두 번째로 망치를 휘둘렀 을 때 망치는 못의 머리를 스치고 말았지만, 세 번째에는 정통으로 맞혔다. 그리고 두 번째 못을 박을 때는 못을 제대로 잡고, 못을 박 고, 손을 내리는 리듬—그것은 카드리유*나 6보격의 시행이나 브론 스키**의 안장주머니에서는 찾을 수 없는 옛 리듬이었다!—을 되찾

---

* 네 쌍의 남녀가 사각형을 이루어 춤을 추는, 프랑스에서 유행했던 사교댄스. 보통 오페 라의 멜로디를 이어놓은 음악에 맞춰 춤을 추었다.
** 레프 톨스토이의 소설 『안나 카레니나』에 나오는 인물. 안나가 불륜에 빠지는 젊은 장 교.

았다.

백작은 30분이 안 되어 못 네 개를 문의 모서리에 박아서 문틀에 고정했다. 그 순간부터 백작의 새 방으로 출입할 수 있는 유일한 방법은 옷장의 재킷을 헤치고 들어가는 것뿐이었다. 다섯 번째 못은 책장 위쪽 벽에 박으려고 따로 남겨두었다. 여동생의 초상화를 걸려는 것이었다.

작업이 끝났을 때 백작은 등받이가 높은 의자에 앉아서 놀라울 정도의 행복감을 느꼈다. 백작의 침실과 즉흥적으로 꾸민 이 서재는 구조가 똑같았지만, 그럼에도 두 방은 백작의 기분에 전혀 다른 영향을 미쳤다. 이 차이는 어느 정도 두 방이 마련된 방식에서 비롯되었을 것이다. 옆방—침대, 농, 책상이 있는 방—은 실제적 필요성의 영역에 남아 있는 반면, 이 서재—책, '대사', 옐레나의 초상화가 있는 방—는 정신에 더 필수적인 방식으로 마련되었다. 그러나 이 두 방이 차이가 나는 더 큰 요인은 아마도 방이 생겨난 연원 때문일 것이다. 통제와 관리와 타인의 의도 아래 존재하는 방이 실제보다 더 작아 보인다고 한다면, **비밀리**에 존재하는 방은 그 크기와 상관없이 상상하는 만큼 넓어 보일 수 있기 때문이다.

백작은 의자에서 일어나 지하실에서 가져온 열 권의 책 가운데 가장 두꺼운 책을 집어 들었다. 사실 그 책은 그에게는 새로운 모험이 아닐 것이다. 그런데도 그걸 읽을 필요가 있을까? 누가 그에게 향수병에 빠졌다거나 게으르다고 비난할 수도 있지 않을까? 이전에 두세 번 읽은 소설을 또 읽는다며 시간을 낭비한다고 비난할 수도 있지 않을까?

백작은 다시 의자에 앉아서 한 발을 커피 탁자 모서리에 올린 채 의자가 뒷다리 두 개로 균형을 잡을 때까지 뒤로 기울인 다음 첫 문장으로 눈을 돌렸다.

행복한 가정은 모두 엇비슷하고, 불행한 가정은 그 불행의 모습이 제각각이다.[+]

"멋진 말이야." 백작이 말했다.

집회

"어서 와요."

"난 안 갈래."

"아저씬 너무 고지식해요."

"난 고지식하지 않아."

"그렇다고 장담할 수 있어요?"

"자기가 고지식하지 않다고 전적으로 장담할 수는 없는 법이야. 장담하면 고지식한 사람이 되니까 말이다."

"그건 그래요."

니나는 이런 식으로 자신이 좋아하는 곳에 백작이 함께 가줄 것을 강요했다. 니나는 무도회장의 발코니에서 엿보는 것을 좋아했다. 백작은 두 가지 이유 때문에 니나를 따라 이 특별한 곳에 가는 것을

[+] 『안나 카레니나』의 첫 문장.

꺼렸다. 첫째는 무도회장의 발코니가 좁은 데다 먼지가 많았으며, 눈에 띄지 않게 숨어서 엿보려면 난간 뒤에서 등을 구부리고 있어야 했기 때문이다. 그것은 키가 190센티미터가 넘는 어른에게는 말할 것도 없이 불편한 자세였다(지난번에 니나를 따라 발코니에 갔을 때는 바지의 솔기가 터져버렸고, 목의 뭉친 근육이 풀리는 데 사흘이 걸렸다). 두 번째 이유는 오늘 오후 모임이 또 하나의 집회일 게 거의 확실했기 때문이다.

여름 동안 호텔에서는 집회가 자주 있었는데, 점차 그 빈도가 잦아졌다. 다양한 시간대에 남자들이 삼삼오오 와서 황급히 로비를 지나 안으로 들어갔다. 그들은 집회 장소에 들어서기도 전에 이미 몸짓 손짓을 하거나 다른 사람의 말을 막으며 자신들의 논지를 설파하곤 했다. 그들은 무도회장에 떼 지어 모여 있는 사람들 사이에 끼어들곤 했는데, 거기 모인 사람들 중 절반은 담배를 피워댔다.

적어도 백작이 알아낸 바로는, 볼셰비키들은 어떻게든 이유를 달아서 어떤 형식으로든 가능한 한 자주 집회를 가졌다. 한 주 사이에 무슨 위원회, 무슨 간부회의, 세미나, 총회, 대의원 대회, 협의회 따위의 다양한 모임을 열어서 규약을 제정하고 행동 방침을 수립하고 불만 사항을 모아서 제기했다. 대개는 세상에서 가장 오래된 문제들을 가장 새로운 명칭을 붙여 요란하게 요구하는 것이었다.

백작이 이 같은 모임들을 엿보는 것을 꺼린다고 한다면, 그것은 참석자들의 이념 성향이 역겹기 때문이어서는 아니었다. 키케로와 카틸리나가 논쟁하는 것을 보기 위해서, 또는 햄릿이 혼자 떠들어대는 것을 보기 위해서 난간 뒤에 몸을 구부린 채 엿보는 것은 아니었다. 이념은 문제가 되지 않았다. 간단히 말하자면 백작은 상대를 설득하기 위한 정치적 담론들이 너무 지루했다.

하기는 그게 바로 고지식한 사람들의 논쟁거리 아니던가……?

백작은 당연히 니나를 따라 계단을 올라가서 2층으로 갔다. 보야르스키의 입구를 지나서 끝 쪽으로 걸어간 그들은 주위에 아무도 없다는 것을 확인하고 나서 니나의 열쇠를 사용해 별다른 표시가 없는 발코니 문을 열었다.

아래에는 100명쯤 되는 사람들이 이미 의자에 앉아 있었고, 100명쯤 되는 다른 사람들은 통로에 서서 이야기를 나누고 있었다. 그때 꽤나 당당하고 인상적인 세 사람이 연단에 놓인 기다란 나무 탁자 뒤에 착석했다. 그것은 집회를 시작할 때가 되었다는 의미였다.

8월 2일, 이날만 해도 벌써 두 개의 집회가 앞서 열렸다. 무도회장의 온도는 33도였다. 니나는 기어서 난간 뒤로 다가갔다. 백작이 몸을 깊이 숙이고 난간 뒤로 다가갈 때 바지 뒤쪽 솔기가 다시 터졌다.

"메르드(젠장)." 그가 나직이 내뱉었다.

"쉿." 니나가 말했다.

니나를 따라 처음 발코니에 갔을 때 백작은 무도회장 안의 사람들의 모습이 엄청 바뀐 것을 보고 놀라지 않을 수 없었다. 고작 10년 전만 해도 모스크바 사교계의 사람들은 전부 화려한 옷과 보석으로 치장한 채 커다란 샹들리에 아래 모여 마주르카를 추었고, 차르를 위해 건배했었다. 그러나 몇몇 집회를 지켜보고 난 뒤, 백작은 더욱더 놀라운 결론에 이르렀다. 그것은 혁명에도 무도회장은 바뀐 게 거의 없다는 사실이었다.

예를 들면, 바로 그 순간에 마치 싸움이라도 할 것처럼 기세등등해 보이는 젊은이 두 명이 문을 지나 안으로 들어오고 있었다. 그러나 두 젊은이는 다른 어떤 사람과 한 마디 말도 나누지 않고 먼저 벽옆에 앉은 한 노인에게 경의를 표하기 위해 무도회장을 가로질러 걸어갔다. 짐작건대 이 노인은 1905년 혁명에 참여했거나, 1880년에 소논문을 썼거나, 아니면 1852년에 카를 마르크스와 식사를 함께한 사람인 듯싶었다. 노인의 명성이 어디에서 비롯되었든 간에 그 늙은 혁명가는 자신감 있는 태도로 고개를 끄덕여서 두 젊은 볼셰비키의 존경심을 받아들였다. 노인이 줄곧 앉아 있는 의자는 바로 아나포바 대공 부인이 자신이 연례적으로 여는 부활절 무도회에서 대공의 예의 바른 젊은 아들들로부터 인사를 받곤 했던 그 의자였다.

또는 테트라코프 공작 같은 태도로 지금 무도회장 안을 돌아다니며 사람들과 악수하고 등을 토닥여주는 잘생기고 매력적인 젊은 친구를 생각해보라. 구석구석 돌아다니면서 계획적으로—여기서는 묵직한 말을 하고 저기서는 재치 있는 말을 하며—감명 깊은 인상을 심어준 그는 이제 '잠시' 실례하겠다며 그곳을 떠난다. 하지만 일단 무도회장을 나가고 나면 그는 다시 나타나지 않을 것이다. 무도회장 안의 모든 사람들이 그가 참석했다는 것을 알게 되었으므로 이제 그는 전혀 다른 분위기의 집회—아르바트에 있는 호텔의 아늑한 작은 방에서 열리는 집회—장소로 향할 것이다.

나중에 틀림없이 레닌이 신뢰한다는 소문이 있는 어떤 젊고 늠름한 터키계 사람이 이날 저녁의 과업이 거의 끝나갈 즈음 도착함으로써—라단코 대위가 차르의 신뢰를 받았을 때 그랬던 것과 똑같이—자기는 대수롭지 않은 관습적인 예절 따위에는 무관심하다는 것을 보여주고, 대신 아주 많은 모임에 아주 짧은 시간 동안만 참석하는 사람이라는 자신의 평판을 강화할 것이다.

물론 지금은 실내에 보드라운 고급 옷보다 질기고 빳빳한 옷을 입은 사람이 더 많고 금발보다는 희끗희끗한 머리가 더 많이 눈에 띄었다. 하지만 팔꿈치에 덧댄 천 조각이 어깨에 단 견장과 정말 많이 다른 것일까? 이전 사람들이 이각모나 샤코*를 쓴 것과 마찬가지로 저들 또한 어떤 특별한 인상을 주기 위해 평범한 모자를 쓰고 있는 게 아닐까? 의사봉을 든 연단 위의 간부는 또 어떤가. 그는 분명 맞춤 재킷에 주름 잡힌 바지를 입을 만한 경제적 여유가 있을 것이다. 그가 이런 남루한 옷을 입은 것은 모든 집회 참가자들에게 자신도 확고한 노동자 계급의 일원이라는 것을 확신시키기 위해서인 것이다!

백작의 생각을 듣기라도 한 것처럼 그 간부가 갑자기 의사봉으로 탁자를 두드려서 '전全러시아철도노동조합' 모스크바 지부 제1차 대회 두 번째 회의의 시작을 알렸다. 문이 닫히고 사람들이 자리에 착석했다. 니나는 숨을 죽였다. 회의가 시작된 것이다.

첫 15분 동안 여섯 개의 행정적인 문제가 제기되고 잇따라 빠르게 정리되었다. 그러한 모습은 이 특별한 집회가 사람들의 등이 뻐근해지기도 전에 끝날 거라는 생각이 들게 했다. 그러나 다음 안건은 조금 더 논쟁적인 주제임이 드러났다. 그것은 조합의 선언문을―좀 더 정확히 말하자면 두 번째 단락의 일곱 번째 문장을―수정하자는 제안이었다. 간부가 그 문장을 전부 읽었다.

그것은 정말 가공할 문장이었다. 쉼표가 아주 많고 마침표는 대

✦ 깃털 장식이 있는 원통형 군모.

담하게 무시해버린 문장이었던 것이다. 그 문장의 목적은 분명 조합의 모든 미덕을 두려움이나 망설임 없이 목록화하는 것이었다. 미덕뿐만 아니라 튼실한 어깨, 담대한 발걸음, 여름철의 망치 소리, 겨울철의 석탄 삽질, 그리고 밤중의 희망찬 휘파람 소리도 담아낸 문장이었다. 그러나 이 인상적인 문장의 끝 구절, 말하자면 절정 부분은, 러시아 철도 노동자들은 지칠 줄 모르는 노력을 통해 온 나라의 소통과 무역을 '돕는다'는 말로 끝났다.

그 모든 고조된 언사 뒤에 이어진 그 말은 용두사미처럼 다소 맥 빠진 말이라고 백작은 생각했다.

그러나 이의를 제기하는 사람들은 그 맥 빠지는 구절에 대한 종합적인 느낌 때문이 아니라 '돕는다'라는 말 때문에 이의를 제기하는 것이었다. 구체적으로 말하면, 돕는다는 동사는 너무 미지근하고 틀에 박힌 말이어서 이 실내에 있는 노동자들에게는 어울리지 않는 말이라고 비난하는 것이었다.

"우리는 숙녀가 옷 입는 것을 도와주는 게 아닙니다." 뒤쪽에서 누군가 소리쳤다.

"숙녀가 손톱 칠하는 것을 도와주는 것도 아니오!"

"옳소, 옳소!"

일리 있는 말이었다.

그러나 어떤 동사가 조합의 활동을 더 잘 표현할 것인가? 어떤 동사가 엔지니어의 고된 헌신과 열차 제동수의 긴장을 늦추지 않는 불침번, 그리고 선로를 까는 일꾼들의 잔물결 이는 근육을 온당하게 나타낼 것인가?

참석자들로부터 여러 가지 제안이 쏟아졌다.

활성화한다.

추진한다.

강화한다.

그들은 이런 각각의 대안을 두고 그 장점과 한계에 대해 열띤 논쟁을 벌였다. 논쟁은 대체로 세 가지 국면으로 전개되었다. 수사적인 질문, 감정적인 변론, 뒷줄에서 터져 나오는 야유가 그것이었는데, 그러고 나면 사회자가 의사봉을 두드려서 마무리했다. 그러한 열기로 발코니 주위의 온도는 36도까지 올라갔다.

백작이 뭔가 소동이 벌어질 것 같은 위험을 느끼기 시작했을 때 열 번째 줄에 앉은 수줍음이 많아 보이는 한 젊은이가 '돕는다'를 '가능케 하고 확실히 한다'로 대체할 수 있을 거라는 제안을 했다. 그 젊은이는 이처럼 한 단어를 둘로 나누어 쓰면 선로를 까는 일과 엔진을 다루는 일뿐 아니라 시스템을 지속적으로 유지하고 관리하는 일까지도 포함할 수 있을 거라고 설명했다(이 말을 하는 동안 그의 뺨은 산딸기처럼 붉어졌다).

"맞아, 바로 그거야."

"깔고, 다루고, 유지하기."

"가능케 하고 확실히 한다."

사방에서 열렬한 박수갈채가 쏟아졌다. 그 젊은이의 제안은 대초원 지대를 가로질러 질주하는 조합의 기관차처럼 빠르고 든든하게 채택을 향해 신속히 나아가는 것처럼 보였다. 그러나 종착역이 가까워질 때 두 번째 줄의 홀쭉하게 야윈 사람이 자리에서 일어섰다. 저 사람이 조합에서 어떻게 대의원의 지위를 확보했을까 하는 생각이 먼저 들 정도로 마르고 가녀린 사람이었다. 사무원이거나 회계원일 것 같은 이 사람은, 조합의 사무직 근로자일 게 틀림없는 이 사람은 일단 사람들의 관심을 받고 나자 '돕는다'는 단어만큼이나 미지근하고 틀에 박힌 목소리로 자신의 주장을 펼쳤다. "시적 간결함은 한 단어로 충분할 때 둘로 나누어 쓰는 것을 피할 것을 요구합니다."

"저건 뭔 소리야?"

"뭐라고 한 거야?"

몇몇 사람이 그의 멱살을 잡고 밖으로 끌어낼 생각으로 자리에서 일어났다. 그러나 그들의 손이 그 사람의 몸에 닿기 전에 다섯 번째 줄의 건장한 사내가 일어서지 않고 앉은 채로 말했다.

"시적 간결함은 마땅히 존중되어야 하지만, 종의 수컷들은 그 혼자로도 충분했을 텐데도 짝을 부여받았잖아요."

우레와 같은 박수!

'돕는다'를 '가능케 하고 확실히 한다'로 대체한다는 내용의 결의안은 만장일치의 박수와 대다수가 발을 구르는 소리로 채택되었다. 발코니에 있는 동안 백작은 정치적 담론이 언제나 따분한 것만은 아닌 것 같다는 점을 인정하게 되었다.

집회가 끝날 무렵, 니나와 함께 기어서 발코니에서 물러나 다시 복도로 나온 백작은 매우 흡족한 기분이었다. 그는 오늘날의 경의를 표하는 사람, 등을 토닥여주는 사람, 뒤늦게 오는 사람 등이 옛 시절의 그런 사람들과 별반 다르지 않다는 사실을 알게 되어 기뻤다. 그는 또한 가능케 하고 확실히 한다(인에이블 앤드 인슈어enable and ensure)와 같은 운을 맞춘 재미있는 말들도 아주 많이 알고 있었다. 버슬 앤드 트런들bustle and trundle이나 캐럼 앤드 커린carom and careen 같은 말이 떠올랐다. 니나는 틀림없이 그날의 토의에 대해 어떻게 생각하는지 물어볼 텐데, 그러면 그는 단연코 셰익스피어적이었다고 대답할 작정이었다. 즉,『헛소동』에 나오는 도그베리 같은 식으로 셰익스피어적이었다고, 정말 헛소동 같은 것이었다고 대답하려 했다. 백작은 그런 식으로 재치 있게 말할 작정이었다.

그러나 다행히도 그에게는 대답할 기회가 없었다. 왜냐하면 니나는 집회에 대해 어떻게 생각하느냐고 묻고 나서 그의 생각을 잠시도 기다리지 못하고 자기 생각을 마구 늘어놓았기 때문이다.

"참 멋지지 않았어요? 정말 환상적이었죠? 아저씬 기차 타본 적 있어요?"

"기차는 내가 선호하는 여행 수단이란다." 백작이 약간 놀라며 말했다.

니나는 열렬히 고개를 끄덕였다.

"나도 그래요. 그리고 아저씨, 기차 여행 할 때 아저씬 차창으로 지나가는 풍경을 보면서 같이 탄 승객들이 나누는 이야기를 듣다가 덜컹거리는 바퀴 소리에 스르르 잠이 든 적 있어요?"

"그럼. 나도 그걸 다 경험했어."

"역시 그렇군요. 그럼 어떻게 석탄이 기관차의 엔진 속으로 들어가는지 잠시라도 생각해본 적 있어요? 숲속이나 바위가 많은 비탈을 달릴 때 맨 처음 철로가 어떻게 거기 깔리게 되었는지 생각해본 적 있어요?"

백작은 발을 멈추고 그 질문에 대해 생각해보았다. 상상해보았다. 그리고 시인했다.

"아니, 생각해본 적 없구나."

니나는 그럴 줄 알았다는 표정을 지었다.

"놀랍지 않아요?"

그 점에서 보면 누가 동의하지 않을 수 있겠는가?

몇 분 뒤 백작은 접힌 신문으로 바지 뒤쪽을 가린 채 수줍게 기뻐하는 표정이 인상적인 마리나의 수선실 문을 두드렸다.

전에는 이 방에 세 명의 재봉사가 있었다는 것을 백작은 기억해냈다. 세 사람은 미국제 재봉틀 앞에 앉아서 일했다. 운명의 세 여신처럼 함께 모여 재봉틀을 돌리고 자로 재고 가위로 자르면서 가운을 줄이고, 옷단을 올리고, 바지를 늘렸다. 그렇게 일하면서 전임자들처럼 운명의 함축적인 의미를 헤아려보는 것 같았다. 혁명의 여파로 세 여자 모두 해고되었다. 주인을 잃어 조용해진 재봉틀은 아마도 인민의 소유가 되었을 것이다. 수선실은? 이곳은 파티마의 꽃가게처럼 사람들의 발길이 끊겼다. 발레리나의 발치에 꽃다발을 던지거나 옷깃에 부토니에를 꽂는 행위를 더는 하지 않았던 것처럼 사람들은 수년 동안 가운의 품을 줄이거나 옷단을 올리는 따위의 일은 하지 않았던 것이다.

그러다가 1921년, 마모된 시트와 누덕누덕해진 커튼과 찢어진 냅킨—이것들을 교체할 생각을 가진 사람이 아무도 없었다—을 더는 두고 볼 수 없는 상황에 맞닥뜨린 호텔은 마리나를 재봉사로 승진시켰고, 그리하여 다시 솔기를 믿음직스럽게 기우고 꿰매는 일이 이 호텔 안에서 일어나게 되었다.

"아, 마리나." 마리나가 실을 꿴 바늘을 손에 든 채로 문을 열었을 때 백작이 말했다. "수선실에서 바느질하는 당신을 보니 정말 좋네요."

마리나가 미심쩍은 눈으로 백작을 바라보았다.

"그럼 내가 이것 말고 달리 무얼 하고 있겠어요?"

"그렇군요." 백작이 말했다. 그러고는 한껏 다정한 미소를 지어 보이며 몸을 90도 돌린 다음, 신문을 살짝 들어 올리며 겸손하게 그녀의 도움을 요청했다.

"바로 지난주에 백작님의 바지를 꿰매드리지 않았나요?"

"이번에도 니나와 함께 뭘 좀 엿보았어요." 그가 얘기했다. "무도회장 발코니에서."

재봉사는 한쪽 눈에는 놀란 표정이 담기고 다른 쪽 눈에는 믿기지 않는다는 표정이 담긴 두 눈으로 백작을 보았다.

"아홉 살 여자아이와 함께 기어서 움직일 거라면 왜 굳이 그런 바지를 입으려 하세요?"

백작은 재봉사의 어조에 얼마간 깜짝 놀랐다.

"오늘 아침 이 바지를 입을 땐 어딜 기어서 움직인다는 건 내 계획에 없었어요. 어쨌든 이 바지는 새빌로*에서 맞춰 만든 것이라는 걸 알아줘요."

"예. 거실에 앉아 있거나 응접실에서 그림을 그릴 때 입는 용도로 맞춰 만들었겠지요."

✦ 영국 런던의 최고급 맞춤 양복점 거리.

"하지만 난 응접실에서 그림을 그린 적이 없는데."

"하긴 응접실에서 그림을 그렸다면 아마 잉크를 쏟았겠지요."

그날은 마리나가 특별히 수줍어하지도 기뻐 보이지도 않았으므로 백작은 이제 그곳을 떠날 생각으로 그녀에게 꾸벅 인사했다.

"아, 됐어요." 마리나가 말했다. "저 가리개 뒤로 가서 바지를 벗어주세요."

백작은 말없이 가리개 뒤로 가서 사각팬티만 입은 채 바지를 벗어 마리나에게 건넸다.

이어지는 침묵 속에서 백작은 그녀가 실패를 찾아서 실에 침을 묻힌 다음 조심스럽게 바늘귀에 실을 끼우고 있다는 것을 알 수 있었다.

"음," 그녀가 말했다. "백작님, 둘이 발코니에 있을 때 어떤 일이 있었는지 얘기해주시면 좋겠어요."

그래서 마리나가 백작의 바지를 꿰매는 동안—그것은 말하자면 아주 작은 규모로 기관차의 선로를 까는 일과도 비슷했다—백작은 그 집회와 자신이 받은 여러 가지 인상에 대해 얘기했다. 그러고 나서 백작은 다소 아쉬운 듯한 어조로, 자신은 그 집회를 보면서 사회적 관습과 그걸 고지식하게 받아들이는 인간의 경향이 무척이나 완고하다고 생각했는데, 반면에 니나는 그 집회의 활기와 목적의식에 흠뻑 빠져들었다는 점을 지적했다.

"그러면 무슨 문제가 있는 거예요?"

"아니. 문제 될 건 없다고 생각해요." 백작이 시인했다. "다만 몇 주 전에 니나가 공주가 되는 규칙에 관해서 나한테 물어보려고 차를 마시자며 나를 초대했는데……."

마리나는 가리개 위로 바지를 돌려주면서 마치 순진한 사람에게 냉혹한 진실을 전해야만 하는 사람처럼 고개를 저었다.

"어린 소녀들은 모두 공주에 대한 호기심이 지대하지요." 그녀가 말했다. "사실 어린 소녀들이 공주에 흥미를 갖는 것은 어린 소년들이 쏘다니는 데 흥미를 갖는 것보다도 더 빠르게 진행된답니다."

엉덩이 부분이 다시 멀쩡해진 바지를 입은 백작은 고맙다고 말하고 손을 흔들며 마리나의 수선실을 나왔다. 바로 그때 백작은 공교롭게도 문밖에 서 있던 한 사환에 걸려 넘어질 뻔했다.

"죄송합니다, 로스토프 백작님!"

"난 괜찮아, 페탸. 미안해할 필요 없어. 내 잘못인걸, 뭐. 정말이야."

눈이 휘둥그레진 게 틀림없어 보이는 가엾은 사환은 자신의 모자가 바닥에 떨어진 것도 모르고 있었다. 그래서 백작은 바닥에서 모자를 주워 사환의 머리에 씌워준 다음, 어서 가서 볼일을 보라고 말하며 몸을 돌려 걸음을 옮겼다.

"제 볼일은 백작님인걸요."

"나라고?"

"할레키 씨 심부름이에요. 할레키 씨가 백작님과 이야기하고 싶답니다. 그분 사무실에서요."

사환의 눈이 휘둥그레질 만도 했다. 백작이 메트로폴 호텔에서 거주한 지 4년이 되었지만 그동안 할레키 씨가 백작을 부른 적은 한 번도 없었다. 그뿐만 아니라 백작이 그 지배인을 본 경우도 다 합쳐서 다섯 번이 채 되지 않았다.

왜냐하면 이오시프 할레키는 위임의 비밀에 통달한, 희귀한 경영자였기 때문이다. 다시 말해서 그는 호텔의 다양한 기능에 대한 관리와 감독을 능력 있는 부하 직원들에게 맡기고, 그 자신은 거의 모습을 드러내지 않았다. 8시 30분에 호텔에 출근하면 회의에 늦은 사람처럼 쩔쩔매는 표정으로 곧장 사무실로 향했다. 가는 길에 사람들이 인사하면 그는 약식으로 간단히 고개를 끄덕이는 것으로만 인사를 받았으며, 자신의 비서를 지나갈 때면 그녀에게 (걸음을 멈추지 않고 계속 움직이면서) 자신을 방해하지 말라고 이르곤 했다. 그런 다음 자신의 사무실 문 뒤로 사라졌다.

사무실 안으로 들어가서는 무슨 일을 하는 걸까?

그건 알기 어려웠다. 그가 사무실 안에서 뭘 하는지 본 사람이 거의 없었기 때문이다. (얼핏 그의 사무실을 본 사람들은 책상에 서류가 없다는 게 눈에 띄었으며, 전화벨은 거의 울리지 않았고, 벽을 따라 쿠션이 있는 대단히 인상적인 진홍색 긴 의자가 놓여 있더라고 전해주곤 했지만……)

지배인의 부하 직원이—주방에 불이 났다거나 돈 문제로 분쟁이 생긴 탓에—피치 못해서 그의 사무실 문을 두드리는 경우, 이 지배인은 매우 피곤한 표정으로, 매우 실망스러운 표정으로, 정신적으로 매우 지친 표정으로 문을 열어주곤 했다. 그러면 그를 방해한 부하 직원은 필연적으로 동정심이 밀려오는 것을 느끼고, 그리하여 자신이 그 문제를 처리할 수 있을 거라는 말로 그를 안심시키며 심려를 끼쳐드려 죄송하다고 말하고는 문밖으로 나오는 것이었다. 그 결과, 메트로폴 호텔은 유럽의 여느 호텔과 마찬가지로 아무 문제없이 순조롭게 운영되었다.

말할 것도 없이 백작은 지배인이 갑자기 자기를 보고 싶어 한다는 사실에 불안감과 호기심을 동시에 느꼈다. 페탸는 지체 없이 백작을 안내하며 복도를 걸었다. 호텔 뒤쪽에 자리 잡은 사무실들을 지나서 이윽고 지배인의 사무실 문 앞에 이르렀다. 예상대로 문은 닫혀 있었다. 백작은 페탸가 정식으로 지배인에게 그가 왔다고 말해줄 거라고 예상하며 문에서 두어 걸음 떨어진 곳에서 걸음을 멈췄다. 그러나 사환은 문을 향해 소심한 손짓을 해 보이고 나서 그냥 가버렸다. 별다른 대안이 없는 백작은 노크를 했다. 잠깐 동안 부스럭거리는 소리가 나더니 잠시 정적의 순간이 흘렀고, 이어 안으로 들어오라는, 몹시 난감해하는 목소리가 들려왔다.

문을 연 백작은 책상 앞에 앉아 있는 할레키 씨를 보았다. 그는 펜을 꼭 쥔 자세로 앉아 있었지만 종이는 눈에 띄지 않았다. 백작은 섣불리 단정하는 사람이 아니었지만, 그럼에도 지배인의 머리 한쪽 부분 머리털이 엉겨 붙어 있으며 돋보기는 코에 삐뚜름히 걸려 있다는 것을 알아차릴 수 있었다.

"저를 만나고 싶다 하셨습니까?"

"아, 로스토프 백작. 들어오세요."

백작은 책상을 마주 본 두 개의 빈 의자 중 하나에 다가가면서 진홍색 긴 의자 위에 일련의 멋진 판화들이 걸린 것을 알아차렸다. 영국식 사냥 장면을 찍은 동판화 위에 수작업으로 옅게 색칠한 작품들이었다.

"아주 멋진 작품들이군요." 백작이 자리에 앉으며 말했다.

"뭐가요? 아, 그래요. 판화 작품. 꽤 훌륭하죠. 맞아요."

그러나 지배인은 이 말을 하고 나서 안경을 벗고 한 손으로 자신의 눈을 쓰다듬었다. 그런 다음 고개를 저으며 한숨을 내쉬었다. 지배인의 이런 모습을 보는 동안 백작은 그 유명한 동정심이 샘솟는 것을 느꼈다. "제가 지배인님께 어떤 도움을 드릴 수 있을까요?" 백작이 의자 모서리에 엉덩이를 걸치고 앉아 물었다.

지금까지 이 질문을 천 번은 들었을 것 같은 지배인은 익숙한 동작으로 고개를 끄덕인 다음 두 손을 책상 위에 올려놓았다.

"로스토프 백작," 그가 말했다. "당신은 수년 동안 이 호텔의 손님으로 지내왔습니다. 실제로 당신이 처음 이 호텔에 온 것은 나의 전임자 시절로 거슬러 올라간다고 알고 있습니다만……."

"맞습니다." 백작이 빙긋 웃으며 확인해주었다. "1913년 8월이었지요."

"그렇군요."

"아마 215호실이었을 겁니다."

"아, 아주 근사한 방이죠."

두 사람은 잠시 침묵에 잠겼다.

"우리 호텔의 여러 직원들이 당신과 얘기를 할 때……." 지배인이 다소 머뭇거리며 말을 이었다. "계속해서 어떤…… 경칭을 사용하는 것이 제 주의를 끌었습니다."

"경칭?"

"예. 좀 더 정확히 말하면 그 사람들이 당신을 '각하'라고 부르는 것 같더군요."

백작은 잠시 지배인의 말을 생각해보았다.

"음, 예. 몇몇 직원들이 저를 그런 식으로 부르는 것 같아요."

지배인이 고개를 끄덕이더니 약간 슬픈 미소를 지어 보였다.

"당신은 이 일이 저를 곤경에 빠뜨릴 거라는 것을 아시리라 믿습니다.”

실은 백작은 이 일이 지배인을 곤경에 빠뜨리리라는 점을 이해하지 못했다. 그러나 동정심이 마구 샘솟는 백작으로서는 지배인을 어떤 곤경에도 빠뜨리고 싶지 않았다. 그래서 그는 할레키 씨의 말에 주의 깊게 귀 기울였다.

“물론 이 일이 내게 달린 문제라면 이런 말을 할 필요도 없지요. 그러나 이건……”

이 대목에서 지배인은 가장 구체적인 이유를 솔직히 말하려다 말고 애매한 동작으로 손을 빙빙 돌렸다. 그의 목소리가 잠겼다. 그는 헛기침을 했다.

“당연히 저는 우리 직원들에게 당신을 부를 때 그런 용어를 사용하지 말라고 얘기할 수밖에 없습니다. 아무튼 우린 시대가 변했다는 것을 과장 없이, 혹은 반박당할까 봐 두려워하는 일 없이 동의할 수 있다고 생각합니다.”

지배인은 이와 같이 결론 내리면서 백작이 곧장 그를 안심시키기 위해 애써줄 것을 기대하며 백작을 바라보았다.

“시대가 해야 할 일은 변화하는 것입니다, 할레키 씨. 그리고 신사가 해야 할 일은 시대와 함께 변화하는 것이지요.”

지배인은 더 설명이 필요 없을 정도로 자신의 말을 완벽히 이해한 데 대해 깊은 감사의 표정을 지으며 백작을 바라보았다.

문을 두드리는 소리가 들렸다. 문이 열리고 호텔의 프런트데스크 책임자인 아르카디가 모습을 드러냈다. 아르카디를 본 지배인의 어깨가 축 처졌다. 지배인은 백작을 가리키며 말했다.

“아르카디, 보다시피 난 우리 호텔 손님과 얘기 중이네.”

"죄송합니다, 할레키 씨, 로스토프 백작님."

아르카디는 두 사람을 향해 고개를 숙였으나 물러가지는 않았다.

"좋아." 지배인이 말했다. "무슨 일인가?"

아르카디는 고개를 약간 끄덕여서 아무도 없는 데서 따로 말하는 게 좋겠다는 뜻을 넌지시 비쳤다.

"알겠네."

지배인은 두 손으로 책상을 짚고 일어섰다. 이어 책상을 지나 복도로 나간 뒤 문을 닫았고, 그리하여 백작은 혼자 있게 되었다.

백작은 철학적인 사색에 잠겼다. **각하, 예하, 성하, 전하.** 이 같은 용어를 사용한다는 것은 한때는 문명이 발달한 나라에서 살고 있다는, 신뢰할 수 있는 표시였다. 그러나 지금은……

백작은 이 대목에서 애매한 동작으로 손을 빙빙 돌렸다.

"흠. 아마도 최선을 향해 나아가고 있는 것이겠지."

그는 의자에서 일어나 동판화 작품 쪽으로 다가갔다. 가까이서 보니 여우 사냥의 세 단계를 묘사한 〈냄새〉, 〈쉭쉭+〉, 〈추적〉이라는 작품들이었다. 두 번째 작품 속의 한 젊은이는 빳빳한 검은 부츠에 선명한 붉은색 재킷 차림으로 황동 호른을 불고 있었는데, 주둥이에서 나온 호른의 관은 둥그렇게 한 바퀴를 감아 돌아서 나팔 모양의 입으로 이어졌다. 의심할 여지 없이 호른은 아름다움과 전통을 표현하는, 공들여 만든 물건이다. 하지만 그게 과연 현대에 꼭 필요한 것이었을까? 이 문제와 관련해서 말하자면, 여우를 구멍 속으로 몰아넣기 위해 우리는 정말 말쑥하게 차려입은 사람과 혈통 좋은

+ 여우 사냥 등에서 사냥개를 부추기는 소리.

말과 잘 훈련된 개들이 필요했을까? 백작은 자신의 이 질문에 대해 과장 없이, 혹은 반박당할까 봐 두려워하는 일 없이 그건 아니라고, 부정적으로 대답할 수 있었다.

사실, 시대가 변하기 때문이다. 시대는 가차 없이 변한다. 필연적으로 변한다. 창의적으로 변한다. 그렇게 시대는 변하면서 케케묵은 경청과 사냥용 호른뿐 아니라 은으로 만든 호출종과 자개를 입힌 오페라글라스, 그리고 이제는 쓰임새가 없어진 온갖 종류의 공들여 만든 물건들을 골동품으로 만들어버린다.

이제는 쓰임새가 없어진 공들여 만든 물건들, 백작은 생각했다. 그럼 혹시…….

백작은 조용히 방을 가로질러 걸어가서 문에 귀를 대었다. 밖에서 얘기를 나누는 지배인의 목소리와 아르카디의 목소리, 그리고 다른 한 사람의 목소리를 들을 수 있었다. 소리 죽여 얘기하는 소리를 알아들을 수는 없었지만, 그들의 어조를 통해 결론이 나려면 아직은 좀 더 기다려야 할 것이라는 느낌을 받았다. 백작은 재빨리 동판화 작품이 걸린 벽 쪽으로 돌아왔다. 〈추적〉이라는 작품 너머에 두 개의 벽판이 있었다. 그는 벽판의 중앙에 손을 댄 다음 세게 밀었다. 벽판이 약간 밀려났다. 딸깍하는 소리가 나자 백작은 손을 뗐고, 그와 동시에 벽판이 열리면서 숨겨진 캐비닛이 드러났다. 캐비닛 안에는 대공이 묘사했던 것처럼 놋쇠로 세공한 상자가 하나 들어 있었다. 백작은 캐비닛 안으로 손을 뻗어 조심스럽게 그 상자의 뚜껑을 들어 올렸다. 거기에 그것들이 있었다. 완벽을 기해 공들여 만든 두 자루 권총이 평화로이 누워 있었던 것이다.

"놀라워." 그가 말했다. "놀라울 따름이야."

고고학

"카드를 한 장 집으세요." 백작이 세 명의 발레리나 가운데 키가 가장 작은 사람에게 말했다.

한동안 끊었다가 다시 마시게 된 아페리티프를 위해 샬랴핀에 들어갔을 때, 마치 플리에[*]를 할 것처럼 카운터 위에 여리고 섬세한 손을 얹은 자세로 나란히 서 있는 그들의 모습이 백작의 눈에 들어왔다. 위안을 주는 술잔 위로 등을 구부린 채 앉아 혼자서 술을 마시는 백작 말고는 그 젊은 숙녀들이 술집의 유일한 손님이었다. 그러므로 백작이 그들에게 다가가서 가볍게 이야기를 나누는 것이 적절한 일일 듯싶었다.

그들이 모스크바에 처음 왔다는 것을 백작은 곧 알 수 있었다. 세 사람은 고르스키[**]가 해마다 9월이면 전국 각지 사람들을 대상으로 모집하는 발레단에 뽑힌 순결한 비둘기 같은 숙녀들이었다. 짧은 상체와 긴 팔다리는 그 발레단 단장이 선호하는 고전적 체형이었지만, 그들의 표정은 아직 그곳의 한결 노련한 발레리나들에게서 보이는 초연함을 습득하지 못했다. 그리고 다른 동행자 없이 메트로폴 호텔에서 자기들끼리만 술을 마시고 있다는 사실은 그들이 어리고 순진하다는 것을 암시했다. 왜냐하면 이 호텔은 볼쇼이 극장에서 가깝기 때문에 젊은 발레리나들이 연습이 끝난 뒤에 살짝 빠져나가고 싶을 때면 자연스럽게 가게 되는 곳이긴 하지만, 지리적으

[*] 발레에서 등을 꼿꼿이 세우고 다리를 구부리는 동작.
[**] 볼쇼이 발레단의 유명한 안무가이자 단장이었던 알렉산드르 고르스키(1871~1924)를 말한다.

로 가깝다는 똑같은 이유로 고르스키가 프리마 발레리나와 예술적인 문제를 상의하고 싶을 때면 일행과 함께 노상 가게 되는 곳이기도 하기 때문이었다. 만약 이들 비둘기 같은 숙녀들이 뮈스카⁺를 홀짝이는 모습을 그 단장이 보게 된다면, 이들은 곧 페트로파블롭스크⁺⁺에서 파드되⁺⁺⁺를 추는 상황에 처하게 될 것이다.

백작은 이 점을 유념하여 그들에게 경고했어야 했는지도 모른다.

하지만 의지의 자유는 그리스 시대 이래로 잘 정립된 도덕 철학의 신조였다. 게다가 백작의 연애 시대는 이미 지나갔지만, 그렇다 해도 순전히 가정에 근거해서 그 사랑스러운 젊은 숙녀들에게 고르스키 일행을 피해 이곳을 떠나라고 권하는 것은—비록 그게 좋은 뜻이라 해도—신사의 본질에 어긋나는 것이다.

그래서 백작은 떠나라고 권하는 대신 그 젊은 숙녀들의 아름다움에 대해 언급하고, 모스크바에 온 목적에 대해 묻고, 뜻한 바를 이룬 것을 축하하고, 그들의 술값을 자기가 내겠다고 우기고, 그들의 고향에 대해서 얘기를 나누고, 그런 다음 카드 마술을 보여주겠다고 제안했다.

메트로폴 호텔 마크가 찍힌 카드는 세심한 성격의 아우드리우스가 제작했다.

"내가 이 카드 마술을 해본 지도 벌써 몇 년이 지났네요." 백작이 솔직하게 말했다. "그러니 좀 어설퍼도 참을성 있게 봐주세요."

백작이 카드를 섞기 시작하자 세 발레리나는 백작을 주의 깊게

⁺ 달콤하고 향기로운 화이트 와인.
⁺⁺ 페트로파블롭스크는 러시아의 극동 지역 오지로, 모스크바에서 매우 멀리 떨어져 있다.
⁺⁺⁺ 발레에서, 두 사람이 추는 춤.

지켜보았다. 하지만 그들은 고대 신화에 나오는 반신반인처럼 세 가지 다른 방식으로 지켜보는 것이었다. 첫 번째 발레리나는 순수한 눈으로, 두 번째 발레리나는 낭만적인 눈으로, 세 번째는 의심하는 눈으로 유심히 지켜보았다. 백작이 카드를 한 장 집으라고 요청한 사람은 순수한 눈을 가진 비둘기였다.

그 발레리나가 카드를 한 장 고를 때 백작은 자신의 어깨 뒤에 누가 서 있다는 것을 알아차렸다. 그러나 그것은 예상했던 일이었다. 술집 카운터에서 카드 마술을 하게 되면 호기심을 가지고 다가와서 구경하는 사람이 한둘은 꼭 있게 마련이었다. 그러나 그가 왼쪽으로 고개를 돌려 윙크를 보냈을 때 보게 된 사람은 호기심 많은 구경꾼이 아니라 아르카디였다. 언제 보아도 차분하고 침착한 아르카디였지만 지금은 평소와 달리 다소 흥분한 것처럼 보였다.

"실례합니다, 로스토프 백작님. 방해해서 죄송합니다만 잠깐 시간 좀 내주실 수 있습니까?"

"물론이죠, 아르카디."

프런트데스크 책임자인 아르카디는 발레리나들에게 죄송하다는 뜻으로 미소를 지어 보인 뒤 몇 걸음 떨어진 곳으로 백작을 데려가서는 그날 저녁에 일어난 일을 얘기해주었다. 6시 30분에 한 신사가 타라콥스키 비서 동무의 스위트룸을 노크했다. 존경받는 비서 동무가 문을 열자 이 신사는 그가 누구인지, 그 방에서 무얼 하고 있는지 말해달라고 요구했다! 깜짝 놀란 타라콥스키 동무는 자기가 그 스위트룸의 현 거주자이며, 따라서 **그 방에서 지내는 것**이 지금 자기가 하고 있는 일이라고 설명했다. 그 신사는 이 설명을 신뢰하지 못하고 자신이 안으로 들어가겠다고 우겼다. 타라콥스키 동무가 거절하자 신사는 그를 옆으로 슬쩍 밀치며 문턱을 넘어 들어가서 방을 하나씩 하나씩 살펴보기 시작했다. 심지어, 음, 욕실도 들여다보았는데, 그곳에선 타라콥스키 부인이 여느 날 저녁과 마찬가지로 몸을 씻고 있었다.

아르카디가 급히 와달라는 전화를 받고 현장에 도착한 것이 이 시점이었다. 타라콥스키 동무는 흥분한 상태로 지팡이를 흔들면서 호텔 지배인을 당장 만나게 해달라고 '메트로폴 호텔의 단골 고객이자 당의 고위 요원으로서' 강력히 요구했다.

그 신사는 이제 팔짱을 낀 채 소파에 앉아서 그것은 자신도 전적으로 원하는 바라고 대꾸했다. 자기도 지배인을 부르려 했다는 것이다. 그러면서 당에 관해 말하자면, **자신은** 타라콥스키 동무가 태어나기 전부터 당원이었노라고 주장했다. 타라콥스키 동무의 나이가 여든둘이라는 걸 고려하면 그것은 믿기 힘든 주장처럼 보였다.

아르카디가 들려준 모든 얘기를 호기심을 가지고 흥미롭게 들은 백작은, 이것은 무척 매혹적인 이야기라고 처음으로 인정한 사람일 것이다. 사실 이 일은 국제적인 호텔이 그곳의 전설적인 이야기의 일부로 간직하고자 열망하는 흥미진진한 사건이라 할 만했다. 백작 자신도 이 호텔의 손님으로서 기회가 닿는 대로 다른 사람에게 이 이야기를 들려주려 할 것이다. 그런데 그가 이해할 수 없는 것은 왜 아르카디가 이 특별한 순간을 택하여 이 특별한 이야기를 **그에게** 해주는가 하는 점이었다.

"왜냐하면 타라콥스키 동무가 묵는 스위트룸이 317호이기 때문입니다. 문제의 그 신사가 찾고 있는 사람이 바로 백작님이기 때문입니다."

"나라고?"

"그런 것 같아요."

"그 사람 이름이 뭐죠?"

"말하지 않았습니다."

…….

"지금 어디에 있는데요?"

아르카디가 로비 쪽을 가리켰다.

"화분에 심어진 종려나무 뒤에서 양탄자를 닳게 하고 있습니다."

"양탄자를 닳게 하고……?"

백작은 샬랴핀 밖으로 고개를 내밀었다. 백작 뒤에서 아르카디가 조심스럽게 몸을 기울였다. 과연 맞은편 로비에 문제의 신사가 있었다. 신사는 3미터쯤 되는 두 종려나무 사이의 거리를 부지런히 왔다 갔다 하고 있었다.

백작은 빙그레 웃었다.

미하일 표도로비치 민디흐는 비록 체중이 조금 불긴 했지만 그들이 스물두 살이었던 시절과 마찬가지로 덥수룩한 턱수염에 가만있지 못하고 서성거리는 걸음을 그대로 지니고 있었다.

"저분을 아세요?" 프런트데스크 책임자가 물었다.

"형제 같은 친구입니다."

1907년 가을, 백작과 미하일 표도로비치가 상트페테르부르크에 있는 제국대학에서 처음 만났을 때, 두 사람은 아주 다른 유형의 두 마리 호랑이였다. 백작이 방이 스무 개나 되고 집안일을 해주는 사람이 열네 명이나 되는 대저택에서 자란 반면에 미하일은 방이 두 개뿐인 아파트에서 어머니와 함께 지내며 자랐다. 그리고 백작이 수도[*]의 모든 살롱에서 기지와 지성과 매력이 출중한 사람으로 알려진 반면, 미하일은 경박한 대화를 나누며 저녁 시간을 낭비하기보다는 자기 방에서 책을 읽는 것을 더 좋아하는 학생으로, 어디에서도 거의 알려지지 않은 인물이었다.

그러므로 두 젊은이는 서로 친구가 될 운명과는 거리가 멀어 보였다. 하지만 운명이라는 것이 예상에 부합하는 쪽으로만 흘러간다면 지금과 같은 자자한 명성을 얻지 못했으리라. 미하일은 사소한 의견 차이에도 상대방의 수나 몸집의 크기에 상관없이 기꺼이 어려운 싸움에 자신을 내던지는 경향이 있는 반면, 알렉산드르 로스토프 백작은 수적으로 열세에 있는 사람을—설령 그 사람의 명분이 형편없다 해도—방어해주기 위해 적극적으로 뛰어드는 경향이 있었다. 그런 까닭에 대학에 입학한 지 나흘째 되는 날에 그들 두 학생은 무릎의 흙을 털고 입술의 피를 닦으며 운동장을 떠나면서, 자신들은 서로에게 큰 도움이 되는 사이라는 것을 알게 되었다.

어렸을 때는 잘 드러나지 않는 '내면의 빛'은 청소년기에는 보통 가벼운 경멸의 대상이고 성인 시절에는 신중한 배려의 대상이기 십상인데, 아무튼 그 빛은 영원히 우리의 영혼을 사로잡는다. 그래서 그들의 만남 이후 많은 시간을 함께하는 동안 백작은 자신의 이상을 열정적으로 표출하는 미하일의 얘기를 들으면서 무척 놀라워했고, 미하일 역시 도시의 살롱에 대해 설명해주는 백작의 얘기에 무척 놀라곤 했다. 그해에 두 사람은 스레드니 대로에서 약간 떨어진

[*] 18세기에 러시아 제국의 수도가 모스크바에서 상트페테르부르크로 옮겨졌으며, 러시아 혁명 뒤에 다시 모스크바가 수도가 되었다. 여기서는 제정 러시아의 수도인 상트페테르부르크를 가리킨다.

곳에 위치한 구두 수선 가게 위층의 셋방을 얻어서 함께 지냈다.

그들이 구두 수선 가게 위층에 셋방을 얻은 것은 행운이었다는 것을 백작은 나중에 알게 되었다. 왜냐하면 미하일 민디흐만큼 신발을 빨리 닳게 할 수 있는 사람은 러시아 전역을 통틀어 아무도 없을 것이기 때문이었다. 그는 6미터 되는 방에서 어렵지 않게 30킬로미터를 왔다 갔다 서성거리며 걸을 수 있었다. 그는 오페라 박스석 안에서 50킬로미터를 서성거리며 걸을 수 있었고, 고해성사실 안에서 80킬로미터를 걸을 수 있었다. 요컨대 서성거리며 걷는 것은 미시카*의 자연스러운 상태였다.

예컨대 백작이 플라토노프가 마련한 술자리나 페트롭스키가 마련한 저녁 식사 자리, 또는 페트롭스카야 공주가 초대한 무도회에 함께 참석하려고 두 사람의 초대장을 확보해놓으면 미시카는 예외 없이 가지 않겠다고 고사하는 것이었다. 한 서점 안쪽에서 플라멘헤셔라는 사람이 저술한 책을 바로 얼마 전에 발견했는데, 지체 없이 처음부터 끝까지 읽어야만 직성이 풀릴 것 같다는 게 그 이유였다. 그러나 미하일은 혼자 있게 되면 플라멘헤셔 씨가 쓴 소논문의 첫 50쪽을 열심히 읽어낸 다음, 벌떡 일어나서 작가의 논지나 문체, 또는 구두점의 사용 등에 관해 열렬히 동의하거나 격렬히 반대하는 자신의 생각을 중얼거리며 한쪽 구석에서 다른 쪽 구석까지 방 안을 왔다 갔다 서성대기 시작하는 것이었다. 백작이 새벽 2시에 돌아올 때까지도 계속 그러했으므로 그가 읽은 책의 분량은 여전히 50쪽을 넘기지 못했는데도 그의 신발은 세인트폴 대성당을 향해 순례 여행

✦ 미하일의 애칭.

중인 순례자보다도 더 많이 닳아 있었다.

그러므로 호텔 스위트룸으로 쳐들어간 것이나 양탄자를 닳게 한 행동은 백작의 오랜 친구인 미시카의 성격에서 그리 많이 벗어난 게 아니었다. 그러나 미시카는 최근 상트페테르부르크에 있는 모교에 새로 부임했으므로 백작은 그가 갑자기 그런 상태로 나타난 것에 무척 놀랐다.

둘은 서로 포옹을 한 뒤 다섯 개 층을 걸어 올라간 다음 다락방으로 들어갔다. 미시카는 백작에게서 지금 어떤 처지에 놓였는지 미리 들은 터라 친구의 새로운 환경을 놀라는 표정 없이 담담하게 받아들였다. 그러나 다리가 세 개인 농 앞에 이르자 잠시 걸음을 멈추더니 고개를 기울여 바닥 쪽을 보았다.

"몽테뉴의 『수상록』?"

"맞아." 백작이 말했다.

"너에겐 어울리지 않는 책인데."

"아니, 그 반대야. 딱 맞는 책이던걸. 그건 그렇고, 이 사람아, 모스크바엔 무슨 일로 왔어?"

"명목상으론 내년 6월에 열리는 라프RAPP 창립총회의 계획 수립을 돕기 위해 왔어, 사샤. 그러나 그보다 더 중요한 건······."

이 대목에서 미시카는 어깨에 메는 가방에 손을 넣어 와인을 한 병 꺼냈다. 병의 라벨 위쪽 유리에 두 개의 열쇠를 서로 교차시킨 형태가 돋을새김된 와인이었다.

"너무 늦은 게 아닌지 모르겠다."

백작은 와인 병을 집어 들고는 병의 표면에 돋을새김된 문양을 엄지손가락으로 만져보았다. 그러더니 깊이 감동한 미소를 지으며 고개를 저었다.

"아니야, 미시카. 늘 그렇듯이 넌 딱 알맞은 때에 왔어." 그러고 나서 백작은 오랜 친구를 이끌고 옷장으로 가서 재킷을 헤치고 함께 옆방으로 들어갔다.

'대사'에서 잔을 두 개 꺼낸 백작이 씻어 오겠다고 말하며 자리를 비우자 미시카는 감회 어린 눈으로 친구의 서재를 살펴보았다. 거기 있는 탁자와 의자와 예술품들을 다 알아보았기 때문이다. 그것들이 낙원 같았던 나날을 떠올리게 하는 티히차스에서 고르고 추린 물건들이라는 것을 그는 잘 알았다.

알렉산드르가 7월을 보내는 티히차스에 그를 처음 초대한 것은 틀림없이 1908년이었을 것이다. 그들은 상트페테르부르크를 출발해 몇 차례 작은 기차들을 갈아타고 나서야 마침내 키가 큰 풀이 자라고 철도의 지선이 지나는 조그만 간이역에 도착했는데, 그곳에서 내리면 네 마리 말이 끄는 로스토프 가문의 마차가 그들을 맞이했다. 가방을 마차 위에 올려놓은 다음 마부는 마차 안에 탔으며, 알렉산드르가 말고삐를 잡고 마차를 몰았다. 그렇게 시골길을 달리면서 그들은 시골 처녀들이 눈에 띌 때마다 손을 흔들었고, 그러다 보면 이윽고 사과나무가 줄지어 늘어선 길이 나왔다. 로스토프 가문의 저택으로 이어지는 길이었다.

그들은 저택 입구에 들어서기 바쁘게 외투를 아무렇게나 벗어 던지고, 뒤이어 가방을 동쪽에 위치한 크고 근사한 침실에 휙 팽개쳤다. 침실에는 벨벳 끈이 달려 있어서 차가운 맥주나 뜨거운 목욕물이 필요할 때 그것을 당겨서 사람을 부를 수 있었다. 그러나 그들은 먼저 응접실로 향했다. 그곳에서는—바로 이 동양식 커피 탁자에서—백작 부인이 귀족 출신의 이웃에게 차를 접대하며 담소하곤 했다.

변함없이 검은 복장을 한 백작 부인은 남편을 여읜 귀부인으로, 타고난 독립심과 연륜에서 우러나오는 권위를 지녔으며 쩨쩨한 짓을 참지 못하는 성격이었다. 그런 까닭에 백작 부인은 불손한 젊은이들도 다 호의적으로 관대하게 대했다. 손자가 점잖은 대화를 가로막고 교회나 지배 계급의 입장을 물을 때면 백작 부인은 그런 태도를 참을 뿐만 아니라 즐기기까지 했다. 만약 손님이 낯을 붉히면서 발끈하는 반응을 보이면 백작 부인은 마치 자신과 미시카가 서로 팔을 걸고 상스러운 예절과 시대에 뒤떨어진 태도에 맞서 싸우기라도 하는 것처럼 미시카에게 공모하는 듯한 윙크를 지어 보였다.

미시카와 알렉산드르는 백작 부인에게 인사하고 경의를 표한 뒤에는 테라스 문을 나와 옐레나를 찾으러 가곤 했다. 때로는 정원이 내려다보이는 퍼걸러 아래에서 옐레나를 발견했고, 때로는 강이 굽이진 곳에 서 있는 느릅나무 밑에서 찾았다. 아무튼 어디에 있든 간에 옐레나는 으레 책을 읽고 있다가 그들이 다가가는 소리에 책에서 눈을 떼고 반가운 미소를 지었다. 벽에 걸린 이 초상화가 포착한 미소와 다르지 않은 미소였다.

알렉산드르는 옐레나에게는 늘 평소와는 아주 다른 엉뚱한 모습을 보여주었다. 풀밭에 주저앉으며 바로 얼마 전에 기차에서 톨스토이를 만났다고 주장하는가 하면, 자신은 신중히 생각한 끝에 수도원에 들어가서 영원히 침묵할 것을 맹세하리라 결심했다고 말하기도 했다. 당장. 잠시도 지체하지 않고. 아니, 점심을 먹고 나서 곧바로 수도원으로 갈 거라고 했다.

"오빠는 정말 침묵이 오빠에게 어울릴 거라고 생각해?" 옐레나가 물었다.

"응. 귀가 들리지 않는 것이 베토벤에게 어울리는 것처럼 말이야."

그러면 옐레나는 미시카를 향해 친근한 눈길을 던진 다음 웃으면서 다시 오빠를 바라보며 물었다. "알렉산드르 오빠, 오빠 앞으로 어떻게 되는 거야?"

그들은 모두 백작에게 그 질문을 던졌다. 옐레나와 백작 부인과 대공이 말이다. '알렉산드르, 넌 앞으로 어떻게 되는 거니?' 그러나 그들의 질문은 세 가지 다른 면을 지니고 있었다.

물론 대공이 던지는 그 질문은 일종의 수사의문문이었다. 낙제한 한 학기 성적표나 미지급 청구서를 받아 든 뒤 자신의 대자를 서재로 호출한 대공은 그 내용을 소리 내어 읽고 나서 책상에 내려놓은 다음, 대답을 기대하지 않고 그 질문을 던졌다. 대공은 알렉산드르가 옥살이를 하거나 파산하거나 또는 그 둘 다를 하게 될 거라고 대답하리라는 것을 잘 알았던 것이다.

할머니는 백작이 지나치게 불명예스러운 어떤 얘기를 했을 때 그 질문을 던지는 경향이 있었다. '알렉산드르, 넌 앞으로 어떻게 되는 거니?'라는 말은 그녀의 목소리가 들리는 거리 안 모든 이들에게 이 아이는 자기가 가장 좋아하는 아이니까 여러분들은 자기가 이 아이의 행동을 구속하거나 억제할 거라고 기대해선 안 된다는 것을 고백하는 말이었다.

그러나 옐레나가 그 질문을 던진 경우, 그녀는 그에 대한 답이 진짜로 궁금한 것처럼 물었다. 마치 오빠의 신통치 않은 공부와 태평스러운 행동거지에도 장래에 분명 어떤 근사한 인물이 될 사람을 세상이 아직 눈을 주지 않았다는 듯이 물었다.

"알렉산드르 오빠, 오빠 앞으로 어떻게 되는 거야?" 옐레나는 그렇게 묻곤 했다.

"그게 문제지." 백작은 동의했다. 그러고 나서 다시 풀밭에 누워 반딧불이가 그리는 8자 모양을 유심히 쳐다보았다. 마치 그도 이 굉장한 수수께끼에 대해 깊이 생각하고 있는 듯한 모습이었다.

맞아. 그 시절은 낙원 같은 나날이었어, 미시카가 생각했다. 그러나 낙원이 그러하듯 그 시절은 과거에 속했다. 그 시절은 조끼와 코르셋, 카드리유와 베지크⁺, 영혼 소유권과 공물 납입, 그리고 구석에 쌓인 성상들과 관련 있는 시절이었다. 그 시절은 교묘한 책략과 천박한 미신의 시대였다. 운 좋은 소수의 사람들은 저녁 식사에 소고기를 먹고, 대다수 무지렁이들은 그저 인내하며 살아가던 시절이었다.

그 시절은 저 책들과 함께한 시절이었지. 미시카는 옐레나의 초상화에서 시선을 돌려 눈에 익은 작은 책장에 나란히 꽂힌 19세기 소설들을 바라보며 생각했다. 그 모든 모험담과 연애 이야기들이 알렉산드르가 무척 감탄하곤 했던 기발한 형식으로 지어진 소설들

✦ 카드놀이의 일종.

이었다. 그러나 진짜 소중한 유물은 책장 위에 놓인 좁고 기다란 액자 속의 사진이었다. 그것은 러일전쟁을 마무리하기 위한 포츠머스 조약에 서명한 남자들을 찍은 흑백 사진이었다.

미시카는 사진을 집어 들고 얼굴들을 꼼꼼히 들여다보았다. 공식적인 배열에 따라 선 일본과 러시아 대표들은 모두 콧수염을 기르고 흰색 하이칼라 와이셔츠에 보타이 차림이었는데, 그들의 표정에는 어떤 커다란 성취감이 어려 있었다. 처음에 그들과 같은 부류의 사람들이 시작했던 전쟁을 펜을 놀려서 마무리했다는 데서 오는 성취감이었다. 그리고 거기에, 중앙에서 바로 왼쪽에 차르 궁정의 특사로 참여한 대공이 서 있었다.

미시카가 로스토프 가문의 오랜 전통을 처음 목격한 것은 1910년 티히차스에서였다. 백작 부모님의 10주기 추모제에 모여서 샤토뇌프-뒤-파프◆ 와인 잔을 들어 올리는 의식이었다. 백작과 그가 방학을 보내려고 그곳에 도착한 지 이틀 뒤에 손님들이 나타나기 시작했다. 오후 4시 무렵에는 저택 진입로에 모스크바와 상트페테르부르크와 이웃한 여러 지역에서 온 서리, 브리츠카, 드로스키, 기그 등이 길게 늘어섰다.◆◆ 5시에 커다란 방에 가족이 모였을 때 몇 시간 차이로 한날에 세상을 떠난 백작의 부모님을 추모하는 첫 잔을 드는 영예를 안은 사람은 대공이었다.

대공은 참으로 대단한 인물이었다. 옷을 입은 채 태어난 것 같은 대공은 자리에 앉는 일이 별로 없었으며, 술은 한 모금도 입에 대지

◆ 교황이 마시던 와인이라는, 프랑스 남부 론 지역의 고급 와인.
◆◆ 서리는 좌석이 두 개인 4인승 마차, 브리츠카는 포장이 달린 4륜 마차, 드로스키는 지붕 없는 4륜 마차, 기그는 말 한 필이 끄는 2륜 마차이다.

않았다. 그분은 1912년 9월 21일에—지금으로부터 10년 전에—자신의 말 등에서 죽음을 맞이했다.

"참 올곧은 분이셨지."

고개를 돌린 미시카는 뒤에 백작이 보르도 와인 잔 두 개를 손에 들고 서 있는 것을 보았다. "다른 시대의 사람이셨어." 미시카는 그렇게 말하며 얼마간 경외감이 깃든 동작으로 사진을 제자리에 올려놓았다. 와인이 개봉되고 잔에 채워졌다. 오랜 친구인 두 사람은 잔을 높이 들어 올렸다.

"사샤, 우리가 결성한 단체가 어떤 거냐면……."

두 오랜 친구는 대공을 위해 건배하고 지난 시절을 회상한 다음, 다가올 라프 총회로 옮아갔다. 라프가 '러시아프롤레타리아작가동맹'의 약칭이라는 것을 백작은 알게 되었다.

"특별한 집회가 되겠지. 특별한 시기에 열리는 특별한 집회……. 얼마 전까지만 해도 체포될까 봐 두려워서 같은 탁자에서 식사도 함께하지 못했던 아흐마토바, 불가코프, 마야콥스키, 만델시탐 같은 작가들이 다 참석할 거야. 사실 수년 동안 그들은 자신들의 서로 다른 양식을 옹호해왔지만, 내년 6월엔 한자리에 모여 '노바야 포예지야', 즉 신시新詩를 구축하는 논의를 하게 될 거야. 보편적인 시 말이야, 사샤. 망설이지 않는 시, 굽실거릴 필요 없는 시. 인간 정신이 주제에 담겨 있고 미래가 시상詩想에 담겨 있는, 그런 시 말이야!"

미시카는 '보편적인 시'라는 말을 하기 직전에 벌떡 일어났으며,

마치 지금은 아무도 없는 그 자신의 아파트에서 생각을 정리하고 있는 것처럼 백작의 조그만 서재를 이쪽 구석에서 저쪽 구석까지 왔다 갔다 했다.

"넌 물론 덴마크인 톰센*이 쓴 그 작품을 기억하고 있겠지……."

(백작은 덴마크인 톰센의 작품을 기억하지 못했다. 그러나 백작이 그의 말에 끼어들 새도 없이 미시카는 말을 이었다.)

"고고학자로서 톰센이 인류의 시대를 석기, 청동기, 철기 시대로 구분했을 때, 그는 아주 자연스럽게도 각 시대를 규정하는 물리적 도구에 따라서 그렇게 했어. 그런데 인간의 영적 발달은 어떻지? 인간의 도덕적 발달은 어떻지? 그것들도 동일한 양상으로 나아간 거야. 석기시대에 동굴에서 사는 사람들의 머리에 든 생각은 그들의 손에 들린 몽둥이만큼이나 무뎠고, 불꽃을 일으킬 때 쓰는 부싯돌만큼이나 거칠었지. 청동기시대에 영리한 몇몇 사람이 야금술을 개발했을 때, 그들이 동전과 왕관과 검을 만드는 데 얼마나 걸렸더라? 일반 사람들은 이후 천 년 동안 그 사악한 삼위일체의 노예가 되었지."

미시카는 잠시 걸음을 멈추고 천장을 바라보았다.

"다음에 철기시대가 도래했어. 철기시대와 함께 증기 엔진, 인쇄기, 총이 만들어졌지. 이것들은 아주 다른 삼위일체야. 이 도구들은 부르주아 자신의 이익을 강화하려는 의도로 부르주아에 의해 발달했지만, 바로 그 엔진, 인쇄, 총을 통해서 프롤레타리아가 노동, 무지, 학정에서 해방되기 시작했지."

미시카는 역사의 궤도를 음미하듯 고개를 저었다. 어쩌면 화제를

✦ 19세기 덴마크의 고고학자 크리스티안 위르겐센 톰센Christian Jürgensen Thomsen을 말함.

바꾸려는 뜻에서 그런 것인지도 몰랐다.

"친구, 우린 새 시대가 시작되었다는 사실에 동의할 수 있다고 생각해. 바야흐로 강철시대가 시작된 거야. 우린 이제 발전소를 세우고, 마천루를 짓고, 비행기를 만들 능력을 가지게 되었어."

미시카는 백작을 향해 얼굴을 돌렸다.

"슈홉스카야 방송탑 본 적 있어?"

백작은 본 적이 없었다.

"정말 아름다운 건축물이야, 사샤. 160미터 높이*의 원뿔형 강철 구조물이지. 우린 그걸 통해서 최신 뉴스와 지식을—그뿐 아니라 차이콥스키의 다정다감한 선율도—160킬로미터 이내 거리에 있는 모든 시민들의 가정에 방송할 수 있어. 그리고 러시아의 도덕도 이 같은 개별적인 것들의 발전과 보조를 맞추고 있지. 우리는 우리 시대에 무지의 종말, 압제의 종말, 인류애의 출현을 목격하게 될 거야."

미시카는 멈춰 서서 허공에 손을 저었다.

"'그렇다면 시는 어찌 되는가?' '글은 어찌 되는가?' 사람들은 그렇게 묻겠지. 흠, 그것 역시 보조를 맞추고 있다고 난 자신 있게 말할 수 있어. 예전에는 글이 청동과 철로 만들어졌으나 지금은 강철로 만들어지고 있지. 시는 이제 4행시니 강약약격이니 정교한 수사법이니 하는 것을 따지는 예술이 아니야. 우리의 시는 행동의 예술이 되었어. 우리의 시는 대륙을 가로질러 거침없이 나아갈 것이고 별들에게 음악을 전달할 거야!"

✦ 원래는 350미터 높이로 지을 계획이었으나 건축 당시 러시아에 강철이 부족하여 160미터로 축소되었다고 한다.

만약 커피점에서 한 학생이 그런 연설을 쏟아내는 것을 엿들었다면 백작은 틀림없이 눈을 반짝이면서 이제는 시인이 시를 쓰는 것만으로는 충분치 않은 시대라고 생각했을 것이다. 이제 시는 자체 선언문을 가진 유파流派에서 나와야 하며, 1인칭 복수와 미래시제를 통해서, 그리고 수사의문문과 대문자와 다수의 느낌표를 사용해서 즉각적으로 부르짖어야 했다. 무엇보다 중요한 것은 **새로워야** 한다는 점이었다.

그러나 앞에서 언급했듯이 이것은 백작이 다른 사람의 말을 엿들었다면 그러한 생각을 했을 것이라는 가정일 뿐이다. 미시카에게서 쏟아져 나오는 연설을 듣는 백작의 가슴은 기쁨으로 가득 찼다.

사실, 자신의 시대와 심하게 어울리지 못하는 사람이 있게 마련이다. 고유한 문화로 유명한 도시에서 태어났으면서도, 세상의 눈으로 볼 때 그 도시의 권위를 드높이는 습관, 양식, 사상 등에 전혀 녹아들지 못하는 사람이 얼마든지 있을 수 있다. 그 사람은 살아가면서 줄곧 시대의 경향도, 또래들의 열망도 이해하지 못하는 혼란스러운 상태로 주위를 둘러보곤 한다.

그러한 사람은 로맨스나 직업적 성공의 기회는 잊어버려야 한다. 로맨스나 직업적 성공은 시대에 발맞추어 사는 사람들이 향유하는 것이기 때문이다. 그러한 사람이 그것 대신 택할 수 있는 것은 노새처럼 시끄럽게 울어대거나, 또는 못 보고 지나친 서점에서 발견한 못 보고 넘어간 책에서 가능한 한 많은 위안을 찾는 것이리라. 그러다가 같은 방을 쓰는 친구가 새벽 2시에 비틀거리며 방에 돌아와서, 그 도시의 살롱에서 있었던 최신 이야기를 들려주면 어리둥절한 상태로 말없이 듣는 수밖에 달리 도리가 없다.

이것이 살아오는 동안 대부분의 시기에 겪었던 미시카의 운명이었다.

그러나 시대와 어울리지 못하던 사람이 하룻밤 사이에 자신이 딱 알맞은 때에 딱 알맞은 장소에 있다는 것을 발견하게 되는 것과 같은 방식으로 사태가 전개될 수도 있다. 그 사람에게는 너무 생경해 보이던 양식과 태도가 갑자기 깡그리 무시되고, 그 사람의 내면 깊은 곳의 정서에 더없이 잘 어울리는 양식과 태도로 대체되는 것이다. 그리하여 오랜 세월을 낯선 바다에 표류하던 고독한 뱃사람이 어느 날 밤 잠에서 깨어 하늘을 보니 그곳에 익숙한 별자리가 있는 것을 발견한 것과도 같은 상황이 된다.

이런 일—이처럼 별들이 특별히 재배치되는 일—이 일어날 때 자신의 시대와 너무 오랫동안 어울리지 못했던 그 사람은 상황이 지극히 명료해지는 것을 경험한다. 갑자기 지나간 모든 것들이 이런 일이 일어나는 데 필요한 과정이었다는 게 뚜렷이 보이고, 앞으로 펼쳐질 모든 전망이 더없이 명확한 운율과 이유를 띠게 된다.

하루에 두 번만 울리는 시계가 열두 번을 쳐서 자정을 알렸을 때 미시카조차도 와인을 한 잔 더 마시는 것이 좋은 일이라는 것을 알았다. 그리하여 두 사람은 대공을 위해서 건배했고, 옐레나와 백작 부인을 위해서 건배했고, 러시아와 티히차스를 위해서 건배했고, 시를 위해서, 서성거리며 걷는 것을 위해서, 그리고 그들이 생각할 수 있는 인생의 모든 가치 있는 면을 위해서 건배했다.

크리스마스 시즌

12월 하순 어느 날 저녁, 복도를 걸어서 피아차로 가고 있을 때 백작은 찬 공기가 밀려오는 것을 또렷이 느꼈다. 바깥 거리와 통하는 출입구 중 가장 가까운 것도 50미터나 떨어져 있는데도 그랬다. 공기는 별이 빛나는 겨울밤의 맑고 신선한 기운을 고스란히 지닌 채 백작의 몸을 쓸고 지나갔다. 잠시 걸음을 멈추고 두리번거리며 찬 공기의 출처를 알아본 백작은 그 찬 기운이…… 외투보관실에서 오고 있다는 것을 깨달았다. 외투보관실 담당인 안내원 타냐는 그곳을 지키지 않은 채 어딘가에 가고 없었다. 그래서 백작은 왼쪽을 보고 오른쪽을 본 다음 외투보관실 안으로 들어섰다.

바로 얼마 전에 한 무리의 일행이 저녁 식사를 하러 들이닥친 게 틀림없었다. 겨울 공기가 아직 그들의 외투 옷감에서 다 새어 나가지 않은 것을 보면 그걸 알 수 있었다. 어깨 부분에 눈가루가 남아 있는 군복 외투가 눈에 띄었다. 아직 축축한 기운이 남아 있는 관료의 모직 재킷도 거기 있었다. 옷깃을 족제비(아니, 검은담비인가?)의 털로 만든 검은 밍크코트도 있었는데, 그것은 아마도 인민위원의 정부가 입은 옷일 개연성이 높았다.

밍크코트의 옷소매 하나를 얼굴로 가져간 백작은 거기서 벽난로의 연기와 동양풍 오드콜로뉴의 흐릿한 내음을 감지할 수 있었다. 이 젊은 미녀는 아마 불바르노예 환상도로에 위치한 어떤 우아한 집에서 출발해 자신의 밍크코트만큼이나 새까만 자동차를 타고 이곳에 도착했을 것이다. 아니, 어쩌면 푸시킨 동상이 생각에 잠긴 표정이지만 의연함을 잃지 않은 모습으로 내리는 눈을 맞으며 서 있는 트베르스카야 거리를 걸어왔을지도 모른다. 아니, 마부의 "이랴!" 하는 소리에 맞추어 들리는 채찍 소리와 자갈길을 달리는 말발굽 소리와 더불어 그 말들이 끄는 썰매를 타고 왔다면 더 좋았을 듯싶다.

백작과 여동생도 크리스마스이브에 그런 식으로 용감하게 추위와 맞서곤 했었다. 남매는 할머니에게 자정 이전에는 돌아올 거라고 약속하고서 트로이카*를 타고 가까이 사는 친한 사람 저택을 방문하기 위해 서늘하고 청량한 밤공기 속으로 내달리곤 했다. 남매는 늑대 가죽으로 무릎을 덮었으며, 백작이 말고삐를 잡았다. 썰매가 나지막한 초원을 가로질러 마을 길로 들어서면 백작이 이렇게 소리치곤 했다. "어딜 먼저 갈까? 보브린스키 저택? 아니면 다비도프 저택?"

보브린스키 저택을 가든, 다비도프 저택을 가든, 아니면 완전히 다른 어딘가를 가든 간에 그들이 가는 곳에는 잔치가 있고 따뜻한 불이 있고 반갑게 맞아주는 포옹이 있었다. 아이들이 계단에서 몰래 안을 들여다보면 그곳에는 밝고 산뜻한 옷이 있고, 발그레해진 피부가 있고, 눈가가 촉촉해진 채 건배하는 감상적인 아저씨들이 있었다. 그리고 음악은? 그곳에는 잔을 비우게 하고 일어나 춤추게 하는 노래가 있었다. 나이를 착각할 만큼 팔짝팔짝 경쾌하게 뛰게 하는 노래들이 있었다. 그곳이 응접실인지 살롱인지, 나아가 하늘인지 땅인지조차 모를 정도로 위치와 방향감각을 잃어버릴 때까지 빙글빙글 돌게 만드는 노래들이 있었다.

✦ 말 세 마리가 끄는 러시아의 마차나 썰매. 여기서는 썰매를 말한다.

자정이 가까워지면 로스토프 남매는 두 번째 혹은 세 번째로 방문한 저택에서 휘청휘청 걸어 나와서 썰매가 있는 곳으로 향했다. 그들의 웃음소리가 별빛 아래에서 울려 퍼지고, 그들의 걸음은 그들이 얼마 전에 왔던 반듯한 길을 넓게 돌면서 뒤로 돌아갔다가 다시 앞으로 가는 모양을 눈 위에 남겼다. 그리하여 다음 날 아침이면 집 주인들은 눈 위에 그들의 발자국이 만들어놓은 커다란 높은음자리표를 발견하곤 했다.

그들은 다시 트로이카를 타고 시골길을 달려서 페트롭스코예 마을을 가로지르며 나아갔다. 그곳 수도원의 담장에서 그리 멀지 않은 곳에 예수승천교회가 있었다. 나폴레옹을 물리친 것을 기념해 1814년에 세운 이 교회의 종탑에 비견할 수 있는 것은 크렘린에 있는 이반 대제 종탑뿐이었다. 교회 종탑에 있는 스무 개의 종은 침략자 나폴레옹이 퇴각하면서 어쩔 수 없이 버리고 간 대포들을 녹여서 만든 것이었고, 그런 까닭에 모든 종소리가 '러시아 만세! 차르 만세!'라는 소리를 내며 울리는 것만 같았다.

평소 저택을 향해 달리는 말의 속도를 높이기 위해 고삐를 홱 채곤 하는 굽이진 길에 이르렀을 때 옐레나가 백작의 팔에 손을 얹어 말들의 속도를 줄이라는 신호를 보냈다. 막 자정이 된 것이었다. 그들 뒤로 1킬로미터 이상 떨어진 곳에서 교회의 종소리가 울려 퍼지기 시작했다. 그 종소리들이 거룩한 성가가 은은히 흐르는 얼어붙은 땅 위로 쏟아져 내렸다. 만약 조심스럽게 귀를 기울인다면 성가 가락과 가락 사이의 짧은 순간 말들의 헐떡임 위로, 쏴 하는 바람소리 위로, 15킬로미터쯤 떨어진 곳에 자리 잡은 성 미카엘 교회의 종소리를—그리고 그보다 더 멀리 떨어진 성 소피아 교회의 종소리도—들을 수 있을 것이다. 그 종소리들은 황혼 녘에 연못을 가로지르며 날아가는 거위 떼처럼 그렇게 서로를 부르는 것이었다.

예수승천교회의 종소리…….

백작이 1918년에 파리에서 급히 귀국해 페트롭스코예 마을을 지나갈 때 수도원 벽 앞에 농부들이 크게 놀란 표정으로 말없이 떼 지어 모여 있는 것을 우연히 보았던 기억이 떠올랐다. 그날 아침에 붉은 기병대가 여러 대의 빈 짐마차와 함께 도착했던 것 같다. 젊은 대위의 지시에 따라 한 무리의 카자크들이 종탑에 올라가서 첨탑에 있는 종들을 하나씩 하나씩 들어서 밖으로 던졌다. 대종大鐘을 들어서 밖으로 던져야 할 때가 되었을 때, 대위는 두 번째 병사들을 올려 보냈다. 대원들은 그 오래된 대종을 고리에서 벗기고 끌어 올려 난간 위에 내려놓고 균형을 맞춘 다음, 공중으로 기울였다. 대종은 허공에서 한 바퀴 돌고 나서 쿵 소리와 함께 흙먼지를 일으키며 땅에 떨어졌다.

수도원장이 수도원에서 뛰쳐나와 대위에게 맞섰을 때—당장 이 신성모독 행위를 중지하라고 주님의 이름으로 요구했다—대위는 기둥에 기대어 담배에 불을 붙였다.

"그러면 카이사르의 것은 카이사르에게 돌리고 하느님의 것은 하느님께 돌려라✦." 대위가 말했다. 대위는 그 말과 함께 부하들에게 수도원장을 종탑 계단으로 끌고 올라가 첨탑에서 수도원장을 그의 조물주의 품 안으로 던져버리라고 지시했다.

아마도 예수승천교회의 종들은 볼셰비키에 의해 다시 대포를 만

✦ 『마태오의 복음서』 22장 21절의 한 구절.

드는 데 사용되었을 것이다. 그러니 그 종들은 애초에 왔던 곳으로 되돌아간 셈이었다. 백작이 아는 바로는, 나폴레옹의 퇴각으로 이 땅에 남아 예수승천교회의 종을 만드는 데 쓰인 그 대포들은 프랑스 사람들이 라로셸 성당의 종으로부터 만든 것이었다. 그리고 라로셸 성당의 종들은 '30년전쟁[*]'에서 노획한 영국제 나팔총으로부터 만들어졌다. 종에서 대포로 바뀌고, 대포에서 다시 종으로 바뀌는 끊임없는 변모. 그것이 철광석의 운명이다.

"로스토프 백작님……?"

백작이 몽상에서 깨어나 고개를 드니 문간에 서 있는 타냐가 눈에 들어왔다.

"검은담비인 것 같아." 백작이 들고 있던 옷소매를 놓으며 말했다. "맞아, 분명히 검은담비 털이야."

12월, 피아차…….

메트로폴이 문을 연 날부터 모스크바의 많은 사람들은 피아차를 보며 한 해의 끝자락에 이른 계절의 분위기를 실감했다. 12월 1일 오후 5시 무렵이면 피아차는 이미 색색으로 장식하고 들뜬 분위기 속에서 새해를 기다렸다. 분수대에는 새빨간 열매들로 모양을 낸 상록수 화환이 여러 개 걸리고, 발코니에는 줄에 달린 장식용 전구들이 늘어뜨려 있었다. 그리고 주객들은? 모스크바 전역에서 이곳으

---

[*] 1618~1648년 독일을 무대로 신교(프로테스탄트)와 구교(가톨릭) 간에 벌어진 종교전쟁.

로 주객들이 몰려들었고, 따라서 오케스트라가 첫 번째 흥겨운 노래를 연주하는 저녁 8시 무렵이면 모든 테이블이 손님으로 채워졌다. 9시 무렵에는 늦게 온 손님들도 친구의 어깨에 팔을 걸치고 앉아 있을 수 있도록 웨이터들이 복도에서 의자를 끌어왔다. 모든 테이블의 중앙에는—지위가 높은 사람들의 자리든 낮은 사람들의 자리든—캐비아가 놓여 있었다. 왜냐하면 캐비아는 이 특별한 분위기의 진수였기 때문에 적은 양으로든 많은 양으로든 누구나 즐길 수 있게 했기 때문이다.

예전의 피아차는 그랬기에 이 동짓날 피아차에 들어선 백작은 실내에 화환 하나 없고, 발코니에는 줄에 달린 장식용 전구도 없고, 연주대에 달랑 아코디언 연주자 한 명뿐이고, 테이블의 3분의 2가 비어 있는 것을 보고 실망감이 스미는 것을 느꼈다.

그렇지만 아이들은 다 알고 있듯이, 계절의 북소리는 마음속에서 울려 퍼져야 한다. 그리고 거기엔 니나가 있었다. 니나는 늘 앉는 분수대 옆 자기 자리에 있었는데, 밝은 노랑 드레스의 허리에 진녹색 리본을 묶은 차림새였다.

"메리 크리스마스." 백작이 탁자로 다가가서 정중한 태도로 고개를 숙이며 말했다.

니나가 자리에서 일어나서 한쪽 다리를 뒤로 살짝 빼고 무릎을 약간 구부리며 인사했다. "아저씨에게 이 계절의 기쁨이 함께하기를."

두 사람은 각자의 무릎 위에 냅킨을 펴고 앉았다. 니나가 자기는 잠시 후에 아빠를 만나서 저녁을 함께 먹기로 했으므로 오늘은 자기도 오르되브르를 주문할 자유가 있다고 말했다.

"아주 합리적인 생각이야." 백작이 말했다.

그때 예의 그 비숍이 조그만 탑 같은 아이스크림을 들고 나타났다.

"이게 오르되브르?"

"우이(네)." 니나가 대답했다.

비숍은 성직자 같은 미소를 지으며 아이스크림을 니나 앞에 내려놓은 다음 고개를 돌려 백작에게 메뉴판을 가져올까요, 하고 물었다(마치 백작이 메뉴판을 다 외우고 있다는 사실을 모르는 것처럼!).

"아니, 됐어요. 샴페인 한 잔과 스푼 하나만 줘요."

중요한 모든 문제들을 체계적으로 다루는 것이 몸에 밴 니나는 가장 옅은 색깔의 아이스크림에서 시작하여 점점 더 짙은 색깔의 아이스크림으로 옮아가며 한 번에 한 가지 맛의 아이스크림을 먹었다. 니나는 이미 프렌치바닐라 맛을 다 먹고 나서 지금은 레몬 맛 아이스크림으로 옮아갔다. 그 아이스크림 색깔은 니나의 드레스와 완벽하게 어울렸다.

"그러니까," 백작이 말했다. "넌 집에 갈 생각에 마음이 들떴구나?"

"네. 사람들을 다 만날 수 있으니 얼마나 좋아요." 니나가 말했다. "그렇지만 1월에 다시 모스크바에 돌아오면 난 학교에 다녀야 해요."

"넌 학교에 가는 게 그리 기쁘지 않나 보구나."

"몹시 따분할까 봐 걱정돼요." 니나가 시인했다. "아이들이 바글거릴 것을 생각하면 그것도 싫고요."

백작은 학교에선 아이들이 얼마든지 그럴 수 있다는 것을 인정하며 무겁게 고개를 끄덕였다. 그런 다음 자신의 스푼을 딸기 아이스크림에 넣으면서 자신은 학교생활이 무척 즐거웠다는 말을 해주었다.

"모두가 내게 그렇게 말해요."

"난 『오디세이』와 『아이네이스』를 읽는 게 아주 좋았어. 그리고 가장 좋은 평생 친구들도 몇 명 사귀었고⋯⋯."

"알아요, 알아요." 니나가 눈을 흘기며 말했다. "모두 그 말도 내게 해줘요."

"음, 모두가 어떤 말을 해줄 땐, 그게 사실이기 때문에 그러는 경우가 많단다."

"모두가 어떤 말을 해줄 땐 그들이 모두이기 때문인 경우가 많아요." 니나가 똑 부러지게 말했다. "그렇지만 왜 모두의 얘기를 들어야 해요? **모두**가 『오디세이』를 썼나요? **모두**가 『아이네이스』를 썼나요?" 니나는 고개를 저으며 명확히 결론지었다. "모두와 극소수의 차이는 숫자의 차이일 뿐이에요."

그 얘기는 거기서 그만두어야 했을 것이다. 그러나 백작으로서는 어린 친구 니나가 그처럼 삭막한 시각으로 모스크바에서의 학교생활을 시작한다는 생각을 참기 힘들었다. 니나가 짙은 자주색 아이스크림(블랙베리 맛인 듯했다)을 먹는 동안 백작은 어떻게 하면 공교육의 장점을 가장 잘 설명할 수 있을지 곰곰이 생각했다.

"학교에는 짜증스러운 면이 있는 게 사실이야." 잠시 후 그는 그 점을 인정했다. "그렇지만 궁극적으론 그 경험이 네 지평을 넓혔다는 걸 깨닫고 기뻐하게 될 거라고 생각한다."

니나가 고개를 들어 쳐다보았다.

"그게 무슨 뜻이에요?"

"뭐가 무슨 뜻이라는 거니?"

"제 지평을 넓힌다는 거요."

백작은 자신이 해준 말은 너무 자명한 것 같아서 좀 더 자세히 얘기할 거리를 준비하지 못했다. 그래서 그는 대답하기 전에 손짓으로 비숍을 불러서 샴페인 한 잔을 더 주문했다. 수 세기 동안 샴페인은 결혼을 시작하고 배를 진수할 때 사용되었다. 사람들은 대부분 그것은 샴페인이 본질적으로 축하에 적합하기 때문이라고 생각한다. 그러나 사실은 샴페인이 결심을 북돋우는 데 효과가 크기 때문에 그 같은 위험한 일을 시작할 때 사용하는 것이다. 샴페인이 탁자에 놓이자 백작은 잔을 들어서 콧구멍 안쪽이 간지러울 만큼 꿀꺽꿀꺽 많이 들이켰다.

"네 지평을 넓힌다는 것은," 그가 조심스럽게 말했다. "교육이 세계적인 감각, 세계에 대한 경이감, 그리고 다양한 삶의 방식에 대한 감각을 너에게 제공할 거라는 뜻이야."

"그런 것들은 여행을 하면 더 효과적으로 얻을 수 있지 않아요?"

"여행?"

"우린 지금 지평에 대해 얘기하고 있어요. 그렇죠? 시야의 끝에 있는 지평선 말이에요. 그걸 얻기 위해선 학교에서 가지런하게 줄을 맞춰 앉아 있는 것보다 실제 지평선을 향해 나아가는 것이 더 낫지 않을까요? 지평선 너머에는 무엇이 있는지 직접 볼 수 있도록 말이에요. 마르코 폴로가 중국을 여행했을 때 한 일이 바로 그거였잖아요. 콜럼버스가 아메리카를 발견했을 때 한 일이 그거였고요. 표트르 대제가 신분을 숨기고 유럽을 여행했을 때 그분이 한 일이 바로 그거였다고요!"

니나는 말을 멈추고 초콜릿 아이스크림을 한입 가득 넣었다. 백작이 니나의 말에 답변하려는 것을 보고 니나는 스푼을 흔들어서 자신의 말이 아직 안 끝났다는 것을 알렸다. 백작은 니나가 그걸 다 삼킬 때까지 점잖게 기다렸다.

"어젯밤엔 아빠가 〈셰에라자드〉 연주회에 나를 데리고 갔어요."

"아." 백작이 (화제가 바뀐 것을 감사히 여기며) 말했다. "림스키 코르사코프의 최고 걸작이지."

"그런가 봐요. 난 잘 몰라요. 내가 말하고자 하는 건 이거예요. 연주회 팸플릿에 따르면 그 작품은 '아라비안나이트의 세계'로 청중들을 '매혹'하려는 의도로 만들어진 거래요."

"알라딘과 램프의 세계로." 백작이 빙긋 웃으며 말했다.

"맞아요. 그리고 사실, 극장 안에 있는 모든 사람들이 완전히 매혹당한 것 같았어요."

"거봐, 그렇다니까."

"그런데도 그 사람들 중 어느 한 사람도 직접 아라비아에 가보려는 사람은 없어요. 아라비아는 그 램프가 있는 곳인데 말이에요."

니나가 이 말을 한 바로 그 순간에 어떤 기이한 운명의 음모가 작동하여 아코디언 연주자의 애창곡 연주가 끝났고, 그러자 사람들이 듬성듬성 앉아 있는 실내에서 박수가 터져 나왔다. 니나는 열렬히 박수를 치는 손님들이 자신이 한 말에 대한 최종적인 증거라는 듯이 의자에 등을 붙인 자세로 앉아서 두 손으로 그 사람들을 가리켰다.

체스 경기에서는 말을 움직일 수 있는 횟수가 아무리 많이 남아 있다 해도 패한 것이 틀림없다면 자신의 왕을 넘어뜨려 패배를 자인하는 것이 훌륭한 체스 경기자의 특징이다. 그래서 백작은 이렇게 물었다.

"오르되브르는 어땠니?"

"아주 좋았어요."

이제 아코디언 연주자가 영어 캐럴을 연상시키는 경쾌하고 짧은 멜로디를 연주하기 시작했다. 백작은 이것을 신호 삼아서 건배하고 싶다는 뜻을 내비쳤다.

"나이를 먹어감에 따라 사교 범위가 점점 줄어드는 것은 슬프지만, 피할 수 없는 인생의 현실이지." 그가 말했다. "습관에 의존하는 경향이 늘거나 아니면 활력이 주는 탓에 우리는 갑자기 몇몇 익숙한 사람들과만 사귀고 있는 자신의 모습을 발견하게 된단다. 그래서 나는 인생의 지금 단계에서 너처럼 멋진 새 친구를 만나게 된 것을 굉장한 행운으로 여겨."

그 말과 함께 백작은 호주머니에 손을 넣더니 니나에게 선물을 주었다.

"내가 네 나이쯤이었을 때 무척 유용하게 사용했던 조그마한 물건이야. 이것이 훗날 네가 신분을 숨기고 여행할 때까지 너와 함께하며 어려움을 헤쳐가는 데 도움이 되길 바랄게."

니나는 정말이지 이렇게 선물을 주지 않아도 되는데, 하고 말하는 듯한 태도로 (약간 애매하게) 빙그레 웃었다. 니나가 포장지를 풀자 로스토프 백작 부인의 육각형 오페라글라스가 나타났다.

"할머니가 쓰시던 거야." 백작이 말했다.

그들이 서로 알게 된 이래 처음으로, 니나는 놀라서 말을 잇지 못했다. 니나는 그 작은 쌍안경을 손에 들고 돌려보면서 자개를 입힌 몸통과 정교한 황동 이음쇠를 감탄하며 바라보았다. 그러고 나서 오페라글라스를 눈에 대고 천천히 실내를 살펴보았다.

"아저씨는 누구보다도 나를 잘 알아요." 니나가 잠시 후에 말했다. "난 이걸 죽는 날까지 소중히 간직할 거예요."

백작은 니나가 그에게 줄 선물을 가져올 생각을 하지 않았다는 것을 충분히 이해했다. 니나는 어린아이일 뿐이고, 게다가 백작이 깜짝 선물을 풀어보곤 했던 날들은 확실히 지나갔으니까.

"벌써 시간이 이렇게 됐네." 백작이 말했다. "너희 아빠가 기다리게 하고 싶지는 않구나."

"그러네요." 니나가 아쉬운 듯이 말했다. "갈 시간이 됐어요."

니나는 카운터 쪽으로 고개를 돌리더니 계산서를 달라고 신호하는 사람처럼 손을 치켜들었다. 그러나 카운터에 있던 직원이 탁자로 왔을 때 그 직원의 손에는 계산서가 없었다. 대신 진녹색 리본으로 묶인 큼지막한 노란색 상자가 들려 있었다.

"아저씨에게 드릴 조그만 선물이에요." 니나가 말했다. "그러나 시계 종이 자정을 알릴 때까지 이걸 열어보지 않겠다고 약속해야 해요."

니나가 아버지한테 가기 위해 피아차를 떠났을 때 백작은 값을 치르고 이곳을 나가 보야르스키로 가고(거기서 허브로 감싼 양갈비를 먹을 생각이었다), 그런 다음 서재로 돌아가서 포트 와인 한 잔을 마시며 시계 종이 12시를 치는 것을 기다릴 생각이었다. 그러나 아코디언 연주자가 두 번째 캐럴을 연주하기 시작했을 때, 백작은 자신이 옆자리에 있는 한 젊은이에게 주의를 기울이고 있다는 것을 문득 깨달았다. 그 젊은이는 연애 감정이 갓 싹튼 초기 단계에 있는 것처럼 보였다.

콧수염이 흐릿하게 보이는 이 젊은이는 아마도 어떤 강의실에서 학우인 여학생의 예리한 지성과 진지한 태도에 반했을 것이다. 결국 그는 용기를 내어 그녀에게 밖에서 만나자고 했을 것이다. 아마도 어떤 이데올로기적 문제에 대해 논의해보자는 핑계를 댔을 것이다. 그래서 그녀는 지금 젊은이 앞에 앉아 미소도, 한 마디 말도 없이 이곳 피아차의 실내를 둘러보고 있는 것이다.

정적을 깨뜨릴 생각으로 젊은이는 곧 있을 소비에트공화국연방을 구성하기 위한 회의에 대해 언급했다. 그녀가 눈에 띄게 강한 반응을 보이는 것으로 보아 그것은 적절한 수였다. 아니나 다를까, 젊은 숙녀는 그 문제에 관한 자신의 견해를 가지고 있었다. 그러나 그녀가 남캅카스 문제에 관한 자신의 견해를 얘기하면서부터 대화의 성격이 대단히 전문적인 것으로 바뀌었다. 게다가 그녀만큼이나 진지한 표정으로 대화를 이어가는 젊은이는 명백히 지적 역량이 부족했다. 그가 지금 함부로 자신의 견해를 얘기한다면 그는 요즈음의 중요한 쟁점에 대해 잘 알지도 못하면서 주제넘게 아는 체하는 사람이라는 것이 틀림없이 드러날 터였다. 그러면 오늘 저녁의 상황은 점점 더 나빠질 것이고, 결국 그는 벌을 받은 아이가 곰 인형을 끌고 타박타박 계단을 올라가듯이 버림받은 희망을 뒤에 끌고서 터벅터벅 돌아가는 것으로 끝나고 말 것이다.

그러나 젊은 숙녀가 그 문제에 관한 그의 생각을 얘기해보라고 막 권했을 때 아코디언 연주자가 스페인풍 소곡을 연주하기 시작했다. 그 곡이 그녀의 심금을 울린 게 분명했다. 왜냐하면 그녀는 대화의 진행을 멈춘 채 아코디언 연주자를 바라보면서 그 선율이 어느 곡에서 나오는지 궁금하다고 혼잣말처럼 말했기 때문이다.

"〈호두까기 인형〉에 나와." 젊은이가 지체 없이 대답했다.

"〈호두까기 인형〉……." 그녀가 되뇌었다.

그녀의 표정이 대체로 침착하고 냉철한 것으로 보아 다른 시대의 이 음악에 대해 그녀가 어떻게 생각하는지 불분명했다. 그러므로 아마 많은 전문가들은 젊은이에게 조심스럽게 진행하라고 조언했을 것이다. 기다렸다가 그 음악이 그녀에게 무엇을 연상시키는지 들어보라고 충고했을 것이다. 그러나 그는 그러지 않고 행동했다. 대담하게 행동했다.

"내가 어렸을 때 할머니는 매년 날 데리고 가서 저걸 보여주셨어."

젊은 숙녀는 아코디언 연주자에게서 고개를 돌려 학우를 바라보았다.

"이 음악이 감상적이라고 생각하는 사람도 있는 것 같아." 그가 말을 이었다. "하지만 난 12월에 열리는 〈호두까기 인형〉 발레 공연엔 반드시 참석해. 여의치 않으면 혼자서라도."

잘했어, 젊은이.

여자의 얼굴 표정이 눈에 띄게 부드러워졌고 그녀의 눈에는 호기심의 빛이 어렸다. 그것은 새로 알게 된 남학생에게 뜻밖에도 어떤 순수하고 거짓 없고 당당한 면이 있구나, 하는 호기심과 관심의 눈빛이었다. 그녀의 입술이 뭔가 질문하려고 벌어질 때…….

"주문할 준비가 되셨나요?"

비숍이 다가와 탁자 위로 몸을 숙이며 말했다.

당연히 주문할 준비가 되지 않았지. 백작은 그렇게 소리치고 싶었다. 어떤 바보라도 그건 알 수 있잖아!

만약 젊은이가 현명하다면 비숍을 쫓아버리고 젊은 숙녀에게 하려던 질문을 하라고 말했을 것이다. 그러나 그는 고분고분 메뉴판을 집어 들었다. 어쩌면 그는 완벽한 요리가 메뉴판에서 튀어나와 이름을 대면서 자신을 알리는 상황을 상상하는지도 몰랐다. 그러나 진지한 젊은 숙녀에게 좋은 인상을 심어주려고 애쓰는 그 희망에 찬 젊은이에게 피아차의 메뉴판은 메시나 해협만큼이나 위험스러웠다. 메뉴판의 왼쪽에는 감각이 부족한 구두쇠라는 것을 시사할 가능성이 있는 값싼 요리들이 스킬라처럼 위험스럽게 버티고 있고, 메뉴판의 오른쪽에는 호기롭게 허세를 부리는 동안 호주머니를 텅 비게 만들 가능성이 있는 진미 요리들이 카리브디스처럼 버티고 있었다*. 젊은이의 시선이 서로 반대되는 이 두 종류의 위험 사이를 왔다 갔다 했다. 그러던 그가 천재적인 기지를 발휘하여 라트비아 스튜를 주문했다.

돼지고기, 양파, 살구로 만드는 이 전통적인 요리는 가격이 적당하면서도 적당히 이국적이었다. 게다가 이 요리는 왠지 모르게 할머니의 세계로, 명절의 세계로, 그리고 비숍이 무례하게 끼어들지만 않았다면 막 얘기를 나누려고 했던 감상적인 선율의 세계로 돌아가 귀 기울이게 하는 음식이었다.

---

* 그리스 신화에서 스킬라는 메시나 해협의 이탈리아 쪽 해안 큰 바위에 사는 머리 여섯 개에 하체는 뱀 모양인 여자 괴물이고, 카리브디스는 시실리섬 앞바다에 살면서 하루에 세 번 바닷물을 들이마셨다가 토해내면서 엄청난 소용돌이를 일으키는 여자 괴물이다.

"나도 같은 걸로 주문할게." 우리의 진지한 젊은 숙녀가 말했다.

오호, 같은 것으로!

그러고 나서 그녀는 희망에 찬 젊은이를 부드러운 눈빛으로 바라보았다. 그 부드러움은 『전쟁과 평화』제2부의 끝 대목에서 나타샤가 피예르에게 보여준 것과 같은 부드러움이었다.

"스튜와 함께 드실 와인을 주문하실 건가요?" 비숍이 물었다.

젊은이는 망설이다가 자신 없는 손길로 와인 목록표를 집어 들었다. 그가 와인 한 병을 주문하는 것은 분명 이번이 생애 처음일 터였다. 그가 1900년산 와인의 장점을 1901년산 와인과 비교해서 이해하지 못한다 해도, 보르도 와인과 부르고뉴 와인을 구별하지 못한다 해도 전혀 문제 삼을 일이 아니었다.

비숍은 젊은이에게 선택할 시간을 1분도 채 주지 않고 잘난 체하는 미소를 지으며 몸을 앞으로 기울여 목록표를 콕 찍었다.

"리오하가 좋을 것 같습니다."

리오하? 아킬레스가 헥토르와 충돌하듯이 스튜와 충돌하는 와인이 있다. 리오하 와인은 머리에 타격을 가하여 스튜를 죽이고서, 그 요리를 전차 뒤에 매달아 끌고 다니며 트로이 모든 남자들의 용기를 시험할 것이다. 게다가 그 와인은 젊은이가 감당할 수 있는 금액의 세 배나 되었다.

백작은 고개를 저으면서 경험을 대신할 수 있는 것은 없다는 생각을 되새겨보았다. 웨이터에게는 이런 일이 자신의 목적을 실현할 수 있는 이상적인 기회였다. 적합한 와인을 추천하는 것 하나로 웨이터는 젊은이를 편하게도 해주고, 지극히 만족스러운 식사가 되게도 해주고, 나아가 연애 진도가 나가게 도와줄 수도 있었다. 그러나 세심함이 부족하거나 감각이 부족한 탓에 비숍은 자신의 목적을 실현하지 못했을 뿐 아니라 자신의 고객을 곤경에 몰아넣기까지 했다. 젊은이는 뭘 어떻게 해야 할지 모르는 게 분명했다. 게다가 이제는 식당 안의 모든 사람이 자신을 지켜보는 것만 같은 느낌마저 들어서 그는 이제 하는 수 없이 비숍의 제안을 받아들이려 했다.

"내가 거들어도 될지 모르겠지만," 백작이 끼어들었다. "라트비아 스튜에는 무크자니 와인보다 더 나은 선택은 없을 걸세."

백작은 그들의 탁자 쪽으로 몸을 기울이며 완벽하게 생긴 안드레이의 긴 손가락을 흉내 내어 목록에 있는 항목을 가리켰다. 이 무크자니 와인 가격은 리오하 와인 값의 몇 분의 일밖에 되지 않기 때문에 신사들 사이에서는 논의할 필요가 없는 와인이었다. 그러나 백작은 그저 이렇게만 말했다. "조지아 사람들은 실제로 어느 날엔가 그런 스튜를 먹을 때 곁들일 와인을 꿈꾸며 포도를 재배한다네."

젊은이는 마치 '이 괴짜는 누구지?'라고 말하는 것처럼 동료 학우와 짧게 눈짓을 교환했다. 그러나 그러고 나서 비숍에게 고개를 돌려 말했다. "무크자니 한 병."

"예." 비숍이 대답했다.

몇 분 후 와인이 나왔다. 잔에 와인을 따른 뒤 젊은 숙녀는 동료 학우에게 그의 할머니는 어떤 분이셨느냐고 물었다. 그 와중에 백작은 보야르스키에서 허브로 감싼 양갈비를 먹을 생각을 버렸다. 대신 페탸를 불러서 니나가 준 선물을 자기 방으로 가져다 놓으라고 부탁한 다음 그 자신도 라트비아 스튜와 무크자니 한 병을 주문했다.

예상했듯이 스튜는 연말인 이 시기에 딱 어울리는 음식이었다. 양파는 달착지근하게 푹 삶고 돼지고기는 천천히 오래 삶았으며 살구는 간단히 끓인 스튜였다. 세 가지 재료가 한데 어우러져 달콤하고 향긋한 맛을 내는 그 요리는 왠지 모르게 눈 쌓인 선술집의 안락함과 집시가 치는 탬버린의 찰랑거리는 소리를 동시에 생각나게 했다.

백작이 와인을 한 모금 마실 때 젊은 커플이 그의 눈길을 붙잡더니 잔을 들어 감사의 마음과 연대감을 담아 건배했다. 그러고 나서 그들은 다시 자신들의 대화로 돌아갔는데, 이제 그들의 대화는 너무 은밀해져서 아코디언 소리에 묻혀버려 백작이 들을 수는 없었다.

젊은이의 사랑에도 건배, 백작이 빙그레 웃으며 생각했다. 새로운 건 없어.

"더 필요한 건 없습니까?"

비숍이 백작에게 말했다. 백작은 잠시 생각하고 나서 바닐라 아이스크림 한 스쿠프를 시켰다.

백작이 로비에 들어섰을 때 그는 야회복을 입은 네 남자가 검은 가죽 케이스를 들고 문을 열고 들어오는 것을 보았다. 종종 위층의 눈에 잘 띄지 않는 작은 식당들에서 연주하던 현악 사중주단 가운데 하나임이 분명했다.

네 음악가 중 세 사람은 같은 흰머리와 피곤한 전문성을 공유하면서 19세기부터 함께 공연해온 것처럼 보였다. 그러나 제2 바이올린 연주자는 나머지 연주자들과 확연히 달랐다. 그는 스물두 살 이상으로 보이지 않았고, 따라서 발걸음도 경쾌했다. 그 사중주단이 승강기에 다가갔을 때에야 백작은 그를 알아보았다.

백작은 아마 니콜라이 페트로프를 1914년 이래로 보지 못했을 것이다. 1914년이라면 공작인 니콜라이가 겨우 열세 살 소년이었을 무렵이었다. 그동안 많은 세월이 흘렀으므로 만약 그의 겸손한 미소가 없었더라면 백작은 그를 전혀 알아보지 못했을지도 모른다. 겸손한 미소는 수 세대 동안 이어져 내려온 페트로프 가문의 뚜렷한 특징이었다.

"니콜라이?"

백작이 그렇게 말하자 네 음악가는 승강기 앞에서 고개를 돌려 호기심 어린 눈으로 그를 쳐다보았다.

"알렉산드르 일리치……?" 잠시 뒤 공작이 물었다.

"그렇고말고요."

공작은 동료들에게 먼저 가라고 말한 뒤 백작을 향해 가문의 미소를 지어 보였다.

"만나서 반가워요, 알렉산드르."

"나도 반가워요."

두 사람은 잠시 말이 없었다. 그때 공작의 얼굴이 놀란 표정에서 호기심 어린 표정으로 바뀌었다.

"그거…… 아이스크림이에요?"

"네? 아! 맞아요. 아이스크림. 내가 먹을 건 아니고……."

공작은 어리벙벙한 모습으로 고개를 끄덕였다. 그러나 더 이상의 말은 없었다.

"혹시," 백작이 조심스럽게 말을 꺼냈다. "드미트리 소식 들은 거 있습니까?"

"스위스에서 사는 걸로 압니다."

"아." 백작이 미소를 지으며 말했다. "유럽에서 공기가 가장 맑은 곳이죠."

공작이 그런 얘기를 듣긴 했지만 직접 들은 것은 아니라서 확실히 알지는 못한다는 듯이 어깨를 으쓱해 보였다.

"내가 당신을 마지막으로 보았을 때," 백작이 말했다. "당신은 조모님의 디너파티에서 바흐를 연주했었죠."

공작이 웃으며 가죽 케이스를 들어 올렸다.

"지금도 디너파티에서 바흐를 연주하는걸요."

그러고 나서 그는 떠나버린 승강기 쪽을 가리키며 애정이 듬뿍 담긴 목소리로 말했다.

"저기 계셨던 분이 세르게이 예이세노프예요."

"아니, 정말?"

세르게이 예이세노프는 한 세기가 저물고 새로운 세기로 접어들던 무렵에 불바르노예 환상도로 지역에 사는 남자아이들 중 거의 절반쯤 되는 아이들에게 음악을 지도했던 인물이었다.

"우리 같은 부류의 사람들은 일자리를 얻기가 쉽지 않아요." 공작이 말했다. "그런데 세르게이는 여건만 된다면 나를 고용해준답니다."

백작은 물어볼 게 너무 많았다. 페트로프 가문의 다른 가족은 여전히 모스크바에 살고 있는지? 조모님은 아직 살아 계신지? 그는 아직도 푸시킨스카야 광장의 그 멋진 집에서 살고 있는지? 그러나 두 사람은 남자, 여자 들이—그중 일부는 예복을 입었다—계단을 향해 걸어가는 호텔 로비 한가운데에 서 있었다.

"일행이 내가 어떻게 됐는지 궁금해할 것 같네요." 공작이 말했다.

"아, 당연히 그렇겠죠. 오래 붙잡아둘 생각은 아니었습니다."

공작은 고개를 끄덕이고 나서 몸을 돌려 걸어갔다. 그러나 그는 계단을 오르려다 말고 뒤돌아섰다.

"우린 토요일 밤에 여기서 다시 연주할 겁니다." 그가 말했다. "연주회가 끝난 뒤 만나서 함께 한잔할 수 있을 거예요."

"그거 좋겠군요." 백작이 말했다.[2]

6층에 도착한 백작은 혀를 세 번 찬 다음 문을 조금 열어둔 채 방으로 들어갔다. 책상 위에는 페탸가 가져다 놓은 니나의 선물이 놓여 있었다. 백작은 그걸 겨드랑이에 낀 채 옷장의 재킷을 지나 서재로 들어갔다. 선물을 할머니의 탁자에 올려두고 나서 녹아버린 아이스크림을 바닥에 내려놓았다. 백작이 포트 와인을 잔에 따를 때 은빛 그림자 같은 물체가 그의 발치 주위를 서성이는가 싶더니 아이스크림 통으로 다가갔다.

"드로셀마이어 선생, 연말이니 즐겁게 보내시게."

"야옹." 고양이가 대답했다.

하루에 두 번 울리는 시계를 보니 11시밖에 되지 않았다. 그래서 백작은 한 손에 포트 와인을 들고 다른 손에는 『크리스마스 캐럴』을 든 채 의자를 뒤로 젖히고 앉아 시계 종이 12시를 알리기를 진득하게 기다렸다. 솔직히 말해서 예쁘게 포장된 선물이 팔 닿는 거리

안에서 기다리고 있고 목격자라곤 애꾸눈 고양이뿐인 상황에서 의자에 앉아 소설을 읽는다는 것은, 그것도 크리스마스와 관련된 소설을 읽는다는 것은 꽤나 절제력이 필요한 일이었다. 그러나 이것은 백작이 어린아이 때 익힌 절제력이었다. 어린 시절, 크리스마스가 점점 가까워지는 나날에 그는 닫힌 응접실 문을 버킹엄 궁전의 근위병처럼 눈 한 번 꿈쩍 않고 지나가곤 했었다.

어린 백작의 자제심은 이른 나이에 조숙하게 군인 정신을 흠모해서 생겨난 것이 아니었다. 가정의 규율을 융통성 없이 고수하려는 마음에서 생겨난 것도 아니었다. 열 살 무렵에 이미 백작은 융통성이 없는 것도 아니고 (교육자, 관리인, 순경 등의 집단이 보여주는 것과 같은) 획일주의를 좋아하지도 않는다는 점이 명명백백히 드러났다. 백작의 성향은 그런 것들과는 거리가 멀었다. 백작이 닫힌 응접실 문을 열어보는 일 없이 지나다니는 절제력을 익혔다고 한다면, 그것은 경험 때문이었다. 그렇게 하는 것이 크리스마스의 기쁨과 황홀함을 보장하는 가장 좋은 방법이라는 것을 경험에서 배웠기 때문이다.

그리하여 크리스마스이브에 마침내 문을 열어도 된다는 아버지의 신호에 따라 그와 옐레나가 함께 문을 열면…… 그곳에는 몸통에서 꼭대기까지 불을 밝힌 3미터가 훨씬 넘는 가문비나무와 모든 선반에 빠짐없이 매달린 화환들이 있었다. 세비야*산 오렌지가 담긴 그릇도 있고, 밝은 빛깔의 빈제 사탕도 있었다. 그리고 나무 밑 어딘가에는 예기치 못한 선물이 숨겨져 있었다. 선물은 성벽을 방

✦ 스페인 남서부의 도시.

어할 때 쓰는 나무칼일 때도 있고, 미라의 무덤을 탐험할 때 쓰는 손전등일 때도 있었다.

어린 시절의 크리스마스 마법은 그런 것이지, 백작이 얼마간 아쉬움과 그리움을 느끼며 생각했다. 하나의 선물이 아이로 하여금 집을 떠날 필요도 없이 끝없는 모험의 시간을 즐길 수 있게 하는 것, 그게 바로 크리스마스의 마법인 거야.

또 하나의 등받이가 높은 의자로 물러나 앉은 드로셀마이어가 앞발을 핥고 있다가 갑자기 조그만 귀를 쫑긋 세우며 한쪽뿐인 눈을 옷장 문 쪽으로 돌렸다. 그가 들은 것은 시계 내부의 톱니바퀴가 윙하며 돌아가는 소리였던 게 틀림없었다. 왜냐하면 잠시 후에 자정을 알리는 첫 종소리가 났기 때문이다.

백작은 책과 포트 와인을 한쪽으로 치운 다음 니나의 선물을 무릎 위에 올려놓고서 손가락을 진녹색 리본에 댄 채 시계 종소리에 귀 기울였다. 그리고 마지막 열두 번째 종소리가 울렸을 때에야 리본 끝을 잡아당겼다.

"고양이 선생, 선생 생각엔 선물이 무엇일 것 같소? 맵시 있는 모자?"

고양이는 백작을 쳐다보며 크리스마스를 예찬하듯이 가르랑거리기 시작했다. 백작은 알아들었다는 표시로 고양이를 향해 고개를 한 번 끄덕이고 나서 조심스럽게 뚜껑을 들어 올렸는데…… 눈에 들어온 것은 진녹색 리본에 묶인 노란색 상자였다.

빈 상자를 옆으로 치운 백작이 고양이를 향해 다시 끄덕 고갯짓을 해 보이며 두 번째 리본의 끝을 잡아당긴 다음 두 번째 상자의 뚜껑을 들어 올렸으나…… 눈에 들어온 것은 세 번째 상자일 뿐이었다. 백작은 그 뒤로도 참을성 있게 세 번을 더 상자를 묶은 리본을 풀고 뚜껑을 여는 일을 되풀이했고, 결국 성냥갑만 한 크기의 조그만 상자를 집어 들게 되었다. 그가 그 상자의 리본을 풀고 뚜껑을 열었을 때, 그 아늑한 공간 속에는 진녹색 리본에 매달린 니나의 호텔 마스터키가 들어 있었다.

12시 15분에 디킨스의 책을 들고 침대에 올랐을 때 백작은 한두 단락만 읽고 불을 끌 생각이었다. 그러나 백작은 자기도 모르게 큰 흥미를 느끼며 책을 계속 읽어 나갔다.

이야기는 스크루지가 쾌활한 거인의 모습을 한 현재의 크리스마스 유령이 이끄는 대로 돌아다니는 대목에 이르렀다. 백작은 어린 시절에 『크리스마스 캐럴』을 적어도 세 번은 읽었다. 그래서 스크루지가 현재 유령의 안내를 받아 웃음 가득한 크리스마스 파티가 벌어지고 있는 조카의 집을 방문했던 것을 확실히 기억했다. 마찬가지로, 누추하지만 진심 어린 축하와 기원이 있는 크래칫의 집을 방문했던 것도 또렷이 기억했다. 그러나 크래칫의 집을 나온 뒤에 그 두 번째 유령이 스크루지를 데리고 런던을 완전히 벗어나서 황량하고 적막한 황야로 갔던 내용은 전혀 기억나지 않았다. 그곳 광산의 가장자리에 자리 잡은, 금방이라도 무너질 것 같은 허름한 오두막에서는 광부의 가족이 크리스마스를 축하하고 있었다. 그곳을 떠나 외딴 바위 위에 서 있는 등대로 갔던 내용도 물론 기억나지 않았다. 파도가 요란하게 으르렁거리는 그곳 등대에서는 우악스럽게 생긴 두 등대지기가 손을 맞잡고 크리스마스 노래를 불렀다. 이어 유령은 스크루지를 데리고 울부짖으며 검게 출렁이는 먼바다로 날아가서 이윽고 어떤 배의 갑판에 내렸다. 그곳에서는 선한 사람이든 악한 사람이든 모두가 집 생각을 하며 동료들과 상냥한 말을 주고받았다.

누가 알겠어.

백작의 마음을 흔든 것은 어쩌면 멀리 떨어진 외딴곳에서 생활하는 이 사람들이 어려운 상황 속에서 고되게 일하며 힘겹게 살아가면서도 크리스마스의 유대감을 나누고자 하는 따뜻한 마음씨인지도 몰랐다. 어쩌면 그날 이른 저녁에 현대적인 젊은 커플이 옛 방식으로 사랑을 향해 나아가는 모습을 보았기 때문인지도 몰랐다. 어쩌면 자신의 불리한 출신 성분에도 새로운 러시아에서 자신의 자리를 찾아가는 듯싶은 니콜라이를 우연히 만났기 때문인지도 몰랐다. 혹은 니나와의 우정이 가져다준 예기치 않은 축복 때문인지도 몰랐다. 그 원인이 무엇이든 간에, 책을 덮고 불을 껐을 때 백작은 커다란 행복감을 느끼며 잠이 들었다.

그러나 미래의 크리스마스 유령이 갑자기 나타나서 백작을 깨워 미래의 모습을 그에게 얼핏 보여주었다면, 백작은 자신의 행복감이 너무 섣부른 것이었다는 것을 알게 되었으리라. 왜냐하면 알렉산드르 일리치 로스토프는 4년이 채 지나지 않아서 또 한 번, 하루에 두 번 울리는 시계가 열두 번을 치는 것을 조심스럽게 세고 난 뒤 가장 좋은 재킷을 입은 차림새로 메트로폴 호텔의 지붕을 기어 올라가서 난간을 향해 용감하게 다가갈 것이기 때문이다. 그 아래 길바닥에 몸을 던지기 위해서 말이다.

1 실제로 전全러시아중앙집행위원회의 초대 의장인 야코프 스베르들로프가 헌법기초위원회의 문을 잠그면서 자신들의 작업을 끝내기 전에는 절대 열쇠를 돌려 문을 열어주지 않겠다고 맹세하는 소리가 백작 바로 밑에서 스위트룸으로 들려왔다. 아래에서는 모든 러시아인에게 양심의 자유(제13조), 표현의 자유(제14조), 집회의 자유(제15조)를 보장한다는, 하지만 이 자유가 '사회주의 혁명에 해를 끼치는 데 이용된다면' 이러한 권리 중 어느 것이라도 철회할 수 있는 자유(제23조)를 보장하는 역사적인 문서가 만들어질 때까지 밤새도록 타자기 두드리는 소리가 났다!

2 유럽 독자들 사이에서 러시아 소설에 나오는 인물 이름은 어렵기로 악명이 높다. 우리 러시아인들은 성이나 이름을 쓰는 것에 만족하지 않고 경칭과 부칭✦ 및 다수의 애칭을 사용한다. 그러므로 러시아 소설에 나오는 한 인물은 수많은 페이지에서 네 가지 서로 다른 방식으로 언급될 수도 있다. 설상가상으로 가장 위대한 우리 작가들은 전통에 대한 어떤 뿌리 깊은 관념 탓이거나 상상력이 너무 부족한 탓에 등장인물들의 이름을 서른 개 정도로 한정하여 사용했다. 독자들은 톨스토이, 도스토옙스키, 투르게네프의 작품을 집어 들 때마다 으레 안나, 안드레이, 알렉산드르 같은 이름을 접하기 마련이다. 따라서 유럽 독자들은 러시아 소설에서 새 인물을 만나는 것에 분명 얼마간 두려움이 있을 것이다. 이 인물이 앞으로 나올 장章에서 중요한 역할을 할지도 모른다는 것을 알기 때문에 잠시 멈추고 이름을 기억해두려 할 것이다.

✦ 러시아의 이름은 이름, 부칭, 성 세 가지로 이루어진다. 부칭은 아버지의 이름에서 자동적으로 만들어지는 이름이다. 예컨대 이반의 아들이라면 이바노비치, 딸이라면 이바노브나로 불리는 식이다.

사정이 이러하므로 니콜라이 페트로프 공작이 토요일 밤에 백작을 만나 함께 술 한잔 하겠다고 약속했지만, 그는 그 약속을 지키지 못할 것임을 미리 여러분에게 알려주는 게 옳은 일일 것 같다.

왜냐하면 다음과 같은 일이 일어날 것이기 때문이다. 그날 사중주단의 연주가 자정에 끝나고 젊은 니콜라이 공작은 외투 단추를 잠그고 스카프를 단단히 두른 뒤 걸어서 푸시킨스카야 광장에 있는 가족 저택으로 간다. 말할 필요도 없는 사실이지만, 그가 12시 30분에 집에 도착했을 때 그를 맞아줄 하인은 없다. 그는 바이올린을 든 채 그가 사용하도록 남겨진 4층의 방을 향해 계단을 올라간다.

집은 비어 있는 것처럼 보이지만, 니콜라이는 2층에서 근래에 입주한 두 사람과 마주친다. 그들은 담배를 피우고 있다. 그중 한 명은 아이들 놀이방이었던 곳에서 살고 있는 중년 여자라는 것을 니콜라이는 알아차린다. 다른 한 사람은 공작 어머니의 침실이었던 곳에서 네 가족과 함께 살고 있는 버스 운전사다. 공작이 그들에게 가문의 겸손한 미소를 지으며 안녕히 주무시라고 인사할 때 둘 다 아무 말도 하지 않는다. 4층에 도착하고 나서야 니콜라이는 그 사람들이 아무 말도 하지 않은 이유를 이해하고 그들을 탓할 수 없다고 생각한다. 왜냐하면 그의 방을 수색하기 위해 체카*에서 나온 세 사람이 복도에 서서 그를 기다리고 있기 때문이다.

공작은 그들을 보고서도 소란을 피우거나 투덜거리지 않는다. 아무튼 최근 6개월 사이에 그들이 그의 방을 수색하러 온 것만 해도 이번이 세 번째다. 그는 그 사람들 가운데 한 명을 알아보기까지 한다. 그 절차에 익숙한 데다 긴 하루의 피로가 몰려드는 것을 느낀 니콜라이는 예의 그 겸

✦ 볼셰비키 혁명 직후 결성된 소련의 비밀 정보기관. 소련 비밀경찰의 전신.

손한 미소를 지어 보이며 그들을 방 안으로 들어오게 한다. 그리고 그들이 용무를 수행할 때 그는 창가의 조그만 탁자 앞에 앉는다.

공작은 숨길 게 없다. 로마노프 왕조가 몰락했을 때 겨우 열여섯 살이었던 그는 정치적인 책을 읽은 적도 없고 원한을 품은 적도 없다. 만약 그에게 황실의 노래를 연주해달라고 요청한다 해도 그는 어떻게 연주하는지 기억하지 못할 것이다. 심지어 그는 자신의 오래된 대저택이 다른 여러 사람들에게 분배되는 것에도 타당한 면이 있다고 여긴다. 그의 어머니와 누이들은 파리에 있고 조부모님은 돌아가셨고 가문의 하인들은 뿔뿔이 흩어졌는데 서른 개의 방이 있는 저택으로 그가 뭘 어찌한단 말인가? 그에게 필요한 것은 침대 하나, 세면기 하나, 그리고 일할 수 있는 기회뿐이었다.

새벽 2시에 공작은 그들 기관원 가운데 책임자인 사람이 자신을 밀치는 바람에 눈을 뜬다. 그의 손에는 라틴어 교재 한 권이 들려 있다. 그것은 라틴어 문법 교재로, 니콜라이 2세 시절에 황실학원에서 간행한 책이다.

"당신 책이오?"

거짓말을 할 이유가 없다.

"예." 그가 말한다. "어렸을 때 아카데미에 다녔습니다."

책임자가 책을 편다. 맨 앞 페이지에 늠름하고 현명해 보이는 인물의 사진이 실려 있다. 니콜라이 2세의 사진이다. 그 사진을 가지고 있는 것은 범죄다. 공작은 헛웃음이 나온다. 왜냐하면 그는 자기 방에서 모든 초상화와 문장紋章과 황실의 휘장을 다 없애기 위해 무던히 애를 썼기 때문이다.

책임자는 칼날로 문법 교재에서 그 페이지를 잘라낸다. 그리고 뒷면에 때와 장소를 적은 다음, 그 밑에 공작이 서명하게 한다.

공작은 루뱐카*로 끌려가서 며칠 동안 구금된 채 그의 충성심에 관해 다시 신문받는다. 5일째 되는 날, 모든 것이 다 고려된 결과, 운명이 그에게 호의를 베푼다. 그는 안뜰로 끌려가서 벽에 세워지거나 또는 시베리아로 유배를 떠나야 하는 형을 면하게 된 것이다. 그는 단지 '6대 도시 금지' 형만 받았다. 그것은 러시아를 원하는 대로 자유롭게 돌아다닐 수 있으나, 모스크바, 상트페테르부르크, 키예프, 하리코프, 예카테린부르크, 트빌리시—즉 가장 큰 6대 도시—에는 절대 발을 들여놓아서는 안 된다는 행정 처분이었다.

젊은 공작은 모스크바에서 80킬로미터쯤 떨어진 투치코보에서 자신의 삶을 다시 시작한다. 억울해하거나 분개하거나 향수에 젖는 일이 거의 없이 자신의 삶을 산다. 그의 새로운 고향에도 풀은 자라고 과일나무의 꽃은 피고 젊은 여인들은 성장해간다. 게다가 멀리 떨어져 산 덕분에 공작은 형을 선고받은 뒤 1년 후에 체카 기관원 세 사람이 공작을 가르치고 도와준 나이 많은 스승 세르게이 앞에 나타난 것도 모르고 지나간다. 세르게이가 늙은 아내와 함께 살고 있는 조그만 아파트에 돌아왔을 때 그들 삼인조가 그를 기다리고 있었던 것이다. 결국 그들은 그를 트로이카 앞으로 끌고 가서 정치범 수용소로 보낸다. 세르게이의 운명을 결정지은 것은 구시대 인물을 고용하는 행위가 명백히 금지되어 있는데도 그가 구시대 인물인 니콜라이 페트로프를 그의 사중주단에서 연주하도록 여러 차례에 걸쳐 고용했다는 증거였다.

그러나 여러분이 페트로프 공작의 이름을 기억하려고 수고할 필요가

✦ 모스크바 중심부에 있는 비밀경찰 본부이자 정치범 감옥.

없다는 점을 밝히면서, 대신 이후의 장에 나오는 둥근 얼굴에 머리가 조금 벗어진 사내는 짧게 등장함에도 여러분이 기억해야 할 인물임을 알려주고자 한다. 왜냐하면 그 사내는 수년 뒤 이 이야기의 결과에 큰 영향을 미칠 것이기 때문이다.

2권

1923

여배우, 유령, 벌통

6월 21일 오후 5시, 옷장 앞에 선 백작은 평범한 회색 블레이저에 손을 가져간 채 머뭇거렸다. 몇 분 후면 일주일에 한 번씩 가는 이발소를 방문할 것이고, 그런 다음에는 미시카를 만나러 샬랴핀에 갈 것이다. 미시카는 아마 1913년 이래로 계속 입고 다닌 갈색 재킷을 입고 있을 것이므로 백작은 블레이저를 입는 것이 매우 적절한 선택일 듯싶었다. 그러니까 오늘이 일종의 기념일이라는 생각이 들 때까지는 그러했다. 오늘은 백작이 마지막으로 메트로폴 호텔 바깥에 나간 지 1년째 되는 날이었던 것이다.

그런데 그런 기념일을 어떻게 기념해야 하는 거지? 그리고 그걸 기념해야 할 필요가 있나? 가택 연금은 명백히 자유를 제한하는 것일 뿐 아니라 굴욕감을 주기 위한 형벌이기도 할 테니까 말이다. 그러므로 그런 기념일은 눈에 띄지 않게 보내는 것이 자존심과 상식에 맞는 최선의 방책일 것이다.

그렇지만…….

견디기 힘들 만큼 고통스러운 상황에 처한 사람들도—예컨대 바다에서 길을 잃거나 감옥에 갇힌 사람들조차도—한 해가 지나는 것을 꼼꼼히 기록할 수단을 찾고자 한다. 아름답고 근사한 계절의 변화와 평범한 삶 속에서 반복해서 일어나는 온갖 경사스러운 일들이 하루하루를 구별할 수 없는 암울한 나날로 대체된다는 사실에도, 그러한 상황에 처한 사람들은 365개의 눈금을 나뭇조각에 새기거나 감옥 벽을 긁어서 표시해둘 것이다.

왜 그들은 지나가는 시간을 표시하려고 그토록 애쓰는 걸까? 겉으로 보기엔 그렇게 시간을 표시해두는 게 그들에게는 전혀 중요하지 않은 때에 말이다. 음, 한 가지 이유는 그렇게 하는 것이 그들이 두고 온 세상의 시간이 필연적으로 흘러갈 수밖에 없다는 것을 생각할 수 있는 기회를 제공하기 때문이다. 아, 지금쯤은 알료샤가 마당에 있는 나무에 오를 수 있을 거야, 바냐는 틀림없이 학교에 입학했겠지, 그리고 나댜, 사랑스러운 나댜는 곧 결혼할 나이가 되겠구나…….

이것만큼 중요한 또 하나의 이유는, 하루하루가 지나가는 것을 꼼꼼히 기록하는 것이 고립된 그들에게 힘든 한 해를 또 한 번 참고 견뎌내고 이겨냈다는 것을 깨닫게 해주기 때문이다. 지칠 줄 모르는 투지, 혹은 무모해 보일 정도로 철저한 낙관주의를 통해 그들이 끝까지 견뎌낼 수 있는 힘을 찾았는지의 여부와 관계없이 그 365개의 눈금은 불굴의 정신의 증거라 할 수 있다. 아무튼 주의력은 분 단위로 측정해야 하고 절제력은 시간 단위로 측정해야 하는 것이라고 한다면, 불굴의 정신은 연 단위로 측정해야 하는 것이기 때문이다. 만약 이 같은 철학적 고찰이 여러분의 취향이 아니라고 한다면, 그냥 현명한 사람은 기념할 수 있는 것은 뭐든 다 기념한다는 것에 동의하기로 하자.

그러므로 백작은 자신의 옷 가운데 가장 멋진 스모킹 재킷(파리에서 맞춘 진한 자주색 벨벳 재킷)을 입고 계단을 내려갔다.

로비에 이른 다음 계속해서 이발소를 향해 걸음을 옮기려던 백작의 눈길은 호텔 문을 통해 안으로 걸어 들어오는 호리호리한 몸매의 여인에게 끌렸다. 그러나 실은 백작의 눈길뿐 아니라 로비 안의 모든 사람의 눈길이 그녀에게 끌렸다. 반달 같은 눈썹에 적갈색 머리가 인상적인 20대 중반의 늘씬한 여인은 단연 돋보였다. 프런트 데스크로 걸어가는 그녀의 걸음걸이는 경쾌하고 자신감이 있었다. 그녀는 뒤에서 그녀의 짐을 끌고 뒤따르는 사환들을 의식하지 않는 것처럼 자신의 모자에서 튀어나온 깃털도 전혀 의식하지 않는 듯했다. 그러나 그녀가 자연스럽게 이목의 중심이 되는 데 결정적인 역할을 한 것은 그녀가 쥔 가죽끈에 묶인 두 마리 보르조이♦였다.

백작은 즉시 훌륭한 개라는 것을 알 수 있었다. 털은 은색이고 허리는 가늘었으며 모든 감각이 예리했다. 개들은 차가운 10월의 공기 속에서 사냥할 때 사냥감을 바싹 뒤쫓도록 훈련되었다. 그리고 하루가 끝날 무렵에는? 그때는 대저택의 따뜻한 불 앞, 주인의 발

♦ 몸 높이 69~79센티미터, 몸무게 35~48킬로그램의 러시아 견종. 긴 털과 뾰족한 입이 특징이다.

치에 앉아 있는 것이 일반적인 모습이었다. 보르조이가 웅장한 호텔의 로비에서 늘씬한 여인의 손을 장식하는 것은 어울리지 않았다…….

이 같은 일이 부당하다는 것을 개들도 모르지 않았다. 그들의 여주인이 프런트데스크에서 아르카디에게 말하는 동안 두 마리 개는 이리저리 마구 잡아당기면서 친숙한 지형지물을 찾고자 코를 킁킁거렸다.

"가만있어!" 늘씬한 여인이 의외의 허스키한 목소리로 명령했다. 그런 다음 가죽끈을 홱 잡아당겼는데, 그 모습은 그녀가 모자에 꽂힌 깃털을 가진 새에 관해 익숙하지 않은 것만큼이나 끈에 묶인 그 늑대 사냥개에 대해서도 익숙하지 않다는 것을 보여주었다.

백작은 그 상황을 보며 딱하다는 듯이 고개를 저었다. 그러고 나서 몸을 돌려 가던 길을 계속 가려고 했을 때 재미있는 장면이 눈에 들어왔다. 날렵한 그림자 같은 것이 갑자기 안락의자 뒤에서 화분에 심어진 종려나무 가장자리로 튀어 오른 것이었다. 그것은 쿠투조프 총사령관*이 적의 동태를 파악할 수 있는 고지대를 확보한 것과도 같은 상황이었다. 두 마리 개가 귀를 쫑긋 세우고 동시에 고개를 돌렸을 때 애꾸눈 고양이는 종려나무 몸통 뒤로 슬며시 숨었다. 이어 고양이는 개들이 안전하게 묶여 있다는 사실에 흡족해하며 종려나무 화분에서 바닥으로 뛰어내린 다음 등을 둥글게 구부리지도 않고 조그만 턱을 벌려 쉬익 하는 소리를 냈다.

개들이 요란하게 짖어대며 가죽끈이 팽팽해지도록 튀어 나가 프

✦ 제정 러시아의 장군(1745~1813). 나폴레옹이 제정 러시아를 침공했을 때 총사령관으로서 나폴레옹을 격퇴했다. 일찍이 터키와의 전쟁에서 부상당해 오른쪽 눈을 잃었다.

런트데스크에 있는 여주인을 끌어당겼다. 그 바람에 장부 작성용 펜이 바닥에 떨어졌다.

"워워." 여인이 소리쳤다. "워!"

말에게나 하는 명령에는 익숙지 않은 듯이 두 마리 늑대 사냥개는 다시 튀어 나갔고, 이번에는 여인의 손아귀에서 벗어나서 먹잇감을 향해 앞다퉈 달렸다.

쿠투조프는 쏜살같이 피했다. 애꾸눈 고양이는 로비의 서쪽에 죽 놓인 의자들 아래로 기어들어 가서, 마치 호텔 바깥 거리로 피할 생각인 것처럼 정문을 향해 내달렸다. 개들은 잠시도 머뭇거리지 않고 고양이를 뒤쫓았다. 협공 작전을 선택한 개들은 종려나무 화분이 있는 곳에서 두 방향으로 나뉘어, 의자 양편에서 고양이를 추격했다. 정문에서 고양이를 찢어발길 작정인 모양이었다. 첫 번째 개의 길을 가로막은 램프가 바닥으로 넘어지며 불꽃을 마구 튀겼다. 두 번째 개의 길을 가로막은 스탠드 재떨이는 나동그라지며 재 구름을 피워 올렸다.

그러나 두 방향으로 나뉘어 쫓던 개들이 막 한곳에서 만나려는 순간, 쿠투조프─진짜 쿠투조프 장군처럼 고양이에게는 지형에 익숙하다는 이점이 있었다─가 갑자기 방향을 바꾸었다. 커피 탁자 앞에서 급회전하여 로비의 동쪽에 죽 놓인 의자들 아래로 뛰어 들어가 계단을 향해 반대 방향으로 내달렸던 것이다.

두 보르조이는 이내 고양이의 전술을 알아차렸다. 그러나 주의력은 분 단위로 측정되고 절제력은 시간 단위로 측정되며 불굴의 정신은 연 단위로 측정된다고 한다면, 전장에서 우위를 차지하는 것은 순간으로 측정된다. 두 마리 늑대 사냥개는 고양이의 방향 전환을 알아채고 자기들도 즉시 몸을 돌리려 했다. 그때 녀석들은 로비에 깔린 널찍한 동양풍 양탄자의 가장자리에 이르러 있었는데, 달리던 관성 때문에 곧바로 멈추지 못하고 대리석 바닥을 미끄러지며 나아가서 안으로 들어오던 한 손님의 짐에 부딪쳤다.

적보다 몇십 미터 유리한 위치를 차지한 쿠투조프는 계단을 몇 개 팔짝팔짝 뛰어오르더니 잠시 움직임을 멈추고 자신이 저지른 일의 결과를 감탄스레 바라보았다. 그러고 나서 모퉁이를 돌아 사라졌다.

사람들은 품위 없이 먹는다고, 또는 주인이 던진 막대기에 무모할 정도로 지나친 열정을 쏟는다고 개를 비난할 수 있을지 모르나, 희망을 포기했다고 해서 개를 비난하지는 않을 것이다. 그 고양이가 명백히 앞서 있을 뿐 아니라 호텔 위층의 구조를 구석구석 알고 있다는 사실에도 두 마리 개는 발놀림을 원상회복하자마자 반드시 계단을 뛰어올라 뒤쫓을 셈으로 한꺼번에 짖어대며 로비를 가로질러 돌진했다.

그러나 메트로폴은 사냥터가 아니었다. 이곳은 대단히 훌륭한 주거 공간이자 고달프고 고단한 이들을 위한 오아시스였다. 그러므로 백작은 혀를 약간 말아서 음이 조금씩 올라가도록 휘파람을 불었다. 사장조 휘파람이었다. 그 소리에 개들은 추격을 멈추고 계단 밑에서 불안스럽게 서성거리기 시작했다. 백작은 재빨리 연속해서 두 번 더 휘파람을 불었고, 그러자 개들은 자기들이 졌다는 사실을 인정하고 백작을 향해 걸어와 그의 발치까지 다가섰다.

"얘들아," 백작이 개들의 귀 뒤쪽을 부드럽게 긁어주며 말했다. "너희는 어디서 왔니?"

"웡웡." 개들이 대답했다.

"아." 백작이 말했다. "멋진 곳에서 왔구나."

늘씬한 여인이 치마를 매만지고 모자를 고쳐 쓴 다음 우아하게 로비를 가로질러 백작에게로 왔다. 프랑스제 하이힐 덕분에 그녀의 눈이 백작의 눈과 같은 높이로 마주쳤다. 백작은 그녀가 가까이서 보니 생각했던 것보다 훨씬 더 아름답다는 것을 알 수 있었다. 그리고 훨씬 더 거만하다는 것도 알 수 있었다. 백작은 자연스레 개들이 안됐다는 동정심을 느꼈다.

"고마워요." 그녀가 (함대를 발진할 것 같은 생각이 들게 하는 미소를 지으며) 말했다. "이 녀석들은 훈련이 잘못된 것 같아요."

"그 반대일 겁니다." 백작이 대답했다. "얘들은 아주 잘 훈련된 것 같습니다."

늘씬한 여인이 두 번째로 애써 미소를 지었다.

"내 말은 이 녀석들이 버릇없다는 거예요."

"예, 버릇이 없는 것 같긴 합니다. 그러나 그건 다루기 나름이에요. 훈련이 잘못되어서 그런 게 아니고요."

늘씬한 여인이 백작을 살펴보는 동안 백작은 그녀의 반원형 눈썹이 악보의 마르카토 기호—그 부분의 음은 조금 더 크고 똑똑하게 연주할 것을 지시하는 악센트 표시—와 아주 비슷하게 생겼다는 것을 알았다. 이것이 여인이 명령을 내리기 좋아하고 목소리가 허스키해진 것을 설명해준다고 백작은 생각했다. 그러나 백작이 이러한 결론에 도달했을 때 여인은 여인대로 자기 나름의 결론에 도달한 것 같았다. 그녀는 이제 백작에게 어떠한 매력도 드러내 보일 생각이 없었다.

"다루는 것에 훈련이 잘못된 것을 상쇄하고도 남는 방법이 있는 것 같군요." 그녀가 신랄하게 말했다. "그래서 나는 가장 잘 훈련된 개라 할지라도 끈을 아주 짧게 잡고 다녀야 한다고 생각해요."

"납득할 수 있는 결론입니다." 백작이 대답했다. "그러나 나는 잘 훈련된 개에게는 노련한 사람의 손이 어울린다고 생각합니다."

한 시간 뒤, 머리를 말쑥하게 자르고 수염을 깨끗이 민 모습으로 샬라핀에 들어간 백작은 구석에 놓인 조그만 탁자를 골라 앉아 미시카를 기다리기로 했다. 미시카는 라프 창립총회에 참석하기 위해 모스크바에 와 있었다.

자리에 앉고 나서야 백작은 그 늘씬한 미녀가 지금은 파란색 긴 드레스를 입고서 자신의 자리 바로 맞은편 벽에 붙은 긴 의자에 앉아 있다는 사실을 알아차렸다. 이번에는 개와 함께 있지 않았으므로 술집은 그녀가 개를 다루는 구경거리를 피하게 되었다. 하지만 그녀는 개들 대신 둥근 얼굴에 머리가 조금 벗어진 사내를 데리고 왔다. 강아지에 어울릴 법한 그녀의 애정과 헌신의 대상은 그 사내가 조금 더 자연스러워 보였다. 백작이 그들의 모습을 관찰하며 빙그레 웃고 있는 동안 우연히 늘씬한 여인의 시선과 마주쳤다. 두 사람은 즉시 서로를 보지 않은 것처럼 행동해야 했다. 한 사람은 자신의 강아지에게 눈을 돌렸고, 다른 한 사람은 문 쪽으로 눈을 돌렸다. 그리고 요행히도 바로 그때 미시카가 백작의 눈에 들어왔다. 그런데 미시카는 멋지게 수염을 기르고 새 재킷을 차려입은 모습이었다…….

　백작이 탁자 뒤에서 나와 친구를 껴안았다. 그런 다음 다시 자기 자리로 돌아가 앉는 대신에 벽에 붙은 그 자리를 미시카에게 권했다. 그것은 예의 바른 행동이기도 하고 시의적절한 행동이기도 했다. 왜냐하면 그럼으로써 백작은 늘씬한 여인에게서 등을 돌리고 앉을 수 있기 때문이었다.

　"자, 그럼." 백작이 손뼉을 한 번 치며 말했다. "뭘로 할까, 친구? 샴페인? 샤토 디켐? 저녁 식사 전에 벨루가 요리를 먹을까?" 그러나 미시카는 고개를 저으면서 맥주를 마시겠다며, 아무튼 자기는 여기서 저녁을 먹을 시간이 없다고 설명했다.

　그 말을 들은 백작은 당연히 실망했다. 백작은 미리 신중하게 문의하여 보야르스키의 오늘 밤 특별 요리는 구운 오리라는 것을 알아냈다. 오랜 친구인 두 사람이 함께 먹기에 딱 좋은 요리였다. 그리고 안드레이는 특별한 그랑 크뤼*를 챙겨두겠다고 약속했다. 그랑 크뤼는 오리 요리에 잘 어울릴 뿐만 아니라, 틀림없이 백작이 로스차일드의 와인 저장고에 젊은 남작 부인과 함께 갇히게 되었던 그 치욕의 밤에 대한 이야기를 다시 하게 되는 상황으로 이끌 거라고 생각했었다.

　그러나 백작은 자신이 실망스러워하는 동안에 오랜 친구 미시카가 침착하지 못하고 들떠 있는 것으로 보아 뭔가 들려줄 이야기가 있다는 것을 알 수 있었다. 그래서 그들 앞에 맥주가 나오자마자 백작은 총회의 진행 상황이 어떤지 물어보았다. 미시카는 맥주를 한

✦ 프랑스의 최고급 포도원에서 생산된 최고급 와인.

모금 마시고 나서 오늘의 주요 화제를 얘기하겠다는 뜻으로 고개를 끄덕였다. 머잖아 전 세계는 아닐지라도 전 러시아인의 관심을 사로잡을 이야기라고 했다.

"오늘은 자기들끼리 소곤거리며 잡담하는 사람도 없었어, 사샤. 졸거나 연필을 만지작거리는 사람도 없었고. 왜냐하면 거기 있는 모든 사람들에게 할 일이 있었으니까."

미시카더러 벽에 붙은 긴 의자에 앉도록 권한 것이 예의 바르고 시의적절한 행동이었다고 한다면, 그것은 또한 미시카를 자리에 앉아 있게 만드는 부가적인 이점도 있었다. 왜냐하면 탁자 뒤에 갇힌 형국이 아니라고 한다면 그는 이미 벌떡 일어나서 이곳 실내를 서성거렸을 것이기 때문이다. 이번 총회에서 한 일은 뭐지? 백작이 최선을 다해 알아낸 바로는, '의향 선언서', '충성 선언서', '연대 공개 선언서'의 초안을 작성한 것이 포함되어 있다는 사실이었다. '러시아프롤레타리아작가동맹'은 정말 망설임 없이 연대를 표명했다. 사실 그들은 동료 작가들, 출판인, 편집자뿐만 아니라 석공과 항만 노동자, 용접공과 리벳공, 심지어 거리 청소부들[1]과도 연대를 표명했다.

총회 첫날은 열기가 너무 뜨거워서 저녁 11가 되어서야 저녁 식사가 제공되었다. 60명이 앉을 수 있도록 마련된 테이블에서 그들은 마야콥스키 본인이 낭송하는 시를 들었다. 낭독대는 따로 없었다. 음식이 나왔을 때 마야콥스키가 테이블을 쾅 치며 자리에서 일어났을 뿐이다.

미시카는 실감 나게 전달하려고 벽에 붙은 의자 위로 올라서려다가 하마터면 맥주잔을 넘어뜨릴 뻔했다. 그는 하는 수 없이 앉아서 손가락으로 허공을 찌르며 열정적으로 시를 읊었다.

> 갑자기 나는—
> 온 힘을 다해 새날을 밝혔고
> 또다시 아침이 종을 울렸다.
> 항상 비추어라
> 모든 곳을 비추어라
> 삶이 끝나는 그날까지
> 비추어라—
> 다른 모든 것은 신경 쓰지 말자!
> 그것이 바로 나와 태양의
> 좌우명이다!*

마야콥스키의 시 낭송에 사람들은 자연스럽게 아낌없는 박수를 보내며 서로서로 잔을 부딪쳤다. 그러고 나서 모두들 자리에 앉아 자신들의 닭고기를 썰려는 순간 젤린스키라는 사내가 자리에서 일어났다.

"물론 우린 젤린스키가 읊어대는 것을 들어야 했지." 미시카가 불만스레 말했다. "마치 자기가 마야콥스키와 어깨를 나란히 하는 사람이기라도 하듯이 말이야. 자기가 뭐라도 되는 사람처럼 말이야."

미시카가 맥주를 또 한 모금 마셨다.

"너, 젤린스키 기억나니? 기억 안 나? 우리보다 몇 년 늦은 대학

---

* 시에서의 사회주의 리얼리즘의 창시자 블라디미르 마야콥스키의 시 「어느 여름 별장에서 블라디미르 마야콥스키에게 일어난 기이한 사건」 끝 부분.

후배? 열여섯 살에 단안경을 쓰고, 그다음 해에는 선원 모자를 썼던 녀석? 아무튼 너도 그런 부류의 사람을 알 거야, 사샤. 뭐든 항상 자기 마음대로 하려고 하는 부류 말이야. 가령 저녁 식사를 마치고 둘이서 하던 이야기를 계속하려고 의자에 앉아 뭉그적거리고 있으면…… 젤린스키가 나타나 그 대화를 계속 이어가기에 안성맞춤인 장소를 안다고 단언하지. 그런데 알고 보니 어떤 지하 카페의 탁자 주위로 너 같은 사람이 열 명이나 모여 있는 거야. 네가 어떤 자리에 앉으려 할 때 그자는 네 어깨에 손을 얹고 탁자의 이쪽 끝이나 저쪽 끝으로 이끌고 가지. 누가 빵을 먹겠다고 말할 때, 그자에겐 그보다 더 나은 생각이 있는 거야. 이 카페엔 모스크바에서 가장 맛있는 쿠키가 있어, 하고 그자가 말하지. 그리고 네가 미처 깨닫기도 전에 그자는 허공에서 손가락을 튕겨 딱 소리를 내며 웨이터를 부르지."

이 대목에서 미시카는 엄지와 가운뎃손가락을 힘차게 세 번 튕겨서 연거푸 딱 소리를 냈다. 그러자 늘 손님들에게 주의를 기울이는 아우드리우스가 벌써 실내를 가로지르고 있었고, 백작은 손을 흔들어 그에게 오지 말라는 신호를 보내야 했다.

"그리고 그의 생각의 깊이는 어떤 줄 알아?" 미시카가 계속해서 경멸조로 말했다. "그는 끊임없이 자신의 개똥철학을, 선언문을 계속 읊어댔어. 마치 자기가 운문의 문제에 관해 누군가를 계몽시키는 위치에 있는 것처럼 말이야. 그가 자기 옆에 있는 감수성 예민한 젊은 학생에게 뭐라고 한 줄 알아? 모든 시인들은 결국엔 하이쿠 앞에서 절해야 한다고 했어. **하이쿠 앞에서 절해야 한다!** 정말 그랬다니까."

"나로서는," 백작이 한마디 했다. "호메로스가 일본에서 태어나지 않은 게 참 다행이란 생각이 들어."

미시카가 잠시 백작을 쳐다보더니 웃음을 터뜨렸다.

"맞아." 미시카가 탁자를 철썩 치고 나서 눈가의 눈물을 닦으며 말했다. "호메로스가 일본에서 태어나지 않은 건 정말 다행이라니. 이 말을 기억하고 있다가 카테리나에게 해줘야겠다."

"카테리나……?" 백작이 물었다.

미시카가 대수롭지 않다는 듯한 표정으로 손을 뻗어 맥주잔을 잡았다.

"카테리나 리트비노바. 내가 얘기하지 않았던가? 키예프 출신의 젊고 재능 있는 시인이야. 대학 2학년생. 우린 같은 위원회에 함께 있어."

미시카는 맥주를 마시려고 의자에 등을 기댔다. 백작도 친구의 전체 모습이 한눈에 들어오도록 등을 뒤로 빼고서 친구를 향해 빙긋 웃었다.

새 재킷, 멋지게 기른 수염…….

그날 일찍부터 시작되었고, 저녁 식사 이후로도 계속 이어진 토론…….

그리고 모든 사람들을 자기가 밤에 주로 가는 조그만 카페로 끌고 간 다음 감수성이 예민한 젊은 시인을 탁자의 한쪽 끝으로 몰아가고, 미시카는 다른 쪽 끝으로 몰아간 젤린스키…….

미시카가 전날 밤에 있었던 이야기를 계속하는 동안 백작은 이 같은 상황이 퍽이나 아이러니하다고 느끼지 않을 수 없었다. 그들이 구두 수선 가게 위층의 셋방을 얻어서 함께 지내던 시기에 방 안에 들어박혀 있던 사람은 미시카였고, 미시카와 함께 저녁을 먹을 수 없게 된 것을 미안해하며 외출한 뒤에 저녁 늦게 돌아와서 활기 넘치는 미녀들 얘기와 단둘이 마주 앉아 오붓한 시간을 보낸 얘기, 촛불을 밝힌 카페에 즉흥적으로 갔던 얘기 따위를 들려준 사람은 으레 백작이었다.

백작은 미시카가 겪은 지난밤의 소동에 관해 듣는 게 즐거웠을까? 물론 즐거웠다. 특히 지난밤 마지막에 있었던 일을 알았을 때 더욱더 즐거웠다. 그들 일행이 막 세 대의 택시에 나누어 타려는 순간에 미시카는 젤린스키에게 그가 깜빡 잊고 모자를 안에 두고 나왔다는 사실을 일깨워주었다. 젤린스키가 모자를 가지고 나오려고 부리나케 안으로 뛰어갈 때 키예프에서 온 카테리나가 택시에서 바깥쪽으로 몸을 기울이며 이렇게 소리쳤다는 것이다. "이봐요, 미하일 표도로비치, 우리랑 같이 타고 가요……."

그랬다. 백작은 오랜 친구의 로맨틱한 소동에서 즐거움을 느꼈다. 그러나 그렇다고 해서 그가 아릿한 질투를 느끼지 않았다는 뜻은 아니다.

30분 뒤 백작은 운율의 미래에 대해 토론하는 자리(아마 키예프 출신 카테리나도 참석할 것이다)에 가는 미시카를 떠나보내고 나서 혼자 오리 요리를 먹어야 하는 팔자를 서운해하며 보야르스키 쪽으로 걸음을 향했다. 그러나 그가 그곳을 향해 막 걸음을 옮겼을 때 아우드리우스가 손짓하여 그를 불렀다.

아우드리우스가 접힌 종잇조각을 카운터에 내려놓은 다음 밀어서 건네며 나직이 속삭였다. "이걸 백작님께 전해달라는 부탁을 받았습니다."

"나에게? 누가?"

"우르바노바 씨요."

"우르바노바 씨?"

"안나 우르바노바. 영화배우죠."

백작이 전혀 모르겠다는 표정을 보이자 바텐더 아우드리우스가 조금 더 큰 목소리로 말했다. "백작님 맞은편 탁자에 앉아 있던 여성분요."

"아, 알겠어. 고맙네."

아우드리우스가 하던 일로 돌아가자 백작은 접힌 종잇조각을 폈다. 거기에는 늘씬한 필체로 다음과 같이 쓰여 있었다.

첫인상을 만회할
기회를 주세요.
스위트룸 208호예요.

백작이 스위트룸 208호의 문을 노크하자 나이가 많아 보이는 여자가 문을 열었다. 여자는 그를 다소 불안스러운 눈으로 보았다.

"네?"

"저는 알렉산드르 로스토프……."

"기다리고 계십니다. 들어오세요. 우르바노바 씨는 곧 나올 겁니다."

백작은 본능적으로 여자에게 날씨에 관한 재치 있는 말을 하려고 준비했으나, 그가 안으로 들어서자 여자는 백작 혼자 입구에 남겨 둔 채 밖으로 나가서 문을 닫아버렸다.

베네치아의 팔라초 양식으로 치장된 208호 스위트룸은 2층에서 가장 멋지고 훌륭한 방 가운데 하나였다. 끊임없이 지시문을 타이 핑해대던 타자수들도 결국엔 다 크렘린으로 옮겼기 때문에 이제는 예전의 자태를 회복한 듯 보였다. 커다란 응접실 양쪽으로 침실과 거실이 있었는데, 그 천장에는 하늘에서 내려다보는 우화적인 인물 들이 그려져 있었다. 장식이 화려한 보조 탁자에는 높다랗게 꽃꽂 이한 수반 두 개가 놓여 있었다. 하나는 칼라를, 다른 하나는 줄기가 긴 장미였다. 두 꽃 장식 모두 화려하고 사치스럽다는 점에서는 어 울리지만 색깔은 서로 충돌한다는 점이 경쟁 관계인 두 팬이 선물 했을 거라는 생각이 들게 했다. 그것들을 보고 있자니 세 번째 팬은 어떤 꽃을 선물하고 싶어 할까 하는 상상이 절로 떠올랐다.

"곧 나갈게요." 침실에서 목소리가 들려왔다.

"서두르지 않아도 됩니다." 백작이 대답했다.

그의 목소리를 듣고 보르조이 두 마리가 발톱이 바닥에 닿는 소 리를 내며 거실에서 나타났다.

"얘들아, 안녕." 그가 다시 귀 뒷부분을 긁어주며 말했다.

개들은 나름대로 백작에게 경의를 표한 다음 테아트랄나야 광장 이 내려다보이는 창 쪽으로 걸어가서 창턱에 앞발을 올리고 아래쪽 차량의 움직임을 바라보았다.

"로스토프 백작님!"

백작이 고개를 돌리니 그날 세 번째로 복장을 달리한 여배우가 눈 에 들어왔다. 검은색 바지에 상아색 블라우스 차림이었다. 그녀는 오랫동안 알고 지낸 사람 같은 미소를 지으며 다가와 손을 내밀었다.

"와주어서 정말 기뻐요."

"저도 기쁜걸요, 우르바노바 씨."

"믿기지 않는데요. 그건 그렇고, 이제부터는 안나라고 불러주세요."

백작이 대답하기 전에 문에서 노크 소리가 들려왔다.

"아." 그녀가 말했다. "왔나 보네요."

그녀는 문을 활짝 열고 룸서비스로 주문한 음식을 가져온 올레크가 지나갈 수 있도록 옆으로 비켜섰다. 올레크는 백작이 눈에 띄자 음식 카트를 밀고 가다가 하마터면 꽃 장식이 놓인 탁자를 받을 뻔했다.

"창가 저쪽에 내려놓으실래요?" 여배우가 말했다.

"알겠습니다, 우르바노바 씨." 다시 평정을 되찾은 올레크는 그렇게 말하며 두 사람을 위한 식탁을 차리고 촛불을 밝힌 다음 문밖으로 나갔다.

여배우가 백작을 향해 얼굴을 돌렸다.

"식사하셨나요? 저는 오늘 식당 두 곳과 술집 한 곳을 들렀는데도 음식을 한 입도 먹지 못했어요. 정말 배고파요. 저랑 같이 드시지 않겠어요?"

"아, 좋습니다."

백작은 여배우가 앉을 수 있도록 의자를 뒤로 빼준 다음 촛불 반대편에 자리 잡고 앉았다. 창가의 두 마리 보르조이가 고개를 돌려 그 모습을 보았다. 아마 그날 몇 시간 전만 해도 그 개들로서는 예상할 수 없었을 장면일 것이다. 그러나 인간 행위의 변덕스러운 과정에 흥미를 잃은 지 오래인 녀석들은 앞발을 바닥에 내린 다음 한 번 더 보는 일도 없이 종종걸음으로 걸어서 거실로 돌아갔다.

여배우가 아쉬움이 담긴 눈길로 개들이 돌아가는 모습을 지켜보았다.

"고백하자면, 저는 개를 좋아하는 사람이 아니랍니다."

"그럼 왜 개를 기르죠?"

"이 개들은…… 선물이에요."

"아. 팬이 선물한 거로군요."

그녀가 씁쓸한 미소를 지어 보였다. "목걸이 정도면 족했을 텐데."

백작이 미소로 화답했다.

"자," 그녀가 말했다. "뭐가 왔는지 볼까요."

그녀가 커다란 접시 위에 놓인 돔 모양의 은빛 뚜껑을 열자 에밀이 잘하는 요리 가운데 하나가 모습을 드러냈다. 검은 올리브와 회향과 레몬을 넣어 통째로 구운 농어 요리였다.

"와, 맛있겠네요." 그녀가 말했다.

백작도 그녀의 말에 전적으로 동의했다. 에밀이 오븐의 온도를 232도로 해서 농어의 살은 부드럽고, 회향의 향은 향긋하고, 레몬 조각은 검게 타서 아삭아삭하도록 요리한 것이었다.

"그러니까 식당 두 곳과 술집 한 군데를 들렀는데도 음식을 한 입도 먹지 못하고……."

백작이 말했다. 그가 여배우의 접시에 요리를 담아주는 동안 그녀가 오늘 하루를 보낸 이야기를 자연스럽게 다시 하게 하려는 의도였다. 그러나 그가 손을 올리기도 전에 그녀가 나이프와 서빙포크를 집어 들었다. 그리고 자신의 오후 시간을 빼앗아 간, 직업적으로 치러야 하는 일들에 관해 얘기하면서 칼끝으로 생선의 등뼈 부분에 금을 그은 다음, 머리와 꼬리 부분을 대각선으로 잘랐다. 그러고 나서 생선의 등뼈와 살 사이에 서빙포크를 살며시 넣어서 능숙하게 살코기만 떼어내 접시에 옮겼다. 몇 번의 간결한 동작으로 회향과 올리브를 분배한 다음 살코기 위에 검게 탄 레몬을 얹었다. 깔끔하게 담아낸 접시를 백작에게 건넨 그녀는 등뼈를 생선에서 뜯어낸 뒤 남은 요리를 자신의 접시에 옮겼다. 이렇게 하는 데 1분도 채 걸리지 않았다. 이어 그녀는 서빙포크와 나이프를 접시에 내려놓고 와인으로 주의를 돌렸다.

아차, 백작이 생각했다. 그녀의 기술을 지켜보는 데 너무 몰두한 나머지 자신의 책임을 소홀히 한 것이었다. 그는 의자에서 벌떡 일어나서 와인 병의 목 부분을 잡았다.

"제가 할까요?"

"고마워요."

백작은 와인을 따르면서 드라이한 몽라셰라는 것을 알아차렸다. 에밀의 농어 요리에 아주 잘 어울리는 와인으로, 분명 안드레이가 골랐을 것이다. 백작이 여배우를 향해 잔을 들어 올렸다.

"생선의 뼈를 전문가처럼 발라내는군요."

그녀가 웃었다.

"칭찬이에요?"

"칭찬이고말고요! 아무튼 전 칭찬의 뜻으로 얘기한 겁니다……."

"그렇다면 고마워요. 하지만 전 그게 대단한 거라고 생각진 않아요. 저는 흑해 연안의 어촌에서 자랐어요. 그래서 제 몫의 바다보다 더 많이 바다에 매여 살았고, 제 몫의 생선보다 더 많은 양의 생선을 먹어야 했지요."

"그러지 않았다면 매일 밤 저녁 식사로 생선을 먹는 것보다 더 안 좋은 삶을 살았을 수도 있잖아요."

"그건 사실이에요. 그러나 어부의 집에서 살게 되면 잘 팔리지 않는 생선들을 먹는 경향이 있어요. 그래서 우린 흔히 넙치류, 도미류 같은 생선을 먹곤 했지요."

"바다에 풍부하게 있는 물고기……."

"바다 **밑바닥에** 있는 물고기들이죠."

마음을 무장 해제하는 추억에 젖은 안나 우르바노바는 불현듯 소녀 시절 얘기를 들려주었다. 해 질 녘에 엄마 몰래 집을 나와 마을의 굽이지고 경사진 길을 걸어 내려가곤 했다는 것이다. 해안가에 있는 아빠를 만나서 아빠가 그물을 수리하는 것을 돕기 위해서였다. 그녀의 얘기를 들으면서 백작은 사람을 함부로 판단하지 않는 것의 미덕을 다시 한번 인정해야 했다.

아무튼 바로 얼마 전에 호텔 로비에서 잠깐 동안 만난 사람에 관한 첫인상이 우리에게 무엇을 말해줄 수 있겠는가? 아니, 그 누구든 간에 그 사람에 관한 첫인상이 우리에게 무엇을 말해줄 수 있겠는가? 첫인상이라는 것은 단지 하나의 화음이 우리에게 베토벤에 관해 말해줄 수 있는 것, 또는 하나의 붓 터치가 우리에게 보티첼리에 관해 말해줄 수 있는 것에 지나지 않는다. 본질적으로 인간은 너무 변덕스럽고 너무 복잡하고 엄청나게 모순적이어서 우리가 숙고해야 할 뿐만 아니라 거듭 숙고해야 하는 존재다. 인간은 우리가 가능한 한 많은 상황에서 가능한 한 많은 시간을 함께 보내며 겪어보기 전에는 그 사람에 관한 견해를 보류하겠다는 확고한 결심이 필요한 존재인 것이다.

간단한 사례로 안나 우르바노바의 목소리를 들어보자. 이 여배우가 자신의 개들을 통제하느라 바득바득 애를 썼던 호텔 로비에서 그녀의 쉰 듯한 탁한 목소리는 습관적으로 소리를 지르는 고압적인 젊은 여자라는 인상을 주었다. 충분히 그럴 만했다. 그러나 검게 탄 레몬과 프랑스 와인과 바다의 추억이 함께하는 이곳 스위트룸 208호에서 그녀의 목소리는 훌륭한 음식을 즐길 기회는 제쳐두더라도 휴식의 기회도 좀처럼 나지 않는 직업을 가진 여자의 목소리라는 느낌이 들게 했다.

백작은 두 사람의 잔을 다시 채우면서 이 대화의 분위기에 보조를 맞추는 것처럼 보이는 자신의 추억에 빠져 들었다.

"저는 젊은 시절의 태반을 니즈니노브고로드 지방에서 보냈어요." 그가 말했다. "그곳은 세계적인 사과 산지랍니다. 니즈니노브고로드에서는 사과나무가 단순히 여기저기에 흩어져 자라는 게 아니에요. 그곳엔 사과나무 숲이 있지요. 우리 러시아처럼 오래되고 자연적인 사과나무 숲이 있어요. 그 숲에서는 사과들이 무지개 빛깔처럼 갖가지 색깔로 자라죠. 크기도 호두만 한 것에서 포탄만 한 것까지 다양하고요."

"사과를 꽤 많이 먹었겠군요."

"그럼요. 아침 식사로 먹는 오믈렛에도 사과가 들어 있고, 점심에 먹는 수프에도 떠 있고, 저녁에 먹는 꿩고기에도 사과가 박혀 있었죠. 특히 크리스마스가 되면 숲이 우리에게 제공하는 온갖 다양한 사과들을 먹곤 했답니다."

백작이 풍성하고 광범하게 사과를 먹은 데 대해 건배하려고 잔을 들었다가 곧바로 수정할 게 있다는 뜻으로 손가락 하나를 흔들었다.

"실은 우리가 먹어보지 못한 사과가 하나 있어요."

여배우가 한쪽 눈썹을 치켰다. 요염해 보이는 눈썹이었다.

"어떤?"

"그 지방 설화에 따르면 숲속 어딘가 깊숙한 곳에 석탄처럼 까만 사과가 열리는 나무 한 그루가 숨겨져 있대요. 그런데 그 나무를 찾아서 열매를 먹으면 삶을 새롭게 시작할 수 있다는 겁니다."

백작은 과거의 기억으로부터 이 소소한 민담을 끄집어낸 것에 흡족해하며 몽라셰를 넉넉히 들이마셨다.

"그럼 당신은?" 여배우가 물었다.

"뭐 말입니까?"

"당신은 숲속에 숨겨진 사과를 찾으면 그걸 먹을 거예요?"

백작은 잔을 탁자에 내려놓고 고개를 저었다.

"삶을 새롭게 시작한다는 생각에는 확실히 매력적인 게 있습니다. 그렇지만 제가 어떻게 집과 여동생과 학창 시절의 기억들을 포기할 수 있겠어요." 백작이 탁자를 가리키며 말을 이었다. "어떻게 이 기억을 포기할 수 있겠어요?"

안나 우르바노바가 냅킨을 접시에 내려놓고 의자를 뒤로 밀치면서 일어나더니, 탁자를 돌아서 백작에게 다가가 백작의 옷깃을 잡고 그에게 키스했다.

백작은 샬랴핀 술집에서 그녀가 남긴 쪽지를 읽은 후로 줄곧 자신이 우르바노바의 뒤만 쫓고 있다고 느꼈다. 스위트룸으로의 뜻밖의 초대, 촛불을 밝힌 둘만의 저녁 식사, 생선의 뼈를 발라낸 일, 그에 뒤이은 어린 시절의 회상……. 백작은 이 같은 상황 전개 가운데 어느 것 하나도 예상하지 못했다. 키스도 명백히 방심한 상태에서 일어난 일이었다. 그리고 지금, 안나 우르바노바는 침실로 천천히 걸어 들어가서 블라우스의 단추를 끄르는 것이었다. 그녀는 블라우스가 바닥으로 스르르 미끄러져 내려가도록 내버려두었다.

젊은 남자로서 백작은 평소 한발 앞서 상황을 이끄는 것에 자부심을 가지고 있었다. 적시에 나타나기, 적절한 표현, 필요한 것을 예측하기……. 백작에게 이 같은 것들은 교양 있게 잘 자란 남자의 특징이었다. 그러나 상황에 따라서는 한발 뒤처지는 것이 그 나름의 장점이 있다는 것을 백작은 새삼 깨달았다.

그로서는 그게 훨씬 더 편안했다. 남녀 간의 사랑에서 한발 앞서는 것은 부단한 경계심을 요하는 일이다. 앞서 이끌며 성공적으로 나아가고자 한다면 한 마디 한 마디를 조심스럽게 말해야 하고, 모든 몸놀림을 주의해야 하고, 모든 표정을 잘 살펴보아야 한다. 달리 말하면 남녀 간의 사랑에서 한발 앞서는 것은 진이 빠지는 일인 것이다. 반대로 한발 뒤처지는 것은? 유혹당하는 것은? 음, 그것은 의자에 기대앉아 와인을 홀짝이며 상대의 질문에 머릿속에 맨 먼저 떠오른 생각을 그대로 말하기만 하면 되는 것이다.

그런데 역설적이게도, 한발 뒤처지는 것이 한발 앞서는 것보다 더 편안하면서 더 자극적이기까지 했다. 한발 뒤처진 사람은 편안한 입장에서 새로이 알게 된 사람과의 저녁 시간이 여느 날과 마찬가지로 흘러갈 거라고 상상할 것이다. 이런 얘기 저런 얘기를 나눈 뒤에 편히 주무시라는 말을 건네며 문 앞에서 헤어질 거라고 상상할 것이다. 그런데 식사 도중 예기치 못한 칭찬이 있게 된다. 우연히 손가락이 상대의 손을 스치는 일도 생긴다. 부드러운 고백이 있고, 자신의 생각을 내세우지 않는 겸손한 웃음이 이어진다. 그런 다음 갑작스러운 키스.

이 대목에서부터 놀라움의 세기와 범위가 마냥 커진다. 예를 들면 이렇다. 남자는 (블라우스가 바닥으로 떨어질 때) 하늘에 별이 점점이 박혀 있듯이 여자의 등에 주근깨가 점점이 박혀 있는 것을 발견한다. 혹은 (조심스럽게 이불 밑으로 들어가고 난 뒤) 시트가 옆으로 밀쳐져 벗겨졌을 때 남자는 자신이 등을 대고 누워 있으며 여자의 두 손이 자신의 가슴을 짓누르고 있고 여자의 입술에서는 숨 가쁜 명령이 새어 나오고 있다는 것을 깨닫는다. 이 같은 놀라움 하나하나가 새로운 경이로움을 불러일으키지만, 그러나 그 어떤 것도 새벽 1시에 여자가 모로 누우면서 "나갈 때 꼭 커튼을 쳐주세요" 라고 또렷이 말할 때 남자가 경험하는 경외감에 비할 바는 못 된다.

백작이 옷을 주섬주섬 챙기고 나서 충실하게 커튼을 쳤다는 정도로만 말해두자. 게다가 그는 옷을 대충 아무렇게나 챙겨 입은 채 살금살금 걸어서 문으로 가기 전에 잠시 눈을 돌려 여배우의 상아색 블라우스를 바닥에서 주워 옷걸이에 거는 것도 잊지 않았다. 어쨌든 불과 몇 시간 전에 백작 자신이 관찰한 것처럼, 잘 훈련된 개에게는 노련한 사람의 손이 어울리는 법이다.

뒤에서 문이 삐걱하고 닫히는 소리가 들렸다…….

백작은 문이 닫히는 소리를 이전에 정확히 들어본 적이 있는지 확신할 수 없었다. 소리는 섬세했으며, 그다지 귀에 거슬리지 않았다. 그럼에도 소리에는 사람을 물러가게 만드는 어떤 완강함이 배어 있었다. 사람을 철학적인 기분에 빠지게 하는 경향이 있는 소리였다.

사람은 일반적으로 무례하고 갑작스러운 행동에 눈살을 찌푸리기 마련일 테지만, 손에는 구두를 들고 셔츠는 바지 밖으로 나온 꼬락서니로 텅 빈 복도에 서 있는 자신의 모습을 보니 이건 좀 부당한 벌 같다는 생각이 들었다. 그가 방금 떠나온 여자가 아무리 곤히 자고 있다고 해도 말이다. 충동적인 미인에 의해 많은 사람 가운데서 뽑히는 행운을 얻었다고 해서 그 사람은 눈치 보지 않고 자연스럽게 나와서 갈 길을 가는 것을 기대해서는 안 되는가?

흠, 그걸 기대하면 안 되겠지. 그렇지만 저쪽 맞은편에 반쯤 먹고 남은 보르시* 그릇이 눈에 띄는 텅 빈 복도에 서 있으니 백작은 자신이 철학자라기보다는 유령 같다는 느낌이 들었다.

맞아, 유령이야, 백작은 소리 나지 않게 복도를 걸어가면서 생각했다. 자정에 나타나서 엘시노어성의 성벽을 배회하는 햄릿의 부왕 같은…… 또는 강도에게 빼앗긴 자신의 외투를 찾으려고 한밤중에 칼린킨 다리에 출몰하는 고골의 버림받은 영혼인 아카키 아카키예비치** 같은…….

많은 유령들이 밤에 돌아다니는 것을 더 좋아하는 이유는 뭘까? 살아 있는 사람들에게 물어보면 그들은, 유령들은 어떤 가시지 않

---

* 비트 뿌리를 넣고 끓인, 붉은색을 띤 시큼한 수프.
** 니콜라이 고골의 「외투」에 나오는 등장인물.

은 욕구나 말하지 못한 불만을 품고 있는데, 이 욕구나 불만으로 인해 잠에서 깨어난 유령들이 위안을 찾아서 세상에 나오는 것이라고 말할 것이다.

그러나 살아 있는 사람들은 자기중심적이다.

그들은 유령이 밤에 배회하는 것을 이 세상에서의 기억의 산물이라고 판단하려 한다. 그렇다면 낮에는 왜 잘 나타나지 않는가? 사실, 이 잠 못 이루는 영혼들이 정오에 번화한 대로를 점령하고자 한다면 그걸 막을 수 있는 방법은 없다.

아니다. 그들이 주로 밤에 돌아다니는 것은 살아 있는 사람들에 대한 불만이나 선망 때문이 아니다. 오히려 그 반대로 살아 있는 사람들을 보고 싶은 마음이 전혀 없기 때문에 밤에 돌아다니는 것이다. 뱀이 정원사를 보고 싶어 하지 않는 것처럼, 여우가 사냥개를 보고 싶어 하지 않는 것처럼 말이다. 그들이 자정에 나도는 이유는, 일반적으로 그 시간에는 이 세상의 감정이 서린 잡스러운 소리와 분노 같은 것들에 시달리는 일 없이 돌아다닐 수 있기 때문이다. 살아생전의 그 모든 노력과 분투, 희망과 기도, 두 어깨에 짊어졌던 기대감, 참아야 했던 여러 견해들, 품위 있게 살고자 했던 바람, 그리고 수많은 대화들을 뒤로한 지금, 그들이 추구하는 것은 단순히 약간의 평화와 고요일 뿐이다. 이 생각이 옳든 그르든, 아무튼 백작은 복도를 걸어가면서 속으로 그렇게 중얼거렸다.

백작은 노상 계단을 이용하지만 그날 밤 2층 층계참에 이르렀을 땐 어떤 유령 같은 변덕에 사로잡혀서 마치 승강기가 자기 것인 듯한 기분으로 단추를 눌러 승강기를 불렀다. 그런데 승강기 문이 스르르 미끄러지며 열렸을 때, 거기에 애꾸눈 고양이가 있었다.

"쿠투조프!" 그가 놀라서 소리쳤다.

고양이는 백작의 모습을 샅샅이 살펴보면서 오래전에 이와 비슷한 상황에서 대공이 보여주었던 반응과 똑같은 반응을 보였다. 준엄한 표정과 실망스러운 침묵이 그것이었다.

"에헴." 백작은 헛기침을 하며 승강기에 들어선 뒤, 구두를 떨어뜨리지 않고 셔츠 자락을 바지춤에 쑤셔넣으려 애썼다.

5층에서 고양이와 헤어진 뒤 백작은 자신의 기념일을 기념하고자 했던 것은 완전한 실패였음을 한심한 기분으로 받아들이며 터벅터벅 종탑 계단을 걸어 올라갔다. 투지 있게 자신의 흔적을 벽에 새기고자 했는데, 벽이 벽 자신의 흔적을 그에게 새겨버린 것이었다. 오래전의 경험을 통해 배운 것처럼 이런 일이 생기면 얼굴을 씻고, 이를 닦고, 이불을 뒤집어쓰고 누워 있는 게 최선이었다.

그러나 백작이 방문을 열려고 했을 때 목덜미에 한 가닥 바람의 흐름이 느껴졌다. 여름날의 미풍인 듯싶은 바람이었다. 백작은 왼쪽으로 몸을 돌린 뒤 움직이지 않고 서 있었다. 다시 바람이 느껴졌다. 복도의 반대편에서 불어오는 바람이었다.

호기심을 느낀 백작은 복도를 걸으며 살펴보았다. 그러나 모든 방의 문은 꼭꼭 닫혀 있었다. 복도의 끝에 이르렀을 때도 어지럽게 설치된 파이프와 연통들 말고는 아무것도 없는 것 같았다. 그러나 그때 백작은 가장 먼 쪽의 구석, 가장 큰 파이프의 짙은 그늘 속에서 벽에 고정된 사다리를 발견했다. 사다리는 지붕에 난 출입문으로 이어졌는데, 누군가가 그 출입문을 열어둔 것이 눈에 띄었다. 백작은 구두를 신은 다음 조용히 사다리를 올라서 밤의 어둠 속으로 나갔다.

백작에게 손짓했던 여름 미풍은 이제 온전히 그를 감쌌다. 따뜻하고 너그러운 바람은 다섯 살이나 열 살, 혹은 스무 살 시절에 상트페테르부르크의 거리나 티히차스의 풀밭에서 느꼈던 어린 시절 여름밤의 느낌을 불러일으켰다. 헤어나기 힘들 만큼 옛 생각에 푹 젖은 백작은 잠시 가만히 멈추어 서서 마음을 가라앉힌 다음에야 지붕 서쪽 가장자리를 향해 다시 걸음을 옮길 수 있었다.

유서 깊은 도시, 모스크바가 백작 앞에 펼쳐져 있었다. 끈기 있게 200년을 기다린 뒤에 다시 러시아를 통치하는 자리가 된 도시였다. 마치 크렘린의 새 거주자들은 이 시간에도 권력에 너무 취해 잠을 이루지 못하는 듯, 이 늦은 시간에도 크렘린의 모든 창문들에서 불빛이 흘러나왔다. 그러나 크렘린의 불빛이 밝게 빛난다 해도, 그들 앞에서 반짝이는 지상의 모든 불빛과 마찬가지로 그 불빛은 머리 위 높은 곳에서 반짝이는 장엄한 별자리에 의해 그 아름다움이 점점 줄어들게 마련이다.

백작은 목을 길게 빼고 젊었을 때 배웠던 몇 가지 별자리를 찾아보려 했다. 페르세우스자리, 오리온자리, 큰곰자리……. 완전무결하고 영원한 별자리들이었다. 신은 무슨 목적으로 하늘의 별들을 창조했을까? 그는 궁금했다. 한 남자의 마음을 어느 날은 영감으로 가득 채우고, 다음번엔 덧없다는 생각으로 채우려고?

백작은 지평선 쪽으로 시선을 내려 도시의 경계 너머를 바라보았다. 먼 옛날부터 선원들에게 위안을 준, 어느 하늘에서나 가장 환하게 빛나는 샛별이 떠 있는 쪽이었다.

그 샛별이 깜박거렸다.

"안녕하십니까, 각하."

백작이 휙 돌아섰다.

몇 발자국 뒤에 캔버스 천으로 만든 모자를 쓴 60대 초반의 남자가 서 있었다. 남자가 한 발짝 다가서자 백작은 그가 호텔의 새는 파이프와 삐걱거리는 문들을 수리하는 잡역부 가운데 한 사람이라는 것을 알아보았다.

"슈홉스카야가 보이는군요." 잡역부가 말했다.

"슈홉스카야?"

"방송탑 말입니다."

그가 멀리 샛별이 떠 있는 쪽을 향해 손가락으로 가리켰다.

아, 백작이 빙긋 웃으며 생각했다. 미시카가 얘기했던, 최신 뉴스와 지식을 방송하는 원뿔형 강철 구조물…….

두 사람은 잠시 말이 없었다. 마치 그 탑의 불빛이 다시 깜박이는 것을 기다리고 있는 듯했는데, 과연 불빛은 다시 깜박였다.

"저, 커피를 준비할 수 있는데, 절 따라오실래요?"

나이 많은 잡역부가 백작을 데리고 지붕의 북동쪽 구석으로 갔다. 그는 그곳에 있는 두 굴뚝 사이에 나름대로 터전을 만들어두고 있었다. 거기에는 다리가 세 개인 의자가 하나 있었고, 작은 불이 타고 있는 화로도 하나 있었다. 커피 주전자가 화로 위에서 끓고 있었다. 잡역부가 골라잡은 자리는 썩 괜찮았다. 바람을 막을 수 있는 곳이면서도 볼쇼이 극장이 눈에 들어오는 곳이었기 때문이다. 볼쇼이 극장의 모습은 호텔 지붕 가장자리에 쌓인 낡은 나무 상자들에 의해 건물의 일부가 약간 가려진 것 말고는 썩 잘 보였다.

"여기에 오는 사람이 거의 없어서요," 잡역부가 말했다. "여분의 의자는 없습니다."

"괜찮아요." 백작은 그렇게 말하고 나서 60센티미터쯤 되는 널빤지를 주워서 모로 세운 다음, 균형을 잡고 그 위에 걸터앉았다.

"커피 한 잔 따라드릴까요?"

"고맙습니다."

나이 든 잡역부가 커피를 따르는 것을 지켜보면서 백작은 지금 노인은 하루의 일과를 시작하는 것일까 아니면 끝내는 것일까, 궁금했다. 어느 쪽이든 한 잔의 커피가 딱 좋은 시점일 거라고 백작은 생각했다. 커피 한 잔보다 더 많은 쓰임새가 있는 게 어디 있겠는가? 우아한 리모주 도자기 컵에 마시든 집에서 양철 컵으로 마시든 간에 커피는 새벽녘에 부지런한 사람의 기운을 북돋우고, 정오에는 생각에 잠긴 사람의 마음을 가라앉히고, 한밤중에는 괴로운 사람의 정신을 일으켜 세울 수 있다.

"커피 맛, 정말 좋네요." 백작이 말했다.

노인이 몸을 앞으로 기울였다.

"비결은 원두를 가는 데 있습니다." 그가 L자형 금속 손잡이가 달린 조그만 목제 기구를 가리키며 말했다. "끓이기 직전에 가는 거죠."

백작은 커피 문외한으로서 감사의 뜻으로 양 눈썹을 치켰다.

그랬다. 여름밤 옥외에서 마시는 노인의 커피는 더할 나위 없이 좋았다. 그런데 실은 이 분위기를 망치는 것이 딱 하나 있었다. 그것은 결함이 있는 퓨즈나 라디오 수신기에서 새어 나오는 소리 같은, 공중에서 들려오는 윙윙거리는 소리였다.

"저건 방송탑에서 나는 것인가요?" 백작이 물었다.

"뭐 말입니까?"

"윙윙거리는 소리."

노인은 잠시 고개를 들어 허공을 쳐다보더니 킬킬거렸다.

"걔들이 일을 하고 있나 봅니다."

"걔들?"

노인은 엄지손가락으로 볼쇼이 건물의 전망을 약간 가리고 있는 나무 상자들을 가리켰다. 동트기 전의 흐릿한 빛 속에서 백작은 그 나무 상자들 위를 빙빙 도는 것들이 있다는 것을 간신히 알아볼 수 있었다.

"저것들은…… 벌인가요?"

"예, 벌입니다."

"벌들이 여기서 뭘 하는 거죠?"

"꿀을 만들고 있습니다."

"꿀을!"

노인이 다시 킬킬거렸다.

"꿀을 만드는 게 벌들이 하는 일이죠. 여기서 말입니다."

노인은 몸을 앞으로 기울여 벌꿀을 듬뿍 바른 흑빵 두 조각이 올려진 지붕 기와를 내밀었다. 백작은 그중 하나를 집어 들고 한입 베어 물었다.

백작의 뇌리에 맨 먼저 떠오른 생각은 흑빵이었다. 그걸 마지막으로 먹어본 것이 언제였던가? 실제로 그 질문을 받았다면 백작은 사실을 말하는 것이 당혹스러웠을 것이다. 검은 호밀빵에 좀 더 검은 빛깔의 당밀을 발라서 먹는 것은 한 잔의 커피에 더없이 잘 어울린다는 생각이 들었다. 그렇다면 당밀이 아닌 벌꿀은? 벌꿀은 놀랍도록 대조적이었다. 흑빵이 대지, 흑갈색, 우울함을 나타낸다고 한다면, 벌꿀은 햇빛, 황금색, 즐거움을 나타냈다. 그러나 벌꿀에는 또 다른 차원이 있었다. 포착하기 어려운, 그럼에도 친숙한 어떤 요소…… 단맛의 감각 아래, 혹은 배후에, 혹은 내부에 숨어 있는 어떤 꾸밈음 같은 것…….

"이 꿀은 무슨 꽃에서 나온……?" 백작이 혼잣말하듯 물었다.

"라일락입니다." 노인이 고개를 돌리지 않고 엄지손가락으로 뒤를 가리키며 대답했다. 알렉산드롭스키 정원 방향이었다.

맞아 그거야, 백작은 생각했다. 바로 그것이었다. 어떻게 그걸 모를 수가 있었지? 이런! 알렉산드롭스키 정원의 라일락에 대해서는 모스크바에 사는 그 누구보다도 더 잘 알던 때가 있었다. 라일락이 한창일 때면 그는 흰색, 자주색 꽃 아래서 행복에 겨운 마음으로 휴식을 취하며 오후 한나절을 보내곤 했었다.

"정말 놀랍군요." 백작이 감탄스럽다는 뜻으로 고개를 저으며 말했다.

"그런데 늘 그런 것은 아닙니다." 노인이 말했다.

"라일락이 피면 벌들은 알렉산드롭스키 정원으로 날아가기 때문에 꿀에서 라일락 맛이 나지요. 그렇지만 일주일쯤 지나면 벌들은 사도보예 환상도로로 날아갈 것이고, 그러면 꿀에서 벚꽃 맛이 날 겁니다."

"사도보예 환상도로까지! 벌들은 얼마나 멀리까지 날아갈까요?"

"꽃을 찾아 바다를 건너기도 할 거라고 말하는 사람도 있더군요." 노인이 싱긋 웃으며 대답했다. "나로서는 그런 벌을 본 적이 없지만 말입니다."

백작은 고개를 젓고 나서 빵을 한입 더 베어 먹으며 노인이 따라 주는 두 잔째 커피를 받았다. "어렸을 때 저는 니즈니노브고로드에서 아주 많은 시간을 보냈습니다." 백작은 그날 두 번째로 그 시절을 회상했다.

"사과꽃이 눈처럼 떨어지는 곳이죠." 노인이 미소를 지으며 말했다. "저도 그곳에서 자랐답니다. 제 부친은 체르니코프 영지의 관리인이었고요."

"아, 나도 그곳 잘 알아요!" 백작이 탄성을 질렀다. "정말 아름다운 곳이지요."

그리하여 여름 해가 떠오르기 시작하고, 불이 사위기 시작하고, 벌들이 머리 위에서 빙빙 돌기 시작했을 때, 두 사람은 각자의 어린 시절 이야기를 나누었다. 길을 달리는 마차 바퀴가 덜컹거리고 잠자리가 풀밭 위를 날아다니고 시야가 온통 사과꽃으로 가득하던 시절의 이야기였다.

뒷이야기

백작이 스위트룸 208호의 문이 삐걱 하고 닫히는 소리를 들은 바로 그 순간, 안나 우르바노바는 잠에 빠져들고 있었다. 그러나 완전히 잠이 든 것은 아니었다.

여배우는 (몸을 굴려 모로 누워 나른한 한숨을 내쉰 뒤) 처음으로 백작을 뇌리에서 놓아주었을 때, 그가 옷을 주섬주섬 챙겨 입고 커튼을 치는 것을 기쁜 마음으로 지켜보았다. 심지어 그가 나가기 전에 걸음을 멈추고 그녀의 블라우스를 주워서 옷장의 옷걸이에 걸었을 때 얼마간 만족스럽기까지 했다.

그러나 밤중 어느 시점에선가 블라우스를 주워 드는 백작의 모습이 그녀의 수면을 방해하기 시작했다. 그녀는 상트페테르부르크로 돌아가는 열차 안에서 자기도 모르게 그 일에 관해 중얼거리기도 했다. 그리고 집에 도착했을 무렵에는 실제로 그 일로 인해 무척이나 화가 나 있었다. 그다음 한 주 동안은 바쁜 일정 속에서 잠깐이라도 틈이 나면 그 모습이 그녀의 뇌리를 비집고 들어왔으며, 그러면 석고 조각처럼 희고 매끈하기로 유명한 그녀의 뺨이 분노로 붉어졌다.

"로스토프 백작이라는 사람, 자기가 뭐나 되는 줄 아나 보지? 의자를 뒤로 빼주질 않나, 개를 향해 휘파람을 불질 않나. 그건 점잔 빼며 상대를 깔보는 행동에 가까운 거야. 자기가 무슨 권리로? 누가 그에게 블라우스를 집어서 옷걸이에 거는 걸 허락했어? 내가 바닥에 내 블라우스를 떨어뜨렸다 해도, 그게 뭐 어때서? 그건 내 옷이니 내 맘대로 할 수 있는 거야!"

어쩌면 그녀는 특별히 누구를 향해서 그런 것이 아니라 그냥 자신에게 화가 난 것인지도 몰랐다.

어느 날 밤 어떤 파티에서 돌아왔을 때 백작의 거드름스러운 작은 몸짓이 불쑥 머리에 떠오르자 그녀는 너무 화가 난 나머지 붉은색 실크 가운을 벗어서 바닥에 내팽개쳤다. 그뿐만 아니라 늘 곁에서 그녀를 챙겨주는 올가에게 절대 옷에 손대지 말라고 지시하기까지 했다. 그날 이후로 그녀는 밤마다 다른 옷을 하나씩 바닥에 팽개쳤다. 런던과 파리에서 구입한 벨벳이나 실크로 된 원피스, 블라우스 따위를 새로이 팽개치곤 했다. 비싼 것일수록 더 좋았다. 화장실 바닥에 팽개치는가 하면 쓰레기통 옆에 팽개치기도 했다. 한마디로 말해 마음 내키는 대로 어디든 개의치 않고 옷을 바닥에 떨구었다.

2주가 지나자 그녀의 방은 바닥을 갖가지 색깔의 천으로 만든 아라비아 천막처럼 보이기 시작했다.

백작이 스위트룸 208호를 찾아갔을 때 문을 열어주던 조지아 출신 올가는 나이가 예순으로, 1920년 이래로 여배우의 의상 담당을 충실히 수행해온 여자였다. 그녀는 처음에는 자신의 주인인 여배우의 행동을 노련한 무관심으로 무심히 보아 넘겼다. 그러나 어느 날 밤, 안나가 하얀 실크 가운 위에 등이 깊게 파인 파란색 드레스를 떨구자 올가가 솔직하게 말했다.

"맙소사, 아가씨는 어린애처럼 행동하고 있어요. 아가씨가 이 옷들을 다 줍지 않으면 제가 아가씨 엉덩이를 철썩 때릴 수밖에 없을 거예요."

안나 우르바노바의 뺨이 빨간 잼처럼 붉어졌다.

"내 옷을 다 주우라고?" 안나가 소리쳤다. "올가, 내가 이 옷들을 줍길 바라는 거야? 알았어. 주울게!"

그녀는 스무 벌쯤 되는 옷을 그러모아 두 팔로 안고 열려 있는 창문으로 걸어가서는 그 옷들을 창문 아래 길가로 던져버렸다. 여배우는 펄럭이며 땅에 내려앉는 옷들을 더없이 흡족한 표정으로 지켜보았다. 그녀가 몸을 빙 돌려서 의기양양하게 올가를 노려보았을 때, 올가는 유명한 여배우의 이 심술의 증거에 이웃 사람들이 얼마나 재미있어하겠느냐고 냉정하게 말해준 다음 몸을 돌려 방을 나갔다.

안나는 불을 끄고 침대에 들어가면서 타들어가는 촛불처럼 식식
거렸다.

"이웃 사람들이 내 심술에 관해 무슨 말을 하든 내가 신경 쓸 게
뭐람. 상트페테르부르크가 무슨 말을 하든, 아니 온 러시아가 무슨
말을 하든 내가 신경 쓸 게 뭐람!"

그러나 몸을 계속 뒤척이던 안나 우르바노바는 새벽 2시에 커다
란 계단을 살금살금 걸어 내려가서 슬그머니 길가로 나가 자신의
옷들을 하나씩 하나씩 주워 모았다.

1924

정체불명

투명 인간에 대한 꿈은 설화만큼이나 오래되었다. 어떤 부적이나 약물, 또는 신의 도움으로 주인공의 몸이 실체 없는 것으로 바뀌고, 그 마법이 지속되는 동안 주인공은 사람들의 눈에 띄지 않고 친구나 지인들 사이를 걸어 다닐 수 있게 된다.

그러한 능력을 가지게 되었을 때의 장점에 대해서는 열 살 정도의 아이라면 누구라도 줄줄 열거할 수 있을 것이다. 용의 곁을 살그머니 지나가거나 음모를 꾸미는 사람들이 나누는 이야기를 엿듣거나 보물 창고에 몰래 들어갈 수 있고, 식료품 저장실에서 파이를 빼내거나 경찰이 쓴 모자를 건드려 땅에 떨어뜨리거나 교장 선생님의 외투 뒷자락에 불을 붙일 수도 있다. 이에 대해서는 투명 인간의 이점에 대한 이야기가 무수히 많다는 사실을 말하는 것으로 충분할 것이다.

그러나 몸이 투명하게 바뀌는 마법이 어떤 주인공에게 저주의 형태로 걸리는 이야기는 훨씬 적다. 그 주인공은 전쟁의 열기 속에서 살아왔고, 대화를 주도하며 살아왔고, 극장에서 주로 숙녀들에게 주어지는 스무 번째 줄의 전망 좋은 특별석에 앉는 특혜를 누리며— 다시 말해서, 유리한 위치에서 중요한 역할을 수행하며—살아왔다. 그런 주인공이 갑자기 자신의 모습이 친구와 적 모두에게 똑같이 보이지 않는다는 것을 알게 된다. 1923년에 안나 우르바노바가 백작에게 건 마법이 바로 이 같은 종류의 것이었다.

백작이 그 여자 마법사와 함께 그녀의 스위트룸에서 함께 저녁 식사를 했던 그 운명의 밤에 아마도 그녀에게는 바로 그 자리에서 그를 투명 인간으로 만들 수 있는 능력이 있었을 것이다. 하지만 그녀는 그렇게 하는 대신에 그의 마음의 평화를 농락하려고 마법이 1년에 걸쳐 조금씩 조금씩 드러나도록 주문을 걸었다.

그 이후 몇 주 동안 백작은 자신이 한 번에 몇 분 동안 사람들의 시야에서 사라지고 있다는 것을 갑자기 알아차렸다. 그가 피아차에서 저녁 식사를 할 때 한 커플이 분명히 그가 앉아 있는 자리를 차지할 셈으로 그의 탁자로 다가온 적이 있었고, 그가 프런트데스크 가까이에 서 있었을 때 몹시 허둥거리던 한 손님이 하마터면 그를 밀어 넘어뜨릴 뻔한 일도 있었다. 겨울이 되었을 무렵에는 평소 멀리서 그에게 손을 흔들거나 미소를 지으며 인사를 보내곤 하던 사람들이 그가 3미터쯤 떨어진 곳까지 다가갔을 때도 그를 보지 못하는 경우가 많았다. 그리고 1년 뒤인 지금은? 그가 로비를 걸어갈 때면 가장 가까운 친구들이 바로 앞에 그가 서 있다는 것을 알아차리는 데 꼬박 1분이 걸리는 일이 빈번했다.

"아," 바실리가 수화기를 전화통에 내려놓으며 말했다. "죄송합니다, 로스토프 백작님. 거기 계신 것을 보지 못했어요. 제가 도와드릴 일이 있나요?"

백작은 안내 데스크를 가볍게 톡톡 두드렸다.

"혹시 니나가 어디 있는지 알고 있소?"

백작은 바실리에게 니나의 행방에 대해 물으면서 그 애를 오늘 본 적이 있느냐는 등의 중간 질문을 생략하고 곧바로 물었다. 왜냐하면 바실리는 누가 어느 특정한 시점에 어디에 있는지를 귀신 같이 알고 있었기 때문이다.

"틀림없이 카드놀이 방에 있을 겁니다."

"아." 백작이 그럴 줄 알았다는 듯한 미소를 지으며 말했다.

백작은 몸을 돌려 카드놀이 방을 향해 걸음을 옮겼다. 복도를 걸어서 방 앞에 이른 그는 쿠키를 나누어 먹고 불경스러운 말들을 주고받으면서 휘스트를 하는 중년 부인 네 사람을 보게 될 거라고 짐작하며—니나는 그 방 옷장 속에 숨어서 숨 죽인 채 그들의 말에 귀 기울이곤 했다고 얘기했었다—조용히 문을 열었다. 그러나 백작이 보게 된 것은 중년 부인들이 아니라 그가 찾던 대상이었다. 니나가 카드 테이블에 혼자 앉아 있었던 것이다. 니나 앞에 시험지가 두 더미 놓여 있고, 니나의 손에는 연필이 들려 있었다. 니나는 열심히 공부하는 학생의 전형처럼 보였다. 연필은 아주 경쾌하게 움직였고—연필은 얼굴을 높이 치켜들고 시험지 위를 행진해 나가다가, 가장자리에 이르면 빙글 뒤돌아서 재빨리 처음 위치로 돌아가곤 했다—그래서 의장대 병사처럼 보였다.

"안녕, 친구."

"안녕하세요, 백작님." 니나가 고개를 들지 않고 하던 일을 계속하며 대답했다.

"저녁 먹기 전에 어딜 좀 갔다 올까 하는데, 같이 가지 않겠니? 전화 교환실에 가볼까 생각하고 있어."

"지금으로선 갈 수 없을 것 같아요."

백작은 니나의 맞은편에 앉았다. 니나는 문제를 다 푼 시험지를 한쪽 더미 위에 내려놓고 다른 쪽 시험지 더미에서 새 시험지를 꺼냈다. 백작은 평소 습관대로 테이블 한쪽 구석에 놓여 있던 카드 한 벌을 집어 들고 두 번 섞었다.

"마술 보여줄까?"

"다음에 보여주세요."

백작은 카드를 가지런히 맞추어서 다시 테이블에 내려놓았다. 그런 다음 다 푼 시험지 더미의 맨 위에 있는 시험지 한 장을 집어 들었다. 시험지에는 1,100부터 1,199까지 모든 숫자가 세로로 줄을 맞추어 쓰여 있었다. 어떤 알 수 없는 규칙에 따라 그 숫자들 중에서 열세 개의 숫자에 빨간 동그라미가 되어 있었다.

백작은 당연히 호기심을 느꼈다.

"지금 뭐 하는 거야?"

"수학."

"수학이라는 과목 이름을 아주 힘차게 말하는구나."

"리시츠키 선생님이 우린 곰과 씨름하듯 수학과 씨름해야 한다고 말씀하셨어요."

"그랬어? 그렇다면 오늘 넌 어떤 곰과 씨름하는 중이니? 판다가 아니라 북극곰에 가까운 것 같구나."

니나가 고개를 들어서 반짝 빛나다가 꺼지는 눈빛으로 백작을 쳐다보았다.

백작이 헛기침을 하고 나서 한결 진지한 어조로 말했다.

"정수의 부분 집합과 관련이 있는 과제인 듯싶은데……."

"소수素數가 무엇인지 알아요?"

"2, 3, 5, 7, 11, 13…… 같은 거?"

"맞아요." 니나가 말했다. "1과 자기 자신 이외의 수로는 **나눌 수 없는 자연수.**"

니나가 '나눌 수 없는'이라는 말을 할 때의 극적인 태도를 누가 보았다면 그 사람은 아마 니나가 난공불락의 요새에 관해 말하고 있다고 상상했을지도 모른다.

"아무튼," 니나가 말했다. "나는 모든 소수의 목록을 만들고 있어요."

"모든 소수?"

"뭐, 해결할 수 없는 과제이긴 하지만요." 니나가 시인했다(그렇긴 하지만 니나의 열의에 찬 태도는 니나가 소수라는 것을 완벽하게 이해하여 능숙하게 다루고 있는 게 아닐까 하는 생각을 품게 만들었다).

니나가 이미 풀이를 끝낸 테이블 위의 시험지들을 가리켰다.

"소수의 목록은 아저씨가 말했듯이 2, 3, 5로 시작해요. 그러나 숫자가 커질수록 소수는 점점 더 적어지죠. 그러므로 7이나 11이 소수라는 것을 알아내는 것과 1,009가 소수라는 것을 알아내는 것은 완전히 별개의 일인 거예요. 아저씨는 10만 단위의 수에서 소수를 찾아내는 것을 상상할 수 있어요? 또는 100만 단위의 수에서……?"

니나는 먼 곳을 아련히 바라보았다. 마치 바위로 이루어진 곳#에 자리 잡고 수천 년 동안 불을 뿜는 용들과 야만족 무리들의 공격을 견뎌온, 모든 수 중에서 가장 크고 가장 견고한 그 수들을 바라보고 있는 듯한 모습이었다. 그러고 나서 다시 하던 일로 돌아갔다.

백작은 참으로 기특하고 대견스럽다는 생각을 하며 손에 들린 시험지를 다시 살펴보았다. 어쨌든 교양인이라면 어떤 교과 과정이든—그것이 호기심을 가지고서 헌신적으로 추구하는 교과 과정이라면—아무리 난해하다 해도 존중해야 하는 법이다.

"여기," 백작이 끼어들기 좋아하는 사람의 말투로 말했다. "이 수는 소수가 아닌데."

니나가 믿기지 않는다는 표정으로 쳐다보았다.

"어떤 수요?"

백작은 들고 있던 시험지를 니나 앞에 내려놓고 빨간 동그라미를 친 숫자 하나를 손가락으로 톡톡 두드렸다.

"1173."

"아저씬 그게 소수가 아니라는 걸 어떻게 알아요?"

"만약 어떤 수의 각 자릿수의 합이 3으로 나누어진다면, 그 수 자체도 3으로 나누어지거든."

이 놀라운 사실에 맞닥뜨린 니나가 외쳤다.

"몽 디외(우와)!"

그러고 나서 니나는 의자에 몸을 기댄 채 자신이 백작을 과소평가했음을 인정하는 태도로 백작을 살펴보았다.

어떤 사람이 친구로부터 과소평가받아왔다고 한다면, 그것은 기분이 상할 이유가 된다. 왜냐하면 친구란 모름지기 서로의 능력을 과대평가해주어야 하기 때문이다. 친구는 우리의 도덕적 강인함에 대해, 미적 감각에 대해, 지적 시야에 대해 과장된 견해를 가져야 한다. 친구라면 우리가 한 손에는 셰익스피어 작품을, 다른 손에는 권총을 들고 결정적인 순간에 창문으로 뛰어나가는 모습을 실제로 상상해야 한다! 그러나 이 특별한 경우에는 자신은 기분이 상할 이유가 거의 없다는 것을 백작은 인정해야 했다. 왜냐하면 아무리 애를 써도 자신이 어린 학생 시절에 이 놀라운 사실을 구체적으로 확인해보았다는 것을 상상할 수 없기 때문이었다.

"저," 니나가 백작 앞에 놓인 다 푼 시험지 더미를 가리키며 말했다. "그거 이리 주세요."

공부에 몰두하는 니나를 떠나오면서 백작은 15분 후면 미시카를 만나 저녁을 먹을 거라고 자신을 위로했다. 게다가 아직 오늘 신문도 읽지 않았잖은가. 그래서 그는 로비로 돌아가 커피 탁자에서 《프라브다》 한 부를 집어든 뒤, 화분에 심긴 종려나무 사이의 의자에 편안하게 앉았다.

백작은 머리기사를 훑어보고 나서 할당량을 초과하고 있는 모스크바 제조 공장에 관한 기사를 꼼꼼히 읽었다. 그런 다음 여러 모로 개선되고 있는 러시아 시골 생활을 스케치한 글을 읽었다. 이어 감사의 마음을 전하는 카잔의 어린 학생들에 관한 보고서로 관심을 돌렸을 때, 그는 반복적인 성향을 보이는 새로운 저널리즘 방식에 주목하지 않을 수 없었다. 볼셰비키들은 매일매일 같은 종류의 주제를 다룰 뿐 아니라, 매우 좁은 범위의 견해를 대단히 제한된 어휘로 늘어놓기 때문에 마치 전에 다 읽은 기사들인 것만 같은 느낌이 들게 마련이었다.

다섯 번째 기사를 읽었을 때에야 백작은 그것들을 전에 다 읽었다는 것을 깨달았다. 어제 신문이었던 것이다. 그는 끙 하는 소리를 내며 신문을 탁자에 홱 내려놓고 프런트데스크 뒤에 있는 시계를 쳐다보았다. 미시카를 만나기로 한 시간은 벌써 15분이나 지났다.

그렇지만 15분이라는 시간은 아무것도 할 일이 없는 사람과는 달리 시대에 발맞추어 사는 사람에게는 완전히 다른 시간이라는 생각이 그의 뇌리에 떠올랐다. 백작에게 지난 열두 달은 점잖게 말해서 별일 없는 평온한 나날이었다고 말할 수 있지만, 미시카에 대해서는 그렇게 말할 수 없었다. 오랜 친구 미시카는 1923년 '러시아프롤레타리아작가동맹' 모임에서 여러 권짜리 러시아 단편소설 선집을 편집하고 주석을 다는 위원회 활동을 하며 한 해를 보냈다. 그것 하나만으로도 미시카는 늦은 것에 대한 합당한 핑계를 댈 수 있을 것이다. 그러나 미시카에게는 약속 시간을 어긴 것을 충분히 납득시킬 만한 훨씬 더 그럴듯한 두 번째 핑곗거리가 있었다.

백작은 소년 시절에 던지거나 쏘아서 목표물을 잘 맞히는 것으로 소문이 났다. 그는 학교 운동장의 수풀 뒤에 서서 맞은편에 있는 학교 종을 돌멩이로 맞혔다고 알려졌다. 교실에서는 멀찍이 떨어진 곳에서 동전을 던져 잉크통에 넣는 데 성공했다고 알려졌다. 그리고 50걸음 떨어진 곳에서 활을 쏘아서 화살로 오렌지를 꿰뚫을 수도 있었다. 그러나 키예프 출신 카테리나에 대한 미시카의 관심을 알아맞혔을 때보다 더 어려운 과녁은 없었다. 1923년 모임이 끝난 뒤 몇 달 사이에 카테리나의 아름다움은 의문의 여지가 없을 만큼 선명해지고, 마음은 한없이 다감해지고, 태도는 무척이나 다정해져서 미시카로서는 상트페테르부르크의 오래된 제국 도서관에서 책더미를 바리케이드 삼아 그 뒤에 틀어박혀 지내는 수밖에 달리 도리가 없었다.

"그녀는 반딧불이야, 사샤. 아니, 바람개비가 더 어울릴까?" 미시카는 극히 짧은 시간 동안만 세상의 경이로움을 감상할 수 있도록 허락된 사람 같은 아쉬움과 놀라움이 깃든 어조로 그렇게 말했다.

그러던 어느 가을 오후, 속마음을 털어놓을 수 있는 친구가 필요했던 그녀가 그의 은신처에 나타났다. 두 사람은 그가 쌓아놓은 책더미 뒤에서 한 시간 동안 소곤소곤 얘기했고, 도서관 문을 닫는 시간을 알리는 종이 울리자 넵스키 대로로 나가서 티흐빈스코예 공동묘지까지 마냥 걸으며 계속 이야기를 나누었다. 그리고 네바강이 내려다보이는 그곳에서 이 반딧불이는, 이 바람개비는, 이 세상의 경이는 갑자기 그의 손을 잡았다.

"아, 로스토프 백작님," 아르카디가 지나가다가 큰 소리로 말했다. "거기 계셨군요. 백작님께 전해드릴 쪽지가 있는 것 같은데……." 아르카디는 프런트데스크로 돌아가서 쪽지들을 뒤적거렸다. "여기."

아르카디가 프런트데스크로 걸려온 전화를 받아 적은 쪽지에는 카테리나가 몸이 안 좋아서 계획보다 일찍 상트페테르부르크로 돌아간다는 설명과 함께 용서를 구한다는 미시카의 전언이 적혀 있었다. 백작은 실망감을 감추려고 그대로 가만히 있다가 잠시 후에야 쪽지에서 눈을 떼고 고개를 들어 아르카디에게 고맙다고 말했다. 그러나 그 프런트데스크 책임자는 이미 다른 손님에게 주의를 돌리고 있었다.

* * *

"안녕하십니까, 로스토프 백작님." 안드레이가 재빨리 예약 장부를 들여다보았다. "오늘 저녁엔 두 분이시죠?"

"혼자 먹어야 할 것 같네요, 안드레이."

"괜찮습니다. 저희로선 백작님을 모시게 된 것만으로도 기쁨인걸요. 곧 자리를 준비해드릴 테니 잠시만 기다리세요."

최근에 소비에트 사회주의 공화국 연방에 대한 독일, 영국, 이탈리아 등의 인식이 새로워진 탓에 보야르스키 식당에서 몇 분 동안 기다려야 하는 경우가 점점 더 흔해졌다. 그렇지만 이런 일은 국가 간의 친선이 다시 두터워지고 무역이 개선되는 현상의 대가였다.

백작이 옆으로 비켜서자 턱수염을 뾰족하게 기른 사내가 동행을 대동하고 통로를 성큼성큼 걸어갔다. 백작은 전에 그 사내를 본 적이 한 번인가 두 번밖에 없었지만, 급하게 걷고 급하게 말하고 심지어 급하게 걸음을 멈추기까지 하는 것으로 보아 그는 어떤 기관의 인민위원이 틀림없었다.

"안녕하십니까, 소슬롭스키 동무." 안드레이가 환영의 미소를 지으며 말했다.

"예." 소슬롭스키가 마치 즉시 자리를 마련해드릴까요, 라는 질문을 받은 것처럼 힘주어 대답했다.

안드레이는 알았다는 뜻으로 고개를 끄덕이며 손짓으로 웨이터를 불러서 그에게 메뉴판 두 개를 건네며 두 신사분을 14번 테이블로 안내하라고 지시했다.

기하학적으로 말하자면 보야르스키 식당은 정사각형 모양이고, 중앙에 꽃을 꽂아 장식한 큼지막한 수반이 놓여 있으며(오늘은 활짝 핀 개나리였다), 그 주위로 여러 가지 크기의 탁자 스무 개가 배치되어 있었다. 탁자의 위치를 나침반의 방위 개념으로 생각하자면, 지금 웨이터는 안드레이의 지시에 따라 인민위원과 그의 동행을 북동쪽 구석에 위치한 2인용 탁자로 안내하고 있었다. 그곳은 군턱이 진 얼굴을 한 벨라루스 사람이 식사를 하고 있는 자리 바로 옆이었다.

"이봐요, 안드레이……."

식당 지배인 안드레이가 예약 장부에서 눈을 떼고 백작을 쳐다보았다.

"저 사람은 며칠 전에 저기 있는 저 불도그같이 생긴 사람과 언쟁을 벌인 친구 아닌가요?"

'언쟁'은 실제로 일어난 일을 축소해서 완곡하게 표현한 말이었다. 문제의 그날 오후, 소슬롭스키라는 자는 점심을 함께하는 자신의 일행들에게 왜 벨라루스 사람들은 레닌의 사상을 받아들이는 데 유난히 더딘지에 대해 주변 사람의 귀에 들릴 정도로 크게 떠들어 댔다. 그때 저 불도그가(바로 옆 탁자에 앉아 있었다) 냅킨을 자신의 접시에 던지며 "그렇게 말하는 의도가 뭐냐"고 따져 물었다. 그러나 소슬롭스키는 자기 턱수염만큼이나 뾰족한 태도로 불도그를 무시하며, 거기에는 세 가지 이유가 있다고 말하고 하나하나 열거하기 시작했다.

"첫째, 그 사람들은 원래 좀 게을러. 게으름은 전 세계에 알려진 벨라루스인의 특성이지. 둘째, 그 사람들은 서구 문물에 너무 빠져 있어. 그건 아마도 폴란드인과의, 이족 간의 결혼이라는 오랜 역사에서 비롯되었을 거야. 그리고 셋째는, 이게 가장 중요한데……."

안타깝게도 식당에 있는 사람들은 가장 중요한 이유를 결코 듣지 못했다. 왜냐하면 '이족 간의 결혼'이라는 말에 불도그가 자신의 의자를 뒤로 밀치며 일어나서 소슬롭스키를 자리에서 불끈 들어 올렸기 때문이다. 이어서 두 패가 서로 뒤엉켜 엎치락뒤치락했다. 상대방의 옷깃을 붙잡은 여러 개의 손들을 떼어내는 데 세 명의 웨이터가 동원되었으며, 바닥에 널브러진 닭고기 요리를 치우는 데 접시닦이 두 명이 동원되어야 했다.

안드레이는 그 장면을 퍼뜩 떠올리면서 고개를 돌려 13번 탁자쪽을 바라보았다. 거기에는 문제의 그 불도그가 한 여자와 함께 앉아 있었다. 여자는 그이와 비슷한 분위기를 띠고 있어서 논리적인 사람이라면 누구나 그의 아내라고 결론지을 것이다. 안드레이가 휙 돌아서더니 재빨리 개나리꽃 장식 주위를 돌아서 소슬롭스키와 동행의 걸음을 막아 세운 다음, 다시 뒤로 안내하여 3번 탁자로 데리고 갔다. 그곳은 남남동쪽에 위치한 좋은 자리로, 쾌적하고 안락해 보이는 4인용 탁자였다.

"메르시 보쿠(고맙습니다)." 안드레이가 돌아와서 백작에게 말했다.

"드 리앙(별것 아닌걸요)." 백작이 대답했다.

안드레이에게 '별것 아니'라고 대답한 것은 단순히 프랑스어의 수사적 표현에 불과한 것은 아니었다. 사실, 백작의 개입은 사소한 것이었지만 감사의 말을 들을 자격이 충분했다. 제비가 지지배배 지저귀는 소리로 사람들로부터 고마움과 칭찬의 말을 받듯이, 백작의 개입도 그 정도의 고마움을 받을 가치가 충분했던 것이다. 왜냐하면 알렉산드르 로스토프는 열다섯 살 이래로 사람들을 적절한 자리에 배치하는 데 훌륭한 솜씨를 보여주었기 때문이다.

방학을 맞아 고향 집에 머무를 때마다 할머니는 어김없이 그를 서재로 불렀다. 할머니는 서재의 벽난로 옆에 하나만 놓인 의자에 앉아 뜨개질을 하곤 했었다.

"얘야, 들어오렴. 잠깐 나와 함께 있자꾸나."

"예, 할머니." 백작은 그렇게 대답하며 난로의 쇠살대 모서리에 균형을 잡고 앉았다. "제가 도와드릴 일이 있어요?"

"금요일 저녁 만찬 모임에 수도원장이 올 거야. 오볼렌스키 공작 부인, 케라긴 백작도 참석해. 그리고 민스키폴로토프 부부도……."

할머니는 더 설명 없이 거기서 말을 흐리곤 했다. 하지만 더 설명이 필요한 것은 아니었다. 할머니는 저녁 만찬 시간은 사람들에게 일시적으로나마 삶의 고단함과 시련으로부터 벗어나 한숨 돌릴 수 있는 안온함을 주어야 한다고 생각했다. 따라서 할머니는 만찬 자리에서 종교나 정치, 또는 개인적 슬픔에 관해 논의하는 것을 지지할 수 없었다. 더 복잡한 문제는 수도원장은 왼쪽 귀가 먹었고, 라틴어 경구를 좋아하며, 와인을 마실 때마다 가슴 윗부분을 드러낸 드레스를 입은 여성들을 빤히 보는 경향이 있다는 사실이었다. 게다가 오볼렌스카야 공작 부인은 여름이면 유난히 예민해져서 간결하고 함축적인 말을 들으면 눈살을 찌푸렸고, 예술에 관한 토론은 참지를 못했다. 그리고 케라긴 백작 부부는? 1811년에 민스키폴로토프 대공이 케라긴의 증조부를 나폴레옹 지지자라고 불렀고, 이후 케라긴 가문 사람들은 민스키폴로토프 가문 사람들과 한 마디도 나누지 않았다.

"몇 사람이나 참석해요?" 백작이 물었다.

"40명."

"보통 그 정도 모임이에요?"

"조금 더 많거나 조금 더 적거나."

"오시포프 부부는요?"

"늘 참석하지. 하지만 지금은 피예르가 모스크바에 가 있어서……."

"아." 백작이 새로운 게임의 초반 포석에 직면한 체스 챔피언의 미소 같은 미소를 지으며 말했다.

니즈니노브고로드 지방에는 수많은 명문 가문이 있었다. 2세기 동안 그 명문 가문들은 서로 결혼하고 이혼하고, 빌리고 빌려주고, 수락하고 원망하고, 공격하고 방어하고 결투하면서 지내왔다. 세대, 성, 가문에 따라 상충되는 다양한 입장을 지닌 그들은 서로 자신들의 입장을 옹호하면서 그렇게 싸워왔고, 그러한 소용돌이의 중심에는 양쪽으로 나란히 스무 명씩 서 있을 수 있는 두 개의 탁자가 비치된 로스토프 백작 부인의 식당 방이 있었다.

"걱정하지 마세요, 할머니." 백작이 안심시켰다. "해결책이 있을 거예요."

바깥 정원에서 백작이 눈을 감고 머릿속으로 참석자들의 자리를 한 명 한 명씩 이동해가면서 가장 무난한 자리 배치를 구상하기 시작했을 때, 여동생이 그가 하는 일을 얄보며 놀렸다.

"오빠, 오빠는 왜 눈살을 찌푸리며 고민해? 자리 배치가 어떻든 간에 만찬을 먹을 땐 우린 항상 즐겁고 유쾌한 대화를 나누잖아."

"자리 배치가 어떻든 간에 즐겁고 유쾌한 대화를 나눈다고?" 백작이 큰 소리로 말했다. "사랑하는 누이야, 그렇지 않단다. 자리 배치를 소홀히 한 탓에 더없이 좋았던 결혼 생활이 산산이 부서지고, 오랫동안 지속되었던 긴장 완화 상태가 무너진 예를 말해줄게. 사실, 패리스가 메넬라우스의 궁정 만찬 모임에 갔을 때 그를 헬레네 옆에 앉히지 않았더라면 트로이전쟁은 결코 일어나지 않았을 거야."

오랜 세월이 흐른 지금 생각해보아도 정말 멋진 응수였어, 백작은 생각했다. 그런데 오볼렌스키 가문 사람들과 민스키폴로토프 가문 사람들은 지금 어디에 있는 거지?

헥토르와 아켈레스는?

"로스토프 백작님, 자리가 준비되었습니다."

"아, 고마워요, 안드레이."

2분 뒤 백작은 샴페인 한 잔(그가 시의적절하게 개입해준 데 대한 안드레이의 작은 보답이었다)을 앞에 두고 편안하게 자리에 앉았다.

백작은 샴페인을 한 모금 마신 다음 평소 하던 대로 메뉴를 식사 순서의 역순으로 살펴보았다. 앙트레를 정하기 전에 애피타이저를 먼저 고르면 결과적으로 후회하는 일이 생길 수도 있다는 것을 경험을 통해 배웠기 때문이다. 그 좋은 실례가 바로 거기 있었다. 메뉴판의 마지막에 적힌 품목이 그날 저녁 백작이 유일하게 먹고 싶은 요리인 오소부코*였는데, 이 요리는 가볍고 상큼한 애피타이저를 먹은 뒤에 먹는 것이 가장 좋았다.

✦ 송아지의 정강이 살을 와인, 양파, 토마토 등과 함께 찐 이탈리아 요리.

백작은 메뉴판을 닫으며 식당 안을 살펴보았다. 조금 전에 이 식당에 들어올 때만 해도 그는 분명 얼마간 의기소침해 있었다. 그러나 지금 그는 샴페인을 손에 들고 있고, 조금 뒤엔 오소부코를 먹을 것이고, 게다가 안드레이에게 도움을 주었다는 흡족한 기분을 느끼고 있었다. 어쩌면 운명의 여신들이(이들은 자신의 자식들 가운데 반전反轉을 가장 사랑한다) 그의 사기를 북돋워주려고 마음먹었는지도 모른다.

"물어볼 게 있으신지요?"

백작의 뒤에서 그렇게 묻는 목소리가 들려왔다.

백작은 주문할 준비가 되어 있다고 지체 없이 말하려 했다. 그러나 앉은 채로 고개를 돌렸을 때 다름 아닌 피아차의 웨이터 비숍이 자신의 어깨 쪽으로 몸을 숙이고 있는 것을 보고 백작은 어안이 벙벙해졌다. 그는 보야르스키의 복장인 흰색 재킷을 입고 있었다.

최근 외국 손님들이 다시 호텔을 찾는 추세에 따라 보야르스키의 인력이 다소 부족하게 되었다는 것은 백작도 느끼는 사실이었다. 따라서 백작은 안드레이가 직원을 보강하기로 결정한 이유를 충분히 이해할 수 있었다. 하지만 피아차의 그 모든 웨이터 가운데, 이 세상의 그 모든 웨이터 가운데 왜 하필 이 친구를 선택했을까?

비숍의 미소가 유난히 거들먹거렸기 때문에 비숍이 백작의 생각의 흐름을 쫓고 있는 것처럼 보였다. 그래요, 그가 이렇게 말하는 것 같았다. 나는 이곳, 당신이 좋아하는 그 유명한 보야르스키에 있어요. 주콥스키 주방장의 주방 문을 무사히 드나들 수 있는, 몇 안 되는 선택받은 사람 중 한 명이란 말이에요.

"시간이 좀 더 필요하신가…… 보죠?" 비숍이 메모철 위에 연필을 갖다 댄 자세로 말했다.

순간적으로 백작은 그를 보내버리고 자리를 바꾸어달라고 요청할까, 하는 생각을 했다. 그러나 로스토프 가문은 상대가 너그럽지 못하게 행동하는 경우에도 그걸 용인하고 받아들여주는 것을 늘 자랑으로 여겨왔다.

"아니요, 그렇잖아도 주문하려고 했소." 백작이 대답했다. "펜넬(회향)과 오렌지 샐러드를 먼저 주고, 그다음에 오소부코를 주시지요."

"알겠습니다." 비숍이 말했다. "오소부코는 어떻게 해드릴까요?"

백작은 하마터면 깜짝 놀란 마음을 드러낼 뻔했다. 어떻게 해드릴까요, 라니? 고기를 몇 도로 끓일 것인지, 내가 그 온도를 말해주길 기대하는 건가?

"주방장이 알아서 잘 요리해주겠지요." 백작이 관대하게 대답했다.

"네, 물론입니다. 그리고 와인도 드시겠습니까?"

"그럼요. 1912년산 산로렌초 바롤로 한 병."

"레드 와인으로 하시겠습니까, 화이트 와인으로 하시겠습니까?"

"바롤로는," 백작이 가능한 한 친절하게 설명했다. "이탈리아 북부에서 나는 풀보디* 레드 와인이에요. 따라서 밀라노의 오소부코 요리에 완벽하게 어울린답니다."

"그러니까 레드 와인으로 드시겠다는 말씀이군요."

백작은 잠시 비숍을 살펴보았다. 이 친구가 귀가 좀 먹었을 거라는 증거는 어디에도 없었다. 그리고 말씨로 보건대 러시아어가 모

---

* 농도가 진하고 묵직하며 무게감이 있는 와인을 나타내는 표현.

국어일 게 분명했다. 그러니 지금쯤은 다 알아듣고 주방으로 가야 하는 것 아닌가? 그러나 할머니는 곧잘 다음과 같이 말씀하시곤 했었다. 인내라는 것은 그토록 쉽게 시험당하기 때문에 우린 인내를 미덕으로 여기는 거야…….

"예." 백작이 속으로 다섯까지 숫자를 센 뒤에 말했다. "바롤로는 레드 와인이오."

그러나 비숍은 여전히 메모철 위에 연필을 갖다 댄 자세로 계속 거기 서 있었다.

"제가 명확하게 말씀드리지 못했다면 죄송합니다만," 비숍이 죄송지 않은 목소리로 말했다. "오늘 저녁에 선택할 수 있는 와인은 두 가지뿐입니다. 화이트 와인과 레드 와인 중에서 골라야 합니다."

두 사람은 서로를 빤히 쳐다보았다.

"잠시 안드레이를 여기로 불러줄 수 있겠소?"

"알겠습니다." 비숍은 그렇게 말하며 진짜 주교처럼 고개를 숙이며 뒤로 물러났다.

백작은 손가락으로 가볍게 탁자를 두드리며 기다렸다.

알겠습니다. 쟤는 늘 그렇게 말해. 알겠습니다, 알겠습니다, 네, 물론입니다. 뭘 알겠다는 거지? 당신은 거기 있고 나는 여기 있다는 것을 알겠습니다? 당신은 뭔가를 말했고 나는 대답했다는 것을 알겠습니다? 이 지상에서의 한 인간의 시간은 유한하고 어느 순간에든 끝날 수 있다는 것을 알겠습니다!

"무슨 문제가 있습니까, 로스토프 백작님?"

"아, 안드레이. 당신의 새 웨이터에 관한 겁니다. 나는 아래층 피아차에서 그가 하는 일들을 보아왔기 때문에 그와는 꽤 친숙한 편이에요. 그곳은 웨이터가 어느 정도 경험이 부족하더라도 참아야 하고, 나아가 그럴 수도 있을 거라고 생각되는 곳이지요. 하지만 이곳 보야르스키는……."

백작은 이 소중하고 격조 높은 식당을 향해서 두 손을 펴 보이는 동작을 하면서 이해를 구하는 표정으로 안드레이를 바라보았다.

안드레이를 조금이라도 아는 사람이라면 누구나 그의 평소 태도가 유쾌하고 활발하다고 말하지는 않을 것이다. 그는 축제에서 큰 소리로 군중의 관심을 끄는 사람이 아니고, 여흥을 이끌고 즐기는 사람이 아니었다. 보야르스키 지배인으로서의 그의 자리는 신중함, 요령, 점잖음이 요구되는 자리였다. 그러므로 백작은 안드레이가 엄숙한 표정을 짓는 것에 꽤나 익숙해 있었다. 그럼에도 백작은 이 식당에서 식사해온 수년 동안 안드레이의 얼굴에 이처럼 엄숙한 표정이 드리워진 것을 한 번도 본 적이 없었다.

"그는 할레키 씨의 지시에 의해 승진했습니다." 안드레이가 목소리를 낮추어 말했다.

"아니, 왜?"

"저도 잘 몰라요. 아마 친구가 있는 것 같아요."

"친구?"

안드레이가 그답지 않게 어깨를 으쓱했다.

"영향력 있는 친구 말입니다. 어쩌면 '서빙종사자조합'이나 '노동인민위원회'에서 활동하는 사람인지도 모르죠. 당의 고위층 인사일 수도 있고요. 요즘은 그걸 누가 알겠습니까?"

"참 안됐네요." 백작이 말했다.

안드레이가 감사의 뜻으로 고개를 숙였다.

"그들이 저 친구를 당신에게 억지로 떠맡겼다면, 저 친구와 관련된 문제에 대해선 명백히 당신 책임이 아니지요. 나도 이에 맞추어 내 기대를 조정해야겠군요. 그런데 안드레이, 자리로 돌아가기 전에 조그만 부탁 하나 들어줄래요? 어찌 된 영문인지 저 친구는 내가 원하는 와인을 주문하는 걸 받아주지 않는군요. 난 그저 오소부코 요리에 어울리는 산로렌초 바롤로 한 병을 원할 뿐인데 말입니다."

안드레이의 표정이 좋지 않으리라는 것은 상상할 수 있었지만, 그의 표정은 상상한 것보다 훨씬 더 엄숙해졌다.

"저랑 같이 가볼 데가 있습니다……."

안드레이를 따라 식당을 가로지르고 주방을 지나서 긴 나선형 계단을 걸어 내려가니 백작은 물론이고 니나도 와본 적이 없는 메트로폴 호텔의 와인 저장고가 나왔다.

벽돌로 된 아치형 입구와 서늘하고 어두운 실내 때문인지 메트로폴 호텔의 와인 저장고는 지하 묘지의 음울한 아름다움을 떠올리게 했다. 다만 성인들의 형상을 새긴 석관 대신에 와인 병들이 층층이 쌓인 여러 개의 선반들이 저장고의 저쪽 끝까지 길게 늘어서 있었다. 이곳에는 엄청난 양의 카베르네와 샤르도네, 리슬링과 시라, 포트 와인과 마데이라 와인 등이 수집되어 가득 쌓여 있었다. 이것들은 유럽 대륙을 건너온 세기의 와인들이었다.

전부 합하면 거의 만 상자 정도 될 듯싶었다. 그러니까 10만 병이상이다. 그런데 그 모든 와인 병에 라벨이 붙어 있지 않았다.

"이게 무슨 일이야!" 백작이 놀란 목소리로 내뱉었다.

안드레이가 우울한 얼굴로 고개를 끄덕였다.

"와인 목록이 존재하는 것은 혁명의 이상에 어긋난다고 주장하며 식품부 인민위원 테오도로프 동무에게 이의를 제기하는 사람이 있었답니다. 그것은 귀족의 특권과 인텔리겐치아(지식층)의 나약함과 투기꾼의 약탈적 가격 책정을 보여주는 표지 같은 것이라는 거죠."

"말도 안 돼요."

평소에는 어깨를 으쓱하는 모습을 보이지 않는 안드레이가 한 시간 사이에 두 번째로 어깨를 으쓱해 보였다.

"그래서 그들은 회의를 열고, 투표를 실시하고, 명령을 하달했습니다. 이제 앞으로 보야르스키는 모든 와인을 레드 와인, 화이트 와인으로만 구분하여 단일한 가격으로 판매할 겁니다."

안드레이는 그러한 목적에 기여할 뜻이 전혀 없었던 손으로 한쪽 구석을 가리켰다. 거기에는 커다란 물통 다섯 개가 놓여 있었고, 와인 병에서 떼어낸 라벨이 물통 옆 바닥에 어지러이 널려 있었다. "저 일을 끝내는 데 열 명의 인부가 10일 동안 일해야 했습니다." 그가 우울하게 말했다.

"그런데 도대체 누가 그 같은 이의를 제기했을까요?"

"저도 확실히 알진 못합니다. 아마 백작님 친구로부터 비롯되었을 거라는 얘기를 듣긴 했습니다만……."

"내 친구?"

"아래층 피아차의 웨이터 말입니다."

백작은 깜짝 놀란 표정으로 안드레이를 쳐다보았다. 그때 한 기억이 떠올랐다. 라트비아 스튜를 주문한 젊은이에게 웨이터 비숍이 리오하 와인을 추천한 것을 바로잡으려고 백작이 앉은 자리에서 그들의 탁자 쪽으로 몸을 기울였던, 지난 크리스마스 때의 기억이었다. 백작은 그때 경험을 대신할 수 있는 것은 없다는 것을 우쭐한 기분으로 관찰하지 않았던가.

흠, 그런데 여기에 경험을 대신할 수 있는 게 있군 그래, 백작은 속으로 생각했다.

백작은 저장고의 중앙 통로를 걷기 시작했고, 안드레이가 몇 걸음 뒤에서 그를 따랐다. 그 모습은 사령관과 부관이 전투의 후유증에 시달리는 야전병원을 걷고 있는 모습과도 비슷해 보였다. 통로의 끝 근처에서 백작은 여러 개의 선반 가운데 하나를 전체적으로 살펴보았다. 선반의 가로 단과 세로 단을 재빨리 계산한 백작은 이 선반 하나만 해도 천 병이 넘는 와인이 있다는 판단을 내렸다. 사실상 모양과 중량이 똑같은 병이 천 개 이상 있는 것이었다.

무작위로 병 하나를 집어 든 그는 병의 곡면이 어쩌면 이리도 손바닥에 딱 들어맞을까, 팔에서 느껴지는 무게감이 어쩌면 이리도 딱 적당할까, 생각하며 감탄스러워했다. 그렇지만 내용물은? 이 진녹색 유리병 안의 내용물은 정확히 뭐란 말인가? 카망베르와 궁합이 맞는 샤르도네? 셰브흐*와 어울리는 쇼비뇽 블랑?

안에 든 와인이 무엇이든 간에 이웃한 다른 와인과는 같지 않다는 것은 명백한 사실이다. 같기는커녕 백작의 손에 들린 병 속의 내용물은 한 국가나 한 인간과 마찬가지로 독특하고 복잡한 역사의 산물이다. 와인의 색깔, 향, 맛은 분명 그 와인이 태어난 지역의 특유한 지형과 고유한 기후를 나타낼 것이다. 그뿐 아니라 와인은 생산된 해, 생산된 지역의 모든 자연 현상을 드러낼 것이다. 한 모금만

✦ 염소젖으로 만든 시큼한 치즈.

마셔도 와인은 생산지의 그해 겨울 추위가 풀린 시기, 여름 강우량의 정도뿐 아니라 그해 바람의 특징이나 구름 낀 날이 어느 정도나 되었을지에 관한 것까지 머리에 떠오르게 할 것이다.

그랬다. 한 병의 와인은 시간과 공간의 최종 추출물이고, 개성 그 자체의 시적 표현이었다. 그런데도 이곳에서 와인은 익명의 바다로, 평균과 무지의 영역으로 던져졌다.

갑자기 백작에게 상황이 명료하게 이해되는 순간이 찾아들었다. 미시카가 현재는 과거의 자연스러운 부산물이라는 것을 이해하게 되고, 나아가 현재가 미래를 어떤 모습으로 만들 것인지 더없이 명료하게 볼 수 있었던 것처럼 백작도 지금 시간의 흐름 속에서의 자신의 위치를 이해한 것이었다.

나이가 들어감에 따라 우리는 어떤 생활 방식이 쇠퇴하기까지는 수 세대가 걸린다는 생각에서 위로를 찾기 마련이다. 어쨌든 우리는 조부모들이 좋아했던 노래들에 익숙하다. 비록 우리 자신들은 그 노래들에 맞추어 춤을 추지는 않는다 해도 말이다. 명절 때 우리가 서랍에서 꺼내 살펴보는 요리법은 변함없이 수십 년을 이어온 것들이고, 심지어 오래전에 사망한 친척이 손으로 써서 남기는 경우도 있다. 그리고 우리 집 안에 있는 물건들은? 동양식 커피 탁자나 고풍스럽게 낡은 책상들은 대대로 물려주고 물려받는 것들이 아니던가? 그것들은 '유행에 뒤떨어진 것'임에도 우리네 일상에 아름다움을 더해줄 뿐 아니라 시간의 흐름은 빙하의 움직임처럼 더딜 것이라는 우리의 추측에 물질적 신뢰성을 부여한다.

하지만 어떤 상황 아래서는 이 시간의 진행이 상대적으로 아주 짧은 동안에 일어날 수 있다는 것을 백작은 이제 인정하게 되었다.

민중의 궐기, 정치적 혼란, 산업의 발달……. 이러한 현상이 어떤 식으로든 어우러져 발생하면, 만약 그렇지 않았다면 수십 년 동안 큰 변화 없이 이어졌을 과거의 양상들을 일거에 쓸어버리고 세대를 뛰어넘는 사회의 진화를 부를 수 있는 것이다. 특히 새로운 권력을 지닌 사람들이 어떤 형태의 망설임이나 작은 이견도 불신하며, 무엇보다도 자기 확신을 중시하는 사람들일 경우에는 더욱더 그러할 것이다.

백작은 근 몇 년 동안 이런저런 것들이 과거의 일이 되어버렸다고, 예컨대 시와 여행과 로맨스와 함께한 자신의 나날이 지나가버렸다고 가볍게 미소 지으며 말하곤 했었다. 그러나 그렇게 말하면서도 백작은 그것을 진실로 믿지는 않았다. 그의 마음 깊숙한 곳에서는 자신의 삶의 그 같은 양상들이—비록 현재는 방치되어 있을지라도—다시 불러주기를 기다리며 주변 어딘가에 머물러 있다고 생각했다. 그러나 손에 들린 와인 병을 바라보고 있는 지금, 그 모든 게 실제로 다 과거의 일이 되어버렸다는 깨달음이 백작의 뇌리를 강타했다. 자신들이 만든 틀로 미래를 재구성하려는 작업에 온통 몰두해 있는 볼셰비키들은 러시아의 마지막 흔적들이 뿌리 뽑히고, 산산이 부서지고, 지워질 때까지 멈추지 않을 것이기 때문이었다.

백작은 와인을 다시 제자리에 내려놓은 다음 밖으로 나가려고 계단 발치에 서 있는 안드레이를 향해 걸음을 옮겼다. 그러나 선반과 선반 사이를 지나갈 때, 그 모든 게 다 과거의 일인 것은 아니고 아직 남은 일이 있다는 생각이 백작의 머릿속에 떠올랐다. 마지막으로 해야 할 한 가지 의무가 있다는 생각이 든 것이었다.

"안드레이, 잠깐만."

백작은 와인 저장고의 끝에서 시작하여 빠뜨리는 곳이 없도록 통로의 이쪽저쪽을 체계적으로 누비며 선반의 맨 윗단에서 아랫단까지, 거기 놓인 와인 병들을 하나하나 살펴보았다. 안드레이는 백작이 드디어 이성을 상실했다고 생각할 게 틀림없었다. 이윽고 백작은 여섯째 줄 선반 앞에서 걸음을 멈추었다. 그리고 무릎 높이의 단으로 손을 뻗어 조심스럽게 병 하나를 꺼냈다. 수천 개의 병 가운데 하나를 고른 것이었다. 아쉬움이 묻어나는 미소를 띠며 병을 들어 올린 백작은 유리병에 두 개의 열쇠를 서로 교차시킨 형태가 돋을 새김되어 있는 문양을 엄지손가락으로 만져보았다.

1926년 6월 22일—옐레나 사망 10주기가 되는 날—에 알렉산드르 일리치 로스토프 백작은 누이를 추모하며 그 와인을 마실 생각이었다. 그런 다음 목숨을 버리고 생을 끝낼 작정이었다.

1926

안녕

우리 인간은 결국에는 철학을 선택해야 한다. 이것이 인생의 현실인 것이다. 지금, 자신이 전에 사용했던 스위트룸 317호의 창가에서 있는 백작의 견해는 그러했다. 그는 조금 전에 니나의 열쇠로 문을 따고 살그머니 이 방으로 들어왔다.

책에 의해 형성된 신중한 고찰을 통해서든, 새벽 2시에 커피를 마시며 벌이는 열띤 토론을 통해서든, 또는 타고난 성향에 의해서든 우리는 모두 결국엔 근본적인 틀을 채택해야 한다. 즉, 중대한 사건뿐만 아니라 우리의 일상을 구성하는 온갖 조그마한 행동과 상호작용도 조리가 서도록 이끌어주는 합리적이고 일관성 있는 어떤 인과관계의 체계—의도적인 것이든 자연 발생적인 것이든, 납득이 가는 것이든 뜻밖의 것이든 간에—를 택해야 하는 것이다.

대부분의 러시아인들은 수 세기 동안 철학적 위안을 교회의 처마 밑에서 찾아왔다. 구약성경의 단호한 손길을 좋아하든 신약성경의 한결 너그러운 손길을 좋아하든, 하느님의 뜻에 복종하는 것은 그들로 하여금 일어나는 일들의 피할 수 없는 과정을 이해하도록, 설령 이해는 못한다 할지라도 적어도 받아들이도록 도와주었다.

백작의 학교 친구들 대부분은 시대의 유행에 발맞추어 교회에 등을 돌렸다. 그러나 그들은 성경을 대신할 수 있는 다른 위안거리에 더 우호적이었기 때문에 그렇게 했을 뿐이다. 과학의 명료성을 좋아하는 사람들은 다윈의 사상에 심취해서 어디서나 자연 선택의 흔적을 보았다. 어떤 이들은 니체와 그의 영겁 회귀 사상을 선택했고, 어떤 이들은 헤겔과 변증법을 선택했다. 이러한 것들 각각의 체계는 의심할 나위 없이 대단히 합리적이어서 일단 1,000분의 1페이지만 읽게 되면 거기에 빠져들 수 있었다.

그러나 백작의 경우, 그의 철학적 성향은 근본적으로 늘 기상학적이었다. 구체적으로 말하자면 온화하거나 궂은 날씨가 초래하는 필연적인 영향을 믿었다. 이른 서리와 늦게까지 물러가지 않는 여름, 불길한 구름과 가늘게 내리는 비, 안개와 햇빛과 강설량의 영향을 믿었다. 무엇보다도 그는 온도계의 미세한 변화에 의해 운명이 바뀔 수 있다는 것을 믿었다.

그 예를 보고 싶으면 이 창가에서 아래를 내려다보기만 하면 된다. 3주 전만 해도―기온이 섭씨 7도 안팎이었다―테아트랄나야 광장은 텅 빈 잿빛이었다. 그런데 평균 기온이 겨우 3도 높아졌을 뿐인데도 이제 나무들은 꽃을 피우기 시작하고, 참새는 노래하기 시작하고, 젊은 커플뿐 아니라 나이 많은 부부들도 벤치에 앉아 시간을 보내기 시작했다. 광장의 생명을 변화시키는 데 필요한 건 온도계의 그 같은 미세한 변화뿐이면, 인류 역사의 과정은 온도의 변화에 그보다 덜 민감할 거라고 생각할 이유가 어디 있는가?

용감무쌍한 지휘관들과 15개 연대로 이루어진 군대를 모은 뒤에, 그리고 적의 약점을 파악하고 지형을 연구하고 신중하게 공격 계획을 수립한 뒤에, 마지막으로 기온과 싸워야 한다는 것을 최초로 인정한 사람은 아마 나폴레옹이었을 것이다. 온도계를 읽고 기온을 파악하는 것은 진격의 속도를 좌우할 뿐만 아니라 보급의 적절성과 병사들의 사기 진작이나 사기 저하도 결정할 것이기 때문이다. (아, 나폴레옹, 당신은 러시아 원정에서 결코 승리할 수 없었겠지만, 만약 기온이 5도만 더 따뜻했다면 모스크바 입구와 네만강 유역 사이에서 30만 병사를 잃는 대신에 적어도 병력의 절반을 무사히 본국으로 복귀시킬 수 있었을 텐데.)

전장의 예가 취향에 맞지 않는다면 그것 대신 너와 네 어설픈 친구, 지인들이 아름다운 노보바츠키 공녀의 스물한 번째 생일을 축하하는 자리에 초대받아 참석했던 어느 늦가을의 파티를 생각해보라.

오후 5시, 옷방 창을 통해 밖을 내다볼 때 날씨는 축제 분위기를 짓누를 게 분명하다. 1도쯤 되는 낮은 기온에 시야 가득 구름이 낀 데다 갑자기 이슬비가 내리기 시작한 터라 공주의 손님들은 추위와 비에 시달려 후줄근한 모습으로 파티장에 도착할 것이다. 그러나 6시께, 네가 출발할 무렵이 되자 네 어깨에 잿빛 가을비가 아닌 초겨울의 첫눈이 내려앉기 시작할 정도로 알맞게 기온이 떨어진다. 그러므로 이 저녁의 분위기를 우중충하게 만들 것 같았던 비는 이제 눈이 되어 마법의 기운을 부여한다. 실제로 너는 눈송이들이 공중에서 나선형을 그리며 떨어지는 모습을 황홀해하며 바라본다. 그때 트로이카 한 대가 전속력으로 지나가고, 너는 도로에서 황급히 내달려 몸을 피한다. 그 트로이카에는 젊은 경기병 장교가 전차를 모는 백부장✦처럼 고삐를 잡고 서 있다.

마차가 배수로에 빠져서 그걸 꺼내느라 한 시간을 허비한 탓에 너는 공녀의 파티에 늦게 도착한다. 그러나 다행스럽게도 학창 시절부터 오랫동안 알고 지낸, 약간 뚱뚱한 한 친구도 너처럼 늦었다. 너는 그 친구가 드로스키에서 내려서 어깨를 젖히고 가슴을 내미는가 싶더니, 마치 이곳 하인들의 손님맞이 의전을 시험하기라도 하듯이 얼음 위에서 미끄러져 엉덩방아를 찧는 모습을 보게 된다. 너는 그를 부축하여 일으켜 세운 다음 한 팔로 그의 팔을 꼭 걸고서 그를 이끌고 집 안으로 들어간다. 그때 막 나머지 손님들이 응접실에서 몰려나와 식당 방으로 가고 있다.

식당 방에 들어간 너는—이야기를 재미있게 잘하는 사람으로 알려져 있으므로—이번에도 어색하고 사교성 없는 사촌 옆이 네 자리일 것이라고 생각하며 네 이름을 찾으려고 재빨리 탁자를 빙 둘러본다. 그러나 보라, 오늘의 주빈인 공녀의 오른쪽 자리가 바로 네 자리이다. 공녀의 왼편에 앉은 사람은…… 다름 아닌 트로이카를 마구 몰아서 너를 도로에서 황급히 피하게 만든 그 젊은 경기병이다.

그쪽을 흘깃 본 너는 그 경기병이 자연스럽게 공녀의 관심을 받는 사람으로 자처하고 있다는 것을 알 수 있다. 그는 가끔 공녀의

✦ 고대 로마 군대의 조직에서 100명으로 이루어진 단위 부대의 우두머리.

잔에 와인을 따라주면서 군대 이야기로 공녀를 즐겁게 해줄 셈인 게 분명하다. 식사가 끝나면 그는 공녀에게 팔을 내밀어 무도회장으로 공녀를 인도할 것이고, 거기서 자신의 마주르카 춤 솜씨를 보여줄 것이다. 이윽고 오케스트라가 요한 슈트라우스를 연주할 때면 그는 공녀와 함께 왈츠를 출 필요도 없을 것이다. 왜냐하면 그때엔 테라스에서 공녀의 품에 안겨 있을 테니까 말이다.

그런데 그 젊은 중위가 자신의 첫 이야기를 막 시작하려고 했을 때 주방 문이 열리며 하인 세 명이 커다란 서빙용 접시를 들고 나타난다. 모두가 이 행사를 위해 트렌트 부인이 무슨 요리를 준비했는지 보려고 그쪽으로 눈을 돌린다. 돔 모양의 은색 뚜껑 세 개가 동시에 들어 올려질 때, 사람들의 입에서 헉, 하는 감탄의 소리가 새어나온다. 트렌트 부인이 공녀를 축하하기 위해 자신의 특선 요리를 만든 것인데, 그것은 바로 영국식 로스트비프에 요크셔푸딩이다.

인류의 역사에서 군대 식당이 부러움을 불러일으킨 적은 없다. 군대 식당에서는 효율성을 중시하는 데다 무신경한 탓에, 그리고 여성의 섬세한 손길이 부족한 탓에, 주방에서 요리하는 모든 음식들이 그릇의 뚜껑이 달그락거릴 때까지 끓여진다. 그렇게 끓여 만든 양배추와 감자 요리를 3개월 동안 계속해서 먹어온 그 젊은 중위는 트렌트 부인의 로스트비프가 나왔을 때 그에 대한 대비가 되어 있지 않았다. 230도의 불에 15분 동안 그슬고 180도에서 두 시간 동안 구운 부인의 로스트비프는 속은 부드럽고 빨갛지만 껍질은 바삭하고 갈색이다. 그러므로 우리의 젊은 경기병 장교는 자신의 군대 이야기는 제쳐둔 채 자기 접시에 로스트비프를 더 떠 담고 자기 잔에 와인을 더 채우는 데 정신이 팔려 있다. 반면 사교계의 확립된 예법에 따라 몇 가지 재미있는 이야기로 공녀를 즐겁게 해주어야 하는 역할은 바로 네 몫이 된다.

젊은 중위는 이윽고 마지막 남은 푸딩 껍질로 접시의 그레이비를 닦고 나서야 관심을 공녀에게로 돌린다. 그러나 바로 그 순간 오케스트라가 무도회장에서 음을 조율하기 시작하고, 손님들은 의자를 뒤로 밀치며 일어서기 시작한다. 그래서 중위는 공녀를 향해 팔을 뻗치고, 그때 약간 뚱뚱한 네 친구가 네 옆에 나타난다.

네 친구는 카드리유를 추는 것을 무엇보다도 좋아한다. 그는 뚱뚱한 체격에도 토끼처럼 깡충깡충, 사슴처럼 껑충껑충 뛰며 춤춘다고 알려져 있다. 그러나 그 친구는 꼬리뼈에 손을 댄 채, 조금 전 진입로에서 얼음에 미끄러진 탓에 그곳이 너무 아파 무리해서 함부로 뛸 수가 없다고 얘기한다. 그가 춤을 추는 대신 카드놀이를 몇 판 하는 것은 어떻겠느냐고 네게 묻는다. 너는 그게 좋겠다고 대답한다. 이 대화를 중위가 우연히 엿듣고, 뭔가를 보여주고 싶은 우쭐한 기분에 사로잡힌 중위는 이것이 몇몇 멋쟁이 신사들에게 기술보다는 운에 좌우되는 이 게임에 관해 한두 가지 가르쳐줄 수 있는 더없이 좋은 기회라고 생각한다. 게다가 오케스트라 연주는 몇 시간 동안 계속될 것이고, 공녀는 아무 데도 가지 않을 거라고 그는 나름대로 판단한다. 그래서 중위는 더 생각해보지도 않고 공녀의 팔을 가장 가까이에 있는 신사에게 건넨 다음, 너를 따라 카드 테이블이 있는 곳으로 가겠다고 자청한다. 그러면서 이 집의 집사에게 와인을 한 잔 더 달라는 신호를 보낸다.

그런데…….

어쩌면 한 잔 더 마신 와인 탓이었는지 모른다. 어쩌면 옷을 잘 차려입은 남자를 과소평가하는 중위의 성향 탓이었는지도 모른다. 혹은 단순히 운이 없었기 때문이었는지도 모른다. 원인이 뭐든 간에 두 시간 후 1천 루블을 잃은 사람은 중위이고, 그의 차용증서를 든 사람은 너라는 사실만 말해두자.

그러나 그 친구가 아무리 부주의하게 트로이카를 몬다 해도 너는 그를 곤경에 빠뜨리고 싶지 않다. "오늘은 공녀님의 생일이오." 네가 말한다. "공녀님에게 경의를 표하는 의미로 우리, 이 게임은 비긴 걸로 합시다." 너는 그렇게 말하며 중위의 차용증서를 둘로 찢은 다음, 그 조각들을 녹색 천 위로 던진다. 그는 감사해하며 일어서다가 와인 잔을 손으로 쓸어 쓰러뜨리고 의자를 뒤로 넘어뜨린다. 그러고 나서 비틀거리며 테라스 문밖으로 나가 어둠에 묻힌다.

카드놀이를 할 때 그곳에 있었던 사람은 게임을 하는 사람 다섯 명에 구경하는 사람 세 명이 전부였지만, 백작이 차용증서를 찢었다는 이야기는 삽시간에 무도회장 안에 퍼진다. 그런 까닭에 갑자기 공녀가 너를 찾아내서 이 정중하고 용감한 행위에 대해 감사를 표한다. 너는 절을 하며 '별것 아닙니다', 라고 대답하는데, 그때 오케스트라가 왈츠를 연주하기 시작한다. 너는 두 팔로 가볍게 공녀를 안고서 낚아채듯 나아가 춤을 추지 않을 도리가 없다.

공녀는 우아하고 품위 있게 왈츠를 춘다. 발걸음은 경쾌하고, 회전할 때는 팽이처럼 빙그르르 돈다. 그러나 마흔 쌍 이상이 춤을 추고 있는 데다 두 개의 벽난로에서 타는 불의 온도가 평소와 달리 몹시 높아서 무도회장 실내 온도는 거의 27도에 이른다. 그 때문에 공녀의 뺨은 달아오르고 가슴은 무지근하다. 공녀가 현기증을 느낄지도 모른다는 걱정스러운 마음에 너는 공녀에게 바람 좀 쐬고 싶지 않느냐고 자연스레 묻는다…….

알겠는가?

만약 트렌트 부인이 로스트비프 요리 기술을 그처럼 완벽하게 습득하지 못했다면 아마 젊은 중위는 여덟 잔의 와인을 곁들이며 그 요리를 정신없이 세 접시나 먹는 대신에 공녀에게 관심을 쏟았을 것이다. 만약 그날 저녁 기온이 몇 시간 만에 3도나 떨어지지 않았다면 진입로에 빙판이 생기는 일은 없었을 것이고, 그러면 네 뚱뚱한 친구가 넘어져서 엉덩방아를 찧는 일도 없었을 것이며, 따라서 카드놀이를 하게 되는 일도 일어나지 않았을 것이다. 만약 하인들이 눈이 내리는 모습에 자극받아 불을 그토록 뜨겁게 태우는 일이 없었다면, 네가 테라스에서 파티의 주인공인 공녀의 품에 안기게 되는 일은 일어나지 않았을 것이다(그 시각에 젊은 경기병 장교는 자신이 먹은 만찬을, 그 음식들이 원래 왔던 곳인 풀밭으로 돌려주었다).

그리고 더 중요한 것은 이후 뒤따라 발생한 그 모든 좋지 않은 일들도 결코 일어나지 않았을 거야……. 백작은 무거운 표정을 지으며 그렇게 생각했다.

"뭐 하는 겁니까? 누구세요?"

백작이 창가에서 고개를 돌리자 중년의 부부가 문간에 서 있는 모습이 눈에 들어왔다. 그들의 손에는 이 스위트룸의 열쇠가 들려 있었다.

"여기서 뭐 하는 거요?" 남편이 다그치듯 물었다.

"저는…… 포목상에서 온 사람입니다." 백작이 대답했다.

그는 다시 창문 쪽으로 고개를 돌린 다음 커튼을 잡고 잡아당겨 보았다.

"좋군요." 그가 말했다. "아무 이상 없는 것 같습니다."

이어 그는 쓰지도 않은 모자를 벗는 시늉을 하며 방을 나와 복도로 탈출했다.

★

"안녕, 바실리."

백작이 프런트데스크를 똑똑 두드리며 말했다.

"혹시 니나 못 보았소?"

"니나는 무도회장에 있을 겁니다."

"아, 그렇군요."

니나가 예전에 자주 드나들던 장소 가운데 한 곳을 다시 찾았다는 말을 들으니 백작은 놀랍고도 기뻤다. 이제 열세 살인 니나는 책과 선생님 말씀에 집중하느라 어렸을 때 즐겨 하던 놀이들은 거의 다 포기했다. 그런 니나가 공부를 제쳐두고 무도회장에 갔다면 아마도 어떤 모임이 있는 게 분명했다.

그러나 백작이 무도회장 문을 열었을 때 의자를 끌거나 연단을 쿵쿵 치는 따위의 모습은 없었다. 중앙 샹들리에 아래 조그만 탁자에 니나 혼자 앉아 있었던 것이다. 니나의 머리카락이 귀 뒤로 단정하게 넘어가 있는 것을 보고 어떤 중요한 일이 진행되고 있다는 것을 드러내는 표시임이 틀림없다는 생각이 들었다. 예상대로 니나 앞에 놓인 메모철에는 가로 세 칸에 세로가 여섯 줄인 표가 그려져 있고, 탁자 위에는 눈금자와 줄자와 초시계가 놓여 있었다.

"꼬마 친구, 안녕."

"아, 안녕하세요, 백작님."

"지금 뭐 하고 있는지 얘기 좀 해주겠니?"

"우린 실험을 하려고 준비하고 있어요."

백작은 무도회장 안을 빙 둘러보았다.

"우리?"

니나가 연필로 발코니를 가리켰다.

백작이 고개를 들어 바라보니 예전에 그와 니나가 등을 구부린 채 숨어서 엿보던 난간 뒤편 그 자리에 니나 또래의 남자아이가 웅크리고 있는 모습이 눈에 들어왔다. 옷차림새가 말쑥했으며, 커다란 눈에 세심하고 진지한 표정을 지닌 아이였다. 난간을 따라 모양과 크기가 서로 다른 일련의 물체들이 줄지어 놓여 있었다.

니나가 두 사람을 소개했다.

"로스토프 백작님, 저 애는 보리스. 보리스, 이분은 로스토프 백작님이셔."

"안녕, 보리스."

"안녕하세요."

백작이 니나에게 고개를 돌렸다.

"이 실험의 본질은 뭐니?"

"우린 한 가지 실험으로 유명한 두 수학자의 가설을 시험해보려고 해요. 특히 중력의 속도에 대한 뉴턴의 추정과, 질량이 다른 물체들이 같은 속력으로 떨어진다는 갈릴레이의 법칙을 시험할 거예요."

난간에서 눈이 큰 보리스가 세심하고 진지하게 고개를 끄덕였다.

니나가 예를 보여주기 위해 자신이 그린 표의 첫 번째 칸을 연필로 가리켰다. 그 칸에는 여섯 개의 물체가 크기가 작은 것에서 큰 것 순으로 적혀 있었다.

"파인애플은 어디서 났니?"

"로비에 있는 과일 그릇에서요." 보리스가 열정적인 목소리로 크게 소리쳤다.

니나가 연필을 내려놓았다.

"동전으로 시작해보자, 보리스. 그걸 **정확히** 난간 꼭대기에서 잡고 있다가 **정확히** 내가 떨어뜨리라고 말할 때 떨어뜨려야 해."

잠시 백작의 머릿속에 이 발코니의 높이가 여러 가지 물체가 낙하할 때의 질량의 영향을 측정하기에 충분한 높이일까 하는 의문이 떠올랐다. 아무튼 갈릴레오도 자신의 실험을 수행할 때 피사의 탑에 올라가지 않았던가? 분명 이 발코니는 중력가속도를 측정하기에 충분한 높이가 아니었다. 그러나 노련한 과학자의 방법론에 의문을 제기하는 것은 무심한 관찰자의 역할이 아니다. 그래서 백작은 자신의 미심쩍은 마음을 드러내지 않는다.

보리스는 동전을 집은 다음, 자기가 하는 일이 매우 진지한 과제라는 것을 잘 알고 있다는 사실을 보여주기 위해 지정된 물체를 **정확히** 난간 꼭대기에서 들고 있을 수 있도록 신중한 동작으로 움직이며 준비했다.

니나는 메모철에 뭔가 기록을 한 뒤 초시계를 집어 들었다.

"셋을 셀 때 떨어뜨려, 보리스. 하나. 둘. 셋!"

잠깐 정적이 흐른 뒤에 보리스는 동전을 떨구었고, 동전은 이내 바닥에 부딪쳐 땡그랑거렸다.

니나가 시계를 보았다.

"1.25초." 니나가 보리스를 향해 소리쳤다.

"알았어." 보리스가 대답했다.

니나는 그 데이터를 별도의 종이에 그린 네모난 표에 신중하게 적어넣은 다음 그 숫자를 어떤 값으로 나누어서 나머지를 구하고 그 차이를 빼는 등등의 작업을 하더니 이윽고 소수점 둘째 자리까지 반올림한 값을 얻어냈다. 그러고 나서 실망한 듯한 표정으로 고개를 저었다.

"9.75미터 퍼 세크 제곱(m/s^2)"

그에 대한 반응으로 보리스가 과학적 관심이 짙게 어린 표정을 지어 보였다.

"달걀." 니나가 말했다.

보리스는 달걀(아마도 피아차의 주방에서 가져왔을 것이다)을 정확한 높이에서 들고, 정확한 시간에 떨어뜨렸으며, 니나는 그 시간을 100분의 1초 단위까지 재었다. 실험은 찻잔으로, 당구공으로, 사전으로, 그리고 파인애플로 이어졌다. 그 모든 것들이 무도회장 바닥에 떨어지기까지 걸린 시간은 다 똑같았다. 이처럼 1926년 6월 21일 메트로폴 호텔의 무도회장에는 땡그랑, 철퍽, 쨍그랑, 쿵, 툭, 퍽 하는 소리에 의해 정당성이 입증된 이단아, 젊은 갈릴레오 갈릴레이가 있었다.

개인적으로 백작은 여섯 개의 물체 가운데 찻잔이 깨질 때가 가장 좋았다. 바닥에 부딪쳐 깨질 때의 소리가 만족스러웠을 뿐 아니라 뒤이어 도자기 파편들이 빙판 위를 구르는 도토리처럼 바닥을 미끄러지듯 가로지르는 소리도 들을 수 있었기 때문이다.

기록을 마친 니나가 약간 우울한 얼굴로 그 표를 들여다보았다.

"리시츠키 선생님 말씀에 따르면 이 가설들은 오랜 세월 동안 검증받아왔다는데……."

"맞아." 백작이 말했다. "아마 그랬을 거야……."

그리고 나서 백작은 니나의 기분을 풀어줄 셈으로 8시가 거의 다 되었으니 니나와 니나 친구가 자신과 함께 보야르스키에서 저녁 식사를 하는 게 좋지 않겠느냐고 제안했다. 그렇지만 아쉽게도 니나와 보리스에게는 해야 할 실험이 하나 더 있었다. 한 양동이의 물, 자전거 한 대, 그리고 붉은광장 둘레와 관련이 있는 실험이었다.

하고 많은 밤 가운데 하필 오늘 밤 니나와 니나의 어린 친구가 그와 함께 저녁을 먹을 수 없다는 사실이 백작은 실망스러웠다. 물론 실망스러웠지만, 그럼에도 백작은 늘 그랬듯이 어둠의 시간과 빛의 시간의 한가운데를 쉽게 쪼갤 수 있는 하느님이 바로 이와 같은 종류의 과학 탐험을 위해 여름날의 낮의 시간을 더 길게 만들기로 작정하셨다는 의견을 가지고 있었다. 게다가 백작의 머릿속에는 난간에서 달걀을 떨어뜨리고, 물이 든 양동이를 싣고 자전거를 타게 될 세심하고 진지한 젊은이들의 긴 줄에서 보리스가 맨 앞에 위치한 아이였음이 드러날 거라는 즐거운 예감이 자리 잡고 있었다.

"그럼 난 이만 가봐야겠다." 백작이 빙긋 웃으며 말했다.

"네. 그런데 무슨 특별한 일이 있어서 여기 오신 거예요?"

"아니." 백작이 잠시 가만히 있다가 대답했다. "특별한 일은 없어." 그러나 문을 향해 걸음을 옮기려 할 때 어떤 생각이 백작의 머릿속에 떠올랐다. "니나……."

실험 내용을 들여다보던 니나가 고개를 들었다.

"비록 이 가설들이 오랜 세월 동안 검증받아왔다 할지라도 나는 네가 그걸 다시 실험하는 건 지극히 온당하다고 생각한다."

니나가 백작을 잠시 살펴보았다.

"네." 니나가 고개를 끄덕이며 말했다. "아저씨는 언제나 나를 누구보다도 더 잘 아는 분이에요."

저녁 10시, 보야르스키 식당에 앉아 있는 백작의 탁자 위에는 빈 접시와 거의 빈 화이트 와인 병이 놓여 있었다. 하루의 끝이 빠르게 다가오는 그 시간, 백작은 모든 게 순조로이 진행되었다는 사실에 약간의 자부심을 느꼈다.

그날 아침 콘스탄틴 콘스탄티노비치의 방문을 받은 백작은 메트로폴 호텔은 물론이고 뮤어앤멀레스 백화점(지금은 중앙백화점으로 알려져 있다)과 필리포프 빵집(모스크바 제일의 빵집이다)과의 거래 장부를 최신 내용으로 업데이트했다. 그런 다음 대공의 책상에서 미시카에게 보내는 편지를 썼으며, 그 편지를 다음 날 발송해달라는 당부와 함께 페탸에게 맡겼다. 오후에는 일주일에 한 번씩 가는 이발소를 찾아갔고, 이발을 하고 나서는 방 청소를 했다. 그는 진한 자주색 스모킹 재킷을 꺼내 입었다(솔직히 말하면 이 재킷은 당황스러울 정도로 포근했다). 재킷 호주머니에는 장의사를 위해 금화 한 닢을 넣어두었으며, 금화와 함께 자신의 시신에 새로 다림질한 검은 정장(정장은 그의 침대 위에 펼쳐놓았다)을 입혀주고,

자신을 티히차스의 가족 소유지에 묻어달라는 당부의 글도 넣어두었다.

하지만 백작이 모든 게 순조로이 진행되었다는 사실에 자부심을 느꼈다면, 다른 한편으로는 그 없이도 세상이 잘 돌아갈 것이라는 사실에 위안을 느꼈다. 그리고 사실 이미 위안을 얻었다. 전날 밤 그가 우연히 안내 데스크 앞에 서 있었을 때 바실리가 한 호텔 손님을 위해 모스크바 지도를 그리고 있었다. 바실리가 이 도시의 중심부에서 사도보예 환상도로까지 지그재그로 선을 그리고서 거리 이름들을 적어넣었을 때, 백작에게는 그 거리들 절반 이상이 낯설었다. 그날 오전에는 바실리가 그에게 볼쇼이 극장의 유명한 청색, 금색 로비가 흰색 칠로 바뀌었다고 알려주었다. 그리고 안드레예프가 제작한 아르바트 거리의 침울한 고골 동상은 받침대에서 뽑혔으며, 대신 한결 희망적인 고리키 동상으로 대체되었다는 소식도 알려주었다. 이처럼 이 도시 모스크바는 새로운 거리 이름과 새로운 로비, 새로운 동상을 자랑할 수 있었고, 또한 그 같은 사실에 대해서 관광객도, 극장에 자주 가는 사람들도, 비둘기도 특별히 안타까워하거나 분하게 여기는 것 같지 않았다.

비숍을 보야르스키의 웨이터로 임명한 것으로부터 시작된 직원 채용 경향은 줄어들지 않고 계속되었다. 그리하여 경험보다는 든든한 뒷배 덕에 채용된 젊은이가 이제 흰색 재킷을 입고서 손님의 왼쪽에서 그릇을 치우고[+] 물 잔에 와인을 따를 수 있게 된 것이었다.

예전에 백작이 오면 수선실에서 바느질을 하다가 반갑게 맞아주

[+] 서빙은 왼쪽에서 하고 그릇을 치울 때는 오른쪽에서 하는 것이 올바른 손님 접대 방법으로 알려져 있다.

곤 했던 마리나는 이제 일을 배우면서 도와주는 보조 재봉사를 두었고, 집에는 걸음마를 배우기 시작한 아기도 있었다.

현대 세계에 첫발을 내디딘 니나는 이에 관한 지식이 견고한 지성을 쌓는 데 공주에 관한 공부만큼이나 가치 있다는 것을 알게 되었다. 그녀는 아빠와 함께 당 간부용으로 지정된 널따란 새 아파트로 이사했다.

그리고 지금은 6월 셋째 주이기 때문에 라프 제4차 연례 회의가 진행 중이지만, 미시카는 그 회의에 참석하지 않았다. 단편소설 선집(지금은 다섯 권짜리였다) 작업을 마무리 짓기 위해 대학을 휴직한 뒤, 고향 초등학교에서 아이들을 가르치는 카테리나를 따라 키예프로 간 것이었다.

백작은 지금도 여전히 이따금씩 지붕으로 올라가서 잡역부 아브람과 함께 커피를 나누어 마셨고, 두 사람은 커피를 마시면서 니즈니노브고로드의 여름밤에 관해 얘기를 나누곤 했다. 그러나 노인은 이제 시력이 많이 안 좋아지고 걸음도 약간 불안정했다. 그래서인지 그달 초순 어느 날 아침, 마치 벌들이 노인의 은퇴를 예견하고 있기라도 한 듯, 그 벌들이 벌통에서 사라져버렸다.

그렇다, 늘 그래왔듯이 인생은 굴러간다.

백작은 자신의 연금형이 시작된 첫날 밤을 떠올려보았다. 그때 그는 자신의 대부가 오래전에 해준 말씀대로 자신의 환경을 지배하기 위해 온 마음을 다해 노력할 것을 다짐했었다. 생각해보니, 대부님은 그 말씀만큼이나 인상적인 또 다른 이야기도 해주셨다. 그것은 러일전쟁 때 제정 러시아 해군을 지휘했던, 대공의 친한 친구 스테판 마카로프 제독의 이야기였다. 1904년 4월 13일, 뤼순旅順 항이 공격을 받았을 때 마카로프는 전함들을 이끌고 싸움터로 진격하여 일본 함대를 황해로 몰아냈다. 그러나 잔잔한 바다에서 항구로 돌아가려 했을 때 그가 탄 기함이 일본 기뢰에 걸려 폭발하면서 가라앉기 시작했다. 그리하여 전투에 이긴 데다 조국의 해안을 목전에 둔 상황에서 마카로프는 완전한 전투 복장을 하고서 조타실로 올라가 키를 잡은 채 배와 함께 가라앉았다.

백작의 화이트 와인 병(그 와인은 분명 부르고뉴 지방에서 생산된 샤르도네일 것이고, 가장 좋은 온도인 13도로 서빙이 되었을 거라고 백작은 생각했다)이 땀을 흘리며 탁자 위에 놓여 있었다. 그는 접시 너머로 손을 뻗어 와인 병을 집어 들고 자신의 잔에 따랐다. 그러고 나서 감사의 뜻을 담아 보야르스키 식당에 건배하고 잔을 비운 백작은 마지막으로 브랜디를 한 잔 마시려고 샬랴핀으로 걸음을 향했다.

샬랴핀에 갔을 때 백작의 계획은 브랜디 한 잔을 맛있게 마시고 아우드리우스에게 경의를 표한 다음, 서재로 돌아가서 시계 종이 12시를 알릴 때를 기다리는 것이었다. 그러나 브랜디를 거의 다 마셔갈 무렵, 백작은 바의 저쪽에서 활기찬 영국인 젊은이와 여행의 매력을 잃어버린 게 틀림없는 독일인 여행자가 나누는 대화를 부득이 엿듣게 되었다.

처음 백작의 관심을 끈 것은 러시아에 열광하는 영국인의 태도였다. 그 젊은이는 특히 기발한 교회 건축물들과 다루기 까다로운 러시아어의 속성에 매혹되어 있었다. 그러나 독일인은 뚱한 표정으로 러시아인들이 서구에 기여한 유일한 것은 보드카의 발명뿐이라고 대꾸했다. 그런 다음 자신의 주장을 몰아붙이려는 듯 보드카 잔을 비웠다.

"어이쿠." 영국인이 말했다. "농담이겠죠?"

독일인은 농담이라는 것을 해본 적이 없는 사람 같은 눈길로 자기보다 더 젊은 영국인을 바라보았다. "이 술집에 있는 사람 가운데 누구라도 러시아가 서구에 기여한 것을 세 개 더 말할 수 있는 사람이 있다면 내가 보드카를 한 잔 사겠소."

보드카는 백작이 좋아하는 술이 아니었다. 사실, 그는 조국을 사랑했지만 보드카는 거의 마시지 않았다. 게다가 이미 화이트 와인 한 병과 브랜디 한 잔을 마셨으며, 더욱이 수행해야 할 자신의 중대한 과제를 앞두고 있었다. 하지만 자신의 조국이 바로 이 자리에서 무시당하고 있는 이때—특히 그가 화이트 와인 한 병과 브랜디 한 잔을 마신 뒤인 이때—자신의 취향이나 자신의 거사를 이유로 그 뒤에 숨어 있을 수는 없었다. 그래서 백작은 냅킨 뒷면에 아우드리우스에게 주는 간단한 지침을 재빨리 써서 1루블 지폐 밑에 그것을 접어넣어 아우드리우스에게 건넨 다음, 헛기침을 했다.

"실례하겠습니다, 신사분들. 난 두 분이 나누는 대화를 부득이 엿듣게 되었습니다. 독일 양반, 물론 나는 러시아가 서구에 기여한 것에 관한 당신의 발언은 일종의 과장법이었다고 생각합니다. 시적 효과를 위해 사실을 과장되게 깎아내린 것이란 말입니다. 그럼에도 난 당신의 말을 곧이곧대로 받아들여 기꺼이 당신의 도전에 응하고자 합니다."

"이런 세상에!" 영국인이 말했다.

"그런데 한 가지 조건이 있습니다." 백작이 덧붙였다.

"뭡니까?" 독일인이 물었다.

"기여한 바를 하나씩 말할 때마다 우리 셋이서 함께 보드카를 한 잔씩 마시자는 겁니다."

백작을 쏘아보던 독일인은 러시아를 무시했던 것과 마찬가지 태도로 백작을 무시하려는 것처럼 허공에 대고 손을 저었다. 그러나 항상 한눈팔지 않고 주의를 기울이는 아우드리우스가 이미 바 위에 빈 잔을 세 개 놓은 다음 그 잔들에 보드카를 가득 부었다.

"고맙네, 아우드리우스."

"천만에요, 각하."

"첫째." 백작이 말했다. 그러고 나서 극적 효과를 위해 잠시 말을 멈추었다가 이었다. "체호프와 톨스토이."

독일인이 끙 하고 앓는 소리를 뱉었다.

"예, 예. 당신이 무슨 말을 하려고 하는지 알아요. 모든 나라는 문학의 신전에 자국의 위대한 문학가들이 있다는 거잖아요. 그렇지만 체호프와 톨스토이를 가진 우리 러시아 사람들은 문학의 선반 양 끝에 청동 받침대를 두고 있답니다. 이 두 작가 이후로 소설가들은, 어디에서 작품 활동을 하든 간에, 체호프에서 시작하여 톨스토이로 끝나는 연속체상의 어느 지점에 자리 잡게 될 거예요. 당신에게 한 번 물어봅시다. 단편 형식의 작품을 쓴 작가로 체호프의 흠잡을 데 없는 단편들보다 더 뛰어난 작품을 쓴 작가가 누가 있나요? 정확하고 깔끔한 체호프의 작품들은 우리를 어떤 별개의 시간에 어떤 가정의 한 구석으로 초대하는데, 그곳에서 적나라한 인간 조건이 갑자기 손에 잡힐 듯이 드러나게 되죠. 무척 가슴 아프게 말입니다. 반면 다른 극단에는 톨스토이가 있어요. 당신은『전쟁과 평화』보다 시야와 범위가 더 큰 작품을 생각해낼 수 있나요? 배경이 응접실에서 전장으로, 다시 전장에서 응접실로 능란하게 옮아가는 작품을 생각해낼 수 있어요? 어떤 식으로 개인들이 역사에 의해 형성되고, 역사가 개인들에 의해 형성되는지를 그토록 철저히 탐구한 작품을 생각해낼 수 있느냐 말입니다. 내가 감히 말하건대, 앞으로도 문학의 알파와 오메가인 이들 두 사람을 대체할 수 있는 새로운 작가는 없을 겁니다."

"이분 말에 일리가 있는 것 같아요." 영국인이 말했다. 그런 다음 영국인은 자신의 술잔을 들고 잔을 비웠다. 그래서 백작도 자신의 잔을 비웠고, 독일인도 뭐라고 웅얼웅얼 투덜거리고 나서 그들을 따라 잔을 비웠다.

"두 번째는요?" 영국인이 물었고, 아우드리우스가 다시 잔을 채웠다.

"〈호두까기 인형〉의 1막 1장."

"차이콥스키!" 독일인이 깔깔 웃었다.

"웃는 군요, 독일 양반. 그럼에도 나는 당신 역시 그 장면을 마음에 떠올릴 수 있다는 데 왕관 천 개를 걸겠습니다. 클라라는 크리스마스이브에 화환으로 장식된 방에서 가족, 친구들과 함께 성탄을 축하한 뒤, 멋진 새 인형과 함께 마룻바닥에서 스르르 잠이 듭니다. 얼마 후 시계 종소리가 자정을 알리죠. 그때 애꾸눈 드로셀마이어는 괘종시계 위에 올빼미처럼 앉아 있는데, 갑자기 크리스마스트리가 자라기 시작해요……."

백작이 크리스마스트리가 자라는 것을 표현하기 위해 바 위로 천천히 두 손을 들어 올릴 때 영국인이 서막에 나오는 유명한 행진곡을 휘파람으로 불기 시작했다.

"맞아요, 바로 그거예요." 백작이 영국인에게 말했다. "크리스마스 시즌을 축하하는 방법을 가장 잘 아는 사람은 영국인이라고 흔히들 말하죠. 그러나 죄송한 얘기지만, 겨울다운 겨울의 정수를 보려면 런던보다 더 북쪽에 위치한 곳으로 가야 해요. 태양이 더욱더 타원형에 가깝게 돌고 바람의 힘이 더욱더 매섭고 가차 없는 북위 50도 위쪽에 위치한 지역으로 가야 한다는 말입니다. 어둡고 추운 데다 사방이 눈 천지인 러시아는 크리스마스 정신이 가장 밝게 타오를 수 있는 기후를 가지고 있지요. 차이콥스키가 그 소리를 다른 누구보다도 잘 포착한 것처럼 보이는 것은 바로 그 때문이랍니다. 20세기의 모든 유럽 아이들은 〈호두까기 인형〉의 선율을 알고 있을 뿐 아니라 〈호두까기 인형〉 발레에 묘사된 그 모습으로 크리스마스를 떠올릴 겁니다. 아이들이 맹목적으로 좋아하는 크리스마스이브에는 차이콥스키의 크리스마스트리가 그 애들의 기억의 밑바닥에서 점점 커져서 이윽고 그들은 그 트리를 다시 한번 경이롭게 올려다볼 거예요."

영국인이 감상에 젖은 표정으로 웃으며 자기 잔을 비웠다.

"그 이야기는 프로이센 사람이 썼소[+]." 독일인이 마지못한 태도로 술잔을 들면서 말했다.

"예, 맞습니다." 백작이 인정했다. "하지만 차이콥스키가 없었다면

[+] 원작 동화 『호두까기 인형과 생쥐 왕』은 독일 낭만주의 시대의 작가 E. T. A. 호프만의 작품이다.

그 이야기는 프로이센에만 남아 있었겠죠."

아우드리우스는 술잔들에 다시 술을 따랐다. 항상 한눈팔지 않고 주의를 기울이는 이 바텐더는 백작이 묻는 표정으로 자신을 바라보는 것을 알아차리고 알았다는 뜻으로 고개를 끄덕였다.

"셋째." 백작이 말했다. 백작은 설명하는 대신 이 샬랴핀 술집의 출입구를 손으로 가리켰다. 그때 그곳에 한 웨이터가 커다란 은 접시를 손바닥 위에 반듯하게 얹은 모습으로 갑자기 나타났다. 웨이터가 그 접시를 두 외국인 사이의 바 위에 내려놓고 돔 모양의 뚜껑을 열자 블린*과 사워크림**을 곁들인 푸짐한 캐비아가 모습을 드러냈다. 독일인도 싱긋 웃지 않을 수 없었다. 그의 식욕이 편견을 누르고 이긴 것이었다.

보드카를 술잔에 따르면서 한 시간쯤 마셔본 사람이라면 체구와 주량은 거의 관련이 없다는 것을 알게 된다. 왜소한 체구의 사람이 일곱 잔을 마시는가 하면 거구의 사내가 두 잔밖에 못 마시기도 한다. 우리 독일 친구의 주량은 세 잔인 것처럼 보였다. 톨스토이가 그 친구를 술통에 빠뜨렸다고 한다면 차이콥스키는 그를 헬렐레 취하게 했고, 이어 캐비아가 그를 무너뜨렸기 때문이다. 그리하여 그는 백작을 향해 책망하는 태도로 손가락을 흔들고 나서 바의 한쪽 구석으로 허정허정 걸어가더니, 두 팔에 얼굴을 묻고 '별사탕요정'의 꿈을 꾸었다.

그것을 신호 삼아서 백작은 의자를 뒤로 밀치며 일어날 준비를 했는데, 그때 젊은 영국인이 자신의 잔에 술을 따랐다.

✦ 메밀가루와 밀가루를 넣고 얇게 부친 러시아식 팬케이크.
✦✦ 생크림을 젖산으로 발효시킨 것.

"캐비아가 신의 한 수였습니다." 그가 말했다. "그런데 어떻게 그렇게 한 겁니까? 당신은 우리 시야를 벗어난 적이 없었는데."

"마술사는 자신의 마술 비법을 알려주지 않는 법이오."

영국인이 웃었다. 그러고 나서 새로운 호기심이 생긴 것처럼 백작을 살펴보았다.

"당신은 어떤 분이십니까?"

백작이 어깨를 으쓱했다.

"난 당신이 술집에서 만난 사람이죠."

"아니에요. 단순히 그런 사람은 아닙니다. 난 사람을 보는 눈이 있어서 학식이 높은 사람을 만나면 알아보거든요. 게다가 바텐더가 당신을 각하라고 부르는 것도 들었어요. 당신은 정말 어떤 분이십니까?"

백작이 쑥스러운 미소를 지었다.

"한때는 알렉산드르 일리치 로스토프 백작이었소. 성 안드레이 훈장 수훈자, 경마 클럽 회원, 사냥의 명인이었던……."

젊은 영국인이 손을 내밀었다.

"저는 웨스트모어랜드 백작의 추정 계승자, 금융업자의 도제, 그리고 1920년 헨리에서 열린 조정 경기에 케임브리지 선수로 참가하여 패한 찰스 애버네시라고 합니다."

두 신사는 악수를 하고 술을 들이켰다. 다음 순간, 웨스트모어랜드 백작의 추정 계승자가 백작을 다시 한번 살펴보았다. "당신, 이곳에서 생활한 지 아주 오래된 것 같군요……."

"그런 것 같소." 백작이 말했다.

"혁명 후에 러시아를 떠날 생각을 안 해보셨나요?"

"찰스, 반대로 난 그 때문에 러시아로 돌아왔어요."

찰스가 놀란 표정으로 백작을 바라보았다.

"러시아로 돌아왔어요?"

"로마노프 왕조가 몰락했을 때 나는 파리에 있었소. 난 어떤……
상황 때문에 전쟁 전에 이 나라를 떠나 있었죠."

"당신은 무정부주의자가 아니었겠지요?"

백작이 웃었다.

"아니었소."

"그럼 왜?"

백작은 자신의 빈 잔을 들여다보았다. 이 일에 관한 이야기는 수
년 동안 누구에게도 해본 적이 없었다.

"시간이 늦었어요." 백작이 말했다. "그리고 이야기가 길어요."

찰스가 대답 대신 두 사람의 잔을 다시 채웠다.

그래서 백작은 찰스를 1913년 가을 그가 노보바츠키 공녀의 스
물한 번째 생일을 축하하러 떠났던, 날씨가 짓궂었던 그날 저녁으
로 데려갔다. 그는 진입로에 생긴 빙판과 트렌트 부인의 로스트비
프와 찢어버린 차용증서에 대해 설명했으며, 실내가 너무 더웠기
때문에 그가 공주를 데리고 테라스로 나가 공주의 품에 안기게 된
얘기와 그 시각 경솔한 중위는 풀밭에 쪼그리고 앉아 먹은 것을 게
워냈다는 얘기를 들려주었다.

찰스가 웃었다.

"그런데 알렉산드르, 그건 정말 멋진 이야기잖아요. 틀림없이 그
게 당신이 러시아를 떠난 이유는 아닐 텐데요."

"그렇소." 백작이 시인했다. 그런 다음 자신의 운명적인 이야기를

이어 나갔다.

"그로부터 7개월이 지났어요, 찰스. 1914년 봄이었어요. 나는 가족을 만나러 가족 소유지로 돌아갑니다. 난 서재에 계시는 할머니에게 인사드리고 나서 여동생 옐레나를 찾아 밖으로 나갔어요. 누이는 강이 굽이진 곳에 서 있는 커다란 느릅나무 아래서 책을 읽는 걸 좋아했죠. 30미터쯤 떨어진 거리에서 옐레나를 본 나는 옐레나가 평소와는 다르다는 걸 알 수 있었어요. 즉 평소의 모습 이상이라는 말이에요. 나를 본 옐레나는 눈망울을 반짝이며 자세를 바로 하고 앉았습니다. 옐레나의 입가에 미소가 번지는데, 내게 어떤 소식을 전하고 싶은 마음이 간절한 게 틀림없었어요. 나도 이제 똑같이 그 소식을 듣고 싶은 마음이 간절했지요. 그러나 내가 옐레나를 향해 잔디밭을 가로질러 갈 때 옐레나는 내 어깨 너머로 눈길을 던지더니 말을 타고 다가오는 한 인물을 보고는, 경기병 군복을 입은 한 인물을 보고는, 한결 더 밝게 미소를 짓는 거예요.

그 여우 같은 녀석이 나를 궁지에 몰아넣었다는 걸 알겠죠, 찰스? 내가 모스크바에서 술을 마시며 흥청거리는 동안 그 녀석은 내 누이를 찾아낸 거요. 그는 치밀하게 준비해서 누이를 소개받았으며, 신중하게, 끈기 있게, 그리고 성공적으로 누이에게 구애했소. 그가 말에서 훌쩍 뛰어내려 내 눈과 마주쳤을 때, 녀석은 입가에 희희낙락한 웃음이 떠오르는 걸 참지 못할 지경이었소. 그렇지만 내가 어떻게 옐레나에게 그 상황을 설명할 수 있었겠소? 천 가지 미덕을 지닌 이 천사에게 말이오. 어떻게 내가 옐레나에게, 네가 사랑에 빠진 이 남자는 너의 훌륭한 품성에 반해서가 아니라 내게 앙갚음할 속셈으로 네 애정을 갈구하는 거라고 말할 수 있었겠소?"

"그래서 어떻게 했습니까?"

"아, 찰스. 내가 뭘 할 수 있었겠소. 난 아무것도 안 했어요. 나는 그자의 실체가 때가 되면 틀림없이 저절로 드러나게 될 거라고 생각했지요. 노보바츠키 공녀의 생일 축하 자리에서 그랬던 것처럼 말이에요. 그래서 그 후로 난 두 사람이 연애하는 것을 멀찍이 떨어져서 바라보기만 했답니다. 두 사람과 함께 점심을 먹을 때나 차를 마실 때면 난 무척 고통스러웠어요. 둘이서 정원을 거니는 것을 보면서 이빨을 부드득 갈기도 했죠. 나는 때를 기다렸지만, 녀석의 자제심은 나의 순진한 예상을 뛰어넘었어요. 녀석은 누이의 의자를 뒤로 빼주고, 꽃을 따주고, 시를 읽어주었어요. 심지어 시를 써서 주기도 했답니다! 내 눈이 녀석의 눈과 마주칠 땐 녀석의 입가에 언제나 예의 그 뒤틀린 미소가 희미하게 떠오르곤 했지요.

"누이의 스무 번째 생일날 오후, 그자는 군 훈련 중이었고 나와 누이는 이웃집을 방문했죠. 이윽고 해 질 무렵에 집에 돌아오니 우리 집 앞에 그자의 트로이카가 서 있는 게 눈에 띄었어요. 옐레나를 흘긋 본 나는 누이가 기쁨에 겨워 어쩔 줄 몰라 한다는 것을 느낄 수 있었습니다. 누이는 그이가 내 생일을 축하해주려고 트로이카를 몰고 부대에서 한걸음에 여기까지 달려왔구나, 하고 생각한 거죠. 옐레나는 말에서 뛰다시피 내려서 계단을 달려 올라갔어요. 나는 사형대의 올가미를 향해 걸어가는 사형수처럼 누이의 뒤를 따랐지요."

백작이 잔을 비우고 나서 술잔을 천천히 바 위에 내려놓았다.

"그러나 내가 본 것은 현관 입구 안쪽에서 옐레나가 그자의 품에 안긴 모습이 아니었어요. 난 옐레나가 문에서 두 걸음쯤 떨어진 곳

에 서서 떨고 있는 모습을 본 겁니다. 이어 옐레나의 시녀인 나데즈
다가 벽에 몸을 기대고 있는 모습이 눈에 들어왔지요. 보디스*가 찢
긴 모습의 그녀는 두 팔로 자신의 상체를 싸안고 있었어요. 굴욕감
으로 얼굴이 붉게 달아오른 그녀는 옐레나를 휙 보고 나서 계단을
뛰어 올라갔습니다. 두려움에 휩싸인 옐레나는 휘청휘청 현관을 걸
어가서 의자에 털썩 주저앉더니 두 손으로 얼굴을 감싸더군요. 우
리의 고결한 중위는? 그는 고양이처럼 나를 향해 히죽 웃었지요."

"내가 분노를 터뜨리기 시작했을 때 그가 말했지요. '오, 진정해
요, 알렉산드르. 오늘은 옐레나의 생일이잖소. 옐레나에게 경의를
표하는 뜻으로 우리, 이것으로 서로 비긴 걸로 합시다.' 그러고 나서
껄껄껄 웃으며 옐레나에게는 눈길 한 번 주지 않고 문밖으로 걸어
나갔어요."

찰스가 부드럽게 휘파람을 불었다.

백작이 고개를 끄덕였다.

"하지만 찰스, 나는 이 대목에서 아무것도 하지 않은 게 아니오.
난 현관을 지나서 우리 가문의 문장紋章 아래 한 쌍의 권총이 걸려
있는 벽으로 걸어갔다오. 누이가 내 소매를 붙잡고 어디를 가느냐
고 물었을 때, 나 역시 누이에게 눈길 한 번 주지 않고 문밖으로 나
갔지요."

백작은 자신의 행동을 원망스러워하며 고개를 저었다.

"그자는 나보다 1분 먼저 나갔지만, 그 시간을 나에게서 멀찍이
도망가는 데 사용하지 않았지요. 그는 여느 때와 다름없이 태평스

✦ 가슴과 허리가 꼭 맞게 지은, 코르셋 위에 입는 여성의 옷.

레 트로이카에 올라 평소와 같은 속력으로 말을 몰았어요. 이봐요 친구, 간결하게 말하자면 이래요. 그자는 파티장에는 부리나케 달려 가지만 자신의 악행으로부터는 천천히 벗어나는, 그런 사람이었던 거예요."

찰스가 그들의 잔에 술을 따른 다음 백작의 말을 기다렸다.

"우리 집 진입로는 거대한 원 모양이에요. 큰길로 이어지는 진입로는 사과나무가 줄지어 늘어선, 서로 마주보는 두 개의 원호로 이루어져 있지요. 내 말은 아직 그곳 기둥에 묶여 있었어요. 그래서 그자가 말을 타고 멀어지는 것을 보았을 때, 나는 얼른 내 말에 올라타고 맞은편 방향의 진입로를 통해 쏜살같이 달려갔지요. 얼마 되지 않아 나는 진입로의 두 개의 원호가 큰길과 만나는 지점에 이르렀어요. 거기서 말에서 내려 그자가 오기를 기다렸습니다.

그때 그 장면이 지금도 생생히 머리에 떠올라요. 진입로에 혼자 선 나, 푸른 하늘, 불어오는 미풍, 그리고 꽃이 활짝 핀 사과나무들……. 그자는 서두르지 않고 평소와 같은 속력으로 말을 몰아서 우리 집을 떠났지만, 나를 보자 일어서서 채찍을 휘두르며 전속력으로 말들을 몰기 시작했지요. 그가 무슨 생각을 하고 있는지 명백했어요. 그래서 나는 더 생각할 것도 없이 팔을 들고 목표물을 조준한 다음 방아쇠를 당겼습니다. 그는 총알에 맞은 충격으로 넘어졌어요. 고삐가 허공에서 춤을 추었고, 말들은 진입로를 벗어나 위태롭게 내달렸죠. 그 때문에 트로이카가 구르면서 그를 흙더미 속에 내동댕이쳤어요. 그는 거기 누워 꼼짝을 않더군요."

"그를 죽인 거예요?"

"그래요, 찰스. 내가 그를 죽였어요."

웨스트모어랜드 백작의 추정 계승자가 천천히 고개를 끄덕이며 말했다.

"그 흙더미 속에서……."

백작이 한숨지으며 술을 마셨다.

"아니에요. 8개월 뒤에 그런 겁니다."

찰스는 어리둥절한 표정이었다.

"8개월 뒤……?"

"예. 8개월 뒤 1915년 2월에. 나는 젊었을 때부터 사격 솜씨가 좋기로 소문이 났고 그 짐승 같은 녀석의 심장을 쏘아버릴 생각이 분명히 있었지만, 그 진입로는 평평하지 않았고…… 그자는 고삐를 당기고 있었고…… 사과꽃이 여기저기서 바람에 날리고 있었으니……. 한마디로 말해서 내가 쏜 총알이 과녁을 벗어난 거예요. 결국 그는 여기에 총을 맞은 겁니다."

백작이 자신의 오른쪽 어깨를 만졌다.

"그러니까 당신은 그를 죽인 게 아니라……."

"그땐 아니었어요. 난 그의 상처를 묶어주고 트로이카를 손봐서 바로잡은 다음 그를 집으로 데려다주었습니다. 그는 자기 집으로 가는 내내 트로이카의 바퀴가 회전한 수만큼이나 많은 욕설과 저주를 내게 퍼부었는데, 마땅히 그럴 만했죠. 그는 총상에서 살아남았으나 오른팔에 장애를 입게 되었으며, 그로 인해 어쩔 수 없이 경기병 연대의 장교직을 그만두고 물러나야 했어요. 그리고 그의 아버지가 정식으로 항의를 제기했을 때, 내 할머니는 당시의 관례에 따라 나를 파리로 내보냈지요. 그렇지만 그해 여름에 전쟁이 발발하자 그는 자신의 장애에도 경기병 연대에서의 지위 회복을 강력히 요청했습니다. 그리고 '마수리아 호수 2차 전투'에서 말에서 떨어져, 한 오스트리아 기마병의 총검에 찔려 죽었어요."

잠시 침묵이 흘렀다.

"알렉산드르, 그 친구가 전투에서 죽은 것은 참 안됐어요. 그러나 내가 분명히 말할 수 있는 것은, 당신은 그 일에 과도한 죄책감을 느끼고 있다는 겁니다."

"얘기해야 할 사건이 또 하나 있어요. 10년 전 내일, 내가 파리에서 지내며 때를 기다리고 있을 때, 내 누이가 죽었답니다."

"상심해서……?"

"젊은 여성이 상심해서 죽는 건 소설에서만 나오는 얘기예요, 찰스. 누이는 성홍열로 죽었어요."

추정 백작 계승자가 어리둥절해하며 고개를 저었다.

"모르겠어요?" 백작이 설명했다. "이건 사건의 연쇄인 거예요. 노보바츠키 공녀의 생일 축하 잔치가 열렸던 그날 밤 내가 대범하게 그의 차용증서를 찢어버렸을 때, 난 나의 행동에 대한 얘기가 공주의 귀에까지 들어갈 거라는 것을 너무도 잘 알고 있었어요. 그래서 나는 형세를 역전시켜 그 비열한 녀석보다 우위에 서게 된 것에 희열을 느꼈던 것입니다. 내가 만약 그렇게 잘난 체하며 그의 체면을 깎지 않았다면 그자는 옐레나를 꾀려 하지 않았을 것이고, 모욕하려 하지도 않았을 것이고, 그러면 내가 그를 총으로 쏘는 일도 없었을 것이고, 그가 마수리아에서 죽는 일도 없었을 것이고, 또한 10년 전 내 누이가 마지막 숨을 거둘 때 나는 내가 속했던 곳에—누이 곁에—있었을 겁니다."

★

브랜디 한 잔과 보드카 여섯 잔을 마신 뒤 자정이 되기 바로 얼마 전에 다락 출입문을 통해 지붕에 나타난 백작은 허정허정 호텔 지붕을 가로질러 걸었다. 바람이 약간 세게 불고 호텔 건물이 앞뒤로 흔들거리는 듯한 기분이었다. 마치 파도가 사나운 바다에 떠 있는 배의 갑판을 걷고 있는 것만 같은 느낌이었다. 딱 좋잖아. 백작은 그렇게 생각하며 안정을 취하려고 잠시 굴뚝 앞에 멈춰 섰다. 그런 다음 여기저기 들쭉날쭉 튀어나와 있는 그림자 사이에서 조심조심 걸음을 옮기며 호텔 건물의 북서쪽 구석으로 다가갔다.

백작은 마지막으로 자신의 도시이기도 하고 아니기도 한 그 도시를 바라보았다. 불을 밝힌 주요 도로의 가로등의 밝기를 통해서 그는 불바르노예 환상도로와 사도보예 환상도로를 쉽게 알아볼 수 있었다. 중심부에 있는 동심원이 크렘린이고 그 너머 모든 것이 다 러시아였다.

이 지구상에서 인간이 존재한 곳에서는 언제나 추방당한 사람들이 있었다. 원시 부족에서 가장 앞선 사회에 이르기까지, 같은 구성원들로부터 짐을 꾸려 변경을 넘어가서 다시는 자신이 살던 땅에 발을 들여놓지 말라는 말을 들어야 했던 사람들이 종종 있었다. 어쩌면 그것은 당연한 일일 터였다. 추방은 인간 희극의 제1장에서 하느님이 아담에게 내린 형벌이었다. 그리고 몇 페이지 뒤에서 하느님은 카인에게도 그 벌을 내렸다. 그렇다, 추방은 인류의 탄생만큼이나 오래되었다. 그런데 러시아인들은 국외가 아니라 자국 땅으로 추방하는 개념을 터득한 최초의 민족이었다.

일찍이 18세기에 차르는 적들을 나라 밖으로 내쫓는 것을 그만두고 대신 시베리아로 보내는 형벌을 택했다. 왜? 왜냐하면 그들은 하느님이 아담을 에덴동산 밖으로 추방한 것처럼 어떤 사람을 러시아 밖으로 추방하는 것은 형벌로서 충분치 않다고 생각했기 때문이다. 다른 나라로 보내면 추방당한 자가 죽기 살기로 열심히 일해서 집을 짓고 가족을 부양할 수 있기 때문이었다. 즉 추방당한 자가 자신의 삶을 새롭게 시작할 수 있기 때문이었다.

그러나 타국 대신 **자기** 나라로 추방하면 삶을 새롭게 시작한다는 게 가능하지 않다. 왜냐하면 자국 추방은—시베리아로 보내든 '6대 도시 금지'형에 처하든 간에—자기 나라에 대한 사랑이 시간의 흐름에 부식되어 흐릿해지거나 시들지 않을 것이기 때문이다. 사실 우리 인간은 우리의 손이 미치는 곳 바로 너머의 것에 최대한의 관심을 기울이는 종으로 진화해왔기 때문에 이런 사람들은 모스크바의 훌륭하고 장려한 것들을 자유로이 즐길 수 있는 그 어떤 모스크바 사람보다도 더 애틋하게 그러한 훌륭한 것들을 그리워할 것이다.

그러나 이젠 그 모든 게 끝이다.

백작은 '대사'에서 꺼내온 보르도 잔을 굴뚝 꼭대기에 내려놓았다. 그리고 1924년에 메트로폴 호텔의 와인 저장고에서 가지고 나왔던, 라벨을 떼어낸 샤토뇌프-뒤-파프 와인 병의 코르크 마개를 땄다. 그는 와인을 잔에 따르는 동안에도 이것은 대단히 훌륭한 와인이 생산된 해의 와인이라는 것을 알 수 있었다. 1900년산 아니면 1921년산일 듯싶었다. 잔을 채운 그는 그 잔을 티히차스 방향으로 치켜들었다.

"니즈니노브고로드의 꽃, 옐레나 로스토프를 위하여." 그가 말했다. "푸시킨 문학 애호가, 알렉산드르의 옹호자, 눈에 띄는 모든 베갯잇에 수를 놓았던 이, 너무 고운 마음씨로 너무 짧은 삶을 살다 간 옐레나를 위하여."

병에 와인이 아주 많이 남았는데도 백작은 잔을 다시 채우지 않았고, 잔을 뒤로 던지지도 않았다. 대신 그 잔을 조심스럽게 굴뚝 꼭대기에 내려놓고 나서 난간으로 다가갔다. 그는 몸을 쭉 펴고 섰다.

백작 앞에 영광스럽고 웅장한 도시가 펼쳐져 있었다. 수많은 불빛이 희미하게 반짝이면서 빙빙 돌았으며 마침내 별들의 움직임과 한데 어우러졌다. 어지러운 한 영역에서 불빛과 별빛이 뒤섞여 돌았고, 그 때문에 인간의 작품과 하늘의 작품이 혼동되었다.

알렉산드르 일리치 로스토프 백작은 난간 가장자리에 오른쪽 발을 내려놓으며 말했다. "안녕, 내 조국."

그 말에 대한 응답처럼 미시카의 방송탑 불빛이 깜박였다.

이제 남은 것은 극히 단순한 일이었다. 봄에 부두에 서서 따뜻해진 계절을 음미하며 처음으로 물에 뛰어들 준비를 하는 사람과 마찬가지로 그에게 남아 있는 거라곤 허공으로 몸을 날리는 것뿐이었다. 지상 6층 높이밖에 안 되는 곳에서 출발하여 동전이나 찻잔이나 파인애플의 속도로 떨어지는 그 여행은 겨우 몇 초밖에 걸리지 않을 것이다. 그리하여 원이 완성될 것이다. 일출이 일몰로 진행되듯이, 무에서 나서 무로 돌아가듯이, 모든 강물이 바다로 돌아가듯이, 인간은 망각의 품으로 돌아가야 하고, 거기서부터……

"각하!"

갑자기 끼어든 목소리에 당황한 백작이 고개를 돌리자 자기 뒤에 아브람이 흥분한 상태로 서 있는 모습이 눈에 들어왔다. 실제로 아브람은 너무 흥분해 있어서 백작이 지붕과 허공이 만나는 지점에 아슬아슬하게 서 있는 것을 발견하고서도 전혀 놀라는 표정이 아니었다.

"백작님 목소리가 들린 것 같았습니다." 잡역부 노인이 말했다. "백작님이 여기 계셔서 너무 기뻐요. 저랑 즉시 저리로 가봐야 합니다."

"아브람, 그런데⋯⋯." 백작이 말하기 시작했지만 노인의 기세는 전혀 수그러들지 않았다.

"제가 얘기해도 백작님은 믿지 않을 거예요. 백작님 눈으로 직접 보셔야 해요." 그러고 나서 노인은 대답을 기다리지도 않고 놀랍도록 민첩하게 자신의 야영지를 향해 서둘러 걸음을 옮겼다.

백작은 한숨을 내쉬었다. 그는 잠시 후 다시 돌아오겠다고 도시를 향해 분명히 약속한 다음, 아브람을 따라 지붕을 가로질러 화로가 있는 곳으로 갔다. 거기서 노인은 걸음을 멈추고 호텔의 북동쪽 구석을 가리켰다. 그곳에서 밝게 빛나는 볼쇼이 극장을 배경으로 하여 미친 듯이 공중을 날아다니는 조그만 그림자 같은 것들을 알아볼 수 있었다.

"얘들이 돌아왔어요!" 아브람이 소리쳤다.

"벌들이⋯⋯?"

"예. 그뿐만이 아닙니다. 앉으세요, 앉으세요." 아브람이 널빤지를 향해 손짓하며 말했다. 백작이 수시로 의자 대용으로 사용했던 널빤지였다.

백작이 널빤지를 모로 세울 때 아브람은 임시변통으로 만든 탁자 위로 몸을 구부렸다. 탁자 위에는 벌통에서 꺼낸 벌집이 하나 놓여 있었다. 노인은 그 벌집을 칼로 잘라서 꿀을 스푼에 흘린 다음 그 스푼을 백작에게 건넸다. 그러고 나서 뒤로 물러서며 기대감이 깃든 미소를 지었다.

"자," 노인이 재촉했다. "드셔보세요."

백작은 순순히 스푼을 입에 넣었다. 곧장 신선한 꿀의 익숙한 달콤함이 입안에 고였다. 햇빛, 황금색, 즐거움을 나타내는 꿀의 향이 입안 가득 퍼졌다. 백작은 계절이 이맘때인 것을 감안하면 이 첫 느낌에 이어 알렉산드롭스키 정원의 라일락이나 사도보예 환상도로의 벚꽃을 암시하는 향이 뒤따를 거라고 예상했다. 그러나 영험한 묘약 같은 벌꿀이 그의 혀에서 녹자 백작은 전혀 다른 어떤 것을 알아차리게 되었다. 그 꿀은 모스크바 중심부의 꽃나무가 아니라 풀이 무성한 강둑과…… 여름날 산들바람의 흔적과…… 퍼걸러의 아늑함…… 등을 떠올리게 했다. 무엇보다도 그 꿀에는 꽃이 만발한 수많은 사과나무를 암시하는 또렷한 향이 있었다.

아브람이 고개를 끄덕이고 있었다.

"니즈니노브고로드." 아브람이 말했다.

과연 그랬다.

명백히 그러했다.

"얘들은 수년 동안 줄곧 우리가 나누는 얘기를 들었던 게 틀림없습니다." 아브람이 나직이 덧붙였다.

백작과 잡역부 노인 둘 다 지붕의 가장자리 쪽을 바라보았다. 그곳에서는 150킬로미터 이상을 여행하면서 자발적으로 열심히 일한 벌들이 이제 먼 여행의 한 점 목적지였던 자신들의 벌통 위를 별 모양을 그리며 돌고 있었다.

백작은 거의 새벽 2시가 되어서야 아브람에게 작별 인사를 하고 자신의 방으로 돌아갔다. 그는 호주머니에서 금화를 꺼내 대부의 책상 다리 안에 쌓인 금붙이 더미에 다시 집어넣었다(그 동전은 그 후 28년 동안 거기에 그대로 남아 있었다). 그리고 다음 날 저녁 6시 보야르스키가 문을 열었을 때, 식당 문을 열고 맨 처음 들어간 사람은 백작이었다.

"안드레이." 그가 보야르스키 지배인에게 말했다. "잠시 내게 시간을 좀 내줄 수 있겠소……?"

¹ 거리 청소부가 특별한 이유!

새벽에 일어나서 텅 빈 거리를 걸으며 시대의 쓰레기를 모아 버리면서도 주목받지 못하는 사람들이기 때문이다. 그들이 모으는 쓰레기에는 종이 성냥, 사탕 포장지, 반쪽을 떼어낸 입장권 따위만 있는 게 아니다. 신문, 잡지, 팸플릿도 있고 교리 문답서와 성가, 역사서와 회고록도 있다. 계약서, 부동산 소유권 증서, 직위와 작위도 있다. 온갖 조약, 규약, 십계명 같은 것들도 있다. 거리 청소부여, 다 쓸어버려라! 러시아의 자갈들이 황금처럼 반짝일 때까지 쓸어버려라!

3권

1930

8시 30분, 알렉산드르 일리치 로스토프 백작은 처마를 때리는 빗소리에 몸을 뒤척였다. 그는 반쯤 눈이 잠긴 상태로 시트를 젖히고 침대에서 몸을 일으켰다. 이어 가운을 걸치고 슬리퍼를 신은 다음 다리가 세 개인 농에서 커피 원두가 든 양철통을 꺼내, 커피 그라인더에 원두를 한 스푼 넣고서 손잡이를 돌리기 시작했다.

그가 조그마한 손잡이를 계속 돌리는 동안에도 방은 여전히 미약하나마 수면의 지배 아래 놓여 있었다. 아직은 기세가 살아 있는 졸음이 시각과 감각, 형상과 형식, 얘기된 것들과 해야 할 것들에 계속 그림자를 드리우며, 그 각각의 요소에 제 나름의 비현실성을 부여하고 있었다. 하지만 백작이 그라인더의 작은 목제 서랍을 열자, 세상과 세상 속 만물이 연금술사들이 선망했던 바—갓 간 원두의 향—대로 바뀌었다.

바로 그 순간, 어둠과 빛이 나뉘고, 바다와 땅이 나뉘고, 하늘과 지상이 나뉘었다. 나무들은 열매를 맺었고, 숲은 새들과 짐승들과 기어 다니는 갖가지 벌레들의 움직임으로 부산스러웠다. 가까운 곳에서는 인내심 많은 비둘기가 지붕과 벽 사이의 빗물막이 동판에서 발을 끌며 걷고 있었다.

커피 그라인더에서 작은 서랍을 조심스럽게 꺼낸 백작은 내용물을 주전자에 부었다(물은 어젯밤에 미리 준비해놓은 터였다). 그는 버너에 불을 붙이고 성냥을 그었다. 커피가 끓기를 기다리는 동안 쪼그려 앉기 서른 번, 스트레칭 서른 번에 이어 심호흡을 서른 번 했다. 그런 다음 구석의 작은 찬장에서 조그만 크림 주전자와 영국제 비스킷 두 조각, 그리고 과일 하나(오늘은 사과였다)를 꺼냈다. 백작은 커피를 따른 다음 아침의 감각이 온전히 살아나는 것을 즐기기 시작했다.

아삭아삭한 사과의 새콤함……

뜨거운 커피의 쌉쌀함……

약간 맛이 간 듯한 버터의 풍미를 내는 향긋한 비스킷의 달콤함……

그것은 너무나 완벽한 조합이어서 백작은 아침 식사를 마치자마자 아쉬운 생각이 들었다. 다시 커피 그라인더의 손잡이를 돌리고, 사과를 네 조각으로 자르고, 비스킷을 덜어 식사를 처음부터 다시 새롭게 하고 싶은 욕망을 느꼈다.

하지만 시간은 사람을 기다려주지 않는 법이다. 그래서 백작은 주전자에 남은 커피를 잔에 따른 다음 접시에 남은 비스킷 부스러기들을 긁어모아 날개 달린 친구가 먹을 수 있도록 창턱에 놓아주었다. 이어 조그만 크림 주전자의 내용물을 받침 접시에 비운 뒤, 그

것을 복도에 내놓을 요량으로 문 쪽으로 몸을 돌렸다. 바로 그때 바닥에 놓인 편지 봉투 하나가 눈에 들어왔다.

누군가 한밤중에 그의 방문 아래로 그 봉투를 밀어 넣은 게 틀림없었다.

애꾸눈 고양이 친구가 먹을 수 있도록 받침 접시를 내려놓고 나서 봉투를 집어 든 백작은 그 느낌이 여느 봉투와는 다르다는 것을 알았다. 편지와는 전혀 다른 것이 들어 있는 것 같았다. 뒷면에는 이 호텔 이름이 암청색으로 인쇄되어 있고, 앞면 이름과 주소가 있어야 할 자리에는 다음과 같은 질문이 적혀 있었다. '4시?'

백작은 침대에 걸터앉아 남은 커피를 마저 들이켰다. 그런 다음 봉투의 날개 밑으로 과도를 집어넣어 끝에서 끝까지 뜯은 다음 안을 들여다보았다.

"몽 디외(세상에)!" 그가 말했다.

아라크네의 기술

역사란 등받이가 높은 의자에 편안하게 앉아서 기념이 될 만한 사건들을 짚어보는 일이다. 역사가는 시간의 흐름에 힘입어 과거를 돌아보면서 백발의 육군 원수가 지도 위에 펼쳐진 강의 굽이를 가리키는 듯한 태도로 특정 날짜를 짚어낸다. 바로 저 지점이었네, 역사가는 말한다. 그게 전환점이었지. 결정적 요인이었다네. 그 운명의 날로부터 세상은 근본적으로 변하게 되었지.

1928년 1월 3일은 '제1차 5개년 계획'—러시아를 19세기식 농업

사회로부터 20세기식 산업 강국으로 변모시키는 시발점이 될 구상
―의 출범일이라고 역사가들은 말한다. 1929년 11월 17일,《프라
브다》의 설립자이며 편집자이자 소작농들의 최후의 진정한 동지였
던 니콜라이 부하린은 스탈린의 술책에 의해 정치국에서 퇴출되었
다(정치국이란 것은 이름을 제외한 모든 면에서 전제정치로 돌아갈
길을 닦는 기관이었다). 그리고 1927년 2월 25일에는 형법 58조―
궁극적으로 우리 모두를 옭아맨 그물―의 초안이 작성되었다.

5월 27일에는 이러이러한 일이, 12월 6일 오전 8시 혹은 9시에는
저러저러한 일이 있었다.

모월 모일에 이런 일이 있었다, 라고 역사가들은 말한다. 마치―
오페라에서처럼―커튼이 닫히고, 레버를 당기고, 하나의 세트가 서
까래 위로 잽싸게 올라가 사라지고, 뒤이어 다른 세트가 무대로 내
려오고, 그리하여 잠시 후 커튼이 열리면 관객들은 자신들이 화려
한 무도회장에서 나무가 우거진 강둑 위로 이동해 있다는 것을 알
게 되는 것처럼…….

하지만 갖가지 여러 날에 걸쳐 일어난 그러한 사건들이 모스크바
를 격변에 빠뜨리지는 않았다. 달력이 한 장 뜯겨나간다고 해서 침
실 창문이 갑자기 수없이 많은 전등 불빛으로 환해지지는 않는 것
처럼 말이다. 그 자애로운 눈길로 내려다보는 초상*이 어느 날 갑자
기 모든 책상 위쪽에 걸리지는 않았고 날마다 꿈에 나타나지도 않
았으며, 백여 명에 달하는 죄수 호송차 운전사들이 시동을 걸고 어
두침침한 거리로 몰려 나가는 일도 없었다. 제1차 5개년 계획의 출

◆ 이오시프 스탈린의 초상을 말함.

범, 부하린의 추락, 반대파에 동조하는 것만으로도 체포당할 수 있도록 한 형법의 확대 적용 등은 그저 소식이나 조짐 같은 것, 또는 토대 같은 것일 따름이었다. 그것들의 효과는 십여 년이 지나고 나서야 온전히 느껴질 터였다.

그렇다. 우리 대부분은 1920년대 후반의 특징을 일련의 기념비적인 사건들로 점철된 시기로 생각하지 않는다. 오히려 이 시기는 만화경이 돌아가는 것처럼 흘러갔다.

만화경의 원통 바닥에는 색유리 조각들이 임의로 배열되어 있을 뿐이다. 하지만 안을 들여다본 사람은 햇빛과 거울들의 상호 작용과 대칭의 마법에 의해 무척이나 다채롭고 더없이 복잡 미묘한 패턴을 발견하게 되고, 따라서 만화경이라는 물건은 최대한 신경을 써서 설계한 게 분명하다고 여길 것이다. 만화경을 들여다보면서 손목을 약간만 돌리면 색유리 조각들이 움직여서 새로운 형상—특유의 대칭 형태, 특유의 복잡 미묘한 색상, 특유의 무늬를 지닌 형상—을 만들어낸다.

1920년대 후반의 모스크바 역시 그랬다.

메트로폴 호텔도 마찬가지였다.

실제로 1930년 봄날 막바지에 모스크바 사람이 테아트랄나야 광장을 거닐면서 메트로폴 호텔을 보았다면, 그 사람은 호텔의 모습이 자신이 기억하는 것과 별반 다르지 않다고 생각했을 것이다.

호텔 정면 계단에는 길고 무거운 외투 차림의 수위 파벨 이바노비치가 언제나처럼 당당한 표정으로 서 있다(하지만 이제는 몸이 처지는 오후가 되면 엉덩이가 무겁게 느껴지곤 한다). 회전문 안쪽에서는 늘 똑같은 파란색 모자를 쓰고서 언제나 열심히 일하는 젊은 사환들이 손님들의 짐을 계단 위로 잽싸게 옮긴다(하지만 이제 그들은 파샤나 페탸 같은 이전의 젊은이들이 아니라 그리샤나 제냐 같은 새로운 젊은이들로 바뀌어 있다). 사람이나 사물의 행방이나 소재를 속속들이 꿰고 있는 바실리는 여전히 아르카디 맞은편의 안내 데스크를 담당하고 있고, 아르카디는 언제든 숙박부를 손님에게 똑바로 건네며 펜을 내밀 태세를 갖추고 있다. 호텔 지배인 사무실에는 할레키 씨가 여전히 티끌 한 점 없는 책상 뒤에 앉아 있다(하지만 성직자 같은 미소를 지닌 새로 온 부지배인이 극히 사소한 호텔 규칙 위반에 대해서까지 그에게 보고하며 그의 공상을 방해하곤 한다).

피아차에서는 각계각층의 러시아인들(아니면 적어도 외화를 사용할 수 있는 사람들)이 모여서 커피를 마시며 시간을 보낸다. 그곳에서 우연히 친구를 만나는 사람들도 있다. 한때는 묵직한 발언들과 뒤늦게 온 인물이 인상적이었던 무도회장 집회의 성격이 이제는 국가 만찬으로 바뀌었다(그렇지만 발코니에서 몰래 엿보는, 노란색을 좋아하는 아이는 이제 없다).

보야르스키는?

2시쯤이면 주방은 이미 분주하게 돌아간다. 목제 테이블 주변으로 보조 주방장들이 당근과 양파를 써는 동안, 부주방장 스타니슬라프는 입으로 휘파람을 불며 비둘기의 뼈를 섬세하게 발라낸다. 거대한 스토브에서는 소스와 수프와 스튜를 끓이기 위해 여덟 개의 버너가 불꽃을 피워 올린다. 롤빵처럼 밀가루를 뒤집어쓴 제빵 주방장은 오븐의 뚜껑을 열고 브리오슈 두 판을 끄집어낸다. 그리고 이 모든 활동의 한복판에 한 눈으로 모든 조수들의 행동을 주시하면서 손가락 하나로 모든 냄비의 내용물을 점검하는 에밀 주콥스키가 요리 재료를 잘게 써는 용도의 식칼을 손에 쥔 채 서 있다.

보야르스키의 주방이 오케스트라라면 에밀은 지휘자이고 그의 식칼은 지휘봉이다. 손잡이 쪽의 날 너비는 5센티미터, 끝에서 끝까지의 길이는 25센티미터 정도인 이 식칼은 그의 손을 떠나는 법이 거의 없으며 언제든 손이 미치는 거리 내에 놓여 있다. 주방에는 과도와 뼈를 바르는 골도와 고기를 저미는 카빙 나이프와 대형 식칼이 구비되어 있지만, 에밀은 이 25센티미터 길이의 식칼 하나만으로 각 용도에 따라 서로 다른 칼을 필요로 하는 어떠한 작업도 완벽하게 수행해낸다. 그는 그 식칼로 토끼의 껍질을 벗길 수 있다. 그것으로 레몬 껍질을 까기도 한다. 포도 한 알의 껍질을 벗겨 4등분 할 수도 있다. 팬케이크를 뒤집거나 수프를 휘저을 때도 그 식칼을 사용하며, 식칼의 뾰족한 끄트머리 부분으로 티스푼 하나 분량의 설탕이나 소량의 소금을 퍼낼 수도 있다. 하지만 무엇보다도 눈에 띄는 점은 무언가를 가리킬 때 그 칼을 사용한다는 사실이다.

"자네," 그가 식칼 끝을 소스 담당에게 겨누면서 말한다. "자넨 지금 저게 다 졸아붙을 때까지 끓일 셈인가? 그걸 어디에 쓰려고? 응? 길바닥을 포장하려고? 그걸로 조각상을 색칠하려고?"

"자네," 카운터 구석에 있는 성실한 신참 견습생에게 말한다. "지금 거기서 뭐 하나? 자네가 파슬리를 다지는 것보다 파슬리가 밭에서 자라는 속도가 더 빠르겠어!"

그렇다면 봄의 마지막 날은 어떨까? 식칼의 끝이 스타니슬라프를 향한다. 뼈가 붙은 양갈비에서 기름기를 제거하던 에밀이 갑작스럽게 작업을 멈추고 테이블 너머를 노려본다.

"자네!" 그가 식칼로 스타니슬라프의 코를 가리키며 말한다. "그게 뭔가?"

일을 하려면 어쩔 수 없이 상사의 움직임 하나하나에 민감할 수밖에 없는 멀쑥한 키의 에스토니아 사람 스타니슬라프는 비둘기를 손질하다 말고 화들짝 놀란 눈으로 에밀을 쳐다본다.

"그게 뭐냐니요, 주방장님?"

"지금 휘파람으로 불고 있는 곡이 뭐냐고?"

사실 스타니슬라프의 머릿속에는 멜로디—어젯밤 호텔 바의 입구를 지나치면서 들었던 듯싶은 멜로디—가 하나 흘러가고 있었지만, 그는 자신이 휘파람으로 그 멜로디를 불고 있다는 사실을 인식하지 못했다. 그런데 지금 에밀의 식칼을 마주하고 있는 상황에서는 그 멜로디가 무엇이었는지 도무지 기억이 나지 않았다.

"잘 모르겠습니다." 그가 솔직히 털어놓는다.

"모른다고! 자네가 휘파람을 불었잖아? 안 그런가?"

"맞습니다, 주방장님. 휘파람을 분 건 접니다. 그런데 그건 그냥 흥얼거린 소곡이었습니다."

"소곡?"

"작은 곡조 말입니다."

"소곡이 뭔지는 나도 알아! 그런데 누구 허락을 받고 소곡을 흥얼거리는 건가? 응? 중앙위원회가 자네를 휘파람 소곡 인민위원으로 임명하기라도 했나? 지금 자네 가슴에 꽂혀 있는 그게 소곡 대훈장인가?"

에밀이 밑을 내려다보지도 않고 식칼을 카운터에 쾅 내리치자,

마치 그 멜로디를 스타니슬라프의 기억에서 영원히 지워버리기라도 하려는 듯 양의 갈비살이 뼈에서 분리된다. 그는 식칼을 다시 들어 스타니슬라프를 향해 끝을 겨누고 뭐라고 말하려 했지만, 그가 말을 꺼내기도 전에 '에밀의 주방'과 바깥세상을 구분하는 문이 열린다. 언제나 행동이 민첩한 안드레이다. 안드레이는 안경을 정수리에 얹은 모습으로 '예약 장부'를 손에 들고 있다. 에밀은 막 접전을 끝낸 산적처럼 앞치마에 식칼을 쓱 문지르고는 기대에 찬 눈빛으로 문 쪽을 바라본다. 잠시 후 문이 다시 열린다.

손목을 약간만 돌려도 만화경 원통 속의 색유리 조각들이 움직여서 새로운 배열을 만들어낸다. 사환들의 파란색 모자는 시간이 흐름에 따라 한 젊은이에서 다른 젊은이로 넘겨지고, 카나리아처럼 샛노란 드레스는 트렁크에 처박히고, 빨간색 소형 여행안내서에는 새로운 거리 이름들이 등장한다. 그리고 안팎으로 여닫히는 에밀의 주방 문으로 알렉산드르 일리치 로스토프 백작이 걸어 들어온다. 보야르스키 웨이터들이 입는 흰색 재킷이 그의 한쪽 팔에 걸쳐져 있다.

잠시 후 주방이 내려다보이는 조그만 사무실의 탁자에 에밀과 안드레이, 그리고 백작이 앉았다. 그들 세 사람은 매일 오후 2시 15분에 모여서 식당 직원, 손님, 닭고기 및 토마토 등의 운명을 결정하는 삼인조였다.

관례에 따라 안드레이가 독서용 안경을 콧등 끝에 걸치고 예약 장부를 펼치면서 회의를 주재했다.

"오늘 밤 내실에는 파티 모임이 없습니다." 그가 말을 시작했다.

"하지만 식당의 모든 자리는 두 번씩 회전되도록 예약이 꽉 차 있습니다."

"아." 적군敵軍의 수가 더 많은 편을 선호하는 사령관처럼 에밀이 엄숙한 미소를 띠며 말했다. "그 손님들이 음식을 서둘러 먹고 나가게 만들지는 않으실 거죠?"

"당연히 그래서는 안 되지요." 백작이 확신에 찬 어조로 말했다. "우린 손님들이 주문한 음식을 신속하게 서비스하고, 주문이 바로바로 접수되도록 신경 쓰겠습니다."

에밀이 알았다는 뜻으로 고개를 끄덕였다.

"별다른 문제는 없나요?" 웨이터 주임인 백작이 물었다.

"뭐, 특별한 일은 없네요."

안드레이는 웨이터 주임이 직접 확인할 수 있도록 예약 장부를 그에게 건넸다.

백작은 예약자 명단을 손가락으로 죽 훑어 내려갔다. 안드레이가 얘기한 것처럼 특이한 사항은 없었다. 교통국 인민위원은 미국인 기자들을 혐오했다. 독일 대사는 교통국 인민위원을 혐오했다. 그리고 오그푸OGPU[1]의 부국장은 모든 사람의 혐오의 대상이었다. 가장 민감한 문제는 정치국의 두 위원이 자리가 두 번째로 회전되는 같은 시간대에 예약했다는 점이었다. 두 사람 모두 부임한 시점이 비교적 짧기 때문에 반드시 이 식당에서 가장 좋은 자리를 차지할 필요까지는 없었다. 그렇지만 두 사람을 모든 면에서 동일하게 대접하는 일은 반드시 필요했다. 그들에게는 주방 문에서 동일한 거리에 위치한 동일한 크기의 탁자에서 동일한 관심으로 서비스를 제공해야만 했다. 식당 중앙 꽃 장식(오늘 밤에는 아이리스였다)을 중심으로 서로 반대편에 배치한다면 이상적일 것이었다.

"어떻게 생각하시나요?" 펜을 손에 쥔 안드레이가 물었다.

누구를 어디에 앉히는 게 좋을지에 대해서 백작이 제안하는 동안 문을 조심스럽게 노크하는 소리가 들렸다. 스타니슬라프가 시식용 요리가 담긴 그릇과 접시를 들고 안으로 들어왔다.

"안녕하세요, 여러분." 부주방장 스타니슬라프가 친근한 미소를 지으며 안드레이와 백작에게 인사를 건넸다.

"통상적인 요리 외에 오늘 밤에는 오이 수프와⋯⋯."

"그래그래." 에밀이 얼굴을 찌푸리며 말했다. "알아, 안다고."

스타니슬라프가 송구스럽다는 듯이 그릇과 접시를 탁자에 내려 놓기 무섭게 에밀이 그에게 방에서 나가라는 손짓을 했다. 그가 나가자 주방장이 탁자에 놓인 요리를 가리키며 말했다. "통상적인 요리 외에 오늘 밤에는 오이 수프와 레드 와인으로 절인 랙 오브 램을 준비했습니다."

탁자 위에는 찻잔이 세 개 놓여 있었다. 에밀은 국자로 수프를 떠서 두 개의 찻잔에 담은 다음 두 동료가 맛볼 수 있도록 기다렸다.

에밀은 고개를 끄덕이고는 눈썹을 치키며 백작을 향해 몸을 돌렸다.

"훌륭해요." 안드레이가 말했다.

껍질을 벗긴 오이 퓌레로군, 백작은 속으로 생각했다. 물론 요구르트도 들어갔고. 소금도 약간 쳤군. 예상했던 것보다 딜은 그리 많이 들어가지 않았어. 그런데 분명 아주 다른 뭔가가⋯⋯ 여름의 시작을 웅변적으로 알리는 뭔가가 들어갔어. 약간의 솜씨를 발휘해서 말이지⋯⋯.

"박하인가요?" 백작이 물었다.

주방장이 한껏 미소를 지으며 대답했다.

"브라보, 무슈."

"……양고기의 풍미를 살리기 위해서로군요." 에밀의 칭찬에 감사하는 뜻으로 백작이 덧붙였다.

에밀은 다시 고개를 숙이더니, 허리춤에서 식칼을 꺼내 갈빗대에서 살점을 네 조각 발라내서 두 동료의 접시 위에 각각 두 점씩 올려놓았다. 로즈마리와 빵 부스러기를 입힌 양고기는 향긋하고 연했다. 웨이터 주임과 식당 지배인 모두 탄성을 지으며 감사의 뜻을 표했다.

1927년에 새로 부임한 프랑스 대사를 위해 보르도산 와인 한 병을 주문했지만 결국 원하는 와인을 얻지 못한 중앙위원회 위원 덕분에 메트로폴 호텔의 와인 저장고에서 다시 라벨이 부착된 와인을 볼 수 있게 되었다(따라서 와인 저장고의 규모가 굉장함에도 특별한 와인도 평범한 보통 와인만큼이나 쉽게 꺼내 올 수 있었다). 안드레이가 백작에게로 몸을 돌리며 양고기를 주문한 손님들에게는 어떤 와인을 추천하는 게 좋을지 물었다.

"경제적 여유가 있는 사람들에게는 1899년산 샤토 라투르가 좋습니다."

주방장과 지배인이 고개를 끄덕였다.

"그만한 여유가 없는 사람들에게는요?"

백작이 생각에 잠겼다.

"코트 뒤 론이 괜찮을 것 같아요."

"아주 훌륭합니다." 안드레이가 말했다.

식칼을 집어 든 에밀이 남은 양갈비를 가리키며 백작에게 주의 사항을 말해주었다. "내 주방에서는 양을 레어로만 요리한다는 걸 웨이터들에게 전달해주세요. 미디엄으로 굽기를 원하는 손님은 급식소에나 가라고 해주시고."

백작은 그 뜻을 충분히 이해하며, 기꺼이 따르겠다고 답했다. 안드레이는 예약 장부를 덮었으며, 에밀은 식칼을 닦았다. 하지만 그들이 일어나려고 의자를 뒤로 빼기 시작할 때까지도 백작은 자리에 그대로 앉아 있었다.

"잠깐만요." 그가 말했다. "모임을 끝내기 전에 하나만 더……."

백작의 얼굴 표정을 본 주방장과 지배인이 다시 의자를 끌어당겨 자리에 앉았다.

백작은 창을 통해 주방을 들여다보면서 직원들이 각자 맡은 일에 몰두하는 모습을 확인했다. 이어 재킷 주머니에서 어젯밤 누군가 자기 방문 아래로 밀어 넣었던 편지봉투를 꺼냈다. 그는 봉투를 뒤집어서 사용하지 않은 에밀의 찻잔에 붉은색과 금색을 띤, 실처럼 생긴 것들을 쏟아부었다.

세 사람은 잠시 아무 말도 하지 않았다.

에밀이 뒤로 몸을 기댔다.

"브라보." 그가 다시 입을 열었다.

"제가 좀 봐도 될까요?" 안드레이가 물었다.

"그럼요."

안드레이는 찻잔을 들어 앞뒤로 기울이며 내용물을 살펴보았다. 그런 다음 다시 찻잔을 받침 접시 위에 살그머니 내려놓았다. 그 동작이 너무 조심스러워서 부딪치는 소리가 전혀 나지 않았다.

"이 정도면 충분한가요?"

주방장 에밀은 봉투에서 쏟아져 나온 실 같은 것들을 이미 보았기 때문에 다시 살펴볼 필요가 없었다.

"충분합니다."

"회향은 아직 남아 있나요?"

"식품 저장실 뒤편에 알뿌리가 몇 개 있습니다. 바깥쪽 잎사귀들은 버려야 하지만 그래도 사용하기엔 괜찮을 겁니다."

"오렌지에 대해서는 뭐 들은 게 있습니까?" 백작이 물었다.

주방장이 어두운 표정으로 고개를 저었다.

"몇 개나 필요할까요?" 안드레이가 물었다.

"두 개. 세 개면 더 좋고요."

"어디서 구할 수 있을지 알 것 같긴 한데……."

"오늘 구할 수 있을까요?" 주방장이 물었다.

안드레이는 조끼에서 회중시계를 꺼내 손바닥 위에 올려놓고 시각을 확인했다.

"운이 좋다면."

이렇게 시간이 촉박한데 안드레이는 어디서 오렌지 세 개를 구할 수 있단 말일까? 다른 식당에서? 현찰로 거래하는 특별 상점에서? 당의 고위직에 있는 고객한테서? 그나저나 백작은 어디서 1.5온스쯤 되는 사프란을 구했을까? 오래전부터 이런 질문들은 하지 않는 게 관례가 되었다. 사프란이 수중에 들어왔고, 오렌지는 구할 수 있을 거라고 말하는 것으로 족했다.

세 공모자는 만족스러운 시선을 교환한 다음 의자를 뒤로 밀치며 일어섰다. 안드레이는 안경을 다시 머리 위로 올려 썼다. 에밀이 백작에게로 몸을 돌리며 말했다.

"메뉴판은 손님들 손에 직접 건네주어야 하고, 주문은 지체 없이 받아서 주방에 알려줘야 합니다. 알겠죠? 꾸물거리면 안 돼요!"

"꾸물거리는 일 없을 겁니다."

"자, 그럼," 주방장이 마무리 지었다. "12시 반에 봅시다."

한쪽 팔에 흰색 재킷을 걸치고 보야르스키를 나오는 백작의 입가에는 미소가 감돌았고 발걸음은 경쾌했다. 그의 모든 행동거지에 가뿐함이 배어 있었다.

"안녕, 그리샤." 그가 사환을 지나치면서 말했다(그 사환은 60센티미터쯤 되는 참나리가 담긴 꽃병을 들고 계단을 올라가고 있었다).

"구텐 타크." 그는 라벤더색 블라우스 차림의 어여쁜 젊은 독일 여성에게 인사를 건넸다(그녀는 승강기 문이 열리기를 기다리고 있었다).

백작의 기분이 좋은 것은 부분적으로는 온도계의 눈금이 올라간 것을 확인한 데서 비롯된 게 틀림없었다. 지난 3주 사이에 2.5도나 상승한 기온은 자연과 인간의 활동에 생기를 부여했고, 그것은 오이 수프 속의 박하와 승강기 문 앞의 라벤더색 블라우스, 그리고 정오에 배달되는 60센티미터 크기의 참나리 같은 암시적인 것들에서 선명하게 드러났다. 그의 발걸음을 가볍게 만든 또 다른 이유는 오후의 밀회와 자정의 랑데부에 대한 기대감 때문이었다. 하지만 백작의 기분을 들뜨게 만든 가장 직접적인 요인은 에밀에게서 '브라보'라는 칭찬을 두 번이나 들었다는 사실이었다. 그것은 지난 4년 동안 한두 번밖에 없었던 아주 특별한 경우였다.

로비를 지나가던 백작은 우편물 창구의 새 친구가 손을 흔들며 반갑게 인사하자 마찬가지로 손을 흔들어주었고, 막 수화기를 내려놓던 바실리에게도 인사를 건넸다(그는 이미 매진된 어떤 공연의 티켓을 두 장 더 확보한 게 틀림없었다).

"안녕하신가요, 친구. 열심히 일하는 중이네요."

정말 그렇다는 뜻으로 안내인 바실리는 전쟁 이전의 한창때만큼이나 북적거리는 로비를 가리켰다. 마침 때맞추어 그의 안내데스크에 놓인 전화벨이 울리기 시작했고, 사환의 종이 세 번 연속 울렸으며, 누군가가 "동무! 동무!"라고 소리 질렀다.

아, '동무'라, 백작은 생각했다. 그러고 보니 시대를 대변하는 단어가 하나 생겼군…….

백작이 상트페테르부르크의 어린아이였을 때는 그 단어를 주변에서 들은 적이 거의 없었다. 그 단어는 언제나 방앗간 뒤편이나 선술집 탁자 밑을 어슬렁어슬렁 돌아다녔으며, 이따금 지하실 바닥에서 말라가는 막 등사된 소책자에 그 발톱의 흔적을 남기곤 했을 뿐이다. 그런데 30년이 지난 지금, 그것은 러시아어 중에서 가장 흔하게 들리는 단어가 되었다.

놀라운 의미론적 효용성을 지닌 이 동무라는 말은 만나서 인사할 때도 사용하고, 헤어질 때도 사용할 수 있었다. 축하의 말로도, 경고의 말로도 사용되었다. 행동에 대한 요구이자 불만을 토로하는 방법이기도 했다. 아니면 그냥 대형 호텔의 혼잡한 로비에서 누군가의 주의를 끌기 위한 수단으로 사용되기도 하였다. 이 단어의 폭넓은 융통성 덕분에 러시아인들은 마침내 따분한 격식과 낡아 빠진 칭호와 성가신 어법에서—심지어 까다로운 이름 표기에서도—벗어날 수 있었다. 남자든 여자든, 젊은이든 늙은이든, 친구든 적이든 상관없이 같은 나라 사람 누구에게나 한 단어로 부를 수 있는 곳이 전 유럽을 통틀어 러시아 말고 어디에 있는가?

"동무!" 누군가 다시 소리쳤다. 이번에는 좀 더 다급한 어조였다. 이어 목소리의 주인공이 백작의 소매를 잡아당겼다.

깜짝 놀라 몸을 돌린 백작은 새로 온 우편물 창구 직원이 그의 팔꿈치를 잡고 있다는 것을 알아차렸다.

"아, 안녕하시오. 내가 뭐 도와드릴 일이라도 있나요, 젊은 친구?"

백작의 질문에 다른 누군가를 도와주는 것이 자신의 직무라고 여기던 직원은 당황한 표정이었다.

"백작님에게 편지가 한 통 왔습니다." 직원이 이유를 밝혔다.

"나한테요?"

"예, 동무. 어제 온 겁니다."

젊은 직원은 뒤로 돌아 창구 쪽을 가리키며 편지가 있는 곳을 일러주었다.

"아, 그럼 내가 따라갈 테니 앞장서세요." 백작이 말했다.

공무원인 우편물 창구 직원과 고객인 백작은 보낼 편지와 받을 편지를 구분 짓는 조그만 창구의 양쪽 각자의 자리로 걸음을 옮겼다.

"여기 있습니다." 직원이 잠시 편지들을 분류하고 나서 말했다.

"고마워요, 젊은이."

편지봉투를 손에 든 백작은 받는 사람이 동무로 되어 있을지도 모른다는 생각을 얼핏 해보았지만, (레닌의 초상이 담긴 두 장의 우표 아래) 받는 사람 칸에는 백작의 성과 이름이 고스란히—무심한 듯 단정하고 비교적 쓸쓸하며 가끔은 시비를 거는 듯한 필체로—쓰여 있었다.

백작이 조금 전에 보야르스키에서 로비로 내려왔을 때는 재킷에서 느슨하게 풀어진 단추를 단단히 조일 수 있는 흰색 실을 한 가닥 구할 생각으로 수줍음과 기쁨이 있는 마리나의 수선실로 가는 중이었다. 그러나 그는 반 년 가까이 미시카를 만나지 못했다. 그리고 백작이 오랜 친구의 필체를 알아본 바로 그 순간, 화분에 심어진 종려나무들 사이 백작이 가장 좋아하는 자리에 작은 애완견과 함께 앉아 있던 한 여성이 마치 백작에게 자리를 양보하듯 몸을 일으켰다. 언제나 운명의 여신을 받들어 모시는 백작은 재봉사 마리나를 찾아가려던 계획을 뒤로 미루고 자신의 자리로 걸어가 앉은 다음, 봉투를 열었다.

레닌그라드

1930년 6월 14일

내 친구 사샤에게.

오늘 새벽 4시, 도저히 잠이 오질 않아서 구시가舊市街로 나가보았네. 백야의 술꾼들은 이미 집으로 돌아갔고, 전차 검표원들은 아직 모자를 착용하지 않은 시간에 난 넵스키 대로를 따라 다른 시대, 혹은 다른 지역에 도둑맞은 것처럼 보이는 봄의 고요 속을 배회했지.

넵스키 대로는 이 도시와 마찬가지로 새로운 이름을 갖게 되었다네.

'10월 25일 대로'라고 말일세. 유서 깊은 거리의 권리를 주장하기엔 그 날의 의미가 참으로 크잖아[*].

하지만 친구여, 그 시간의 넵스키 대로는 자네가 기억하는 예전의 모습과 똑같았다네. 나는 특별히 정해놓은 목적지 없이 모이카 제방과 폰탄카강을 건너고, 상점들을 지나치고, 오래된 저택들의 장미향 그윽한 앞뜰을 지나서, 마침내 티흐빈스코예 공동묘지에 이르렀지. 몇 미터 거리를 두고 도스토옙스키와 차이콥스키의 주검이 잠들어 있는 그곳 말일세. (두 사람 중 누가 더 천재인지를 놓고 우리가 밤늦도록 논쟁을 벌이던 시절을 자네, 기억하나?)

그 순간 넵스키 대로를 따라 걷는 것은 러시아문학의 자취를 따라 걷는 것이라는 생각이 갑자기 떠올랐어. 거리가 시작되는 지점(모이카 제방에 접한 바로 그 거리)엔 푸시킨이 말년을 보냈던 집이 자리 잡고 있지. 몇 발짝만 옮기면 고골이 『죽은 넋』의 집필을 시작했던 방들이 있고. 그러고 나면 국립 도서관이 나타난다네. 톨스토이가 서가를 샅샅이 뒤지던 곳이지. 그리고 묘지의 담 뒤편에는 표도르 형제[**]가 누워 있어. 인간 영혼의 불안한 증인이 벚나무 아래 묻혀 있는 것이지.

이런저런 생각에 잠겨 거기 서 있는 동안, 묘지의 담 너머로 솟아오른 해가 넵스키 대로에 빛을 비추었고, 나는 거의 비통한 심정으로 그 좋았던 확언과 선언과 약속을 회상했다네.

항상 비추어라,

---

[*] 10월 25일은 볼셰비키 군사혁명위원회가 상트페테르부르크에서 소비에트 정권이 수립되었음을 선언한 1917년 10월 25일(러시아 구력)을 말한다.
[**] 표도르 도스토옙스키.

모든 곳을 비추어라,

삶이 끝나는 그날까지……

옛 친구에게서 받은 편지의 다음 장을 읽기 전에 백작은 자기도
모르게 깊은 감동에 휩싸여 허공을 응시했다.

그의 마음을 그토록 뒤흔든 것은 상트페테르부르크의 추억들이
아니었다. 장미향 그윽한 집 앞에서 뛰놀며 보낸 자신의 어린 시절
에 대한 향수나 구두 수선 가게 위층의 셋방에서 미시카와 함께 보
냈던 시절에 대한 향수도 아니었다. 러시아문학의 위대함을 상기시
키는 미시카의 감상적인 말도 아니었다. 백작을 감동시킨 것은 오
랜 친구가 발걸음이 어디를 향하는지도 모르는 채 이 도둑맞은 봄
속으로 과감히 발을 내디뎠다는 생각이었다. 편지의 첫 줄에서부터
백작은 미시카의 발걸음이 어디로 나아갈 것인지 정확히 알고 있었
기 때문이다.

미시카가 카테리나와 함께 키예프로 이사한 것은 4년 전이었다.
카테리나가 다른 남자 때문에 그를 떠난 것은 1년 전이었다. 그리고
6개월 뒤, 미시카는 상트페테르부르크로 돌아와서 다시 책 뒤로 몸
을 숨기고 세상과 담을 쌓았다. 그러던 어느 봄 새벽 4시에 잠을 이
루지 못하던 미시카는 카테리나가 처음으로 그의 손을 잡았던 그날
그녀와 함께 걸었던 길을 그대로 되짚으며 넵스키 대로를 거닌 것이
이었다. 그리고 태양이 떠오르는 그 순간에 미시카는 사랑하는 연
인 사이라면 누구나 다짐하게 마련인 확언과 선언과 약속—어디든
비출 것이고, 목숨 다하는 순간까지 언제까지나 비추겠다는 약속—
에 대한 생각을 떠올리며 비탄에 잠긴 것이었다.

머릿속에 이런 생각들이 스치는 동안 백작은 미시카가 여전히 카테리나를 사모하고 있는 것은 아닐까 하고 우려했을까? 자신의 오랜 친구가 잃어버린 로맨스의 발자취를 병적으로 되짚고 있는 것은 아닐까 하고 우려했을까?

우려라고? 아마 미시카는 평생 카테리나를 그리워할 것이다! 그가 참을 수 없는 상실감을 느끼지 않고서 넵스키 대로를 걷는 일은 ─당국이 넵스키 대로에 그 어떤 이름을 새로 붙인다 하더라도─ 다시는 없을 것이다. 그리고 그래야만 한다. 그 상실감은 우리가 마땅히 예상하고 대비하고 생의 마지막 날까지 소중히 간직해야 하는 것이다. 하루살이 같은 사랑을 하루살이 신세에서 면하게 해주는 것은 결국 우리의 애끓는 슬픔뿐이니까.

백작은 미시카의 편지를 계속해서 읽을 생각으로 내려놓았던 편지를 집어 들고 다음 장으로 넘어갔으나, 그때 피아차에서 나온 젊은이 세 명이 화분에 심긴 종려나무의 반대편 저쪽에서 걸음을 멈추고 뭔가 무거운 이야기를 나누기 시작했다.

콤소몰* 소속인 듯한 잘생긴 20대 초반의 남자와 그보다는 어려 보이는 두 여자였다. 한 여자는 금발이고 다른 한 여자는 흑갈색 머리였다. 세 사람은 뭔가 공식적인 임무를 띠고 이바노보주로 가려는 것 같았다. 일행의 우두머리 격인 젊은 남자는 그들이 불가피하게 대면하게 될 곤고하고 궁핍한 상황에 대해 동지들에게 경고하면서 자신들이 수행할 임무의 역사적 중요성에 대해 역설하는 중이었다.

남자가 얘기를 끝내자 흑갈색 머리의 여자가 이바노보주의 규모

---

* 소련에서 사회주의 정치 교육을 위하여 공산당의 지도 아래 15~26세의 남녀를 대상으로 조직한 청년 단체.

가 얼마나 되는지를 물었고, 남자가 대답하기 전에 금발의 여자가 친절하게 설명해주었다. "인구 50만에 넓이는 780제곱킬로미터 정도예요. 이 지역 사람들은 대부분 농업에 종사하는데, 그런데도 기계식 트랙터를 갖춘 농장은 여덟 곳, 현대식 제분소는 여섯 곳밖에 되지 않는답니다."

잘생긴 우두머리는 자기보다 어린 동무가 자기 대신 대답하는 것에 전혀 개의치 않는 듯했다. 오히려 얼굴에 나타난 표정을 보건대 그는 그녀의 존재를 대단히 뿌듯하게 여기는 게 분명했다.

금발 여자가 지리학 강의를 마쳤을 때 그들 일행에 속하는 네 번째 사람이 피아차 방향에서 뛰어왔다. 우두머리보다 키가 작고 나이도 어려보이는 그는 〈전함 포툠킨*〉이 나온 이래로 내륙의 젊은이들 사이에서 유행하는 수병 모자를 쓰고 있었다. 그가 손에 들고 있던 캔버스 재킷을 금발 여자에게 건넸다.

"내 코트를 챙기면서 네 재킷도 같이 챙겼어." 그가 씩씩하게 말했다.

금발 여자는 고개를 끄덕이며 재킷을 받아 들었지만 고맙다는 말은 하지 않았다.

감사의 말 한마디 없이⋯⋯?

백작이 벌떡 일어섰다.

"니나?"

네 젊은이 모두 종려나무 화분을 향해 고개를 돌렸다.

백작이 흰색 재킷과 미시카의 편지를 의자에 놓아둔 채 갈라진

---

* 소련 영화감독 세르게이 에이젠시테인이 1925년에 만든 무성 영화.

종려나무 잎사귀 뒤에서 앞으로 걸음을 내디뎠다.

"니나 쿨리코바!" 백작이 외쳤다. "이렇게 만나다니, 정말 놀랍고 반갑구나!"

백작에게는 그야말로 뜻밖의 반가움이었다. 니나를 못 본 지 2년도 더 되었던 것이다. 카드놀이 방과 무도회장을 지나칠 때 니나는 지금 어디서 무엇을 하고 있을까, 궁금해한 적이 한두 번이 아니었다.

하지만 그 순간 백작은 자신의 갑작스러운 등장이 니나를 위해서는 적절치 못한 행동이라는 것을 알 수 있었다. 아마 니나로서는 구시대의 인물을 알게 된 것에 대해 동무들에게 설명하는 일이 달갑지 않을 것이다. 아마도 니나는 자신이 어린 시절에 이처럼 근사한 호텔에서 살았다는 사실을 입 밖에 꺼내지 않았을 것이다. 어쩌면 니나는 그저 목적의식 가득한 동료들과 함께 이 목적의식 가득한 대화를 계속 이어가고 싶었을 뿐인지도 모른다.

"잠깐 실례할게요." 니나가 동료들에게 그렇게 말한 뒤 백작에게로 왔다.

그토록 오랫동안 떨어져 지냈으므로 어린 니나를 곰처럼 껴안는 것이 백작의 본능에 충실한 자연스러운 행동이었겠지만, 니나는 그의 충동을 억누르게 만드는 태도로 그를 대하는 것처럼 보였다.

"만나서 반갑구나, 니나."

"저도요, 알렉산드르 일리치."

두 오랜 친구는 짤막하게 인사를 나누었다. 그러고 나서 니나는 손을 들어 의자 팔걸이에 걸쳐진 흰색 재킷을 가리켰다.

"여전히 보야르스키에서 웨이터 일을 하고 계신가 보네요."

"그렇단다." 그는 미소를 지으며 말했지만, 니나의 사무적인 어조는 그 말을 칭찬으로 받아들여야 할지 비난으로 받아들여야 할지 알 수 없게 했다. 그는 순간적으로(그의 눈이 반짝 빛났다) 니나에게 피아차에서 애피타이저를 먹었는지 묻고 싶은 충동이 일었다. 하지만 묻지 않는 게 좋겠다는 생각이 뒤따랐다.

"지금 막 모험을 떠나는 중인 것 같구나." 그는 애피타이저를 먹었는지 묻는 대신 이렇게 말했다.

"모험적인 면이 있을 거라고 생각해요." 니나가 대답했다. "하지만 힘든 일이 대부분일 거예요."

그들 네 사람은 카디 지구—이바노보주 중심부에 위치한 오래된 농업 요충지—콤소몰 소속 간부 열 명과 함께 그 지역의 집단 농장화를 위해 일하는 우다르니크⁺ 혹은 '놀라운 노동자들'을 지원하기 위해 내일 아침에 떠날 예정이라고 니나가 말해주었다. 1928년 말에는 이바노보주 농장의 10퍼센트만 집단 농장 체제로 운영되었다. 그러나 1931년 말에는 거의 모든 농장의 집단 농장 체제가 실현될 터였다.

"수 세대에 걸쳐 부농들은 자신들의 이익을 위해 토지를 경작해 왔어요. 자기네들의 목적을 위해 현지 소작농들의 노동력을 구조적으로 이용했던 거예요. 하지만 이제 공동의 이익을 위해 공동의 토지를 경작하는 시대가 왔습니다. 이건 역사의 요구예요." 니나가 사무적인 어조로 덧붙였다. "불가피한 일이에요. 교사가 자기 아이들만 가르치던가요? 의사가 자기 부모님만 보살피던가요?"

니나가 이런 연설을 늘어놓을 때 백작은 니나의 어투와 용어—

⁺ 구소련에서 아주 높은 생산력을 발휘했던 노동자들.

부농들에 대한 날카로운 평가와 집단 농장화의 '불가피한' 필요성 등—때문에 잠시 당황했다. 하지만 니나가 머리카락을 귀 뒤로 쓸어 넘기는 것을 보면서 백작은 니나의 열정이 갑작스럽게 분출된 것은 아니라는 걸 깨달았다. 그녀는 리시츠키 선생의 수학 시간에 가졌던 것과 똑같은 확고한 열의와 구체적인 것에 대한 꼼꼼한 관심을 콤소몰에서도 발현하고 있을 뿐이었다. 니나 쿨리코바는 과거에도 진지한 영혼이었고 앞으로도 진지한 영혼일 터였다. 그녀는 언제나 진지하게 진지한 사상을 추구하는 진지한 영혼일 것이었다.

동료들에게는 잠깐만 실례하겠다고 했으면서도 니나는 백작에게 자기가 앞으로 해야 할 일에 대해 자세히 얘기해주느라 동료들이 종려나무 화분 저편에서 여전히 서서 기다리고 있다는 사실을 잊어버린 듯했다.

백작은 잘생긴 우두머리가 니나를 기다려주기로 작정하고서 다른 일행들을 먼저 보내는 모습을 니나의 어깨 너머로 지켜보면서 내심 미소 지었다. 그것은 어떤 이념 아래서도 통하는 좋은 수였다.

"이제 가봐야겠어요." 이야기를 끝내고 나서 니나가 말했다.

"그래, 이젠 가봐야지." 백작이 대답했다. "준비할 게 아주 많을 테니까."

니나는 진지한 태도로 백작과 악수했다. 몸을 돌려 걸음을 옮긴 니나는 동료 두 명이 먼저 떠났다는 사실을 거의 의식하지 못하는 것처럼 보였다. 잘생긴 동료가 자기를 기다려주는 것에 이미 익숙해져 있는 듯했다.

백작은 두 이상주의자가 호텔을 나가는 모습을 회전문을 통해 바라보았다. 그리고 젊은 남자가 수위인 파벨에게 뭐라고 말을 건네고, 이어 파벨이 택시를 향해 손짓하는 모습을 지켜보았다. 하지만 택시가 다가오고 젊은 친구가 문을 열었을 때 니나는 테아트랄나야 광장 건너편을 가리켰다. 다른 방향으로 가겠다는 말인 모양이었다. 잘생긴 우두머리도 니나와 비슷한 손짓을 지어 보였다. 자신도 같이 가겠다는 뜻인 듯했다. 하지만 니나는 백작과 악수했을 때와 똑같이 진지한 태도로 그 젊은이와 악수를 나눈 다음, 혼자서 광장을 가로질러 역사적 필연성의 보편적 방향을 향해 나아갔다.

★

"그건 진주색이라기보다는 크림색에 가깝지 않나요?"

백작과 마리나는 흰빛을 띤 갖가지 색조의 실들로 가득한 서랍에서 그녀가 방금 꺼낸 실패를 함께 응시하고 있었다.

"죄송합니다, 각하." 마리나가 대답했다. "백작님께서 그렇게 말씀하시니까 정말 이 실이 진주색보다는 크림색에 가까워 보이네요."

백작은 실패에서 눈을 들어 마리나의 흔들림 없는 눈을 들여다보았다. 그 눈에는 걱정의 빛이 가득 서려 있었다. 하지만 경쾌하게 움직이는 다른 눈에는 즐거움이 넘실거리는 듯했다. 그녀가 여학생처럼 깔깔 웃었다.

"그거 나한테 줘요." 백작이 말했다.

"됐어요." 마리나가 달래는 어조로 말했다. "제가 할게요."

"그럴 순 없어요."

"그러지 마세요, 백작님."

"고맙지만 이 정도는 나도 완벽하게 할 수 있다오."

백작의 바느질 솜씨로 보건대, 그가 단순히 심술을 부리는 것만은 아니었다. 사실 그는 그 정도의 바느질은 완벽하게 할 수 있었다.

훌륭한 웨이터가 되고자 한다면 자신의 외모를 철저히 관리해야 한다는 말에는 일리가 있다. 웨이터는 모름지기 청결하고 단정하고 우아해야 한다. 옷차림 역시 말쑥해야 한다. 옷깃이나 소매가 닳아해진 상태로 식당을 돌아다닐 수는 없는 노릇이다. 더욱이 단추가 덜렁거리는 상태로 손님들에게 서비스를 제공한다는 것은 있을 수 없는 일이다. 자기도 모르는 사이에 어떤 손님의 감자 크림수프에 단추가 떠다니고 있을 테니 말이다. 그래서 백작은 보야르스키 식당의 일원이 된 지 3주가 지났을 때 마리나에게 '아라크네의 기술'을 가르쳐달라고 부탁했다. 백작은 이 바느질 수업을 위해 한 시간을 따로 떼어놓았다. 한 시간이면 충분할 거라고 생각한 것이었다. 하지만 바느질 수업은 결국 4주에 걸쳐 여덟 시간을 배우고서야 끝났다.

꿰매는 방법이 그토록 다양한 줄 누가 알았겠는가? 박음질, 십자 뜨기, 공그르기, 장식 스티치, 감치기 등등. 아리스토텔레스와 라루스와 디드로―세상의 갖가지 현상들에 대해 분류하고 목록화하고 정의하는 데 평생을 바쳤던 백과사전 편집자들―도 그토록 많은 바느질 방법이 있다는 것을 전혀 상상하지 못했을 것이다. 나아가 각각의 방법이 서로 다른 목적에 알맞다는 것도 알았을 리 만무했다!

백작은 크림색 실을 손에 쥐고 의자에 앉았다. 마리나가 바늘꽂이를 내밀자 백작은 어린아이가 초콜릿 박스 안을 살피듯이 바늘들을 살펴보았다.

"이게 좋겠군." 그가 말했다.

마리나가 가르쳐준 대로 백작은 실 끝에 침을 묻힌 다음 한쪽 눈을 감고서 성자가 천국의 문으로 들어가는 것보다도 더 빠르게 바늘귀에 실을 꿰었다. 실을 잡아당겨 두 줄로 만들고, 실패에서 실을 끊고, 매듭을 묶은 다음 똑바로 앉아서 작업을 시작했다. 이제 마리나도 자신의 일(베갯잇을 수선하는 작업)에 착수했다.

태초부터 함께 바느질하는 자리에서는 으레 그랬듯이, 그들 두 사람도 한 땀 한 땀 바느질을 하면서 그날 자신들이 겪거나 목격했던 이야기를 들려주는 데 익숙해져 있었다. 이런 이야기에 대한 상대의 반응은 대부분 '흐음' 아니면 '그래요?'였다. 이야기를 주고받으면서도 작업의 리듬이 끊기는 경우는 거의 없었다. 하지만 간혹 커다란 관심의 대상인 것에 관한 이야기는 바느질하는 손을 멈추게 만들곤 했다. 지금이 바로 그런 경우였다. 날씨에 대한 얘기와 파벨의 멋진 새 외투에 대한 얘기를 주고받은 다음, 백작이 오늘 니나를 우연히 만났다는 말을 꺼냈을 때 사뿐사뿐 움직이던 마리나의 바늘이 갑자기 얼어붙었다.

"니나 쿨리코바?" 그녀가 놀란 표정으로 물었다.

"그래요."

"어디서요?"

"로비에서. 다른 세 명의 동무들과 함께 점심을 먹고 나온 뒤였어요."

"얘기 좀 나눠보셨어요?"

"약간."

"애는 어떻던가요?"

"니나랑 일행은 이바노보로 가서 부농들을 계도하고, 트랙터들을 모아서 집단화하고, 뭐 그런 일들을 할 모양이더군요."

"그게 중요한 게 아니라, 알렉산드르, 그 애 상태가 어떻더냐고요."

이 대목에서 백작도 바느질을 멈추었다.

"요만큼도 달라지지 않았어요." 잠시 후 백작이 대답했다. "여전히 호기심과 열정과 자기 확신으로 가득 차 있더군요."

"다행이네요." 마리나가 빙그레 웃으며 말했다.

그녀는 다시 바느질로 돌아갔고, 백작이 그 모습을 지켜보았다.

"그렇지만……."

마리나가 다시 동작을 멈추고 그를 응시했다.

"그렇지만 뭔데요?"

…….

"아무것도 아니에요."

"알렉산드르, 분명 뭔가 찜찜한 구석이 있는 거죠?"

…….

"그냥 앞으로의 여행에 대해 니나가 너무 열정적으로, 너무 자신 있게, 너무 외곬으로 얘기하는 걸 들으니 그 애에게서 유머가 사라진 것처럼 느껴졌어요. 그래서 그런 거예요. 그 애는 마치 불굴의 모험가처럼 북극 만년설 위에 깃발을 꽂고 그것이 '피할 수 없는 일'이었다고 주장할 준비가 되어 있는 것 같았어요. 그렇지만 나는 그 애의 행복이 그곳과는 전혀 다른 어딘가에서 기다리고 있을지도 모른다는 생각을 떨쳐버릴 수 없었어요."

"걱정하지 말아요, 알렉산드르. 그 어린 니나가 지금은 열여덟 살이 다 되었을 거예요. 당신이 그 나이였을 땐 분명 당신과 당신 친구들도 열정과 자신감 넘치는 말들을 했을 거잖아요."

"물론 우리도 그랬지요." 백작이 말했다. "우리는 카페에 앉아 종업원들이 바닥을 걸레질하고 불을 끌 때까지 이념에 대해 논쟁을 벌이곤 했어요."

"거봐요, 그랬잖아요."

"마리나, 우리가 이념들에 대해 논쟁을 벌인 건 사실이오. 하지만 우린 그런 이념들을 어떤 식으로든 실천하려는 의도는 전혀 없었어요."

마리나가 한쪽 눈동자를 굴렸다.

"백작님이 이념에 대해 뭔가 실천할 리 있겠습니까."

"농담이 아니라 난 정말 심각해요. 니나의 결심이 너무 확고해서 나는 그 애의 강한 확신이 젊음의 기쁨을 누리는 데 방해될까 봐 두려워요."

마리나는 바느질감을 무릎 위에 올려놓았다.

"당신은 늘 어린 니나를 좋아했지요."

"좋아하고말고요."

"얼마간은 그 애가 독립적인 영혼의 소유자이기 때문에 그런 면도 있었잖아요."

"정확히 보았어요."

"그렇다면 그 애를 믿으셔야 해요. 설혹 그 애가 외골수라서 어떤 잘못을 저지른다 해도 때가 되면 깨닫게 될 거라고 믿어주셔야만 해요. 결국 우리 모두 다 그렇잖아요."

백작은 고개를 끄덕이며 잠시 마리나의 태도에 대해 생각했다.

그런 다음 다시 하던 일로 돌아가 단춧구멍에 실을 꿰고, 아래쪽을 둘둘 감고, 매듭을 짓고, 이빨로 실을 끊었다. 마리나의 바늘을 바늘 꽂이에 다시 꽂을 때 시간이 벌써 4시 5분이나 되었다는 걸 알아차렸다. 좋은 사람과 즐거운 대화를 나누며 즐거운 일에 빠져 있다 보면 시간이 정말 빨리 흐른다는 사실을 새삼 다시 확인하게 되었다.

잠깐······. 백작은 생각했다.

4시 5분?

"맙소사!"

백작은 마리나에게 고맙다는 인사를 하며 재킷을 집어 들고 로비로 달려 나갔다. 한 번에 두 계단씩 뛰어올라 스위트룸 311호에 도착한 그는 문틈이 약간 벌어져 있는 것을 보았다. 백작은 왼쪽 오른쪽을 살펴본 다음 살며시 안으로 들어가서 문을 닫았다.

화려한 장식 거울 앞 탁자에는 오늘 아침 그를 지나쳐 간 60센티미터 정도 크기의 참나리가 놓여 있었다. 백작은 재빨리 주위를 둘러보고 나서 아무도 없는 응접실을 가로질러 침실로 들어갔다. 그곳의 커다란 창문 앞에 늘씬한 몸매의 인물이 실루엣으로 서 있었다. 여인은 백작이 다가오는 소리에 몸을 돌리더니 살포시 옷을 바닥에 떨어뜨렸다. 옷이 떨어지는 미세한 소리가 은은히 새어 나오고······.

오후의 밀회

백작은 재빨리 주위를 둘러보고 나서 아무도 없는 응접실을 가로질러 침실로 들어갔다. 그곳의 커다란 창문 앞에 늘씬한 몸매의 인물이 실루엣으로 서 있었다. 여인은 백작이 다가오는 소리에 몸을 돌리더니 살포시 옷을 바닥에 떨어뜨렸다. 옷이 떨어지는 미세한 소리가 은은히 새어 나오고……

이건 어찌 된 일인가!

우리가 1923년에 이 두 사람을 마지막으로 목격했을 때 안나 우르바노바는 "꼭 커튼을 쳐주세요"라고 또렷이 말하며 백작을 내보내지 않았던가? 그리고 삐걱, 소리가 나게 문을 닫고 나온 백작은 자신의 몰골이 유령 같다는 생각을 했고, 잠시 후에는 쓸쓸히 지붕에 올라가 배회하지 않았던가? 그런데 지금, 침대 시트 밑으로 미끄러져 들어가는 여자는, 한때는 오만했던 이 인물은 인내와 부드러움이 깃든, 심지어 감사하는 태도마저 깃든 미소를 지어 보이고 있었다. 그리고 이러한 특징들은 의자 등받이에 보야르스키의 흰색 재킷을 걸쳐놓고서 셔츠의 단추를 풀기 시작하는 그녀의 '과거의 적'이 지어 보이는 미소에서도 거의 똑같이 드러났다.

무슨 일이 있었기에 이 상반되는 두 영혼은 재결합할 수 있었을까? 무슨 운명의 뒤틀림이 이들을 스위트룸 311호로, 그리고 서로의 품으로 이끌었을까?

뒤틀린 것은 백작의 인생행로가 아니었다. 왜냐하면 그동안 알렉산드르 로스토프는 자신의 침실에서 보야르스키로, 또 그 반대 방향으로 호텔 계단을 오르락내리락하면서 보냈기 때문이다. 그렇다. 꼬이고 돌아가고 틀어지고 다시 되돌아간 운명은 백작의 인생행로가 아니었다. 그것은 바로 안나의 인생행로였다.

우리가 1923년 메트로폴 호텔 로비에서 우르바노바 씨와 처음 대면했을 때 백작이 그녀의 태도에서 느꼈던 오만함은 근거가 없지 않았는데, 왜냐하면 그것은 명백한 유명인사로서의 부산물이었기 때문이다. 1919년 이반 로소츠키 감독에 의해 오데사 변두리의 한 극장에서 발굴된 안나는 이후 로소츠키가 감독한 영화 두 편에서 주인공 역할을 맡았다. 두 작품 모두 힘들게 고생하는 이들의 도덕적 순수성을 찬미하는 한편, 그렇지 않은 이들의 부패를 비판하는 로맨스 사극이었다. 첫 작품에서 안나는 18세기 주방의 하녀를 연기했는데, 젊은 귀족은 그녀를 위해 판사로서의 갖가지 특혜를 포기하고 그녀와 사랑에 빠진다. 안나는 둘째 작품에서는 자신의 유산을 과감하게 버리고 대장장이 조수와 결혼하는 19세기의 상속인을 연기했다. 왕년의 궁전들을 배경으로 자신만의 우화를 전개한 로소츠키 감독은 꿈속 같은 몽롱한 분위기를 배경으로 이야기의 불을 밝혔고, 옛 기억들을 소프트 포커스[*] 기법으로 촬영했으며, 1막, 2막, 3막을 모두 자신이 키운 스타를 클로즈업하는 것으로—동경하는 안나, 고뇌하는 안나, 마침내 사랑에 빠진 안나의 모습으로—마무리했다. 두 작품 모두 대중의 사랑을 받았으며, 두 작품 모두 (적절한 주제 의식이 담긴 기분 전환용 볼거리를 통해 전쟁에 지친 인민들에게 잠시나마 여유를 제공하고자 고심 중이던) 정치국의 호감을 샀다. 그리하여 우리의 젊은 스타는 별다른 노력 없이도 명성이라는 보상을 얻었다.

1921년, 안나는 '러시아영화총동맹'의 회원이 되었고 회원 전용

---

[*] 특수한 장치를 써서 영상이 부드럽고 화사하게 나타나도록 하는 일.

매장에 출입할 수 있게 되었다. 1922년에는 페테르고프 근처의 별장을 사용할 수 있게 되었으며, 1923년에는 그녀에게 모피 상인이 살던 저택이 주어졌다. 그 저택에는 도금된 의자들, 채색된 장식장, 루이 14세 시대의 서랍장 등이 구비되어 있었다. 이 물품들 모두 틀림없이 로소츠키 감독의 한 영화에서 소품으로 사용되었을 것이다. 이 집에서의 파티를 통해 안나는 계단을 내려오는 오래된 기술을 제대로 습득했다. 그녀는 한 손으로 난간을 잡고 기다란 실크드레스를 등 뒤로 끌면서 한 계단 한 계단 천천히 내려왔다. 그녀가 내려오는 동안 화가와 작가, 배우, 그리고 당의 고위 간부 들이 그녀를 기다렸다.[2]

하지만 예술이란 가장 부자연스러운 국가의 앞잡이다. 그것은 무엇을 하라는 지시에 지치는 것보다 반복되는 일에 훨씬 더 빨리 지치는, 변덕이 죽 끓듯 하는 사람들에 의해 창조될 뿐만 아니라 짜증날 정도로 모호하기 때문이다. 조심스럽게 직조된 대화가 명명백백한 메시지를 전달하려 할 경우에도 약간의 냉소나 눈썹을 치키는 행동 하나만으로 전체 효과를 망쳐버릴 수 있다. 사실, 애초에 의도했던 것과 정반대되는 효과를 가져올 수 있다는 생각도 충분히 수긍이 간다. 따라서 관리 당국자들이 별다른 이유가 아닌 건전성을 유지한다는 이유로 자신들이 선호하는 예술 작품들을 수시로 점검하고자 하는 것도 이해할 만하다.

아니나 다를까, 안나가 여주인공으로 출연한 로소츠키의 네 번째 영화(이 영화에서 고아로 오인받은 공주 역을 맡은 그녀는 왕자로 오인받은 고아와 사랑에 빠진다)의 모스크바 시사회에서 오케스트라 구역에 있던 눈치 빠른 사람들은, 젊은 시절 '소소'라는 애칭으로 불렀던 스탈린 총서기가 이전과는 달리 스크린을 보면서 환하게 미소 짓지 않는다는 사실을 알아차렸다. 본능적으로 그들은 자신들의 감흥을 억눌렀으며, 그렇게 억눌러진 감흥은 2층 앞쪽 좌석에 앉은 이들의 감흥도 가라앉게 만들었고, 이어 그 분위기가 발코니에 있던 사람들에게로 옮겨가고, 마침내 극장 안에 있던 모든 사람들이 뭔가가 일어나고 있다는 걸 감지할 수 있었다.

시사회 이틀 뒤, (소소가 앉은 자리에서 몇 열 뒤쪽에 있던) 전도유망한 기관원 하나가 《프라브다》에 공개 서한을 게재했다. 그는 영화 자체는 나름대로 재미있다고 인정했지만, 뒤이어 로소츠키를 끊임없이 왕자와 공주 들의 시대로 회귀하게 만드는 것은 무엇인가, 라는 질문을 던졌다. 왜 꼭 왈츠와 촛불과 대리석 계단의 시대로 돌아가는가? 과거에 대한 그의 탐닉은 왕조에 대한 향수라는 수상쩍은 냄새를 풍기지 않는가? 그리고 그의 작품 줄거리는 개인의 시련과 승리에 집중된 것처럼 보이지 않는가? 클로즈업에 지나치게 의존함으로써 자신의 편애를 심화시키고 있지 않는가? 그렇다. 우리는 또 하나의 아름다운 가운을 걸친 또 하나의 아름다운 여성을 보고 있지만, 역사적 현실성은 어디로 사라졌단 말인가? 집단 투쟁이 설 자리는 어디인가?

《프라브다》에 서한이 공개된 지 나흘 뒤에 소소는 총회에서 연설하기 전에 잠깐 동안 이 신진 영화 비평가를 만나 그의 독특한 표현에 대해 칭찬의 말을 건넸다. 총회가 종료된 지 2주 후, 서한의 요지가(그리고 몇 가지 독특한 표현들이) 다른 세 개 신문과 한 개 예술잡지에 게재되었다. 영화는 2류 극장에서 제한 상영 허가를 받았고, 상영관에서는 아무런 찬사도 들리지 않았다. 그해 가을, 로소츠키의 다음 영화는 무산되었고, 그의 정치적 신뢰성 역시 문제시되었다.

영화에서는 천진난만한 처녀로 나왔지만 현실에서는 그렇지 않았던 안나는 로소츠키의 몰락이 졸지에 자신의 인생까지도 물속 깊이 끌고 들어가는 돌멩이라는 것을 알아차렸다. 그녀는 공적인 자리에서 그와 동석하는 것을 피했으며, 다른 감독들의 미학을 공공연히 찬양하곤 했다. 이런 책략은 새로이 스타의 반열에 오르는 길을 확보하는 데 성공적으로 기여하는 듯했지만, 안타깝게도 대서양 건너편에서 불운한 상황이 전개되기 시작했다. 유성영화의 출현이 그것이었다. 안나의 얼굴은 여전히 스크린에서는 지극히 매혹적이었다. 하지만 수년 동안 그녀의 목소리가 감미로울 것이라 상상했던 관객들은 그녀의 허스키한 테너 목소리를 받아들일 준비가 되어 있지 않았다. 결국 1928년 봄, 29세라는 팔팔한 나이에 안나 우르바노바는 미국인들이 흔히 얘기하는 '왕년의 스타'가 되고 말았다.

값비싼 골동품의 밑바닥에 붙은 구리판은 무던한 사람에게 편안한 수면을 허락할 수는 있지만, 안타깝게도 장부에 등록된 일련번호가 붙은 물건들이란 한 번의 펜 놀림만으로 회수되어 새로운 사용자에게 넘겨지기 십상이다. 안나가 사용했던 도금된 의자들, 채색된 장식장, 루이 14세 시대의 서랍장 등이 몇 개월 사이에 자취를 감추었다. 모피 상인의 저택과 페테르고프 근처의 별장 역시 마찬가지였고, 그리하여 안나는 옷가지가 담긴 두 개의 트렁크만 가지고 거리로 내몰렸다. 그녀의 지갑에는 오데사 변두리의 고향으로 돌아갈 수 있는 기찻삯이 아직 남아 있었다. 하지만 그녀는 오데사로 가는 대신 60년 묵은 화장대가 딸린 방 한 칸짜리 셋방으로 거처를 옮겼다. 안나 우르바노바는 다시는 고향으로 돌아갈 생각이 없었던 것이다.

　백작이 안나를 두 번째로 본 것은 그녀가 저택에서 쫓겨난 지 8개월쯤 되었을 무렵인 1928년 11월이었다. 그가 이탈리아 수입상의 잔에 물을 따르고 있을 때, 붉은색 소매 없는 드레스 차림에 하이힐을 신은 그녀가 보야르스키의 문을 열고 들어왔다. 흠칫 놀라는 바람에 물을 흘린 백작이 수입상에게 사과하면서 냅킨으로 그의 무릎을 닦아주는 동안, 그 여배우가 안드레이에게 손님 한 명이 금방 올 거라고 건네는 말이 백작의 귀에 들어왔다.

　안드레이는 그녀를 구석의 2인용 탁자로 안내했다.

　40분 뒤에야 그녀의 손님이 도착했다.

　보야르스키 식당 중앙 꽃 장식(해바라기였다) 반대편에 위치한 엿듣기 좋은 자리에서 백작은 여배우와 그녀의 손님이 서로 평판으로만 아는 사이일 뿐이라는 사실을 알게 되었다. 남자는 꽤 잘생긴 친구로 안나보다 몇 살 더 젊어 보였다. 맞춤 재킷을 입고 있었지만 비열한 인간 같은 면모를 물씬 풍겼다. 그는 자리에 앉고 나서 약속한 시각에 늦은 것을 사과하면서도 눈으로는 벌써 메뉴를 훑고 있었고, 그녀가 괜찮다고 말했을 때는 이미 손짓으로 담당 웨이터를 부르고 있었던 것이다. 안나는 더없이 매력적인 모습이었다. 그녀는 눈을 반짝거리며 자신의 이야기를 했고, 남자의 이야기에 귀 기울이며 기꺼이 웃음으로 화답했다. 게다가 누군가가 그들의 탁자로 다가와서 남자의 최근 영화에 대해 알랑거리는 말을 늘어놓음으로써 대화가 중단되었을 때조차도 안나는 '인내의 표상'처럼 처신했다.

몇 시간 후 보야르스키 식당의 손님들이 모두 떠나고 주방 문도 닫힌 뒤에 백작은 로비를 지나가고 있었는데, 바로 그때 안나와 그녀의 손님이 샬랴핀 바에서 밖으로 나왔다. 남자가 걸음을 멈추고 외투를 입을 때 안나가 손으로 승강기를 가리켰다. 위층으로 올라가서 한잔 더 하자는 초대의 손짓임이 분명했다. 하지만 남자는 동작을 멈추지 않고 곧장 소매에 팔을 끼었다. 만나서 반가웠습니다. 그가 자신의 손목시계를 힐끗 들여다보면서 말했다. 유감스럽게도 그에겐 다른 약속이 있었다. 그러고 나서 그는 곧바로 문을 향해 걸어갔다.

그 젊은 감독이 로비를 가로질러 걸어가는 동안 백작의 마음속에는 안나가 어느 모로 보나 1923년의 모습과 전혀 다를 바 없이 환하게 빛나 보인다는 생각이 들었다. 하지만 젊은 감독이 바깥 거리로 사라진 순간, 안나의 미소와 어깨가 축 처졌다. 그녀는 손으로 이마를 쓸어 올린 다음 문에서 눈을 떼고 고개를 돌렸고, 바로 그 순간 백작의 눈길과 마주쳤다.

그녀는 즉시 어깨를 펴고 턱을 치켜든 다음 계단을 향해 걸음을 옮겼다. 하지만 그녀는 찬미자들이 우러러보는 가운데 계단을 내려오는 기술은 습득했지만, 혼자서 계단을 올라가는 기술은 아직 습득하지 못한 상태였다. (아마 그런 사람은 아무도 없을 것이다.) 그녀는 셋째 계단에서 걸음을 멈추었다. 그렇게 서서 잠깐 동안 꼼짝도 하지 않았다. 그러더니 몸을 돌려 다시 계단을 내려오고 로비를 가로질러 백작이 서 있는 곳으로 왔다.

"이 로비에 당신과 함께 있을 때마다 수치심을 느끼게 되는 운명인 것 같네요." 그녀가 말했다.

백작은 놀란 표정이었다.

"수치심이라고요? 내가 아는 한 당신은 수치심을 느낄 아무런 이유가 없습니다."

"당신은 눈이 멀었나 보군요."

그녀는 젊은 감독이 밀고 나간 회전문이 아직도 돌아가고 있기라도 한 것처럼 그쪽을 바라보았다.

"난 그 사람에게 술 한잔 하자고 했어요. 그런데 내일 아침 일찍 집을 나서야 할 일이 있다고 하더군요."

"나는 지금까지 살아오는 동안 아침 일찍 집을 나서야 할 일이 한 번도 없었습니다." 백작이 말했다.

그녀는 그날 저녁 처음으로 진짜 미소를 지으며 손을 들어 계단을 가리켰다.

"그럼 나와 함께 위로 올라가는 게 좋겠네요."

당시 안나는 428호에 머물고 있었다. 그 방은 4층의 방 가운데 최고는 아니었지만 최악도 아니었다. 작은 침실에 작은 응접실이 딸린 방이었다. 응접실에는 작은 소파 하나와 작은 커피 탁자 하나, 테아트랄니로路의 노면전차 레일이 내려다보이는 작은 창 두 개가 있었다. 그 방은 그럴싸한 인상을 심어주고는 싶은데 경제적으로 그럴 만한 여유가 없는 사람에게 어울리는 방이었다. 커피 탁자 위에는 두 개의 술잔과 접시에 담긴 캐비아, 그리고 얼음이 녹고 있는 얼음 통 속에 담긴 보드카 한 병이 놓여 있었다.

둘이 함께 무대 세트 같은 이 조그마한 물건들을 살펴보던 중에 그녀가 고개를 저었다.

"저거 준비하느라 돈이 꽤 들었는데……"

"그렇다면 그냥 버리면 안 되겠군요."

백작은 얼음 통에서 보드카를 꺼내 두 개의 잔에 따랐다.

"옛 시절을 위하여." 그가 말했다.

"옛 시절을 위하여." 그녀가 웃으면서 화답했다. 두 사람은 잔을 비웠다.

타인의 선망의 대상이 되는 삶을 살던 사람이 엄청난 좌절을 경험할 때, 그 사람에게는 여러 대안이 주어진다. 수치감에 사로잡힌 사람이라면 자신의 처지에 닥친 모든 변화의 증거들을 감추려 할 것이다. 따라서 그동안 모은 돈을 도박으로 몽땅 날려버린 상인이라면 고급스러운 양복을 닳아 해질 때까지 입으면서 이미 오래전에 회원권이 말소된 전용 클럽에서의 무용담을 줄줄이 늘어놓을 것이다. 만약 자기 연민에 빠진 자라면 자신이 축복을 누리며 살았던 세상으로부터 물러날 것이다. 아내 때문에 사회적 수모를 당하고 오랜 세월 고통을 겪은 남편이라면 집을 떠나 도시 반대편의 작고 음침한 아파트로 이사할 것이다. 아니면 백작과 안나처럼 그저 간단히 '초라한 자 연맹'에 가입할 수도 있을 것이다.

프리메이슨과 마찬가지로 '초라한 자 연맹'은 긴밀한 형제애를 지닌 조직으로서, 회원들은 겉으로 표시 내지 않고 돌아다니지만 한눈에 서로를 알아볼 수 있다. 초라한 자 연맹 회원들은 우아한 생활을 하다가 어느 날 갑자기 몰락했기 때문에 어떤 관점을 공유하고 있다. 그들은 아름다움, 영향력, 명성, 그리고 남한테 받기보다는 베푸는 특권에 대해 알고 있으므로 쉽사리 감동하지 않는다. 성마르게 누구를 시기하거나 공격하지도 않는다. 혹시라도 자기 이름이 언급되었는지 확인하려고 신문을 샅샅이 훑는 법도 없다. 그들은 여전히 동료들 사이에서 열심히 살아가지만, 그들이 나누는 인사에는 경계심이 깃든 찬사, 연민이 담긴 야심, 그리고 속으로는 웃는 겸양이 배어 있다.

여배우가 보드카를 새로 따르는 동안 백작은 방을 둘러보았다.

"개들은 어떻게 됐나요?"

"나보다는 더 잘 살아요."

"그렇다면 개들에게 건배!" 그가 잔을 들어 올리며 말했다.

"좋아요." 그녀가 웃으며 화답했다. "개들에게 건배!"

그렇게 해서 둘의 관계가 시작되었다.

그날 이후 1년 반 동안 안나는 몇 달에 한 번씩 메트로폴을 찾았다. 안나는 알고 있던 어떤 감독에게 미리 연락을 취하곤 했다. 영화에 출연하던 시절은 이미 지나버렸다는 사실을 담담하게 인정한 그녀는 그 감독을 보야르스키에 손님으로 초대했다. 1928년에 교훈을 얻은 그녀는 이제 자신이 먼저 식당에 모습을 드러내지 않았다. 외투보관실에서 일하는 여자아이에게 몇 푼 건네줌으로써 자신의 손님이 도착한 지 정확히 2분 뒤에 모습을 드러낼 수 있었다. 안나는 저녁 식사를 하면서 자신이 그 감독의 열성 팬임을 고백했다. 그가 연출한 몇몇 영화에서 자신이 좋아하는 요소들을 기억해냈으며, 어떤 특정 장면에 대해 오랫동안 얘기를 늘어놓았다. 그 장면은 주인공이 아닌 조연이 등장할 뿐 아니라 대사도 몇 줄 되지 않기 때문에 소홀히 지나쳐버리기 십상이지만, 미묘한 감정과 근심이 또렷이 드러나도록 만든 장면이었다. 손님과 함께 로비로 걸어갈 때도 안나는 샬랴핀에서 술 한잔 하는 게 어떻겠느냐는 얘기를 꺼내지 않았다. 그 사람을 자기 방으로 초대하는 일은 더더욱 하지 않았다. 대신 그녀는 그를 만나서 정말 반가웠다고 말하고 나서 그에게 작별 인사를 건넸다.

외투를 걸치던 감독은 잠시 동작을 멈출 것이다. 그는 승강기 문이 닫히는 것을 지켜보면서 안나 우르바노바의 전성기는 지났을 거라는 점을 인정할 것이다. 하지만 그의 마음속에서는 안나가 얘기한 제2막의 그 작은 역할에는 그녀가 제격이 아니었을까 하는 생각이 꿈틀거리고 있을 터였다.

4층 자기 방으로 돌아온 안나는 (가운을 옷장에 걸어놓은 다음) 간편한 옷으로 갈아입고 편안한 마음으로 책을 읽으며 백작이 도착하기를 기다리곤 했다.

나이 든 감독 친구와 그런 식의 저녁 식사를 가진 끝에 안나는 그 감독이 연출하는 영화의 한 장면에서, 할당량을 채우려고 분투하는 공장의 중년 노동자 역할에 캐스팅되었다. 해당 분기가 2주밖에 남지 않은 상황에서 노동자들은 할당량을 채우지 못한 불가피한 사유들을 당 지도부에 일일이 설명하는 편지를 작성하기 위해 모인다. 그들이 그동안 맞닥뜨렸던 갖가지 장애 요인들을 하나하나 나열하기 시작할 때, 안나가—그녀는 머릿수건을 머리에 질끈 동여매고 있다—벌떡 일어나서 계속 분발하자는 취지의 짧지만 열정적인 연설을 한다.

카메라가 이 무명의 인물을 클로즈업하면 사람들은 그녀가 이제 젊지도 아름답지도 않지만 여전히 자부심 넘치고 강인한 여성이라는 사실을 깨닫게 된다. 그리고 그녀의 목소리는?

아, 그녀의 목소리…….

그녀의 연설 첫마디부터 관객들은 그녀가 게으름뱅이와는 거리가 멀다는 사실을 알게 된다. 그녀의 목소리는 비포장도로의 먼지를 잔뜩 들이마셔야 했던 여성, 아이를 낳을 때 고래고래 소리 질렀던 여성, 공장 작업장에서 동료 여성들에게 큰 소리로 외쳐야 했던 여성의 목소리였다. 다시 말해서 그것은 내 누이, 내 아내, 내 어머니, 내 친구의 목소리였다.

두말할 것도 없이 그녀의 연설은 여성 노동자들을 두 배로 분발하도록 자극했고, 마침내 그들은 할당량을 초과 달성하게 된다. 하지만 무엇보다 중요한 것은 영화 시사회가 열렸을 때 그곳 시사회장에는 한때 안나를 경외했던, 둥근 얼굴에 머리가 조금 벗어진 사내가 열다섯 번째 줄에 앉아 있었다는 사실이다. 1923년 샬랴핀에서 안나를 만나는 영광을 누렸을 때 사내는 모스크바 영화 예술부의 국장에 불과했지만, 지금은 문화부의 고위 관리였으며 조만간 그가 현 장관의 뒤를 이을 것이라는 소문이 돌고 있었다. 그녀가 공장에서 행한 연설에 몹시 감동한 사내는 주변의 모든 감독들에게 혹시 그녀의 놀라운 연기를 보았느냐고 묻기 시작했다. 그리고 그녀가 모스크바에 머물 때마다 그녀의 방으로 백합이나 참나리를 보내곤 했다…….

아, 독자 여러분은 이제 알았다는 미소를 지으며 말할 것이다. 그렇게 된 거로군. 안나는 그렇게 해서 다시 발판을 마련한 거로군……. 하지만 안나 우르바노바는 무대 위에서 훈련을 거친 진짜 예술가였다. 더욱이 '초라한 자 연맹' 회원답게 늘 제시간에 나타났고, 자신의 대사를 줄줄 꿰었으며, 절대 불평하는 법이 없는 여배우가 되었다. 게다가 당국의 선호도가 현실감각과 인내의 정신을 지닌 영화 쪽으로 옮아감에 따라 농익은 아름다움과 허스키한 목소리를 가진 여성의 역할이 늘어났다. 바꿔 말하자면, 안나의 통제 범위 안에 있는 요소와 통제 범위 밖에 있는 많은 요소들이 결합하여 그녀의 재기에 기여한 것이었다.

여러분은 여전히 회의적일지도 모른다. 그렇다면 여러분의 경우는 어떤가?

분명 여러분의 인생에도 어느 정도 도약했던 순간들이 존재할 것이다. 그리고 분명 여러분은 자기 확신과 자부심을 가지고 그 순간들을 되돌아볼 것이다. 하지만 그렇게 도약하는 데 약간이나마 기여했다고 인정할 만한 제삼자가 정말로 없었을까? 시의적절하게 조언해주고 소개해주고 칭찬의 말을 해주었던 멘토나 가족의 친구나 학교 친구가 정말 없었을까?

그러니 '어떻게'와 '어째서'를 분석하지는 말기로 하자. 안나 우르바노바가 다시 폰탄카강에 집을 소유한 스타가 되었으며, 그 집의 가구들에는 타원형 구리판이 부착되어 있었다는 사실을 아는 것만으로도 충분하다. 다만 이제는 손님이 찾아오면 그녀가 문 앞에서 손님들을 맞이한다는 점이 전과 달랐다.

오후 4시 45분, 백작의 눈앞에 갑자기 별 다섯 개로 이루어진 돌고래자리 별자리가 나타났다.

만약 손가락으로 돌고래자리의 맨 아래쪽 별 두 개를 연결하는 선을 그은 다음, 그 궤적을 따라 천체를 가로지르면 독수리자리를 만나게 될 것이다. 맨 위쪽의 별들을 연결하는 선을 그은다면 벨레로폰[+]의 하늘을 나는 애마, 페가수스자리를 만나게 될 것이다. 그리고 반대 방향으로 선을 그으면 완전히 새로운 별처럼 보이는 어떤 것을 만나게 될 것이다. 그것은 천 년 전에 갑자기 확 타올랐을지도 모르는 항성인데, 그 항성의 빛이 지친 여행자들과 일시적으로 체류하는 사람들과 다가올 새 천 년을 위한 모험가들을 인도하기 위해 막 북반구에 도착했고…….

"뭐 하는 거예요?"

안나가 몸을 돌려 백작을 마주보았다.

"당신 등에 주근깨가 하나 새로 생긴 것 같아요."

"뭐라고요?"

안나는 자신의 어깨 너머를 보려는 듯한 동작을 취했다.

"걱정 말아요." 그가 안심시켰다. "멋지니까."

"어디예요?"

"돌고래자리에서 동쪽으로 약간 떨어진 곳에."

"돌고래자리?"

"당신도 알잖아요. 별자리. 두 어깨뼈 사이에 있어요."

"주근깨가 얼마만큼 있어요?"

"하늘에 별들이 얼마만큼 있을까요……?"

"세상에!"

안나는 몸을 굴려 등을 대고 똑바로 누웠다.

백작은 담배에 불을 붙여 한 모금 빨았다.

[+] 천마天馬 페가수스를 타고 다니는 그리스 신화의 영웅.

"돌고래자리 이야기 몰라요?" 백작이 그녀에게 담배를 건네며 물었다.

"돌고래자리 이야기를 내가 어떻게 알겠어요?" 그녀가 한숨을 내쉬며 대답했다.

"어부의 딸이라면서요."

......

"얘기해봐요."

"좋아. 아리온이라는 부유한 시인이 있었어요. 뛰어난 리라 연주자였으며, 주신酒神 찬가를 처음으로 만든 사람이었죠."

"주신 찬가?"

"고대 운문 형식의 하나예요. 아무튼 그는 어느 날 시칠리아섬에서 집으로 돌아가는 중이었는데, 선원들이 그의 재산을 가로채기로 모의했어요. 구체적으로 말하자면 선원들이 그에게 자살하든지 바다에 던져져 고기밥이 되든지, 둘 가운데 하나를 선택하라고 한 거죠. 아리온은 이 달갑잖은 양자택일의 방식을 저울질하면서 슬픈 노래를 하나 불렀어요. 그런데 그의 노래가 너무도 아름다워서 배 주위로 한 무리의 돌고래들이 모여들었어요. 마침내 아리온이 바다로 뛰어들었을 때 돌고래 한 마리가 그를 등에 태우고 육지까지 안전하게 데려다주었지요. 이에 대한 보상으로 아폴로 신은 이 자비로운 동물인 돌고래가 별들 사이에서 영원히 빛나도록 자리를 만들어주었다는 거예요."

"아름다운 이야기네요."

백작은 고개를 끄덕였다. 그런 다음 안나에게서 다시 담배를 받아 든 뒤 등을 대고 누웠다.

"당신 차례예요." 그가 말했다.

"뭐가 내 차례예요?"

"바다 이야기 하나 해주는 거."

"난 바다 이야기는 아는 게 하나도 없어요."

"오, 그러지 말아요. 당신 아버지가 틀림없이 한두 가지는 들려주었을 텐데요. 기독교 국가에 사는 어부치고 바다 이야기를 모르는 사람은 없어요."

……

"사샤, 고백할 게 있어요……."

"고백?"

"난 흑해에서 자라지 않았어요."

"그럼 당신 아버지는 어떻게 된 거예요? 그리고 해 질 녘에 해안가에서 아빠를 만나 그물을 수리했다는 얘기는?"

"우리 아버지는 폴타바의 소작농이었어요."

……

"그런데 왜 그런 엉터리 이야기를 지어냈어요?"

"당신 마음을 끌 거라고 생각했다는 생각이 들어서요."

"생각했다는 생각이 들어요?"

"맞아요."

백작은 잠시 생각에 잠겼다.

"생선 뼈를 발라내는 재주는 어떻게 된 거죠?"

"집에서 도망쳐 나온 뒤 오데사에 있는 선술집에서 일했거든요."

백작은 설레설레 고개를 저었다.

"맥 빠지는 얘기로군."

안나는 옆으로 몸을 굴려 백작의 얼굴을 마주보았다.

"당신도 나한테 니즈니노브고로드의 사과들에 대해 말도 안 되는 얘기를 했잖아요."

"그 이야기는 사실이에요!"

"에이, 거짓말 말아요. 포탄만 한 사과라고요? 무지개 빛깔처럼 갖가지 색깔이 다 있다고요?"

백작은 잠시 아무 말도 하지 않았다. 그런 다음 침대 옆 탁자에 놓인 재떨이에 담배꽁초를 짓눌러 껐다.

"가봐야겠어요." 백작은 그렇게 말하며 침대를 내려가려 했다.

"좋아요." 그녀가 그를 다시 끌어들이며 말했다. "한 가지 생각났어요."

"뭐가요?"

"바다 이야기."

그는 눈알을 굴렸다.

"정말이에요. 난 진지해요. 우리 할머니가 들려주곤 했던 이야기예요."

"바다 이야기 말이죠."

"젊은 모험가와 무인도와 황금이 등장하는 바다 이야기……."

백작은 떨떠름한 태도로 다시 베개 위에 몸을 눕히고 나서 그녀에게 이야기를 시작해보라는 손짓을 했다.

안나가 이야기를 시작했다. 옛날 옛적에 여러 척의 배와 아들 셋을 둔 부자 상인이 있었어요. 아들 가운데 막내는 몸집이 좀 작았죠. 어느 봄날, 상인은 첫째와 둘째에게 모피와 양탄자와 고급 모시를 가득 실은 배들을 주면서 교역을 할 새로운 왕국을 찾아 한 아들은 동쪽으로, 다른 아들은 서쪽으로 항해하라는 지시를 내렸답니다. 막내아들이 자기 배는 어디 있냐고 묻자 상인과 형들은 웃음을 터뜨렸어요. 결국 상인은 막내아들에게 누더기가 다 된 돛과 이가 다 빠지고 없는 선원 한 명과 바닥짐을 싣기 위한 빈 자루들만 있는 낡아 빠진 범선 하나를 내주었죠. 이 젊은이가 아버지에게 자기는 어느 방향으로 항해해야 하느냐고 묻자, 상인은 12월에도 절대 해가 지지 않는 곳에 이를 때까지 항해를 계속해야 한다고 말했어요.

그래서 막내아들은 괴혈병에 걸린 선원과 함께 남쪽을 향해 항해에 나섰어요. 두 사람은 9개월 간 망망대해를 헤맨 끝에 드디어 12월에도 해가 지지 않는 땅에 도착했답니다. 그들은 눈 덮인 산이 있는 것처럼 보이는 섬에 상륙했는데, 알고 보니 그건 눈이 아니라 소금으로 이루어진 산이었어요. 소금은 그의 고국에서는 너무나 풍부해서 주부들이 전혀 아까워하지 않고 자신들의 어깨 너머로 뿌리며 행운을 빌 정도로 흔한 물건이었지요. 하지만 젊은이는 선원에게 배에 있는 자루들에 소금을 가득 채우라고 지시했답니다. 배의 무게만 늘어날 뿐, 다른 이유는 없어 보이는 데도 말이에요.

두 사람은 전보다 더 열심히, 더 빨리 항해했고, 그 덕에 곧 거대한 왕국에 다다랐어요. 왕은 상인의 막내아들을 자신의 궁전에서 맞이했고, 교역할 물건이 무엇인지 물었어요. 젊은이는 자신의 배에는 소금이 가득 실려 있다고 답했지요. 왕은 그 같은 것은 들어본 적이 없다고 말하면서, 잘 가라는 작별 인사와 함께 그를 떠나보냈지요. 젊은이는 문전박대에도 굴하지 않고 왕의 주방을 찾아가서는 양고기 위에, 수프 속에, 토마토 위에, 커스터드 안에 소금을 조심스럽게 조금씩 뿌렸답니다.

그날 밤 왕은 음식 맛에 깜짝 놀랐어요. 양고기는 훨씬 더 맛있고, 수프도 토마토도 한결 더 훌륭했으며, 심지어 커스터드까지도 맛이 더 좋았거든요. 요리사들을 불러 모은 왕은 흥분한 목소리로 그들이 사용한 새로운 조리법이 무엇이냐고 물었어요. 요리사들은 어리둥절해하며 자기들은 별다른 조리법을 사용하지 않았다고 시인한 다음, 다만 바다에서 온 젊은 이방인이 주방을 찾아왔었다는 사실을 아뢰었지요. 다음 날 오후, 소금 한 자루당 황금 한 주머니를 받게 된 상인의 막내아들은 그 황금 주머니가 가득 실린 배를 타고 고향을 향해 출발했답니다.

……

"할머니께서 그 얘기를 해주셨어요?"

"네, 할머니가 해줬어요."

…… .

"좋은 얘기예요……."

"그렇죠?"

…… .

"그렇다고 당신 죄가 용서되는 건 아니에요."

"나도 그렇다고 생각해요."

동맹

5시 45분, 다섯 명의 웨이터가 각자 지정된 자리에서 대기하는 동안, 백작은 보야르스키의 일일 순찰을 시행했다. 북서쪽 구석에서 시작하여 스무 개의 탁자를 돌면서 모든 탁자 세팅, 모든 소금 그릇, 모든 꽃병이 제자리에 놓였는지 점검했다.

4번 탁자에서는 나이프를 포크와 평행이 되도록 가지런하게 놓았다. 5번 탁자에서는 물 잔을 12시 방향에서 1시 방향으로 옮겼다. 6번 탁자에서는 립스틱 자국이 남아 있는 와인 잔을 급히 수거했고, 7번 탁자에서는 비누 얼룩이 남아 있는 은제 스푼을 거꾸로 비치는 식당의 상像이 은 표면에 깨끗이 보일 때까지 열심히 닦았다.

이런 행동은 나폴레옹이 동트기 전 병사들 사이를 돌아다니며 탄약 저장량에서부터 보병의 복장 상태에 이르기까지 모든 것을 점검하면서 보여주었던 바로 그 모습이라고 얘기하고 싶은 사람도 있을 것이다. 나폴레옹의 행동은 전투 현장에서의 승리는 바로 군화의 광택에서 시작된다는 것을 경험으로부터 배웠기 때문이다.

하지만 나폴레옹이 벌였던 대규모 전투 중 다수는 단 하루 만에 결판이 나는 바람에 다시는 전투가 재개되지 못했으니…….

그러므로 볼쇼이 발레단의 고르스키 단장의 전투를 사례로 드는 것이 더 적절한 비유일 듯싶다. 고르스키 단장 역시 작곡가의 의도를 철저히 연구하고 지휘자와 긴밀히 협의하고 무용수들을 훈련시키고 의상 및 세트의 디자인을 점검한 다음, 전투를 몇 분 앞둔 시점에서 병사들을 사열했다. 하지만 일단 커튼이 내려지고 관객들이 떠나가고 나면 샹젤리제 거리에서의 퍼레이드 같은 것은 없었다. 스물네 시간이 지나기 전에 그의 발레리나와 연주자와 기술자들은 동일한 수준의 완벽을 기하며 동일한 공연을 수행하기 위해 다시 모여야 했기 때문이다. 이제 그것은 보야르스키의 일상이었다. 일 년 내내 매일 저녁 별다른 노력을 기울이지 않은 듯한 범상한 인상을 주면서도 한 치의 오차 없이 정확하게 치러내야 하는 전투가 보야르스키의 일상이 된 것이었다.

5시 55분, 식당의 모든 것이 제대로 준비되었다고 확신한 백작은 잠시 에밀의 주방 쪽으로 주의를 기울였다. 주방 문에 난 조그만 원형 창을 통해 백작은 새로 세탁한 옷을 걸친 주방장 보조들이 준비 완료 상태로 도열한 것을 볼 수 있었다. 스토브에서 끓는 소스와 접시에 담길 준비를 마친 고명들이 눈에 들어왔다. 그런데 사람을 싫어하는 것으로 악명 높은 주방장은 어떤 상태일까? 보야르스키의 문을 열 시간이 몇 분도 남지 않은 지금, 그는 직원과 손님과 모든 동료들에 대해서 비난을 퍼붓고 있는 건 아닐까?

실제로 에밀 주콥스키는 가장 암울한 비관주의에 빠진 상태로 하루를 시작하곤 했다. 아침에 이불 아래서 눈을 뜨고 밖을 바라보는 그 순간, 에밀은 도끼눈을 한 채 존재와 대면했다. 그는 존재라는 것은 냉혹하고 가차 없는 상태라는 것을 잘 알았다. 에밀은 조간신문을 통해서 자신이 생각한 최악의 것들이 사실로 드러난 것을 확인했으며, 11시에는 보도에 설치된 갓돌에서 자기를 호텔로 데려다줄 혼잡하고 덜컹거리는 전차를 기다리며 "말세야 말세"라고 중얼거리곤 했다.

그러나 하루가 서서히 펼쳐지면서 시간이 흐를수록 에밀의 비관주의는 모든 전투에서 패한 것만은 아니라는 희망의 가능성에 점점 더 자리를 내주었다. 이러한 장밋빛 전망은 그가 자신의 주방에 들어서서 구리 냄비들을 보게 되는 정오 무렵에 조용히 싹트기 시작했다. 지난밤에 문질러 닦은 덕에 여전히 빛을 발하고 있는, 고리에 걸린 냄비들은 분명 뭔가 잘 풀릴 것 같다는 느낌을 넌지시 비치는 듯했다. 냉장실 안으로 들어가서 양의 옆구리살을 어깨 높이로 들어 올린 다음 조리대 위로 떨어뜨렸을 때 울려 퍼진 쿵 하는 기분 좋은 소리에 그의 세계관은 100루멘*쯤 밝아졌다. 이윽고 3시께에 뿌리채소들이 썰리는 소리를 들으며 지글지글 익어가는 마늘 향을 맡았을 때는 존재라는 것이 나름의 위안을 지니고 있다는 사실을 마지못해 인정하지 않을 수 없었다. 그리고 5시 30분, 모든 게 순조로운 상태라면 그는 요리하는 데 사용했던 와인을 맛보게 될 것이다. 여러분도 알겠지만 그것은 그저 병을 빨리 비우기 위해서일 뿐이다. 낭비하지 않으면 부족하지도 않는 법이고, 돈은 빌리지도 빌려주지도 말아야 하는 법이다. 그리하여 6시 25분께에 첫 주문이 주방으로 전달될 때면, 그날 새벽녘에는 에밀의 영혼의 토대인 듯싶던 음울한 기질은 되돌릴 수 없는 낙관주의로 바뀌어 있곤 했다.

그렇다면 5시 55분에 창을 통해 주방을 들여다본 백작의 눈에는 무엇이 보였을까? 백작은 에밀이 초콜릿 무스 그릇 안에 스푼을 담갔다가 꺼낸 다음 그 스푼을 깨끗이 핥는 모습을 보았다. 그렇게 확인을 끝낸 백작은 안드레이를 향해 몸을 돌리고는 고개를 끄덕였다. 지배인 안드레이가 빗장을 풀고 식당 문을 여는 동안 백작은 1번 탁자와 2번 탁자 사이를 자신의 자리로 여기고 거기 가만히 서 있었다.

9시 무렵, 식당 구석구석을 다시 점검한 백작은 1차 자리 회전이 아무 문제 없이 마무리되었다는 사실에 만족감을 느꼈다. 계획한 대로 메뉴판을 건네고 주문을 접수했다. 양고기를 푹 익혀 달라는 손님 네 명의 주문도 가까스로 피할 수 있었다. 라투르 와인을 다섯

✦ 광원이 내보내는 빛의 양을 나타내는 단위.

병 이상 팔았으며, 정치국의 두 요원이 동급의 자리에서 동급의 서비스를 받도록 조처했다. 그러던 참에 (미국인 기자들이 앉은 자리의 반대편 자리에 막 교통부 위원을 안내하고 돌아온) 안드레이가 백작에게 곤혹스러움이 역력한 표정을 지어 보였다.

"무슨 일이에요?" 백작이 지배인 곁으로 다가가면서 물었다.

"'노란 방'에서 비밀 모임이 있을 거라는 통보를 방금 전에 받았어요."

"몇 명이나요?"

"구체적으로 얘기하진 않더군요. 소규모일 거라는 말뿐이었어요."

"그럼 바센카를 보내면 되겠네요. 내가 5번과 6번 탁자를 맡을게요. 막심이 7번, 8번 탁자를 담당하면 될 겁니다."

"그런데 문제가 있어요." 안드레이가 말했다. "바센카를 보낼 수가 없습니다."

"왜요?"

"그들이 백작님을 보내달라고 콕 집어서 요구했거든요."

'노란 방' 앞에는 어떤 다윗도 멈춰 서게 만들었을 골리앗 한 명이 부동자세로 서 있었다. 백작이 다가갔을 때도 거인은 주위에 거의 신경 쓰지 않는 듯했다. 그러다가 백작이 오는 것을 알고 있었다는 어떠한 기미도 없이 갑자기 걸음을 옆으로 옮기며 능숙하게 문을 열었다.

메트로폴 호텔의 비밀 모임에서 문 앞에 거인이 서 있는 모습을 보는 것은 백작으로서는 특별히 놀라운 일이 아니었다. 정작 놀라운 것은 노란 방 내부의 배치였다. 대부분의 가구들이 주변으로 물러나 있고, 샹들리에 아래에는 두 사람을 위한 탁자만 덩그러니 놓여 있었기 때문이다. 탁자에는 진회색 양복을 입은 중년 남자가 홀로 앉아 있었다.

문 앞의 경비보다 몸집이 훨씬 작고 옷은 한결 더 잘 차려입은 탁자의 남자는 거친 폭력에 문외한이 아닌 사람일 거라는 인상을 풍겼다. 그의 목과 손목은 레슬링 선수처럼 두툼했다. 왼쪽 귀 위에 생긴 상처가 짧게 깎은 머리카락 밑으로 드러나 보였다. 그의 두개골을 빠개버리려 한 어떤 주먹이 빗나가면서 생긴 결과물인지도 몰랐다. 남자는 서두를 것 없다는 듯한 태도로 스푼을 만지작거리고 있었다.

"안녕하십니까?" 백작이 고개를 숙이며 말했다.

"안녕하시오." 남자가 미소 띤 얼굴로 대답하면서 스푼을 탁자 위에 내려놓았다.

"다른 손님을 기다리시는 동안 음료라도 가져올까요?"

"또 올 사람은 없소이다."

"아." 백작이 말했다. 그는 다른 손님용으로 마련된 테이블 세팅을 치우기 시작했다.

"치울 필요 없소."

"죄송합니다. 다른 손님을 기다리고 계시는 것 같지 않아서……."

"기다리는 사람은 없소이다. 당신을 기다렸지요, 알렉산드르 일리치."

두 사람은 잠시 서로를 탐색했다.

"자, 앉으시죠." 남자가 말했다.

백작은 그가 권하는 자리에 앉을지 말지 망설였다.

이런 상황에서라면 누구나 백작이 이 낯선 남자에 대한 의심 때문에, 또는 두려움 때문에 자리에 앉는 것을 망설였다고 서둘러 결론을 내릴 것이다. 하지만 그가 망설인 가장 큰 이유는 시중드는 옷차림을 한 사람이 시중을 받는 탁자에 앉는다는 것이 예법에 대단히 어긋나는 것 같았기 때문이다.

"앉으시라니까요." 낯선 남자가 쾌활한 어조로 말했다. "이 외로운 식객이 당신과 벗 삼아 식사하는 즐거움을 거절하진 않으시겠죠."

"물론입니다." 백작이 대답했다.

백작은 의자에 앉는 것까지는 받아들였지만 무릎에 냅킨을 깔지는 않았다.

문을 두드리는 소리가 났고, 이어 골리앗이 들어왔다. 그는 백작에게는 눈길도 주지 않은 채 탁자로 다가오더니 낯선 남자가 확인할 수 있도록 병 하나를 내밀었다.

방의 주인인 낯선 남자가 몸을 앞으로 기울여 눈을 가늘게 뜨고 라벨을 살펴보았다.

"훌륭하군. 고맙네, 블라디미르." 그가 말했다.

블라디미르라면 간단히 병목을 깨뜨려서 병을 딸 수도 있을 것 같았지만, 그는 놀랍도록 날렵한 동작으로 주머니에서 코르크 마개 뽑는 기구를 꺼내고 손에 쥐고 돌려서 코르크를 잡아 뺐다. 그의 상사가 고개를 끄덕이자 그는 개봉된 병을 탁자에 내려놓고 나서 다시 복도로 물러났다. 낯선 남자는 직접 잔을 채웠다. 그런 다음 병을 탁자 위에서 45도 각도로 돌리면서 백작을 바라보았다.

"같이 한잔하시겠습니까?"

"감사합니다."

낯선 남자가 잔을 채웠고, 두 사람은 잔을 들어 올린 다음 함께 마셨다.

"알렉산드르 일리치 로스토프 백작." 잔을 탁자에 내려놓으며 남자가 말했다. "성 안드레이 훈장 수훈자, 경마 클럽 회원, 사냥의 명인……."

"저에 대해 잘 아시는군요."

"당신은 내가 누군지 모르지요?"

"문밖에 거인을 대기시키면서 보야르스키의 밀실 가운데 하나를 확보하고 혼자 식사를 할 수 있는 분이라는 건 압니다."

낯선 남자가 웃음을 터뜨렸다.

"아주 좋습니다." 그는 등을 의자에 기대면서 말했다. "다른 건 알아낸 게 없나요?"

백작은 방의 주인을 티 나게 살펴본 다음 어깨를 으쓱해 보였다.

"나이는 40대이고 전에 군인이었던 분이라고 생각됩니다. 아마 보병이었으리라 짐작되는데, 전쟁 말기엔 대령이었던 것 같군요."

"내가 대령이 되었다는 것을 어떻게 알았소?"

"지위가 높은 사람들을 구별해내는 게 신사의 일이지요."

"신사의 일이라." 대령은 마치 그 표현을 감상이라도 하듯이 미소를 지으며 그 말을 따라 했다. "그럼 내가 어디 출신인지는 알 수 있겠소?"

백작은 손을 저으며 그 질문을 피하고자 했다.

"벨기에 남부의 왈롱 사람을 모욕하는 가장 확실한 방법은 그를 프랑스 사람으로 오인하는 겁니다. 두 지역 사람들이 불과 몇 킬로미터밖에 떨어지지 않은 곳에서 살고 있고, 또한 동일한 언어를 사용하고 있지만 말입니다."

"맞는 말이오." 대령이 수긍했다. "그럼에도 당신의 추리에 흥미가 생기는군요. 난 절대 모욕이라고 생각하지 않을 테니 말해보세요."

백작은 와인을 한 모금 마신 다음 탁자에 잔을 내려놓았다.

"조지아 동부 출신이 거의 확실해 보입니다."

대령은 흥분한 표정으로 기댔던 몸을 곧추세웠다.

"굉장하군요. 내 말에 사투리가 섞여 있나요?"

"크게 구분이 가지는 않습니다. 군대는 대학과 마찬가지로 사투리를 떨치게 만드는 조직이지요."

"그럼 어째서 조지아 동부 출신이라고 생각한 겁니까?"

백작은 와인을 가리켰다.

"르카치텔리 와인으로 식사를 시작하는 건 조지아 동부 출신뿐이니까요."

"촌놈이기 때문에요?"

"고향이 그립기 때문이죠."

대령이 다시 웃음을 터뜨렸다.

"당신은 정말 영리한 사람이군요."

다시 문을 노크하는 소리가 들렸고, 문이 열리면서 이번에는 거인이 음식 카트를 밀면서 들어왔다.

"아. 멋지군. 이쪽으로."

블라디미르가 카트를 탁자 쪽으로 밀고 오자 백작은 의자를 뒤로 밀고 일어서려 했지만 방의 주인이 그냥 자리에 앉아 있으라는 손 짓을 했다. 블라디미르가 돔 모양의 뚜껑을 열고 탁자 가운데에 커 다란 요리 접시를 내려놓았다. 그가 방을 나가자 대령은 카빙 나이 프와 포크를 집어 들었다.

"어디 봅시다. 오늘 요리는 뭐죠? 아, 구운 오리고기로군. 보야르 스키의 요리는 비할 데 없이 훌륭하다는 얘기를 들었소이다."

"제대로 들으신 겁니다. 체리 몇 알과 껍질도 꼭 맛보셔야 합니 다."

대령은 체리와 껍질을 포함해서 자기 몫을 직접 접시에 덜어낸 다음, 백작의 몫도 덜어주었다.

"기가 막힌 맛이네요." 대령이 먼저 한 입 베어 먹으며 말했다.

백작은 에밀을 대신해서 고개를 숙이며 찬사를 받아들였다.

대령은 포크로 백작을 가리키며 말했다.

"알렉산드르 일리치, 당신 파일은 매우 흥미롭더군요."

"제 파일이 있나요?"

"미안합니다. 내 말버릇이 워낙 고약해서요. 내 말은, 당신이 흥미 로운 배경의 소유자라는 겁니다."

"아, 예. 전 나름대로 편안한 삶을 살아왔지요."

대령이 미소를 지었다. 그런 다음 사실들을 공정하게 다루고자 하는 사람의 어조로 말하기 시작했다.

"당신은 레닌그라드에서 태어났지요……."

"상트페테르부르크에서 태어났습니다."

"아, 예, 물론 그 시절에는 상트페테르부르크였죠. 부모님은 당신이 어릴 적에 돌아가셨고, 그래서 당신은 할머니 손에 자라났습니다. 아카데미를 다녔고, 그러고 나서는 제국대학을 다녔습니다……
상트페테르부르크에 있는."

"모두 맞습니다."

"그리고 아주 많은 곳을 여행했어요, 내가 알기로는."

백작이 으쓱 어깻짓을 하며 말했다.

"파리. 런던. 피렌체."

"그런데 1914년에 마지막으로 출국했을 땐 프랑스로 갔죠?"

"5월 16일이었습니다."

"맞아요. 풀로노프 중위 사건이 있고 나서 며칠 뒤였지요. 얘기해 보세요, 왜 그 친구를 쏜 겁니까? 그 사람도 당신처럼 귀족이었잖습니까?"

백작은 약간 충격받은 표정을 지어 보였다.

"그가 귀족이기 때문에 그를 쏜 겁니다."

대령은 웃음을 터뜨리며 다시 포크를 저었다.

"나는 그런 식으로는 생각해보지 않았네요. 하지만 좋습니다, 우리 볼셰비키들이 이해할 필요가 있는 생각이로군요. 어쨌든 당신은 혁명 당시 파리에 있었고, 얼마 지나지 않아 귀국했습니다."

"맞습니다."

"자, 난 당신이 왜 서둘러 귀국했는지 그 이유를 알 수 있을 것 같습니다. 할머니가 안전하게 나라 밖으로 나갈 수 있도록 돕기 위해서였겠지요. 그런데 당신은 할머니가 안전하게 탈출할 수 있도록 손을 써놓고 나서도 왜 여기 머물기로 작정한 겁니까?"

"요리 때문이죠."

"그러지 마시고, 난 지금 진지합니다."

…….

"러시아를 떠나야 했던 날들이 지나버린 겁니다."

"그렇지만 당신은 백군 편에 서서 무기를 들지도 않았습니다."

"맞습니다."

"그렇다고 당신이 겁쟁이인 것은 아닌 것 같고……."

"그러기를 바랍니다."

"그럼 왜 싸움에 가담하지 않았습니까?"

백작은 잠시 침묵에 빠졌고, 이어 어깨를 으쓱했다.

"1914년 파리로 떠났을 때, 저는 다시는 동포를 쏘는 일은 하지 않겠다고 맹세했습니다."

"당신은 볼셰비키도 동포로 칩니까?"

"당연히 그렇습니다."

"그럼 당신은 볼셰비키를 신사로 칩니까?"

"그건 전혀 다른 얘기입니다. 하지만 볼셰비키 중 일부는 신사인 게 분명하죠."

"알겠습니다. 그런데 당신이 말하는 태도만으로도 나는 당신이 나를 신사로 여기지 않는다는 걸 알 수 있습니다. 자, 그 이유가 뭡니까?"

백작은 마치 신사들은 그런 질문에는 결코 대답하지 않는 법이라고 얘기하듯 가벼운 웃음으로 응수했다.

"어서요." 대령이 고집스럽게 답을 재촉했다. "여기서 우리 두 사람은 보야르스키의 구운 오리고기와 조지아산 와인으로 함께 저녁을 먹고 있습니다. 그건 우리가 오랜 친구 같은 사이라 해도 무방하다는 얘기죠. 그리고 난 진심으로 흥미가 있어요. 내 어떤 점 때문에 당신은 내가 신사가 아니라고 그토록 확신하는 거죠?"

대령은 대답을 독려하는 뜻으로 탁자 위로 몸을 기울여 다시 백작의 잔을 채웠다.

"어떤 한 가지 이유 때문만은 아닙니다." 백작이 잠시 뜸을 들이고 나서 입을 뗐다. "자잘한 요소들의 집합인 셈이지요."

"모자이크처럼."

"맞습니다. 모자이크처럼요."

"그럼 그 자잘한 요소들 중 하나만 예를 들어주시겠소?"

백작은 잔을 들어 와인을 한 모금 마신 뒤, 탁자 위 1시 방향에 잔을 내려놓았다.

"방의 주인으로서 대령님이 서빙 도구들을 손에 쥔 것은 더할 나위 없이 적절한 행동이었습니다. 하지만 신사라면 자신이 먹을 것을 챙기기 전에 손님에게 먼저 접대를 했을 겁니다."

막 오리고기 한 점을 베어 문 대령이 백작의 첫 번째 사례에 미소를 지으며 포크를 저었다.

"계속하시오." 그가 말했다.

"신사라면 다른 사람에게 포크를 들고서 손짓을 하지는 않겠지요." 백작이 말했다. "입에 음식을 문 채로 얘기하지도 않을 테고요. 그리고 무엇보다 중요한 것은, 신사라면 대화를 시작할 때 자기 자신부터 소개하겠지요. 자신이 손님보다 더 유리한 위치에 있는 경우라면 특히 더 그렇고요."

대령이 포크와 나이프를 내려놓았다.

"그리고 난 잘못된 와인을 주문했고요." 그가 미소를 지으며 덧붙였다.

백작이 손가락 하나를 세웠다.

"아닙니다. 특정한 와인을 주문하는 데는 여러 이유가 있을 수 있습니다. 고향의 추억은 가장 바람직한 이유 가운데 하나지요."

"그렇다면 내 소개를 하겠습니다. 나는 오시프 이바노비치 글레브니코프입니다. 예편한 적군 대령이고 당의 관료입니다. 조지아 동부에서 자라던 어린 시절에는 모스크바를 꿈꾸었지만, 서른아홉이 되어 모스크바에서 살고 있는 지금은 조지아 동부를 꿈꾼답니다."

"만나서 반갑습니다." 백작이 탁자 위로 손을 뻗으면서 말했다. 두 사람은 악수한 다음 다시 식사를 계속했다. 잠시 후 백작이 말을 꺼냈다.

"감히 이런 질문을 드려도 될지 모르겠습니다만, 당의 관료로서 당신이 하는 일은 정확히 어떤 것인가요?"

"그저 몇몇 흥미로운 사람들을 추적하는 일을 맡고 있다고만 해둡시다."

"아, 그렇군요. 그렇다면 그 사람들을 가택 연금하는 게 임무를 수행하기에 한결 용이할 텐데요."

"실은," 글레브니코프가 백작의 말을 정정했다. "그들을 땅속에 묻는 게 임무 수행에 더 용이하지요……."

백작은 자신이 졌다는 것을 인정했다.

"그건 그렇고," 글레브니코프가 말을 이었다. "사람들 말에 따르면, 당신은 당신이 처한 상황을 잘 감수하고 있는 것처럼 보이는군요."

"역사학도로서, 그리고 현재를 충실하게 살고자 하는 사람으로서, 저는 상황이 달랐다면 어땠을까 하는 상상을 하며 많은 시간을 보내진 않습니다. 어떤 상황에 내몰리는 것과 상황을 잘 감수해내는 것 사이에는 차이가 있다고 생각하려 합니다."

글레브니코프가 웃음을 터뜨리며 탁자를 가볍게 쳤다.

"바로 그거요. 당신을 만나 부탁하고 싶은 마음이 든 것은 바로 그런 뉘앙스를 배우고 싶었기 때문이오."

백작은 은제 나이프와 포크를 내려놓으며 흥미로운 눈길로 방의 주인을 바라보았다.

"알렉산드르 일리치, 국가적으로 우리는 지금 매우 흥미로운 분기점에 서 있소. 우리는 프랑스 및 영국과 지난 7년 간 외교 관계를 개방해왔으며, 조만간 미국과도 외교를 트려 한다는 얘기가 돌고 있소. 표트르 대제 시대 이후 우린 서구의 가난한 사촌 역할만 맡아왔지요. 그네들의 의복에 감탄하는 것만큼이나 그네들의 생각에 감탄하면서 말입니다. 하지만 우린 지금 과거와는 매우 다른 역할을 맡으려 하고 있소. 수년 내로 우리는 유럽의 어떤 나라보다도 많은 곡물을 수출하고 더 많은 철을 제조하게 될 거요. 그리고 우린 이념 면에서 그들보다 한참 앞서 있소. 그 결과 우리가 역사상 처음으로 국제 무대에서 우리에게 합당한 자리를 차지하게 될 때가 바야흐로 눈앞에 다가왔소. 거기에 대비하려면 우린 세심하게 듣고 명확하게 말하는 게 필요할 겁니다."

"프랑스어와 영어를 배우고자 하시는군요."

그렇다는 뜻으로 오시프는 잔을 들어 올렸다.

"맞습니다, 선생. 하지만 난 단순히 언어만 배우는 것은 원치 않아요. 난 그 언어를 사용하는 사람들을 이해하고 싶소. 특히 그들의 특권층을 이해하고 싶은 거요. 결국 열쇠를 쥔 건 그들이니까. 난 그들이 세상을 어떤 식으로 바라보는지, 그들이 도덕적 당위로 중요하게 생각하는 게 무엇인지, 그들은 무엇에 가치를 두고 무엇을 경멸하는 경향이 있는지 이해하고 싶어요. 그건 말하자면 일종의 외교적 기술을 계발하는 문제일 거요. 하지만 나 같은 위치에 있는 사람에겐 그런 기술을…… 은밀히 익히는 것이 최선일 겁니다."

"제가 어떻게 도와드리면 될까요?"

"간단하오. 한 달에 한 번씩 이 방에서 나와 저녁을 먹읍시다. 나랑 프랑스어와 영어로 얘기를 합시다. 서구 사회에 대한 당신의 인상들을 나에게 들려주시오. 그러면 그에 대한 보답으로……."

글레브니코프는 문장을 끝맺지 않고 길게 뺐다. 자신이 백작에게 해줄 수 있는 것이 별로 없다는 것을 암시하려는 게 아니라 반대로 아주 많다는 것을 시사하려는 의도였다.

그러나 백작은 손을 들어 보답 얘기는 그만두라는 동작을 취했다.

"오시프 이바노비치, 저는 보야르스키 식당의 고객에게라면 뭐든 기꺼이 해드릴 수 있습니다."

압생트

12시 15분, 백작이 샬랴핀으로 다가가고 있을 때, 한때는 기도와 사색에 적합한 예배소처럼 썰렁하게 변해버렸던 그곳에서 10년 전이라면 감히 생각도 못했을 소리들이 흘러나오고 있었다. 발작적인 웃음과 갖가지 언어, 귀가 따가운 트럼펫 소리, 잔들이 부딪치는 소리들이 요란스레 귓전을 파고들었다. 그것은 한마디로 즐겁고 자유분방한 소리였다.

무엇을 계기로 이런 급격한 변화가 일어났을까? 샬랴핀의 경우, 세 가지 원인이 있었다. 첫째는 재즈라고 알려진 미국 음악 형식의 숨 가쁜 귀환이었다. 본질적으로 퇴폐적이라는 이유로 재즈의 열기를 짓눌렀던 볼셰비키는 1920년대 중반에 재즈를 다시 허용하기 시작했다. 하나의 착상이 어떻게 전 세계를 휩쓸 수 있는지를 더 자세히 연구하기 위해서였을지도 모른다. 이유야 어찌되었든 재즈는 실내 뒤편의 작은 무대에서 빙글빙글, 펑펑, 쿵쾅쿵쾅 열심히 돌아가고 있었다.

두 번째 계기는 외신 기자들의 귀환이었다. 혁명 이후 볼셰비키는 (신과 회의론자들과 다른 모든 말썽분자들과 함께) 기자들을 곧장 쫓아냈었다. 하지만 기자들은 약삭빠른 친구들이었다. 그들은 타자기를 안전한 곳에 남겨두고서 국경을 넘어간 뒤, 옷을 갈아입은 다음 열까지 세고 나서 한 명씩 한 명씩 다시 러시아로 살그머니 들어왔던 것이다. 결국 1928년에 크렘린과 비밀경찰 사무실 사이의 중간 지점에 위치한, 걸어서 계단을 오르내려야 하는 건물의 꼭대기 6층에 외신국이 새롭게 문을 열었다. 공교롭게도 그 건물은 메트로폴 호텔 바로 건너편에 위치하고 있었다. 따라서 밤마다 예외 없이 샬랴핀에서는 구구절절 얘기를 늘어놓는 열다섯 명의 국제 통신사 기자들을 목격할 수 있었다. 기자들은 자신들의 이야기를 들어줄 사람이 없을 경우, 바위에 내려앉은 갈매기들처럼 샬랴핀의 바에 줄지어 앉아서 모두 한꺼번에 꽥꽥거렸다.

그러던 즈음 1929년에 아주 특별한 일이 생겼다. 그해 4월, 샬랴핀에는 한 명도 아니고 두 명도 아닌, 무려 세 명의 웨이트리스가 고용되었다. 모두 젊고 예쁜 데다 치맛단이 무릎 위까지 올라오는 검은 미니 드레스 차림이었다. 매력과 우아함으로 무장한 그들은 바의 손님들 사이를 이리저리 움직이면서 늘씬한 실루엣과 미묘한 웃음과 은은한 향수로 분위기를 띄웠다. 바에 앉은 기자들은 듣기보다는 얘기하기를 더 좋아했고, 반면에 웨이트리스들은 마치 완벽한 공생 관계의 한 표본처럼 얘기하기보다 듣는 것을 더 좋아했다. 그것은 물론 그들의 직업 자체가 듣는 일이기 때문이기도 했다. 웨이트리스들은 1주일에 한 번씩 제르진스코보 거리의 한 모퉁이에 위치한 작은 회색 건물을 방문해야 했다. 그곳에서는 어떤 조그마한 회색 친구가 조그마한 회색 책상 뒤에 앉아서 그들이 술집에서 주워들은 이야기를 한 마디도 빼놓지 않고 모조리 기록했다.[3]

웨이트리스들의 이런 의무가 기자들로 하여금 혹시라도 자신들의 부주의한 발언이 러시아 당국에 전달되지는 않을까 두려워서 좀 더 몸을 사리거나 입을 다물도록 만들었을까?

그 반대였다. 외신 기자단은 누가 먼저 내무 인민위원회에 소환될 것인지를 놓고 미화 10달러의 적립금을 걸고 내기했기 때문이다. 그들은 서로 먼저 소환되기 위해 터무니없는 자극적 기사를 지어내 자신들의 기사에 끼워넣었다. 한 미국인 기자는 환멸을 느낀엔지니어가 쥘 베른의 소설 속에서 찾아낸 설계도를 이용하여 어떤 시골집의 뒷마당에서 하늘을 나는 기구를 만들고 있다는 얘기를 흘렸다. 다른 한 기자는 무명의 생물학자가 아침에는 알을 낳고 밤에는 메시지를 배달할 수 있는 새를 번식하기 위해 한 무리의 닭과 비둘기를 교배 중이라는 이야기로 맞받아쳤다. 한마디로 그들은 웨이트리스들이 들을 수 있는 거리에서 무슨 얘기든—즉 크렘린의 요원이 보고서에 줄을 쳐가면서 책상을 쾅 내리칠 수 있을 만한 무슨 얘기든—지껄여댔다.

살랴핀 입구에 선 백작은 오늘 밤은 분위기가 평상시보다 더 들떠 있다는 것을 느낄 수 있었다. 박자를 맞추는 임무를 맡고 있는 구석진 곳의 재즈 앙상블은 터져 나오는 웃음과 등을 찰싹 치는 소리들과 부지런히 보조를 맞추고 있었다. 백작은 와자지껄한 소음을 통과하여 다른 곳보다는 덜 시끄럽고 약간 더 차분한 바의 끄트머리로 걸어갔다(그곳에는 천장에서 내려와 바닥에 닿은 설화 석고 기둥이 있었다). 잠시 후 바텐더 아우드리우스가 한쪽 팔을 바에 대고서 백작을 향해 몸을 기울였다.

"안녕하세요, 로스토프 백작님."

"안녕하시오, 아우드리우스. 오늘 밤은 축제가 열린 것 같은 분위기로군."

바텐더가 미국인 한 명을 향해 고개를 돌리고 나서 말했다.

"미스터 라이언스가 오늘 오그푸 사무실에 끌려갔었거든요."

"오그푸에? 왜?"

"그의 필체로 쓰인 편지 한 장이 페를로프 찻집 바닥에서 발견된 것 같아요. 스몰렌스크 외곽의 군대 움직임과 대포의 배치 현황이 묘사된 편지였답니다. 그런데 오그푸에서 그 편지를 입수하여 책상 위에 올려놓고 미스터 라이언스에게 그에 대해 설명을 요구했을 때, 라이언스는 자신은 그저 『전쟁과 평화』에서 가장 좋아하는 구절을 옮겨 적었을 뿐이라고 해명했답니다."

"아, 그렇지." 백작이 미소를 지으며 말했다. "보로디노 전투 대목이야."

"이 일로 그는 내기에 걸어두었던 적립금을 챙기게 되었고, 그래서 지금 저렇게 모든 이들에게 한 턱 쏘고 있는 겁니다. 그런데 오늘 저녁엔 뭘 드시겠습니까?"

백작은 바를 두 번 두드렸다.

"혹시 여기, 압생트는 없을까?"

아우드리우스가 티 나지 않게 눈썹을 살짝 치켰다.

이 바텐더는 백작의 기호를 너무 잘 알고 있었다. 그는 백작이 저녁 식사 전에 샴페인이나 드라이 베르무트를 한 잔 마신다는 것을 알고 있었다. 밤 기온이 평균 4~5도 정도로 떨어질 때까지는 식사 후에 브랜디를 한 모금 즐기며, 그 시점 이후로는 위스키나 포트 와인으로 넘어간다는 사실까지도 꿰고 있었다. 그런데 압생트라고? 그들이 서로 알고 지낸 지난 10년 동안 백작이 술을 한 잔만 요청한 적은 한 번도 없었다. 사실 백작은 시럽이 들어간 리큐어를 즐긴 적이 거의 없었다. 더구나 녹색 빛깔에 광기를 유발한다고 알려진 그런 리큐어라면 언급할 필요조차 없었다.

그렇지만 언제나 프로 바텐더로서의 자세를 잃지 않는 아우드리우스는 눈썹을 살짝 치키는 정도 이상으로는 놀라움을 드러내지 않았다.

"남은 게 한 병 있을 듯싶은데요." 그는 그렇게 말한 다음, 표 나지 않게 벽에 난 문을 연 다음 소수만 즐기는 비싼 증류주를 보관하는 캐비닛 속으로 사라졌다.

바의 맞은편 구석 무대에서는 재즈 앙상블이 발랄한 소곡을 연주하고 있었다. 사실 백작은 재즈라는 음악을 처음 접했을 때 그 음악이 썩 마음에 든 것은 아니었다. 그는 감성과 섬세한 감각이 깃든 음악, 4개 악장에 크레센도, 디미누엔도, 알레그로, 아다지오가 교묘하게 배열됨으로써 듣는 이의 인내와 주의력에 보답하는 음악을 감상하며 자랐다. 이런 음악은 30여 개의 소절에 한 움큼의 음을 뒤죽박죽으로 쑤셔넣은 음악과는 차원이 달랐다.

그렇지만…….

그렇지만 언제부터인가 재즈라는 예술 형식이 그의 마음속에 똬리를 틀고 말았다. 재즈는 미국인 기자들과 마찬가지로 본질적으로 사교적인 친화력을 가진 듯했다. 약간 방종스러우며 머릿속에 먼저 떠오르는 것부터 즉흥적으로 얘기하는 경향이 있지만, 일반적으로 유쾌하고 우호적인 성격을 띠었다. 더군다나 재즈는 어디에 있었는지, 어디로 가고 있는지에 대해 전혀 개의치 않는 듯했으며, 얼마간 장인의 자신감과 견습생의 미숙함을 동시에 드러내는 것 같았다. 이런 예술이 유럽에서 유래하지 않았다는 사실에 놀라워할 사람이 있을까?

병을 바에 내려놓는 소리에 백작은 몽상에서 깨어났다.

"압생트 로베트." 아우드리우스가 병을 기울여 백작에게 라벨을 보여주면서 말했다. "하지만 조금밖에 남지 않은 것 같아요."

"그거면 충분해."

바텐더는 리큐어 잔에 병의 내용물을 모두 부었다.

"고맙네, 아우드리우스. 내 장부에 달아놓게나."

"그럴 필요 없습니다. 오늘은 미스터 라이언스가 사는 거니까요."

백작이 몸을 돌려 나가려 할 때 피아노를 차지한 한 미국인이 '바나나가 부족해요, 오늘은 바나나가 부족해요'라는 내용의 경쾌한 소품을 연주하기 시작했다. 잠시 뒤, 모든 기자들이 그 노래를 따라 불렀다. 다른 날 같았으면 백작도 축제 같은 분위기를 지켜보기 위해 좀 더 머물렀겠지만, 오늘 밤은 백작 자신이 참석해야 할 축하 자리가 있었다. 그래서 백작은 소중한 압생트가 담긴 잔을 손에 든 채 한 방울도 흘리지 않도록 주의하면서 사람들의 팔꿈치 사이를 조심조심 헤쳐 나갔다.

그래, 2층을 향해 계단을 오르면서 백작은 생각했다. 오늘 저녁 우리 삼인조는 나름의 축하할 이유가 있어…….

그 계획은 거의 3년 전에 태동되었다. 지난 시절을 아쉬워하는 안드레이의 한마디에서 시작되었고, 거기에 에밀이 화답한 것이었다.

"안타깝게도 그건 불가능해요." 지배인 안드레이가 탄식했다.

"맞아요." 주방장 에밀도 고개를 저으며 인정했다.

하지만 정말 불가능한 일일까?

계획을 실천에 옮기려면 총 열다섯 가지 재료가 필요했다. 그중 여섯 가지는 보야르스키의 식료품 저장실에서 연중 아무 때나 조달할 수 있었다. 다른 다섯 가지는 제철이면 언제든 확보가 가능했다. 가장 큰 문제는 전반적으로 물품 보급 상황이 개선되었음에도 나머지 네 가지 재료가 상대적으로 희귀해서 구하기 어렵다는 사실이었다.

처음부터 어물쩍 넘어가서는 절대 안 된다는 것이 세 사람의 합의 사항이었다. 재료를 하나라도 빠뜨리거나 대체하지 말자는 것이었다. 교향곡 아니면 침묵, 둘 중 하나여야 했다. 그렇게 삼인조는 아쉬운 마음으로 참을성 있게 기다려야 했다. 그들은 기꺼이 구걸하고, 맞바꾸고, 공모하고, 필요할 경우 속임수에 의존해야 했다. 세 번이나 그들은 거의 꿈을 이룰 뻔했지만, 마지막 순간에 예기치 못한 상황(한번은 운이 나빠서, 한 번은 곰팡이 때문에, 그리고 한 번은 쥐 때문에) 때문에 기회를 놓치고 말았다.

그런데 이번 주 초, 별들이 다시 한 줄로 늘어설 조짐을 보였다. 에밀의 주방에 아홉 가지 요소들은 미리 갖춰진 상황에서 내셔널 호텔로 가야 할 해덕* 네 마리와 홍합 한 바구니가 잘못해서 메트로폴 식당으로 배달되었다. 단번에 열 번째와 열한 번째 재료가 확보된 셈이었다. 삼인조는 회의를 열고 생각을 모았다. 안드레이는 전화를 걸어서 부탁하고, 에밀은 맞바꾸는 협상을 벌이고, 백작은 아우드리우스에게 접근하여 다른 재료들을 구하기로 했다. 그렇게 해서 열두 번째, 열세 번째, 열네 번째 재료도 확보되었다. 그렇다면 열다섯 번째는? 그것은 최상의 사치 품목들을 판매하는 상점, 즉 당의 최고위 간부들만 이용할 수 있는 상점에 접근해야 구할 수 있었다. 백작은 특별한 연줄을 가진 특별한 여배우에게 조심스럽게 문의했다. 그리고 믿어지지 않게도 백작은 그의 방문 아래로 밀어 넣어진, 발신인 이름이 없는 편지 봉투 하나를 손에 넣은 것이었다. 이제 열다섯 가지 재료가 모두 다 갖추어졌으므로 삼인조의 인내심은 이제 곧 보상받을 것이다. 앞으로 한 시간 뒤면 그들은 그 복잡 미묘한 맛, 그 신성한 증류의 결과물, 그 풍부하고 형언할 수 없는 느낌을 다시 경험하게 될 터였다…….

"안녕하십니까, 동무."

---

* 대구와 비슷하나 그보다 작은 생선.

백작은 걸음을 멈췄다.

잠시 망설였다. 그런 다음 천천히 몸을 돌렸다. 그러자 벽감의 그림자가 드리워진 곳에서 호텔 부지배인이 나타났다.

이 메트로폴 호텔의 비숍은 체스보드의 비숍과 마찬가지로 수직 방향이나 수평 방향으로 움직이는 법이 없었다. 그는 언제나 사선 방향으로 움직였다. 이쪽 구석에서 저쪽 구석으로 대각선으로 미끄러지듯 움직였고, 커다란 화분을 돌아서 지나다녔으며, 열린 문틈으로 살그머니 들어가곤 했다. 누가 비숍을 발견한다 해도 비숍은 그 사람의 시야의 주변부에서 눈에 띌 뿐이었다.

"안녕하세요." 백작이 대답했다.

두 사람은 머리끝부터 발끝까지 서로를 훑어보았다. 상대를 지극히 불신하는 의구심이 둘의 시선 모두에 짙게 배어 있었다. 비숍은 오른쪽으로 몸을 약간 기울이면서 무심함을 가장한 호기심의 표정을 드러냈다.

"지금 가지고 계신 게 뭔가요……?"

"뭐 말인가요?"

"거기, 당신 등 뒤에 있는 거."

"내 등 뒤?"

백작은 천천히 두 손을 앞으로 내밀고는 손바닥을 똑바로 펴서 아무것도 없다는 것을 보여주었다. 웃고 있던 비숍의 오른쪽 입꼬리 위쪽이 일그러지는가 싶더니 순간 능글능글한 웃음으로 바뀌었다. 백작도 같은 방식으로 응수한 다음, 정중하게 고개를 숙이고 나서 몸을 돌려 걸음을 옮겼다.

"보야르스키로 가는 건가요……?"

백작이 걸음을 멈추고 다시 돌아섰다.

"예, 그래요. 보야르스키로 갑니다."

"영업은 끝나지 않았나요……?"

"끝났죠. 그런데 에밀의 사무실에 내 펜을 놓고 온 것 같아서."

"아, 글을 쓰는 사람이 펜을 잃어버렸군요. **그것은 지금 어디 있는 가**……, 어디 있을까요? 주방에 없다면 아마도 멋진 중국풍의 파란 색 탑 안을 찾아봐야겠군요." 비숍은 능글맞은 웃음을 지으며 몸을 돌린 다음 사선으로 복도를 걸어서 멀어졌다.

백작은 그가 시야에서 사라질 때까지 기다렸다가 서둘러 반대 방 향으로 걸음을 옮기며 중얼거렸다.

"**그것은 지금 어디 있는가**……**? 아마도 파란색 탑 안에**……. 확실히 매 우 재치 있는 인용이었어. 카우^{cow}와 플라우^{plow}의 각운도 맞추지 못하는 사람에게서 나온 것치고는 말이야. 그런데 도대체 그 점점 점은 뭐람?"

비숍은 부지배인으로 승진한 이래 모든 질문의 끝에 말줄임표를 덧붙이는 버릇이 생겼다. 그 버릇으로부터 우린 뭘 추론할 수 있을 까……? 이 특별한 구두점을 잘 막아내야 한다는 것……? 의문문은 결코 끝나지 않을 거라는 것……? 그는 질문을 하고 있지만 이미 자 신의 견해를 세워 놓았으므로 그에겐 대답이 필요 없다는 것……?

암, 그렇지.

안드레이가 빗장을 걸어놓지 않은 보야르스키의 문을 밀고 들어 간 백작은 텅 빈 실내를 가로지른 다음 안팎으로 여닫히는 주방 문 을 지나서 주방으로 들어갔다. 그곳에서는 주방장이 회향 뿌리를 자르고 있었고, 셀러리 줄기 네 개가 운명의 시간을 기다리는 스파르타인들처럼 가지런히 놓여 있었다. 옆쪽에는 해덕의 두툼한 살과 홍합 바구니가 놓여 있었으며, 스토브 위의 커다란 구리 냄비에서 새어 나오는 가느다란 증기가 색다른 바다 내음으로 공기를 은은히 물들이고 있었다.

회향에서 눈을 뗀 에밀이 백작의 눈길과 마주치자 싱긋 웃었다. 백작은 주방장의 기분이 한껏 들떠 있음을 곧바로 알아차렸다. 오후 2시 무렵에 모든 것이 소멸되지는 않을 거라는 사실을 알아차린 주방장은 자정을 30분 넘긴 지금, 태양은 내일도 빛날 것이고, 사람들은 대부분 근본적으로는 관대하며, 누가 뭐라고 해도 세상은 어쨌든 좋은 쪽으로 굴러가기 마련이라는 점을 추호도 의심하지 않았다.

주방장은 인사 따위에는 신경도 쓰지 않았다. 대신 식칼의 움직임을 멈추지 않은 채 작은 탁자 쪽으로 머리를 기울였다. 사무실에 있던 것을 주방으로 옮겨 온 그 탁자는 세팅이 완료되기를 참을성 있게 기다리고 있었다.

그렇지만 중요한 일부터 먼저 해야 하는 법이다.

백작은 뒷주머니에서 압생트가 담긴 작은 리큐어 잔을 조심스럽게 꺼내서 조리대에 내려놓았다.

"아." 앞치마에 손을 닦으면서 주방장이 말했다.

"이거면 충분하겠죠?"

"그냥 살짝 느낌만 내려는 거예요. 부수적인 거죠. 약간 풍미를 더하는 겁니다. 이게 진짜 좋은 압생트라면 이 정도면 충분할 거예요."

에밀은 압생트에 새끼손가락을 적신 다음 핥아서 맛을 음미했다.

"완벽해요." 그가 말했다.

백작은 리넨 제품이 든 옷장에서 적절한 식탁보를 골라 와서 한 번의 동작으로 식탁보를 펼쳤다. 식탁보가 탁자 위에서 물결쳤다. 그가 자리를 세팅하는 동안 주방장은 휘파람으로 노래를 부르기 시작했다. 백작은 그 노래가 방금 전 자신이 샬랴핀에서 들었던 바나나가 부족하다는 노래라는 걸 알아채고는 빙긋 미소 지었다. 마침 때맞춰 뒤쪽 계단으로 통하는 문이 열리더니 안드레이가 팔 밖으로 삐져나올 정도로 많은 오렌지를 한 아름 안고 급히 들어왔다. 그는 에밀 옆으로 다가가서는 허리를 숙여 조리대 위로 오렌지를 쏟았다.

오렌지들은 감옥 문이 열린 것을 발견한 죄수들처럼 본능적으로 사방으로 구르며 탈출 기회를 극대화하고자 했다. 안드레이는 번개 같은 동작으로 두 팔을 둥글게 활짝 뻗어서 탈출하려는 오렌지들을 가두었다. 그러나 오렌지 한 알이 안드레이의 팔을 벗어나 조리대를 가로지르며 굴러가더니, 곧장 압생트를 향해 내달렸다! 에밀이 식칼을 떨구고 몸을 날려서 간발의 차이로 잔을 조리대 위로 들어 올렸다. 속도가 붙은 오렌지는 회향 뒤편으로 굴러가서 조리대에서 떨어지더니, 바닥에 쿵 부딪치고 나서는 출구를 향해 탈출을 시도했다. 바로 그 마지막 순간에 에밀의 주방과 바깥 세계를 가르는 문이 안쪽으로 열리면서 오렌지를 반대 방향으로 굴러가게 만들었다. 문간에는 문을 열고 들어온 비숍이 서 있었다.

삼인조는 얼어붙었다.

비숍은 북북서 방향으로 두 걸음 전진하며 현장을 장악했다.

"안녕하시오, 신사 여러분." 그가 더없이 친근한 어조로 말했다. "이 늦은 시각에 세 분 모두 주방에 모여 있는 이유가 뭐죠……?"

정신을 차린 안드레이가 끓고 있는 냄비 앞으로 걸음을 옮기면서 손으로 카운터 위의 음식들을 가리켰다.

"재고 조사를 하는 중이오."

"재고 조사……?"

"예, 분기별 재고 조사죠."

"물론 그러시겠죠." 비숍이 특유의 성직자 같은 미소를 지으며 대답했다. "누구의 요청으로 분기별 재고 조사를 실시하고 있죠……?"

비숍과 지배인 사이에 이런 대화가 오가는 동안 백작은 문이 안쪽으로 열리는 순간에 핏기가 사라졌던 에밀의 얼굴이 서서히 원래의 색깔을 회복하고 있다는 것을 알아차렸다. 그것은 비숍이 문지방을 넘어설 때 에밀의 두 뺨에 살짝 붉은 기운이 감도는 것으로 시작되었다. 그의 뺨은 비숍이 '세 분 모두 주방에 모여 있는 이유가 뭐죠……?' 하고 물었을 때 장밋빛이 되었다. 그러나 비숍이 '누구의 요청으로……?' 하고 물었을 때 그의 뺨과 목과 귀는 도덕적 분개심으로 불타서 자주색을 띠었는데, 그 모습은 그의 주방에 그런 물음표가 존재한다는 것 자체가 중죄에 해당하는 것은 아닐까, 하는 생각이 들게 했다.

"누구의 요청으로?" 주방장이 물었다.

비숍은 안드레이에서 에밀에게로 시선을 돌렸는데, 순간 주방장의 변모에 깜짝 놀란 표정 역력했다. 그는 흔들리고 있는 것처럼 보였다.

"누구의 요청으로?" 주방장이 다시 말했다.

에밀은 비숍에게서 눈을 떼지 않은 채 느닷없이 자신의 식칼을 향해 손을 뻗었다.

"누구의 요청으로!"

에밀이 식칼이 든 팔을 머리 위로 높이 치켜들고 한 걸음 앞으로 내딛자 비숍의 얼굴이 해덕처럼 하얗게 질렸다. 그 순간 주방 문이 열렸다가 닫혔고, 비숍의 모습은 이제 보이지 않았다.

안드레이와 백작은 문에서 눈을 돌려 에밀을 바라보았다. 이어 놀라서 눈이 휘둥그레진 안드레이가 섬세한 손가락으로 에밀의 치켜든 손을 가리켰다. 알고 보니 분노에 휩싸인 주방장이 식칼 대신 셀러리 줄기를 집어 든 것이었다. 녹색의 조그만 셀러리 잎들이 허공에서 떨고 있었다. 그들 삼인조는 도망간 비숍을 향해 웃음을 터뜨렸다.

새벽 1시, 공모자들이 각자의 자리에 앉았다. 그들 앞의 탁자에는 촛대 하나, 빵 한 덩이, 로제 와인 한 병, 그리고 부야베스⁺ 세 그릇이 놓여 있었다.

세 남자는 서로 시선을 주고받은 다음, 동시에 스푼을 스튜에 담갔다. 하지만 에밀의 동작은 일종의 속임수였다. 안드레이와 백작이 스푼을 들어서 입으로 가져갔을 때, 에밀의 스푼은 그릇 위를 맴돌고만 있었기 때문이다. 에밀은 동료들이 맨 처음 맛보았을 때의 표정을 살펴볼 생각이었던 것이다.

백작은 에밀이 자신을 지켜보고 있다는 것을 잘 알고 있었지만 자신의 인상에 더욱더 집중하기 위해 눈을 감았다.

이 맛을 어떻게 묘사할 수 있을까?

⁺ 향신료를 많이 넣은 프랑스 남부 지방의 생선 스튜.

처음에는 프로방스 지방의 따사로움이 넉넉하게 느껴지는, 생선 뼈와 회향과 토마토를 끓이고 달인 수프를 맛본다. 그다음, 부두의 어부에게서 구입한 얇게 저민 해덕의 부드러운 살과 홍합의 짭짤한 탄력을 맛본다. 그리고 스페인산 오렌지와 술집에서 구한 압생트의 당돌한 맛에 놀란다. 이 모든 다양한 인상은 사프란에 의해서—그리스의 구릉 지대에서 수확된 뒤 노새 등에 실려 아테네까지 운반된 다음, 펠러커* 편으로 지중해를 건너 온 여름 태양의 진수, 사프란에 의해서—형성되고 활기를 띤다고 할 수 있다. 달리 말하자면 첫 스푼을 떠서 이 요리를 맛보는 순간, 우리는 뱃사람과 좀도둑과 아름다운 여인들로 북적거리고, 햇살과 여름, 각종 언어와 삶의 활기로 넘실거리는 마르세유 항구에 있는 우리 자신을 발견하게 된다.

백작은 눈을 떴다.

"마니피크(훌륭해)." 그가 말했다.

스푼을 내려놓은 안드레이는 섬세한 두 손을 한데 모았는데, 그것은 존경심을 드러내는 침묵의 박수였다.

주방장은 환한 웃음을 지으며 두 동료에게 고개를 숙인 다음, 오랫동안 기다려온 식사에 동참했다.

이후 두 시간 동안 그들 삼인조는 각각 부야베스를 세 그릇씩 먹으면서 와인을 한 병씩 마셨다. 그러는 동안 돌아가면서 각자의 얘기를 솔직하게 털어놓았다.

✦ 지중해 연안에서 이용되는 삼각돛을 단 소형 범선.

이 오랜 친구들은 무엇에 대해 얘기했을까? 그들이 얘기하지 않은 게 뭐가 있었을까? 그들은 상트페테르부르크, 민스크, 리옹에서 보낸 어린 시절에 대해 이야기를 나누었다. 첫사랑과 두 번째 사랑에 대해서도 털어놓았다. 안드레이의 네 살 난 아들과 에밀의 4년 묵은 요통에 대해서도 이야기꽃을 피웠다. 그들은 지나간 왕년의 시절에 대해, 간절히 바라는 바와 멋진 일들에 대해 얘기했다.

이 시간에 자지 않고 깨어 있는 경우가 거의 없는 에밀은 전에는 느껴 보지 못한 행복감에 싸여 있었다. 젊은 시절의 이야기를 나누는 동안 에밀은 너무 호탕하게 웃는 바람에 머리가 어깨 위에서 마구 요동을 쳤으며, 그 때문에 입술로 가야 할 냅킨의 한쪽 모서리가 두 번이나 눈가까지 밀려 올라갈 정도였다.

그들의 이야기 가운데 가장 중요한 이야기는 무엇이었을까? 새벽 3시에 안드레이는 지나가는 말투로 불쑥 서커스에서 보냈던 시절을 간단히 언급했다.

"예? 뭐라고요? 어디에서?"

"지금 '서커스'라고 했나요?"

그랬다. 사실이었다. 서커스였다.

안드레이는 아내를 잃고 홀아비가 된 아버지 밑에서 자랐는데, 아버지는 술만 마시면 폭력을 일삼았다. 그리하여 안드레이는 열여섯 살 때 집을 나와 순회 서커스단에 들어갔다. 이 서커스단과 함께 1913년에 모스크바로 흘러들어온 그는 아르바트 거리의 서점 점원과 사랑에 빠지면서 서커스단과 작별을 고했다. 그로부터 2개월 뒤에 보야르스키 식당에 웨이터로 고용되었고, 이후 이곳에서 계속 일해왔다.

"서커스단에서는 뭘 했어요?" 백작이 물었다.

"곡예사? 광대?" 에밀이 추측했다.

"사자 조련사?"

"저글링을 했어요."

"에이, 거짓말." 에밀이 말했다.

대답 대신에 지배인은 탁자에서 일어서더니 조리대에서 사용하지 않은 오렌지 세 개를 집어 들었다. 양손에 과일을 쥔 안드레이는 몸을 완전히 똑바로 폈다. 하지만 실은 그의 몸은 와인을 마신 탓에 약간—12시 2분을 가리킬 정도로—기울어진 상태였다. 그는 잠시 숨을 고른 후 오렌지들을 교대로 던지고 잡기 시작했다.

솔직히 백작과 에밀은 오랜 친구의 주장에 의심을 품고 있었다. 그러나 안드레이가 저글링을 시작하자마자 두 사람은 지금까지 그의 재주를 짐작조차 하지 못했다는 사실이 그저 놀라울 따름이었다. 안드레이의 손은 저글링을 위해 신이 직접 빚은 듯했기 때문이다. 그의 손동작은 너무나 능수능란해서 오렌지들이 저절로 움직이는 것 같았다. 더 멋지게 표현하자면, 오렌지들은 앞으로 밀어내는 동시에 우주 공간 속으로 튕겨나가지는 못하도록 붙잡는 중력의 힘에 의해 좌우되는 행성들처럼 움직였다. 행성들 앞에 서 있는 안드레이는 그것들을 궤도에서 살짝 잡아당겼다가 다시 놓아줌으로써 행성들이 자연스럽게 정해진 경로를 따라 돌도록 만드는 듯했다.

안드레이의 손동작은 지켜보는 사람을 최면에 빠뜨릴 정도로 무척이나 부드럽고 율동적이었다. 실제로 에밀과 백작이 눈치채지도 못하는 사이에 느닷없이 태양계에 오렌지 하나가 추가되었다. 잠시 후 안드레이는 품위 있고 화려한 동작으로 네 개의 오렌지를 모두 붙잡고 허리 숙여 인사했다.

백작과 에밀이 찬사를 보낼 차례였다.

"그런데 서커스에서 오렌지를 돌리진 않았겠죠?" 에밀이 말했다.

"그럼요." 안드레이가 조심스럽게 오렌지를 조리대에 내려놓으면서 대답했다. "칼을 돌렸지요."

백작과 에밀이 믿기지 않는다는 표정을 짓기도 전에 안드레이는 서랍에서 과도 세 개를 꺼내오더니 공중에서 돌리기 시작했다. 그것들은 행성이 아니었다. 칼들은 마치 지옥의 기계에 장착된 부품처럼 공기를 가르며 돌았다. 양초의 불꽃이 칼날에 반사될 때마다 번뜩이는 빛에 의해 효과가 고조되었다. 잠시 후 칼들이 움직이기 시작했을 때처럼 갑작스럽게 세 개의 칼자루가 안드레이의 손 안에서 고정되었다.

"아, 그런데 칼 네 개도 가능할까요?" 백작이 약을 올렸다.

안드레이는 아무 말도 하지 않고 칼이 든 서랍 쪽으로 걸음을 옮겼다. 하지만 그가 서랍 안으로 손을 뻗기 전에 에밀이 자리에서 일어섰다. 거리의 마술사에게 마음을 사로잡힌 소년 같은 표정의 에밀은 군중 틈에서 수줍게 빠져 나와 자신의 식칼을 내밀었다. 15년 가까이 다른 누구의 손이 닿는 것도 허락하지 않았던 칼이었다. 안드레이는 의식을 치르는 듯한 마음가짐으로 허리를 굽혀 식칼을 받아 들었다. 그가 네 개의 칼을 돌리기 시작하자 에밀은 의자 뒤로 몸을 기대며 눈물이 그렁그렁한 눈으로 자신이 신뢰하는 칼이 공간 속을 가볍게 미끄러지는 것을 지켜보았다. 지금 이 순간, 이 시간, 이 우주가 더할 나위 없이 좋다는 느낌이 들었다.

★

새벽 3시 30분, 백작은 비틀거리며 계단을 올라가 자신의 방 쪽으로 방향을 틀었다. 휘청휘청 옷장을 통과하여 옆방으로 간 백작은 주머니에 들어 있던 것들을 모두 꺼내서 책장에 올려놓은 다음, 브랜디를 한 잔 따른 뒤 만족스러운 숨을 내쉬며 의자에 털썩 주저앉았다. 벽에 자리 잡은 자기 자리에서 옐레나가 모든 걸 다 안다는 듯한 부드러운 미소로 그를 맞았다.

"그래, 그래." 그가 인정했다. "좀 늦었지. 좀 취하기도 했고 말이야. 그래도 군이 변명을 하자면, 오늘은 참 일이 많았단다."

자신의 말을 입증이라도 하려는 듯 백작은 갑자기 의자에서 몸을 일으키더니 재킷의 접힌 단 하나를 잡아당겼다.

"이 단추 보이니? 이걸 내가 직접 달았단다."

백작은 의자에 다시 주저앉은 다음 브랜디 잔을 들어 한 모금 마시고는 생각에 잠겼다. "그 여자 말이 완벽하게 맞아. 마리나 말이야. 절대적으로, 분명코, 완벽하게 옳아." 백작은 다시 숨을 내쉬었다. 그러고 나서 여동생과 하나의 생각을 공유했다.

스토리텔링이라는 것이 시작된 이래로 죽음은 늘 부지불식간에 찾아왔지, 그는 설명했다. 이런저런 이야기 속에서 죽음은 소리 없이 마을에 도착한 다음 여관에 방을 하나 잡고, 골목길에 잠복해 있거나 혹은 슬그머니 시장을 어슬렁거리지. 그러다가 주인공이 복잡한 일상으로부터 한숨 돌리려는 그 순간에 죽음은 그를 찾아가.

그건 어쩔 수 없는 거야, 백작은 인정했다. 하지만 삶 역시 어느 모로 보나 죽음만큼이나 기만적이라는 사실을 얘기하는 스토리텔

링은 거의 없지. 삶 역시 빨간 모자가 달린 외투를 입고 있을 수 있어. 삶 역시 마을로 숨어 들어와 골목길에 잠복해 있거나 혹은 선술집 뒤쪽에서 기다리고 있을 수 있어.

삶이 미시카를 찾아간 게 그런 경우잖아. 삶은 책 뒤에 숨어 있는 그를 찾아내서, 도서관 밖으로 데리고 나가, 네바강이 내려다보이는 호젓한 곳에서 그의 손을 잡아주었잖아.

삶은 리옹에서 안드레이를 찾아내, 그에게 손짓하여 서커스단으로 불러냈잖아.

백작은 잔을 비우고 나서 의자에서 일어나 브랜디 병을 잡으려고 손을 뻗다가 책장에 부딪치고 말았다.

"엑스퀴제무아, 무슈(죄송합니다, 선생님)."

백작은 약간, 한두 방울 정도, 겨우 한 모금 홀짝일 만큼만 브랜디를 따르고는 다시 의자에 앉았다. 그런 다음 허공에 손가락 하나를 흔들면서 말을 이었다.

"옐레나, 집단들의 집단화, 부농들의 빈농화…… 틀림없이 꽤 그럴듯해 보일 거야. 심지어 가능성도 꽤 높아. 하지만 그게 **불가피한** 걸까?"

백작은 잘 알고 있다는 듯한 미소를 지으며 '불가피한'이라는 단어의 소리에 고개를 저었다.

"불가피한 게 뭔지 내가 말해주지. 불가피한 것은 말이야, 삶이 니나에게도 찾아갈 거라는 거야. 니나는 성 아우구스티누스만큼이나 진지하긴 하지만, 아주 초롱초롱하고 생기 넘치는 아이라서 삶이 그 애로 하여금 악수를 하고 혼자 떠나도록 내버려두진 않을 거야. 삶은 택시를 타고 니나를 뒤따라갈 거라고. 그러다 우연히 그 애와 마주치겠지. 삶은 결국 그 애의 환심을 사는 데 성공할 거야. 그러기 위해서 삶은 구걸하고, 맞바꾸고, 공모에 가담하겠지. 필요하다면 교묘한 속임수에 의존하기도 할 거야."

"세상이란 참……." 백작은 마지막으로 한숨을 내쉬고 나서 의자에 앉은 채 잠에 빠져들었다.

다음 날 아침, 백작은 눈이 약간 흐릿하고 머리가 지끈거리는 것을 느끼며 커피를 두 잔째 따랐다. 이어 의자에 앉은 다음 재킷에서 미시카의 편지를 꺼내려고 몸을 옆으로 기울였다.

하지만 편지는 거기 없었다.

백작은 전날 로비를 떠날 때 안주머니에 편지를 넣었던 것을 또렷이 기억했다. 마리나의 사무실에서 단추를 수선할 때만 해도 편지는 분명 주머니 안에 있었는데…….

안나의 의자 등받이에 재킷을 걸쳐놓을 때 편지가 빠져버린 게 틀림없다는 생각이 들었다. 백작은 커피를 마신 후 311호로 내려갔다. 하지만 그가 발견한 거라곤 방문이 열려 있고, 옷장은 텅 비었으며, 쓰레기통 바닥에는 아무것도 없다는 사실뿐이었다.

그러나 반쯤 읽다 만 미시카의 편지는 백작이 안나의 방에 있을 때 그의 재킷에서 떨어진 것이 아니었다. 새벽 3시 반이 지난 시각에 주머니에 든 물건들을 모두 꺼낸 다음 비틀거리며 브랜디 병을 잡으려고 했을 때, 그가 편지를 잘못 건드려서 책장과 벽 사이의 틈으로 편지가 빠져버린 것이었다. 편지는 영영 그곳에 처박힐 운명이 되고 말았다.

그런데 그것은 오히려 잘된 일인지도 몰랐다.

백작은 넵스키 대로를 따라 쓸쓸하면서도 달콤한 산책을 즐긴 미시카와 그의 로맨틱한 시구에 깊은 감동을 받았지만, 실은 그 시는 미시카 자신이 쓴 게 아니었다. 그 구절은 1923년에 마야콥스키가 의자 위에 서서 읊었던 시에서 따온 것이었다. 그리고 미시카가 그 구절을 인용하게 된 동기는 카테리나가 처음 그의 손을 잡았던 날과는 아무 관련이 없었다. 미시카로 하여금 그 시구를 인용하도록 자극한 것은, 그리고 편지를 쓰도록 자극한 것은, 4월 14일에 혁명의 계관시인인 블라디미르 마야콥스키가 자신의 심장에 권총을 쏘아서 자살했다는 사실이었다.

부록

6월 22일 아침, 백작이 여전히 이 주머니 저 주머니를 뒤지며 미시카의 편지를 찾고 있는 동안, 니나 쿨리코바와 그녀의 공모자 세 사람은 이바노보를 향해 동쪽으로 달리는 기차에 타고 있었다. 그들의 몸과 마음은 활기와 흥분과 뚜렷한 목표 의식으로 충만했다.

1928년 '제1차 5개년 계획'을 시작한 이래 도심 센터의 동무들 수만 명은 발전소와 제철 공장과 중장비 제조 공장을 건설하기 위해 쉼 없이 일해왔다. 이러한 역사적 노력의 전개 과정에서 국가의 곡물 생산 지역들이 제 몫의 역할을 수행하는 것—농작물 생산량을 현저히 늘려 도시 지역의 늘어난 빵 수요를 충족시키는 것—은 극히 중요한 일일 터였다.

그렇지만 이 야심찬 노력을 위한 길을 닦기 위해서는 백만 명에 이르는 부농들—부당 이득을 취하는 자들이자 공공선의 적들, 그런데 아이러니하게도 해당 지역에서 가장 유능한 농부들—을 추방할 필요가 있었다. 새로이 도입된 농업 방식을 분노와 의심의 눈초리로 바라보았던 나머지 소작농들은 혁신을 위한 아주 작은 노력에 대해서조차도 적대적인 태도를 드러냈다. 새로운 시대를 획기적으로 열어젖힐 의도로 도입된 트랙터들은 결국 공급이 달리고 말았다. 날씨가 받쳐주지 않아서 이러한 도전적인 상황이 더 꼬이게 되었으며, 농작물 생산이 붕괴되는 결과를 낳았다. 그러나 도시를 먹여 살려야 한다는 지상 과제 앞에서 수확량의 급격한 감소는 총부리를 앞세운 무력에 의한 할당량과 징발의 증가로 이어졌다.

1932년에는 통제하기 힘든 난제들이 한꺼번에 밀어닥침으로써

구 러시아 농업 지역에서는 고통스러운 상황이 광범위하게 퍼졌고, 우크라이나에서는 수백만 명의 소작농들이 굶주림으로 사망했다.[4]

그러나 앞서 얘기했듯이, 이 모든 것은 아직은 닥치지 않은 얼마 후의 일이었다. 니나가 탄 기차가 마침내 어린 밀들이 산들바람에 일렁이는 밀밭이 눈길 닿는 데까지 아득히 펼쳐진 이바노보의 드넓은 대지에 도착했을 때, 그녀는 아찔하도록 아름다운 풍경에, 그리고 자신의 삶이 막 시작되었다는 느낌에 거의 압도당할 지경이었다.

1938

도착

러시아의 1930년대 초반이 모진 시기였다는 점은 인정하기로 하자.

시골의 기아 사태에 더하여 1932년의 기근은 소작농들을 도시로 이주시키는 결과를 낳았으며, 그것은 결국 초만원 상태의 주거, 생필품의 부족, 심지어 무법 사태로까지 이어졌다. 동시에 도심의 충직한 노동자들은 쉼 없이 이어지는 강도 높은 노동에 지쳐가고 있었다. 예술가들은 상상할 수 있는 것이나 상상할 수 없는 것들에 대해서 한결 강화된 제약에 맞닥뜨렸다. 교회는 폐쇄되거나 용도 전환되거나 파괴되었다. 그리고 혁명의 영웅 세르게이 키로프가 암살되자 당국은 정치적으로 신뢰할 수 없는 일체의 요인들을 제거했다.

그렇지만 1935년 11월 17일, '제1차 스타하노프총연맹 회의'에서 스탈린 자신은 이렇게 선언했다. **동무들, 생활이 개선되었습니다. 생**

활이 더 즐거워졌습니다…….

일반적으로 정치인의 입에서 나오는 그와 같은 발언은 형식적인 번지르르한 말이기 십상이어서 먼지와 보풀과 함께 쓸어내야 한다. 하지만 소소의 입에서 그 말이 나오자 사람들은 그 말에 신빙성을 부여할 충분한 근거를 가지게 되었다. 왜냐하면 '공산당 중앙위원회 총서기'인 소소는 보통 이 같은 간접적인 연설에서 간접적인 방식으로 자신의 생각의 변화를 넌지시 알렸기 때문이다.

실제로 이 연설을 하기 며칠 전 소소는《헤럴드 트리뷴》을 읽다가 공장 문 앞에 서 있는 세 명의 젊고 건강한 볼셰비키 소녀들의 사진을 보았다. 그들은 오랫동안 당이 선호해온 튜닉 상의에 네커치프를 걸친 차림새였다. 보통 때라면 그런 사진은 그의 마음을 설레게 하고 행복하게 해주었을 것이다. 그렇지만 서구 언론에 실린 사진이라는 맥락을 고려할 때, 이 단순한 복장은 공산주의가 실현된 지 18년이 지났음에도 러시아 소녀들이 여전히 소작농의 삶을 살고 있는 것처럼 전 세계에 비칠지도 모른다는 생각이 총서기에게 갑자기 떠올랐다. 그런 이유로 이 운명적인 문장들이 그의 연설에 삽입되었다. 그리고 국가의 방향이 바뀌었다.

신중한 기관원들은《프라브다》에서 생활이 개선되었다는 보도를 읽자마자 전환점이 도래했다는 것을 알아차렸다. 혁명의 완전한 성공이라는 상황을 고려할 때, 당 차원에서 약간의 화려함과 약간의 사치와 약간의 웃음을 지지할 뿐만 아니라 독려할 때가 되었음을 납득한 것이었다. 몇 주 지나지 않아서 오랫동안 추방되었던 크리스마스트리와 집시 음악이 따뜻한 환대를 받으며 귀향했다. 외무상의 부인인 폴리나 몰로토바에게는 소비에트 최초의 향수를 출범시키는 임무가 부여되었다. '노비 스베트'는 (약간의 수입 기계의 도움을 받아) 하루에 1만 병 기준으로 샴페인을 생산하게 되었다. 정치국 위원들은 자신들의 군복을 맞춤 양복과 맞바꾸었다. 그리고 공장 문을 빠져나오는 열혈 소녀들에게는 이제 소작농이 아닌 샹젤리제 거리를 걷는 소녀들처럼 보이도록 옷을 입으라고 독려했다.[5]

그리하여 『창세기』의 그분이 '이것이 있으라' '저것이 있으라' 라고 말하자 이것이 있게 되고 저것이 있게 된 것과 마찬가지로, 소소가 '동무들, 생활이 개선되었습니다' 하고 말하자 생활이―실제로―개선되었던 것이다!

요지는 이러했다. 지금 이 순간, 허리가 잘록하게 들어가고 치맛단이 무릎까지 올라온 환한 색깔의 옷을 걸친 두 젊은 숙녀가 쿠즈네츠키다리 거리를 걷고 있다. 한 사람은 노란 모자까지 쓰고 있으며, 모자의 챙은 기다란 속눈썹 위로 유혹하듯 기울어져 있다. 발 아래로 신형 지하철이 덜컹거리며 지나가고, 그들은 중앙백화점의 세 개의 대형 쇼윈도 앞에서 걸음을 멈춘다. 각각의 쇼윈도에는 갖가지 모자, 갖가지 시계, 갖가지 하이힐이 피라미드 모양으로 전시되어 있다.

사실상 이 여성들은 여전히 혼잡한 아파트에서 생활하고 예쁜 드레스를 공동 세탁실에서 세탁한다. 하지만 그들이 분노를 느끼며 백화점 쇼윈도를 들여다볼까? 절대 그럴 리 없다. 부러움으로 혹은 놀라움으로 눈을 휘둥그레 뜨고 들여다볼지언정 분노를 느끼지는 않는다. 중앙백화점의 문은 이제 그들을 향해 닫혀 있지 않기 때문이다. 오랫동안 외국인과 당 고위 관료를 위해 봉사해온 이 백화점은 1936년 일반 시민에게도 개방되었다. 외국 화폐나 은 또는 금으로 물건 값을 지불할 수만 있다면 말이다. 실제로 중앙백화점의 저층에는 멋진 설비를 갖춘 사무실이 있는데, 그곳에서는 신중해 보이는 한 신사가 당신이 백화점에서 물건을 살 수 있도록, 당신 할머니의 보석이 지닌 실제 가치의 절반에 해당하는 액수만큼 당신에게 현찰을 건네준다.

아시겠는가? 생활은 더 즐거워진다.

우리의 매력적인 두 여성은 쇼윈도 속 물건들을 감탄 어린 눈으로 바라보면서 자신들의 아파트에도 모자와 시계와 신발들을 넣어둘 수 있는 옷장을 구비할 수 있는 날이 오게 되기를 꿈꾼 후, 다시 걸음을 옮긴다. 그리고 걸어가는 내내 저녁에 만나서 식사를 함께하기로 한 연줄이 든든한 두 젊은 남자에 대해 수다를 떤다.

테아트랄니로에 다다른 두 사람은 보도에 서서 자동차의 흐름이 잠시 끊길 때를 기다린다. 그런 다음 거리를 가로질러 메트로폴 호텔로 들어선다. 그들이 피아차로 통하는 안내 데스크를 지날 때, 머리가 희끗희끗해지기 시작한 기품 있어 보이는 한 남자가 감탄의 눈으로 바라본다⋯⋯.

"아, 봄이 끝나는군." 백작이 (그날 밤의 예약 현황을 정리하던) 바실리에게 말했다. "저 젊은 여성들의 스커트 길이로 판단하건대, 오늘 트베르스카야는 지금 시각이 저녁 7시인데도 분명 20도가 넘을 것 같아. 이제 며칠 후면 남자아이들은 알렉산드롭스키 정원에서 몰래 꽃을 따서 꽃다발을 만들 테고, 에밀은 요리에 콩을 뿌리기 시작할 테지⋯⋯."

"틀림없이 그럴 겁니다." 안내인 바실리가 대학자의 말에 동의하는 도서관 사서처럼 말했다.

실제로 그날 아침에 제철 딸기가 처음으로 주방에 배달되었고, 에밀은 백작의 다음 날 아침 식사를 위해 그 딸기를 몇 개 슬쩍 백작에게 챙겨주었다.

"틀림없을 거야." 백작이 결론을 내렸다. "여름이 대문 앞까지 이르렀으니 이젠 무사태평한 긴긴 날들이 이어지겠지……."

"알렉산드르 일리치."

자기의 이름을 부르는 예기치 않은 소리에 백작은 몸을 돌려 바로 뒤에 서 있는 또 한 명의 젊은 숙녀를 발견했다. 그런데 이 여성은 바지 차림이었다. 168센티미터 정도의 키에, 곧은 금발, 옅은 푸른색 눈, 그리고 드물게 보이는 침착성을 지닌 여성이었다.

"니나!" 그가 소리쳤다. "이렇게 반가울 데가 있나! 네 소식을 들은 게 벌써 몇 년 만인지 모르겠구나. 모스크바엔 언제 돌아온 거니?"

"잠시 얘기 좀 할 수 있을까요?"

"물론이지……."

뭔가 개인적인 용무 때문에 니나가 찾아왔으리라는 예감에 백작은 안내 데스크에서 몇 발짝 떨어진 곳으로 그녀를 따라갔다.

"제 남편 때문이에요……." 니나가 얘기를 시작했다.

"남편이라고?" 백작이 말을 낚아챘다. "너 결혼했구나!"

"네." 그녀가 말했다. "레프랑 결혼한 지 6년 됐어요. 이바노보에서 같이 일했지요……."

"그래, 그 친구 기억난다!"

자꾸 말을 끊는 백작이 못마땅한 듯, 니나는 고개를 저었다.

"만난 적 없을 거예요."

"네 말이 맞다. 사실 만난 적은 없지. 하지만 네가 떠나기 직전에 여기 호텔에 너랑 같이 있었잖아."

백작은 다른 동료들을 먼저 떠나보낸 뒤 혼자서 니나를 기다리던 잘생긴 콤소몰 우두머리를 떠올리면서 자기도 모르게 미소 지었다.

니나는 잠시 남편과 함께 메트로폴 호텔을 방문했던 기억을 떠올리려 했다. 그러다가 얼마나 오래전에 그들이 호텔에 함께 왔었는지 따위의 문제는 중요하지 않다는 듯이 한 손을 저었다.

"죄송해요, 알렉산드르 일리치. 전 시간이 별로 없어요. 2주 전에 우리는 이바노보에서 소집되어 농업 계획의 미래에 대한 회의에 참석하게 되었어요. 그런데 회의 첫날, 레오가 체포되었어요. 여기저기 수소문한 끝에 그 사람이 루뱐카에 구금되어 있다는 걸 알았지만, 면회를 허락하질 않네요. 전 최악의 사태가 벌어지지나 않을지 두려웠어요. 그러다가 어제, 그 사람이 5년의 교정 노동형 판결을 받았다는 걸 알게 됐어요. 오늘 밤 세보스틀라크*행 기차에 태운다 더군요. 전 거기까지 쫓아갈 거예요. 그래서 제가 거기 정착할 때까지 소피야를 돌봐줄 사람이 필요해요."

"소피야?"

백작은 니나의 눈길을 좇아 로비 건너편을 바라보았다. 검은 머리에 상아색 피부를 가진 대여섯 살쯤 되어 보이는 여자아이가 등받이가 높은 의자에 앉아 있었다. 아이의 발이 바닥에서 몇 센티미터 높이에서 달랑거렸다.

---

* 소련 북동부에 위치한 집단 노동 수용소.

"지금 저 애를 데려갈 수는 없어요. 일자리와 살 곳을 먼저 알아 봐야 하니까요. 한두 달 걸릴지도 몰라요. 하지만 거기 정착하는 대로 애를 데리러 올게요."

니나는 일련의 과학적 결과물을 보고하듯 이 모든 상황의 전개 과정—중력과 운동의 법칙만큼이나 확실하게 우리의 두려움과 분노를 자아내는 일련의 사실들—을 설명했다. 하지만 백작은 하나하나의 사건들이 너무나 짧은 시간 안에 펼쳐지고 있다는 사실에 충격의 감정을 억누를 수가 없었다. 남편, 딸, 체포, 루뱐카, 교정 노동…….

백작의 표정을 망설임이라고 해석한 니나가, 지극히 독립적인 영혼의 소유자인 그녀가, 백작의 팔을 꽉 붙잡았다.

"달리 부탁할 사람이 없어요, 알렉산드르." 그녀는 잠시 뜸을 들였다가 덧붙였다. "제발요."

백작과 니나는 함께 로비를 가로질러서 검은 머리에 하얀 피부, 짙푸른 눈을 가진 대여섯 살 된 아이에게로 다가갔다. 다른 상황에서 소피야를 처음 보았더라면 백작은 아마 니나의 단호한 실용주의가 엿보이는 흔적들을 조용히 즐기는 심정으로 아이를 관찰했을 것이다. 소피야의 옷은 소박했다. 머리카락은 남자아이들만큼이나 짧았다. 소피야가 목을 붙잡고서 끌어안고 있는 헝겊 인형은 심지어 옷도 입지 않은 인형이었다.

니나는 무릎을 꿇고 소피야와 같은 눈높이에서 눈을 맞추었다. 그녀는 소피야의 무릎에 한 손을 올리더니, 백작이 지금까지 니나에게서 들어본 적이 없는 테너 톤의 목소리로 말하기 시작했다. 부드러움이 담긴 테너 목소리였다.

"소냐♦, 이분이 내가 너한테 자주 얘기했던 사샤 아저씨란다."

"엄마한테 예쁜 쌍안경 주신 분요?"

"그래." 니나가 미소를 지으며 말했다. "바로 그분이야."

"안녕, 소피야." 백작이 말했다.

니나는 엄마가 새 집을 마련할 때까지 소피야는 몇 주 동안 이 멋진 호텔에서 지내야 한다고 설명했다. 엄마가 돌아올 때까지 씩씩하게, 예의 바르게, 아저씨 말 잘 듣고 지내야 한다고 니나가 아이에게 일렀다.

"그러고 나면 우린 기다란 기차를 타고 아빠한테 가는 거예요?" 아이가 말했다.

"그렇고말고, 소냐. 그러고 나면 우린 기다란 기차를 타고 아빠한테 가는 거야."

소피야는 엄마의 강인함에 걸맞은 모습을 보이기 위해 최선을 다하고 있었다. 하지만 아이는 자신의 감정을 추스를 수 있는 엄마의 통제력은 아직 가지고 있지 못했다. 질문을 하거나 떼를 쓰거나 당혹스러운 태도를 보이지는 않았지만, 모든 상황을 이해한다는 것을 보여주기 위해 고개를 끄덕일 때 아이의 뺨을 타고 눈물방울이 굴러 떨어졌다.

니나가 엄지손가락으로 딸의 한쪽 뺨에서 눈물을 훔쳤고, 소피야는 손등으로 다른 쪽 뺨의 눈물을 닦아냈다. 니나는 눈물이 완전히 마를 때까지 소피야의 눈을 들여다보았다. 그러고 나서 다시 고개를 끄덕인 뒤, 딸의 이마에 입맞춤한 다음 몇 미터 떨어진 곳으로

♦ 소피야의 애칭.

백작을 이끌었다.

"여기요." 니나는 그에게 군인이 등에 메고 다녔을 것 같은, 어깨 끈이 달린 캔버스 천 가방을 하나 건넸다. "이건 소피야의 물건들이에요. 이것도 같이 맡아주셔야 할 것 같아요." 이어 니나는 액자 같은 것에 넣지 않은 작은 사진 한 장을 백작에게 내밀었다. "이건 백작님 혼자만 보고 보관해두시는 게 좋을 것 같은데. 잘 모르겠어요. 알아서 결정하세요."

니나는 백작의 팔을 다시 꼭 쥐고 나서 두 번 생각할 여지를 남기고 싶지 않은 듯한 사람의 발걸음으로 신속하게 로비를 가로질러 걸어갔다.

백작은 니나가 호텔 문을 나가 8년 전처럼 테아트랄나야 광장을 가로 지르는 것을 지켜보았다. 니나가 시야에서 사라지자 백작은 손에 쥔 사진을 내려다보았다. 니나와 소피야의 아버지인 남편이 함께 찍은 사진이었다. 니나의 지금 얼굴로 판단컨대 그 사진은 몇 년 전에 찍은 것임을 알 수 있었다. 또한 백작은 자신의 생각이 반밖에 맞지 않았다는 것도 알 수 있었다. 백작이 니나의 남편을 몇 년 전 이 호텔 로비에서 본 것은 사실이지만, 알고 보니 니나는 그 잘생긴 콤소몰 우두머리와 결혼한 것이 아니었다. 그녀는 매우 진지한 태도로 그녀의 재킷을 챙겨주었던, 수병 모자를 쓴 그 불운한 젊은 친구와 결혼했던 것이다.

이 모든 상황의 전개—니나가 백작의 이름을 부른 것에서 시작하여 니나가 호텔 문을 나가 시야에서 사라지기까지의 과정—는 15분도 채 걸리지 않았다. 그러므로 백작은 자신이 부탁받은 책무의 본질에 대해 생각해볼 겨를이 전혀 없었다.

그냥 한두 달만 돌봐주면 될 터였다. 아이의 교육이나 도덕적 가르침이나 종교적 양육에 대해서는 책임지지 않아도 될 것이다. 하지만 아이의 건강과 안전은 어떡할 것인가? 단 하룻밤을 맡아서 보살핀다 하더라도 그 부분에 대해서는 자기가 책임져야 하는 것 아닌가? 뭘 먹여야 하나? 어디서 재워야 하지? 다행스럽게도 오늘 저녁은 그가 비번인 날이지만, 보야르스키의 흰색 재킷을 입고 일해야 하는 내일 저녁은 뭘 어떻게 해야 할까?

그렇지만 소피야를 돌보는 책무를 떠맡기 전에 그에게 이 문제를 전면적으로 고찰할 시간이 있었다고 가정해보자. 모든 어려움과 장애물을 고려하고, 자신의 경험 부족을 솔직히 받아들이고, 자신은 아이를 보살피기에는 이 모스크바에서 가장 부적절하고 가장 준비되어 있지 않으며 가장 형편없는 상황에 놓인 사람이라는 사실을 수긍할 정도의 시간이 충분히 있었다고 가정해보자. 이 모든 것을 따져볼 시간과 침착성이 그에게 있었다고 하더라도, 과연 그는 니나의 요청을 거절할 수 있었을까?

자신은 아이를 맡기 어렵다고 니나를 설득하려는 시도조차 하지 않았을 것이다.

어떻게 그럴 수 있겠는가?

니나는 어린아이였을 때 피아차에서 망설이지 않고 그의 자리로 다가와 그의 친구가 되어주었던 여자가 아닌가. 그에게 호텔의 숨어 있는 여러 장소를 알려주고, 말 그대로 호텔의 수수께끼를 여는 열쇠를 그에게 준 여자가 아니던가. 그런 친구가 도움을 요청해오는 경우—특히 어려운 상황에서 도움을 요청해야 하는 상대 역시 부자연스러운 처지에 놓여 있는 경우—거기에 대한 대답은 받아들이는 것, 하나일 수밖에 없다.

백작은 사진을 주머니에 넣었다. 그는 마음을 가라앉히며 자기를 올려다보고 있는 자신의 새로운 책무를 향해 몸을 돌렸다.

"소피야. 배고프니? 뭐 좀 먹을래?"

아이는 고개를 저었다.

"그럼 위층으로 올라가서 좀 쉴까?"

백작은 소피야가 의자에서 내려올 수 있도록 도와준 뒤, 손을 잡고 로비를 걸어갔다. 막 계단을 올라가려 할 때 백작은 소피야가 승강기 문이 열리고 호텔 손님 두 명이 내리는 모습을 바라보고 있다는 것을 알아차렸다.

"승강기 타본 적 있니?" 그가 물었다.

소피야가 인형의 목을 잡고 가슴에 안은 채로 다시 고개를 저었다.

"그렇다면……."

백작은 승강기 문이 닫히지 않도록 잡아 두고서 소피야에게 어서 타라고 손짓했다. 소피야는 조심스러운 호기심이 깃든 표정으로 승강기에 발을 들여놓은 다음 백작이 탈 수 있도록 옆으로 비켜섰다. 그리고 문이 스르르 닫히는 것을 지켜보았다.

백작은 연극적인 화려한 동작과 더불어 '올라가라 얍!' 하고 명령하면서 5층 단추를 눌렀다. 승강기가 휘청, 하며 움직이기 시작했다. 소피야가 몸을 똑바로 가누었다. 그런 다음 오른쪽으로 몸을 약간 기울여서 창살 틈 사이로 각 층들이 아래로 지나가는 것을 지켜보았다.

"부알라(짜잔)!" 잠시 후 목적지에 다다르자 백작이 말했다.

복도를 지나 종탑으로 소피야를 안내한 백작은 다시 한번 소피야에게 올라가라고 손짓했다. 하지만 소피야는 급격한 각도로 휘어진 좁은 계단을 올려다보더니 백작에게로 몸을 돌려 두 손을 공중으로 치켜들었다. '안아주세요'를 뜻하는 만국 공통의 신호를 보낸 것이었다.

"흐음." 백작은 그렇게 말한 다음, 자신의 적지 않은 나이를 의식하며 아이를 안아 들었다.

아이가 하품을 했다.

방에 들어온 뒤 백작은 소피야를 침대에 앉히고, 아이의 배낭은 대공의 책상 위에 올려놓았다. 그런 다음 금방 돌아오겠다고 아이에게 말하고는 방을 나갔다. 그는 복도 끝 쪽 방에 보관해둔 자신의 트렁크에서 겨울용 담요를 꺼내 왔다. 자기 침대 옆 바닥에 소피야의 잠자리를 만들고 자기 베개 중에서 하나를 골라 아이에게 줄 생각이었다. 밤중에 깨어났을 때 아이를 밟지 않도록 조심하기만 하면 될 터였다.

하지만 백작은 잘못해서 소피야를 밟지 않을까 걱정할 필요가 없었다. 그가 담요를 가지고 방에 돌아왔을 때 아이는 이미 그의 침대 이불 속에서 잠들어 있었던 것이다.

적응

시계 종소리가 그토록 반가웠던 적은 없었다. 모스크바에서도, 유럽에서도, 세계 어디에서도 그런 적은 없었다. 프랑스의 카르팡티에와 미국 선수 뎀프시의 복싱 시합에서, 3라운드가 끝나는 공이 울렸을 때 카르팡티에가 느낀 안도감도 열두 번을 치는 시계 종소리를 들었을 때의 백작의 안도감보다 크지는 않았을 것이다. 프라하 시민들이 프리드리히 대제의 압제가 끝났음을 알리는 교회 종소리를 들었을 때 느낀 안도감 역시 백작의 안도감보다 더 크지는 않았을 것이다.

이 아이의 무엇이 다 큰 성인 남자로 하여금 일 분 일 분을 조심스럽게 세면서 점심시간이 어서 오기를 바라게 만들었을까? 아이가 말도 안 되는 소리를 주절주절 늘어놓아서? 낄낄거리며 방 안을 어지러이 돌아다녀서? 아주 사소한 자극에도 울음을 터뜨리거나 짜증을 부려서?

그와 정반대였다. 아이는 조용했다.

당혹스러울 정도로 조용했다.

아이는 잠에서 깨자마자 일어나서, 옷을 입고, 한 마디 말도 없이 침대를 정리했다. 백작이 아침 식사를 주자 아이는 트라피스트 수녀회의 수녀처럼 비스킷을 조금씩 조금씩 베어 먹었다. 자기 몫의 접시를 소리 없이 말끔히 비운 아이는 백작의 책상 앞에 놓인 의자로 올라가서 두 손을 엉덩이 밑에 깔고 앉아 말없이 백작을 응시했다. 그 시선 또한 범상치 않았다. 붓꽃처럼 짙고 심연처럼 불길한 아이의 눈길은 백작을 몹시 불안하게 만들었다. 아무런 수줍음도 조급함도 내비치지 않는 그 눈길은 이렇게 말하는 듯했다. **이젠 뭘 할까요, 알렉산드르 아저씨?**

정말이지 이젠 뭘 해야 하나? 침대도 정리하고 비스킷도 다 먹어 치운 두 사람 앞에는 하루가 고스란히 남아 있었다. 16시간. 960분.

57,600초!

그 생각은 말할 것도 없이 백작의 마음을 짓눌렀다.

그렇지만 알렉산드르 로스토프가 누구던가? 그야말로 노련한 이야기꾼 아니던가? 모스크바에서 상트페테르부르크에 이르기까지 결혼식이나 영명 축일+이면 그는 부득이 만찬 손님들 가운데 가장 다루기 까다로운 손님 옆에 앉아야 했다. 얌전한 체하는 숙모들이나 젠체하는 숙부들, 분위기를 즐기지 못하거나 심사가 뒤틀려 있거나 수줍어하는 사람들 옆자리에 앉아야 했던 것이다. 그 이유는? 알렉산드르 로스토프는 만찬 동료의 성향이 어떠하든 간에 그들을 활발한 대화의 장으로 끌어들일 수 있는 인물이기 때문이었다.

만약 그가 만찬 파티에서 소피야 옆에 앉게 되었다면—아니면 시골을 횡단하는 열차의 같은 칸 옆자리에 앉게 되었다면—그는 어떻게 했을까? 분명 그는 아이의 생활에 대해 물어보았을 것이다. 어디 사니, 친구? 아하, 이바노보라고. 나는 아직 거기 가보진 못했지만, 늘 가보고 싶었어. 언제 가는 게 제일 좋지? 그리고 거기 가면 놓치지 말고 꼭 봐야 할 게 뭐지?

"그런데, 애야……." 백작이 빙긋 웃으며 입을 열자 소피야의 눈이 똥그래졌다.

하지만 그 말이 입술을 떠나기도 전에 백작은 속으로 생각을 고쳐먹었다. 만찬 파티나 열차에서 소피야 곁에 앉은 게 아니었기 때문이다. 그 애는 자세한 설명을 듣지도 못하고 집을 떠나오게 된 어린아이였다. 이바노보의 풍경이나 계절에 대해, 혹은 엄마 아빠와의 생

+ 자신의 세례명으로 택한 수호성인의 축일.

활에 대해 이런저런 질문을 던진다면 아이에게 갖가지 슬픈 생각을 불러일으키고 그리움과 상실감을 자극할 것이 거의 확실해 보였다.

"그런데, 얘야……." 갑자기 어지럼증이 밀려오는 것을 느끼며 그가 다시 말했다. 소피야의 눈이 더 똥그래졌다. 그런데 바로 그때 번쩍 영감이 떠올랐다.

"네 인형은 이름이 뭐니?"

그래, 이 정도면 훌륭한 시작이야, 백작은 그렇게 생각하며 마음속으로 자신의 등을 토닥여주었다.

"이 인형은 이름이 없어요."

"뭐라고? 이름이 없다고? 그렇지만 인형에겐 반드시 이름이 있어야 해."

"왜요?"

"왜요?" 백작이 아이의 말을 반복했다. "왜냐면…… 그래야 인형을 부를 수가 있거든. 그래야 차를 마시라고 부를 수 있고, 저쪽 방에 있을 때 이리로 건너오라고 부를 수도 있고, 인형이 없는 자리에서 인형 얘기를 할 수도 있고, 기도할 때 포함해줄 수도 있잖아. 다시 말해서 네가 이름이 있기 때문에 누리는 모든 혜택이 다 인형에 이름이 있어야 하는 이유인 거야."

소피야가 그에 대해 곰곰이 생각하는 동안 백작은 그 문제에 대해 아주 세세한 점까지 설명해줄 작정으로 몸을 앞으로 기울였다. 하지만 아이는 고개를 한 번 끄덕이고 나서 "그럼 저는 이 아이를 인형이라고 부를래요"라고 말했다. 그런 다음 소피야는 커다란 푸른 눈으로 백작을 올려다보았다. 아이의 눈이 이렇게 말하는 듯했다. 이제 그 문제는 결정되었으니, 다음엔 뭐예요?

백작은 의자 등받이에 몸을 기대며 마음속으로 자신의 방대한 얘깃거리의 목록을 훑었지만, 차례차례 하나씩 하나씩 접어야만 했다. 하지만 행운은 그를 버리지 않은 것 같았다. 백작은 소피야의 눈길이 거의 알아차리지 못할 정도로 은밀하게 그의 뒤쪽에 있는 무언가로 옮겨가는 것을 눈치챘다.

백작은 조심스럽게 뒤를 슬쩍 돌아보았다.

흑단 코끼리로군. 아이의 관심의 대상을 알아차린 백작이 빙그레 미소 지었다. 아이는 태어난 이후로 줄곧 시골에서만 살았으니 어쩌면 그런 동물이 존재한다는 것을 상상도 해보지 못했을지도 몰랐다. 저 환상적인 동물은 뭘까? 아이는 그런 생각을 하며 궁금해할 것이다. 포유류일까 파충류일까? 실제 동물일까 꾸며낸 동물일까?

"이런 거 본 적이 있니?" 백작은 뒤쪽을 가리키면서 씩 웃으며 물었다.

"코끼리요? 아니면 등燈요?" 아이가 물었다.

백작은 쿨럭, 기침을 했다.

"코끼리 말이다."

"책에서만 봤어요." 아이가 약간 침울한 목소리로 시인했다.

"아, 그렇구나. 이건 정말 멋진 동물이란다. 놀라운 생물이지."

소피야의 흥미가 고조되자 백작은 두 팔을 큰 동작으로 움직이며 코끼리의 특징 하나하나를 생생하게 묘사하면서 코끼리를 설명하기 시작했다. "검은 대륙 출신의 이 동물은 다 자라면 몸무게가 4톤이 넘는단다. 다리는 나무 몸통처럼 두껍고, 코로 물을 들이마셨다가 공중에 내뿜어서 목욕을 하며……."

"그럼 아저씨는 코끼리 봤어요?" 아이가 환한 표정으로 말을 가로챘다. "검은 대륙에서요?"

백작은 불안스레 몸을 꼼지락거렸다.

"정확히 검은 대륙에서 본 것은 아니고……."

"그럼 어디서요?"

"여러 책들에서……."

"아." 소피야가 말했다. 그렇게 말함으로써 소피야는 단두대만큼이나 효율적으로 코끼리에 대한 주제를 마무리 지었다.

……

……

백작은 잠시 어떤 진기한 것을 얘기해야 아이의 상상력을 사로잡을 수 있을지 고민했다. 그리고 그것은 자신이 직접 목격한 것이어야만 했다.

"공주에 대한 얘기 듣고 싶니?" 그가 제안했다.

소피야가 똑바로 앉았다.

"귀족의 시대가 보통 사람들의 시대로 바뀌었어요." 소피야가 구구단을 정확히 외워서 말하는 것 같은 자부심을 드러내며 말했다. "그건 역사적으로 필연적인 일이었어요."

"맞아." 백작이 말했다. "나도 그렇게 들었단다."

……

……

"그림 좋아하니?" 그가 지하실에서 빌려 온 루브르 박물관의 그림 안내 책자를 들어 올리며 물었다. "이 안에 평생 볼 수 있을 만큼 많은 그림이 있단다. 내가 씻는 동안 이걸 좀 보고 있을래?"

소피야는 몸을 약간 움직여서 인형을 옆으로 밀어놓은 다음, 기다렸다는 듯 단호한 태도로 책자를 받아 들었다.

안전한 화장실로 몸을 피한 백작은 셔츠를 벗고, 상체를 씻고, 얼굴에 비누칠하는 내내 그날의 가장 중요한 수수께끼를 중얼거렸다.

"저 애는 몸무게가 15킬로그램 정도밖에 안 돼. 키는 1미터도 안 되고. 배낭에 든 짐은 서랍 하나도 다 채우지 못하잖아. 저 애는 말을 걸지 않으면 거의 얘기를 안 해. 심장 박동은 새의 박동만큼이나 약하고 말이야. 그런데 그런 애가 어떻게 이토록 많은 공간을 차지할 수 있는 거지?"

오랜 세월 여기서 사는 동안 백작은 자신의 방이 그런대로 넉넉한 편이라고 생각하게 되었다. 아침이면 스무 번의 쪼그려 앉기와 스무 번의 스트레칭을 하고, 느긋하게 아침 식사를 하고, 의자를 뒤로 기울여서 앉은 자세로 소설을 읽을 수 있는, 충분히 여유로운 공간이었다. 일을 마친 밤 시간에는 공상의 나래와 여행의 추억과 역사에 대한 사색을 펼치고 나서 깊은 잠에 빠져들 수 있는 공간이었다. 그런데 어찌 된 일인지 여행 배낭과 헝겊 인형을 가지고 나타난 이 어린 방문객이 방의 모든 차원을 바꾸어버린 것이었다.

아이는 천장이 밑으로 내려오게 하고, 바닥이 위로 올라가게 하고, 동시에 벽들이 안으로 움직이게 하는 것만 같았다. 그러므로 백작이 가고자 하는 곳마다 아이는 이미 그곳에 있었다. 방바닥에서 자다 깨다를 반복하며 밤을 보낸 후에 아침에 일어나 체조를 하려고 했을 때, 아이는 이미 그가 매일 체조를 하는 자리에 서 있었다. 아침 식사 때도 아이는 자신의 몫 이상의 딸기를 먹었다. 그가 두 잔째의 커피에 두 번째 비스킷을 적시려는 순간에 아이가 너무나 간절한 눈빛으로 비스킷을 바라보았으므로 결국 그는 아이에게 그걸 먹고 싶은지 묻지 않을 수 없었다. 그리고 이윽고 그가 몸을 뒤로 젖힌 특유의 자세로 책을 읽기 위해 의자에 앉으려 했을 때 아이는 이미 그 의자에 앉아서 기대에 찬 표정으로 그를 올려다보고 있었다.

면도용 브러시를 허공에 대고 거칠게 휘두르는 자신의 모습을 거울에서 보게 된 백작은 갑자기 몸이 얼어붙은 것처럼 동작을 멈추었다.

세상에, 그는 생각했다. 어떻게 내가 이럴 수 있단 말인가?

벌써?

겨우 마흔여덟 살에?

"알렉산드르 로스토프, 너는 네 방식의 삶에 굳어져버린 것은 아닌가?"

젊은 시절의 백작은 주위 사람의 존재에 결코 불편함을 느끼지 않았다. 그는 언제나 마음을 여는 친구가 되고자 노력했다.

의자에 앉아 책을 읽을 때면 도중에 무슨 소리가 끼어들든 그걸 방해로 여기지 않았다. 사실 그는 주위에 약간의 소음이 있는 상태에서 책을 읽는 게 더 좋았다. 거리의 행상이 내지르는 소리도 좋고, 이웃한 아파트에서 나는 피아노 소리도 좋았다. 무엇보다도 계단에서 들려오는 발자국 소리―두 개 층을 급하게 뛰어 올라와서는 갑자기 걸음을 멈추고, 그의 문을 두드리고, 4두 마차를 몰고 온 두 친구가 지금 보도에서 그를 기다리고 있다는 것을 숨 가쁘게 설명하는 소리―가 좋았다. (책에 페이지를 매긴 이유가 바로 그런 게 아닐까? 타당한 이유로 책 읽기가 중단되었을 경우, 그 지점을 찾기 쉽게 해주려고 말이다.)

그는 소유물에 대해서도 조금도 개의치 않았다. 지인에게 책이나 우산을 거리낌 없이 빌려주었다(아담 이래 책이나 우산을 돌려준 지인은 없었다는 사실은 괘념치 말기로 하자).

그의 일상은 어떠했는가? 그는 한 번도 일정을 정해놓고 살지 않았다는 사실에 자부심을 느꼈다. 어느 날에는 오전 10시에 아침을 먹고 다음 날에는 오후 2시에 먹기도 했다. 즐겨 찾는 식당에서는 한 철에 같은 요리를 두 번 이상 주문한 적이 없었다. 그와 달리 그는 리빙스턴이 아프리카를 횡단하고 마젤란이 7대양을 항해하는 것처럼 다양한 메뉴를 탐험하고 여행했다.

그랬다. 스물두 살 무렵의 알렉산드르 로스토프 백작에게는 불편하다거나 방해된다거나 심란하다는 따위의 말이 해당되지 않았다. 백작은 예상치 못한 그 어떤 것의 출현도, 그 어떤 발언도, 그 어떤 변화도 여름 밤하늘의 폭죽처럼 다 환영했다. 경탄과 환호의 대상으로 환영했던 것이다.

하지만 이제는 그렇지가 않았다…….

예기치 않은 15킬로그램짜리 소포의 도착은 그의 눈에 씌워진 베일을 찢어놓았다. 자신도 알지 못하는 사이에—자신의 승인도 없이, 예고도 없이, 허락도 없이—틀에 박힌 일과가 그의 일상생활 속에 똬리를 틀고 있었던 것이다. 지금의 그는 정해진 시간에 아침 식사를 했다. 도중에 해찰하는 일 없이 커피를 마시고 비스킷을 베어 먹었다. 신경 쓰이는 소리라곤 비둘기가 발을 끌며 걷는 소리밖에 없는 곳에서 특정한 의자에 특정한 각도로 뒤로 기울인 채로 앉아서 책을 읽었다. 면도할 때도 오른쪽 뺨을 먼저 하고, 이어 왼쪽 뺨을 하고, 그러고 나서야 턱 아래쪽으로 옮겨가는 순서를 고수했다.

백작은 이제 면도를 하려고 고개를 뒤로 젖히고 면도기를 들어

올렸다. 그런데 그의 시선의 각도가 바뀌자 거울 속에서 자신을 바라보는, 깊이를 알 수 없는 아이의 두 눈동자가 드러났다.

"어이쿠!"

"그림 다 봤어요." 아이가 말했다.

"어떤 그림들?"

"전부 다요."

"전부 다?" 이번에는 백작의 눈이 휘둥그레졌다. "정말 굉장하구나."

"아저씨한테 온 것 같아요." 아이가 작은 봉투를 내밀면서 말했다.

"이걸 어디서 났니?"

"누가 방문 아래로 밀어 넣었어요……."

봉투를 받아 든 백작은 봉투 안에 내용물이 없는 빈 봉투라는 것을 알 수 있었다. 주소가 적혀 있어야 할 자리에 '3시?'라는 질문만 간드러진 필체로 쓰여 있었다.

"아, 알았다." 백작이 봉투를 호주머니에 쑤셔 넣으면서 말했다. "별일 아니란다." 백작은 이제는 소피야가 하고 싶은 일을 해도 된다는 뜻을 넌지시 비치는 태도로 소피야에게 고맙다는 말을 건넸다.

그러자 소피야가 다른 데 갈 뜻이 없다는 것을 넌지시 비치는 태도로 대답했다. "천만에요."

그러므로 정오를 알리는 첫 번째 시계 종소리가 울리자 백작은 침대에서 벌떡 일어나 손뼉을 쳤다.

"자." 그가 말했다. "점심 먹으러 갈까? 넌 지금 무척 배가 고플 거야. 피아차는 정말 재미있는 곳이란다. 피아차는 단순한 식당이 아니야. 도시의 연장이라는 의미를 담아 설계되었지. 도시의 정원, 시장, 대로를 연장한 것 같은 곳이야."

피아차의 장점에 대해 줄줄이 늘어놓는 동안 백작은 소피야가 놀란 표정으로 그의 아버지의 시계를 보고 있다는 것을 알아차렸다. 아래층으로 내려가려고 문턱을 넘어서는 순간에도 아이는 다시 뒤를 돌아보며 멈칫거렸다. 어떻게 하면 저렇게 섬세한 장치에서 저토록 아름다운 소리가 날 수 있는지 궁금해 죽겠다는 듯한 표정이었다.

그렇지, 하루에 두 번만 울리는 시계의 비밀을 알고자 한다면 제대로 찾아온 거지, 백작은 문을 닫으면서 생각했다. 왜냐하면 그는 시간 측정법에 대해서뿐 아니라, 이 특별한 시계에 대해서 알아야 할 것들을 모조리 다 알고 있으니……

"알렉산드르 아저씨." 좋지 않은 소식을 전해야만 하는 사람의 나직한 목소리로 소피야가 말했다. "시계가 고장 난 것 같아요."

깜짝 놀란 백작은 쥐고 있던 문의 손잡이를 놓았다.

"고장 났다고? 아니야, 아니야. 소피야, 내 시계는 완벽하게 맞아. 사실, 정확성이라면 누구에게도 뒤지지 않는 것으로 세상에 널리 알려진 장인들이 만든 제품이란다."

"시계가 고장 난 게 아니라 종소리가 고장이에요." 소피야가 설명했다.

"하지만 방금 전에 멋진 소리가 났잖니?"

"맞아요, **정오**에는 종이 울렸어요. 그런데 9시, 10시, 11시에는 종이 울리지 않았어요."

"아." 백작이 웃으면서 말했다. "보통 시계라면 네 말이 완벽하게 맞을 거야, 소피야. 하지만 있잖아, 이건 하루에 두 번만 울리는 시계야. 오래전에 우리 아버지의 특별 주문에 따라 하루에 두 번만 울리도록 만들어진 거란다."

"그런데 왜 그런 거예요?"

"왜냐면 말이지, 얘야, 왜냐면 말이야. 내가 얘기해줄게. 일단 피아차로 가는 게 어떻겠니? 거기서 음식을 주문하고 편안하게 식사를 즐기는 동안 우리 아버지의 시계가 왜 그렇게 만들어졌는지, 그이유와 원인에 대해 자세히 알아보도록 하자꾸나. 세련된 점심을 즐기는 데 있어 생생한 대화 주제만큼 중요한 것도 없으니까 말이야."

12시 10분, 피아차는 아직 부산스럽지 않았다. 그 덕에 백작과 소피야는 다행스럽게도 좋은 자리를 배정받았고, 마르틴에게서 지체없이 서비스를 받을 수 있었다. 새로 채용된 유능한 웨이터인 마르틴은 감탄을 자아낼 만큼 정중한 태도로 소피야의 의자를 뒤로 빼주었다.

"내 조카라네." 백작이 소피야를 소개했고, 소피야는 놀란 눈빛으로 주위를 둘러보았다.

"저한테도 여섯 살배기 조카가 있지요." 마르틴이 빙긋 웃으며 대답했다. "잠시만 기다리십시오."

사실 소피야는 코끼리를 알지 못할 정도로 세상 경험이 부족하지는 않았지만, 피아차 같은 곳은 한 번도 본 적이 없었다. 아이는 실내의 규모와 우아함에 놀랐을 뿐 아니라 상식을 뒤집어놓은 것처럼 보이는 각 요소들 하나하나에 놀라움을 금치 못했다. 유리로 만들어진 천장, 실내에 조성된 열대 정원, 실내 한가운데서 솟구치는 분수!

피아차의 역설에 대한 관찰을 마쳤을 때, 소피야는 이런 환경에서는 행동의 기준을 한 차원 높여야 한다는 것을 본능적으로 이해한 듯했다. 갑작스럽게 인형을 탁자에서 집어 들더니 오른쪽 빈 의자에 올려놓았기 때문이다. 백작이 은제 식기들 밑에서 냅킨을 빼내 무릎 위에 올려놓자, 소피야는 포크와 나이프가 쨍그랑거리는 소리를 내지 않도록 조심하면서 백작의 행동을 그대로 따라 했다. 백작이 음식을 주문한 뒤 마르틴에게 '정말 고맙네, 친구'라고 하자 소피야가 백작의 말을 그대로 따라 했다. 그러고 나서 기대에 찬 눈으로 백작을 쳐다보았다.

"그럼……?" 소피야가 물었다.

"그럼, 뭐, 소피야?"

"그럼 이제 하루에 두 번만 울리는 시계에 대해 얘기해줄 때가 되지 않았나요?"

"아, 그래. 당연히 그래야지."

그렇지만 어디서부터 시작해야 할까?

처음부터 시작하는 게 자연스럽겠지.

하루에 두 번만 울리는 그 시계는 그의 아버지가 브레게라는 신망 있는 회사에 의뢰해서 만든 것이라고 백작은 설명했다. 1775년 파리에 가게를 연 브레게 일가는 크로노미터의 정밀함(즉, 그들이 만드는 시계의 정확성)으로 널리 알려졌을 뿐만 아니라 그들의 시계들이 시간을 알리는 멋들어진 방식으로도 짧은 시간 안에 세계적인 명성을 얻었다. 그들은 매 시간마다 모차르트의 음악 몇 소절을 연주하는 시계를 만들었다. 매 시각 울리는 시계뿐만 아니라 30분혹은 15분마다 종이 울리는 시계도 제작했다. 그들은 달이 차고 기우는 형태나 계절의 진행이나 조수의 순환을 표시해주는 시계까지보유하고 있었다. 그런데 1882년 브레게 일가의 가게를 방문한 백작의 아버지는 시계 회사에 매우 특이한 과제를 내밀었다. 하루에두 번만 울리는 시계를 제작해달라는 것이었다.

"아버지는 **왜** 그랬을까?" 백작이 (어린 소피야가 좋아하는 질문형태를 흉내 내며) 물었다.

답은 아주 간단했다. 백작의 아버지는 삶을 열심히 사는 사람이라면 시계에 지나치게 주의를 기울일 필요가 없다는 믿음을 가지고있었다. 백작의 아버지는 스토아학파와 몽테뉴의 신봉자였으며, 우리의 창조주는 오전 시간을 열심히 일하는 시간으로 따로 떼어놓았다고 믿었다. 즉, 6시 이전에 일어나서, 가볍게 식사하고, 중간에 휴식 시간 없이 일에 몰두한다면 정오 무렵까지는 하루치의 노동을완수하게 된다는 믿음이었다.

따라서 그의 아버지의 시각에서는 정오를 알리는 종소리가 심판의 순간이었다. 정오의 종이 울리면 근면한 인간은 오전을 알차게보냈다는 사실에 자부심을 느끼고는 양심이 깨끗해진 상태에서 점심 식탁에 앉을 수가 있다. 하지만 정오의 종이 울릴 때 어리석은인간—침대에서 뭉그적거리거나, 조간신문을 세 개나 읽으며 아침을 먹거나, 응접실에서 무의미한 잡담을 하며 오전 시간을 낭비한사람—은 신의 용서를 구하는 것 말고는 달리 다른 대안이 없었다.

백작의 아버지는 오후 시간에는 조끼에 들어 있는 시계에 맞추어
—삶에서 일어나는 일들이 마치 철도 노선 위에 있는 기차역들이기
라도 하듯이 분 단위로 표시해가면서—살지 말아야 한다고 믿었다.
오히려 점심 식사 전에 온전히 충실한 시간을 보냈으므로 오후에는
현명한 자유로움을 누려야 한다고 믿었다. 즉, 버드나무 길을 산책
하거나, 영원한 고전을 읽거나, 정원의 퍼걸러 아래서 친구와 대화
를 나누거나, 따뜻한 불 앞에서 깊은 생각에 잠겨야 한다는 것이었
다. 시간을 정해놓은 것이 아닌 일들, 시작과 끝을 스스로 결정할 수
있는 일들에 몰입해야 한다고 했다.

그렇다면 두 번째 시계 종소리는?

그 소리는 절대 듣지 않도록 해야 한다는 것이 아버지의 생각이
었다. 하루를 충실히 잘 살았다면—근면과 자유와 신을 섬기고 봉
사하면서 살았다면—그 사람은 12시 자정이 되기 훨씬 전에 곤히
잠들어 있어야 했다. 따라서 하루에 두 번만 울리는 시계의 두 번째
종소리는 명백히 하나의 충고였다. '이 시간에 안 자고 뭐 하는 거
야?' '낮 시간을 지나치게 낭비한 탓에 어둠 속에서도 할 일을 찾아
헤매야만 하는 것 아닌가?' 종소리에는 이런 의미가 담겨 있었다.

"송아지 고기 나왔습니다."

"아, 고맙네, 마르틴."

마르틴은 예절에 어긋나지 않게 첫 번째 접시를 소피야 앞에 놓
은 다음, 이어 두 번째 접시를 백작 앞에 놓았다. 그러고 나서는 필
요 이상으로 탁자 가까이에 서서 가만히 머물러 있었다.

"고맙네." 백작은 이제 가도 좋다는 신호의 뜻으로 점잖게 다시
말했다. 하지만 백작이 포크와 나이프를 들고서 소피야에게 자신과

누이동생이 12월 마지막 밤에 새해의 시작을 알리는 소리를 듣기 위해 하루에 두 번 울리는 그 시계 옆에 무척이나 가슴 졸이며 앉아 있었던 기억을 떠올리며 얘기해주려 할 때, 마르틴이 더 가까이 탁자에 다가오는 것이었다.

"뭔가?" 다소 성마른 어조로 백작이 물었다.

마르틴이 머뭇머뭇했다.

"제가…… 이 어린 숙녀분의 고기를 잘라드려도 될까요?"

백작이 탁자 맞은편을 바라보니 소피야가 포크를 손에 쥔 채 접시를 내려다보고 있는 모습이 눈에 들어왔다.

몽 디외(아이고), 백작이 속으로 자책했다.

"그럴 필요 없네, 친구. 내가 해주겠네."

마르틴이 인사하며 물러가자 백작은 탁자를 빙 돌아가서 몇 번의 재빠른 칼질로 소피야의 고기를 여덟 조각으로 잘랐다. 그런 다음 백작은 소피야의 포크와 나이프를 내려놓으려다 말고 다시 들어서 여덟 조각을 열여섯 조각으로 잘랐다. 그가 자기 자리로 돌아왔을 때는 이미 소피야가 네 조각을 먹어 치운 뒤였다.

자양물을 섭취하여 에너지를 회복한 소피야는 이제 '왜'를 폭포수처럼 쏟아내기 시작했다. 왜 오전에는 일과 친구처럼 지내는 것이 더 좋고 오후에는 자연과 친구처럼 지내는 것이 더 좋은가요? 왜 어떤 어른들은 신문을 세 개나 읽어요? 왜 하필 다른 나무가 아닌 버드나무 아래를 산책해야 하나요? 그리고 퍼걸러는 뭔가요? 이 같은 질문은 자연스럽게 티히차스, 백작 부인, 옐레나에 대한 추가적인 질문들로 이어졌다.

원칙적으로 백작은 계속 이어지는 질문 공세는 좋지 못한 것이라고 여겼다. '언제, 어디서, 누가, 무엇을, 왜' 라는 말들은 그 자체만으로는 대화를 만들어내지 못하니까 말이다. 하지만 테이블보에 포크의 날로 티히차스의 대강의 배치도를 그리고, 가족 구성원의 성격을 묘사하고, 다양한 전통에 대해 언급하는 식으로 소피야의 장황한 질문들에 대답하는 와중에 백작은 소피야가 완전히, 전적으로, 철저히 몰입하고 있다는 사실을 알아차렸다. 코끼리와 공주 이야기가 실패한 관심 끌기를 티히차스에서의 생활은 거뜬히 성공한 것이었다. 그러는 동안에 아이의 송아지 고기는 사라졌다.

접시를 치우고 난 뒤 마르틴이 다시 와서 디저트를 먹겠느냐고 물었다. 백작은 소피야가 기다렸다는 듯이 디저트를 주문할 것이라 짐작하며 미소 띤 얼굴로 소피야를 바라보았다. 하지만 아이는 아랫입술을 깨물며 고개를 저었다.

"정말 안 먹을 거야?" 백작이 물었다. "아이스크림도? 쿠키도? 케이크도?"

아이는 의자에 앉은 채 자세를 약간 바꾸고 나서 다시 고개를 저었다.

새로운 세대의 출현이로군. 백작은 그렇게 생각하며 어깨를 으쓱해 보인 다음 마르틴에게 디저트 메뉴판을 돌려주었다.

"디저트는 필요 없을 것 같네."

마르틴은 메뉴판을 받아 들었으나 또다시 머뭇머뭇했다. 그러더니 탁자 쪽으로 등을 약간 돌리고서 백작의 귀에 뭔가를 속삭이려는 태도로 몸을 기울였다.

이런, 백작은 생각했다. 이번엔 또 뭐지?

"로스토프 백작님, 제 생각엔 백작님 조카가…… 급한 것 같아요."

"급하다니? 뭐가 급해?"

마르틴이 머뭇거렸다.

"화장……."

백작은 웨이터를 쳐다보고 나서 소피야에게로 시선을 돌렸다.

"말 안 해도 알겠네, 마르틴."

웨이터는 인사를 하고 자리를 떴다.

"소피야." 백작이 나직이 말했다. "우리 화장실에 다녀올까?"

소피야가 여전히 입술을 깨물면서 고개를 끄덕였다.

"내가 안까지 따라가……줄까?" 복도를 따라 아이를 화장실로 안내한 뒤 그가 물었다.

소피야는 고개를 저으며 화장실 문 뒤편으로 사라졌다.

백작은 아이를 기다리는 동안 자신의 무지함에 대해 자책했다. 그는 아이의 고기를 썰어주지 않았을 뿐 아니라, 아이를 화장실에 데려가지도 못했고, 아이가 짐을 푸는 것을 도와줄 생각조차 하지 못했다. 소피야가 어제 입었던 것과 똑같은 옷을 입고 있었던 것이다.

"그러면서도 너는 너 자신을 웨이터라고 부르는구나……." 그는 속으로 중얼거렸다.

잠시 후 소피야가 안도감이 깃든 얼굴로 나타났다. 그런데 질문을 던지는 것을 무척 좋아하는 아이인데도 지금 소피야는 마치 질문할까 말까 고민하는 사람처럼 망설이는 눈치였다.

"왜 그러니, 애야? 뭐, 하고 싶은 게 있니?"

소피야는 다시 잠깐 동안 고민하는 것 같더니, 이윽고 용기를 내서 말했다.

"아직 디저트 먹을 수 있나요, 알렉산드르 아저씨?"

이제 안도하는 것처럼 보이는 사람은 백작이었다.

"먹을 수 있고말고. 소피야, 얼마든지 먹을 수 있단다."

상승, 하강

오후 2시, 노크 소리를 듣고 사무실 문을 열어준 마리나가 헝겊 인형의 목을 꼭 붙잡고 있는 어린아이와 함께 백작이 문턱에 서 있는 것을 보았을 때, 그녀는 너무 놀란 나머지 두 눈이 가운데로 몰릴 정도였다.

"아, 마리나." 백작이 의미심장하게 눈썹을 치키며 말했다. "니나 쿨리코바 기억하죠? 니나의 딸 소피야를 소개할게요. 소피야는 우리와 함께 얼마 동안 이 호텔에 머물 겁니다……."

두 아이의 엄마인 마리나에게는 아이의 삶에 뭔가 심각한 문제가 발생했다는 것을 알리려는 백작의 신호 따위는 필요 없었다. 마리나는 아이가 방 안쪽에서 들려오는, 드르륵거리는 소리에 호기심을 느끼고 있다는 것을 알아차렸다.

"소피야, 만나서 반갑구나." 그녀가 말했다. "난 네 엄마가 지금의 너보다 조금 더 자랐을 때 친하게 지냈단다. 그런데 너, 혹시 재봉틀 본 적 있니?"

소피야가 고개를 저었다.

"그럼 들어오려무나. 내가 보여줄게."

마리나는 소피야에게 손을 내밀어 아이를 방 안쪽으로 데리고 갔다. 그곳에서는 그녀의 조수가 감청색 숄을 수선하고 있었다. 마리나는 소피야의 눈높이에 맞춰 몸을 숙인 채 기계의 여러 부품들을 가리키며 각각의 용도에 대해 설명해주었다. 그녀는 젊은 재봉사에게 여러 가지 천과 단추들을 소피야에게 보여주라고 부탁한 다음, 어찌 된 일이냐는 듯한 표정으로 백작에게 돌아왔다.

백작은 목소리를 낮추어 어제 일어난 일들에 대해 재빨리 설명했다.

"내가 어떤 곤경에 처했는지 알겠지요?" 백작이 설명을 마무리하며 말했다.

"소피야가 어떤 곤경에 처했는지 알 것 같아요." 마리나가 그의 말을 바로잡았다.

"맞아요, 당신 말이 전적으로 옳아요." 백작이 반성하는 어조로 말했다. 그런 다음 막 이야기를 이어가려던 순간, 한 가지 생각이 떠올랐다. 너무 훌륭한 생각이어서 전에는 왜 그 생각을 떠올리지 못했는지 의아할 지경이었다. "마리나, 내가 보야르스키의 일일 회의에 참석하는 동안 당신이 한 시간만 소피야를 돌봐줄 수 있을 것 같은데……."

"물론이죠." 마리나가 말했다.

"사실 그 부탁을 하려고 왔는데…… 하지만 당신이 올바르게 지적했듯이, 우리의 도움과 배려가 필요한 건 소피야예요. 방금 전 당신과 소피야 둘이 있는 걸 보면서, 당신의 본능적인 자상함을 보면서, 소피야가 당신과 함께 있을 때 금세 편안함을 느끼는 걸 보면서, 소피야에게 필요한 것은, 특히 지금과 같은 시기에 그 애가 필요로 하는 것은 바로 엄마의 손길이라는 확신이 갑자기 들었어요. 엄마의 방식, 엄마의……."

그때 마리나가 그의 말을 잘랐다. 그리고 솔직한 마음으로 이렇게 말했다.

"알렉산터 일리치, 저한테 그걸 요구하진 마세요. 그건 백작님 자신이 해결해야 할 문제예요."

난 할 수 있어, 보야르스키를 향해 한 번에 두 계단 뛰어가면서 백작은 속으로 중얼거렸다. 사실 그것은 약간의 사소한 조정을 거치면 되는—가구 몇 점을 재배치하고 몇 가지 습관을 바꾸면 되는—간단한 문제였다. 다만 소피야는 혼자 두기에는 너무 어렸기 때문에 백작이 일하는 동안 아이를 돌봐줄 누군가를 구할 필요가 있었다. 오늘 저녁은 하루 휴무를 요청하고 나서 자신이 담당하는 자리를 데니스와 드미트리가 분담하도록 조치하면 될 터였다.

그런데 몇 분 뒤 백작이 삼인조 회의에 참석했을 때, 친구가 뭘 필요로 하는지를 미리 예상하고 있는 아주 특별한 친구의 예인 것처럼 안드레이가 이렇게 말했다.

"어서 와요, 알렉산드르. 에밀과 제가 방금 전 상의한 결과, 오늘 밤엔 백작님 담당 탁자를 데니스와 드미트리에게 할당하기로 했습니다."

백작은 의자에 털썩 주저앉으며 안도의 한숨을 내쉬었다.

"잘했습니다." 그가 말했다. "내일은 장기적인 해결책을 생각해볼게요."

주방장과 지배인은 어리둥절한 표정으로 백작을 바라보았다.

"장기적인 해결책?"

"내가 오늘 밤 쉴 수 있도록 내 담당 탁자들을 다른 직원에게 맡긴 거 아닌가요?"

"오늘 쉰다고요?" 안드레이가 헉, 숨을 들이켰다.

에밀이 껄껄 웃었다.

"이봐요, 알렉산드르. 오늘이 세 번째 토요일이오. 당신은 10시에 '노란 방'에 가야 하잖아요……."

오 하느님, 백작은 속으로 생각했다. 그는 까맣게 잊고 있었다.

"……게다가 7시 30분엔 '빨간 방'에서 가즈GAZ 만찬이 있다고요."

국가의 주요 자동차 제조 대행사인 고리콥스키 자동차 공장(가즈)의 책임자가 창립 50주년을 맞아 공식 만찬을 주관하는 자리였다. 이 행사에는 핵심 간부들 외에 중공업 인민위원과 러시아어를 한 마디도 할 줄 모르는 세 명의 포드 자동차 대표가 참석할 예정이었다.

"제가 담당할게요." 백작이 말했다.

"좋아요." 지배인이 말했다. "드미트리가 벌써 그 방 세팅을 다 해놓았답니다."

그러면서 그는 테이블 위로 두 장의 봉투를 밀어 건넸다.

볼셰비키 전통에 따라서, 빨간 방의 탁자들은 기다란 U자 형태로 배열되었고, 의자들은 바깥쪽에 배치되었다. 그렇게 하면 앉은 사람들 모두가 고개를 길게 빼지 않고도 탁자의 상석을 바라볼 수 있었다. 세팅이 제대로 되어 있는 것에 만족한 백작은 안드레이가 건넨 봉투에 관심을 돌렸다. 그는 두 봉투 중에서 작은 봉투를 열어 좌석 배치도를 꺼냈다. 아마도 크렘린의 한 사무실에서 작성되었을 것이다. 그런 다음 큰 봉투를 열어 좌석표를 흩어놓고 순서에 따라 배치하기 시작했다. 탁자들을 두 번 돌면서 정확하게 처리했는지 거듭 확인한 백작은 봉투 두 개를 바지 주머니에 구겨 넣다가 문득 다른 봉투 하나가 주머니에 들어 있는 것을 발견했다…….

세 번째 봉투를 꺼내 든 백작은 이마를 찌푸렸다. 봉투를 뒤집어서 간드러진 필체를 보았을 때 그랬다는 말이다.

"큰일 났군!"

벽에 걸린 시계를 보니 벌써 3시 15분이었다.

백작은 잽싸게 빨간 방을 빠져 나와 복도를 지나 계단을 뛰어 올라갔다. 311호로 통하는 문이 살짝 열려 있는 것을 확인한 그는 미끄러지듯 안으로 들어가서 문을 닫은 뒤, 커다란 응접실을 가로질렀다. 방에 들어서자 창가에 서 있던 실루엣이 몸을 돌리더니 옷을 바닥에 떨어뜨렸다. 옷 떨어지는 소리가 은은히 들려왔다.

백작은 나지막한 헛기침으로 답했다.

"안나, 내 사랑……."

백작의 얼굴에 나타난 표정을 확인한 여배우는 떨어뜨렸던 드레스를 다시 어깨 쪽으로 들어 올렸다.

"정말 미안하지만, 예상치 못한 일들이 한꺼번에 꼬이는 바람에 오늘 약속은 지키지 못할 것 같아요. 그리고 실은 그 일과 관련된 이유로 작은 부탁을 하나 하고 싶은데……."

그들이 서로 만나온 지난 15년 동안 백작이 안나에게 부탁한 것은 단 한 번뿐이었으며, 그 부탁은 무게로 따지자면 100그램도 안 되는 것이었다.

"물론이죠, 알렉산드르." 그녀가 대답했다. "뭔가요?"

"당신 여행 가방이 몇 개나 되나요?"

몇 분 후, 백작은 파리에서 구입한 두 개의 여행 가방을 손에 들고 서둘러 직원용 계단을 내려갔다. 백작은 그리샤와 제냐 그리고 그들의 모든 전임자들을 떠올리면서 새삼 존경의 마음이 솟는 것을 느꼈다. 안나의 가방들은 최상의 소재로 만들어졌지만, 그 안에 담길 물건들에 대해서는 눈곱만큼의 고려도 없이 디자인된 듯했다. 작은 가죽 손잡이는 너무 작아서 손가락 두 개 정도만 겨우 들어갈 정도였다. 또한 부피는 어찌나 큰지, 걸음을 옮길 때마다 가방이 난간에 부딪치며 그의 무릎을 때렸다. 사환들은 어떻게 이것들을 별로 힘들이지 않고 이리저리 운반할 수 있는 것일까? 더구나 모자 보관용 상자까지 덤으로 주어지는 경우도 많은데 말이지!

맨 아래층에 다다른 백작은 직원용 문을 통해 세탁실로 들어갔다. 첫째 가방에는 시트 두 장, 침대보 하나, 수건 한 장을 집어넣었다. 둘째 가방에는 베개 두 개를 넣었다. 그런 다음 다시 6층으로 걸어 올라갔다. 가파르게 휜 종탑 계단을 돌 때마다 가방이 그의 무릎을 때렸다. 방에 도착한 그는 시트와 침대보를 꺼낸 다음, 버려진 방 가운데 하나에서 매트리스를 가져오기 위해 복도를 걸었다.

매트리스를 떠올렸을 때 백작은 탁월한 생각이라고 생각했다. 하지만 매트리스는 탁월함과는 확연히 거리가 멀었다. 침대 스프링에서 매트리스를 들어 올리려고 허리를 굽혔을 때 매트리스는 팔짱을 끼고 숨을 참더니 꼼짝도 하지 않으려 했다. 가까스로 매트리스를 똑바로 세웠지만 매트리스는 곧바로 그의 머리 위로 쓰러졌고, 그는 벌렁 나자빠질 뻔했다. 겨우겨우 매트리스를 복도로 끌고 나와 그의 방에 털썩 던져놓자, 매트리스는 팔다리를 활짝 펴면서 온 바닥을 차지하고 말았다.

이건 안 되겠어, 백작은 엉덩이에 손을 얹으며 생각했다. 매트리스를 여기에 놓으면, 어떻게 방을 돌아다니겠는가? 그렇다고 매일같이 매트리스를 방에 넣었다 뺐다 할 수도 없었다. 그 순간 하나의 영감이 떠올랐다. 백작은 이 방에서 사는 것은 열차여행과도 같은 만족감을 줄 거라고 스스로를 위로했던 16년 전 그날 아침을 떠올렸다.

그래, 백작은 생각했다. 바로 그거야.

그는 매트리스의 한쪽 끝을 들어 올려 벽에 기댄 다음, 매트리스에 대고 꼼짝 말고 거기 있으라고 경고했다. 마치 그게 무슨 뜻인지 매트리스가 알아듣기라도 하는 것처럼 말이다. 그러고 나서 안나의 여행 가방 두 개를 들고 네 개 층을 달려 내려가 보야르스키의 식료품 저장실로 갔다. 그곳에는 커다란 깡통에 든 토마토 통조림이 보관되어 있었다. 약 20센티미터 높이에 지름이 15센티미터쯤 되는 깡통들은 오늘의 임무에 안성맞춤이었다. 그 깡통들을 들고 씩씩대고 헉헉거리며 계단을 올라 방으로 옮긴 백작은 생각한 만큼의 공간이 생길 때까지 그것들을 쌓고, 올리고, 당기고, 고정했다. 그러고 나서 백작은 안나의 여행 가방을 돌려준 다음, 계단을 뛰어 내려갔다.

백작이 마리나의 사무실에 도착했을 때(한 시간 이상 늦었다), 그는 마리나와 소피야가 바닥에 앉아 사이좋게 이야기를 나누고 있는 모습을 보고 마음이 놓였다. 소피야가 그에게로 달려와 인형을 내밀었다. 인형은 감청색 드레스를 입고 있었고, 앞쪽 아랫부분에는 깜찍한 검정색 단추들이 달려 있었다.

"우리가 인형에게 뭘 만들어주었는지 아시겠어요, 알렉산드르 아저씨?"

"정말 예쁘구나!"

"이 애는 뛰어난 재봉사예요." 마리나가 말했다.

소피야는 마리나와 포옹한 다음 새로 단장한 친구를 안고 깡충깡충 복도를 뛰어갔다. 백작이 자신의 책무를 쫓아가려 할 때, 마리나가 그를 불러 세웠다.

"알렉산드르, 오늘 저녁 식당에서 일하는 동안 소피야를 어떻게 할지, 무슨 대책을 세운 게 있나요……?"

백작은 입술을 깨물었다.

"좋아요." 그녀가 말했다. "오늘 밤은 제가 저 애와 함께 있을게요. 하지만 내일은 다른 사람을 알아봐야 할 거예요. 젊은 객실 담당들과 얘기해보세요. 나타샤가 좋을 것 같네요. 결혼도 안 했고, 애들하고도 잘 지낼 테니까. 하지만 적절한 보수는 지불해야 할 겁니다."

"나타샤가 좋겠군." 백작이 감사를 표하며 수긍했다. "내일 아침 맨 먼저 나타샤랑 얘기를 해볼게요. 보수야 당연히 지불해야지. 정말 고마워요, 마리나. 당신과 소피야가 먹을 저녁 식사는 7시쯤 보야르스키에서 보낼게요. 그리고 어젯밤의 경우가 지표가 될 수 있다면, 저 애는 9시쯤이면 곤히 잠들 거예요."

백작은 몸을 돌려 떠나려다가 다시 몸을 돌렸다.

"아까는 미안했어요……."

"괜찮아요, 알렉산드르. 지금까지 애들하고 시간을 보낸 적이 없어서 걱정되었을 거예요. 하지만 분명 잘 해내실 거라 믿어요. 그래도 미심쩍다면, 어른들과 달리 애들은 행복하기를 원한다는 것만 기억하세요. 애들은 가장 단순한 것에서 가장 큰 즐거움을 찾아내는 능력이 있으니까요." 재봉사 마리나는 자신의 말에 대한 예를 보여주려는 듯, 확신이 깃든 표정으로 몇 마디 지침을 얘기하며 백작의 손에 그리 대수로워 보이지 않는 조그만 물건을 건넸다.

그리하여 백작과 소피야가 다섯 개 층을 걸어 올라가 그들의 방에 도착하고 나서 소피야가 기대에 찬 짙푸른 눈빛을 그에게 던졌을 때, 백작은 준비가 되어 있었다.

"우리 게임 하나 할까?" 그가 물었다.

"좋아요." 아이가 말했다.

"그러면 이리 오려무나."

백작은 의식을 행하듯이 옷장 문을 통과하여 소피야를 서재로 안내했다.

"우와." 방의 반대쪽 공간으로 들어서면서 아이가 말했다. "여기가 아저씨의 비밀 방인가요?"

"'우리'의 비밀 방이란다." 백작이 대답했다.

소피야는 알았다는 듯 진지하게 고개를 끄덕였다.

아이들은 의회, 법정, 은행 따위의 목적을 이해하는 것보다 비밀의 방이 지닌 목적을 더 잘 이해하기 마련이다.

소피야가 약간 수줍은 태도로 그림을 가리켰다.

"아저씨 여동생인가요?"

"그래. 옐레나야."

"저도 복숭아를 좋아해요." 소피야가 그림 속의 복숭아를 바라보며 말했다. 아이는 커피 탁자를 손으로 죽 훑었다. "여기서 아저씨 할머니가 차를 마셨어요?"

"바로 맞혔어."

소피야가 다시 진지하게 고개를 끄덕였다.

"전 게임할 준비가 됐어요."

"좋아. 게임 방법은 이렇단다. 네가 침실로 돌아가서 200까지 세는 거야. 그동안 나는 여기 남아서 이 서재 어딘가에 이걸 숨길 거야." 그러면서 백작은 마치 마술사가 '짠!' 하면서 물건을 끄집어내듯 마리나가 건네준 은색 골무를 꺼냈다. "소피야, 너 200까지 셀 줄 아니?"

"아뇨." 아이가 솔직히 말했다. "하지만 100까지 두 번 세면 되잖아요."

"그래, 맞아."

소피야는 옷장을 통해 밖으로 나간 다음 등 뒤로 문을 닫았다.

백작은 적당한 장소—나이가 어린 점을 부당하게 이용하는 일 없이 소피야에게 적당한 정도로 어려울 듯싶은 장소—를 찾아 방 안을 휘휘 둘러보았다. 그는 잠깐 고민한 다음 작은 책장으로 걸어가서 『안나 카레니나』 위에 조심스럽게 골무를 얹어놓았다. 그러고 나서 의자로 돌아와 앉았다.

마지막 200을 세는 소리와 함께 옷장 문이 빼꼼히 열렸다.

"준비됐어요?" 아이가 물었다.

"응, 준비됐어."

소피야가 들어왔을 때 백작은 아이가 방 안 여기저기를 기웃거리며 닥치는 대로 분주하게 돌아다닐 거라고 예상했다. 하지만 아이는 문간에 조용히, 꼼짝 않고 서서—불안한 느낌이 들 정도였다—

방을 네 부분으로 나누어 하나하나 살펴보았다. 왼쪽 상단, 왼쪽 하단, 오른쪽 상단, 오른쪽 하단. 그러더니 아무 소리 없이 곧장 책장으로 걸어가서 톨스토이의 작품 위에 놓인 골무를 집어 들었다. 백작이 숫자를 셌다면 100까지 세는 데 걸렸을 시간보다도 더 짧은 시간 안에 일어난 일이었다.

"잘했어." 말은 그렇게 했지만, 백작의 속내는 그렇지 못했다. "다시 해보자."

소피야가 백작에게 골무를 건넸다. 하지만 아이가 방을 떠나자마자 백작은 두 번째 판을 시작하기 전에 숨겨놓을 장소를 미리 생각해두지 않은 자신을 책망했다. 적당한 장소를 찾는 데 200초라는 시간밖에 없었던 것이다. 마치 그의 마음을 더 불안하게 하려는 것처럼 소피야는 큰 소리로 숫자를 세기 시작했고, 그 소리가 닫힌 옷장 문을 통해 들려왔다.

"스물하나, 스물둘, 스물셋……."

갑자기 백작은 닥치는 대로 여기저기를 살펴보며 허둥지둥 분주히 움직였다. 여기는 너무 찾기 쉬우니까 안 되고, 저기는 너무 어려워서 안 되었다. 결국 백작은 골무를 책장 맞은편에 놓인 '대사'의 손잡이 밑에 밀어 넣었다.

서재로 돌아온 소피야는 먼젓번과 똑같은 절차를 밟았다. 그런데 아이는 백작의 얕은 수를 예상하고 있었던 것처럼 이번에는 먼젓번에 골무를 찾았던 곳과 반대되는 위치의 구석진 곳을 살펴보기 시작했다. 소피야가 골무가 숨겨진 장소에서 골무를 찾아내는 데는 20초밖에 걸리지 않았다.

백작이 상대를 과소평가했던 게 틀림없었다. 하지만 백작은 골무를 낮은 위치에 숨김으로써 소피야에게 너무 어렵지 않도록 나름대로 배려한 것이었다. 이번에는 바닥에서 2미터 정도 되는 곳에 골무를 숨김으로써 아이의 한계를 이용해볼 작정이었다.

"다시 할까?" 그가 여우같은 미소를 지으며 말했다.

"이제 아저씨 차례예요."

"그게 무슨 말이니?"

"이제 아저씨가 찾고, 내가 숨길 차례라고요."

"안 돼. 이 게임에서는 내가 항상 숨기는 쪽이고, 넌 항상 찾는 쪽이야."

소피야는 엄마 니나가 지어 보였을 것 같은 표정으로 백작을 빤히 쳐다보았다.

"아저씨가 언제나 숨기고 나는 언제나 찾기만 한다면, 그건 게임이 아니에요."

반론의 여지가 없는 아이의 논리에 백작은 얼굴을 찡그렸다. 아이가 손을 내밀자 백작은 하는 수 없이 골무를 아이의 손바닥에 내려놓았다. 이 같은 반전만으로는 충분치 않다는 듯이 백작이 문의 손잡이를 잡으려 할 때 소피야가 그의 소매를 잡아당겼다.

"알렉산드르 아저씨, 몰래 훔쳐보지 않을 거죠?"

훔쳐본다고? 백작은 로스토프 가문의 정직함에 대해 두어 마디 얘기해주고 싶은 생각이 들었다. 하지만 그는 자신을 다독이며 마음을 가라앉혔다.

"그래, 소피야. 훔쳐보지 않을 거야."

"약속해요……?"

…….

"약속할게."

백작은 자기 말은 보증수표와 같다는 둥 자기는 카드놀이에서 남을 속이거나 내기에서 약속을 어긴 적이 없다는 둥 혼잣말을 중얼중얼 뇌까리면서 침실로 나가 숫자를 세기 시작했다. 150이 지났을 때 소피야가 서재 안을 돌아다니는 소리를 들었고, 175를 셀 때 의자가 바닥에서 끌리는 소리를 들었다. 신사와 비열한 인간의 차이를 잘 알고 있는 백작은 서재가 조용해질 때까지―그러니까 222를 셀 때까지―계속 숫자를 셌다.

"준비됐니?" 백작이 외쳤다.

그가 서재에 들어섰을 때 소피야는 등받이가 높은 의자들 가운데 하나에 앉아 있었다.

약간의 극적인 몸짓을 취하면서 백작은 뒷짐을 지고 흐음, 소리를 내면서 방을 한 바퀴 돌았다. 하지만 두 번을 돌고 난 뒤에도 작은 은색 골무는 모습을 드러내지 않았다. 그는 더 열심히 찾기 시작했다. 소피야가 했던 것과 같은 방법으로 방을 네 부분으로 나눈 다음 체계적으로 살펴보았지만, 소용이 없었다.

의자가 움직이는 소리를 들었던 것을 생각해낸 백작은 소피야의 키와 팔 길이를 고려했을 때 적어도 바닥에서 150센티미터 되는 지점까지는 아이의 팔이 닿을 수 있었을 것이라 추정했다. 그래서 그는 누이동생의 초상화가 담긴 액자 뒤를 찾아보고, 작은 창의 손잡이 아래도 찾아보고, 문틀 위까지도 살펴보았다.

골무는 여전히 오리무중이었다.

그는 혹시 소피야가 골무를 숨겨놓은 곳에 눈길을 보냄으로써 단서를 주지나 않을까 해서 가끔씩 등 뒤로 소피야를 훔쳐보았다. 하지만 아이는 화가 날 정도로 무심한 표정을 유지했다. 마치 자기는 지금 진행 중인 사냥에 대해서 요만큼도 알지 못한다는 듯한 태도였다. 더군다나 앙증맞은 발까지 앞뒤로 흔들고 있었다.

심리학도인 백작은 상대의 관점에서 문제를 풀어보기로 마음먹었다. 자기가 소피야의 작은 키를 이용하고 싶었던 것과 마찬가지로 소피야는 어쩌면 그의 신장을 이용했을지도 모른다. 당연히 그랬겠지, 그는 생각했다. 의자 끄는 소리를 아이가 의자 위로 올라가려 했던 것으로만 해석할 필요는 없었다. 뭔가를 끌어내고 그 밑에 골무를 숨길 때 난 소리였는지도 모른다. 백작은 바닥에 납작 엎드린 채 책장에서 대사까지, 그런 다음 다시 대사에서 책장까지 도마뱀처럼 기면서 살펴보았다.

아이는 여전히 조그마한 발을 흔들며 의자에 앉아 있었다.

백작은 몸을 일으키다가 천장의 경사면에 머리를 부딪치고 말았다. 딱딱한 바닥에 엎드려 있었기 때문에 무릎이 아팠고, 재킷은 먼지투성이였다. 갑자기 다소 격하게 방을 둘러보는 동안 결말이 조용히 다가오는 것을 알아차렸다. 그것은 잔디밭을 가로지르는 고양이처럼 그를 향해 살금살금 다가왔다. 이 고양이의 이름은 '패배'였다.

어떻게 이럴 수가 있지?

로스토프 가문의 일원인 그가 지금 항복을 준비하고 있는 걸까?

음. 한마디로, 그렇다.

다른 대안은 없었다. 그는 게임에 졌고, 자신도 그 사실을 알고 있었다. 자신에 대한 질책의 말이 한두 마디 있어야 할 터이지만, 그는 먼저 마리나와 그녀가 얘기한 단순한 게임의 즐거움이라는 것을 저주했다. 그는 깊게 숨을 들이마셨다가 내뱉었다. 그러고 나서 마치 오스트리아의 마크 장군이 러시아 군대가 그의 손아귀를 빠져나가게 한 것에 대해 나폴레옹에게 사죄했던 것처럼 소피야 앞에 출두했다.

"잘했다, 소피야." 그가 말했다.

소피야는 백작이 방 안에 들어온 이후 처음으로 그를 똑바로 쳐다보았다.

"포기하는 건가요?"

"인정하는 거란다." 백작이 말했다.

"그건 포기랑 같은 뜻인가요?"

……

"그래, 포기랑 같은 의미야."

"그럼 그렇게 말씀하셔야죠."

당연했다. 그는 몸이 화끈 달아오를 정도로 창피했다.

"포기한다." 그가 말했다.

소피야는 크게 고소해하는 표정 없이 그의 항복을 받아들였다. 그러고 나서 의자에서 폴짝 뛰어내려 그에게로 걸어왔다. 그는 소피야가 책장 어딘가에 골무를 숨긴 게 틀림없다고 짐작하면서 아이가 지나갈 수 있도록 옆으로 살짝 비켜섰다. 하지만 아이는 책장 쪽으로 가지 않았다. 대신 백작 앞에 서더니, 그의 재킷 주머니에 손을 집어넣어 골무를 꺼냈다.

백작은 어안이 벙벙했다.

실제로 말을 더듬기까지 했다.

"그런데, 그런데, 그런데, 소피야…… 이건 불공정해!"

소피야는 호기심 어린 눈으로 백작을 살펴보았다.

"왜 불공정해요?"

어이쿠, 또 저놈의 '왜'로군.

"왜냐하면 공정하지 않기 때문이지." 백작이 대답했다.

"하지만 아저씨가 골무를 이 방 아무데나 숨겨도 된다고 했잖아요."

"바로 그거야, 소피야. 내 주머니는 이 방에 있질 않았잖아."

"제가 골무를 숨길 때 아저씨의 주머니는 이 방에 있었어요. 그리고 아저씨가 찾아 돌아다닐 때도 이 방에 있었고……."

백작이 아이의 순진무구한 작은 얼굴을 바라보는 동안 모든 것이 명백해졌다. 어감의 미묘한 차이와 교묘한 손놀림의 대가인 그가 처음부터 끝까지 소피야에게 농락당한 것이었다. 아이가 그를 불러 세워서 몰래 훔쳐보면 안 된다고 말하며 소매를 살짝 잡아당겼을 때, 그것은 골무를 그의 주머니 안에 슬쩍 집어넣는 동작을 감추기 위한 술책이었던 것이다. 그렇다면 200을 셀 무렵에 들려온 의자 끄는 소리는? 그것은 완전한 연극이었다. 무자비한 속임수였다. 심지어 그가 방 안을 이리저리 돌아다니며 뒤지는 동안에도 아이는 의자에 앉아 감청색 드레스를 입은 작은 인형을 꼭 그러쥔 채, 단한 번도 술책을 드러내는 실수를 저지르지 않았다.

백작은 한 발 뒤로 물러서며 허리를 숙였다.

6시, 백작은 소피야를 마리나에게 데려다주기 위해 1층으로 내려갔다가 아이의 인형을 가져오려고 다시 6층으로 올라가야 했으며,

다시 1층으로 내려와서 인형을 전해준 다음 보야르스키로 향했다.

그는 안드레이에게 늦어서 미안하다고 사과한 다음, 재빨리 팀원들을 점검하고, 탁자를 확인하고, 유리잔의 위치를 미세하게 조정하고, 식기들을 똑바로 놓고, 에밀의 주방을 흘끗 들여다보았다. 그러고 나서야 식당 문을 열어도 좋다는 신호를 보냈다. 7시 30분, 그는 '빨간 방'으로 가서 가즈 만찬을 감독했다. 10시에 그는 복도를 지나 골리앗이 문밖에서 보초를 서고 있는 '노란 방'으로 향했다.

1930년 이래로 백작과 전前 적군 대령 오시프는 서구에 대한 대령의 이해를 넓히기 위해 매월 세 번째 토요일에 저녁 식사를 함께 하고 있었다.

처음 몇 년을 프랑스어와 프랑스인 공부(숙어 및 연설의 유형, 나폴레옹과 리슐리외와 탈레랑의 성격, 계몽의 본질, 인상파의 천재성, '뭐라 말할 수 없이 좋은 것*'이라는 표현에서 드러나는 프랑스인들의 전반적 성향 등)에 할애한 백작과 오시프는, 다음 몇 년 간은 영국인(차를 꼭 마셔야 하는 이유, 믿기 어려운 크리켓 규칙, 여우 사냥의 에티켓, 충분한 자격이 있다는 것을 감안하더라도 너무 거침없는 그들의 셰익스피어에 대한 자부심, 모든 것을 포용하며 무엇보다도 중요한 선술집 문화 등)을 공부하면서 보냈다. 그리고 최근 들어 그들의 관심사는 미국으로 넘어갔다.

오늘 밤 그들이 앉아 있는 탁자 위, 거의 비워진 접시들 옆에는 알렉시 드 토크빌의 걸작 『미국의 민주주의』 두 권이 놓여 있었다.

✦ je ne sais quai.

오시프는 책의 두께에 약간 겁을 먹었지만, 백작은 미국 문화에 대한 기본적 이해를 위해서는 그만한 텍스트가 없다면서 그를 설득했다. 그래서 전 대령은 3주 동안 거의 밤을 지새우다시피 하며 책을 읽었고, 대학 입학시험 준비를 철저히 마친 고등학생 같은 진지한 태도로 노란 방에 도착한 터였다. 여름밤에 대한 백작의 예찬에 맞장구를 치고, 후추를 곁들인 생선 요리에 대한 백작의 찬사에도 동의하고, 클라레 와인의 향도 함께 감상한 오시프는 어서 빨리 수업을 시작하고 싶어서 몸이 근질거렸다.

"멋진 와인, 멋진 스테이크, 멋진 여름밤입니다." 오시프가 말했다. "그런데 이제 책에 대한 얘기를 좀 해야 하지 않을까요?"

"예, 그래야죠." 잔을 내려놓으며 백작이 말했다. "책 이야기로 넘어갑시다. 먼저 얘기를 시작하시는 게……."

"그러죠. 우선 무엇보다도 이 책은 『야성의 부름』*과는 딴판이더군요."

"그렇죠." 백작이 미소를 지으며 말했다. "『야성의 부름』과는 확실히 달라요."

"그리고 솔직히 말해서 토크빌이 세세한 내용에 집착하는 점을 이해하기는 하지만, 미국의 정치 시스템을 다룬 1권의 내용은 전반적으로 전개가 너무 느리더군요."

"그래요." 백작이 이해한다는 듯 고개를 끄덕였다. "1권은 지나치다 싶을 정도로 세부 사항에 집착하고 있습니다……."

"그런데 미국 사회의 특징을 다룬 2권은 그야말로 홀딱 빠질 정

✦ 잭 런던의 소설.

도였습니다."

"그 점에선 다른 사람들도 마찬가지랍니다."

"정말이지, 바로 첫 줄부터……. 가만, 어디더라? 아, 여기로군. '문명화된 세계에서 미국만큼 철학에 관심을 기울이지 않는 나라는 하나도 없다고 나는 생각한다.' 하! 정말 시사하는 바가 크다고 봅니다."

"정말 그렇죠." 백작이 싱긋 웃으며 말했다.

"그리고 여기요. 몇 장 뒤에서 토크빌은 미국인들의 물질적 풍요에 대한 유별난 열정을 꼬집어 얘기합니다. 그는 이렇게 말하죠. '미국인들의 마음은 일반적으로 육체의 모든 욕구를 충족시키고 인생의 작은 위안들을 추구하는 데 사로잡혀 있다.' 이건 1840년에 쓴 책인데 말입니다. 만약 토크빌이 1920년대에 미국을 방문했다면 어땠을지 상상해보세요!"

"하, 1920년대에 미국을 방문했다면, 이라. 아주 적절한 발상이로군요."

"그런데 알렉산드르, 민주주의는 특히 산업에 적합하다는 그의 주장은 어떻게 해석해야 할까요?"

백작은 의자 등받이에 몸을 기대면서 포크와 나이프를 만지작거렸다.

"네, 산업의 문제라. 논의를 위한 아주 훌륭한 출발점입니다, 오시프. 바로 문제의 핵심이죠. 어떻게 생각하십니까?"

"나는 당신이 어떻게 생각하는지 묻고 있는 겁니다, 알렉산드르."

"제 생각도 분명히 말씀드리죠. 하지만 당신 스스로 책에 대한 인상을 정리할 기회를 갖기 전에 제가 당신의 인상을 왜곡시킨다면,

그건 개인 교사로서 제 직무에 태만한 셈이 될 겁니다. 그러니 당신이 어떻게 생각하는지를 먼저 얘기해보도록 합시다."

오시프는 백작을 뚫어져라 쳐다보았고, 백작은 눈길을 피해 와인 잔으로 손을 뻗었다.

"알렉산드르, 당신 이 책을 읽었······."

"물론 읽었습니다." 잔을 내려놓으며 백작이 말했다.

"내 말은 두 권 모두, 마지막 페이지까지 다 읽었냐는 얘깁니다."

"오시프, 학생이 작품을 하나하나 꼼꼼히 읽었는지의 여부는 학생이 기본 자료를 타당하게 이해했는지의 여부보다 덜 중요하다는 것이 학문 연구의 기본 규칙입니다."

"그렇다면 이 특별한 작품에서 당신의 타당한 이해는 몇 쪽에 드러나 있나요?"

"으흠." 백작은 목차를 펼쳤다. "어디 봅시다······. 그래요, 그래요." 그는 오시프를 올려다보았다. "87쪽?"

오시프는 잠시 백작을 바라보았다. 그러더니 토크빌의 책을 집어 들어 방 저편으로 던져버렸다. 프랑스 역사가는 테아트랄나야 광장에서 군중을 상대로 연설하고 있는 레닌의 사진이 담긴 액자에 머리를 찧고, 액자의 유리를 산산조각 내며 바닥에 쿵 하고 떨어졌다. 노란 방의 문이 열리면서 권총을 빼어 든 골리앗이 뛰어 들어왔다.

"빌어먹을!" 백작이 머리 위로 손을 올리며 소리쳤다.

경호원에게 자신의 개인 교사를 쏴버리라는 명령을 내릴 기세였던 오시프는 깊이 숨을 들이마셨다. 그러고 나서 고개를 저었다.

"별일 아니야, 블라디미르."

블라디미르는 고개를 한 번 끄덕인 뒤 복도의 자기 자리로 돌아갔다.

오시프는 탁자 위에 손을 포개며 설명을 요구하는 눈빛으로 백작을 바라보았다.

"정말 미안해요." 백작은 당혹감이 가득한 어조로 말했다. "다 읽으려고 했습니다, 오시프. 사실 남은 부분을 읽으려고 오늘은 일정을 잡지 않고 시간을 다 비워두었어요. 그런데…… 어떤 상황이 끼어드는 바람에……."

"어떤 상황?"

"예기치 못한 상황이었어요."

"어떤 예기치 못한 상황인가요?"

"어린 숙녀 때문에."

"어린 숙녀라!"

"옛 친구의 딸이에요. 그 애가 갑작스럽게 나타난 겁니다. 그리고 저랑 잠시 함께 지내게 될 겁니다."

오시프는 놀라서 말문이 막힌 것처럼 백작을 바라보더니, 잠시 후 웃음을 터뜨렸다.

"이런, 이런, 이런. 알렉산드르 일리치. 당신과 함께 지내게 될 어린 숙녀라. 진작 얘기하지 그랬소. 다 용서해주리다, 늙은 여우 양반. 적어도 늙은 여우에 버금가는 친구 같으니라고. 토크빌에 대해서는 나중에 얘기합시다. 알았죠? 대신 마지막 페이지까지 다 읽어야 합니다. 하지만 지금은 당신 시간을 조금도 빼앗고 싶지 않아요. 아직은 샬라핀에서 캐비아를 먹기에 늦은 시간은 아닐 듯싶네요. 그런 다음 그녀를 피아차로 데려가 춤을 출 수도 있겠고."

"실은…… 아주 어린 숙녀랍니다."

…….

"얼마나 어린데요?"

"대여섯 살 정도?"

"대여섯 살이라고요!"

"아마도 여섯 살일 겁니다."

"아마도 여섯 살인 아이를 데리고 있는다고요?"

"예……."

"당신 방에서?"

"그렇습니다."

"얼마나 오래요?"

"몇 주 정도. 아니면 한 달 정도. 아무튼 길어도 두 달은 넘지 않을 거예요……."

오시프는 미소를 지으며 고개를 끄덕였다.

"알겠소."

"솔직히 말하자면." 백작이 속내를 털어놓았다. "그 애가 온 후로 지금까지 생활이 좀 혼란스러웠습니다. 하지만 그럴 만도 했죠. 애가 어제 막 이곳에 왔으니까요. 일단 몇 가지 사소한 조정을 거치고 그 애도 적응할 기회를 갖게 되면, 모든 게 정상으로 돌아가 아무 문제도 없을 겁니다."

"당연히 그렇겠죠." 오시프가 백작의 생각에 동의했다. "그나저나 어서 가보시오."

백작은 다음 번 만날 때까지 토크빌의 책을 다 읽겠다고 약속한 다음, 양해를 구하고 조용히 문을 나섰다. 오시프는 포크로 생선 요리를 집어 들었다. 그는 와인 병이 빈 것을 확인하자 탁자 위로 손을 뻗어 백작이 마시다 만 와인을 자기 잔에 따랐다.

오시프는 자기 아이들이 여섯 살 무렵이던 시절을 떠올렸던 것일까? 동트기 한 시간 전에 일어나 부산하게 집을 나설 준비를 해야 했던 시절, 사과보다 작은 물건들은 모조리 눈에 띄지 않게 숨겼지만 정작 발밑의 물건은 빠뜨렸던 시절, 책도 읽지 못하고 편지에 답장도 못하고 일련의 생각들도 다 미완의 상태로 남아 있던 시절, 그런 시절을 떠올렸던 것일까? 그런 일들이 그의 뇌리에 어제의 일처럼 떠올랐다.

"당연히 그렇겠지." 그는 반신반의하는 표정으로 얼굴에 미소를 띠며 그 말을 다시 중얼거렸다. "일단 몇 가지 사소한 조정을 거치고 나면, 모든 게 정상으로 돌아가 아무 문제도 없을 테지……."

성인이라면 복도에서 뛰는 행동은 삼가야 한다는 것이 백작의 평소 지론이었다. 하지만 그가 오시프의 방을 나온 시각은 거의 11시였고, 그는 이미 마리나의 착한 심성을 한 차례 이용한 뒤였다. 그래서 그는 딱 한 번만 예외를 허용하기로 하고 복도를 달려서 모퉁이를 돌다가, 계단 꼭대기에서 서성이고 있는 덥수룩한 수염의 남자와 정면으로 마주쳤다.

"미시카!"

"아. 여기 있었구나, 사샤."

백작이 오랜 친구를 알아본 순간, 그의 머릿속에 가장 먼저 떠오른 생각은 친구를 그냥 보내야 한다는 것이었다. 그것 말고 다른 방

안이 있을까? 다른 여지는 없었다.

그러나 미시카의 얼굴을 자세히 살펴본 백작은 그를 그냥 보내는 게 불가능하다는 것을 알 수 있었다. 뭔가 심각한 일이 발생한 게 틀림없었다. 결국 백작은 친구를 보내는 대신 계단을 올라가 서재로 그를 안내했다. 의자에 앉은 미시카는 손에 쥔 모자를 빙빙 돌리기만 했다.

"모스크바엔 내일 도착하기로 되어 있지 않았어?" 잠깐 동안의 침묵이 흐른 뒤 백작이 입을 열었다.

"그랬지." 미시카가 모자를 이리저리 흔들며 말했다. "그런데 샬라모프의 요청으로 하루 일찍 왔어……."

두 사람이 대학 시절에 알고 지냈던 빅토르 샬라모프는 현재 '고슬리티즈다트' 출판사의 선임 편집자였다. 곧 출간될 안톤 체호프의 서간집 편집을 미시카에게 맡기자는 것이 샬라모프의 아이디어였으며, 미시카는 1934년부터 그 과제에 매달려왔다.

"아." 백작이 환한 표정으로 말했다. "거의 마무리되었나 보군."

"거의 마무리되었지." 미시카가 웃으면서 백작의 말을 되풀이했다. "네 말이 맞아, 사샤. 내 일은 거의 끝났어. 사실 남은 건 몇 구절을 삭제하는 것뿐이야."

상황의 전말은 이러했다.

미하일 민디흐는 레닌그라드에서 야간열차를 타고 그날 아침 일찍 모스크바에 도착했다. 교정쇄가 인쇄소로 가는 중에 샬라모프가 미시카에게 '창작의 집'에서 함께 축하 오찬을 하고 싶다고 말한 것이었다. 하지만 미시카가 1시 조금 못 돼서 창작의 집 응접실에 도착했을 때, 샬라모프는 그에게 자신의 출판사 사무실로 가자고 요구했다.

두 사람이 샬라모프의 사무실에 자리를 잡았을 때, 샬라모프는 미시카에게 훌륭히 임무를 완수한 데 대해 축하의 말을 건넸다. 그런 다음, 알고 보니 인쇄소로 가지 않고 여전히 편집자인 그의 책상 위에 놓여 있는 교정쇄를 톡톡 두드렸다.

그래, 이건 언어에 대한 미묘한 감각과 박학다식이 요구되는 일이지, 학문의 귀감이 될 만한 사례야, 하고 샬라모프가 말했다. 그런데 인쇄하기 전에 작은 문제 하나를 처리할 필요가 있다고 했다. 1904년 6월 6일자 편지에서의 한 부분이 문제라는 것이었다.

미시카는 그 편지를 잘 알고 있었다. 체호프가 누이동생 마리야에게 쓴 씁쓸하면서도 달콤한 내용의 편지로서, 죽기 바로 몇 주 전에 작성한 이 편지에서 체호프는 자신의 폐결핵이 완치될 것이라 예상한다. 아마도 조판 과정에서 단어 하나가 누락된 모양이었다. 그것은 교정쇄를 아무리 여러 번 검토한다 해도 모든 실수를 다 잡아내지는 못한다는 것을 보여주는 사례이리라.

"어디 보세." 미시카가 말했다.

"자." 샬라모프는 미시카가 편지를 똑바로 읽을 수 있도록 교정쇄의 방향을 돌려서 보여주었다.

베를린
1904년 6월 6일

사랑하는 마샤에게,

나는 지금 베를린에서 이 편지를 쓰고 있다. 여기 온 지 만 하루가 되었구나. 네가 떠난 뒤 모스크바는 매우 추워졌고 눈까지 내렸단다. 궂은 날씨 때문에 나는 감기에 걸렸고, 팔과 다리에 류마티스성 통증이 생기기 시작했어. 밤에는 잠을 잘 수가 없고, 체중도 많이 빠졌어. 모르핀 주사를 맞고 오만 가지 약을 먹어야만 했지. 알츠슐러가 전에 처방해준 헤로인 덕분에 이렇게나마 기억이 나는구나. 그래도 출발할 무렵에는 기운을 되찾기 시작했어. 식욕도 돌아왔고, 비소 주사도 내 손으로 놓게 되었지. 그리고 마침내 목요일에 난 아주 가늘어지고 수척해진 다리로 러시아를 출발하여 상쾌하고 즐거운 여행을 했단다. 여기 베를린에서는 최상급 호텔의 안락한 방에 묵고 있어. 난 이곳 생활을 매우 즐기고 있단다. 이렇게 왕성한 식욕으로 맛있게 음식을 먹어본 게 정말 얼마 만인지 모르겠구나. 여기 빵은 놀랍도록 맛있어서 나는 배불리 먹고 있다. 커피도 훌륭하고, 저녁 식사도 형언할 수 없이 맛있어. 외국에 나와보지 않은 사람들은 빵 맛이 얼마나 훌륭할 수 있는지 모를 거야. 여기에는 괜찮은 차가 없고(러시아에는 좋은 차들이 있잖아) 러시아식 오르되브르도 없지만, 다른 것들은 모두 훌륭하고 러시아보다 가격도 싸단다. 나는 벌써 체중이 불었어. 오늘은 공기가 쌀쌀했지만 티어가르텐까지 장시간 마차를 타고 갔다 왔단다. 그러니 어머니께, 그리고 다른 분들께도 내가 회복되는 중이라고, 아니 벌써 회복이 되었다고 말씀드려도 될 거야…… 등등.

잘 있어.

A. 체호프

미시카는 마음의 눈으로 체호프가 쓴 원 편지의 이미지를 떠올리면서 이 구절을 한 번 읽고, 다시 읽었다. 4년이나 매달린 일이었으니 그는 대부분의 편지들을 암기하고 있었다. 하지만 아무리 애를 써도 그로서는 교정쇄가 원본과 다른 차이점을 알아낼 수 없었다.

　"뭐가 빠진 거지?" 결국 그가 물었다.

　"오." 샬라모프가 친구 사이에 간단한 오해가 있었다는 것을 갑자기 깨달은 듯한 어조로 말했다. "아직 빠진 게 아니야. 이제 빼야만 하는 문제라네. 여기."

　샬라모프가 책상 위로 팔을 뻗어 체호프가 베를린에 대한 첫인상을 누이와 공유한 구절, 특히 독일인의 놀랍도록 맛있는 빵과 외국 여행을 해보지 않은 러시아인은 빵이 얼마나 맛있을 수 있는지 모를 것이라는 구절을 가리켰다.

　"이 부분을 빼야 한다고?"

　"맞아. 바로 그거야."

　"무턱대고 말이지."

　"자네가 원한다면."

　"그런데 왜 그래야 하는지, 이유를 물어봐도 되겠나?"

　"간결함을 위해서지."

　"그렇게 하면 종이가 절약되겠군! 6월 6일 편지의 이 구절을 뺀다면, 그럼 이 구절은 어디다 둬야 하나? 은행에다? 옷장 서랍에다? 아니면 레닌의 무덤에다?"

　이런 대화 내용을 백작에게 전달하는 동안 미시카의 목소리는 마치 그때의 분노의 감정이 되살아난 듯이 점점 더 격해졌다. 그러더니 갑자기 그가 말을 멈추었다.

"샬라모프는……." 그러고 나서 잠시 후에야 미시카가 말을 이었다. "우리가 젊은 시절부터 알았던 샬라모프는, 그 구절을 대포에 넣고 쏴버려도 신경 쓰지 않겠지만, 어쨌든 빼야 한다고 나에게 말하더군. 그 말을 듣고 내가 어떻게 했을 것 같니, 사샤? 상상할 수 있겠어?"

어떤 결정을 내리기 전에 서성거리는 경향이 있는 사람이라면 우리는 그에 대해―원인과 결과, 영향과 파급 효과를 고려하는 데 그가 아주 많은 시간을 할애했다는 점을 감안하여―사려 깊게 행동하는 사람이라는 결론을 내리기 십상이다. 하지만 백작의 경험에 의하면, 서성거리는 경향이 있는 사람은 언제나 충동적으로 행동한다. 왜냐하면 서성거리는 사람들은 논리적으로 생각을 몰아가려 하지만, 논리라는 것은 다양한 면을 가지고 있어서 그들을 분명한 이해나 확신의 상태로 데려가지 못하기 때문이다. 오히려 논리는 그들을 갈팡질팡하게 만들고, 결국 그들은―마치 문제에 대해 아무 생각이 없었던 것처럼―가장 사소한 변덕의 영향에, 그리고 성급하고 무모한 행동의 유혹에 노출되는 결과에 이르게 된다.

"아니, 미시카." 백작은 뭔가 불길한 조짐을 느끼면서 대답했다. "상상이 안 돼. 어떻게 했는데?"

미시카는 한 손으로 이마를 쓸었다.

"사람이 그런 광기와 맞닥뜨렸을 때는 어떻게 해야 할까? 나는 그 구절 위에 줄을 그어 지워버렸네. 그러고 나서 한 마디도 하지 않고 방을 걸어 나왔지."

대단원의 막을 듣고 난 백작은 안도감을 느꼈다. 오랜 친구의 패배감에 깃든 안색만 아니었다면 그는 미소를 지었을지도 몰랐다.

이 상황에는 뭔가 참으로 희극적인 면이 있다는 것을 인정해야 했기 때문이었다. 그것은 니콜라이 고골의 이야기 같은 면이 있었다. 이 이야기에서 샬라모프는 자신의 위상에 도취된 살찐 추밀 고문관 역할을 맡고 있다. 그리고 자신의 운명이 위태롭다는 얘기를 들은 문제의 그 구절은 창문을 타고 넘어가 골목길로 탈출한다. 그 뒤 그 구절에 대한 소식은 다시는—그러니까 10년 뒤 코안경을 걸치고 레지옹 도뇌르* 훈장을 단 프랑스 백작 부인의 팔에 다시 나타날 때 까지는—들리지 않는다. 백작에게는 이 상황이 이런 내용의 고골의 이야기처럼 느껴졌던 것이다.

하지만 백작은 진지한 표정을 유지했다.

"정말 잘한 행동이었어." 그는 미시카를 위로했다. "고작 몇 문장의 문제일 뿐이야. 수십만 개의 단어들 중에서 50단어의 문제일 뿐이니까."

백작은 책의 전체 분량을 고려하면 미하일이 자부심을 느껴도 좋을 분량이 훨씬 더 많다는 사실을 지적했다. 권위 있는 체호프 서간집은 이미 오래전에 출간되었어야만 했다. 그것은 학자와 학생들, 독자와 작가들, 그리고 모든 세대에게 두루 영감을 불러일으킬 것이 확실했다. 그리고 샬라모프에게도? 백작은 코가 기다랗고 눈이 작은 샬라모프를 보면 늘 흰담비를 닮은 구석이 있다고 생각했다. 그 흰담비가 어떤 사람의 성취감이나 그 사람이 축하받아야 할 이유를 망치도록 내버려둬서는 안 되었다.

✦ 1802년 나폴레옹 1세가 제정한 프랑스 최고 훈장. 5등급(그랑크루아Grand-Croix, 그랑 오피세Grand-officier, 코망되르Commandeur, 오피세Officier, 슈발리에Chevalier)으로 나뉘며, 국가 공로자에게 수여한다.

"들어봐," 백작은 빙긋 웃으며 결론지었다. "넌 야간열차를 타고 도착해서 점심도 먹지 못했어. 그게 바로 문제의 절반이야. 일단 네 호텔로 돌아가. 그리고 목욕부터 해. 뭘 좀 먹고 와인도 한 잔 하라고. 그리고 밤새 푹 자도록 해. 그리고 내일 밤 우린 예정대로 샬랴핀에서 만나서 안톤 체호프 형을 위해 건배하는 거야. 횟담비가 내는 돈으로 한껏 웃고 즐겨보자고."

백작은 그렇게 오랜 친구를 위로하고 기운을 북돋우려 애쓴 다음, 조용히 그를 문으로 데리고 갔다.

11시 40분, 백작은 마침내 1층으로 내려가 마리나의 사무실 문을 두드렸다.

"늦어서 정말 미안해요." 재봉사가 문을 열어주자 백작이 속삭였다. "소피야는 어디 있소? 내가 안아서 위로 데려갈게요."

"속삭일 필요 없어요, 알렉산드르. 애는 자고 있지 않으니까요."

"아직 안 재웠다고!"

"저는 누구에게도 이래라저래라 하지 않았어요." 마리나가 반박했다. "애가 당신을 기다리겠다고 고집을 부린 거라고요."

두 사람은 안으로 들어갔다. 안에서는 소피야가 완벽한 자세로 의자에 앉아 있었다. 백작을 보자마자 아이는 바닥으로 폴짝 뛰어내리더니 그에게 걸어와 손을 잡았다.

마리나가 한쪽 눈썹을 치켰다. 마치 '보세요……'라고 말하는 것 같았다.

백작도 눈썹을 치켰다. 마치 '어떻게 이럴 수가……'라고 말하는 것 같았다.

"저녁 고마웠어요, 마리나 아줌마." 소피야가 재봉사에게 말했다.

"와줘서 고마웠어, 소피야."

그런 다음 소피야는 백작을 올려다보았다.

"이제 가도 될까요?"

"물론이지, 얘야."

마리나의 사무실을 나왔을 때 백작은 어린 소피야가 곧장 잠자리에 들 게 틀림없다고 생각했다. 소피야는 그의 손을 놓지 않은 채 곧장 그를 로비로 이끌었고, 승강기를 탄 뒤에는 '올라가라 얍!' 하는 명령과 함께 5층 단추를 눌렀다. 종탑에 이르렀을 때 소피야는 안아달라고 부탁하기는커녕 오히려 그를 잡아끌면서 마지막 층의 계단을 올랐다. 백작이 기발하게 꾸민 그들의 새로운 2단 침대를 아이에게 소개했지만, 아이는 특별히 눈여겨보지는 않았다. 대신 아이는 복도를 달려가서 이를 닦고 잠옷으로 갈아입었다.

그런데 욕실에서 돌아온 아이는 침대 이불 밑으로 들어가는 대신 책상 앞 의자 위로 올라갔다.

"안 잘 거니?" 백작이 놀란 표정으로 물었다.

"잠깐만 기다리세요." 아이가 손을 들어 백작의 말을 막으며 대답했다.

아이는 오른쪽으로 몸을 살짝 기울여 백작의 상체 뒤편을 쳐다보았다. 어리둥절해진 백작은 옆으로 비켜서며 몸을 돌렸다. 바로 그때 보폭이 큰 경비원 같은 시계 분침이 안짱다리 형인 시침을 따라 잡았다. 두 형제가 서로 껴안자 스프링이 느슨해지면서 톱니바퀴들이 돌더니, 하루에 두 번 울리는 시계의 조그마한 망치가 자정의 도래를 알리기 시작했다. 소피야는 종소리를 듣는 내내 꼼짝 않고 의자에 앉아 있었다. 이윽고 열두 번째 마지막 종이 울리자 아이는 의자에서 뛰어내려 침대로 올라갔다.

"안녕히 주무세요, 알렉산드르 아저씨." 아이가 말했다. 백작이 이불을 잘 덮어주려 하기도 전에 아이는 이미 잠에 빠져 있었다.

오늘은 백작에게 긴 하루였다. 그가 기억하는 한 가장 긴 하루 중 하나였다. 지쳐 쓰러지기 일보 직전에 그는 소피야가 그랬던 것처럼 재빨리 이를 닦고 파자마로 갈아입었다. 침실로 돌아온 그는 불을 끄고 소피야의 침대 스프링 밑에 놓인 매트리스 위에 누웠다. 사실 백작의 매트리스에는 침대 스프링이 없었으며, 쌓아 올린 토마토 통조림 깡통들의 높이는 소피야의 침대를 간신히 지탱할 정도여서 백작은 옆으로 눕기조차 힘들었다. 그래도 딱딱한 바닥보다는 훨씬 나았다. 아버지가 자랑스러워했을 만한 하루를 보낸 백작은 소피야의 여린 숨소리를 들으면서 눈을 감고 꿈 꿀 여지조차 없는 깊은 잠 속으로 떠날 채비를 마쳤다. 하지만, 아아, 우리의 피곤한 친구에게는 쉽사리 잠이 찾아오지 않았다.

무용수들이 두 줄을 이루고, 그중 한 명이 두 줄 사이 통로를 따라 팔짝팔짝 경쾌하게 뛰면서 나오는 릴 춤에서처럼 백작의 걱정거리 하나가 나타나서 그의 생각을 붙들더니 과장된 동작으로 인사한 다음 줄의 맨 끝 자리인 자기 자리로 돌아갔고, 이어 다음 걱정거리가 춤을 추며 앞으로 나왔다.

백작의 걱정거리들은 정확히 무엇이었을까?

그는 미시카를 걱정하고 있었다. 친구의 고통이 제3권 300쪽에 있는 네 문장을 삭제해야 한다는 것에서 기인했다는 사실에 안심이 되기는 했지만, 그 50단어와 관련된 문제가 완전히 해결된 것은 아닐 거라는 어떤 불길한 예감을 떨칠 수 없었다…….

니나에 대해서도, 니나가 멀리 동쪽으로 떠나간 일에 대해서도 걱정했다. 백작은 세보스틀라크에 대해서는 들은 게 별로 없었지만 시베리아에 대해서는 충분히 많은 얘기를 들어왔으므로 니나가 스스로 선택한 길이 얼마나 혹독할 것인지 이해할 수 있었다…….

그는 어린 소피야에 대해서도 걱정했다. 그것은 단순히 고기를 잘게 썰어준다거나 갈아입을 옷을 챙겨주는 따위의 걱정이 아니었다. 피아차에서 식사를 하든 승강기를 타고 5층으로 올라가든, 메트로폴 호텔에서 어린 여자아이가 오랫동안 사람들 눈에 띄지 않기란 사실상 불가능한 일이었다. 소피야는 백작과 몇 주 동안만 함께 지낼 예정이었지만, 니나가 돌아오기 전에 어떤 관료가 소피야의 존재를 알아차리고서 아이가 호텔에서 생활하는 것을 금지할 가능성도 있었다…….

그리고 마지막으로, 솔직히 까놓고 말해서, 백작은 당장 내일 아침을 걱정하고 있다는 얘기를 덧붙이지 않을 수 없다. 비스킷을 야금야금 베어 먹고 그가 먹을 딸기를 앗아간 소피야가 또다시 그의 의자 위로 올라가 짙푸른 눈으로 그를 빤히 쳐다볼 테니 말이다.

우리의 삶이 유동적일 때는 침대가 아무리 안락하다 할지라도 우리는 어쩔 수 없이 걱정거리—그 걱정거리가 얼마나 큰지 작은지, 얼마나 현실적인 것인지 상상 속의 것인지에 관계없이—를 붙들고 씨름하느라 잠을 이루지 못하는 게 인지상정인 듯싶다. 사실, 로스토프 백작으로서는 오랜 친구 미시카를 걱정할 이유가 충분했다.

6월 21일 밤늦게 메트로폴을 떠난 미하일 민디흐는 편지에 관한 백작의 충고를 따랐다. 그는 곧장 자신이 묵는 호텔로 가서 목욕하고, 식사하고, 잠자리에 들어가 숙면을 취했다. 다음 날 잠에서 깨어난 그는 전날 벌어진 사건들을 다양한 관점에서 돌아보았다.

그는 아침 햇살 속에서 백작의 말이 전적으로 옳다고 생각했다. 그 일은 그저 50단어의 문제일 뿐이었다. 그것은 예컨대 샬라모프가 「벚꽃 동산」이나 「갈매기」의 마지막 구절을 삭제하라고 요구하는 것과는 다른 성질의 문제였다. 그것은 유럽을 여행하는 어떤 여행자의 편지에서도 등장할 수 있는 구절이었으며, 체호프 자신도 별 생각 없이 작성했을 가능성이 농후했다.

하지만 옷을 갈아입고 늦은 아침 식사를 마친 후 '창작의 집'으로 향하던 미시카는 우연찮게 아르밧스카야 광장에서 한때 침울한 모습의 고골 동상이 서 있던 자리에 자리 잡은 고리키 동상을 지나가게 되었다. 미시카에게 막심 고리키는, 마야콥스키를 제외하고는 당대의 가장 위대한 영웅이었다.

"여기 한 사람이 있노라." 미시카는 혼잣말을 했다(보도 한복판에서서 지나가는 행인들을 무시한 채 중얼거렸다). "한때 감상적이지 않고 직접적인, 지극히 신선한 글을 씀으로써 젊은 날에 대한 그의 기억이 곧 젊은 날에 대한 우리의 기억이 되게 한 사람이 여기 있노라."

이탈리아에 자리 잡고 살았던 고리키는 1934년 스탈린의 꼬임에 빠져 러시아로 돌아와 랴부신스키 저택에 정착하게 되었다. 그럼으로써 그는 전 러시아 인민의 유일무이한 예술적 형식으로서의 사회주의 리얼리즘을 확립하는 일을 관장할 수 있었다…….

"그런데 그 후유증은 무엇이었습니까?" 미시카는 동상에 대고 물었다.

결과적으로 거의 다 망쳤을 뿐이다. 불가코프는 수년 동안 한 단어도 쓰지 않았다. 아흐마토바는 펜을 놓아버렸다. 이미 옥고를 치른 바 있는 만델시탐은 다시 체포되었다. 그리고 마야콥스키는? 오, 마야콥스키…….

미시카는 자신의 턱수염을 잡아당겼다.

지난 1922년, 미시카는 사샤에게 이들 네 사람이 합심하여 러시아의 새로운 시를 만들어낼 것이라고 호언장담했었다. 그럴 가능성은 낮아 보였지만 말이다. 하지만 결국 그게 바로 정확히 그들이 한 일이 되고 말았다. 그들은 침묵의 시를 창조해낸 것이다.

"그래, 침묵도 하나의 의견일 수 있지." 미시카는 혼잣말을 했다. "침묵도 저항의 한 형태일 수 있지. 생존을 위한 하나의 수단일 수 있어. 또한 시의 한 유파일 수도 있어. 나름의 운율과 비유와 관습을 보유한 시의 유파일 수 있다고. 연필이나 펜으로 쓸 필요 없이, 가슴에 들이댄 총부리를 앞에 두고 영혼에 쓰는 시 말이야."

그렇게 중얼거린 미시카는 막심 고리키와 '창작의 집'에 등을 돌렸다. 그런 다음 발길을 돌려 고슬리티즈다트 출판사 사무실로 갔다. 출판사에 도착한 그는 계단을 오르고 안내 데스크를 급히 지나간 다음, 문들을 하나하나 열어젖힌 끝에 마침내 한 회의실에서 편집 회의를 주재하고 있는 휜담비를 찾아냈다. 탁자 중앙에는 치즈와 무화과와 소금에 절인 청어가 놓여 있었다. 그 광경은 딱히 이유를 꼬집어 설명할 수는 없었지만, 아무튼 미시카를 분노케 했다. 젊은 편집자들과 조수들이 문을 박차고 뛰어 들어온 사람이 누구인지 확인하려고 샬라모프에게서 미시카에게로 눈을 돌렸다. 모두 젊고 진지한 이들이었는데, 그 사실이 미시카를 더욱 분노케 만들었다.

"아주 훌륭해!" 미시카가 소리 질렀다. "다들 칼을 빼 들었어. 그래, 오늘은 뭘 반 토막 낼 작정인가? 『카라마조프가의 형제들』?"

"미하일 표도로비치." 충격을 받은 샬라모프가 말했다.

"이게 도대체 뭔가!" 미시카가 하필 그 순간에 청어를 얹은 빵 한 조각을 손에 들고 있던 젊은 여성을 향해 손가락질하면서 외쳤다. "그 빵은 베를린에서 온 거 아닌가? 조심하게, 동무. 그걸 한 입 베어 먹는 순간, 샬라모프가 당신을 대포로 쏴버릴 테니까."

미시카는 그 젊은 여성이 자기를 미친 사람으로 생각한다는 것을 알 수 있었다. 그렇지만 어쨌든 그녀는 빵 조각을 탁자에 도로 내려놓았다.

"오!" 미시카가 잘했다는 뜻으로 탄성을 질렀다.

샬라모프가 불안하고 걱정스러운 얼굴로 의자에서 일어났다.

"미하일." 그가 말했다. "자넨 지금 너무 흥분해 있어. 자네 생각이 어떤 것이든 나중에 내 사무실에서 얘기하면 좋겠네. 보다시피 지금은 회의 중이야. 앞으로 몇 시간 더 논의해야 할 안건이 있어……."

"몇 시간 더 논의해야 할 안건이라. 물론 그렇겠지."

미시카는 한 직원 앞에 놓인 필사본들을 통해 그날의 남은 안건들을 검사하기 시작했다. 이어 그 필사본들을 하나하나 집어 들고는 건너편에 있는 샬라모프 쪽으로 내던졌다.

"몇몇 동상도 옮겨야겠지! 이런저런 구절도 삭제해야 할 테고! 그리고 자넨 오후 5시의 스탈린 동무와의 목욕에 늦으면 안 되겠지. 자네가 늦는다면 누가 스탈린 동무의 등을 밀어주겠는가?"

"미쳤군." 안경을 낀 젊은 사내가 말했다.

"미하일." 샬라모프가 애원하는 목소리로 말했다.

"러시아 시의 미래는 하이쿠야!" 미시카는 결론을 내리듯 그렇게 외치고 나서 득의양양한 태도로 문을 쾅 닫고 밖으로 나왔다. 자신의 행동이 너무 마음에 든 그는 자신과 바깥 거리 사이에 있는 모든 문들을 쾅쾅 닫았다.

미시카의 표현을 빌려 말하건대, 그 후유증은 무엇이었을까?

미시카의 발언은 하루도 지나지 않아서 당국에 보고되었다. 일주일도 지나지 않아서 그의 발언 전체가 고스란히 기록되었다. 8월에 그는 신문을 위해 레닌그라드에 있는 엔카베데의 사무실로 소환되었다. 11월, 그는 사법 절차를 뛰어넘는 권력을 가진 당대의 트로이카 중 한 사람 앞으로 불려 나왔다. 그리고 1939년 3월, 미시카는 시베리아행 열차에 실려 반성의 영역으로 떠나갔다.

우리는 결코 확실히 알 수 없겠지만, 짐작건대 니나에 대한 백작의 걱정도 틀리지 않은 듯했다. 니나는 그 달에도, 그해에도, 아니 영영 메트로폴 호텔에 돌아오지 않았기 때문이다. 10월에 백작은 그녀의 행방을 수소문하기 위해 여러 모로 애를 썼지만, 모두 헛수고였다. 니나 역시 백작과 연락하기 위해 나름대로 노력을 기울였으리라 여겨지지만, 그녀에게서는 아무런 소식도 오지 않았다. 니나 쿨리코바는 그렇게 러시아 동부의 광활함 속으로 사라져버렸다.

소피야가 호텔에서 지낸다는 사실이 들키게 될 거라는 백작의 걱정 역시 틀리지 않았다. 아이의 존재가 알려졌을 뿐만 아니라 소피야가 도착한 지 2주도 안 되어 크렘린의 행정 사무실로 편지 한 통이 발송되었기 때문이다. 편지에는 메트로폴 호텔의 꼭대기 층에서 가택 연금 생활을 하는 '구시대 인물'이 부모가 누구인지 알려지지 않은 다섯 살배기 아이를 돌보고 있다는 내용이 쓰여 있었다.

편지는 접수되자마자 신중하게 읽혀지고 도장이 찍혀 상급 사무실로 전달되었다. 그곳에서 편지는 다시 도장이 찍혀 2개 층 위로 전달되었다. 그곳에서 편지는 펜을 한 번 휘갈기는 것으로 국영 고아원의 양호 교사들을 내쫓을 수 있는 권한을 지닌 인물의 책상에 당도했다.

그런데 이 구시대 인물의 최근 교제 이력을 대략적으로 조사하는 과정에서 우연찮게 어떤 호리호리한 여배우와의 관계가 드러나게 되었는데, 그 여배우는 최근 정치국에 부임한 얼굴이 둥근 인민위원의 연인이라고 오랫동안 알려져 있었다. 정부의, 특히 관료적인 부서의 작고 칙칙한 사무실 안에서는 일반적으로 바깥 세계를 정확히 상상하는 일이 힘들었다. 하지만 어떤 관료가 정치국 위원의 사생아 딸을 체포해서 고아원에 집어넣을 경우, 그 관료의 이력에 무슨 일이 벌어질지 상상하는 것은 전혀 어렵지 않았다. 그 같은 결정은 눈이 가려진 채 담배 한 대를 피우며 죽음을 기다리는 것으로 보답받기 십상이었다.

따라서 조사는 매우 신중하고 조심스럽게 진행되었다. 모든 가능성에 비추어보건대, 이 여배우는 정치국 위원과 적어도 6년은 관계를 맺어왔을 것이라는 증언이 확보되었다. 게다가 호텔의 한 직원이 어린 여자아이가 호텔에 도착하던 바로 그날, 여배우도 호텔에 투숙했었다고 확인해주었다. 그리하여 수사 과정에서 수집된 모든 정보는 (혹시 언젠가는 유용하게 쓰일지도 모른다는 판단과 더불어) 서랍 속으로 들어가 자물쇠가 채워졌다. 애초에 이 신문 과정을 유발했던, 짧지만 치명적이었던 편지는 불태워져 원래 있어야 할 자리인 쓰레기통 속으로 들어갔다.

그랬다. 백작에게는 미시카, 니나, 소피야에 대해 걱정할 만한 충분한 이유들이 있었다. 하지만 그가 다음 날 아침에 대해 걱정할 이유가 있었을까?

백작과 소피야가 일어나서 침구를 정리하고 비스킷을 먹은 후 소피야는 책상 의자로 올라가 앉았다. 하지만 아이는 기대에 찬 눈빛으로 백작을 쳐다보는 대신, 마치 자면서 질문 거리를 미리 만들어놓기라도 한 것처럼 티히차스와 백작의 가족에 대한 추가적인 질문을 마구 쏟아냈다.

이후 며칠 동안 가장 중요한 점을 강조하면서도 가장 간결하게 이야기하는 능력에 대해 오랫동안 자부심을 가지고 있었던 한 남자는 하는 수 없이 여담과 삽입 어구와 각주의 달인이 되어야 했으며, 나중에는 소피야가 말을 꺼내기도 전에 아이의 가차 없는 질문 공세를 미리 생각해두는 법을 터득하기까지 했다.

춤추듯 날뛰는 근심 걱정 때문에 잠을 이루지 못할 경우, 최상의

방법은 초원을 뛰노는 양들의 숫자를 세는 것이라고 사람들은 말한다. 하지만 양이라면 허브를 넣어 맛을 내고 레드 와인 리덕션*을 곁들여 즐기는 것을 선호하는 백작은 완전히 다른 방법을 선택했다. 소피야의 새근거리는 숨소리를 들으면서 백작은 아침에 딱딱한 바닥에서 잠이 깬 순간으로 돌아갔다. 그런 다음 로비, 피아차, 보야르스키, 안나의 스위트룸, 지하실, 마리나의 사무실 등 자신이 그날 오갔던 곳들을 하나하나 되짚어보면서 그날 하루 몇 개 층이나 되는 계단을 오르내렸는지 꼼꼼히 계산했다. 마음속으로 그날의 행적을 따라 계단을 오르락내리락하면서 한 층 한 층 세어나간 결과, 마지막으로 하루에 두 번 울리는 시계가 있는 방에 올라왔을 때까지의 총합계는 59였다. 그 시점에서 그는 충분히 누릴 자격이 있는 잠에 빠져들었다.

✦ 소스나 육수에 와인을 첨가하여 졸인 것.

부록

"알렉산드르 아저씨……?"

…….

"소피야……?"

…….

"안 주무세요, 알렉산드르 아저씨?"

…….

"지금은 깼단다, 얘야. 왜?"

…….

…….

"마리나 아줌마 방에 인형을 두고 왔어요……."

…….

…….

"아, 알았다……."

1946

1946년 6월 21일 토요일, 크렘린 위로 해가 높이 떠올랐을 때 한 남자가 쓸쓸히 모스크바강 강둑의 계단을 천천히 걸어 오르더니, 성 바실리 대성당을 가로질러 붉은광장으로 향했다.

낡아 빠진 겨울 외투 차림의 그는 오른쪽 발을 작은 반원 형태로 휘저으면서 걸었다. 다른 때 같았으면 낡아 빠진 외투와 절뚝거리는 발은 이 화창한 여름날과 대비되어 그를 눈에 띄게 만들었을지도 모른다. 하지만 1946년에는 빌린 옷을 입고 절뚝거리며 걷는 남자들을 수도 어디에서나 볼 수 있었다. 사실상 유럽의 모든 도시에서 수많은 남자들이 절뚝거리며 돌아다녔다.

그날 오후, 광장은 마치 장이 서는 날처럼 붐볐다. 꽃무늬 옷차림의 여자들은 낡은 국영백화점의 아케이드 아래에서 서성거렸다. 크렘린 문 앞에서는 남학생들이 두 대의 폐기된 탱크 위로 기어오르고 있었고, 몸에 꼭 맞는 흰색 재킷 차림의 군인들은 일정한 간격으로 늘어서서 느슨하게 뒷짐을 진 채 그 모습을 지켜보았다. 레닌의 무덤 입구 쪽에서는 150여 명의 시민들이 뱀처럼 긴 줄을 이루고 있었다.

낡아 빠진 외투 차림의 남자는 걸음을 멈추더니, 줄을 서서 기다리는 수많은 동포들의 질서정연한 행동에 감탄을 금치 못했다. 맨 앞에는 자신들의 가장 좋은 외출복인 실크 코트를 입고 온, 콧수염을 길게 기른 여덟 명의 우즈베크인이 서 있었다. 그다음에는 길게 땋은 머리 위에 밝은 빛깔의 수가 놓인 모자를 쓴, 동부에서 온 네 명의 소녀가 서 있었다. 조지아에서 온 열 명의 농민이 그 뒤를 이었고, 그런 식으로 다양한 사람들의 줄이 꼬리에 꼬리를 물고 길게 이어졌다. 이들은 죽은 지 20년도 더 된 한 남자의 유해에 경의를 표하고자 줄지어 서서 참을성 있게 자신들의 차례를 기다리고 있는 것이었다.

우린 제대로 배운 게 없지만 그나마 줄 서는 법 하나는 잘 배운 셈이로군, 쓸쓸한 남자가 일그러진 미소를 지으며 생각했다.

외국인의 눈에는 분명 러시아가 수없이 많은 줄로 이루어진 나라가 되어버린 것 같았을 것이다. 전차 정류장 앞에도, 식료품 가게 앞에도, 노동청, 교육청, 주택청 앞에도 늘 줄이 늘어서 있었던 것이다. 그러나 사실은 모든 것을 포괄하는 하나의 줄이 있었으며, 그 줄은 전국을 가로지르고 시간을 거슬러 올라갔다. 레닌의 위대한 혁신이 바로 그 줄이었다. 그것은 프롤레타리아 자체처럼 전 세계적이고 무한한 줄이었다. 레닌은 1917년 법령으로 그것을 확립했고, 스스로 맨 첫 자리에 섰으며, 그의 동지들이 서로 밀치며 그의 뒤에 줄을 섰다. 모든 러시아인이 차례차례 그 줄에 들어가 자리 잡고 섰고, 줄은 점점 길어지고 또 길어져서 마침내 삶의 모든 영역을 아우르게 되었다. 그 줄 안에서 우정이 형성되고 로맨스가 타올랐다. 그 줄 안에서 인내심이 길러지고 예절이 행해졌으며, 심지어 지혜도 얻어졌다.

사람이 빵 한 덩어리를 사기 위해 여덟 시간 동안 기꺼이 줄을 설 수 있다면 영웅의 시신을 공짜로 보기 위해 한두 시간쯤 기다리는 게 뭐 대수겠는가, 하고 쓸쓸한 남자는 생각했다.

그는 한때 카잔 성당이 아름답고 조화로운 모습으로 서 있던 지점을 지나 오른쪽으로 방향을 돌려 계속 걸었다. 이윽고 테아트랄나야 광장에 들어선 그는 걸음을 멈추었다. 그의 시선이 노동조합의 집에서 볼쇼이 극장으로, 이어 말리 극장, 메트로폴 호텔로 옮겨가는 동안, 그는 이토록 많은 옛 건물들이 손상 없이 멀쩡하게 살아남았다는 사실에 놀라지 않을 수 없었다.

5년 전 그날, 독일군은 바르바로사 작전을 개시했다. 오데사에서 시작하여 발트해에 이르기까지, 전면 배치된 3백만의 독일 병사들이 러시아 전선을 넘어 공격을 감행했다.

작전이 시작되고, 히틀러는 독일 군대가 4개월 내에 모스크바를 수중에 넣을 수 있을 것으로 예상했다. 실제로 10월 말까지 민스크, 키예프, 스몰렌스크를 접수한 독일군은 이미 모스크바에서 950킬로미터 떨어진 지점까지 전진해 있었으며, 전형적인 집게발 대형으로 북쪽과 남쪽에서 모스크바에 접근하는 중이었다. 이제 며칠 뒤면 모스크바는 독일군 대포의 사정거리에 들어설 터였다.

그 무렵, 수도 모스크바에서는 얼마간 무법 사태가 발생했다. 거리는 난민들과 탈영병들로 붐볐으며, 그들은 임시로 만든 텐트에서 잠을 자고 훔친 음식을 모닥불 위에서 요리했다. 정부 기관을 쿠이비셰프로 옮기는 작업이 진행 중인 가운데, 도시의 열여섯 개 다리에는 명령만 떨어지면 언제든 폭파할 수 있도록 지뢰가 설치되었다. 크렘린의 담장 위로는 기밀 문서가 타면서 내는 연기가 기둥처럼 솟아올랐고, 바깥 거리에서는 몇 개월째 봉급을 받지 못한 시 공무원들과 공장 노동자들이 영원히 불을 밝히고 있을 것만 같던 그 오래된 요새의 창문들이 하나씩 하나씩 어둠에 잠기는 모습을 불길한 예감에 휩싸인 채 지켜보았다.

그러나 10월 30일 오후에 한 시민은—지금 우리의 누추한 방랑자가 서 있는 바로 그 자리에 서서—당혹스러운 광경을 목격했을 것이다. 그것은 소수의 믿음직한 노동자들이 비밀경찰의 지휘 아래 볼쇼이 극장의 의자들을 마야콥스카야 지하철역으로 옮기는 광경이었다.

그날 밤 늦은 시간에 정치국의 모든 구성원들이 도시의 지표면에서 30미터 아래에 위치한 플랫폼에 집결했다. 9시, 독일군 포대의 사정거리로부터 안전한 그곳에서 그들은 음식과 와인이 차려진 기다란 탁자에 자리를 잡고 앉았다. 곧이어 한 칸짜리 열차가 역으로 들어왔다. 문이 열리고, 군복을 갖춰 입은 스탈린이 밖으로 나왔다. 자기의 자리라고 여겨지는, 탁자 상석에 앉은 소소 서기장은 자신이 당 지도부를 소집한 목적은 두 가지라고 말했다. 첫째, 그곳에 집결한 사람들은 누구든 쿠이비셰프로 가도 좋지만, 자기는, 자기 자신만은, 아무 데도 가지 않겠다는 뜻을 천명하는 것이라고 했다. 그는 러시아의 마지막 피 한 방울이 흘러내릴 때까지 모스크바에 남겠다고

했다. 둘째, 그는 예년과 마찬가지로 연례 혁명 기념식을 11월 7일에 붉은광장에서 개최할 것이라고 공표했다.

많은 모스크바 사람들은 혁명 기념식의 그 퍼레이드를 하나의 전환점으로 기억할 것이다. 도전적인 모습의 지도자가 연단에 서서 지켜보는 가운데 군화를 신은 5만 명의 군대가 가슴을 뛰게 만드는 〈인터내셔널가歌〉에 맞춰 행진하는 모습은 그들의 자신감을 북돋우고 결의를 다지게 만들었다. 사람들은 전세의 향방이 결정적으로 바뀐 것은 바로 그날이었다고 회상할 것이다.

그러나 어떤 이들은 소소가 극동 지역에 예비로 보유하고 있던, 그리고 축하 행사가 벌어지는 그 순간에도 전국적으로 모스크바를 지원해야 한다는 정신교육을 받던 70만 명의 병사들이 전세의 향방을 바꾼 요소라고 지적할 것이다. 또 어떤 이들은 그해 12월에는 31일 가운데 28일이나 눈이 내림으로써 독일 공군의 발이 묶였다는 사실을 지적하기도 할 것이다. 그 달은 평균 기온이 영하 30도 정도로 떨어졌다 해도 그다지 틀린 말은 아니었다. 그런 기후는 나폴레옹의 군대가 그랬던 것과 마찬가지로 독일군에게도 완전히 낯선 것이었다. 이유야 어찌 되었든 히틀러의 병사들은 겨우 5개월 만에 러시아 전선을 넘어 모스크바 외곽까지 전진했지만, 그들은 결코 수도의 문을 통과하지 못했다. 백만 명을 포로로 삼고 백만 명의 목숨을 앗아간 그들은 1942년 1월 퇴각을 시작했고, 도시는 놀라우리만큼 멀쩡하게 살아남았다.

도로 경계석에서 발을 뗀 우리의 쓸쓸한 남자는 밝은 오렌지색 옷을 입은 여자를 사이드카에 태우고 오토바이를 모는 젊은 장교에게 길을 비켜주었다. 그는 황량한 광장에서 전시 중인, 나포한 두 대의 독일 전투기 사이를 지나갔다. 그런 다음 메트로폴 호텔의 중앙 출입문 외곽을 빙 둘러서 모퉁이를 돌아가더니 호텔 뒤편의 골목길로 사라졌다.

소동, 응수, 사건

1시 30분, 메트로폴 호텔 총지배인의 사무실, 알렉산드르 일리치 로스토프 백작은 상급자로서의 위세가 몸에 밴, 머리가 작은 남자가 앉은 책상 맞은편의 의자에 앉았다.

백작은 피아차에서 비숍이 부른다는 전갈을 받았을 때 아주 급한 문제인가 보다, 생각했다. 전갈을 전한 이가 백작이 식후 커피를 다 마실 때까지 기다리고 있다가 곧장 그를 지배인실로 데려갔기 때문이다. 하지만 백작이 안내를 받아 지배인실의 문을 열고 들어섰을 때도 비숍은 결재 중인 서류에서 눈을 거의 떼지 않았다. 대신 그는 잠시만 기다리라는 뜻을 표현하려는 사람처럼 빈 의자를 향해 펜을 흔들었다.

"고마워요." 백작은 의자에 앉으라는 비숍의 형식적인 권유에 형식적으로 고개를 숙이며 말했다.

무료하게 앉아서 기다릴 사람이 아닌 백작은 빈 시간을 활용하여 방을 둘러보았다. 방은 이오시프 할레키 씨가 떠난 이후로 상당한 변화가 있었다. 이전 지배인의 책상은 그대로 남아 있었지만, 이제는 예전처럼 책상 위가 깔끔하게 비어 있지는 않았다. 지금은 여섯 개의 서류 더미와 함께 스테이플러, 펜 꽂이, 그리고 두 대의 전화기 (아마도 비숍이 중앙위원회의 전화를 대기시켜놓은 상태에서 정치국에 전화를 걸기 위해서인 듯했다)가 위풍당당하게 놓여 있었다. 나이 많은 폴란드인인 할레키 씨가 종종 등을 기대고 눕는 데 사용했다고 알려진 진홍색 긴 의자가 놓였던 자리에는 스테인리스 자물쇠가 채워진 회색 서류 캐비닛 세 개가 부동자세로 서 있었다. 한때 마호가니 벽판을 장식했던 즐거운 사냥 장면들은, 당연하게도, 스탈린, 레닌, 마르크스의 초상화로 대체되었다.

열두 장의 서류에 지극히 만족스럽게 서명을 써넣은 비숍은 책상 가장자리에 일곱 번째 서류 더미를 만들어놓은 다음, 펜 꽂이에 펜을 내려놓고 처음으로 백작의 눈을 마주보았다.

"알렉산드르 일리치, 당신은 아침 일찍 일어나는 사람인 것 같더군요." 비숍이 잠시 뜸을 들인 후에 말했다.

"목적을 가진 사람들은 대개 그렇지요."

비숍의 입꼬리가 미세하게 올라갔다.

"물론 그렇겠죠. 목적을 가진 사람들은."

그는 책상 위로 손을 뻗어 자기가 방금 전에 만든 서류 더미를 가지런히 했다.

"그리고 당신은 7시께에 방에서 아침 식사를……?"

"맞습니다."

"그리고 8시에는 로비에서 신문을 읽는 습관이 있더군요."

빌어먹을 인간 같으니, 백작은 생각했다. 이 인간은 사람을 보내 백작을 부름으로써 더없이 즐거웠던 점심 식사의 마무리에 훼방을 놓았다. 이자의 마음속에는 틀림없이 뭔가가 있다. 그런데 이 인간에게는 늘 편견이 자리 잡고 있지 않던가? 이자는 직접적으로 물어보는 재주는 없는 걸까? 그에 대한 이해가 부족한 걸까? 이자는 여기 이렇게 앉아서 백작의 전형적인 하루 일과를 분 단위로 쪼개서 짚어볼 심산인가? 삼인조 회의 시간이 한 시간도 채 남지 않았는데 말이다.

"맞아요." 백작이 약간 짜증 섞인 목소리로 답했다. "나는 아침 신문을 아침에 읽습니다."

"로비에서 말이죠. 당신은 로비로 내려가잖아요."

"그렇고말고요. 로비에서 편하게 읽기 위해 계단을 걸어 내려가지요."

비숍은 의자에 등을 기대더니 순간적으로 미소를 지어 보였다.

"그렇다면 오늘 아침 8시 15분 전, 4층 복도에서 벌어진 일에 대해 알고 있겠군요……."

돌이켜보자면, 백작은 7시가 조금 넘어서 자리에서 일어났다. 열다섯 번의 쪼그려 앉기와 열다섯 번의 스트레칭을 끝내고, 커피와 비스킷과 과일 한 조각(오늘은 귤이었다)을 먹고, 목욕하고, 면도하고, 옷을 갈아입은 다음, 소피야의 이마에 뽀뽀한 다음 자신이 좋아하는 로비 의자에서 신문을 읽을 요량으로 침실을 나섰다. 한 층을 내려간 그는 종탑을 빠져나와 습관대로 중앙 계단을 향해 복도를 가로질렀다. 그런데 5층 층계참을 돌아설 때, 아래쪽에서 부산스러운 소리가 들려왔다.

마치 열다섯 개의 목소리가 스무 개의 언어로 소리를 지르는 것 같았다. 거기에다가 문을 쾅 닫는 소리, 접시 깨지는 소리, 그리고 새 종류의 것인 게 틀림없는, 집요하게 꽥꽥거리는 소리가 더해졌다. 7시 45분쯤에 4층에 이르렀을 때, 백작은 진정한 봉기 사태를 목격하게 되었다.

거의 모든 방의 문이 열려 있고, 모든 투숙객이 복도에 나와 있었다. 모인 사람들 중에는 프랑스 기자 두 명, 스위스 대사 한 명, 우즈베크 모피상 세 명, 로마 가톨릭 교회의 사절 한 명, 본국으로 돌아온 오페라 테너 가수와 그의 가족 다섯 명이 끼어 있었다. 파자마 차림으로 집회에 참가한 사람들 대부분은 팔을 흔들면서 요란하게 자신들의 생각과 감정을 표출하고 있었다. 그리고 그들의 다리 사이에서는 다 자란 거위 세 마리가 이리저리 뛰어다니며 꽥꽥 소리 지르고 날개를 퍼덕거렸다.

몇몇 여자들은 마치 하피*에게 공격당한 것처럼 겁에 질린 모습으로 행동하고 있었다. 테너 가수의 아내는 남편의 거대한 몸통 뒤에 웅크리고 있었다. 호텔 객실 담당 여직원인 크리스티나는 빈 쟁반을 가슴에 꼭 안은 채 벽에 바짝 기대 서 있었는데, 그녀의 발밑에는 스푼과 포크와 카샤**가 어지러이 널려 있었다.

테너 가수의 세 아들이 작정을 하고 세 마리 거위를 세 방향으로 추격하는 동안, 바티칸에서 파견된 사절은 테너 가수에게 아이들이 취할 적절한 태도에 대해 훈계했다. 이탈리아어를 몇 마디밖에 하지 못하는 테너 가수는 고위 성직자에게 (포르티시모로) 자기를 갖고 놀지 말라며 소리 질렀다. 러시아어와 이탈리아어를 유창하게 구사하는 스위스 대사는 입을 꼭 다문 채 두 사람의 말을 경청함으

* 여자의 머리와 몸에 새의 날개와 발을 가진 신화 속의 괴물.
** 물이나 우유에 곡물을 넣어 끓인 요리.

로써 중립국으로 알려진 스위스의 명성을 몸소 실천해 보였다. 자신의 주장을 더 위엄 있게 피력하기 위해 고위 성직자인 그 바티칸 사절이 앞으로 나섰을 때, 테너 가수의 맏아들에 의해 구석으로 몰렸던 거위 한 마리가 성직자의 다리 사이를 쏜살같이 통과하여 그가 묵고 있는 방으로 들어갔다. 그러자 그 방에서 로마 가톨릭 교회의 사절이 아닌 것이 확실한 한 젊은 여자가 파란색 기모노만 걸친 채 복도로 뛰쳐나왔다.

이때쯤 소동은 5층 투숙객들의 잠을 깨웠고, 몇몇은 도대체 무슨 일이 일어난 것인지 확인하려고 계단을 내려왔다. 이 파견대의 선두에는 미국인 장군이 있었으며, '위대한 텍사스주'라고 알려진 곳에서 온 그는 허튼 수작 따위는 용납하지 않는 인물이었다. 신속하게 상황을 파악한 장군은 거위 한 마리의 목을 붙잡았다. 그의 동작이 무척이나 잽쌌기 때문에 모여 있던 사람들의 사기가 한층 더 올라갔다. 몇몇 사람은 그에게 환호를 보내기까지 했다. 다시 말해서, 그가 목을 꺾어버릴 의도를 뚜렷이 드러내며 다른 손으로 거위의 목을 움켜쥐기 전까지는 그랬다. 하지만 목을 움켜쥔 그 행동은 파란색 기모노를 걸친 젊은 여자의 입에서는 비명을, 테너 가수 딸의 눈에서는 눈물을, 스위스 대사의 입에서는 호된 비난을 초래했다. 결정적인 행동이 이루어지려는 순간에 방해받은 장군은 민간인들의 무책임한 태도에 분노를 표출한 다음, 성직자의 방으로 들어가서 창밖으로 거위를 던져버렸다.

질서를 회복해야 하는 임무를 부여받은 장군은 잠시 후 돌아와서 날렵하게 두 번째 거위를 붙잡았다. 하지만 장군이 모여 있는 사람들에게 자신의 평화적 의도를 확신시키고자 거위를 들어 올렸을 때,

그의 허리를 묶고 있던 끈이 풀리면서 가운이 활짝 벌어져서 녹갈색 팬티가 드러났다. 그걸 본 테너 가수의 아내는 기절하고 말았다.

층계참에서 이 광경을 지켜보던 백작은 누가 자기 옆에 서 있다는 것을 알아차렸다. 고개를 돌리자 장군의 부관이 눈에 들어왔다. 그는 사교성이 뛰어난 친구로, 샬랴핀에 거의 붙어 있다시피 했다. 밑에서 벌어지고 있는 사태를 힐끗 내려다본 부관은 만족스러운 한숨을 내쉬면서 딱히 누구 들으라고 하는 말이 아닌 혼잣말을 내뱉었다.

"이 호텔은 정말 사랑스러워."

그러니, 백작은 8시 15분 전에 4층 복도에서 벌어진 일에 대해 '알고' 있었을까? 그런 질문보다는 차라리 노아가 홍수에 대해 알고 있었는지, 아담이 사과에 대해 알고 있었는지 묻는 편이 나았을 것이다. 그는 당연히 알고 있었다. 이 세상 그 누구도 그보다 **더 잘** 알지 못했다. 그런데 그가 알고 있는 것 가운데 어떤 부분이 그의 식후 커피를 방해하는 요인이 될 수 있을까?

"오늘 아침에 일어난 일에 대해서는 잘 알고 있습니다." 백작이 대답했다. "그 일이 벌어진 바로 그 시간에 층계참을 돌아서 내려오고 있었으니까요."

"그러니 그 혼란을 **직접** 목격했군요⋯⋯?"

"예. 그 소동이 벌어지는 걸 직접 **봤습니다**. 그렇지만 내가 지금 왜 여기 있는지는 확실히 알지 못하겠군요."

"말하자면 당신은 어둠 속에 있는 셈이로군요."

"사실, 좀 당황스럽습니다. 어리둥절하네요."

"그러시겠죠."

잠깐 동안의 침묵 뒤에 비숍이 그 특유의 성직자 같은 미소를 한껏 지어 보였다. 그러고 나서 대화 중에 사무실 안을 돌아다니는 것이 지극히 정상적인 행동이라도 되는 듯한 태도로 자리에서 일어나 벽 쪽으로 걸어갔다. 그리고 고리에서 약간 미끄러진 각도로 걸린 탓에 방의 이념적 권위를 손상시키는 것만 같았던 마르크스의 초상을 조심스럽게 바로잡았다.

비숍이 몸을 돌리며 말을 이었다.

"이 애석한 사건을 묘사하면서 당신이 왜 **혼란** 대신 소동이라는 말을 사용하는지 알 것 같소. 소동이란 말은 얼마간 어린아이의 철없는 행동을 시사하니까요……."

백작은 그 말에 대해 잠시 생각했다.

"지금 테너 가수의 아이들을 의심하는 건 아니겠죠?"

"그럴 리가요. 어쨌든 거위들은 보야르스키 식품 저장실에 있는 우리 안에 갇혀 있었소."

"그럼 에밀이 이번 일과 관련이 있다고 생각하는 건가요?"

비숍은 백작의 질문을 무시하고 책상 뒤 의자로 가서 앉았다.

"메트로폴 호텔은," 비숍은 백작에게 불필요한 얘기를 늘어놓았다. "세계에서 가장 저명한 정치가들과 중요한 예술가들이 투숙하는 곳이오. 그들이 우리 호텔 문을 지나 들어왔을 때는 그 어디에도 비할 수 없는 편안함과 누구에게도 뒤지지 않는 서비스, 그리고 아무런 혼란도 없는 아침을 기대할 권리가 그들에게 있는 것이오. 말할 필요도 없겠지만, 나는 이번 사건을 바닥까지 캐볼 작정이오." 그가 펜을 향해 손을 뻗으면서 얘기를 마무리했다.

"예." 백작이 의자에서 몸을 일으키며 대답했다. "바닥까지 캐보는 게 필요하다면 응당 그래야겠지요. 내 생각엔 그 일을 하기에 지배인님보다 더 적합한 인물은 없을 것 같군요."

얼마간 어린아이의 철없는 행동이라, 지배인실 문을 나서면서 백작이 중얼거렸다. 혼란의 아침이라······.

비숍은 나를 바보로 여기는 걸까? 그는 잠시라도 그가 뭘 노리고 있는지를 내가 모를 거라고 생각한 것일까? 그의 속마음을, 어린 소피야가 어떤 식으론가 연루되어 있을 거라고 생각하는 그의 속마음을 내가 모를 거라고 생각한 걸까?

백작은 비숍이 무슨 일을 꾸미려 하는지 **정확히** 알 수 있었을 뿐만 아니라, 마음만 먹었다면 백작 특유의 몇 가지 비유법으로—나아가 약강 5보격으로—비숍에게 대항할 수 있었을 것이다. 하지만 소피야가 연루되었으리라는 생각 자체가 너무 근거 없고 너무 터무니없고 너무 괘씸한 것이라서 대꾸할 **가치**조차 없었다.

그렇지만 소피야 역시 여느 열세 살짜리 아이들과 마찬가지로 장난기가 있다는 사실을 백작으로서도 부정할 수 없었다. 그래도 그 애는 촐랑거리며 돌아다니진 않아. 잔소리꾼도 아니야. 아무짝에도 쓸모없는, 그런 애가 아니라고. 실제로 백작이 총지배인의 방에서 돌아왔을 때, 소피야는 로비에 앉아 두툼한 책을 읽고 있었다. 그 모습은 메트로폴 직원이라면 누구에게나 익숙한 광경이었다. 아이는 한 의자에 앉아서 몇 시간이고 각 나라의 수도를 외우고, 동사 활용법을 공부하고, x나 y값을 구하곤 했다. 또한 마리나와 함께 바느질을 배우는 일에도, 에밀과 함께 소스 만드는 법을 익히는 일에도 그와 똑같이 열심이었다. 소피야를 아는 사람 누구에게나 그 애에 관해 얘기해보라고 하면, 사람들은 소피야가 공부를 열심히 하며 수줍음이 많고 행동이 얌전한 아이, 한마디로 '**착실한** 아이'라고 말할 것이다.

백작은 위층으로 올라가면서 법학자처럼 관련된 사실들을 열거해보았다. 지난 8년 동안 소피야는 한 번도 짜증을 내지 않았다. 매일같이 양치질을 했으며, 별다른 법석을 피우는 일 없이 학교에 갔다. 옷을 두껍게 껴입을 때도, 공부에 매진할 때도, 콩을 먹을 때도 아무런 불평이 없었다. 심지어 자신이 직접 개발한 게임—소피야가 아주 좋아하는 게임이 되었다—을 할 때도 또래 아이들을 뛰어넘는 침착함이 배어 있었다.

게임은 이런 식이었다.

두 사람이 호텔 안 어딘가에 앉아 있다. 예컨대, 일요일 아침에 그들의 서재에서 둘 다 책을 읽고 있다. 12시를 알리는 종이 울리면, 백작은 매주 가는 이발소로 가기 위해 책을 내려놓는다. 종탑에서 한 층 내려가서 중앙 계단으로 가는 복도를 가로지른 다음, 맨 아래층까지 다섯 층을 더 내려가서 꽃집과 신문 가판대를 지나 이발소로 들어선다. 그때 벽 옆의 벤치에 앉아서 조용히 책을 읽고 있는 소피야가 그의 눈에 들어온다.

그는 자연히 깜짝 놀라서 오 하느님, 하고 소리치며 손에 들고 있던 물건을 떨어뜨리고 만다(올해 들어 지금까지 책 세 권과 와인 한 잔을 떨어뜨렸다).

그런 게임은 나이 60이 가까워진 남자에게는 치명적일 수 있다는 사실을 제쳐놓는다면, 사람들은 이 어린 여자아이의 교묘한 재주에 놀라지 않을 수 없었다. 아이는 눈 깜짝할 사이에 호텔의 한쪽 끝에서 다른 쪽 끝으로 순간 이동할 수가 있었다. 지난 몇 년 동안 아이는 호텔의 모든 숨겨진 복도와 비밀 통로와 연결되는 문들에 대해 통달하고, 나아가 교묘한 타이밍을 익힌 게 틀림없었다. 하지만 무엇보다 인상적인 것은 자신의 모습을 상대가 발견했을 때 아이가 보여주는 초연한 차분함이었다. 아무리 먼 거리를 이동해도, 또는 아무리 빨리 뛰어가도, 아이에게서는 조금도 지친 기색이 보이지 않았다. 심장이 두근거리지도 않고 숨을 헐떡이지도 않았으며, 이마에 땀 한 방울 배어 나오지 않았다. 아이는 낄낄 웃지도 않았고, 히죽히죽 미소를 드러내지도 않았다. 오히려 그 반대였다. 소피야는 공부에 열심이며 수줍음이 많고 행동이 얌전한 아이의 표정을 고스란히 지닌 채 백작을 향해 고개만 살짝 끄덕인 다음, 다시 책으로 눈길을 돌려 착실하게 페이지를 넘기곤 했다.

그토록 침착한 아이가 거위를 풀어놓는 따위의 일을 꾸몄다는 생각은 그야말로 터무니없었다. 차라리 바벨탑을 무너뜨렸다거나 스핑크스의 코를 깨뜨렸다는 일로 아이를 비난하는 편이 더 나으리라.

사실, 거위 구이 요리를 주문한 어떤 스위스 외교관이 고기의 신선함을 문제 삼았다는 얘기를 주방장이 처음 전달받았을 때 소피야는 주방에서 저녁을 먹는 중이었다. 다들 인정하듯이, 아이는 에밀 아저씨에게 헌신적이었다. 그렇다 해도 어떻게 열세 살짜리 여자아이가 누구에게도 들키지 않고 아침 7시에 국제적인 호텔의 4층에다 자란 거위들을 풀어놓을 생각을 할 수 있단 말인가? 백작은 자기 방문을 열면서 이렇게 결론지었다. 그런 터무니없는 생각은 인간의 이성을 어지럽히고, 자연의 법칙을 거스르고, 상식에 위배되는…….

"어이쿠!"

방금 전까지만 해도 로비에 있던 소피야가 대공의 책상 앞에 앉아 두툼한 책 위로 몸을 숙이고 있었던 것이다.

"안녕, 아빠." 소피야가 고개를 들지도 않고 말했다.

…….

"신사가 방에 들어서면 하던 일에서 눈을 떼고 고개를 들어 보는 것을 이젠 예의 바른 행동으로 여기지 않나 보구나."

소피야가 의자에 앉은 채로 고개를 돌렸다.

"미안해요, 아빠. 책에 흠뻑 빠져 있었어요."

"흐음. 그래 무슨 책이니?"

"식인 풍습에 대한 에세이예요."

"식인 풍습에 대한 에세이라!"

"미셸 드 몽테뉴가 쓴 책이에요."

"아, 맞아, 그렇지. 그렇다면 시간을 알차게 보낸 거야." 백작이 수긍했다.

그러나 백작은 서재를 향해 걸음을 옮기다가 문득 생각했다. 미셸 드 몽테뉴……? 그는 다리가 세 개인 농의 바닥을 힐끗 보았다.

…….

"혹시 농을 괴고 있는 저 책, 『안나 카레니나』 아니니?"

소피야의 눈이 그의 시선을 좇았다.

"네, 그럴 거예요."

"그런데 왜 『안나 카레니나』가 저기 있는 거냐?"

"몽테뉴랑 두께가 가장 비슷했거든요."

"두께가 가장 비슷했다고!"

"뭐가 잘못됐어요?"

……

"내가 해줄 수 있는 말은, 안나 카레니나는 네가 몽테뉴만큼 두껍다고 해서 너를 농 밑에 받침대로 끼워두는 일은 절대 하지 않을 거라는 것뿐이야."

"정말이지 말도 안 되는 생각이잖아요." 백작이 얘기했다. "어떻게 열세 살밖에 안 된 여자아이가 아무한테도 들키지 않고 다 자란 거위 세 마리를 두 개 층이나 위로 올려 보낼 생각을 할 수 있겠어요? 더군다나, 한번 물어봅시다, 그런 행동이 그 애 성격이랑 어울리기나 해요?"

"안 어울리죠." 에밀이 대답했다.

"전혀. 전혀 안 어울립니다." 안드레이가 동조했다.

오랜 세월 함께 일하는 것의 장점 가운데 하나는 일상의 복잡한 절차들을 신속하게 처리함으로써 더 중요한 관심사들—예컨대 류머티즘, 불충분한 대중교통, 이해할 수 없는 이유로 승진한 자들의 옹졸한 행동 등—에 대해 논의할 수 있는 충분한 시간을 확보할 수 있다는 점이다. 20여 년을 함께 생활해온 삼인조는 서류 더미 뒤에 앉아 있는 속 좁은 남자에 대해, 그리고 거위와 들꿩을 구분하지 못하는 이른바 제네바 출신 대식가에 대해 이런저런 것들을 알고 있었다.

"터무니없는 얘기예요." 백작이 말했다.

"말할 것도 없지요."

"더구나 우리의 일일 회의 30분 전에 나를 불렀단 말입니다. 논의해야 할 중요한 문제들이 산더미 같은데 말이죠."

"정말 그렇네요." 안드레이가 동의했다. "그러고 보니 문득 생각이 나는데, 알렉산드르……."

"예?"

"오늘 밤 식당 문을 열기 전에 누굴 좀 시켜서 저 요리 운반용 승강기를 청소할 수 있을까요?"

"그럼요. 많이 지저분한가요?"

"그런 것 같아요. 웬일인지 깃털이 여기저기 떨어져 있더군요……."

안드레이는 그렇게 말하면서 그의 전설적인 손가락 가운데 하나를 사용하여 윗입술을 긁었고, 에밀은 차를 마시는 척했다. 그렇다면 백작은? 그는 오래오래 인구에 회자될 수 있는, 폐부를 찌르는 그런 종류의 말로 완벽하게 응수하겠다는 모든 의지를 담아 입을 열었다.

그런데 바로 그때 노크 소리가 들렸고, 나무 스푼을 든 젊은 일리야가 사무실 안으로 들어왔다.

위대한 애국 전쟁✦ 기간 동안 에밀은 숙련된 요리사들을 하나씩 하나씩 잃었고, 거기에는 휘파람을 곧잘 불었던 스타니슬라프도 포함되었다. 신체 건강한 남자라면 누구나 군대에 징집되는 상황이라서 에밀은 주방 요원을 청소년들로 채울 수밖에 없었다. 그렇게 해

✦ 제2차 세계대전.

서 1943년에 채용된 일리야는 1945년 연공서열에 따라 열아홉이라는 지긋한 나이✦에 부주방장으로 승격되었다. 그의 자격에 대한 신뢰의 표시로서 에밀은 그에게 나이프 대신 스푼을 수여했다.

"뭔가?" 에밀이 짜증스러운 표정으로 쳐다보면서 말했다.

일리야는 대답 대신 머뭇거렸다.

에밀은 삼인조의 다른 두 사람을 바라보며 눈을 굴렸다. 그 눈은 이렇게 얘기하는 것 같았다. **내가 뭘 참으며 지내야 하는지 알겠지요?** 그런 다음 그는 다시 자신의 도제를 향해 몸을 돌렸다.

"보다시피 우린 지금 논의해야 할 것들이 있는 사람들이야. 그렇지만 자네는 뭔가 아주 중요한 게 있어서 이 자리에 끼어들 필요를 느꼈겠지. 그럼 어서 말해봐. 우리가 기다리다 지쳐서 죽기 전에 말이야."

젊은이가 입을 열기는 했으나, 자신이 거기 온 이유를 설명하는 대신 스푼으로 주방 쪽을 가리켰다. 스푼이 가리키는 방향을 따라 삼인조는 사무실 창문을 통해 주방 쪽을 바라보았다. 뒤쪽 계단으로 통하는 문 옆에 낡아 빠진 겨울 외투를 걸친 초라한 행색의 남자 하나가 서 있는 모습이 그들의 눈에 들어왔다. 그 사람을 본 에밀의 얼굴이 새빨개졌다.

"누가 저 사람을 여기 들여보냈지?"

"제가 그랬습니다, 주방장님."

에밀이 급작스럽게 몸을 일으키는 바람에 의자가 나자빠질 뻔했다. 마치 사령관이 엉뚱한 짓을 한 장교의 어깨에서 견장을 떼어 찢

✦ 주방에 나이 든 요리사가 없다는 것을 강조하기 위한 반어법.

어버리듯, 에밀은 일리야의 손에서 스푼을 낚아챘다.

"자네, 지금 멍청이 인민위원인 거야? 그런 거야, 응? 내가 등을 돌리고 있는 동안 멍청이 총서기로 승격되기라도 한 거야?"

젊은이는 한 발짝 뒤로 물러섰다.

"아닙니다, 주방장님. 승격된 적 없습니다."

에밀이 스푼으로 탁자를 거의 두 동강 낼 듯 세게 내리쳤다.

"물론 그런 적 없겠지! 내가 거지를 주방으로 들이지 말라고 몇 번이나 얘기했나? 오늘 저 사람에게 빵 한 조각을 주면 내일이면 저 사람 친구 다섯 명이 이곳에 올 테고, 모레면 50명으로 늘어난다는 걸 자넨 모르는 거야?"

"압니다, 주방장님. 하지만…… 하지만……."

"하지만 하지만 하지만 뭐?"

"저 사람은 음식을 구걸하지 않았습니다."

"응?"

젊은이는 백작을 가리켰다.

"알렉산드르 일리치를 만나고 싶어 했습니다."

안드레이와 에밀은 놀란 얼굴로 백작을 바라보았다. 이번에는 백작이 창문을 통해 걸인을 찬찬히 바라보았다. 백작은 한 마디 말도 없이 자리에서 일어서더니 사무실을 나가, 8년이라는 긴 세월 동안 보지 못했던 절친한 친구를 끌어안았다.

안드레이와 에밀은 이 낯선 사람을 만난 적이 없지만, 이름을 듣자마자 그가 누구인지 바로 알아차렸다. 백작과 함께 구두 수선 가게 위층에서 살았던 사람, 5미터씩 5미터씩 걸음을 늘려 나가서

1,500킬로미터를 걸었던 사람, 다른 많은 사람들처럼 형법 제58조의 이름 아래 재판에 처해져 형을 선고받은 마야콥스키와 만델시탐을 좋아했던 사람이었다.

"편하게 말씀 나누세요." 안드레이가 손짓을 하며 말했다. "에밀의 사무실을 이용해도 됩니다."

"예." 에밀이 동의했다. "얼마든지 이용하세요. 제 사무실이니까."

안드레이가 흠잡을 데 없는 본능을 발휘하여 등받이가 주방 쪽을 향해 있는 의자로 미시카를 데려가는 동안 에밀은 탁자에 빵과 소금을 올려놓았다. 그것은 손님을 환대할 때 내놓는 러시아의 전통적인 상징물이었다. 잠시 후 에밀은 감자와 송아지 고기 커틀릿이 담긴 접시를 들고 돌아왔다. 주방장과 지배인은 두 오랜 친구가 방해받지 않고 이야기를 나눌 수 있도록 인사만 건넨 뒤 문을 닫고 나왔다.

미시카가 탁자를 바라보았다.

"빵과 소금이라." 그가 씨익 웃으며 말했다.

백작은 맞은편의 미시카를 바라보면서 두 가지 상반된 감정의 흐름에 목이 메었다. 한편으로는 젊었을 때부터의 오랜 친구를 뜻하지 않게 만난 데서 오는 특별한 기쁨이 있었다. 그것은 언제든, 어디서든 늘 반가운 일이었다. 하지만 동시에 백작은 미시카의 행색이 드러내는 반박의 여지가 없는 사실들에 직면해야 했다. 몸무게가 15킬로그램은 빠져 보이는 데다 올이 다 드러난 외투 차림에 한 발을 뒤로 질질 끄는 그를 에밀이 거지로 착각한 것도 무리는 아니었다. 최근 몇 년 사이에 백작은 나이가 그들 삼인조에게 영향을 미치기 시작하는 것을 보아왔다. 안드레이는 가끔씩 왼손을 떨었고,

에밀은 오른쪽 귀가 가늘게 먹었다. 안드레이의 머리털은 회색으로 셌고, 에밀의 머리털은 듬성듬성해졌다. 하지만 미시카의 모습에는 단순히 세월이 할퀴고 간 흔적만 남은 게 아니었다. 거기에는 한 인간이 다른 인간에게, 한 시대가 그 시대의 산물에게 새겨놓은 자국들이 선명했다.

아마도 가장 놀라운 것은 미시카의 미소였을 것이다. 젊은 시절의 미시카는 잘못이나 실수에 대해 진지했으며, 결코 반어적으로 얘기하지 않았다. 하지만 그가 "빵과 소금이라"라고 말할 때, 그의 입가에는 비꼬는 미소가 떠올랐다.

"다시 만나서 정말 반가워, 미시카." 잠시 침묵이 흐른 뒤에 백작이 말했다. "풀려났다는 소식을 들었을 때 내가 얼마나 안심했는지 모를 거야. 그래, 모스크바엔 언제 돌아왔어?"

"돌아온 게 아니야." 친구는 새로운 미소를 지어 보이며 대답했다.

미시카는 8년이라는 형량을 마치자 '6대 도시 금지'형이 다시 그를 기다리고 있었다고 설명해주었다. 그래서 그는 모스크바를 방문하기 위해 자기와 비슷하게 생긴 동정심 많은 사람에게서 여권을 빌렸다고 했다.

"그래도 괜찮아?" 백작이 걱정스러운 어조로 물었다.

미시카가 어깨를 으쓱했다.

"야바스에서 열차를 타서 오늘 아침 도착했어. 오늘 밤 늦게 다시 야바스로 돌아갈 거야."

"야바스…… 거기가 어디지?"

"밀이 자라는 곳과 빵이 소비되는 곳 사이 어딘가에 있어."

"학생들 가르치는 일을 하고 있나……?" 백작이 망설이며 물었다.

"아니." 미시카가 고개를 저으며 대답했다. "저들은 우리가 애들을 가르치는 걸 달가워하지 않아. 우리가 책을 읽거나 글을 쓰는 것도 달가워하지 않지. 먹는 것도 거의 그렇고."

그렇게 미시카는 야바스에서의 삶에 대해 묘사하기 시작했다. 얘기하는 동안 1인칭 복수형을 너무 자주 사용해서 백작은 그가 수용소에서 만난 동료 죄수와 함께 야바스로 이주한 것이 아닌가 하는 생각이 들 정도였다. 하지만 미시카의 '우리'라는 말이 특별한 사람을 염두에 둔 것이 아니라는 사실이 서서히 명확해졌다. 미시카에게 '우리'라는 말은 **모든** 동료 죄수들을 포괄하는 말이었다. 그리고 그 말은 아르한겔스크에서 알고 지냈던 사람들에만 국한되지도 않았다. 그 단어는 솔로베츠키 제도나 세보스틀라크나 백해 해협에서 모진 고생을 겪은―1920년대에 겪었든, 1930년대에 겪었든, 아니면 여전히 겪고 있든 간에 관계없이―백만 이상의 사람들을 포괄하는 말이었다.[6]

미시카는 말이 없었다.

"밤에는 아주 재미있는 일이 벌어지지." 잠시 침묵이 흐른 뒤에 그가 말했다. "삽을 내려놓고 터벅터벅 걸어서 막사로 간 다음엔 귀리죽을 먹어. 그리고 나선 담요를 턱까지 올려 덮은 채 잠을 자려고 애를 쓰지. 하지만 아니나 다를까, 어떤 예상치 못한 생각들이 찾아들곤 해. 평가받고 싶고 무게를 재보고 싶어 하는 초대받지 않은 기억들이지. 많은 밤, 나는 네가 술집에서 만났다는 그 독일인을 생각하곤 했어. 러시아가 서구에 기여한 것은 보드카뿐이라고 주장하면서, 누구든 더 댈 수 있으면 세 가지만 더 말해보라고 약을 올렸던 사람 말이야."

"나도 똑똑히 기억해. 나는 톨스토이와 체호프가 문학의 양 끝에 놓인 받침대라는 네 말을 빌려서 얘기했고, 그다음 차이콥스키를 언급했지. 그러고 나서 그 짐승에게 캐비아를 주문해주었어."

"맞아."

미시카는 고개를 저은 다음 특유의 미소를 지으며 백작을 바라보았다.

"몇 년 전 어느 날 밤, 나는 또 다른 것 하나를 생각했어, 사샤."

"러시아가 서구에 기여한 다섯 번째 것?"

"그래. 다섯 번째 기여. 불타는 모스크바."

백작은 깜짝 놀랐다.

"1812년의 일 말인가?"

미시카가 고개를 끄덕였다.

"나폴레옹이 새벽 2시에 호출을 받고 크렘린에 새로 마련된 침실 밖으로 나가서, 자신이 불과 몇 시간 전에 점령한 도시가 시민들에 의해 불타고 있는 광경을 목격했을 때, 그의 얼굴에 나타난 표정을 상상할 수 있겠어?" 미시카가 소리 없이 웃었다. "그래, 모스크바를 불태운 것이야말로 **지극히** 러시아적인 행위였어, 친구. 의심의 여지가 없어. 그건 별개의 사건이 아니었기 때문이지. 그건 사건의 한 **형식**이었어. 수천 개의 역사에서 따온 하나의 사례일 뿐이야. 하나의 민족으로서 우리 러시아인들은 우리가 창조한 것을 파괴하는 데 기가 막히게 뛰어난 재주가 있다는 걸 증명해왔다네."

미시카는 다리를 절기 때문에 이제 일어나서 방 안을 왔다 갔다 할 수는 없었을 것이다. 하지만 백작은 미시카의 눈길이 방을 오가는 것을 볼 수 있었다.

"사샤, 어떤 나라든 나름의 대형 캔버스를 보유하고 있지. 이른바 신성한 복도에 걸린, 후대를 위해 국가의 정체성을 요약한 걸작 말이야. 프랑스인들에게는 들라크루아의 〈민중을 이끄는 자유의 여신〉이 그렇고, 네덜란드인들에게는 렘브란트의 〈야경꾼〉이, 미국인들에게는 〈델라웨어를 가로지르는 워싱턴〉이 거기에 해당되지. 그렇다면 우리 러시아인들에게는? 우리에겐 쌍둥이가 있지. 니콜라이 게의 〈알렉세이 황태자를 신문하는 표토르 대제〉와 일리야 레핀의 〈이반 뇌제 자신의 아들을 죽이다〉라네. 수십 년 동안 이 두 그림은 우리 국민들에게 경외의 대상이었고, 비평가들에게 찬사를 받았으며, 미술 학교의 부지런한 학생들은 열심히 이 그림들을 스케치했지. 그런데 이 그림들은 무얼 묘사하고 있을까? 한 그림에서 우리의 가장 개화된 차르는 금방이라도 사형을 선고할 것처럼 장남을 의심의 눈초리로 뜯어보고 있어. 다른 그림에서는, 어떤 상황에도 굴하지 않던 이반 뇌제가 **자신의** 장남의 시신을 끌어안고 있지. 하지만 이미 홀을 아들의 머리에 휘두름으로써 최고 권력을 행사한 후였다네.

특유의 아름다움으로 세상에 널리 알려진, 밝은 색상의 첨탑과 믿기지 않을 만큼 뛰어난 둥근 지붕으로 전 세계에 알려진 우리의 교회들을 우리는 하나하나 파괴하고 있어. 우리는 옛 영웅들의 동상을 무너뜨리고 있고, 거리에서도 그들의 이름을 떼어내고 있지. 마치 그들은 우리의 상상력이 빚어낸 허구의 존재이기라도 한 것처럼 말이야. 우리는 시인들의 입에 재갈을 물리거나, 아니면 시인들 스스로 침묵하기를 끈질기게 기다리고 있어."

미시카는 포크를 집어서 손대지 않은 송아지 고기에 찔러 넣더니, 그것을 공중으로 들어 올렸다.

"넌 지난 1930년에 당국이 의무적 집단 농장화를 공표했을 때, 소작농의 절반이 자기들이 기르던 가축을 협동농장에 양도하지 않고 죽여버렸다는 사실을 알고 있어? 1400만 마리의 소가 독수리와 파리 떼의 양식이 되었지."

그는 마치 경의를 표하듯이 들고 있던 고기를 접시에 공손히 내려놓았다.

"이걸 어떻게 이해할 수 있을까, 사샤? 국민들 마음속에 기꺼이 자신들의 예술 작품을 파괴하고, 자신들의 도시를 유린하고, 아무런 양심의 거리낌 없이 자기 자손을 죽여도 괜찮다는 생각을 심어주는 국가란 도대체 무엇일까? 외국인들에게는 분명 충격적일 거야. 마치 우리 러시아인들은 야만적인 무관심의 소유자로서, 아무것도, 심지어 우리 자손들조차도 신성하다고 여기지 않는 것처럼 보일 거야. 그런 생각 때문에 난 무척 괴로웠고, 무척 불안했어. 가뜩이나 지쳐 있는 마당에 그런 생각이 나를 새벽까지 잠 못 이루고 뒤척이게 만들었다네.

그러던 어느 날 밤, 사샤, 꿈속에서 그가 나를 찾아왔어. 마야콥스키가 말이야. 그는 겨울 햇살을 받아 반짝이는 자작나무에 관한 시 몇 구절을 인용했어. 내가 들어본 적이 없는 아름답고 명징한 구절이었지. 그러고 나서 그는 딸깍하는 소리와 함께 권총을 장전하더니 총열을 자기 가슴에 갖다 댔어. 잠에서 깬 나는 불현듯 이 자기 파괴 성향이라는 것이 혐오의 대상이 아니라는 것을, 부끄러워하거나 경멸해야 할 어떤 것이 아니라 오히려 우리의 가장 위대한 힘이라는 것을 이해하게 되었지. 우리는 우리 자신을 향해 총을 겨누는데, 그건 우리가 영국인이나 프랑스인이나 이탈리아인보다 더 냉담하거나 덜 개화되었기 때문이 아니야. 오히려 그 반대지. 우리는 우리가 창조한 것을 파괴할 준비가 되어 있어. 우리는 어떤 나라의 국민들보다도 더 그림이나 시, 기도, 사람의 힘을 믿기 때문이지."

미시카는 고개를 저었다.

"내 말을 꼭 기억해둬, 친구. 우린 아직 모스크바를 마지막으로 완전히 불태운 건 아니라는 것을."

예전처럼 미시카는 열띤 어조로 얘기를 풀어놓았다. 마치 자기 자신을 상대로 주장을 펼치는 듯했다. 말을 마치고 난 그가 탁자 너머로 시선을 던졌을 때 백작의 얼굴에 드리운 고통의 표정이 그의 눈에 들어왔다. 그러자 미시카는 갑자기 씁쓸함이나 풍자적인 태도가 담기지 않은 진심 어린 태도로 웃음을 터뜨리며 탁자 너머로 손을 뻗어 오랜 친구의 팔뚝을 꼭 붙잡았다.

"내가 권총 얘기를 꺼내서 널 불안하게 했구나, 사샤. 하지만 걱정하지 마. 내 일은 아직 끝나지 않았어. 난 아직 할 일이 있다고. 사실, 그게 바로 내가 이 도시로 들어온 이유야. 내가 지금 진행하고 있는 작은 연구 과제를 위해 도서관엘 좀 가려고……."

백작은 안도감과 더불어 미시카의 눈에서 예전의 광채—곤경을 무릅쓰고 저돌적으로 자신을 내던지기 직전에 필연적으로 번뜩이곤 했던 그 광채—가 빛나는 것을 보았다.

"시에 관한 과제야?" 백작이 물었다.

"시? 음, 어떻게 보면 그렇다고도 할 수 있지……. 그런데 그보다 더 근본적인 것이기도 해. 그 위에 다른 것들을 쌓아 올릴 수 있는 초석 같은 것이지. 아직은 너한테 밝힐 단계가 아니지만, 준비가 되면 누구보다도 먼저 너에게 알려줄게."

* * *

　사무실을 나온 백작이 미시카를 뒤쪽 계단으로 안내할 즈음 주방은 한창 바쁘게 돌아가고 있었다. 요리사들이 조리대에서 양파를 다지고, 근대를 자르고, 암탉의 털을 뽑고 있었다. 여섯 개의 냄비가 끓고 있는 스토브 곁에 있던 에밀이 백작에게 잠깐 기다리라는 신호를 보냈다. 그는 앞치마에 손을 닦은 다음, 갈색 종이에 싼 몇 가지 음식을 들고 문으로 다가왔다.

　"여행길에 드시라고 좀 준비했습니다, 미하일 표도로비치."

　미시카는 에밀의 선물에 당황한 기색이었다. 순간적으로 백작은 친구가 그것을 당연히 거절할 것이라고 생각했다. 하지만 미시카는 주방장에게 고맙다는 인사를 하면서 음식 꾸러미를 손에 받아 들었다.

　그때 안드레이도 옆으로 다가와서 드디어 백작의 친구인 미시카를 만나게 되어 반가웠다고, 안녕히 가시라고 인사를 했다.

　자기도 반가웠다며 작별 인사를 마친 미시카는 계단으로 통하는 문을 열더니, 잠시 멈춰 섰다. 분주히 돌아가는 풍성한 주방을 한 바퀴 둘러보고 나서 신사적인 안드레이와 가슴 따뜻한 에밀의 얼굴을 바라본 다음 백작에게로 몸을 돌렸다.

　"그 옛날 너에게 평생 메트로폴을 떠날 수 없다는 연금형이 선고되었을 때, 네가 러시아 최고의 행운아가 되리라는 걸 그 누가 상상이나 했겠어." 그가 말했다.

그날 저녁 7시 30분, 백작이 노란 방으로 들어서자 오시프는 담배를 끄고 의자에서 벌떡 몸을 일으켰다.

"아! 드디어 오셨군, 알렉산드르. 난 우리의 샌프란시스코 여행이 짧게 끝날 거라고 생각했었소. 그런데 1년 동안이나 공부했는데도 아직 끝나지 않았군요. 불을 꺼주시겠소?"

오시프는 서둘러 방 뒤편으로 향했고, 백작은 멍하니 2인용 탁자의 자기 자리에 앉아 무릎 위에 냅킨을 펼쳤다.

…….

"알렉산드르……."

백작이 뒤를 돌아보았다.

"예?"

"불."

"아, 죄송합니다."

백작은 일어나서 전등 스위치를 끄고는 벽 옆에서 서성거렸다.

…….

"의자에 다시 앉을 거지요?" 오시프가 물었다.

"아, 예. 물론이지요."

…….

"별일 없는 거죠, 친구? 왠지 오늘은 당신답지 않아 보이는데……."

"아닙니다, 아닙니다." 백작은 웃으면서 대답했다. "아무 문제도 없습니다. 어서 진행하시죠."

오시프는 백작의 말이 사실인지 확인하듯 잠시 기다리더니 곧 스위치를 누르고 나서 서둘러 탁자로 돌아왔다. 이내 식당 벽 위에서 커다란 흑백 영상이 깜박깜박 움직이기 시작했다.

오시프가 즐겨 언급하는 '토크빌 사건'이 있은 지 2개월 후, 그는 영사기와 〈경마장의 하루A Day at the Races〉 무삭제판 필름을 들고 노란 방에 나타났다. 그날 밤 이후 두 남자는 역사적 중요성을 가진 두툼한 책들을 원래 있던 자리인 책장에 넣어두고, 영화라는 매체를 통해 미국에 대한 공부를 진행했다.

사실 오시프 이바노비치는 일찍이 1939년에 과거완료 진행형까지 영어를 익힌 바 있었다. 하지만 미국 영화는 단순히 미국의 문화를 들여다보기 위한 창으로서가 아니라, 전례 없는 계급 탄압의 메커니즘으로서 여전히 신중하게 고려할 가치가 있다고 오시프는 주장했다. 양키들은 영화를 통해 1주일에 5센트라는 저렴한 비용으로 모든 노동자 계급을 달래는 방법을 개발했기 때문이라는 것이다.

"그들의 대공황을 보시오." 그가 말했다. "시작부터 끝날 때까지 공황은 10년 간 지속되었소. 프롤레타리아가 골목을 뒤지고 교회 문 앞에서 구걸하며 혼자 힘으로 일어서도록 방치되었던 그 10년 말이오. 미국의 노동자들이 굴레에서 벗어날 수 있는 기회가 있었다면 바로 그 대공황 시기지요. 하지만 그들이 전우들의 대열에 합류했던가요? 그들이 도끼를 어깨에 걸치고 대저택의 문을 깨부쉈던가요? 반나절도 그런 적이 없었소. 대신 그들은 제일 가까운 영화관으로 몰려갔고, 그곳에서는 마치 사슬 끝에 매달린 회중시계처럼 최신 판타지 영화가 그들의 눈앞에서 흔들리고 있었지요. 그렇소, 알렉산드르, 우린 마땅히 가장 부지런하고 신중한 태도로 이 현상을 연구해야 해요."

그래서 두 사람은 그걸 연구했다.

오시프는 가장 부지런하고 신중한 태도로 그 과제에 접근했다고 백작은 단언할 수 있었다. 영화가 상영되는 동안 그는 가만히 앉아 있지 못했기 때문이다. 서부극이 상영되는 동안 술집에서 싸움이 벌어지면 그는 주먹을 꽉 쥐었고, 상대의 타격을 막아냈으며, 복부에 레프트 훅을 먹였고, 턱에 어퍼컷을 날렸다. 프레드 애스테어가 진저 로저스와 춤을 추는 장면이 나오면 손가락을 활짝 편 그의 두 손은 허리께에서 나풀나풀 춤을 추었으며, 두 발은 양탄자 위에서 앞뒤로 움직였다. 벨라 루고시가 어둠 속에서 갑자기 모습을 드러내자 오시프는 의자에서 벌떡 일어났는데, 너무 황망히 일어난 탓에 하마터면 바닥에 쓰러질 뻔했다. 그리고 맺음자막이 올라가면 그는 도덕적 실망감이 가득한 표정으로 고개를 젓곤 했다.

"수치스러워." 그는 그렇게 말하곤 했다.

"선정적이야."

"음흉해."

오시프는 노련한 과학자처럼 두 사람이 방금 본 영화를 냉정하게 해부했다. 뮤지컬 영화는 '손에 넣을 수 없는 행복에 대한 백일몽으로 빈곤 계층을 진정시키기 위해 고안된 달콤한 과자'였다. 공포 영화는 '노동자의 공포를 예쁘장한 소녀들의 공포로 대체한 교묘하기 짝이 없는 손재주'였다. 버라이어티 코미디는 '말도 안 되는 마약'이었다. 그리고 서부극은? 그것은 모든 영화 중에서 가장 기만적인 선동이었다. 악은 가축들을 훔치고 약탈하는 집단들에 의해 대표되는 반면, 선은 다른 사람의 신성한 사유 재산을 수호하기 위해 자신의 목숨을 거는 외로운 개인으로 묘사되는 우화였다. 결론은? '할리우드는 계급투쟁의 역사에서 가장 위험한 세력이다.'

오시프는 그런 주장을 펼쳤다. 그러니까 '필름 누아르'라고 알려지게 된 미국 영화 장르를 발견하기 전까지는 말이다. 그는 넋을 잃고 〈백주의 탈출This Gun for Hire〉, 〈의혹의 그림자Shadow of a Doubt〉, 〈이중 배상Double Indemnity〉 같은 영화들을 탐닉했다.

"이건 뭐지?" 그는 특별히 누구에게랄 것 없이 질문을 던지곤 했다. "도대체 누가 이런 영화들을 만드는 거지? 누구의 후원 아래?"

누아르 영화들은 한결같이 부패와 잔혹성이 소파에서 빈둥거리는 미국의 현실을 묘사했다. 누아르 영화에서 정의는 거지였으며, 친절함은 바보였다. 충성심은 종이로 만들어졌으며, 사리사욕은 강철로 만들어졌다. 바꿔 말하면, 누아르 영화들은 꿋꿋하게 자본주의의 현실을 곧이곧대로 묘사했다.

"이런 일이 어떻게 가능했을까요, 알렉산드르? 왜 그들은 이런 영화들이 만들어지는 걸 허용하죠? 그 사람들은 이 영화들이 자신들의 초석 밑에 쐐기를 박아 넣고 있다는 사실을 모르는 걸까요?"

누아르 장르의 스타들 중 험프리 보가트만큼 오시프의 마음을 사로잡은 배우는 없었다. 두 사람은 〈카사블랑카Casablanca〉를 제외하고(오시프는 이 영화를 여성용 영화라고 여겼다), 보가트가 출연한 모든 영화를 적어도 두 번씩은 보았다. 〈화석의 숲The Petrified Forest〉, 〈소유와 무소유To Have and Have Not〉, 특히 〈몰타의 매Maltese Falcon〉에서 오시프는 보가트의 굳은 표정, 냉소적인 말투, 전반적으로 감정을 드러내지 않는 연기를 좋아했다. "영화의 도입부에서 그가 항상 고립되거나 무관심한 것처럼 보인다는 걸 알 거요. 하지만 일단 마음속에서 분노가 치밀면, 알렉산드르, 그는 누구보다도 열정적으로 필요한 일을 수행하지요. 명민하고 잽싸게, 그리고 거리낌 없이 행동하는 겁니다. 그야말로 의지의 인물이지요."

노란 방에서 오시프는 에밀이 요리한 삶은 송아지 고기를 캐비아 소스에 찍어 연거푸 두 번 먹고 조지아산 와인을 한 번 들이켠 다음 고개를 들었다. 때마침 금문교의 영상이 그의 눈에 들어왔다.

이어지는 몇 분 동안 고혹적이며 약간 신비스럽기까지 한 미스 원덜리가 샘 스페이드 탐정에게 다시 수사를 의뢰한다. 또다시 스페이드의 파트너가 골목길에서 총을 맞아 쓰러지고, 몇 시간 후 플로이드 서스비도 같은 운명을 맞이한다. 그리고 다시 조엘 카이로와 뚱뚱한 캐스퍼 거트먼, 그리고 그들과 은밀히 결탁한 브리지드 오쇼네시가 스페이드의 위스키에 약을 타고는 선창가로 향한다. 그들이 빼앗으려고 필사의 노력을 기울여온 물건을 마침내 손에 넣을 수 있을 듯싶다. 하지만 스페이드가 깨질 것만 같은 머리를 치료하는 동안, 검은 외투와 모자 차림의 낯선 남자가 스페이드의 사무실로 비틀거리며 들어오더니 바닥에 꾸러미 하나를 떨어뜨리고 나서 소파에 쓰러져 죽는다!

"오시프, 당신은 러시아인들이 특별히 야만적이라고 생각합니까?" 백작이 물었다.

"그게 무슨 말이오?" 오시프가 주변에 방해하고 싶지 않은 다른 관객이 있기라도 한 것처럼 나직이 말했다.

"우리가 프랑스인이나 영국인, 미국인에 비해 근본적으로 더 야만적이라고 생각하는지요?"

"알렉산드르," 오시프가 불만이 깃든 탁한 음색으로 말했다(영상 속의 스페이드는 자신의 손에 묻은 낯선 남자의 피를 씻어내고 있었다). "도대체 무슨 얘기를 하는 거요?"

"제 말은, 우리 러시아인은 우리가 창조하고 만들어낸 것들을 파괴하는 성향이 다른 나라 사람들보다 더 강하다고 생각하느냐는 겁니다."

아직 스크린에서 눈을 떼지 못하던 오시프가 몸을 돌려 믿기지 않는다는 표정으로 백작을 바라보았다. 그는 벌떡 일어나서 영사기를 향해 쿵쿵거리며 걸어갔다. 그리고 스페이드가 엉성하게 포장된 꾸러미를 책상 위에 올려놓은 다음 호주머니에서 주머니칼을 꺼내는 순간의 장면에서 필름을 정지시켰다.

"지금 무슨 일이 벌어지고 있는지 안 보이나요?" 그가 스크린을 가리키며 물었다. "동방에서 샌프란시스코의 부두까지 이동한 자코비 선장이 다섯 차례나 총을 맞았소. 그는 화염에 휩싸인 배에서 뛰어내려, 도시를 헤매다가 마지막 숨을 몰아쉬면서 스파츠키[*] 동무에게 종이로 싸서 끈으로 묶은 이 의문의 꾸러미를 전달했단 말이오. 그런데 당신은 이 중요한 순간에 형이상학에 빠져 있다니!"

몸을 돌린 백작은 영사기에서 새어 나오는 불빛을 피하기 위해 한 손을 치켜들고 있었다.

"하지만 오시프," 그가 말했다. "우린 그가 꾸러미를 푸는 장면을 최소한 세 번은 봤습니다."

"그게 무슨 문제가 되나요? 당신은 『안나 카레니나』를 최소한 열

---

[*] 〈몰타의 매〉 주인공 샘 스페이드를 러시아식으로 바꿔 말한 것.

번은 읽었을 거요. 하지만 당신은 그녀가 열차에 몸을 던지는 장면에서 여전히 울음을 터뜨릴 거라고 난 장담하오."

"그건 전혀 다른 문제입니다."

"그럴까요?"

침묵이 흘렀다. 잠시 후 오시프가 분노한 표정으로 영사기를 꺼버렸다. 그는 방의 불을 켠 뒤 탁자로 돌아왔다.

"좋아요, 친구. 당신은 지금 어떤 일 때문에 골치가 아픈 거요. 어디 우리가 이 문제를 잘 해결하고 나서 공부를 계속할 수 있을지 알아봅시다."

그리하여 백작은 미시카와 나눴던 대화 내용을 오시프에게 설명하게 되었다. 아니, 설명했다기보다는 불타는 모스크바와, 동상들을 무너뜨리는 것과, 시인들의 침묵과, 1400만 마리의 소를 죽여버린 것에 대한 미시카의 견해를 오시프에게 전달했다.

이미 불만의 한숨을 공기 중에 토해낸 오시프는 이제 백작의 얘기에 주의를 기울이면서 미시카의 다양한 주장에 대해 이따금씩 고개를 끄덕이기도 했다.

"좋아요." 백작이 얘기를 마치자 오시프가 말했다. "자, 지금 당신을 괴롭히고 있는 게 정확히 무엇이오, 알렉산드르? 당신 친구의 주장이 충격적인가요? 당신의 감성을 건드리나요? 당신 친구의 정신 상태에 대해 걱정하고 있다는 건 이해합니다. 하지만 그 친구의 감정은 잘못되었는데 그의 의견은 옳은 경우가 가능할까요?"

"무슨 뜻이죠?"

"몰타의 매와 같은 거라오."

"오시프, 그러지 마세요."

"아니, 난 지금 매우 진지합니다. 저 검은 새가 서구의 유산을 상징하는 게 아니라면 뭐겠소? 십자군 기사들이 왕에게 헌정하기 위해 금과 보석으로 만들어낸 조각, 그건 교회와 군주제의 상징입니다. 전 유럽의 예술과 사상의 토대로 작용해온 탐욕스러운 제도인 교회와 군주제의 상징이란 말입니다. 글쎄, 그 유산에 대한 그들의 사랑이 뚱보 캐스퍼 거트먼의 자기 매에 대한 사랑만큼이나 잘못된 것이 아니라고 누가 말할 수 있을까요? 그것이야말로 반드시 쓸어버려야 할 대상일 겁니다. 그 나라 사람들이 진보를 바란다면 말입니다."

그의 어조가 좀 더 부드러워졌다.

"볼셰비키는 서고트족이 아닙니다, 알렉산드르. 우리는 로마를 덮친 뒤 무지와 시기심에 사로잡혀 훌륭한 것들을 모조리 파괴해버린 야만족 무리가 아니에요. 오히려 그 반대지요. 1916년, 러시아는 야만 국가였습니다. 유럽에서 문맹률이 가장 높은 나라로, 인구 대다수가 변형된 농노제 아래 살았죠. 사람들은 나무 쟁기로 땅을 경작하고, 촛대로 아내를 때리고, 보드카에 취해서 벤치에 벌렁 드러눕고, 그러다 새벽에 잠이 깨서는 자신들의 우상이나 성상 앞에서 겸손하게 굴었습니다. 말하자면 500년 전 선조들이 살았던 것과 똑같은 방식으로 살고 있었던 셈이죠. 그 모든 동상과 성당과 오래된 제도들에 대한 우리의 경외심이 바로 우리의 발목을 잡고 있는 건 아닐까요?"

오시프는 말을 멈추고 두 사람의 잔에 다시 와인을 채웠다.

"그런데 지금 우리는 어디에 서 있을까요? 우리는 얼마나 멀리 왔을까요? 미국식 속도와 소비에트식 목표를 결합함으로써 우리는 보편적 문해력을 지니기 직전의 단계에 이르렀습니다. 오랫동안 고통 받아온 러시아 여성들, 즉 우리 제2 농노들의 지위는 남성들과 동등한 정도로 격상되었습니다. 우리는 완전히 새로운 도시들을 건설했고, 우리의 산업 생산량은 유럽 대다수 국가의 생산량을 능가하죠."

"그렇지만 거기에 들어간 대가는?"

오시프가 탁자를 내리쳤다.

"엄청난 대가를 치렀지요! 그렇지만 당신은 미국인이 이룬 성과—전 세계의 부러움을 사고 있는 성과—가 아무런 대가 없이 이루어졌다고 생각하나요? 그들의 아프리카 출신 형제들에게 물어보시오. 당신은 뛰어난 마천루를 설계하고 고속도로를 건설한 엔지니어들이 공사에 방해되는 작고 예쁜 동네를 밀어버려야 하는 문제에 직면했을 때, 단 한 순간이라도 망설였을 거라고 생각해요? 장담컨대, 알렉산드르, 그들은 직접 다이너마이트를 설치하고 폭파 스위치를 눌렀을 거요. 전에도 얘기했듯이, 앞으로 남은 20세기를 우리 러시아인과 미국인이 이끌어갈 거요. 우리 두 나라만이 과거 앞에 고개를 숙이는 대신 과거를 밀어내는 법을 배웠기 때문이지요. 그러나 미국인은 자기네가 소중히 여기는 개인주의를 위해 그렇게 했지만, 우린 공동의 이익을 위해 그렇게 할 겁니다."

10시, 오시프와 헤어진 백작은 6층으로 가는 계단을 오르는 대신 샬랴핀이 비어 있기를 바라며 그곳으로 향했다. 하지만 술집의 문을 들어섰을 때, 기자들과 외교관들과 짤막한 검은 드레스를 걸친 두 젊은 웨이트리스로 이루어진 시끌벅적한 무리가 눈에 들어왔다. 그리고 그 소동의 중심에는 3일 밤 연속으로 미국 장군의 부관이 자리 잡고 있었다. 그는 두 팔을 활짝 벌리고 몸을 웅크린 자세로 발꿈치를 앞뒤로 움직여 가면서 마치 매트 위의 레슬링 선수처럼 얘기를 전하고 있었다.

"……장군은 고위 성직자를 피해 옆으로 움직인 다음 천천히 두 번째 거위에게로 다가가면서 거위가 자기 눈을 쳐다보기를 기다렸어요. 거위가 자기 눈을 똑바로 보게 하는 것, 그게 바로 비결이랍니다. 그 순간 적들이 잠깐 동안 그를 자기네와 동등한 존재로 생각하게 만드는 게 노장군의 계략이에요. 장군은 왼쪽으로 두 걸음 옮긴 다음 갑자기 오른쪽으로 세 걸음을 옮겼어요. 거위는 균형을 잃은 채 노장군의 시선과 마주쳤고, 바로 그때 노장군이 펄쩍 뛰어올랐죠!"

부관이 펄쩍 뛰었다.

두 웨이트리스가 비명을 질렀다.

그러고 나서 낄낄 웃었다.

부관이 몸을 똑바로 펴고 일어섰을 때 그의 손에는 파인애플이 하나 들려 있었다. 한 손은 파인애플의 목을 쥐고 다른 한 손은 꼬리 부분을 받치고 있던 대령은 거기 있는 사람들 모두가 볼 수 있도록 파인애플을 들어 보였다. 장군이 두 번째 거위를 사람들에게 보여주었던 것과 흡사한 동작이었다.

"그리고 바로 이 운명적인 순간에 장군의 허리끈이 풀려 장군의 가운이 활짝 벌어지면서 미 육군이 지급한 팬티가 드러난 거예요.

그걸 보자마자 마담 벨로스키는 기절하고 말았죠."

모인 사람들이 박수를 치자 부관은 머리 숙여 인사했다. 그런 다음 파인애플을 바에 조심스럽게 내려놓고 나서 자신의 술잔을 들었다.

"마담 벨로스키의 반응은 충분히 이해할 수 있을 것 같아요." 기자 한 명이 말했다. "그런데 그 노인네의 팬티를 봤을 때 당신은 뭘 하고 있었소?"

"난 뭘 했느냐고요?" 부관이 큰 소리로 말했다. "나야 물론 팬티에 경례를 했죠."

다른 사람들이 웃음을 터뜨리는 동안 그는 잔을 비웠다.

"자, 여러분. 난 여러분께 저 밖의 어둠 속으로 나가볼 것을 제안 합니다. 제 개인적 경험에서 우러난 얘기를 말씀드리자면, 내셔널 호텔에 가면 북반구에서 가장 형편없는 삼바를 들을 수가 있답니 다. 한쪽 눈이 먼 드러머는 심벌즈를 치지도 못해요. 밴드의 리더는 라틴 음악의 박자에 대해 아는 게 아무것도 없고요. 그가 남미에 가 장 가깝게 다가간 것은 마호가니 계단에서 굴러 떨어졌을 때랍니 다. 하지만 그에게는 훌륭한 의도와 하늘에서 내려온 부분 가발이 있어요."

그의 얘기가 끝나자 잡다하게 뒤섞인 무리가 우르르 어둠 속으로 몰려 나갔고, 백작은 이제 상대적으로 평화롭고 조용해진 바로 다 가갈 수 있었다.

"안녕, 아우드리우스."

"안녕하세요, 로스토프 백작님. 뭘 드릴까요?"

"아르마냐크 한 잔 주게나."

잠시 후, 백작은 브랜디 잔을 빙빙 돌리다가 자신이 부관의 묘사를 떠올리며 자기도 모르게 빙그레 미소 짓고 있다는 것을 알아차렸다. 부관의 말과 태도는 그에게 미국인의 전반적인 성격에 대해 생각해보게 했다. 오시프는 대공황 시절에 할리우드가 아주 교묘한 속임수로 혁명에 필수적인 세력을 약화시켰다는 주장을 매우 설득력 있게 펼쳤다. 하지만 백작은 오시프의 분석이 사실을 거꾸로 뒤집어놓은 것은 아닌지 의아스러웠다. 물론 1930년대 미국에서는 화려한 뮤지컬과 슬랩스틱 코미디가 유행했다. 하지만 재즈와 마천루 역시 유행했다. 그것들도 불안정한 국가를 잠재울 목적으로 고안된 마약이었을까? 아니면 대공황조차도 잠재울 수 없었던, 도저히 억누를 수 없는 국가 정신의 자취였을까?

백작이 브랜디 잔을 한 번 더 돌리고 있을 때, 그의 왼쪽 세 번째 의자에 손님 한 명이 앉았다. 놀랍게도 그 사람은 장군의 부관이었다.

항상 손님들에게 주의를 기울이는 아우드리우스가 바에 팔뚝을 댄 채 몸을 앞으로 기울였다. "다시 오셨군요, 대령님."

"고마워요, 아우드리우스."

"뭘로 드릴까요?"

"아까랑 같은 거."

아우드리우스가 술을 준비하려고 몸을 돌리자 대령은 두 손으로 드럼을 치듯 바를 두드리면서 느릿느릿 주위를 둘러보았다. 그의 눈이 백작의 시선과 마주치자 그는 고개를 끄덕이며 친근한 미소를 지어 보였다.

"내셔널 호텔로 안 가시나요?" 백작은 그걸 물어보지 않을 수 없었다.

"친구들이 나와 함께 가려고 너무 급하게 서두르다가 내가 남은 줄도 모르고 그냥 가버린 것 같아요." 미국인이 대답했다.

백작이 동정 어린 미소를 건넸다. "안됐네요."

"아니, 난 괜찮아요. 실은 나는 뒤에 남는 걸 좋아한답니다. 뒤에 남게 되면 언제나 내가 가려고 했던 곳에 대해 완전히 새로운 관점을 얻을 수 있죠. 더구나 난 한동안 귀국해야 해서 내일 아침 일찍 떠나야 하거든요. 그러니 아주 잘된 일이지요."

그는 백작에게 악수를 청했다.

"리처드 밴더와일입니다."

"알렉산드르 로스토프입니다."

대령은 다시 친근한 태도로 고개를 끄덕이고 나서 잠시 시선을 돌렸다가 갑자기 백작을 다시 바라보았다.

"당신, 어젯밤 보야르스키에서 내 탁자를 담당했던 웨이터 아닌가요?"

"맞습니다."

대령이 안도의 숨을 내쉬었다.

"정말 다행이네요. 당신이 다른 사람이었다면 난 내가 시킨 술을 취소해야 했을 겁니다."

마치 신호가 떨어지기를 기다리고 있었던 것처럼 아우드리우스가 대령의 술을 바에 내려놓았다. 대령은 술을 한 모금 홀짝이고 나서 다시 숨을 쉬었다. 이번에는 만족의 한숨이었다. 그런 다음 잠시 백작을 살펴보았다.

"러시아 사람인가요?"

"예. 뼛속까지요."

"그렇다면 난 당신네 나라에 홀딱 반했다는 얘기부터 해야겠네요. 난 당신네의 우스운 알파벳도 사랑하고, 고기를 넣은 그 조그만 페이스트리도 사랑해요. 그렇지만 칵테일에 대한 당신네 나라의 생각은 좀 마음에 안 들어요…….”

“어째서요?”

대령이 바 저편을 조심스럽게 가리켰다. 그곳에서는 눈썹이 짙은 기관원과 갈색 머리 젊은 여자가 이야기를 나누고 있었다. 두 사람 다 선명한 자홍색 술잔을 들고 있었다.

“아우드리우스에게 들으니 저 칵테일엔 열 가지 서로 다른 재료가 들어간다더군요. 저 안엔 보드카, 럼, 브랜디, 석류즙 외에도 장미꽃 추출물, 비터즈✦ 몇 방울, 녹인 사탕 등도 들어 있대요. 하지만 칵테일은 여러 가지를 뒤섞은 혼합물이어서는 안 됩니다. 포푸리✦✦나 부활절 퍼레이드 같은 게 아니라고요. 모름지기 칵테일은 깔끔하고 우아하고 진지해야 합니다. 재료는 두 가지로 한정되어야 하고요.”

“겨우 두 가지?”

“그렇습니다. 하지만 그 두 가지는 서로 보완해주는 재료여야 해요. 각자의 농담에 웃어줄 수 있고 각자의 실수를 눈감아줄 수 있는, 그리고 대화 중에 서로에게 소리 지르지 않는 그런 두 재료여야 합니다. 예를 들어 진과 토닉 같은.” 그는 자신의 술을 가리키며 말했다. “아니면 버번과 물이거나…… 또는 위스키와 소다수거나…….” 그는 고개를 저은 다음 잔을 들어 자신의 술을 마셨다. “장황하게 얘기해서 죄송합니다.”

✦ 칵테일에 섞는, 쓴맛을 내는 술.
✦✦ 여러 가지 마른 꽃잎을 향료와 섞어 단지나 주머니에 담은 것.

"아뇨, 괜찮습니다."

대령은 감사의 표시로 고개를 끄덕였다. 하지만 얼마 지나지 않아 질문을 던졌다. "제 생각을 좀 말해도 괜찮겠습니까? 개인적인 얘기인데."

"괜찮고말고요." 백작이 말했다.

대령은 잔을 슬그머니 밀어서 옆으로 옮기더니, 백작 쪽으로 한 자리 옮겨 앉았다.

"지금 뭔가가 당신 마음을 짓누르고 있는 것 같아요. 그러니까 내 말은, 약 30분 전에도 당신이 그 브랜디 잔을 돌리고 있었다는 겁니다. 당신이 조심하지 않으면 당신이 만든 소용돌이가 이 술집 바닥에 구멍을 뚫고 우리를 모두 지하실로 내동댕이칠 겁니다."

백작이 웃음을 터뜨리며 잔을 내려놓았다.

"당신 말이 맞는 것 같아요. 지금 뭔가가 내 마음을 짓누르고 있는 게 틀림없습니다."

"그렇다면," 리처드가 텅 빈 바를 가리키면서 말했다. "제대로 장소를 찾으셨군요. 예전부터 예의 바른 사람들은 이런 술집에 모여들곤 했답니다. 마음이 서로 통하는 영혼들과 한자리에 모여 속마음을 털어놓기 위해서 말입니다."

"또는 낯선 사람들과?"

대령이 손가락 하나를 공중에 세웠다.

"낯선 사람보다 더 마음이 통하는 영혼은 없지요. 그러니 서론은 생략하기로 합시다. 여자 때문인가요? 돈? 아니면 글이 안 써지는 현상에 빠진 건가요?"

백작은 다시 웃음을 터뜨린 다음 예전의 예의 바른 사람들이 그랬던 것처럼 이 마음이 통하는 영혼에게 자신의 고민을 털어놓았다. 그는 미시카에 대해, 그리고 러시아인들은 자기들이 창조한 것을 파괴하는 데 특별한 재주가 있다는 미시카의 생각에 대해 얘기해주었다. 그러고 나서 오시프에 대해, 그리고 미시카의 말은 전적으로 옳지만 기념물과 걸작들을 파괴하는 행위는 국가의 전진을 위해 꼭 필요한 것이라는 오시프의 생각에 대해서도 설명했다.

"오, 바로 그거로군요." 대령이 마치 여자, 돈, 글에 이은 자신의 네 번째 추측이 그것이었다는 듯한 어조로 말했다.

"그렇습니다. 당신이라면 이 모든 얘기로부터 어떤 결론을 내리겠습니까?" 백작이 물었다.

"어떤 결론이라뇨?"

리처드가 술을 한 모금 마셨다.

"당신 친구 두 사람 모두 아주 예리한 분석력의 소유자라는 생각이 드네요. 내 말은, 옷감에서 실을 잡아당겨서 옷감 전부를 실한 가닥으로 풀어내려면 굉장한 손재주가 필요하다는 겁니다. 그렇지만 나는 두 사람이 뭔가를 놓치고 있다는 생각을 지울 수 없군요……."

그는 드럼을 치듯 손가락으로 바를 두드리면서 생각을 가다듬었다.

"여기 러시아에는 어느 정도 해체의 역사가 존재했다는 걸 알고 있습니다. 그리고 유서 깊은 아름다운 건물들을 파괴하는 행위는 사라진 것들에 대해 약간의 슬픔을 자아내는 동시에 앞으로 올 것들에 대해 얼마간 흥분을 불러일으킨다는 것도 이해합니다. 하지만 모든 것을 다 고려할 때, 위대한 것들이 영속하리라고는 생각지 않습니다.

소크라테스를 예로 들어 볼까요. 그는 2천 년 전에 시장을 배회하면서 마주치는 사람 아무나 붙잡고 자신의 생각을 설파했지요. 그는 심지어 자신의 생각을 적어두려는 노력조차 기울이지 않았습니다. 그러다가 어찌어찌해서 곤경에 빠지게 되고, 그는 결국 자신의 저승행 승차권에 구멍을 뚫고 개찰하게 됩니다. 자신의 생명 유지 장치를 떼어낸 겁니다. 자신의 우산을 접은 거죠. 아디오스. 아디외. 피니스.

시간은 무심하게 흘러갔습니다. 로마인들이 그리스를 정복했죠. 다음은 야만인들 차례였고요. 그리고 중세 내내 우린 그를 무시했습니다. 전염병과 독살과 분서 행위가 수백 년 동안 끊이지 않았죠. 그런데 어찌 된 건지 그 모든 일들에도 이 친구가 시장에서 설파했던 위대한 이야기들은 여전히 우리 곁에 있습니다.

내가 말하고자 하는 요지는, 하나의 종으로서 우리 인간은 부고 기사를 쓰는 재주가 없다는 겁니다. 우리는 지금으로부터 3세대 후에 어떤 사람이, 혹은 그 사람의 업적이 어떻게 받아들여질지 알지 못합니다. 그 사람의 고손자가 3월의 어느 화요일 아침에 아침 식사로 무엇을 먹을지 모르는 것만큼이나 알지 못하죠. 운명의 여신이 후세 사람들에게 뭔가를 건네줄 때는 뒷전에서 주기 때문입니다."

잠시 두 사람 다 침묵에 빠졌다. 이윽고 대령이 자신의 잔을 비운 다음 백작의 브랜디를 손가락으로 가리켰다.

"그런데 그 잔은 지금 뭐하고 있는 거죠?"

1시간 뒤 샬랴핀을 나온 백작은(밴더와일 대령과 아우드리우스의 자홍색 칵테일을 두 차례나 더 시켜 마신 뒤였다) 여전히 로비에 앉아 책을 읽고 있는 소피야를 발견하고 깜짝 놀랐다. 아이의 눈길과 마주치자 그는 가볍게 손을 흔들었고, 소피야도 가볍게 손을 흔들었다. 그런 다음 소피야는 다시 책으로 눈길을 돌렸다. 얌전하게…….

백작은 지극히 태연자약한 걸음걸이로 느릿느릿 로비를 가로질렀다. 이어 더 느긋할 수 없을 것 같은 태도로 조심스럽게 계단에 발을 딛고 천천히 올라가기 시작했다. 하지만 계단 모퉁이를 돌자마자 백작은 내달리기 시작했다.

위층으로 뛰어 올라가는 동안 고소한 기분을 감추기 어려웠다. 소피야가 개발한 게임의 숨은 천재성은 게임이 시작되는 때를 늘 소피야가 선택한다는 점이었다. 아이는 백작의 주의가 흐트러지거나 경계가 풀어지는 순간을 기다렸기 때문에 그가 게임이 시작되었다는 것을 알아차리기도 전에 게임이 끝나는 경우가 다반사였다. 하지만 오늘 밤은 상황이 다를 것이다. 소피야가 무심히 손을 흔드는 모습을 보면서 백작은 게임이 진행되고 있다는 것을 알 수 있었기 때문이다.

이번엔 내가 이겼어, 2층을 지날 때 그는 사악한 미소를 띠면서 생각했다. 하지만 3층 층계참을 지날 때 그는 소피야가 이 게임에서 지니고 있는 두 번째 유리한 점을 인정하지 않을 수 없었다. 그의 걸음이 눈에 띄게 느려졌기 때문이다. 이 정도로 숨이 가쁘다면

6층에 도달할 무렵에는―6층까지 살아서 갈 수 있다면―아마 기어가고 있을지도 몰랐다. 5층에 이르렀을 때 그는 안전을 위해 일부러 속도를 늦춰 천천히 걸었다.

백작은 종탑으로 통하는 문을 열면서 걸음을 멈추고 귀를 기울였다. 계단을 내려다보았지만 아무것도 눈에 띄지 않았다. 소피야가 이미 날아서 올라간 것은 아닐까? 아니, 그건 불가능해. 그럴 시간이 없었어. 그래도 혹시 아이가 마술을 사용하여 순간 이동을 했을까 봐 백작은 마지막 층계를 까치발로 올라갔고, 방문을 열 때도 까치발을 하고서 무심한 척 열었다. 그러나 방에는 아무도 없었다.

백작은 궁금해하며 두 손을 비볐다. **나는 어디에 있어야 하나?** 침대로 올라가서 잠이 든 것처럼 행동할까, 하는 생각을 해보았다. 하지만 소피야의 표정을 보고 싶었다. 그래서 그는 책상 의자에 앉아 뒷다리 두 개에 몸을 의지하고서 의자를 뒤로 기울인 다음, 가장 가까이에 있는 책을 집어 들었다. 우연찮게도 몽테뉴의 책이었다. 두툼한 책을 아무렇게나 펼치자 '아이들 교육에 대하여'라는 제목의 에세이가 나왔다.

"딱이로군." 그는 교활한 미소를 지으며 말했다. 그러고 나서 짐짓 완벽히 몰입하여 책을 읽고 있는 학자의 표정을 지었다.

하지만 5분 뒤에도 소피야는 나타나지 않았다.

"이런, 내가 착각한 모양이야." 그가 약간의 실망감과 함께 혼잣말을 중얼거렸을 때, 문이 활짝 열렸다. 하지만 문을 연 사람은 소피야가 아니었다.

객실 담당 여직원 가운데 한 명이었다. 놀라서 어쩔 줄 모르는 모습이었다.

"울리야, 무슨 일이오?"

"소피야! 소피야가 넘어졌어요!"

백작이 의자에서 벌떡 일어났다.

"넘어졌다고! 어디서?"

"직원용 계단에서요."

백작은 여직원을 지나쳐 종탑을 부리나케 달려 내려갔다. 아무도 없는 두 개 층의 계단을 내려갔을 때 그의 마음 한구석에서 울리야가 잘못 본 게 틀림없을 거라고 추측하는 목소리가 들려왔다. 하지만 3층 층계참을 돌아섰을 때, 거기에 소피야가 있었다. 계단 위에 벌렁 쓰러져 누운 모습의 아이의 눈은 감겨 있고, 머리카락에는 피가 얼룩져 있었다.

"오, 하느님."

백작은 무릎을 꿇고 앉았다.

"소피야……."

대답이 없었다.

아이의 머리를 천천히 들어 올리자 이마에 깊이 파인 상처가 백작의 눈에 들어왔다. 두개골을 다친 것 같지는 않았지만 소피야는 피를 흘리고 있었고, 의식이 없었다.

백작 뒤로 다가온 울리야가 눈물을 흘리고 있었다.

"의사를 불러올게요." 울리야가 말했다.

하지만 밤 11시가 넘은 시간이었다. 얼마나 오래 걸릴지 누가 알겠는가?

백작은 소피야의 목과 무릎 아래로 팔을 집어넣어 계단에서 아이를 들어 올린 다음 남은 층계를 아이를 안고 내려갔다. 1층에 내려온 그는 어깨로 문을 밀어 열고 로비를 가로질러 걸었다. 승강기를 기다리는 중년 부부, 데스크에 앉아 있는 바실리, 술집에서 새어 나오는 목소리들이 아득히 먼 어슴푸레한 감각 속에서 겨우 파악될 뿐이었다. 그리고 갑자기 그는 자신이 따뜻한 여름 대기 속에서 메트로폴 호텔의 문밖 계단에 서 있다는 것을 깨달았다. 20년이 넘는 세월 동안 처음 있는 일이었다.

야간 수위인 로디온이 놀란 눈으로 백작을 바라보았다.

"택시." 백작이 말했다. "택시를 불러줘요."

백작은 수위의 어깨 너머로 샬랴핀의 마지막 손님들을 태우기 위해 입구에서 15미터 정도 떨어진 지점에 멈춰 서 있는 네 대의 택시를 발견했다. 앞쪽의 두 택시 운전사가 담배를 피우면서 잡담을 나누고 있었다. 로디온이 호루라기를 입술로 가져가기도 전에 백작은 택시를 향해 달렸다.

백작이 달려오는 것을 운전사들이 알아차렸을 때, 한 운전사의 얼굴에는 알겠다는 의미의 능글맞은 웃음이 피어올랐고, 다른 운전사의 눈에는 비난의 표정이 어렸다. 두 사람 모두 그 신사가 술에 취한 소녀를 안고 달려오고 있다는 결론을 내린 터였다. 하지만 아이의 얼굴에 흐르는 피를 보자 그들은 얼른 자세를 바로잡았다.

"내 딸이오." 백작이 말했다.

"여기 타세요." 운전사 한 명이 그렇게 말하며 피우던 담배를 땅에 던진 뒤, 얼른 뛰어가서 택시의 뒷좌석 문을 열었다.

"성 안셀름 병원으로." 백작이 말했다.

"성 안셀름……?"

"최대한 빨리 가주시오."

시동을 건 운전사가 테아트랄나야 광장을 빠져나가 북쪽으로 달리는 동안 백작은 한 손으로는 상처에 댄 접은 손수건을 꼭 누르고 다른 손으로는 아이의 머리를 쓸어 넘기며 아이를 안심시키는 말을 중얼거렸지만, 아이는 듣지 못했다. 도시의 거리들이 빠르게 뒤로 물러났다.

몇 분도 안 되어 택시가 멈춰 섰다.

"다 왔습니다." 운전사가 말했다. 그는 밖으로 나와 뒷좌석 문을 열었다.

백작은 소피야를 팔에 안고 조심스럽게 택시에서 내리더니, 갑자기 멈춰 섰다. "돈이 없네요." 그가 말했다.

"돈은 무슨! 얼른 가기나 하슈!"

백작은 보도 경계석을 가로질러 병원을 향해 달렸다. 하지만 현관문을 통과할 때 그는 자기가 끔찍한 실수를 저질렀다는 걸 알았다. 병원 입구에는 남자들이 철도역의 난민들처럼 벤치에 드러누워 자고 있었다. 복도의 전등은 동력을 생산하는 발전기가 고장이라도 난 듯 깜박거렸으며, 공기 중에는 암모니아와 담배 연기 냄새가 떠돌았다. 백작이 젊었던 시절의 성 안셀름 병원은 모스크바에서 가장 시설이 훌륭한 병원 가운데 하나였다. 하지만 그건 30년 전의 일이었다. 지금쯤이면 아마 볼셰비키는 새 병원들을―밝고 깨끗하고 현대적인 병원들을―지었을 것이며, 이 낡은 시설은 참전 군인들이나 노숙자들, 또는 다른 이유로 버려진 이들을 위한 병원으로 남겨두었을 듯싶었다.

백작은 그의 발치께에 누워 있는, 잠든 것처럼 보이는 남자를 피해서 젊은 간호사가 잡지를 읽고 있는 데스크로 다가갔다.

"내 딸입니다." 그가 말했다. "다쳤어요."

간호사는 읽던 잡지를 내려놓고 고개를 들었다. 간호사가 문을 열고 사라졌다. 영원처럼 느껴진 시간이 흐른 후, 간호사는 내과의 복장인 흰색 재킷을 입은 젊은 남자와 함께 돌아왔다. 백작은 소피야를 앞으로 내민 다음 피에 젖은 손수건을 젖혀 상처를 보여주었다. 내과 의사가 손으로 자신의 입을 쓸었다.

"이 아이는 외과의가 봐야 해요." 그가 말했다.

"지금 이곳에 외과의가 있나요?"

"뭐라고요? 없어요. 당연히 없죠." 그는 벽에 걸린 시계를 보았다. "아마 6시쯤 올 겁니다."

"6시라고요? 이 애는 지금 당장 치료가 필요합니다. 어떻게 좀 해보세요."

내과의가 다시 손으로 입을 쓸며 간호사 쪽으로 몸을 돌렸다.

"닥터 크라즈나코프를 찾아봐줘요. 그이에게 4번 수술실이라고 알려줘요."

간호사가 다시 사라지자 내과의가 바퀴 달린 들것을 끌고 왔다.

"아이를 여기다 누이고 날 따라오시오."

내과의는 소피야를 실은 들것을 밀고 복도를 지나 승강기 안으로 들어갔다. 백작도 따라 들어갔다. 3층에서 내린 그들은 자동으로 여닫는 문을 지나 기다란 복도로 들어섰다. 거기에는 들것이 두 대 더 있었는데, 각 들것 위에는 잠이 든 환자가 누워 있었다.

"저 안으로."

백작이 문을 밀어 열었고, 내과의는 소피야를 실은 들것을 밀고 4번 수술실로 들어갔다. 수술실은 바닥부터 천장까지 타일로 뒤덮인 추운 방이었다. 한쪽 구석에서는 타일이 회반죽에서 떨어지기 시작하고 있었다. 수술실에는 수술대 하나와 목이 긴 전등 두어 개, 그리고 수술 기구를 올려놓는 트레이 하나가 있었다. 몇 분 후, 문이 열리면서 제대로 면도를 하지 않은 의사가 그 젊은 간호사와 함께 들어왔다. 의사는 잠에서 막 깬 듯했다.

"무슨 건이지?" 그가 피곤이 묻어나는 목소리로 말했다.

"여자아이가 머리에 부상을 입었습니다, 닥터 크라즈나코프."

"알았어, 알았어." 그가 말했다. 그런 다음 백작을 향해 손을 흔들며 덧붙였다. "외부인은 수술실에 있을 수 없습니다."

내과의가 백작의 팔꿈치를 잡았다.

"잠깐만." 백작이 말했다. "이분이 수술할 수 있어요?"

백작을 보는 크라즈나코프의 얼굴이 벌게졌다. "이 사람 지금 뭐라고 했지?"

백작이 젊은 내과 의사에게 계속 얘기했다.

"외과의가 아이를 봐야 한다고 말했잖소. 이분, 외과의 맞아요?"

"이 인간 내보내, 당장!" 크라즈나코프가 소리 질렀다.

그때 수술실 문이 다시 활짝 열리더니 40대 후반으로 보이는 키 큰 남자가 말쑥하게 차려입은 여자 조수와 함께 들어왔다.

"여기 책임자가 누굽니까?" 그가 물었다.

"내가 책임자요." 크라즈나코프가 말했다. "당신들은 누구요? 이게 무슨 일이죠?"

새로 들어온 남자는 크라즈나코프를 무시한 채 테이블로 다가가 소피야를 내려다보았다. 그는 조심스럽게 소피야의 머리카락을 들추고 상처를 살펴보았다. 이어 엄지손가락으로 소피야의 한쪽 눈꺼

풀을 올려보고 나서 아이의 손목을 잡고 시계를 주시하면서 맥박을 쟀다. 그러고 나서야 크라즈나코프에게로 몸을 돌렸다.

"나는 제1 시립병원의 외과 과장 라좁스키요. 이 환자는 내가 담당할 겁니다."

"그게 무슨 말이죠? 내가 한마디 하리다!"

라좁스키가 백작을 돌아보았다.

"당신이 로스토프인가요?"

"예." 어안이 벙벙한 표정으로 백작이 대답했다.

"언제 어떻게 이 일이 벌어졌는지 얘기해주시오. 최대한 정확히."

"계단을 달려 올라오다가 넘어졌어요. 아마 층계참 가장자리에 머리를 부딪친 것 같습니다. 메트로폴 호텔에서 일어난 일이에요. 그 일이 있은 지 30분이 넘지는 않았을 겁니다."

"환자가 술을 마셨나요?"

"예? 아닙니다. 얘는 어린애예요."

"몇 살이죠?"

"열세 살."

"이름은?"

"소피야."

"좋아요. 아주 좋습니다."

라좁스키는 크라즈나코프의 계속되는 항의를 무시한 채 말쑥한 차림새의 여자 조수에게 주의를 돌렸다. 그는 그녀에게 수술팀을 위한 수술복과 손을 씻기 적합한 곳을 찾아보고, 필요한 수술 도구들을 챙기고, 모든 것을 다 소독하라는 등의 지시를 내렸다.

문이 활짝 열리면서 방금 전에 무도회장을 빠져나온 것 같은 거만한 표정의 한 젊은이가 모습을 드러냈다.

"안녕하십니까, 라줍스키 동무." 그가 빙긋 웃으며 말했다. "여긴 정말 매력적인 곳이로군요."

"괜찮네, 안토노비치. 이 정도면 충분해. 환자는 왼쪽 마루뼈 앞부분에 금이 가서 경막 밑 출혈 위험성이 있네. 수술복을 입게. 그리고 이 정도 조명으로 수술이 가능할지 확인해보게."

"알겠습니다."

"그런데 우선, 저 사람들 좀 내보내게."

안토노비치가 태평한 미소를 지으며 두 내과 레지던트를 수술실 밖으로 몰아내는 동안, 라줍스키는 아래층 데스크를 담당하는 젊은 간호사를 손가락으로 가리키며 말했다.

"당신은 여기 남아서 수술을 도울 준비를 하시오."

그런 다음 그는 백작을 돌아보았다.

"딸의 머리에 꽤 큰 금이 갔어요, 로스토프. 하지만 비행기에서 거꾸로 떨어진 건 아니잖습니까. 두개골은 엄청난 충격에도 견딜 수 있도록 만들어져 있어요. 이런 환자들에게 가장 위험한 것은 직접적인 충격보다도 상처가 붓는 것입니다. 하지만 우린 전에도 이 같은 환자를 다뤄본 경험이 있어요. 우린 지금 즉시 당신 딸을 진찰할 겁니다. 그러는 동안 당신은 밖에 나가 있어야 해요. 내가 가능한 한 빨리 당신에게로 가서 아이의 상태를 알려줄게요."

백작은 수술실 바로 앞에 있는 벤치로 물러나야 했다. 그는 잠시 후에야 그사이에 복도가 깨끗해졌다는 사실을 알아차렸다. 잠든 환자들이 누워 있던 들것 두 대가 사라진 것이었다. 갑자기 복도 끝의 문이 열리더니 안토노비치가 들어왔다. 그는 이제 수술복 차림으로 휘파람을 불고 있었다. 문이 닫힐 때 백작은 검은 양복 차림의 한 남자가 안토노비치를 위해 문을 열어주었던 것을 볼 수 있었다. 안토노비치가 다시 4번 수술실로 들어가자 텅 빈 복도에는 백작만 남게 되었다.

백작은 이어지는 시간을 어떻게 보냈을까? 여느 사람들과 다를 바 없었다.

그는 어린 시절 이후 처음으로 기도를 했다. 최악의 상황을 상상했다가, 모든 것이 잘될 거라고 스스로를 다독였으며, 외과의가 했던 말을 몇 번이고 계속 곱씹었다.

"두개골은 엄청난 충격에도 견딜 수 있도록 만들어져 있어요." 그는 그 말을 속으로 계속 되풀이했다.

하지만 의지와는 달리 그의 머릿속에는 반대되는 사례들이 떠올랐다. 예컨대, 페트롭스코예 마을 출신의 곰살궂은 벌목꾼이 생각났다. 그는 한창 나이 때 쓰러지는 커다란 나뭇가지에 머리를 맞았다. 의식이 돌아왔을 때 그는 예전과 다름없이 힘이 세고 튼튼했지만, 성격은 침울해졌다. 가끔 친구들을 알아보지 못할 때도 있었고, 아무런 자극이 없는데도 누이들을 향해 불같이 화를 내곤 했다. 마치 잠자리에 들 때는 그였으나 잠에서 깨어날 때는 다른 사람이 되어버린 것만 같았다.

백작은 자신을 책망하기 시작했다. 어떻게 소피야가 그런 무모한 게임을 하도록 내버려두었을까? 어떻게 그는 운명의 여신이 딸의 인생을 저울 위에 올려놓으려고 준비하는 동안, 술집에 앉아 역사적인 그림 작품과 동상들에 대해 안타까워하며 한 시간이나 흘려보낼 수 있었을까?

아이를 양육하는 데는 수많은 걱정거리—학업, 옷, 예절 등—가 뒤따르지만, 결국 부모의 책임이란 매우 단순한 것이다. 아이를 성인이 될 때까지 안전하게 키움으로써 아이가 목적 있는 삶을, 그리고 신이 허락한다면 만족스러운 삶을 경험할 기회를 가질 수 있게 하는 것, 바로 그것이다.

가늠할 수 없는 시간이 흘렀다.

수술실 문이 열리고 닥터 라좁스키가 나타났다. 그의 마스크는 턱 밑에 걸려 있었다. 손은 깨끗했지만 셔츠에는 피가 묻어 있었다.

백작이 벌떡 일어났다.

"자, 자, 로스토프." 의사가 말했다. "앉아요."

백작이 다시 벤치에 앉았다.

라좁스키는 함께 앉지 않았다. 대신 두 주먹을 엉덩이에 붙이고 서 뛰어난 역량의 소유자만이 지을 수 있는 표정으로 백작을 내려다보았다.

"말씀드렸다시피 이런 상황에서 가장 위험한 건 상처 부위가 붓는 겁니다. 우리는 그 위험성을 줄였습니다. 하지만 따님은 뇌진탕을 일으켰어요. 기본적으로 뇌가 상처를 입은 거지요. 두통이 좀 있을 것이고, 충분히 휴식을 취해야 합니다. 하지만 1주일 뒤면 일어나서 돌아다닐 거예요."

외과의는 돌아가려고 몸을 돌렸다.

백작이 한 손을 뻗었다.

"닥터 라좁스키……." 그는 뭔가 질문을 하고 싶은데 갑자기 질문할 방법을 찾지 못한 사람 같은 태도로 말했다.

하지만 지금껏 이런 상황을 숱하게 경험한 외과의는 충분히 이해하고 있었다.

"아이는 완전히 본래 모습으로 돌아올 겁니다, 로스토프."

백작이 막 감사의 인사를 건네려 할 때 검은 양복 차림의 남자가 복도 끝에 있는 문을 다시 열었다. 남자는 이번에는 놀랍게도 오시프 글레브니코프를 위해 문을 열어준 것이었다.

"실례 좀 할게요." 외과의가 백작에게 말했다.

오시프와 라줍스키는 복도 중간쯤에서 만나 잠시 낮은 목소리로 뭔가를 상의했다. 백작은 놀란 눈으로 그 모습을 바라보았다.

의사가 수술실 안으로 사라지자 오시프가 백작 옆에 앉았다.

"친구," 그가 무릎 위에 두 손을 올려놓으며 말했다. "당신의 어린 소피야가 우리를 꽤 놀라게 했군요."

"오시프…… 여긴 어쩐 일입니까?"

"당신과 딸 모두 괜찮은지 확인하고 싶었소."

"그런데 우리가 여기 있는 건 어떻게 알았습니까?"

오시프가 빙그레 웃었다.

"언젠가 얘기했다시피, 알렉산드르, 관심 인물들을 추적하는 게 내 일이라오. 하지만 지금 그런 건 중요하지 않소. 중요한 건 소피야가 괜찮아질 것인가, 하는 점이잖아요. 라줍스키는 모스크바에서 가장 실력 있는 외과의랍니다. 내일 아침 그가 소피야를 제1 시립병원으로 데려갈 거요. 소피야는 거기서 편안하게 회복할 겁니다. 그건 그렇고 당신은 여기 더 있으면 안 될 것 같군요."

백작이 반박하려고 입을 열기 무섭게 오시프가 손을 들어 말을 막았다.

"내 말 잘 들어요, 사샤. 오늘 밤 일어난 일을 내가 알고 있다는 것은 다른 사람들도 곧 알게 될 거라는 의미요. 만약 그들이 당신이 여기 앉아 있는 걸 보게 된다면, 그건 당연히 당신에게 좋지 않은 일일 거요. **소피야**에게도 좋지 않을 겁니다. 그러니 이렇게 해야 해요. 이 복도 끝에 계단이 있소. 그 계단을 통해 1층으로 내려가서 검은 철문을 열고 나가시오. 그러면 병원 뒷골목이 나오지요. 그 골목에 당신을 호텔로 데려다줄 남자 두 명이 대기하고 있을 거요."

"소피야를 여기 두고 갈 순 없어요." 백작이 말했다.

"미안하지만 그래야만 합니다. 당신 걱정은 충분히 이해해요. 그래서 소피야가 퇴원할 때까지 당신 대신 소피야 곁에서 돌봐줄 사람을 한 명 모셔 왔소."

이 말이 끝나자 문이 열렸고, 당황하고 겁에 질린 모습의 중년 여인이 안으로 들어왔다. 마리나였다. 재봉사 마리나 뒤에는 제복 차림의 간호사가 서 있었다.

"아," 오시프가 일어서며 말했다. "오셨군."

오시프가 일어섰기 때문에 마리나는 그를 먼저 보게 되었다. 그녀는 한 번도 그를 본 적이 없었으므로 걱정스러운 표정으로 그를 마주보았다. 바로 그때 벤치에 앉아 있는 백작의 모습이 그녀의 눈에 들어왔고, 그녀는 앞으로 달려갔다.

"알렉산드르! 무슨 일이에요? 여기서 뭘 하는 거예요? 나한테는 아무 얘기도 해주질 않아서……."

"소피야 때문이오, 마리나. 호텔 직원용 계단에서 심하게 넘어졌는데, 지금 의사가 아이와 함께 있어요. 괜찮아질 거랍니다."

"하느님, 감사합니다."

백작은 오시프를 소개하려는 듯 그를 향해 몸을 돌렸지만, 오시프가 선수를 쳤다.

"사마로바 동무," 그가 미소 띤 얼굴로 말했다. "우린 서로 만난 적이 없지만, 나 역시 알렉산드르의 친구입니다. 알렉산드르는 메트로폴 호텔로 돌아가야만 할 것 같습니다. 소피야가 회복될 때까지 당신이 여기 있어준다면 알렉산드르가 안심할 수 있을 듯싶네요. 안 그런가요, 친구?"

오시프가 마리나에게서 시선을 떼지 않은 채 백작의 어깨에 한 손을 얹었다.

"마리나, 어려운 부탁이긴 한데……." 백작이 말했다.

"더 말씀 안 해도 돼요, 알렉산드르. 내가 기꺼이 아이 곁에 있을 게요."

"아주 좋아요." 오시프가 말했다.

그는 제복을 입은 여자에게 고개를 돌렸다.

"사마로바 동무가 필요로 하는 것들을 모두 다 챙겨주겠나?"

"네, 알겠습니다."

오시프는 마리나에게 다시 안심시키는 미소를 지어 보인 뒤 백작의 팔꿈치를 잡았다.

"친구, 저리로."

오시프는 백작을 복도 끝에 있는 뒤쪽 계단으로 데려갔다. 두 사람은 말없이 계단을 내려갔다. 층계참에 이르렀을 때 오시프가 걸음을 멈췄다.

"우린 여기서 헤어져야겠소. 명심하시오. 한 층 더 내려가서 검은 철문으로 나갈 것. 우리 두 사람 모두 여기 있었다는 것은 아무에게도 얘기하지 않는 게 좋을 거요."

"오시프, 어떻게 감사드려야 할지 모르겠습니다."

"알렉산드르," 그가 웃으며 말했다. "당신은 15년 이상 날 위해 일해왔소. 한 번이라도 당신을 도울 수 있어서 나도 기쁘다오." 그러고 나서 그는 사라졌다.

백작은 마지막 계단을 내려가 검은 철문을 통해 밖으로 나섰다. 벌써 새벽이 가까워지고 있었다. 비록 좁은 골목이었지만 백작은 대기 속에서 은은한 봄기운을 감지할 수 있었다. 골목길 저편에 흰색 밴 한 대가 서 있었는데, 차 옆면에는 '붉은 별 제빵 집단'이라는 글자가 대문자로 쓰여 있었다. 면도 상태가 좋지 못한 젊은 남자가 조수석 문에 기대어 담배를 피우고 있었다. 백작이 눈에 띄자 그는 담배를 던지고 등 뒤의 문을 쿵 닫았다. 그리고 백작에게 누구인지 묻지도 않은 채 밴의 뒤로 가서 뒷문을 열었다.

"고맙습니다." 백작이 차에 오르면서 그렇게 말했지만 대답은 없었다.

문이 닫히고 밴의 뒷자리에 오른 백작이 허리를 잔뜩 구부리고 엉거주춤 서 있었을 때에야 백작은 아주 특별한 감각을 느낄 수 있었다. 그것은 갓 구운 빵 냄새였다. 그는 제빵 집단 마크를 보았을 때, 위장이라고 생각했었다. 하지만 밴의 측면을 따라 늘어선 선반에는 200여 개의 빵 덩어리가 질서정연하게 놓여 있었다. 백작은 믿기지 않는다는 듯이 조심스럽게 손을 뻗어 빵 위에 손을 얹어보았다. 부드럽고 따뜻했다. 오븐에서 꺼낸 지 한 시간도 채 되지 않은 듯했다.

밖에서 조수석 문이 쾅 닫히고, 시동이 걸렸다. 백작은 선반과 마주보고 있는 철제 벤치에 얼른 앉았고, 차는 곧 출발했다.

백작은 침묵이 흐르는 가운데 기어가 변속되는 소리에 귀 기울였다. 여러 차례 모퉁이를 돌면서 속도를 올렸다 늦추었다 하더니, 이제 차는 탁 트인 도로를 달리는 듯 속력을 내서 달렸다.

등을 구부린 채 꼼지락거리며 밴의 뒤쪽으로 옮긴 백작은 문에 난 작은 사각형 창으로 밖을 내다보았다. 스쳐 지나가는 건물과 차양막과 상점 간판들을 보면서도 백작은 얼마 동안 거기가 어디인지 알 수 없었다. 그러다가 갑자기 오래된 '잉글리시 클럽' 건물을 보았고, 그제야 그는 차가 트베르스카야 거리를 달리고 있다는 것을 알았다. 트베르스카야 거리는 크렘린에서 상트페테르부르크 방향으로 뻗은 도로로서, 그는 헤아릴 수 없을 만큼 자주 그 길을 걸었었다.

1930년대 후반, 트베르스카야 거리는 붉은광장에서 마무리되는 공식 퍼레이드를 수용하기 위해 확장되었다. 그 와중에 멋진 몇몇 건물들은 통째로 들어 올려져서 뒤로 물러나 앉았지만, 대부분은 헐려서 고층 빌딩으로 대체되었다. 1급 거리에 자리 잡은 건물들은 최소한 10층은 되어야만 한다는 새로운 법령에 따른 조치였다. 백작은 차가 달리는 동안 혹시라도 친숙한 건물이 눈에 띄는지 확인하기 위해 잔뜩 긴장해야 했다. 하지만 그는 친숙한 건물을 찾으려는 노력을 곧 포기했다. 대신 건물의 정면과 가로등의 흐릿한 형체가 마치 먼 곳으로 끌려가는 것처럼 시야에서 빠르게 사라지는 모습을 물끄러미 바라보았다.

백작이 메트로폴의 다락방으로 돌아왔을 때 문은 열려 있고 바닥에는 몽테뉴가 뒹굴고 있었다. 아버지의 책을 집어 든 백작은 소피야의 침대에 앉았다. 그리고 그날 밤 처음으로 울음을 터뜨렸고, 흐르는 눈물과 함께 그의 가슴도 가볍게 들썩거렸다. 눈물이 뺨을 타고 이리저리 흘러내렸지만, 그것은 슬픔의 눈물이 아니었다. 러시아를 통틀어 가장 운 좋은 사내가 흘리는 눈물이었다.

몇 분 뒤, 백작은 심호흡을 하며 안정감을 되찾았다. 아버지의 책을 여전히 손에 들고 있었음을 깨달은 그가 소피야의 침대에서 일어나 책을 내려놓으려 할 때, 대공의 책상 위에 놓인 검은 가죽 상자가 눈에 띄었다. 가로 30센티미터에 세로가 15센티미터쯤 되고, 가죽 손잡이와 크롬 잠금장치가 달린 상자였다. 상자 위에는 낯선 글씨체로 쓰인, 그에게 보내는 쪽지가 한 장 붙어 있었다. 백작은 쪽지를 떼어내서 펼친 다음 내용을 읽었다.

알렉산드르,

오늘 밤 당신을 만나서 무척 즐거웠습니다. 말씀드렸다시피, 나는 귀국하여 한동안 미국에서 지낼 겁니다. 내가 여기 없는 동안 나는 당신이 이걸 유익하게 사용할 수 있을 거라고 생각했습니다. 맨 위에 놓인 재킷에 든 음반 콘텐츠에는 특별한 관심을 기울여야 할 거예요. 당신도 우리가 나누었던 대화에 딱 들어맞는 내용이라고 여기리라 생각합니다.

다시 만날 때까지 안녕하시기를.
리처드 밴더와일

백작은 잠금장치를 풀고 상자의 뚜껑을 열었다. 휴대용 축음기였다. 안에는 갈색 종이로 만든 재킷에 든 레코드판이 여러 장 들어 있었다. 리처드가 제안한 대로 백작은 맨 위에 놓인 음반을 집어 들었다. 음반 중앙의 라벨을 보니 블라디미르 호로비츠가 뉴욕의 카네기홀에서 연주한 차이콥스키 피아노 협주곡 1번의 실황 녹음 음반이었다.

백작은 1921년 호로비츠가 모스크바에서 공연하는 것을 본 적이 있었다. 그가 공식 콘서트를 위해 베를린으로 떠나기—신발 속에 외화 뭉치를 숨기고서 말이다—4년쯤 전의 일이었다…….

백작은 상자 뒷면에서 전선을 둘둘 말아서 담아놓은 작은 함을 찾아냈다. 그는 전선을 풀어서 벽의 소켓에 꽂았다. 레코드판을 재킷에서 꺼내고, 턴테이블에 올리고, 스위치를 넣고, 바늘을 올려놓은 다음, 소피야의 침대에 다시 앉았다.

처음에는 나지막한 목소리들과 몇 번의 잔기침, 관객들이 마지막으로 착석하는 소리 등이 흘러나왔다. 잠시 침묵이 이어지더니 아마 연주자가 무대에 등장한 듯, 뜨거운 박수가 터졌다.

백작은 숨을 멈추었다.

먼저 여러 대의 트럼펫이 화려하고 웅장한 음을 쏟아내더니, 이어 현악기들의 소리가 커졌다. 이윽고 연주를 시작한 러시아 출신의 피아니스트 호로비츠는 미국인 청중들의 마음속에 자작나무들 사이를 움직이는 늑대, 초원을 가로지르는 바람, 무도회장을 수놓은 촛불의 깜박임, 보로디노 전투에 동원된 대포의 섬광을 떠올리게 했다.

부록

6월 23일 오후 4시, 안드레이 듀라스는 모처럼 쉬는 날을 맞아 제1 시립병원에 입원 중인 소피야의 문병을 마친 다음, 버스를 타고 아르바트에 있는 아파트로 돌아가는 길이었다.

그는 내일 삼인조 일일 회의에서 소피야의 상태가 아주 좋다는 보고를 할 기대에 부풀어 있었다. 병원의 특별 병동에 입원 중인 소피야는 햇살이 잘 드는 개인 병실에서 간호사 1개 대대의 극진한 보호를 받고 있었다. 에밀은 자기가 만든 쿠키를 소피야가 맛있게 먹었으며, 쿠키가 떨어지는 즉시 알려주기로 약속했다는 사실에 무척 기뻐할 것이다. 안드레이 자신은 아들이 가장 좋아했던 모험 이야기가 실린 책을 소피야에게 가져다주었다.

스몰렌스카야 광장에서 안드레이는 나이 든 여자에게 자리를 양보했다. 몇 구역만 더 가면 내리기 때문이었다. 광장의 소작농 시장에서 오이와 감자를 조금 살 예정이었다. 에밀이 다진 돼지고기를 200그램 넘게 주었기 때문에 아내를 위해 커틀릿을 만들 생각이었다.

안드레이와 아내는 구역 중앙에 위치한 4층짜리 좁은 아파트에서 살았다. 그들의 아파트는 열여섯 개 아파트 중에서 가장 작은 아파트에 속했지만, 소유권이 그들에게 있었다. 최소한 지금은 그랬다.

시장에서 물건들을 구입한 안드레이는 3층까지 계단을 올라갔다. 그는 복도를 따라 늘어선 다른 문들을 지나는 동안 한 아파트에서는 밖으로 새어 나오는 양파 튀기는 냄새를 맡았고, 다른 아파트에서는 새어 나오는 라디오 소리를 들었다. 그는 채소가 든 봉지를 왼팔로 옮겨 든 다음 열쇠를 꺼냈다.

집 안에 들어선 안드레이는 아내가 집에 없으리라는 걸 알면서도 큰 소리로 아내의 이름을 불렀다. 아마 아내는 동네 반대편의 용도 폐기된 교회 안에 새로 문을 연 우유 매점에서 줄을 서고 있을 것이다. 아내는 그곳의 우유가 더 신선하고 기다리는 줄도 더 짧다고 말하지만, 안드레이는 그 말이 사실이 아니라는 것을 알고 있었다. 다른 많은 사람들처럼 아내 역시 교회 뒤편에 있는 조그만 부속 예배당에 〈그리스도와 우물가의 여인〉이라는 모자이크가 있기 때문에 —다행히도 굳이 그 모자이크를 해체하려는 사람이 없었다—거기로 가는 것이었다. 그리고 우유를 사기 위해 줄을 선 여인네들은 각자 잠깐씩 빠져나가 기도를 올리는 동안 기꺼이 서로의 자리를 맡아주었다.

안드레이는 채소를 거리가 내려다보이는 작은 방으로 가져갔다. 주방 겸 응접실 역할을 하는 방이었다. 그는 작은 조리대 위에 채소들을 늘어놓았다. 손을 씻고 나서 오이를 씻어서 얇게 썰었다. 감자는 껍질을 벗겨서 물이 든 냄비에 넣었다. 에밀이 준 고기와 저민 양파를 섞어서 커틀릿 모양을 만들고 나서 그것들을 수건으로 덮어놓았다. 이어 스토브 위에 프라이팬을 얹은 다음 잠시 후 기름을 약간 부었다. 조리대를 깨끗이 정리한 그는 다시 손을 씻고 탁자를 세팅한 다음, 침대에 좀 누워 있을 요량으로 방을 나와 침실로 걸어갔다. 하지만 일부러 생각한 것도 아닌데 그는 침실 문을 지나쳐 옆방으로 들어갔다.

몇 년 전, 안드레이는 상트페테르부르크에 있는 푸시킨의 아파트를 방문한 적이 있었다. 푸시킨이 말년을 보낸 집 가운데 하나였다.

아파트의 방들은 시인이 세상을 떠난 당일의 모습 그대로 보존되어 있었다. 책상 위에는 마무리되지 않은 시와 함께 펜까지 놓여 있었다. 그때 안드레이는 짧은 로프 뒤에 서서 시인의 책상을 바라보면서 그 모든 시도가—마치 몇 가지 소지품들을 원래의 자리에 놓아둠으로써 시간의 무자비한 공격으로부터 어떤 순간을 고이 지켜낼 수 있는 것처럼 꾸민 시도가—좀 터무니없어 보인다는 생각을 했었다.

그렇지만 외아들인 일리야가 베를린 전투에서 숨졌을 때—종전이 되기 겨우 몇 달 전에 일어난 일이었다—그와 아내는 똑같은 일을 했다. 모든 담요, 모든 책, 모든 옷가지를 아들의 전사 소식을 접한 그날의 모습 그대로 남겨두었던 것이다.

처음에는 그것이 큰 위안이 되었다는 것을 안드레이도 인정해야 했다. 그는 아파트에 혼자 있을 때면 그 방을 찾곤 했다. 그럴 때마다 자기가 일하는 동안 아내가 앉아 있었음직한 침대의 자리가 움푹 꺼져 있는 것을 발견할 수 있었다. 그런데 그는 지금 이 조심스럽게 보존된 방이 그들의 슬픔을 누그러뜨리기보다는 오히려 지속되게 만드는 것은 아닌지 의문스러웠다. 그는 이제 아들의 소지품들을 치워버려야 할 시점이 되었다는 것을 알았다.

알고는 있었지만 그는 아내에게 그 얘기를 꺼내지는 못했다. 왜냐하면 조만간 건물 내의 누군가가 아들의 죽음과 관련하여 주택 당국에 신고하리라는 것도 알고 있었기 때문이다. 그렇게 되면 그들 부부는 더 작은 아파트로 이사를 가거나 낯선 사람을 들여야 할 것이고, 그러면 삶은 그 방이 자기 것인 양 그 방을 회수해 갈 것이다.

이런 생각을 하면서도 안드레이는 침대로 걸어가서 아내가 앉아 있었던 자리의 담요의 구김살을 매만져서 매끄럽게 폈다. 그는 그러고 나서야 불을 껐다.

[1] 1923년 설립된 오그푸는 러시아 비밀경찰의 핵심 기구였던 체카를 대체하였다. 1934년 오그푸는 엔카베데(내부인민위원회)로 대체되었으며, 엔카베데는 1943년에 엠게베로, 1954년에는 카게베KGB(국가보안위원회)로 대체되었다. 얼핏 보기에는 혼란스러워 보일 수도 있을 것이다. 하지만 다행인 것이, (전면적인 재편을 거쳐야 하는) 정당이나 예술 운동이나 패션의 유행과는 달리, 비밀경찰의 방법론이나 목적은 결코 변하지 않는다. 따라서 여러분은 상이한 약어들을 굳이 구별하려 하지 않아도 된다.

[2] 구소련 초기 볼셰비키들은 어떤 이유로 인기 배우의 저택에 도금된 의자들과 루이 14세의 서랍장을 배치한다는 생각에 동의하게 되었을까? 또 실제로 자기네 아파트에도 그런 물품들을 어떻게 구비할 수 있었을까? 이유는 간단했다. 모든 고급 가구의 밑바닥에는 숫자가 새겨진 작은 구리판이 박혀 있기 때문이었다. 이 숫자는 해당 가구가 인민들의 거대한 재산 목록의 일부임을 확인하는 용도로 쓰였다. 따라서 고위층 볼셰비키는 자기가 누워 있는 마호가니 침대가 자기의 소유가 아님을 알고 있기 때문에 속 편히 잠을 잘 수 있었다. 또한 그 아파트가 값을 따질 수 없을 정도의 골동품들로 채워졌다는 사실에도, 그는 사실 극빈자보다도 가진 것이 적었다!

[3] 조그마한 회색 책상 뒤에 앉은 이 조그마한 회색 친구의 임무는 웨이트리스들이 물어오는 정보를 기록하는 일뿐만이 아니었다. 웨이트리스들에게 국가에 대한 그들의 의무를 상기시키는 한편 그들이 지금의 자리를 얼마나 쉽게 잃어버릴 수 있는지 넌지시 비침으로써, 그리고 필요할 경우에

는 좀 더 불길한 빈정거리는 말투를 사용함으로써 그들의 적극적인 참여를 확실히 확보하는 것도 이 친구의 임무였다. 그렇지만 성급하게 이 친구를 비난하지는 말도록 하자.

그는 샬랴핀에 한 번도 가본 적이 없었기 때문이다. 보야르스키에서 식사해본 적도 없었다. 그에게는 간접적인 삶이 배당되어 있었다. 아주 가까운 곳에서 모든 것을 직접 경험할 수 있는 위치임에도 모든 것을 간접적으로 느껴야만 하는 삶이 할당된 것이었다. 귀가 따가운 트럼펫 소리도, 유리잔이 부딪치는 소리도, 젊은 여성의 드러난 무릎도 그에게는 허용되지 않았다. 마치 과학자의 조수처럼 그저 데이터를 기록하고 아무것도 꾸미거나 덧붙이지 않은 상태로 요약본을 상사에게 전달하는 것이 그의 역할이었다.

사실 그는 이런 일에 아주 유능했으며, 그가 속한 부서에서는 일종의 천재 같은 존재로 알려져 있었다. 모스크바 전역에 걸쳐 그토록 완벽하게 무미건조한 보고서를 작성할 수 있는 사람은 아무도 없었기 때문이다. 그의 설명은 간결했다. 그는 자신의 직관을 억제하고 재담을 삼가며 은유, 직유, 유추의 사용을 제한하는, 한마디로 시적 절제의 모든 근육을 사용하는 기술을 완벽히 구사했다. 만약 그가 충실히 받아 적고 나서 작성한 보고서를 해당 기자들이 보았다면, 그 기자들은 모자를 벗고 그에게 고개를 숙이며 그가 바로 '객관성의 달인'이라는 사실을 인정했을 것이다.

[4] 농촌 지역에서 우다르니크에 속했던 (니나 같은) 젊은 체제 지지자들 중 다수는 자신들이 목격한 바에 따라 당에 대한 믿음을 보유하고 있었지만, 러시아의 대부분 지역은, 아니 사실상 세계는, 이러한 인위적인 재앙의 현황에 대해 잘 알지 못했다. 시골 소작농들이 도시로 들어가는 것이

금지되었던 것과 마찬가지로 도시의 저널리스트들 또한 시골로 들어가는 것이 금지되어 있었다. 개인 우편물의 배달은 중단되었다. 여객 열차의 창은 검은 장막으로 가려졌다. 실제로 위기에 대한 인식을 억누르려는 당국의 활동이 너무나 성공적이었기 때문에, 우크라이나에서 수백만 명이 굶어 죽고 있다는 얘기가 흘러나왔을 때에도 러시아 주재 《뉴욕타임스》의 수석 특파원인 월터 듀런티(샬랴핀에 출입하는 고참 기자 가운데 한 사람이었다)는 기근에 대한 이런 소문이 심하게 과장되었으며, 아마도 반소비에트 선동주의자들이 그런 소문을 퍼뜨렸을 것이라는 보도를 내놓았다. 따라서 세계는 어깨를 으쓱해 보일 뿐이었다. 심지어 그런 범죄가 진행되고 있는 와중에 듀런티는 퓰리처상을 수상하기까지 했다.

5 사실 숙청해야 할 대상은 하나 더 있었다. 그것은 당 고위 관료들과 비밀경찰 요원들을 향한 것이었다. 실제로 공포의 인물이었던 엔카베데의 수장 겐리흐 야고다가 숙청 대상이 되었다. 반역, 음모, 다이아몬드 밀수로 기소된 야고다는 '노동조합의 집'—메트로폴 호텔에서 보이는 광장 바로 건너편에 위치했다—에서 공개 재판을 받고 유죄가 확정되었으며, 곧바로 총살되었다. 이 사건 역시 많은 사람들에게는 시절이 더 좋아지는 조짐으로 여겨졌다……

6 수용소의 주민들—죄수들—은 이름도, 가족의 유대도, 직업도, 재산도 박탈당한 채 굶주림과 고난 속으로 함께 내몰렸기 때문에 한 사람 한 사람을 구별하기가 어려워졌다. 그것은 물론 당국 전략의 일부였다. 사람이 살기 힘든 혹독한 기후에서의 감금과 강제 노동으로 인해 발생한 희생에 만족하지 못한 최고위 당국자들은 인민의 적들을 지워버리고자 했던 것

이다.

그러나 이 전략은 새로운 도시의 탄생이라는 예상치 못한 결과를 낳았다. 신분을 박탈당한 이 죄수들은—몇백만 명에 달했다—완벽한 일체가 되어 움직였으며, 궁핍 속에서도 끈질기게 살아남으려는 의지를 공유했다. 그런 까닭에 그들은 언제 어디서 만나든 서로를 알아보았다. 그들은 서로의 지붕 아래에, 또는 서로의 탁자에 상대를 위한 자리를 마련했으며, 서로를 형제, 자매, 친구라고 불렀다. 그러나 어떤 상황 아래서도 결코 동무라고 부르지는 않았다.

4권

1950

아다지오, 안단테, 알레그로

"눈 깜짝할 사이에 컸어."

6월 21일, 소피야가 정말 많이 컸다는 바실리의 말에 알렉산드르 로스토프 백작은 열세 살부터 열일곱 살까지의 소피야의 성장 여정을 그렇게 요약했다.

"한 순간 계단을 위로 아래로 깡충거리며 뛰어다니던 아이가—촐랑거리며 돌아다니고, 잔소리꾼이고, 아무짝에도 쓸모없던 아이가—다음 순간에는 지성과 세련미를 갖춘 젊은 여성이 되어 있는 거야."

그 말은 대체로 사실이었다. 소피야가 열세 살이었을 때 백작이 그녀의 성격을 착실하다고 규정한 것이 시기상조였다면, 이제 막 성인의 문턱에 들어선 소피야의 성격만큼은 완벽하게 예견한 셈이었기 때문이다. 하얀 피부와 검고 긴 머리(예전에 사고로 상처를 입은 자리에서 돋아나는 몇 가닥의 흰 머리를 제외하고)의 소피야는 그들만의 서재에서 음악을 들으며 몇 시간이고 앉아 있을 수 있었다. 재봉실에서 마리나와 함께 몇 시간이고 바느질을 할 수 있었고, 주방에서는 한번 의자에 앉으면 자세를 바꾸지 않은 채 에밀과 몇 시간 동안이나 얘기를 나눌 수도 있었다.

소피야가 다섯 살 때 백작은 순진하게도 소피야가 머리카락만 검은색으로 바뀐 니나로 성장할 거라 생각했다. 그런데 분명한 인식과 확실한 자기주장을 가졌다는 면에서 소피야는 니나와 공통점이 있었지만, 행동에 있어서는 완전히 달랐다. 니나는 세상의 사소한 불완전함에 대해서도 자신의 조바심을 솔직히 표현하는 경향이 있었지만, 소피야는 지구가 가끔씩 엇나가면서 자전하기는 해도 대체로 큰 문제 없이 돌아가는 행성이라고 생각하는 듯했다. 니나는 다른 사람이 얘기하는 중간에 망설임 없이 말을 끊으며 반대 주장을 펼치고는 그것으로 문제가 완전히 종결되었다고 거침없이 선언하곤 했지만, 소피야는 상대의 얘기를 공감의 미소를 지으며 아주 진지하게 들어주기 때문에 보통 자신의 얘기를 꽤나 길게 거리낌 없이 표출한 상대방은 목소리가 점점 작아지면서 자신의 주장에 문득 의문을 품기 시작하곤 했다…….

착실하다. 그것은 딱 들어맞는 말이었다. 그리고 그런 변화는 눈 깜짝할 사이에 일어났다.

"바실리, 우리 나이가 되면 모든 게 빨리 지나간다네. 사계절이 우리 기억에 아무런 흔적도 남기지 않은 채 사라지는 것처럼 보인다니까."

"지당하신 말씀입니다." 안내인이 동의했다(그는 여러 종류의 티켓을 종류별로 구분하고 있었다).

"그렇지만 그것도 나름 위안이 되기는 해." 백작이 말을 이었다. "시간은 우리 곁을 흐릿한 상태로 달려가기 시작하지만, 우리 아이들에게는 가장 큰 인상을 심어주기 때문이지. 사람이 열일곱 살이 되어 진정한 독립의 첫 시기를 경험하게 되면 감각이 아주 예민해지고 감성이 섬세해져서 모든 대화, 모든 표정, 모든 웃음이 영원히 기억 속에 새겨지지. 그리고 그 민감한 시절에 사귀게 된 친구들이라면? 끊임없이 샘솟는 애정을 가지고 이후로도 평생 동안 만나게 되는 거지."

이런 역설을 늘어놓은 백작은 문득 로비 건너편을 바라보았다. 그리샤가 프런트데스크로 한 손님의 짐을 옮기고 있었고, 제냐는 다른 손님의 짐을 출입문 쪽으로 옮기는 중이었다.

"아마도 그건 천상의 균형 문제일 거야." 그가 말했다. "일종의 우주적 평형이지. 아마 시간 경험의 총합은 일정할 거야. 그러니 우리 아이들이 이 특별한 6월 어느 날의 생생한 인상을 더 많이 간직할 수 있도록 우린 우리 몫을 포기해야만 해."

"아이들이 기억하도록 하기 위해 우린 잊어야 하는 거로군요." 바실리가 요약했다.

"바로 그걸세!" 백작이 말했다." 아이들이 기억하도록 하기 위해 우린 잊어야 하는 거지. 그런데 우리는 그 사실을 불쾌하게 받아들여야 할까? 이 순간에 대한 아이들의 경험이 우리의 경험보다 풍부하다는 생각 때문에 우리가 뭔가 손해를 본다고 느껴야 할까? 난 그렇지 않다고 생각하네. 이렇게 늙은 나이에 변치 않는 기억들의 새로운 목록을 작성하기 시작하는 건 우리의 목적이 아니기 때문이지. 우리는 오히려 **그들이** 경험을 자유롭게 맛볼 수 있게 하는 데 헌신적인 노력을 기울여야 해. 두려워하지 말고 그렇게 해야 해. 담요를 푹 덮어주고 단추를 꼭꼭 채워주는 대신, 그들에게 믿음을 갖고 그들 스스로 덮고 채우도록 해야 해. 그리고 그들이 새롭게 발견한 자유 앞에서 실수한다 해도 우리는 느긋하고 관대해야 하며, 신중한 태도를 잃으면 안 돼. 우린 그들이 우리의 감시의 시선으로부터 벗어나도록 독려해야 해. 그리고 마침내 그들이 인생의 회전문을 통과할 때 우린 뿌듯하게 숨을 내쉬는 거지……."

백작은 증거를 보여주려는 것처럼 관대하고도 신중하게 호텔 입구를 가리키며 모범적으로 숨을 내쉬었다. 그러고 나서 안내 데스크를 톡톡 쳤다.

"그런데 그 애가 지금 어디 있는지 아나?"

바실리가 티켓에서 눈을 들었다.

"소피야 양 말인가요?"

"그래."

"빅토르와 함께 무도회장에 있을 겁니다."

"아, 다음 연회를 위해 바닥 닦는 걸 돕고 있나 보군."

"아뇨. 빅토르 이바노비치가 아니고, 빅토르 스테파노비치요."

"빅토르 스테파노비치?"

"예. 빅토르 스테파노비치 스카돕스키 말입니다. 피아차 오케스트라의 지휘자요."

백작이 인생의 황금기에 시간은 왜 그리 빨리 흐르는지, 또 우리의 기억에는 왜 그리 적은 인상을 남기는지, 그래서 마치 일어나지 않은 일처럼만 느껴지는지에 대해 바실리에게 설명하고자 애를 쓰고 있었다면, 그렇다면, 이것은 하나의 완벽한 사례였다.

백작이 안내 데스크에서 즐거운 대화를 나누다가 무도회장까지 달려가는 데는 3분밖에 걸리지 않았으며, 그곳에서 그가 악당의 옷깃을 틀어쥔 것은 그야말로 눈 깜짝할 사이였다. 그 시간은 너무나 빨리 스치는 바람에 백작은 자신이 복도를 지나던 그리샤의 짐에 부딪친 것도 기억하지 못했다. 무도회장의 문을 열어젖히고 **아하!** 하고 소리친 것도 기억하지 못했다. 자기 손가락을 소피야의 손가락에 걸고 있는 미래의 카사노바를 2인용 안락의자에서 휙 낚아챈 것도 기억하지 못했다.

그랬다, 백작은 그 무엇도 기억하지 못했다. 하지만 천상의 균형과 우주적 평형을 유지하기 위해서라도 콧수염을 기른 야회복 차림의 이 악당은 그의 여생 동안 매 순간을 반드시 기억해야 했다.

"각하," 공중에 매달린 채 그가 애원했다. "뭔가 심각한 오해가 있는 것 같습니다."

자신의 두 주먹 위에 떠 있는 놀란 얼굴을 보면서 백작은 오해 따위는 있을 수 없다고 확신했다. 피아차의 연주대에서 경쾌하게 지휘봉을 흔들어대던 그놈이 틀림없었다. 적절한 시점에 존칭을 사용할 줄은 아는 모양이지만, 에덴의 덤불 사이를 스르르 기어 다니던 뱀처럼 사악한 놈인 게 분명했다.

그런데 사악함의 정도가 어찌되었든 간에 현재의 상황은 매우 난감했다. 악당의 옷깃을 잡고 들어 올리긴 했지만, 다음엔 녀석을 어떻게 해야 한단 말인가? 어떤 놈의 목덜미를 움켜쥐었다면, 최소한 그놈을 문밖으로 끌고 나가 계단 아래로 던져버릴 수는 있을 것이다. 하지만 그놈의 옷깃을 잡았을 경우에는 처리하기가 쉽지 않다. 백작이 이 난처한 문제를 해결하기 전에 소피야가 먼저 자신의 난처한 처지를 피력했다.

"아빠! 뭐 하시는 거예요?"

"네 방으로 가거라, 소피야. 이 인간이랑 나는 얘기할 게 좀 있다. 내가 이 인간한테 평생 잊지 못할 주먹맛을 보여주기 전에 말이다."

"평생 잊지 못할 주먹맛이라고요? 빅토르 스테파노비치는 제 선생님이세요."

백작은 한쪽 눈으로 악당을 주시하면서 다른 쪽 눈으로 딸을 바라보았다.

"네 뭐라고?"

"제 선생님요. 저한테 피아노를 가르쳐주신다고요."

이른바 선생은 고개를 네 번 연속해서 끄덕였다.

백작은 그 비열한 인간의 옷깃을 놓아주지 않은 채 고개를 뒤로 젖혀 현재의 미장센을 좀 더 조심스럽게 살폈다. 자세히 보니, 두 사람이 앉아 있던 2인용 안락의자는 정말 피아노 의자처럼 보였다. 그들의 손가락이 얽혀 있던 자리에는 상아색 건반이 가지런히 늘어서 있었다.

백작은 틀어쥔 손에 더 힘을 주었다.

"이건 너의 게임일 거야, 그렇지? 지르박으로 젊은 여자들을 유혹하는 게임 말이야."

이른바 선생은 겁에 질린 표정이었다.

"절대 아닙니다, 백작님. 저는 지르박으로 그 누구도 유혹한 적이 없습니다. 우리는 음계와 소나타를 연습하고 있었습니다. 저는 모스크바 음악원에서 교육을 받았습니다. 무소륵스키 메달도 받았고요. 먹고 살기 위해 식당에서 지휘를 할 뿐입니다." 백작이 머뭇거리는 틈을 타서 그는 머리로 피아노를 가리켰다. "보여드릴게요. 소피야, 우리가 연습했던 야상곡을 연주해보렴."

야상곡······?

"그럴게요, 빅토르 스테파노비치." 소피야가 공손하게 대답하더니, 건반 쪽으로 몸을 돌려 악보를 가지런히 정리했다.

"아무래도······." 피아노 쪽으로 다시 고개를 끄덕이면서 선생이 백작에게 말했다. "제가 가서······."

"오," 백작이 말했다. "그래, 물론이지."

백작은 그를 바닥에 내려놓고는 재빨리 손으로 옷깃을 매만져주었다.

선생은 의자 위의 학생 옆으로 가서 앉았다.

"시작하자, 소피야."

소피야가 자세를 똑바로 하면서 건반에 손가락을 올려놓았다. 그러고 나서 극도의 섬세함으로 연주를 시작했다.

첫 마디를 연주하는 소리에 백작은 두 걸음 뒤로 물러섰다.

그 여덟 개의 음이 그에게 친숙한 소리였을까? 그가 조금은 그 음들을 알아본 것이었을까? 물론이었다. 30년 동안 만나지 못하다가 우연찮게 열차 간에서 그 음들을 만나게 되더라도 그는 알아보았을 것이다. 여행 시즌이 한창인 피렌체의 길거리에서 그 음들을 만나더라도 그는 능히 알아보았을 것이다.

쇼팽이었다.

야상곡 제2번 E플랫 장조.

소피야가 멜로디의 첫째 후렴구를 완벽한 피아니시모로 마치고 감정을 점점 고조시키면서 둘째 후렴구로 넘어갈 때, 백작은 두 걸음 더 물러서서 자기도 모르게 의자에 앉았다.

그가 소피야에게 자부심을 느꼈던 적이 있던가? 물론 있었다. 매일 매일이 그랬다. 그는 소피야의 뛰어난 학업 성적, 아름다움, 침착한 태도, 호텔에서 일하는 모든 사람들에게서 이끌어낸 호감 등 모든 것이 자랑스러웠다. 그래서 그는 그 순간 자신이 경험하고 있는 것을 자부심이라고 부를 수는 없다고 확신했다. 왜냐하면 자부심이란 뭔가를 이미 알고 있을 때 느끼는 감정이기 때문이었다. 자부심은 이런 식으로 얘기한다. **보라고, 저 애가 얼마나 특별한지 내가 말했잖아? 얼마나 똑똑해! 정말 사랑스럽지 않아? 자, 이제 두 눈으로 직접 확인해보라고!** 하지만 소피야가 연주하는 쇼팽을 들으면서, 백작은 앎의 영역을 벗어나 경이로움의 영역으로 들어섰다.

우선, 그는 소피야가 피아노를 연주할 수 있다는 사실을 처음으로 알았다는 사실에 놀랐다. 다음으로는, 소피야가 으뜸과 버금딸림 멜로디를 능란하게 연주했다는 사실에 놀랐다. 하지만 무엇보다 놀라웠던 것은 소피야의 음악적 표현에 묻어난 감성이었다. 세상에는 피아노의 기술적 측면을 숙달하기 위해 평생을 바치지만 음악적 표현의 경지—연주자가 작곡자의 감성을 이해할 뿐만 아니라, 자신의 연주를 통해 관객들에게 그 감성을 전달할 수 있는 신비한 능력—에는 이르지 못하는 이들이 많다.

이 소품을 통해 쇼팽이 개인적으로 어떤 아픔을 표현하고자 했든 간에—실연이 동기가 되었든, 아니면 이른 아침 초원에 펼쳐진 안개를 보았을 때 느끼는 달콤한 번민이 동기가 되었든 간에—그 감정은 작곡자가 사망한 지 100년이 지난 때에, 메트로폴 호텔의 무도회장에서, 온전히 경험할 수 있도록 준비된 상태로, 고스란히 존재했다. 그렇지만 겨우 열일곱밖에 안 된 여자아이가, 자기 자신의 상실감이나 갈망을 투영하는 것이 아니라고 한다면, 어떻게 이런 표현의 경지에 이를 수 있는가, 라는 의문은 여전히 남았다.

소피야가 셋째 후렴구를 연주하기 시작하자 빅토르 스테파노비치는 눈썹을 치키며 어깨 너머로 백작을 바라보았다. 마치 이렇게 말하는 듯했다. **믿을 수 있겠어요? 평생 상상이나 해보셨습니까?** 그런 다음 그는 다시 피아노로 고개를 돌려, 조수가 거장을 위해 악보의 페이지를 넘기듯 착실하게 소피야를 위해 페이지를 넘겼다.

백작은 빅토르 스테파노비치를 복도로 데려가서 잠시 둘이서만 얘기를 나눈 다음 다시 무도회장으로 돌아왔다. 소피야가 여전히 피아노 앞에 앉아 있는 것을 발견한 백작은 건반을 등지고 소피야 곁에 앉았다.

두 사람 모두 말이 없었다.

"왜 피아노를 배우고 있다는 얘길 하지 않았니?" 잠시 후 백작이 물었다.

"놀라게 해드리고 싶었어요." 소피야가 말했다. "생일 선물로요. 화나게 할 의도는 없었어요. 화나셨다면 사과할게요."

"소피야, 정작 사과해야 할 사람은 나란다. 넌 잘못한 게 없어. 오히려 그 반대지. 그 곡은 정말 훌륭했어. 두말할 나위 없이 멋졌어."

소피야는 얼굴을 붉히며 건반을 내려다보았다.

"사랑스러운 곡이에요." 소피야가 말했다.

"그래, 그렇지." 백작이 웃으며 동의했다. "사랑스러운 곡이지. 그런데 이 곡엔 원도 있고, 선도 있고, 점도 있어. 지난 한 세기 동안 피아노를 배우는 거의 모든 사람이 쇼팽의 이 소품을 연주했어. 하지만 대부분의 사람들에겐 일종의 암기 행위였지. 네가 했던 것처럼 음악에 생명을 불어넣을 수 있는 사람은 천 분의 일도—아니 십만 분의 일도—안 될 거야."

소피야는 건반에서 눈을 떼지 않았다. 백작은 망설였다. 그는 약간의 두려움이 섞인 어조로 물었다.

"아무 일 없는 거지?"

소피야가 약간 어리둥절한 표정으로 눈을 들었다. 아버지의 표정이 너무 심각한 것을 알아채고 미소를 지었다.

"물론이죠, 아빠. 왜 물어보시는 거예요?"

백작은 고개를 저었다.

"나는 평생 악기를 연주해본 적은 없지만, 음악에 대해서는 알고 있는 게 있단다. 그 곡의 도입부 마디를 그토록 완벽하게 상심을 불러일으키는 감정을 담아 연주했다는 건, 네가 마음속에 고여 있는 슬픔의 샘물을 길어 올렸다고 생각할 수밖에 없어."

"오, 알겠어요." 소피야가 말했다. 그러고 나서 젊은 학자로서의 열정을 담아 설명하기 시작했다. "빅토르 스테파노비치는 그걸 '무드'라고 불러요. 그는 연주자라면 어떤 음을 연주하기 전에 자기 가슴 속에 숨겨져 있는, 곡의 무드를 대변할 수 있는 하나의 사례를 찾아내야 한다고 말씀하세요. 이 곡의 경우, 전 엄마를 생각해요. 얼마 되지 않는 엄마에 대한 기억이 사라져간다는 걸 생각하고 나서 연주를 시작하는 거죠."

백작은 또 하나의 충격파에 압도되어 아무 말이 없었다.

"말이 되나요?" 소피야가 물었다.

"충분히 말이 되지." 그가 말했다. 그리고 잠시 생각하고 나서 덧붙였다. "젊었을 때 나도 내 누이에 대해 똑같은 감정을 느끼곤 했단다. 해가 지날수록 누이에 대한 기억이 점점 빠져나가는 것 같았지. 그리고 언젠가는 누이를 완전히 잊어버리는 건 아닐까, 두려워하게 되었어. 하지만 사실은 말이야, 아무리 많은 시간이 흘러도 우리가 사랑했던 사람들은 결코 우리에게서 완전히 사라지진 않아."

이제 두 사람 다 말이 없었다. 잠시 후 백작이 주위를 둘러보면서 손짓했다.

"여기는 그녀가 좋아했던 방이란다."

"아빠의 누이가요?"

"아니, 아니. 네 엄마가."

소피야가 약간 놀랍다는 표정으로 주위를 둘러보았다.

"무도회장을요……?"

"**그렇고말고.** 혁명 이후, 예전의 방식들은 모두가 폐기되었단다. 그건 중요했다고 봐. 하지만 새로운 방식은 아직 확립되질 않았지. 그래서 러시아 전역에 걸쳐 온갖 종류의 단체들이—무역 연맹, 시민 위원회, 인민위원회 등등이—이런 방에 모여 온갖 것들에 대해 논의했단다."

백작이 발코니를 가리켰다.

"네 엄마가 아홉 살이었을 때, 엄마는 저기 난간 뒤에 웅크려 몸을 숨기고 그 집회들을 몇 시간이고 지켜봤지. 엄마는 그 모든 걸 무척 즐겼단다. 이리저리 의자를 옮기는 것, 가슴을 울리는 연설, 의사봉을 내리치는 소리 같은 걸 말이야. 돌이켜보면 네 엄마가 전적으로 옳았어. 국가를 위한 새로운 길이 바로 우리 눈앞에서 펼쳐지고 있었던 거야. 그렇지만 당시에는 기어가서 잔뜩 웅크리고 있는 통에 목에 경련만 생겼을 뿐이지."

"아빠도 저기에 같이 올라가셨어요?"

"그래. 네 엄마가 고집을 부리는 바람에."

백작과 소피야 모두 미소를 지었다.

"생각해보니까," 잠시 후 백작이 덧붙였다. "그렇게 해서 마리나 아줌마를 알게 되었던 거로구나. 매일같이 발코니를 오르락내리락하다 보니 바지 엉덩이 부분이 찢어지고 말았단다."

소피야가 웃었다. 백작은 지금 막 다른 것을 생각해낸 사람처럼 손가락 하나를 좌우로 흔들었다.

"나중에, 네 엄마가 열셋 아니면 열넷쯤 되었을 때는 실험을 하려고 여기 왔단다……"

"실험이라고요?"

"네 엄마는 모든 걸 그냥 믿으라고 해서 믿는 사람이 아니었어. 어떤 현상을 두 눈으로 직접 확인하기 전까지는 엄마에겐 그건 하나의 가설에 불과했어. 물리학과 수학의 모든 법칙들도 예외는 아니었지. 어느 날, 나는 네 엄마가 발코니에서 다양한 물건들을 떨어뜨리며 육상 선수가 사용하는 초시계로 각각의 낙하 속도를 재면서 갈릴레오와 뉴턴의 법칙들을 실험하는 걸 보았지."

"그게 가능했어요?"

"네 엄마에겐 가능했단다."

다시 두 사람 다 말이 없었다. 그때 소피야가 몸을 돌려 백작의 뺨에 입을 맞췄다.

★

소피야가 친구를 만나러 외출하자 백작은 피아차로 가서 와인 한 잔을 곁들여 점심을 먹었다. 30대 때는 일상적인 일이었지만 그 이후로는 거의 그런 적이 없는 일이었다. 아침에 벌어진 사건을 생각하면 아주 적절한 행동이었다. 실제로 백작은 웨이터가 접시를 치울 때 디저트를 점잖게 사양한 다음, 와인을 한 잔 더 주문했다.

손에 와인 잔을 든 채 몸을 뒤로 기대면서 그는 옆 탁자의 젊은 남자를 바라보았다. 그는 스케치북에 뭔가를 그리고 있었다. 백작은 어제 로비에서 무릎에 스케치북을 올려놓고 있는 그를 본 적이 있었다. 그의 곁에는 색연필이 든 작은 깡통이 놓여 있었다.

백작이 오른쪽으로 몸을 약간 기울였다.

"풍경화요, 초상화요, 정물화요?"

젊은 남자가 놀란 눈으로 올려다보았다.

"네, 뭐라고요?"

"당신이 스케치하는 걸 보지 않을 수 없었다오. 지금 그리는 게 풍경화요, 초상화요, 정물화요?"

"죄송하지만 다 아닙니다." 젊은 남자가 공손히 대답했다. "이건 실내 그림입니다."

"이 식당의?"

"그렇습니다."

"좀 봐도 될까요?"

젊은 남자가 잠시 머뭇거리더니 백작에게 스케치북을 건넸다.

스케치북을 손에 받아 들자마자, 백작은 그냥 '스케치'라고 말했던 것을 후회했다. 그 단어는 젊은이가 화가로서 가진 재능을 깎아내리는 것이었다. 그는 피아차를 완벽하게 묘사하고 있었기 때문이다. 탁자에 앉은 손님들은 인상파의 짧고 화사한 선으로 그려졌는데, 한창 대화에 빠져 있다는 느낌을 더해주었다. 탁자 사이를 요리조리 움직이는 웨이터들은 흐릿하게 처리되어 있었다. 젊은이가 사람들을 그릴 때 사용한 암시적인 스타일은 방 자체를 묘사할 때 사용한 정밀한 기법과 뚜렷한 대조를 이루었다. 기둥들, 분수, 아치들이 완벽한 원근법에 의해 완벽한 비율로 재현되고 있었으며, 장식물들도 모두 제자리에 놓여 있었다.

"훌륭한 그림이군요." 백작이 말했다. "당신의 공간 감각은 정말 뛰어나네요."

젊은 남자가 멋쩍게 웃었다.

"그건 제가 훈련받은 건축가이기 때문일 겁니다. 화가가 아니라."

"지금 호텔을 설계하고 있는 건가요?"

건축가가 웃음을 터뜨렸다.

"지금 상황이라면 저는 새장만 설계해도 행복할 겁니다."

백작의 얼굴에 나타난 호기심을 간파한 젊은이가 자세히 설명했다. "당분간 모스크바에서는 수많은 건물이 지어지겠지만, 건축가에 대한 수요는 거의 없습니다. 그래서 저는 외국인 관광국에서 일을 하나 맡았지요. 관광국은 시내 고급 호텔들의 안내서를 준비 중인데, 거기에 들어갈 인테리어를 그리고 있는 겁니다."[1]

"아," 백작이 말했다. "사진으로는 어떤 장소의 '감정'을 포착할 수가 없으니까!"

"그렇습니다." 건축가가 대답했다. "사진은 어떤 장소의 '상태'를 지나치게 자세히 포착하기 때문이죠."

"오, 알겠네요." 백작은 피아차를 대신해 약간의 모욕감을 느끼면서 말했다. 그리고 피아차를 옹호하는 차원에서 백작은 이 식당이 한창 때는 우아함으로 명성을 떨쳤지만, 정작 이 방의 위엄은 가구나 건축학적인 요소에서 나오지 않는다는 점을 지적하지 않을 수 없었다.

"그럼 무엇에서 나오나요?" 젊은이가 물었다.

"시민들이죠."

"무슨 뜻이죠?"

백작은 그의 얼굴을 더 잘 볼 수 있도록 의자를 돌렸다.

"젊었을 적 난 많은 곳을 여행할 수 있는 호사를 누렸지요. 그래서 개인적 경험에 비춰볼 때, 대다수의 호텔 식당들은—러시아만이 아니라 전 유럽에 걸쳐서 말입니다—투숙객들을 위해 설계되고, 그들을 위한 서비스를 제공해왔다고 얘기할 수 있습니다. 하지만 이 식당은 그렇지 않았어요. 이 식당은 모스크바 시 전체를 위해 설계되었으며, 모스크바 시민들의 모임 장소 역할을 해왔지요."

백작이 실내의 가운데 쪽을 가리켰다.

"지난 40년 동안 토요일 밤만 되면 각계각층의 러시아인들이 저 분수 주위에 몰려들어, 옆 탁자에 앉은 사람이 누가 되었든 기꺼이 대화에 뛰어들곤 했답니다. 그래서 자연스럽게 즉석에서 로맨스가 싹트기도 하고, 러시아의 푸시킨과 이탈리아의 페트라르카 중 누가 더 훌륭한지를 놓고 진지한 논쟁이 벌어지기도 했죠. 그래요, 난 택시 기사가 인민위원과 어울리고, 주교가 암거래상과 교류하는 걸 봤어요. 언젠가 한번은 젊은 여성이 노인의 생각을 바꿔놓는 걸 실제로 목격한 적도 있고요."

백작은 6미터 정도 떨어진 지점을 가리켰다.

"저기 탁자 두 개가 보이죠? 1939년 어느 오후에 난 서로를 어렴풋이 알고만 있던 두 이방인이 애피타이저와 앙트레와 디저트를 먹으면서, 자기들이 언제 처음 만났는지를 차근차근 되짚어가는 과정을 지켜본 적도 있어요."

새로워진 시각으로 식당을 둘러본 건축가가 말했다.

"방이라는 건 그 안에서 벌어진 모든 일들의 총체라는 말씀이군요."

"예, 바로 그거라고 생각해요." 백작이 말했다. "이 특별한 방에서 이루어진 교류의 결과가 무엇인지는 정확히 꼬집어 말할 수 없지만, 그 교류 덕분에 세상이 나아졌다는 것만큼은 확신할 수 있습니다."

백작은 한동안 말을 멈춘 채 주위를 둘러보았다. 그러더니 손가락 하나를 들어 방 저편의 연주대로 건축가의 시선을 돌렸다.

"혹시 저녁에 이곳에서 오케스트라가 연주하는 걸 본 적이 있나요?"

"아니요, 못 봤습니다. 왜 그러시죠?"

"오늘 나에게 참으로 특별한 일이 일어났지요……."

★

"그 친구가 복도를 걸어가고 있는데, 무도회장에서 모차르트 변주곡을 연주하는 소리가 흘러나오는 걸 들었다더군요. 그는 호기심을 느껴서 안을 들여다보았고, 소피야가 건반을 두드리고 있는 걸 본 거예요."

"세상에!" 리처드 밴더와일이 외쳤다.

"당연히 그 친구는 소피야에게 어디서 피아노를 배웠느냐고 물었겠죠. 그런데 누구에게서도 배우지 않았다는 걸 알고는 깜짝 놀랐답니다. 소피야는 당신이 내게 주었던 레코드판 중에서 하나를 골라 듣고는 음들을 하나하나 구분한 다음 혼자서 그 곡을 익혔던 겁니다."

"믿을 수가 없네요."

"그 친구는 소피야의 타고난 능력에 깊은 인상을 받은 나머지, 즉시 소피야를 학생으로 받아들였죠. 그리고 그 후로 죽 무도회장에서 클래식 레퍼토리들을 가르쳐왔답니다."

"피아차에서 연주하는 그 친구를 말하는 거죠?"

"그렇습니다."

"지휘봉을 흔드는 그 사람?"

"바로 그 사람."

리처드가 믿기지 않는다는 듯 고개를 저었다. "아우드리우스, 자네도 이 얘기를 전부 들었겠지? 이 젊은 숙녀를 위해 가능한 한 빨리 축배를 들어야겠군. 황금막대 두 잔 부탁하네."

늘 손님들에게 주의를 기울이는 바텐더는 이미 노란색의 샤르트

뢰즈, 비터즈, 꿀, 레몬을 섞은 보드카 등 다양한 크기의 병들을 늘어놓고 있었다. 백작과 리처드가 아우드리우스의 자홍색 칵테일을 계기로 처음 친해지게 되었던 1946년의 그날 밤, 리처드는 아우드리우스에게 성 바실리 대성당의 색깔 하나하나를 표현할 수 있는 칵테일을 만들 수 있겠느냐고 도전장을 내밀었다. 그렇게 해서 탄생한 것이 바로 황금막대, 울새의 알, 벽돌 벽, 진초록의 크리스마스트리였다. 또한 이 네 가지 칵테일을 연달아 마실 수 있는 사람은 —의식을 회복한 다음에—'전全 러시아의 족장'이라고 불릴 수 있는 권리를 획득한다는 것이 바의 불문율이 되었다.

지금은 국무부 소속이 된 리처드는 모스크바를 방문할 때는 주로 대사관에 체류하였지만, 여전히 가끔씩은 밤중에 메트로폴에 들러 백작과 술잔을 기울이곤 했다. 아우드리우스가 황금막대를 잔에 따르자 두 신사는 잔을 부딪치며 건배했다. "오랜 친구를 위하여!"

서로를 알게 된 지 겨우 4년밖에 되지 않았음에도 두 사람이 서로를 오랜 친구로 여긴다는 사실에 의아해할 이들도 있을 것이다. 하지만 우정의 지속 기간은 결코 시간의 흐름에 좌우되는 게 아니다. 두 사람은 불과 몇 시간 전에 만났다 하더라도 서로 오래 사귄 친구처럼 느꼈을 것이다. 그것은 어느 정도는 두 사람의 마음이 무심하게 나누는 대화 속에서도 충분한 공통분모와 웃음의 이유를 찾아낼 수 있을 정도로 잘 맞았기 때문이다. 하지만 두 사람의 성장 배경 또한 명백히 큰 역할을 담당했다. 대도시의 대저택에서 태어났고, 인문학 교육을 받았으며, 특별히 일하지 않아도 될 만큼 여유로웠고, 어릴 적부터 최고급 제품들에 익숙했던 두 사람은 비록 10년의 시차를 두고 6,500킬로미터나 떨어진 곳에서 태어났지만 자기

나라 사람들보다 오히려 서로에게서 더 많은 공통점을 발견했다.

물론 이 점은 전 세계 수도의 대형 호텔들이 모두 똑같아 보이는 이유이기도 하다. 뉴욕의 플라자, 파리의 리츠, 런던의 클라리지, 모스크바의 메트로폴 등 각각 15년 정도의 시차를 두고 지어진 이 호텔들은 서로 비슷한 점이 많았다. 이들은 중앙난방, 뜨거운 물이 나오는 욕조와 전화기가 구비된 객실, 세계 각지에서 발행되는 신문들이 비치된 로비, 전 세계의 요리를 맛볼 수 있는 식당, 로비 한쪽 구석의 미국식 술집 등이 갖춰진, 호텔로서는 각각의 도시에 최초로 건설된 호텔들이었다. 이 호텔들은 리처드 밴더와일과 알렉산드르 로스토프 같은 부류의 사람들을 위해 지어졌고, 따라서 그들은 외국 도시를 여행할 때면 마치 친척집에 와 있는 것 같은 편안함을 느꼈다.

"그 사람이 피아차에서 연주하는 그 친구라는 게 아직도 믿어지지 않아요." 리처드가 또다시 고개를 저으며 말했다.

"이해합니다." 백작이 말했다. "하지만 그 친구가 여기 모스크바의 음악원에서 수학한 것은 사실이고, 거기서 무소륵스키 메달까지 수상했다더군요. 피아차의 오케스트라에서 지휘하는 것은 생계를 유지하기 위한 방편이랍니다."

"사람은 생계를 유지해야 하지요." 아우드리우스가 사무적으로 건조하게 말했다. "그러지 않으면 죽으니까요."

리처드가 잠시 바텐더를 살펴보았다.

"흠, 그게 바로 인생의 본질이지. 안 그래요?"

아우드리우스가 자신의 인생의 본질은 바텐더 일이라는 것을 인정하며 어깨를 으쓱하더니, 바 뒤편에서 울리는 전화를 받으러 잠깐 실례한다는 말을 하고 자리를 떴다. 그가 걸어가는 동안 백작은 바텐더의 말에 충격을 받은 표정이었다.

"당신은 맨체스터의 나방에 대해 알고 있나요?" 그가 리처드에게 물었다.

"맨체스터의 나방이라…… 축구팀 이름인가요?"

"아니요." 백작이 웃으면서 말했다. "축구팀이 아닙니다. 그건 자연과학의 기록에 등장하는 매우 특이한 사례인데, 내가 어렸을 때 아버지가 들려주셨어요."

하지만 백작이 자세한 설명을 덧붙이기 전에 아우드리우스가 돌아왔다.

"부인께서 전화하셨습니다, 밴더와일 씨. 내일 아침 약속이 잡혀 있다는 걸 대령님께 상기시켜달라고 하셨습니다. 그리고 운전사가 밖에서 기다리고 있다는 것도요."

바의 손님들은 대부분 밴더와일 부인을 만난 적이 없지만, 그녀는 아르카디처럼 침착하고, 아우드리우스만큼 주의 깊고, (하루를 마무리하는 밴더와일 씨의 저녁 일과에 관한 한) 바실리만큼이나 대령의 행방을 잘 꿰고 있는 것으로 알려졌다.

"아, 그렇군." 밴더와일 씨가 말했다.

일이 우선이라는 것에 동의한 백작과 밴더와일 씨는 악수하면서 다시 만날 때까지 잘 지내라는 인사를 나눴다.

리처드가 떠나자 혹시라도 아는 사람이 있을까 싶어 방을 다시 둘러본 백작은, 얼마 전에 피아차에서 만났던 젊은 건축가가 한쪽 구석의 탁자에서 바의 전경을 그리는 듯 스케치북 위로 몸을 숙이고 있는 모습을 발견하고 반가움을 드러냈다.

저 친구도 맨체스터의 나방 중 하나로군, 백작은 생각했다.

백작이 아홉 살이었을 때, 아버지는 그를 앉혀놓고 다윈의 자연 선택 이론을 설명했다. 아버지의 이야기에 귀 기울이면서 백작은 그 영국인 생각의 본질—수만 년의 세월에 걸쳐 하나의 종이 생존 가능성을 극대화하기 위해 서서히 진화해간다는 것—이 완벽하게 직관적인 것 같다고 생각했다. 사자의 발톱이 더 날카롭게 진화했다면, 가젤 영양은 더 빠른 발을 가지도록 진화했을 터였다. 하지만 자연 선택이 일어나는 데 수만 년이 걸릴 필요는 없다고 아버지가 명확히 말했을 때, 백작은 당황스러웠다. 심지어 백 년도 채 안 걸릴 수 있다고 했다. 불과 몇십 년 만에 이루어지는 경우도 관찰되었다.

사실이야, 아버지는 얘기했다. 상대적으로 안정적인 환경에서는 진화의 속도가 감소하는 게 맞아. 각각의 종들이 새롭게 적응해야 할 게 별로 없거든. 하지만 환경이란 결코 오래도록 정적일 수가 없어. 자연의 힘이 불가피하게 움직이게 됨에 따라 적응의 필요성이 생겨나는 거지. 오랫동안 이어지는 가뭄, 혹독하게 추운 겨울, 화산 폭발, 이런 것들이 어떤 종의 생존 가능성을 높이려는 속성들과 그 가능성을 낮추려는 속성들 간의 균형을 일그러뜨리는 거야. 요컨대 19세기의 영국 맨체스터에서도 이런 일이 일어났단다. 그 도시가 산업 혁명 최초의 주요 도시 가운데 하나가 되었을 때 말이야.

수천 년 동안 맨체스터에 사는 회색가지나방의 날개는 흰색에 검은 반점이 박힌 날개였단다. 이 같은 날개 색깔은 나방들이 그 지역 나무의 연회색 껍질에 앉을 때마다 완벽한 위장술을 제공해주었지. 어떤 세대든 약간의 변종들이 있게 마련이지만—가령 새까만 날개를 가진 나방 같은 것 말이다—그런 나방들은 짝짓기를 할 기회를 갖기도 전에 쉽게 새들의 눈에 띄어 잡아먹히고 말았어.

그런데 1800년대 초, 맨체스터에 공장이 밀집하기 시작하면서부터 굴뚝에서 나오는 숯 검댕이 나무껍질을 비롯하여 상상할 수 있는 모든 것들의 표면에 내려앉기 시작했단다. 따라서 대다수 회색가지나방을 보호하는 역할을 하던 반점이 있는 흰색 날개가 갑자기 나방들을 포식자의 무자비한 공격에 노출시키는 결과로 이어지게 되었어. 그에 반해 변종들의 검은 날개는 포식자의 눈에 띄지 않게 해주었지. 그렇게 해서 1800년에는 맨체스터에 서식하는 전체 나방 개체수의 10퍼센트도 되지 않았던 검은 날개 변종이 19세기 말에는 90퍼센트 이상을 차지하게 되었단다. 백작의 아버지는 과학적 사고방식을 소유한 이로서의 실용적인 만족감을 느끼며 설명했다.

하지만 어린 백작에게는 그 교훈이 쉽게 와 닿지 않았다. 그런 일이 나방들에게 그토록 쉽게 일어날 수 있는 것이라면, 아이들에게 그런 일이 벌어지지 않도록 막기 위해서는 어떻게 해야 할 것인가? 그는 그런 생각을 했었다. 예를 들어 자기와 누이가 과도한 굴뚝 연기나 갑자기 극단적으로 혹독해진 날씨에 노출된다면 무슨 일이 벌어질까? 혹시 가속도가 붙은 진화의 희생자가 되는 것은 아닐까? 실제로 이런 생각에 심한 불안감을 느낀 나머지, 그해 9월 폭우로 티히차스에 홍수가 났을 때 백작은 꿈속에 나타난 거대한 검은 나방들 때문에 잠을 설쳐야만 했다.

수년 뒤, 백작은 자신이 그 문제를 거꾸로 이해하고 있다는 것을 알게 되었다. 진화의 속도라는 것은 두려워해야 할 대상이 아니었다. 자연은 회색가지나방의 날개가 희든 검든 전혀 개의치 않는 반면에 회색가지나방이 계속해서 존재하기를 진정으로 바라기 때문이었다. 그리고 그것이 바로 자연이 진화를 설계할 때, 진화의 힘이 영겁이 아닌 수 세대의 기간 동안 발휘되도록 설계한 이유였다. 나방이나 인간 모두 적응할 수 있는 기회를 가지게 하려고 말이다.

빅토르 스테파노비치처럼 말이지, 백작은 생각했다. 남편이자 두 아이의 아버지인 그는 생계를 책임져야 한다. 그래서 그는 피아차에서 지휘봉을 휘두른다. 겉으로는 클래식 연주가 과거의 일이 된 것처럼 행동하면서 말이다. 그러던 어느 날 오후, 가능성이 보이는 젊은 피아니스트와 맞닥뜨리자 그는 잠시도 지체하지 않고 빌린 피아노로 그녀에게 쇼팽의 야상곡을 가르친다. 미시카가 그만의 '연구 과제'를 갖게 된 것도 마찬가지다. 건물을 짓지 못하게 된 이 젊은 건축가가 스케치북에 호텔의 인테리어를 세세히 묘사하면서 자부심과 기쁨을 느끼는 것도 매한가지이다.

백작은 젊은이가 앉아 있는 곳으로 가볼까 잠시 생각했지만, 그가 워낙 만족스럽게 재주를 발휘하고 있는 듯해서 자칫 그를 방해하는 것은 죄가 될 것만 같았다. 결국 백작은 잔을 비우고 나서 바를 두 번 두드린 다음, 방에 들어가 자려고 걸음을 옮겼다.

당연히 백작의 생각은 전적으로 옳았다. 삶의 상황이 우리 자신의 꿈을 추구하지 못하게 할 경우, 우리는 어떤 식으로든 그 꿈을 추구하기 위한 방안을 모색할 것이기 때문이다. 그러므로 백작이 이를 닦는 동안에도 빅토르 스테파노비치는 자신의 오케스트라를 위해 작업해왔던 곡을 제쳐두고 소피야에게 딱 어울릴 만한 곡을 찾아 바흐의 골드베르크 변주곡들을 뒤지고 있었다. 야바스의 어느 마을, 백작의 방만큼 작은 셋방에서는 미하일 민디흐가 탁자 위로 몸을 웅크린 채 촛불 빛에 의지해 16쪽짜리 또 다른 대표작을 엮고 있었다. 그렇다면 아래층 샬랴핀에서는? 젊은 건축가가 자부심과 즐거움으로 자신의 작업을 계속하고 있었다. 하지만 백작의 예상과 달리 그는 호텔의 인테리어 컬렉션에 바의 그림을 더하는 중이 아니었다. 그는 완전히 다른 스케치북을 펼쳐놓고 작업을 하고 있었다.

스케치북의 여러 페이지들 중 첫 페이지에는 200층짜리 마천루가 그려져 있었다. 입주자들은 지붕에 설치된 다이빙보드에서 낙하산을 타고 바닥의 잔디 공원으로 뛰어내릴 수가 있었다. 다른 페이지에는 50개의 둥근 지붕을 가진, 이교도를 위한 성당이 그려져 있었으며, 지붕들 중 여럿은 로켓처럼 달을 향해 쏘아 올릴 수가 있었다. 또 다른 페이지는 새로운 건물들에 길을 터주기 위해 철거되어야 했던 모스크바의 오래된 대형 건물들의 실물 크기 복제품을 전시하는 건축 박물관이었다.

그런데 이 특별한 순간에 건축가가 작업하고 있는 것은 피아차와 흡사하게 많은 사람들로 붐비는 어느 식당의 세밀화였다. 하지만 이 식당은 여느 식당들과는 달랐다. 식당의 바닥 아래쪽에는 차축과 톱니와 기어 등 정교한 기계장치들이 있고, 외벽에서는 거대한 크랭크가 튀어나와 있었다. 크랭크가 돌아가면 식당의 의자들 하나하나가 음악상자의 발레리나처럼 피루엣 동작을 취했고, 이어 의자들은 그 공간을 빙글빙글 돌아서 완전히 다른 탁자로 가서 멈추었다. 그리고 이 광경의 저 위쪽에서는 60살의 한 신사가 유리 천장을 통해 그 광경을 내려다보고 있었다. 신사는 저녁 식사 손님들을 움직일 준비를 하며 크랭크를 손에 쥐고 있었다.

1952

아메리카

6월 말의 어느 수요일 저녁, 백작과 소피야가 팔짱을 끼고 보야르스키로 들어섰다. 백작의 휴무일이면 두 사람이 함께 저녁 식사를 하는 정해진 장소였다.

"안녕하시오, 안드레이."

"어서 와요, 친구. 어서 오세요, 아가씨. 두 분의 자리가 준비되어 있습니다."

안드레이가 손짓으로 그들을 안내할 때, 백작은 오늘 밤도 식당이 바삐 돌아가리라는 것을 알 수 있었다. 10번 탁자로 가는 도중에 그들은 4번 탁자에 앉은 두 인민위원의 부인들을 지나쳤다. 6번 탁자에서는 저명한 문학 교수가 혼자서 식사하고 있었다. 사람들은 그가 도스토옙스키의 작품에 그 누구보다도 정통하다고 했다. 그리고 7번 탁자에는 다름 아닌 묘한 매력을 끄는 안나 우르바노바가 그 매력에 끌린 사람과 함께 앉아 있었다.

1930년대에 성공적으로 은막에 복귀했던 안나는 1948년에 말리 극장의 연출가가 부추기는 바람에 다시 연극 무대로 돌아왔다. 그것은 50세의 여배우에게는 뜻하지 않은 행운이었다. 은막은 나이 어린 미녀들에 대한 선호를 노골적으로 드러냈지만, 연극 무대는 연륜의 미덕을 이해하는 듯했기 때문이었다. 메데이아⁺, 맥베스 부인, 이리나 아르카디나⁺⁺ 같은 인물들은 파란 눈에 부끄러움을 잘 타는 여배우들에게는 어울리지 않는 역할이었다. 그 역할들은 기쁨의 씁쓸함과 절망의 달콤함을 아는 여인들을 위한 것이었다. 안나의 연극 무대 복귀는 백작에게도 다행인 것으로 드러났다. 그녀는 이제 1년에 며칠씩만 메트로폴을 찾는 것이 아니라, 한 번 올 때마다 수개월씩 체류하였고, 그것은 노련한 천문학자가 더없이 섬세한 손길로 그녀의 최신 별자리를 기록할 수 있게 해주었다…….

의자에 앉은 백작과 소피야는 (늘 하던 대로 앙트레부터 시작하여 애피타이저로 거꾸로 훑어가면서) 조심스럽게 메뉴를 살핀 다음, 마르틴(그는 백작의 추천으로 1942년에 승진하여 보야르스키로 자리를 옮겼다)에게 주문하고, 마침내 해결해야 할 임무로 주의를 돌렸다.

음식을 주문하고 애피타이저가 나올 때까지의 이 시간은 분명 모든 인간관계에서 가장 위험한 시간 가운데 하나일 것이다. 너무 갑작스럽고 감당하기 힘들 만큼 어색한 침묵이 흐르는 탓에 자신들이

⁺ 그리스 신화에 나오는 여자 마법사.
⁺⁺ 안톤 파블로비치 체호프 작 「갈매기」에 나오는 비극적 인물.

커플로서 어울리지 않는 것은 아닐까 의심하게 만드는 이 시간, 젊은 연인들이 전에는 미처 몰랐으나 새로이 깨닫게 되는 것은 무엇일까? 남편과 아내의 경우, 서로에게 들려줄 긴박하고 간절하며 놀라운 일이 이제는 더 없을 것 같은 두려움에 불현듯 불안해하면서 새로이 깨닫게 되는 것은 무엇일까? 그러므로 우리 대부분이 이 위험한 틈새 시간을 불길한 느낌으로 맞이하는 데는 충분한 이유가 있는 것이다.

그렇다면 백작과 소피야는 어떨까? 그들은 하루 종일 이 시간을 고대해왔다. 왜냐하면 '제길^{Zut} 게임'에 할당된 시간이기 때문이었다.

그들이 개발한 게임의 규칙은 간단했다. 한 사람이 어떤 현상의 특별한 부분 집합을 포함하는 범주—예컨대 현악기, 유명한 섬, 새를 제외한 날개 달린 동물 등—를 제시한다. 두 사람이 서로 번갈아가며 답을 얘기하다가, 한 사람이 정해진 시간(가령 2분 30초) 내에 답을 대지 못하면 지게 되는 것이다. 세 판 중 두 판을 먼저 이긴 사람이 승자가 된다. 이 게임에 왜 제길이란 이름이 붙게 되었을까? 백작의 말에 따르면, 이 게임에서 졌을 때 그나마 적절히 내뱉을 수 있는 유일한 감탄사가 '이런 제길$^{Zut\ adors}$!'이기 때문이었다.

하루 종일 어려운 범주를 찾아내고 거기에 해당하는 답들을 신중하게 준비해온 아버지와 딸은 마르틴이 주문을 받고 물러가자마자 서로를 마주보며 게임에 돌입했다.

지난번 게임에서 진 백작에게 첫 번째 범주를 제시할 권리가 있었다. 그가 자신 있게 말했다. "네 개로 이루어진 유명한 것."

"탁월한 선택이에요." 소피야가 말했다.

"고맙다."

두 사람 다 물을 한 모금 마시고 난 뒤, 백작이 시작했다.

"4계절."

"4대 원소."

"동, 서, 남, 북."

"다이아몬드, 클로버, 하트, 스페이드."

"베이스, 테너, 알토, 소프라노."

소피야가 생각에 잠겼다.

…….

"마태오, 마르코, 루가, 요한. 4대 복음서의 저자들요."

"보레아스, 제피로스, 노토스, 에우로스. 바람의 신 넷."

…….

…….

백작은 속으로 미소를 지으면서 초 단위로 시간을 세기 시작했다. 하지만 성급한 행위였다.

"황담즙, 흑담즙, 혈액, 점액. 4체액[+]." 소피야가 말했다.

"트레비앙(훌륭해)!"

"메르시."

소피야가 입가에 드러난 만족스러운 표정을 감추기 위해 물을 한 모금 마셨다. 하지만 이번에는 소피야가 성급하게 자축한 것이었다.

"요한 계시록의 네 기사[++]."

"아." 소피야가 치명적 일격을 당한 것처럼 한숨을 내뱉은 그 순

[+] 고대 그리스 의학에 나오는, 사람의 몸을 이루고 있다는 네 가지 체액.

[++] 각각 질병, 전쟁, 기근, 죽음을 상징함.

간에 마르틴이 샤토 디켐을 들고 나타났다. 백작에게 병을 확인시킨 웨이터가 코르크를 따고 소량을 따라서 맛을 보게 한 다음, 잔을 채웠다.

"둘째 판을 할까요?" 마르틴이 물러가자 소피야가 물었다.

"기꺼이."

"검정색과 흰색으로 이루어진 동물. 얼룩말 같은."

"훌륭해." 백작이 말했다.

그는 잠시 포크와 나이프를 다시 정렬했다. 이어 와인을 한 모금 마신 다음 천천히 잔을 탁자에 내려놓았다.

"펭귄." 그가 말했다.

"바다오리."

"스컹크."

"판다."

백작이 생각에 잠겼다. 그러더니 미소를 지었다.

"범고래."

"회색가지나방." 소피야가 맞받았다.

백작이 분한 표정을 지으며 똑바로 앉았다.

"그건 내 동물인데!"

"아빠 동물이 아니라 아빠 차례일 뿐이죠……."

백작이 눈살을 찌푸렸다.

…….

"달마시안!" 그가 외쳤다.

이번에는 소피야가 포크와 나이프를 매만지고, 와인을 한 모금 마셨다.

…….

　…….

　"시간이 흐르고 있어요……." 백작이 말했다.

　…….

　…….

　"저요." 소피야가 말했다.

　"뭐?"

　소피야가 머리를 약간 기울이면서 기다란 검은 머리 사이에서 흰 머리 한 가닥을 들어 올렸다.

　"하지만 넌 동물이 아닌데."

　소피야가 동정 어린 미소를 짓고 나서 말했다. "아빠 차례예요."

　…….

　…….

　흑백 물고기가 있던가? 백작은 속으로 자문했다. 흑백 거미는? 흑백 뱀은?

　…….

　…….

　"똑, 딱, 똑, 딱." 소피야가 말했다.

　"알았어, 알았어, 조금만 기다려."

　…….

　…….

　분명히 또 다른 흑백 동물이 있는데, 백작은 생각에 잠겼다. 꽤나 흔한 동물인데. 내 눈으로 직접 보기도 했고 말이야. 그게 생각이 날 듯 말 듯…….

"실례합니다만, 알렉산드르 로스토프 씨죠?"

백작과 소피야 모두 놀란 얼굴로 올려다보았다. 그들 앞에 서 있는 사람은 6번 탁자의 저명한 교수였다.

"그렇습니다." 백작이 자리에서 일어서며 말했다. "제가 알렉산드르 로스토프입니다. 여기는 제 딸 소피야고요."

"저는 레닌그라드 국립대학의 마트베이 시로비치 교수입니다."

"물론 저도 알고 있습니다." 백작이 말했다.

교수가 감사의 표시로 살짝 고개를 숙였다.

"다른 많은 사람들처럼," 교수가 말을 이었다. "저도 선생께서 쓰신 시의 팬입니다. 식사 후에 저에게 같이 코냑 한잔할 수 있는 영광을 허락하시겠습니까?"

"그럼요. 오히려 제가 영광이죠."

"제 방은 스위트룸 317호입니다."

"한 시간 내로 찾아뵐게요."

"아, 서두르지 않으셔도 됩니다."

교수는 미소를 짓고 나서 점잖게 탁자에서 물러갔다.

백작은 다시 의자에 앉으면서 별 생각 없이 냅킨을 무릎에 올려놓았다. "마트베이 시로비치는 러시아에서 가장 존경받는 문학 교수 가운데 한 분이란다." 그가 소피야에게 설명했다. "분명 나랑 코냑 한잔하면서 시에 대해 논하고 싶은 모양이야. 어떻게 생각하니?"

"아빠가 답할 시간이 지났다고 생각해요."

백작은 눈을 아래로 깔았다.

"그래, 그렇구나. 답이 금방이라도 튀어나오려 했었는데 말이야. 방해만 받지 않았더라면 몇 초 안에 답을 말했을 텐데……."

아무리 호소해 봤자 소용없을 것 같은 사람이 건성으로 호의를 베푸는 듯한 태도로 소피야가 고개를 끄덕였다.

"좋아," 백작이 인정했다. "한 판만 더하자꾸나."

백작이 조끼의 작은 주머니에서 1코페이카 동전을 꺼내 엄지손톱 위에 올려놓았다. 동전을 던져서 누가 무승부를 깨는 범주를 선택할지 결정하기 위해서였다. 하지만 그가 동전을 던지기도 전에 마르틴이 첫 코스 요리를 들고 나타났다. 에밀이 소피야를 위해 만든 올리비예 샐러드와 백작을 위해 만든 거위 간 파테였다.

음식을 먹는 동안에는 게임을 하지 않는 것이 규칙이었기 때문에 두 사람은 오늘 일어났던 사건들에 대한 즐거운 논의로 화제를 돌렸다. 소피야가 그냥 지나가는 투로 안나 우르바노바가 식당에 와 있다는 얘기를 한 것은 백작이 마지막 남은 파테를 토스트 한쪽 구석에 펴 바르고 있을 때였다.

"뭐라고?" 백작이 물었다.

"안나 우르바노바. 여배우요. 저쪽 7번 탁자에 앉아 있네요."

"그러니?"

백작은 고개를 들어서 무료한 사람들에게서 볼 수 있는 호기심 어린 눈으로 건너편을 바라보았다. 그러고 나서 다시 파테를 토스트에 바르기 시작했다.

"우리랑 같이 저녁 식사 하자고 초대하지 그러세요?"

"그녀를 저녁 식사에 초대한다고? 그럼 찰리 채플린도 같이 초대해야겠네!" 백작이 웃음을 터뜨리며 고개를 흔들었다. "누군가를 식사에 초대하려면 우선 그 사람이랑 친해져야 하는 거란다, 얘야." 백작은 말이 끝나는 것과 동시에 파테를 마저 해치웠다.

"제 생각엔 제가 혹시라도 어떤 식으론가 스캔들에 휩쓸리는 걸 아빠가 걱정하시는 것 같아요." 소피야가 말을 이었다. "하지만 마리나 아줌마는 그 이유가……."

"마리나가!" 백작이 소리쳤다. "내가 왜 안…… 안나 우르바노바를 식사에 초대하려는지, 또는 초대하지 않으려 하는지에 대해서 마리나가 그 이유를 알고 있다는 말이냐?"

"당연하죠, 아빠."

백작이 의자에 등을 기댔다.

"알았다. 그래, 마리나가 **당연히** 알고 있다는 그 이유란 게 뭐니?"

"마리나 아줌마는 아빠가 아빠의 단추들을 각각의 상자에 담아두고 싶어 하기 때문이래요."

"내 단추들을 각각의 상자에 담아둔다고?"

"이런 식이죠. 이 상자에는 파란 단추들만 담고, 저 상자에는 검은 단추들만 담고, 또 다른 상자에는 빨간 단추들만 담는 거죠. 아빠는 사람들과의 관계를 여기서도 맺고 저기서도 맺는데, 그 관계들이 서로 구분되도록 하고 싶어 한대요."

"그렇다니? 나는 내가 타인들을 단추처럼 취급하는 사람이라는 걸 몰랐구나."

"모든 사람은 아니고요, 아빠. 그냥 아빠 친구들만."

"다행이구나."

"실례합니다."

마르틴이 다가와서 빈 접시들을 가리켰다.

"치워도 되네." 백작이 얼른 말했다.

자기가 열띤 대화를 방해했다는 것을 감지한 마르틴은 요리의 첫 코스를 재빨리 치운 다음, 포자르스키 커틀릿 2인분을 들고 돌아왔다. 이어 그는 와인 잔을 다시 채운 뒤 소리 없이 사라졌다. 백작과 소피야는 버섯의 은은한 향을 음미한 다음 말없이 음식을 먹기 시작했다.

"에밀이 제대로 솜씨를 발휘했군." 백작이 몇 입 씹고 나서 말했다.

"그러네요." 소피야가 동의했다.

백작이 샤토 디켐을 들이켰다. 1921년산이었으며, 송아지 고기에는 제격인 와인이었다.

"안나는 아빠가 아빠만의 방식을 고수하기 때문이라고 생각해요."

백작이 냅킨에 대고 기침하기 시작했다. 그것이 기관지로 잘못 넘어간 와인을 제거하는 가장 효과적인 방법이라고 오래전부터 생각해두었기 때문이다.

"괜찮으세요?" 소피야가 물었다.

백작은 냅킨을 다시 무릎에 올려놓고, 7번 탁자 방향으로 한 손을 흔들었다.

"아니, 도대체 안나 우르바노바의 생각을 네가 어떻게 알 수 있지?"

"그분이 저한테 그렇게 말했으니까요."

"그럼 두 사람이 서로 아는 사이란 얘기구나."

"당연히 알죠. 벌써 몇 년 되었는걸요."

"그래, 정말로 완벽하구나." 백작이 씩씩거리며 말했다. "그렇다면 **네가** 그녀를 식사에 초대하지 그러니? 내가 상자 속에 들어 있는 단추라면 너하고 마리나하고 우르바노바 씨, 셋이서만 식사를 하는 게 맞겠구나."

"어머나, 안드레이 아저씨도 바로 그렇게 얘기했어요!"

"즐거운 저녁 보내고 계십니까?"

"호랑이도 제 말 하면 온다더니!" 백작이 소리 지르며 냅킨을 접시에 내팽개쳤다.

깜짝 놀란 안드레이가 걱정스러운 눈길로 백작과 소피야를 번갈아 보았다.

"뭐가 잘못됐나요?"

"보야르스키의 음식은 최고지요." 백작이 대답했다. "서비스도 훌륭하고요. 하지만 험담이라면? 누구도 따라올 수가 없지요!"

백작이 일어섰다.

"젊은 아가씨, 아가씨에겐 피아노 연습이 기다리고 있는 것 같은데요." 그가 소피야에게 말했다. "두 분께 먼저 실례하겠습니다. 위층에서 날 기다리는 사람이 있어서요."

백작은 복도를 성큼성큼 걸어가면서 불과 얼마 전까지만 해도 신사는 사생활에 대해 어느 정도 보호를 기대할 수 있는 때가 있었다는 혼잣말을 하지 않을 수 없었다. 그런 타당한 확신이 있었기 때문에 그는 책상 서랍에 편지를 넣어두거나 침대 옆 탁자에 일기장을 거리낌 없이 놓아두었던 것이다.

그렇지만 다른 한편으로는, 유사 이래 지혜를 추구하는 사람이라면 누구나 산꼭대기나 동굴이나 숲속의 오두막으로 물러나 지내는 것도 사실이었다. 그러니 참견하기 좋아하는 사람들의 방해를 받지 않는 상태에서 깨달음을 얻고자 한다면, 결국 그런 곳으로 가야만 할지도 몰랐다. 그런데 원수는 외나무다리에서 만난다고 하던가, 백작은 계단 쪽으로 걸어가다가 승강기를 기다리고 있는 사람과 마주쳤다. 누구와? 다름 아닌, 인간 행동에 대한 저명한 전문가 안나 우르바노바였다.

"안녕하세요, 백작님……." 그녀가 은근한 미소를 지으며 백작에게 말했다. 하지만 백작의 얼굴에 나타난 표정을 알아채고는 무슨 일이냐는 듯 눈썹을 치켰다. "별일 없는 거죠?"

"당신이 소피야와 비밀스러운 얘기를 주고받아왔다는 게 믿어지지 않아요." 아무도 듣는 사람이 없었지만 백작은 목소리를 낮추어 말했다.

"비밀스럽지 않았어요." 안나가 속삭이며 대답했다. "당신이 근무하는 동안 그냥 얘기를 나누게 되었을 뿐이에요."

"당신은 그게 적절하다고 생각해요? 내가 없는 사이에 내 딸과 우정을 쌓는 게?"

"음, 당신은 단추들을 각각의 상자에 넣어두고 싶어 하잖아요, 사샤……."

"맞아!"

백작은 몸을 돌려 몇 걸음 걸어가다가 되돌아왔다.

"그래, 어쩌면 난 내 단추들을 각각의 상자에 보관하고 싶어 하는지도 몰라요. 거기에 무슨 잘못된 거라도 있나요?"

"전혀 그렇지 않아요."

"우리가 모든 단추를 커다란 유리병 하나에 몽땅 담아놓는다면 세상이 더 좋아질까요? 그런 세상에서는 특정한 색깔의 단추를 집으려고 손을 넣을 때마다 의도와는 달리 손가락 끝이 불가피하게 그 단추를 다른 단추들 밑으로 밀어버리는 결과를 초래할 것이고, 나중엔 그 단추가 보이지도 않게 될 거예요. 그러면 결국 화가 난 상태에서 모든 단추를 바닥에 쏟아붓겠지. 그러고 나서는 그걸 다시 주워 담느라 한 시간 반이나 되는 시간을 허비하게 될 거예요."

"우리 지금 진짜 단추에 대해 얘기하고 있는 건가요?" 안나가 정말로 궁금해하며 물었다. "아니면 그냥 비유적으로 한 얘긴가요?"

"내가 저명한 교수와 약속이 있다는 것은 비유가 아니죠." 백작이 말했다. "그 말은, 오늘 밤엔 다른 약속들은 다 취소해야 할 거라는 얘기예요!"

10분 뒤, 백작은 밖에서 나는 노크 소리에 자신이 들어오라고 대답한 적은 천 번이나 되지만 자신이 직접 노크해본 적은 한 번도 없는 방문을 노크했다.

"아, 오셨군요." 교수가 말했다. "어서 들어오세요."

백작은 지붕 난간에 올라섰던 1926년의 그날 밤 이후 25년 이상 예전에 자신이 살았던 이 스위트룸에 들어와본 적이 없었다.

아직까지 19세기 프랑스 살롱식의 디자인을 유지하고 있는 그곳의 방들은 약간 낡은 흔적이 눈에 띄기도 했지만, 그럼에도 여전히 우아했다. 이제는 벽에 금박으로 장식한 두 개의 거울 중 하나만 걸려 있었다. 진홍색의 커튼은 색이 바랬다. 색깔을 통일한 소파와 의자들은 천갈이를 다시 해야 할 것 같았다. 그의 가족이 사용했던 괘종시계는 여전히 문 옆을 지키고 있었지만, 바늘은 4시 22분에 멈춰 있었다. 약속 시각을 지키게 해주는 중요한 도구로서가 아니라 방의 장식품 가운데 하나로 전락해버린 것이었다. 방 안을 흐르는 시간의 부드러운 소리는 이제 들리지 않았지만, 식당 방의 벽난로 선반에 놓인 전기 라디오에서 흘러나오는 왈츠의 가락은 그대로였다.

교수를 따라 응접실로 들어선 백작은 습관적으로 볼쇼이 극장을 맘껏 내려다볼 수 있는 북서쪽 구석으로 눈길을 돌렸다. 그런데 그곳에 어둠이 내린 바깥 풍경을 내다보는 한 남자의 실루엣이 창문을 배경으로 서 있었다. 키가 크고 말랐으며 귀족적인 풍모를 지닌 실루엣은 한때 백작의 그림자였던 것만 같았다. 그때 그림자가 몸을 돌리더니 팔을 활짝 벌리며 방을 가로질러 왔다.

"알렉산드르!"

…….

"리처드?"

바로 그였다. 연미복 차림의 리처드 밴더와일이 웃으면서 백작의 손을 잡았다.

"다시 만나니 정말 반갑군요! 얼마나 됐을까? 한 2년쯤?"

식당 방에서 들려오는 왈츠가 더 커졌다. 백작이 그쪽으로 눈을 돌리자 마침 시로비치 교수가 자신의 침실 문을 닫으며 황동 걸쇠를 거는 모습이 보였다. 리처드가 커피 탁자 옆의 의자 하나를 가리켰다. 탁자 위에는 구색을 갖춘 여러 개의 자쿠스카♦가 놓여 있었다.

"앉으시죠. 식사는 하셨으리라 생각합니다. 나는 좀 먹을게요. 배

♦ 러시아 전통의 애피타이저.

가 고파 죽을 지경입니다." 소파에 앉은 리처드는 빵에 훈제 연어 한 조각을 얹어 맛있게 씹으면서 동시에 블린에 캐비아를 펴 발랐다. "오늘 오후 로비에서 소피야를 봤는데, 내 눈을 믿을 수가 없었어요. 정말 예뻐졌더군요! 모스크바의 남자아이들이 전부 문 앞에 줄을 서겠던데요."

"리처드," 백작이 방을 한 바퀴 둘러보며 말했다. "지금 여기서 뭘하는 거예요?"

리처드가 손에 묻은 부스러기를 털면서 고개를 끄덕였다.

"이런 식으로 연출해서 죄송합니다. 시로비치 교수는 내 오랜 친구이고, 필요할 때마다 자신의 응접실을 나한테 빌려줄 정도로 마음이 넓죠. 나는 이곳 모스크바에 며칠밖에 있지 못합니다. 그래서 당신이랑 조용히 얘기를 나눌 수 있는 기회를 놓치고 싶지 않았어요. 언제 다시 돌아올지 확실히 알 수 없으니까요."

"무슨 일이 있나요?" 백작이 걱정스럽게 물었다.

리처드가 두 손을 들어올렸다.

"아무 문제도 없어요. 사실, 사람들은 저한테 승진이라고 얘길 해요. 앞으로 몇 년 간 나는 파리의 대사관에서 일하면서 우리가 구상한 몇 가지 계획을 감독하게 되었습니다. 꼼짝없이 책상에 붙들린 신세가 될 것 같아요. 알렉산드르, 그게 바로 제가 당신을 만나고 싶었던 이유입니다……."

리처드가 소파에서 몸을 앞으로 약간 기울이더니, 팔꿈치를 무릎에 괴었다.

"전쟁 이후로 우리 두 나라 간의 관계는 그렇게 다정하지는 않았던 것 같아요. 하지만 충분히 예견되었던 일이죠. 우리는 마셜 플랜을 추진했고, 당신네는 몰로토프 플랜을 추진했지요. 우리는 나토를 조직했고, 당신네는 코민포름을 구축했습니다. 우리는 원자탄을 개발했고, 당신네도 원자탄을 개발했어요. 마치 테니스 경기 같았습니다. 테니스는 좋은 운동일 뿐만 아니라 지켜보는 것도 무척 즐겁잖아요. 보드카 드실래요?"

리처드가 두 개의 잔에 술을 따랐다.

"건배." 그가 말했다.

"건배." 백작이 화답했다.

두 사람 모두 잔을 비웠고, 리처드가 다시 채웠다.

"문제는 당신네 최고 선수가 아주 오랫동안 게임을 잘 풀어오긴 했는데, 우리는 그 선수밖에 모른다는 겁니다. 그가 내일 당장 경기를 그만둔다면 우리는 어떤 친구가 그의 라켓을 물려받을지, 그리고 그 친구가 베이스라인에서 경기할지 아니면 네트에 붙어서 경기할지 전혀 알 수가 없지요."

리처드가 잠시 말을 멈추었다가 물었다.

"테니스 치시나요?"

"아니요."

"아, 그렇군요. 요지는, 스탈린 동무의 목숨이 오래 붙어 있지 않을 듯하고, 그가 사망하면 매우 예측 불가능한 상황이 전개되리라는 겁니다. 국제 외교상의 문제들뿐만이 아니죠. 바로 이곳 모스크바도 문제라는 얘깁니다. 누가 실권을 잡느냐에 따라 이 도시의 문이 세계를 향해 활짝 열릴 수도 있고, 아니면 쾅 닫혀서 안에 빗장이 걸릴 수도 있는 거지요."

"전자가 되기를 바라야겠지요." 백작이 힘주어 말했다.

"그래야지요." 리처드가 동의했다. "후자가 되도록 기도할 수는 없는 일이죠. 하지만 어떤 상황이 벌어지든 두 가지 경우의 수를 모두 대비하는 것이 바람직할 겁니다. 그게 바로 제가 파리로 가는 이유이기도 하지요. 제가 파리에서 지휘할 집단은 정보 분야에서 일을 합니다. 일종의 연구부서 같은 거죠. 우리는 종종 이런저런 것들에 대해 우리에게 알려줄 수 있는 위상을 가진 친구들을 여기저기에서 찾고 있습니다⋯⋯."

"리처드," 놀란 목소리로 백작이 말했다. "지금 나한테 내 조국을 상대로 스파이 노릇을 하라고 얘기하는 건 아니겠죠?"

"예? 당신 조국을 상대하는 스파이라고요? 절대 아닙니다, 알렉산드르. 저는 이것을 국제적인 촌평의 형태라고 생각하고 싶어요. 가령 누가 무도회에 초대되었는지, 초대받지 않고 나타난 사람은 누구인지, 구석에서 뒷짐을 지고 있는 사람은 누구인지, 흥분한 사람은 누구인지 따위의 것들이죠. 전 세계 어디서나 일요일 아침 식탁에서 들을 수 있는 전형적인 화젯거리들입니다. 이런 사소한 것들에 대한 보답으로 우리는 실수를 관대하게⋯⋯."

백작이 미소를 지었다.

"리처드, 난 스파이 노릇에 관심이 없는 것만큼이나 촌평에 가담하고 싶은 생각도 없어요. 그러니 이 얘기는 더 꺼내지 말기로 하고, 우리 그냥 최고의 친구로만 지내기로 합시다."

"그럼 최고의 친구를 위해." 리처드가 그렇게 말하며 백작의 잔에 자신의 잔을 부딪쳤다.

이후 한 시간 동안 두 남자는 테니스 게임은 접어두고 각자의 생활에 대해 이야기꽃을 피웠다. 백작은 소피야가 음악원에서 놀라우리만큼 빠르게 실력을 향상시키고 있으며, 매우 사려 깊고 과묵하다는 얘기를 했다. 리처드는 두 아들이 유치원에서 놀라우리만큼 빠르게 실력을 향상시키고 있으나 아직은 사려가 깊지도 않고 과묵하지도 않다는 얘기를 털어놓았다. 그들은 파리와 톨스토이와 카네기홀에 대해서도 얘기를 나누었다. 그리고 9시가 되었을 때 마음이 맞는 두 사람은 자리에서 일어났다.

"배웅은 해드리지 않는 게 좋을 것 같군요." 리처드가 말했다. "아, 그리고 기회가 된다면 시로비치 교수와 소네트의 미래에 대해 툭 터놓고 논쟁을 벌여보는 것도 흥미로울 겁니다. 당신은 찬성하는 쪽이고, 그 사람은 반대하는 쪽이거든요."

악수한 뒤 백작은 리처드가 침실로 사라지는 것을 지켜보며 자신도 방을 나가기 위해 문 쪽으로 돌아섰다. 하지만 괘종시계를 지나치려던 순간, 그는 머뭇거렸다. 이 시계는 얼마나 충성스럽게 할머니의 응접실을 지키면서 얼마나 성실하게 차 마실 시간과 저녁 식사 시간과 잠자리에 들 시간을 알려주었던가. 크리스마스이브에는 백작과 누이가 빈틈없이 닫힌 문을 밀어서 열 수 있는 순간을 정확히 알려주기도 했었다.

백작은 시계의 캐비닛에 나 있는 좁은 유리문을 열고, 안으로 손을 뻗어 여전히 고리에 걸려 있는 자그마한 열쇠를 찾아냈다. 그는 열쇠 구멍에 열쇠를 집어넣고 태엽을 최대한 감은 다음 시간을 맞추고 나서 '이 노인네가 몇 시간만이라도 더 시간을 알릴 수 있게 해주소서'라고 생각하며 추를 건드려주었다.

그로부터 거의 9개월 뒤인 1953년 3월 3일, 경애하는 아버지, 소비에트의 지도자, 코바[*], 소소, 또는 단순히 스탈린 등과 같은 여러 가지 명칭으로 불렸던 인물이 뇌졸중의 후유증으로 쿤체보의 한 별장에서 숨을 거두었다.[**]

다음 날, 화환을 가득 실은 트럭들과 노동자들이 테아트랄나야 광장의 노동조합의 집에 모여들었고, 몇 시간 지나지 않아 건물 정면은 3층 높이에 이르는 스탈린의 초상화로 장식되었다.

6일, 《뉴욕타임스》의 신임 모스크바 지부장인 해리슨 솔즈베리가 백작의 옛날 방(지금은 멕시코 대사 직무 대행이 사용하고 있었다)에 서서, 소소의 관이 연푸른색 앰뷸런스에서 내려져 정중하게 '노동조합의 집' 안으로 옮겨지는 가운데 최고 간부회 요원들이 리무진을 타고 속속 도착하는 모습을 지켜보고 있었다. 7일, 노동조합의 집이 일반에게 개방되면서, 솔즈베리는 조의를 표하려는 시민들이 도시 전역에 걸쳐 8킬로미터나 길게 줄을 서서 기다리는 모습을 경이로운 표정으로 지켜보았다.

도대체 무슨 이유로 폭군의 시신을 보기 위해 백만 명의 시민들이 줄을 서는지 서구의 많은 목격자들은 의아해했다. 경박한 사람들은 그가 정말로 죽었는지 확인하기 위해서라고 말했다. 그렇지만 그 발언은 줄을 서서 기다리면서 하염없이 눈물을 흘리는 남자들과 여자들을 제대로 평가하지는 못했다. 실제로 많은 사람들은 히틀러의 군대에 맞서 '위대한 애국 전쟁'을 승리로 이끌었던 인물을 잃었다는 사실에 슬퍼했다. 더 많은 사람들은 오직 한 마음으로 러시아

[*] 조지아의 소설가 알렉산드르 카즈베기의 소설 『부친 살해범』에 나오는 주인공 이름으로, 스탈린이 자신의 가명으로 사용함.
[**] 이오시프 스탈린의 사망일은 정확히 확인되지 않았지만 통상 3월 5일로 추정된다.

를 세계의 강대국으로 부상시킨 인물을 잃었다는 사실에 슬퍼했다. 한편 다른 이들은 그저 새로운 불확실성의 시대가 도래했다는 생각에 눈물을 흘릴 뿐이었다.

리처드의 예상은 완벽하게 들어맞았다. 소소가 마지막 숨을 거두었을 때는 아무런 승계 구상도, 확실한 지명자도 없는 상태였다. 최고 간부회 안에는 국가를 이끌 자격이 있다고 간주되는 여덟 명의 인물이 존재했다. 안보장관 베리야, 국방장관 불가닌, 각료 이사회 부의장 말렌코프, 대외무역장관 미코얀, 외무부장관 몰로토프, 서기국 위원 카가노비치와 보로실로프, 그리고 전 모스크바 시장 니키타 흐루쇼프(얼마 전 5층짜리 콘크리트 아파트의 건립을 완료한 무식하고 야만적인 대머리 인민위원)가 바로 그들이었다.

장례식이 치러진 후, 진보적인 국제주의자이자 핵무기에 대해 거침없는 비판을 서슴지 않는 말렌코프가 가장 집권 가능성이 높은 인물로 부상하면서 서방 세계는 안도의 한숨을 내쉬었다. 스탈린과 마찬가지로 그 역시 당의 총리 겸 중앙위원회 총서기로 임명되었기 때문이다. 하지만 한 사람이 두 직위를 동시에 보유하도록 더는 허용해서는 안 된다는 합의가 당 고위층 내부에서 신속하게 이루어졌다. 10일 뒤, 말렌코프 당 총리는 총서기 자리를 보수파인 흐루쇼프에게 넘겨줄 수밖에 없었으며, 그로써 두 정적 간 양두정치의 막이 올랐다. 상반되는 견해의 소유자로서 서로 애매한 연대를 형성하고 있는 두 인물 사이에서 이루어지는 권력의 미묘한 균형은 이후 몇 년 간 전 세계가 러시아의 향배에 대해 그저 추정만 할 수 있도록 만들었다.

"사람이라면 어떻게 '후자'만 가능할 거라고 여기면서 살아갈 수가 있겠어요?"

그날 밤에는 더 약속을 지킬 시간이 없다고 공언했음에도 백작이 이런 질문을 던진 곳은 안나 우르바노바의 침대 안이었다…….

"'전자'를 꿈꾸는 데는 돈키호테 같은 뭔가가 필요하다는 걸 난 알아요." 백작이 말을 이었다. "그런데 모든 걸 고려해볼 때, 전자가 가능성이 훨씬 희박하다 해도 사람이 어떻게 후자의 높은 가능성에 복종할 수 있겠어요? 그건 인간 정신에 위배되는 행동이에요. 다른 사람들이 살아가는 방식을 훔쳐보고 싶은 것은, 혹은 우리가 살아가는 방식을 다른 사람들의 방식과 비교해보고 싶은 것은, 너무나 근본적인 인간의 욕구죠. 그래서 후자의 힘이 이 도시의 문을 걸어 잠갔을 때조차도 전자의 힘은 갈라진 틈 사이로 들어오는 방법을 찾아낼 거예요."

백작은 팔을 뻗어 안나가 피우던 담배를 건네받아 한 모금 빤 뒤 연기를 뱉었다. 잠시 생각에 잠겼던 그는 천장에 대고 담배를 흔들었다.

"최근 몇 년 동안 나는 볼쇼이 극장의 공연 하나를 보기 위해 모스크바까지 먼 길을 여행 온 미국 손님들의 시중을 든 적이 많았어요. 반면, 우리 샬랴핀의 무계획적인 트리오 밴드는 라디오에서 들은 미국 음악들을 그저 되는 대로 한 번씩 찔러보곤 하죠. 이것이야말로 전자의 힘을 여실히 보여주는 증거 아니겠어요."

백작이 담배를 한 모금 더 빨았다.

"에밀이 주방에서 작업할 때 그는 후자를 요리할까요? 물론 아니죠. 그는 전자를 끓이고, 굽고, 대접해요. 빈산 송아지 고기, 파리산 비둘기, 프랑스 남부산 해산물 스튜 등등. 아니면 빅토르 스테파노비치의 경우를 생각해봐요……."

"맨체스터의 나방 얘기를 다시 끄집어내려는 건 아니죠?"

"그럼요." 백작이 투정을 부리듯 말했다. "완전히 다른 얘기예요. 빅토르와 소피야가 피아노 앞에 앉았을 때, 두 사람은 오직 무소륵스키, 무소륵스키, 무소륵스키의 작품만 연주할까요? 아니죠. 그들은 바흐도 연주하고 베토벤도 연주하고 로시니도 연주하고 푸치니도 연주해요. 반면, 카네기홀의 청중들은 차이콥스키를 연주하는 호로비츠에게 우레와 같은 박수를 보내죠."

백작은 몸을 옆으로 돌려 여배우를 관찰했다.

"오늘따라 당신은 유난히 말이 없군요." 담배를 돌려주면서 그가 말했다. "내 얘기에 동의하지 않기 때문인가요?"

안나는 담배를 한 모금 빨고 나서 천천히 연기를 내뿜었다.

"당신 말에 동의하지 않아서가 아니에요, 사샤. 난 인간이라는 존재가 당신이 얘기하는 '전자'의 선율에만 의지해 춤을 출 수 있다고는 확신하지 못하겠어요. 우리가 어디에 살든, 우린 어느 정도 현실과 부닥쳐야 해요. 러시아에서는 그게 '후자'에게 약간 머리를 숙이는 것일지도 몰라요. 당신이 사랑하는 부야베스 요리나 카네기홀의 박수 소리를 생각해보세요. 당신이 예로 들었던 것들은 모두가 마르세유나 뉴욕 같은 항구 도시에서 생겨났어요. 단언컨대, 당신은 상하이나 로테르담에서도 비슷한 예들을 찾아낼 수 있을 거예요. 그런데 사샤, 모스크바는 항구 도시가 아니에요. 러시아의 중심에는

—러시아의 문화, 러시아의 심리, 러시아의 운명의 중심에는—크렘린이 서 있어요. 천년 동안 벽으로 둘러싸였던 요새이고, 바다로부터는 650킬로미터나 떨어져 있죠. 크렘린의 담이 이젠 공격을 방어할 만큼 충분히 높지 않다는 건 사실이에요. 하지만 그 담은 여전히 러시아 전역에 그림자를 드리우고 있다고요."

백작은 다시 등을 대고 누워 천장을 올려다보았다.

"사샤, 당신은 러시아가 근본적으로 내부 지향적이라는 주장을 받아들이고 싶지 않을 거예요. 하지만 미국인들은 이런 식의 대화를 나누기나 할 것 같아요? 뉴욕의 관문이 열릴지 닫힐지 그 사람들이 궁금해하기나 할 것 같아요? 전자의 가능성이 후자의 가능성보다 크다는 걸 궁금해하기나 할 것 같아요? 내 생각에, 미국은 전자 위에 세워졌어요. 미국인들은 후자가 뭔지 알지도 못한다고요."

"미국서 살기를 꿈꿔온 것처럼 들리는군요."

"모두들 미국에서 살기를 꿈꿔요."

"말도 안 돼요."

"말이 안 된다고요? 유럽 인구의 절반이 당장 내일이라도 편리함을 좇아 미국으로 이주할 텐데도요?"

"편리? 무슨 편리?"

안나가 옆으로 돌아누우면서 담배를 끈 다음 침대 옆 탁자의 서랍을 열어 커다란 미국 잡지를 꺼냈다. 잡지에는 주제넘게도《라이프LIFE》라는 제목이 붙어 있었다. 페이지를 이리저리 넘기면서 안나는 화사한 색감의 다양한 사진들을 가리키기 시작했다. 각각의 사진에는 동일한 여성이 상이한 옷을 입고 최신식 기계 앞에서 미소를 짓는 모습이 담겨 있었다.

"식기세척기. 세탁기. 진공청소기. 토스터. 텔레비전. 여기 봐요. 자동 차고 문도 있어요."

"자동 차고 문이 뭐예요?"

"사람을 대신하여 저 혼자 저절로 열리고 닫히는 차고 문이에요. 어떻게 생각해요?"

"내가 차고 문이라면, 차라리 난 옛날이 그립겠는걸요."

안나가 다른 담배에 불을 붙여 백작에게 건넸다. 그는 한 모금 빤 다음, 연기가 소용돌이를 그리며 천장으로 올라가는 것을 지켜보았다. 천장에서는 뮤즈의 신들이 구름 사이로 아래를 굽어보고 있었다.

"편리함이라는 게 뭔지 얘기해줄게요." 잠시 후 그가 입을 뗐다. "정오까지 잠을 잔 다음에 누군가를 시켜 쟁반에 받친 아침 식사를 가져오도록 하는 것. 약속 시간 직전에 약속을 취소해버리는 것. 한 파티장의 문 앞에 마차를 대기시킴으로써 얘기만 하면 즉시 다른 파티장으로 이동할 수 있게 하는 것. 젊었을 때 결혼을 피하고 아이 갖기를 미루는 것. 이런 것들이야말로 최고의 편리함이에요, 안나. 한때 난 그 모든 걸 누렸었죠. 그런데 결국 나에게 가장 중요했던 것은 불편함이었어요."

안나 우르바노바는 백작의 손에서 담배를 빼앗아 물잔 속에 떨어뜨린 다음, 그의 코에 키스했다.

1953

사도와 변절자

"별들의 움직임처럼 한없이 느리군." 백작이 왔다 갔다 서성거리며 중얼거렸다.

무작정 기다려야만 하는 사람에게 시간은 그런 식으로 흐르기 마련이다. 한 시간 한 시간은 무한정하다. 1분 1분은 잔인하리만큼 길다. 그렇다면 초는? 1초 1초가 무대 위에서 자신의 존재를 드러내고자 할 뿐만 아니라 묵직한 침묵과 기교적인 머뭇거림으로 가득 찬독백을 하겠다고 우기며, 게다가 박수를 치는 기미라도 보이면 재빨리 앙코르로 돌입한다.

그런데 백작은 한때 별들의 한없이 느린 움직임을 시적으로 바라보지 않았던가? 한때 그는 누군가가 따사로운 여름밤 풀밭에 등을 대고 누워 풀밭에서 나는 발자국 소리에 귀 기울이는 그런 시간에—마치 자연 스스로 동이 트기 전까지의 몇 시간을 연장함으로써 사람들이 그 아름다움을 최대한 음미할 수 있도록 하려는 것처럼— 궤도에 멈춰 선 듯한 별자리의 모습을 열정적으로 찬미하지 않았던 가?

그랬다. 스물두 살 무렵, 담쟁이덩굴을 타고 올라가 창문을 두드 린 다음 초원에서 젊은 아가씨를 기다리는 동안에는 분명히 그랬 다. 하지만 예순셋이 된 남자를 기다리게 한다는 것은? 머리카락은 가늘어지고, 무릎은 뻣뻣해지고, 지금 내쉬는 숨이 마지막 숨이 될 지도 모르는 그런 남자를? 아무튼 사람들이 예의라는 걸 몰라.

새벽 1시는 됐을 거야, 백작은 속으로 계산했다. 연주는 11시에 마치기로 예정되어 있었다. 축하 연회는 12시까지였다. 그렇다면 그들은 벌써 30분 전에는 도착했어야만 했다.

"모스크바엔 이제 택시가 한 대도 남지 않은 거야? 전차도 안 다 녀?" 그가 버럭 소리를 질렀다.

아니면 집에 오는 길에 어딜 들른 건가……? 내가 이렇게 기다리 고 기다리고 또 기다린다는 걸 알면서도 그들이 카페를 지나치다가 충동을 이기지 못한 채 안으로 들어가 페이스트리를 나눠 먹는 게 가당키나 한 일일까? 그들이 그렇게 매정할 수 있을까? (만약 정말 그렇다면, 그 사실을 감추려는 시도 따위는 하지 않는 게 좋을 거야. 난 10미터 떨어진 곳에서도 페이스트리를 먹었는지 안 먹었는지 알 수 있으니까!)

백작은 서성거리던 걸음을 멈추고 '대사' 뒤편을 훔쳐보았다. 돔 페리뇽 샴페인을 몰래 숨겨둔 장소였다.

수상의 '가능성이 있는' 축하연을 준비하기란 만만한 일이 아니다. 행운의 여신이 미소를 짓는다면 코르크 마개가 천장까지 튈 상황에 대비해야 한다. 하지만 행운의 여신이 어깨를 으쓱하고 말아버린다면, 그때는 그저 평범한 여느 날 밤인 것처럼 행동할 태세를 갖춰야 한다. 그리고 따지 않은 병은 나중에 바다 밑바닥으로 가라앉혀버리면 된다.

백작은 얼음 통에 손을 대보았다. 얼음은 거의 반쯤 녹았으며 물의 온도는 정확히 10도였다. 그들이 금방 돌아오지 않는다면 온도는 더 올라갈 것이고, 샴페인 병은 바다 밑에 가라앉는 신세가 되고말 것이다.

그래, 그들에겐 그런 대접이 어울릴 거야.

그런데 백작이 병에서 손을 떼고 몸을 곧추세우고 섰을 때, 그는 옆방에서 새어 나오는 특별한 소리를 들었다. 하루에 두 번 울리는 시계의 종소리였다. 믿고 쓸 수 있는 브레게의 시계가 자정을 알리는 소리였다.

말도 안 돼! 백작은 적어도 두 시간은 기다렸다. 30킬로미터 이상 서성거렸을 것이다. 지금은 1시 반이어야 했다. 그보다 더 되었으면 되었지, 1분이라도 더 빠를 리는 없었다.

"믿을 수 있는 브레게도 이제 믿지 못하겠군." 백작이 중얼거렸다. 어쨌든 저 시계도 50년이 넘었으니까. 그리고 아무리 훌륭한 시계라도 시간의 참화는 비껴갈 수 없는 법이지. 톱니바퀴들도 딱딱들어맞지 않게 될 거고, 스프링도 헐거워지기 마련이야. 하지만 백작이 이런 생각들을 하고 있을 때, 처마에 난 작은 창을 통해 멀리 시계탑에서 울리는 소리가 들려왔다. 한 번, 두 번, 세 번……

"알았어, 알았다고." 그는 그렇게 말하며 의자에 털썩 주저앉았다.

"네 말이 맞아."

아무튼 오늘은 화가 날 수밖에 없는 날인 모양이었다.

그날 오후, 보야르스키의 직원들은 호텔 부지배인의 호출을 받고 모두 집합해서 그에게서 새로운 주문 접수, 전달, 결제 방법을 교육받았다.

부지배인의 얘기는 이랬다. 지금부터는 웨이터가 손님의 주문을 받으면 주문용으로 제작한 주문지에 내용을 적는다. 주문을 받고 탁자에서 물러나면 그 주문지를 경리에게 가져가고, 경리는 내용을 장부에 기재한 다음, 주방에 보낼 조리 요청서를 발행한다. 주방에서는 조리 요청서에 따라 조리 목록이 작성되고, 그 시점에야 조리를 시작할 수 있다. 손님 탁자에 내어 갈 음식이 준비되면 주방에서 확인서를 발행해 경리에게 보내고, 그러면 경리는 음식의 반출을 허가하는 날인 영수증을 웨이터에게 준다. 따라서 몇 분 뒤에 웨이터는 자신의 공책에 해당 음식이 주문되고, 등록되고, 조리되고, 반출되어 마침내 탁자에 오르게 되었음을 확인하는 내용을 알맞게 기입할 수 있을 것이다……

전 러시아를 통틀어 알렉산드르 일리치 로스토프 백작만큼 문자 언어의 위대함을 찬미하는 사람은 없었다. 젊었을 때 그는 푸시킨의 대구 형식의 2행시가 어떤 우유부단한 사람의 마음을 흔들어놓는 것을 보았다. 도스토옙스키의 소설 한 구절이 어떤 사람의 열정을 자극하여 행동하도록 만들고, 동시에 다른 어떤 사람은 무관심하게 만드는 것을 목격하기도 했다. 그는 소크라테스가 아고라에서 자기 생각을 설파하고 예수가 산상에서 말씀을 전했을 때, 군중 속의 누군가가 후대를 위해 그 말들을 받아 적을 생각을 했다는 것이 그야말로 천우신조라고 여겼다. 그러니 이 새로운 주문 방식에 대한 백작의 우려가 단순히 쓰는 것을 싫어하기 때문에 생겨난 것은 아니라는 점은 분명히 해두도록 하자.

오히려 그것은 상황의 문제였다. 만약 누군가 피아차에서 식사를 한다면, 그 사람은 웨이터가 탁자 위로 몸을 숙이고 작은 주문지에 주문 내용을 휘갈겨 적는 것을 전혀 이상하게 생각하지 않을 것이다. 그렇지만 백작이 보야르스키의 웨이터 주임이 된 이래로 보야르스키의 손님들은 언제나 자신의 담당 웨이터가 자신들의 눈을 마주본 채 질문들에 답해주고, 요리를 추천해주고, 자신들이 원하는 사항들을 완벽하게 마음에 기록해주기를 기대할 수 있었다. 등 뒤에 다소곳이 모은 두 손을 풀지 않으면서 말이다.

아니나 다를까, 그날 저녁 새로운 주문 방식이 실행되었을 때 보야르스키의 손님들은 지배인이 서 있는 단 뒤쪽의 조그만 책상에 경리 직원이 앉아 있는 것을 보고 깜짝 놀랐다. 그들은 종이쪽들이 마치 주식거래소의 바닥처럼 식당 안 여기저기를 돌아다니는 것을 보면서 어안이 벙벙했다. 그리고 그들은 주문한 송아지 고기 커틀릿과 아스파라거스 줄기가 애스픽 젤리*만큼 차가워진 상태로 탁자에 도착하는 것을 보고는 완전히 이성을 잃었다.

당연히 이래선 안 돼.

다행스럽게도 백작은 첫 시간대에 온 손님들이 나가고 자리가 두 번째로 회전되기 전의 중간 시점에 비숍이 보야르스키 입구에 잠깐

---

* 육즙으로 만들어 차갑게 식혀 먹는 젤리.

멈춰 서는 것을 보았다. 교양 있는 사람이라면 자신의 우려를 남들과 공유하여 상호 협조적인 상식 아래 문제를 풀어야 한다는 원칙을 바탕으로 성장한 백작은 곧바로 비숍을 뒤쫓아 식당을 가로질러 복도로 나갔다.

"레플렙스키 지배인님!"

"로스토프 웨이터 주임." 백작이 자기를 불렀다는 사실이 놀랍다는 표정으로 비숍이 말했다. "제가 뭐 도와드릴 일이라도……?"

"너무 사소한 문제라서 지배인님께 심려를 끼쳐드리고 싶진 않습니다만."

"호텔에 관한 문제라면 나에 관한 문제도 되지요."

"바로 그렇습니다." 백작이 동의했다. "레플렙스키 지배인님, 저는 전 러시아를 통틀어 지배인님만큼 문자언어의 위대함을 찬미하는 사람은 없을 거라고 확신합니다……." 그렇게 서두를 꺼낸 백작은 푸시킨의 '대구 형식의 2행시'와, 도스토옙스키의 소설 구절과, 소크라테스와 예수의 가르침에 대한 찬미를 이어갔다. 그런 다음 그는 연필과 주문지와 종이쪽들이 보야르스키의 낭만적 우아함이라는 전통에 얼마나 위협이 되고 있는지를 설명했다.

"만약 지배인님이 청혼하기 위해 부인의 손을 잡으려 할 때," 백작이 눈빛을 반짝이며 결론을 내렸다. "주관하는 대리인의 직인이 찍힌 청혼서를 발행하고, 작은 종이쪽에 부인의 대답을 받아 적은 문서를 세 통 작성한 다음, 한 부는 부인에게, 한 부는 장인에게, 다른 한 부는 담당 사제에게 전달해야 한다면, 그 상황을 상상할 수 있겠습니까?"

하지만 이런 재담을 하면서도 백작은 비숍의 얼굴이 일그러지는 것을 보며, 결혼이 언급되는 재담은 피하는 게 좋겠구나 하는 생각을 했다…….

"내 아내는 이 일과 아무 상관이 없는 것 같소." 비숍이 말했다.

"그럼요." 백작이 말했다. "제가 비유를 잘못 들었네요. 제가 말씀드리려는 건, 안드레이와 에밀과 저는……."

"그럼 당신은 지금 듀라스 지배인과 주콥스키 주방장을 대신해서 불만을 제기하고 있다는 말인가요?"

"천만에요. 혼자 생각으로 지배인님을 부른 겁니다. 그리고 이건 불만은 아닙니다. 다만 우리 세 사람은 보야르스키를 찾는 손님들을 만족시키기 위해 최선을 다하고자 할 뿐입니다."

비숍이 미소를 지었다.

"물론 그렇겠죠. 당신들 세 사람은 각자에게 주어진 특별한 임무를 고려할 때 특별한 걱정거리들이 있을 거라고 믿어요. 하지만 메트로폴의 **총지배인**으로서 나는 **모든** 면에서 이 호텔이 완벽한 기준에 부합되도록 운영해나가야 합니다. 그렇게 하려면 **모든** 불일치를 제거하기 위해 끊임없이 주의를 기울여야 해요."

백작은 어리둥절했다.

"불일치라고요? 어떤 불일치를 말씀하시는지?"

"모든 종류의 불일치를 말하는 겁니다. 어떤 날은 주방에 배달된 양파의 수와 스튜에 들어간 양파의 수가 불일치할 수도 있겠죠. 또 어떤 날은 주문받은 와인의 잔 수와 따라 부은 와인의 잔 수가 불일치할 수도 있고."

백작의 표정이 서늘해졌다.

"빼돌린다는 말씀을 하시는 건가요?"

"내 말이 그렇게 들려요?"

두 사람은 잠시 서로를 노려보았고, 이어 비숍이 억지 미소를 지으며 말했다.

"당신들끼리는 서로 잘 통하니까 이 얘기를 되도록 빨리 주콥스키 주방장과 듀라스 지배인에게 전달하시는 게 어떨까요."

백작이 이를 악물었다.

"내일 일일 회의 때 이 말을 그대로 고스란히 전할 테니 걱정 마세요."

비숍이 백작을 뚫어져라 보았다.

"일일 회의가 있어요……?"

보야르스키 식당의 자리가 두 번째로 회전되었을 때 종이쪽들이 소총 소리에 놀란 꿩들처럼 식당 안을 이리저리 날아다니는 모습을 본 손님들은 첫 번째 손님들과 마찬가지로 놀라고, 어안이 벙벙해졌으며, 이성을 잃어버렸다고만 말해두기로 하자. 그 모든 소란을 견뎌내고 나서 지금 백작은 자신의 서재에 홀로 앉아 초조하게 시간을 헤아리고 있는 것이었다.

백작은 의자 팔걸이를 손가락으로 톡톡 두드린 다음, 일어나서 모차르트의 피아노 소나타 1번 C장조를 흥얼거리며 다시 서성거리기 시작했다.

"덤 디 덤 디 덤." 그가 흥얼거렸다.

그 곡은 분명 흥겨운 곡이었으며, 딸의 성격에도 아주 잘 어울리는 곡이었다. 1악장의 템포는 얘깃거리를 열다섯 개는 가지고서 학교에서 집으로 돌아오는 열 살 무렵의 소피야의 발걸음을 닮았다.

소피야는 마음이 급해서 누가 누군지, 뭐가 뭔지 설명하는 것도 빠뜨린 채 '그런데 말이에요, 그런데 말이에요, 그런데 말이에요'라고 말하면서 계속 이야기보따리를 풀어나갔다. 소나타는 2악장으로 돌입하면서 열일곱 살의 소피야에 맞춰 템포를 안단테로 늦추었다. 당시 소피야는 토요일 오후의 천둥소리를 오히려 반가워했다. 그런 날씨에는 서재에 앉아 무릎 위에 책을 올려놓고 독서를 하거나 축음기로 음악을 들을 수 있기 때문이었다. 속도가 빨라지는 점묘파 스타일의 3악장에서는 호텔 계단을 달려 내려가다가 층계참에서 잠시 다른 사람들이 지나가도록 멈추었다가 다시 밝게 웃으며 뛰어가는 열세 살의 소피야를 떠올릴 수 있었다.

그렇다, 흥겨운 곡이었다. 재론의 여지가 없었다. 하지만 **지나치게** 흥겨운 건 아닐까? 심사위원들의 눈에는 이 곡이 시대에 맞지 않게 무게감이 부족한 것으로 비치지는 않을까? 소피야가 이 곡을 선택했을 때 백작은 곡이 '즐겁다', '매우 발랄하다'라고 말하는 것으로 자신의 우려를 에둘러 표현하고자 했다. 하지만 그러고 나서는 마음을 편히 먹었다. 우려를 표명한 다음에는 세 발짝 물러서는 것이 부모의 역할이기 때문이었다. 한 발짝도 아니고 두 발짝도 아닌, 세 발짝이었다. 어쩌면 네 발짝일 수도 있었다. (하지만 다섯 발짝은 절대 아니었다.) 그랬다. 아버지는 자신이 걱정한다는 것을 알려준 다음 서너 걸음 뒤로 물러나 딸 스스로 결정할 수 있도록 해야 한다. 비록 그 결정이 실망스러운 결과로 이어진다 하더라도 말이다.

잠깐!

무슨 소리였지?

백작이 몸을 돌리는 것과 동시에 옷장 문이 활짝 열리면서 안나가 소피야를 끌고 서재로 뛰어 들어왔다.

"소피야가 우승했어요!"

백작이 20년 만에 처음으로 환호성을 질렀다. "야호!"

그는 소식을 가져온 안나를 껴안았다.

그러고 나서 우승한 소피야를 껴안았다.

그런 다음 안나를 다시 껴안았다.

"너무 늦어서 죄송해요." 안나가 숨을 헐떡이며 말했다. "사람들이 축하 연회장에서 소피야를 잡고 놔주질 않는 바람에."

"전혀 신경 쓸 필요 없어요! 시간이 흐르는 것도 몰랐으니까. 어서 앉아요, 앉아. 그리고 전부 다 얘기해봐요."

백작은 숙녀들에게 등받이가 높은 의자를 권하고 자신은 '대사' 끄트머리에 걸터앉은 채 기대에 찬 눈길을 소피야에게 던졌다. 소피야는 수줍게 미소 지으며 안나에게 얘기할 권리를 넘겼다.

"믿기지 않았어요." 여배우가 말했다. "소피야 전에 다섯 명이 연주를 했어요. 바이올린 두 명이랑 첼로 한 명……."

"어디였어요? 장소는?"

"그랜드홀이었어요."

"잘 알죠. 19세기 말에 자고르스키가 설계한 곳이에요. 사람들은 많이 왔던가요? 누가 왔었나요?"

안나가 눈살을 찌푸렸다. 소피야가 웃음을 터뜨렸다.

"아빠, 얘기하게 좀 놔두세요."

"알았다, 알았다."

백작은 소피야의 명을 받들어 안나가 얘기하도록 했다. 안나는 소피야 전에 연주한 다섯 명은 바이올리니스트 두 명, 첼리스트 한 명, 프렌치호른 연주자 한 명, 피아니스트 한 명이었다고 알려주었다. 다섯 명 모두 음악원이 자부심을 느낄 정도의 연주를 했으며, 프로처럼 행동하고 완벽하게 악기를 다루었다. 차이콥스키의 곡이 둘, 림스키코르사코프의 곡이 둘, 보로딘의 곡이 하나였다. 그리고 소피야의 차례가 되었다.

"있잖아요, 사샤, 소피야가 등장하자 객석에서 헉, 하고 놀라는 소리가 들리더군요. 소피야는 드레스가 바스락거리는 소리조차 내지 않고 무대를 가로질러 피아노로 갔어요. 마치 공중을 떠다니는 것 같았다니까요."

"안나 아주머니가 가르쳐주셨잖아요."

"아냐, 아냐, 소피야. 네가 등장할 때의 그런 몸가짐은 **가르친다고** 되는 게 아냐."

"그렇고말고." 백작이 맞장구쳤다.

"감독관이 소피야가 모차르트의 피아노 소나타 1번을 연주한다고 알렸을 때, 사람들이 중얼거리는 소리와 의자 움직이는 소리가 들렸어요. 하지만 소피야가 연주를 시작한 순간, 모두들 압도되어 순식간에 조용해졌지요."

"알 것 같아. 내가 얘기했잖아요. 어린 모차르트는 절대 어긋나는 법이 없다고."

"아빠……."

"소피야는 아주 부드럽게 연주했어요." 안나가 얘기를 계속했다. "무척 흥겹게. 청중들은 처음부터 사로잡히고 말았어요. 각 열에 앉은 모든 사람의 얼굴에 미소가 흘렀어요. 정말로요. 그리고 연주가 끝났을 때 터져 나온 박수갈채! 사샤, 당신도 그 소리를 들었어야 해요. 샹들리에의 먼지까지 들썩일 정도였다니까요."

백작은 두 손으로 박수를 친 다음 양 손을 비볐다.

"소피야 뒤로는 몇 명이나 더 연주했죠?"

"상관없었어요. 경연은 이미 끝난 거나 마찬가지였고, 모두들 그걸 알고 있었으니까요. 다음 차례인 가엾은 남자아이는 무대에 끌려 나오다시피 했다니까요. 아무튼 소피야는 축하 연회장의 여왕이었답니다. 가는 곳마다 사람들이 소피야를 향해 건배했어요."

"맙소사!" 백작이 그렇게 외치며 벌떡 일어섰다. "깜빡 잊을 뻔했네."

그는 대사를 옆으로 밀치고 샴페인이 든 얼음 통을 꺼냈다.

"부알라(짜잔)!"

물속에 손을 담근 백작은 물의 온도가 12도까지 올라간 것을 알았지만, **그게** 무슨 대수겠는가. 그는 한 번의 손가락 놀림만으로 병을 감싼 호일을 벗겨내고 천장까지 코르크 마개를 쏘아 올렸다. 샴페인이 그의 손등으로 흘러내리자 다들 웃음을 터뜨렸다. 그는 숙녀들을 위해 길쭉한 잔 두 개에 샴페인을 채우고, 자기 몫은 와인 잔에 따랐다.

"소피야를 위해." 그가 말했다. "오늘 밤을 위대한 모험의 시작으로 삼자꾸나. 소피야를 분명 넓디넓은 세상으로 데려다줄 모험 말이다."

"아빠," 소피야가 볼을 붉히며 말했다. "이건 그냥 교내 경연일 뿐이에요."

"그냥 교내 경연이라고? 위대한 모험이 막 시작되었다는 걸 알지 못하는 것, 그게 바로 어리다는 것의 본질적 한계 가운데 하나란다,

소피야. 하지만 수많은 경험을 겪은 이 아빠의 말을 넌……."

갑자기 안나가 손을 들어 그의 말을 막았다. 그녀가 옷장 문을 바라보았다.

"들었어요?"

세 사람 모두 꼼짝하지 않았다. 작기는 했지만 분명 누군가의 목소리가 들렸다. 침실 문 쪽에 누군가 있는 게 틀림없었다.

"누군지 내가 알아볼게." 백작이 나직이 말했다.

그는 잔을 내려놓고 재킷과 재킷 사이로 빠져나가, 옷장 문을 열고 침실로 발을 내디뎠다. 침대 발치께에 서서 목소리를 한껏 낮추어 논쟁 중인 안드레이와 에밀이 백작의 눈에 들어왔다. 에밀은 피아노 모양을 한 10층짜리 케이크를 들고 있었다. 안드레이는 케이크를 쪽지와 함께 침대 위에 놓아두고 돌아가자고 제안하고 있었던 게 분명했다. 옷장 문이 열리면서 백작이 불쑥 튀어나온 순간, 에밀이 '도보슈토르터*를 침대 시트 위에 놓아두는' 사람은 없다고 막대꾸하고 있었기 때문이다.

안드레이가 헉하며 숨을 내쉬었다.

백작은 숨을 들이마셨다.

에밀이 케이크를 손에서 놓쳤다.

물건이 바닥에 떨어지는 것을 용납하지 못하는 안드레이의 본능이 살아나지 않았더라면, 그날 밤의 흥겨움은 그 순간에 끝나고 말았을 것이다. 세상에서 가장 빠른 걸음으로 달려가 손을 뻗친 왕년의 저글러가 공중에서 토르터를 붙잡았다.

✦ 여러 층의 얇은 스펀지케이크 사이사이에 초콜릿 크림을 넣고 상단은 캐러멜로 덮는 헝가리식 케이크.

안드레이는 안도의 한숨을 내쉬었고 에밀은 입을 벌린 채 바라만 보고 있었다. 그 와중에 백작은 대수롭지 않은 듯 행동하고자 애를 썼다.

"오, 안드레이, 에밀, 깜짝 놀랐을 거예요……."

백작의 신호를 접수한 안드레이가 특별한 일 따위는 벌어지지 않은 것처럼 행동했다. "에밀이 소피야의 우승을 예상해서 조그마한 선물을 준비했답니다." 그가 말했다. "우리가 진심으로 축하한다고 전해주세요." 케이크를 대공의 책상에 조심스럽게 올려놓으면서 안드레이가 돌아가려고 문 쪽으로 몸을 돌렸다.

하지만 에밀은 꿈쩍도 하지 않았다.

"알렉산드르 일리치," 그가 물었다. "도대체 옷장 안에서 뭘 하고 있었던 거죠?"

"옷장 안에서요?" 백작이 되물었다. "음, 그냥……. 그저……." 그의 목소리가 점차 가늘어졌다.

안드레이가 동정 어린 미소를 지으며 두 손을 휘휘 저었다. 마치 이렇게 말하는 듯했다. **세상은 넓고 특이한 인간들도 많아…….**

에밀은 안드레이를 향해 눈썹을 찌푸렸다. 마치 이렇게 말하는 듯했다. **말도 안 돼.**

백작은 삼인조의 한 사람을 바라보던 눈길을 삼인조의 다른 사람에게로 옮겼다.

"이런, 내 정신 좀 봐." 마침내 그가 말했다. "두 분을 보면 소피야가 기뻐할 겁니다. 자, 이쪽으로 오시죠." 그가 환영한다는 뜻으로 손을 펴서 옷장을 가리켰다.

에밀은 정신이 나간 듯한 표정으로 백작을 바라봤다. 하지만 정중한 초대 앞에서는 주저하지 않는 안드레이는 케이크를 집어 들고 옷장 문 쪽으로 한 발 뗴었다.

에밀이 짜증을 참지 못하고 툴툴거렸다. "안드레이, 우리가 들어갈 거면," 그가 안드레이에게 말했다. "소매에 설탕 캐러멜이 묻지 않도록 조심하는 게 좋을 거요." 그러자 지배인이 에밀에게 케이크를 넘겨주더니, 섬세한 손길로 조심스럽게 백작의 재킷들을 좌우로 젖혔다.

옷장의 반대편으로 빠져 나와 백작의 서재를 처음 보게 된 안드레이의 놀라움은 소피야의 모습을 발견하면서 이내 잊히고 말았다. "노르트 샹피옹(우리 챔피언)!" 그가 소피야를 두 팔로 안아 양 볼에 입을 맞추면서 말했다. 백작의 서재를 처음 보게 된 에밀의 놀라움은 그 안에 서 있는 은막의 스타 안나 우르바노바를 발견하면서 곧 잊히고 말았다. 삼인조 사이에 공개한 적은 없었지만, 사실 주방장은 그녀가 출연한 영화를 모두 다 보았다. 그것도 보통 앞에서 두 번째 줄에 앉아서.

은막의 스타에게 홀딱 빠져 있는 에밀의 표정을 알아챈 안드레이가 한 발을 앞으로 내밀며 재빨리 두 손으로 케이크 아래를 받쳤다. 하지만 에밀은 이번에는 케이크를 꼭 쥐고 놓지 않았다. 오히려 그는 안나를 위해 케이크를 굽기라도 한 것처럼 갑자기 그녀에게 케이크를 내밀었다.

"정말 고마워요." 안나가 말했다. "그런데 이건 소피야에게 줄 거 아닌가요?"

에밀이 벗어지기 시작한 머리부터 어깻죽지까지 빨개진 모습으로 소피야를 향해 몸을 돌렸다.

"네가 좋아하는 걸 만들었어." 그가 말했다. "초콜릿 크림을 넣은 도보슈토르터야."

"고마워요, 에밀 아저씨."

"피아노 모양이야." 그가 덧붙였다.

에밀이 앞치마 끈에 매달아둔 식칼을 꺼내 케이크를 자르는 동안, 백작은 대사에서 잔 두 개를 더 꺼내 와서 샴페인을 채웠다. 소피야의 우승에 대한 이야기가 다시 한번 펼쳐졌고, 안나는 에밀이 만든 케이크의 완벽함이 소피야의 완벽한 연주에 버금간다는 칭찬을 늘어놓았다. 주방장이 그런 토르터를 만들기 위해서 얼마나 복잡한 과정이 필요한지를 여배우에게 설명하는 동안, 안드레이는 소피야를 위해 아주 오래전에 백작이 6층으로 오던 날 밤, 자신을 비롯한 여러 사람들이 함께 건배했던 이야기를 들려주었다.

"기억나요, 알렉산드르?"

"어제 일처럼 생생하게요." 백작이 빙그레 웃으며 대답했다. "친구, 당신은 그날 밤 브랜디를 함께 마시며 날 위로해주었지요. 그리고 마리나와 바실리도 여기 왔었는데……."

백작의 입에서 바실리의 이름이 튀어나온 순간, 마치 마법처럼 안내인 바실리가 옷장 문을 통해 서재 안으로 들어왔다. 그는 지금 사람들이 모여 있는 상황이 전혀 놀랍지 않은 듯한 기색으로 신발 뒷굽을 군대식으로 부딪치며 그들에게 연달아 재빨리 인사했다.

"우르바노바 씨, 소피야, 안드레이, 에밀." 그런 다음 백작을 바라보며 그가 말했다. "알렉산드르 일리치, 전해드릴 말씀이……."

바실리가 말하는 태도로 보아 그는 백작을 다른 곳으로 데려가고 싶은 눈치였다. 하지만 백작의 서재는 9제곱미터밖에 되지 않았으므로 두 사람은 다른 사람들로부터 겨우 1미터 정도 떨어진 거리에서 둘만의 얘기를 나누어야 했다. 그런데 나머지 네 명도 비슷한 방향으로 비슷한 정도의 거리만큼 움직였으므로 두 사람의 행동은 이내 의미가 없어지고 말았다.

"알려드려야 할 것 같아서요." 바실리가 ('우리끼리 하는 얘기지만'이라는 투로) 말했다. "지금 호텔 총지배인님이 오고 있습니다."

이번에는 백작이 놀랄 차례였다.

"오다니, 어디를?"

"여기로요. 아니면 아마…… 저기로요." 바실리가 백작의 침실 쪽을 가리키며 말했다.

"무슨 이유로?"

바실리는 내일의 예약 상황을 점검하고 있었는데 비숍이 로비를 서성이고 있는 것을 우연히 목격하게 되었다며 자초지종을 설명하기 시작했다. 몇 분 뒤, 챙이 달린 모자를 쓴 한 **왜소한** 신사가 프런트데스크로 와서 백작을 찾자, 비숍이 자기소개를 한 다음 그 방문객에게 기다리고 있었다고 말하며 백작의 방까지 자신이 직접 안내해주겠다고 제안했다는 것이었다.

"그게 언제쯤이었나?"

"그 사람들이 막 승강기에 탔을 때 저는 계단으로 올라왔습니다. 그런데 승강기에는 215호의 해리먼 씨와 426호의 타르코프 가족이 함께 타고 있었어요. 승강기가 2층과 4층에서 서는 걸 감안하더라도 그들은 금방이라도 여기 도착할 것 같습니다."

"오, 이런!"

일행은 서로를 바라볼 뿐이었다.

"다들 아무 소리도 내지 말아요." 백작이 말했다. 그는 옷장으로 들어가서 뒤쪽의 서재로 통하는 문을 잠근 다음, 아까보다 더 조심스럽게 침실로 통하는 문을 열었다. 방에 아무도 없는 것을 확인하고 마음이 놓인 그가 소피야가 읽고 있던 투르게네프의 소설 『아버지와 아들』을 집어 들고 책상 의자에 앉아 의자의 뒷다리 두 개에 의지한 채 몸을 뒤로 기울이려는 순간, 문을 두드리는 소리가 들렸다.

"누구십니까?" 백작이 소리쳤다.

"레플렙스키 지배인이오." 비숍도 소리쳐 대답했다.

백작은 의자 앞다리를 쿵 소리가 나도록 바닥에 내려놓은 다음 문을 열었다. 복도에 서 있는 비숍과 낯선 방문객이 눈에 들어왔다.

"방해가 된 건 아닌지 모르겠소만." 비숍이 말했다.

"글쎄요, 방문하기에 적당한 시간은 아닌 듯하지만……."

"물론이죠." 비숍이 미소를 띠며 말했다. "그렇지만 프리놉스키 동무를 소개해드릴 수는 있겠죠? 이분이 로비에서 당신을 찾고 있기에 내가 직접 길을 알려드리겠다고 했습니다. 당신 방이 워낙…… 멀리 떨어져 있기도 해서 말이오."

"무척 친절하시군요." 백작이 대답했다.

바실리는 프리놉스키 동무를 '왜소하다'고 표현했는데, 백작은 바실리가 형용사를 아주 다채롭게 사용하는 사람이라고 생각했다. 정말이지 '작다'라는 단어는 프리놉스키 동무의 키를 표현하기에는 충분히 작지가 않았다. 백작은 낯선 방문객에게 인사하면서 허리를 구부리고 싶은 유혹을 억눌러야만 했다.

"제가 뭘 도와드릴 수 있을까요, 프리놉스키 씨?"

"따님 문제로 이렇게 찾아왔습니다." 프리놉스키가 머리에 썼던 작은 모자를 벗으며 말했다.

"소피야요?" 백작이 물었다.

"그렇습니다, 소피야. 저는 '붉은 10월 청년 오케스트라단'의 단장입니다. 선생의 따님이 피아노에 뛰어난 재능을 갖고 있다는 걸 최근에 알게 되었지요. 사실 오늘 밤 따님이 연주하는 자리에도 있었습니다. 그 때문에 이렇게 늦은 시간에 찾아뵙게 된 거고요. 저는 따님에게 우리 오케스트라단의 제2 피아니스트 자리를 기쁜 마음으로 제안하고자 찾아왔습니다."

"모스크바의 청년 오케스트라단이라고요!" 백작이 외쳤다. "정말 멋지네요. 댁은 어디십니까?"

"이런, 죄송합니다. 제가 명확히 알려드리지 않았군요." 프리놉스키가 설명했다. "'붉은 10월 청년 오케스트라단'은 모스크바에 있지 않습니다. 스탈린그라드에 있어요."

순간적으로 당황한 백작은 침착하고자 애를 썼다.

"말씀드렸다시피 정말 멋진 제안입니다, 프리놉스키 씨……. 하지만 소피야가 관심이 없을 것 같군요."

백작의 말을 이해하지 못하겠다는 듯 프리놉스키가 비숍을 바라보았다.

비숍은 그저 고개를 저을 뿐이었다.

"이건 관심이 있고 없고의 문제가 아닙니다." 프리놉스키가 백작에게 말했다. "공식적인 요청이 있었고, 그에 대한 승인이 떨어졌습니다. 스탈린그라드의 문화청 부청장에 의해서 말입니다." 단장이 주머니에서 편지를 하나 꺼내 백작에게 건넨 다음, 부청장의 서

명이 있는 부분을 손으로 가리켰다. "보시다시피, 소피야는 9월 1일 오케스트라단에 출석해야 합니다."

백작은 메스꺼움을 느끼면서 자신의 딸이 960킬로미터 떨어진 공업 도시의 오케스트라단에 합류하게 된 것을 환영한다는 내용의, 더할 나위 없이 기계적인 언어로 쓰인 편지를 다시 한번 읽었다.

"스탈린그라드의 청년 오케스트라단이라." 비숍이 말했다. "정말 굉장한 일이로군요, 알렉산드르 일리치……."

편지에서 눈을 들어 올린 백작은 비숍의 미소에서 악의가 번뜩이는 것을 보았다. 그 순간 메스꺼움과 당혹감이 자취를 감추고 차가운 분노가 그 자리를 대신했다. 몸을 똑바로 세운 백작이 비숍의 옷깃을 거머쥘 요량으로, 아니 가능하다면 그의 목덜미를 움켜쥘 생각으로 그를 향해 한 걸음 내딛는 순간, 옷장 문이 열리면서 안나 우르바노바가 방으로 들어섰다.

백작도, 비숍도, 왜소한 악단 단장도 모두 놀란 눈으로 바라볼 뿐이었다.

안나는 우아한 걸음걸이로 백작 옆으로 다가가서 백작의 잘록한 허리 부분에 부드럽게 손을 얹으면서, 문간에 선 두 남자의 표정을 살피더니 미소를 지으며 비숍에게 말했다.

"어머, 레플렙스키 지배인님, 아름다운 여인이 옷장에서 걸어 나오는 걸 처음 보셨나 봐요."

"처, 처음입니다." 비숍이 더듬거리며 말했다.

"그러시겠죠." 그녀가 안됐다는 듯 말하고는 낯선 방문객에게로 주의를 돌렸다. "이분은 누구신가요?"

비숍과 백작이 대답하기 전에 작달막한 남자가 목청을 높여 말했다. "이반 프리높스키, 스탈린그라드 붉은 10월 청년 오케스트라단의 단장입니다. 만나 뵙게 되어 대단히 영광스럽고 기쁩니다, 우르바노바 동무!"

"대단히 영광스럽고 기쁘다고요?" 안나가 사람을 무장해제하는 특유의 미소를 한껏 지어 보이며 그의 말을 되풀이했다. "과장이 심하시네요, 프리높스키 동무. 그래도 기분이 나쁘지는 않았어요."

프리높스키 동무는 여배우의 미소에 얼굴을 붉히는 것으로 화답했다.

"저," 그녀가 덧붙였다. "모자를 저에게 줘보시겠어요?"

실은 악단 단장은 자신의 모자를 두 겹으로 구겨 접은 채 들고 있었다. 그에게서 모자를 받아 든 안나는 정수리 부분을 부드럽게 매만져서 형태를 복원하고 챙을 빳빳하게 편 다음, 이후 몇 년 동안이나 단장이 수백 번 반복하여 이야기하게 될 매혹적인 자세로 그에게 모자를 돌려주었다.

"아, 스탈린그라드에 있는 청년 오케스트라단의 단장이시라고요?"

"그렇습니다." 그가 말했다.

"그럼 나쳅코 동무도 아시겠네요?"

둥근 얼굴을 한 문화부 장관의 이름이 언급되자 단장이 몸을 아주 반듯하게 곧추세웠기 때문에 키가 2센티미터는 더 커진 것 같았다.

"아직 만나 뵙지는 못했습니다."

"판텔레이몬은 유쾌한 남자예요." 안나가 말했다. "청년 예술의 굉장한 후원자이기도 하죠. 사실 그이는 알렉산드르의 딸 소피야에게 개인적인 관심을 가져왔어요."

"개인적 관심이라면……?"

"아, 그래요. 어제 저녁 식사 자리에서 그이가 그러더군요. 소피야의 재능이 발전하는 걸 지켜보는 게 얼마나 즐거운지 모르겠다고요. 제 생각엔 그이가 이곳 수도에서 소피야를 위한 어떤 커다란 계획을 세우고 있는 것 같아요."

"그건 몰랐습니다……."

단장은 자기 잘못도 아닌데 불편한 처지에 빠지고 만 사람의 표정으로 비숍을 보았다. 그런 다음 다시 백작을 향해 눈을 돌린 그는 조심스럽게 편지를 회수했다. "혹시라도 댁의 따님께서 스탈린그라드에서 연주하는 데 관심이 있다면 주저하지 마시고 연락 주십시오." 그가 말했다.

"고맙습니다, 프리놉스키 동무." 백작이 말했다. "정말 친절하시군요."

프리놉스키가 안나와 백작을 번갈아 보면서 말했다. "이렇게 불쑥 찾아오는 결례를 범하게 되어 정말 죄송합니다." 그는 머리에 모자를 얹은 다음 서둘러 종탑을 내려갔고, 비숍이 그 뒤를 부리나케 쫓았다.

백작이 조용히 문을 닫고 안나 쪽으로 돌아섰을 때 그녀의 표정은 전에 없이 심각했다.

"문화부 장관이 언제부터 소피야에게 개인적 관심을 갖기 시작한 거요?" 그가 물었다.

"늦어도," 그녀가 대답했다. "내일 오후부터요."

★

비숍이 방문하기 전 백작의 서재에 모였던 사람들에게 축하할 이유가 충분했다면 비숍이 떠난 후에는 축하할 이유가 더 많아졌다. 실제로 백작이 브랜디 병을 따는 동안, 안나는 클래식 음반들 사이에 끼워져 있던 미국 재즈 음반을 하나 찾아내 축음기 위에 올렸다. 이후 몇 분 동안 브랜디는 거리낌 없이 잔에 채워졌다. 에밀이 만든 케이크는 흔적도 없이 사라졌으며, 재즈 음반은 계속 되풀이하여 돌아갔다. 신사들은 번갈아 가면서 숙녀들과 함께 발을 질질 끌며 춤을 추었다.

브랜디가 마지막 한 방울까지 동이 나자 에밀―그는 그 시각에 이미 거의 황홀경에 이르러 있었다―이 모두 아래층으로 내려가 한 잔 더 하면서 춤도 더 추자고, 그리고 여전히 피아차의 밴드 무대에 서 있을 빅토르 스테파노비치에게 기쁜 소식을 전하자고 제안했다.

그의 제안은 즉시 재청이 이루어졌고, 만장일치로 통과되었다.

"그런데 가기 전에," 얼굴이 약간 상기된 소피야가 말했다. "건배를 제안하고 싶어요, 제 수호천사이자, 아버지이자, 친구인 알렉산드르 로스토프 백작을 위해. 우리 모두에게서 장점만을 찾아내고자 하는 사람을 위해."

"건배! 건배!"

"그리고 아빠, 걱정하지 마세요." 소피야가 말을 계속했다. "누가 문을 노크하든 간에 저는 메트로폴을 떠날 생각이 없으니까요."

참석자들은 건배를 합창한 후 각자 잔을 비우고는 옷장 문을 지나서 우르르 복도로 몰려 나갔다. 백작은 종탑의 문을 열어주면서 가볍게 고개를 숙인 채 모두들 먼저 지나가기를 기다렸다. 그런데 백작이 다른 사람들을 뒤쫓아 막 계단을 내려가려 할 때, 숄을 어깨에 두르고 머리에는 스카프를 두른 늙수그레한 중년 여인이 복도 끝의 어둠 속에서 모습을 드러냈다. 백작은 그녀를 본 적이 없지만, 행동하는 것으로 볼 때 그와 단둘이 얘기하기 위해 기다리고 있었음이 분명해 보였다.

"안드레이," 백작이 종탑에 대고 외쳤다. "방에 뭘 두고 왔네요. 모두 먼저 가요! 금방 뒤따라갈 테니⋯⋯."

마지막 말의 여운이 계단 아래로 잦아든 다음에야 여인은 다가왔다. 불빛 속에서 백작은 그녀가 자신에 대해서 엄격한(양심의 문제에 있어서는 대충이란 걸 용납하지 않는 사람처럼), 그런 아름다움을 지닌 사람이라는 것을 알 수 있었다.

"저는 카테리나 리트비노바예요." 그녀가 무표정한 얼굴로 말했다.

그녀가 바로 1920년대에 미시카와 함께 살았던 키예프 출신의 시인 카테리나라는 것을 백작이 깨닫기까지는 시간이 조금 걸렸다.

"카테리나 리트비노바! 정말 뜻밖입니다. 저에게 어떤⋯⋯."

"얘기 좀 할 수 있는 곳이 있을까요?"

"아, 예⋯⋯ 물론입니다⋯⋯."

백작은 카테리나를 침실로 안내한 다음, 잠시 머뭇거리고 나서 재킷들 사이로 그녀를 인도하여 서재로 데려갔다. 실은 서재로 들어갈 것인지 망설이며 머뭇거릴 필요가 없었을 듯싶었다. 그녀는 미리 설명을 들은 사람처럼 방을 둘러보는 동안 눈길이 책장에서 커피 탁자로, 이어 대사로 옮겨 갈 때마다 가볍게 고개를 끄덕였기 때문이다. 어깨에 둘렀던 숄을 벗은 그녀는 갑자기 피곤이 몰려온 듯 보였다.

"앉으세요." 백작이 의자를 권하며 말했다.

그녀는 의자에 앉아 숄을 무릎에 올려놓았다. 한 손을 머리 위로 올려 스카프를 벗자, 남자의 머리처럼 짧은 연갈색 머리카락이 드러났다.

"미시카 일로 오셨군요……." 잠시 후 백작이 말했다.

"네."

"언제였나요?"

"딱 일주일 전이에요."

오랫동안 그 소식을 기다리고 있었던 사람처럼 백작이 고개를 끄덕였다. 그는 카테리나에게 자신의 오랜 친구가 어떻게 죽었는지 묻지 않았으며, 그녀 역시 굳이 얘기하려 들지 않았다. 시대에 배반당했다는 사실이 너무나 명백했다.

"그 친구랑 같이 있었나요?" 백작이 물었다.

"네."

"야바스에요?"

"네."

…….

"제가 알기로는……."

"제 남편은 오래전에 죽었어요."

"죄송합니다, 몰랐네요. 애들은 있습니까……?"

"아뇨."

그녀는 바보 같은 질문에 대답하듯이 간결하게 말했다. 그러더니 약간 부드러워진 어조로 이야기를 이어갔다. "지난 1월 미하일에게

서 연락을 받았어요. 야바스로 그를 찾아갔지요. 지난 6개월을 우리는 같이 살았어요." 잠시 숨을 고른 후 그녀가 덧붙였다. "그는 당신 얘기를 자주 했어요."

"충직한 친구였죠." 백작이 말했다.

"그는 헌신적인 사람이었어요." 카테리나가 고쳐 말했다.

백작은 미시카가 집요하게 파고드는 성격의 소유자였으며 서성거리는 걸 좋아했다는 말을 꺼낼 생각이었지만, 그녀는 단 한마디로 그보다 훨씬 더 훌륭하게 자신의 오랜 친구를 설명하고 있었다. 미하일 표도로비치 민디흐는 헌신적인 사람이었다.

"그리고 뛰어난 시인이었지요." 백작이 혼잣말하듯 덧붙였다.

"뛰어난 두 시인 중 하나였죠."

백작은 이해가 되지 않는다는 표정으로 카테리나를 바라보았다. 그러고 나서 겸연쩍은 미소를 지었다.

"저는 평생 시를 써본 적이 없습니다." 그가 말했다.

이번에는 카테리나가 이해하지 못했다.

"무슨 말씀이세요? 그럼 「그것은 지금 어디 있는가?」는 어떻게 된 거예요?"

"그 시를 쓴 사람은 미시카입니다. 티히차스의 남쪽 거실에서였지요……. 1913년 여름에…….."

카테리나가 여전히 혼란스러워하는 모습을 보이자 백작이 자세히 설명해주었다.

"1905년의 봉기와 그에 따른 탄압이 있던 상황이죠. 우리가 졸업했을 때는 정치적 갈등이 담긴 시를 쓰는 건 여전히 위험한 행위였습니다. 미시카의 배경을 고려할 때, 비밀경찰은 아마도 그를 빗자

루로 쏟아버렸을 겁니다. 그래서 어느 날 밤, 둘이 함께 마르고 와인 한 병을 비운 다음, 우리는 그 시를 내 이름으로 출판하기로 결정했습니다."

"그런데 왜 당신 이름이죠?"

"아무리 비밀경찰이라 해도 경마 클럽 회원이자 차르의 자문역인 분 대자인 알렉산드르 로스토프 백작을 어떻게 하겠습니까?" 백작이 고개를 저었다. "그런데 아이러니하게도 결국 목숨을 구한 사람은 바로 나였어요. 그 친구가 아니라. 그 시가 아니었다면 저는 아마 1922년에 총살되었을 겁니다."

이야기를 유심히 듣고 있던 카테리나가 갑자기 울음을 삼켰다.

"아, 그렇게 된 것이었군요." 그녀가 말했다.

그녀가 안정을 찾을 때까지 두 사람 모두 말이 없었다.

"이 말씀은 꼭 드리고 싶어요." 백작이 말했다. "저한테 직접 찾아와 얘기를 들려줘서 정말 고맙다고요." 하지만 카테리나는 고마워할 것 없다고 대꾸했다.

"제가 여기 온 것은 미시카가 부탁했기 때문이에요. 그이가 당신에게 뭘 갖다주라고 해서요."

그녀는 숄을 들추더니 평범한 갈색 종이로 싸고 노끈으로 묶은 직사각형의 꾸러미 하나를 꺼냈다.

꾸러미를 손에 받아 든 백작은 무게로 보아 그것이 책이라는 것을 알 수 있었다.

"그의 연구 과제로군요." 백작이 미소를 지으며 말했다.

"네." 그녀가 말했다. 그러고 나서 또박또박 힘주어 덧붙였다. "그이는 여기에 엄청난 공을 들였어요."

백작은 충분히 이해한다는 것을, 그리고 카테리나에게 친구의 유품을 결코 소홀히 다루지 않겠다는 것을 약속하는 의미로 고개를 끄덕였다.

카테리나는 이 방 덕분에 그 동안의 수수께끼가 풀리기라도 한 것처럼 가볍게 머리를 흔들며 다시 방을 둘러보더니, 이제 가야겠다고 말했다.

백작도 따라 일어서면서 미시카의 연구 과제를 의자에 내려놓았다.

"야바스로 돌아가시는 겁니까?" 그가 물었다.

"아뇨."

"그럼 모스크바에 머물 건가요?"

"아뇨."

"그럼 어디로?"

"그게 문제가 되나요?"

그녀가 돌아섰다.

"카테리나……."

"네?"

"제가 해드릴 수 있는 게 있을까요?"

카테리나는 백작의 제안에 처음에는 놀란 표정이었으나, 곧 그 제안을 물리치고 마음에서 지웠다. 하지만 잠시 뒤 이렇게 말했다. "그 사람을 기억해주세요."

그리고 그녀는 문밖으로 나갔다.

백작은 말없이 의자로 돌아와 앉았다. 잠시 후, 그는 미시카의 유품을 들어서 노끈을 풀고 종이를 젖혔다. 안에는 가죽으로 장정된 작은 책이 한 권 들어 있었다. 표지에는 간단한 기하학적 무늬가 새겨져 있고, 무늬 중앙에 '빵과 소금'이라는 제목이 자리 잡고 있었다. 페이지들이 거칠게 잘려 있고 제본한 끈이 느슨한 것으로 보아, 책의 장정이 헌신적인 아마추어의 작품이라는 것을 누구든 알 수 있었다.

책의 겉면을 손으로 한번 쓸어본 백작은 제목 페이지를 펼쳤다. 미시카는 질색했지만 백작이 고집을 부려서 1912년에 찍었던 사진 한 장이 갈피에 끼워져 있었다. 왼편에는 실크해트를 쓰고 눈을 반짝반짝 빛내며 볼 끝 너머까지 콧수염을 기른 젊은 시절의 백작이 서 있고, 오른편에는 금방이라도 프레임 밖으로 뛰쳐나가려는 듯한 모습의 미시카가 서 있었다.

그래도 그 친구는 그 오랜 세월 동안 이 사진을 간직하고 있었구나.

서글픈 미소와 함께 백작은 사진을 내려놓고, 오랜 친구가 집필한 책의 제목 페이지에서 첫 페이지로 넘어갔다. 안에는 인용구 하나가 약간 삐뚤빼뚤하게 타이핑되어 있을 뿐이었다.

그리고 아담에게는 이렇게 말씀하셨다. "너는 아내의 말에 넘어가 따먹지 말라고 내가 일찍이 일러둔 나무 열매를 따먹었으니, 땅 또한 너 때문에 저주를 받으리라. 너는 죽도록 고생해야 먹고 살리라. ……너는, 흙에서 난 몸이니 흙으로 돌아가기까지 이마에 땀을 흘려야 **낟알**✦을 얻어먹으리라. 너는 먼지이니 먼지로 돌아가리라."

『창세기』

3:17-19

✦ 러시아어 흘레프хлеб는 빵, 곡식, 알곡의 의미를 갖고 있다.

백작은 2페이지를 펼쳤다. 마찬가지로 인용구가 하나 있었다.

유혹하는 자가 와서 "당신이 하느님의 아들이거든 이 돌더러 **빵**이 되라고 해보시오." 하고 말하였다. 예수께서는 "성서에 '사람이 **빵**으로만 사는 것이 아니라 하느님의 입에서 나오는 모든 말씀으로 살리라' 하지 않았느냐?" 하고 대답하셨다.

『마태오의 복음서』

4:3-4

그리고 셋째 페이지에는…….

또 **빵**을 들어 감사 기도를 올리신 다음 그것을 떼어 제자들에게 주시며 "이것은 너희를 위하여 내어주는 내 몸이다. 나를 기념하여 이 예식을 행하여라" 하고 말씀하셨다.

『루가의 복음서』

22:19

천천히 페이지를 넘기는 백작의 얼굴에 웃음이 번졌다. 그야말로 미시카다운 연구 과제였다. 그것은 연대순으로 정리한 중요 텍스트들의 인용구 사전으로, 각 인용구마다 '빵'이란 단어가 대문자에 볼드체로 타이핑되어 있었다. 인용은 성서에서 시작하여, 그리스 로마시대를 거쳐, 셰익스피어, 밀턴, 괴테의 작품들까지 이어졌다. 하지만 가장 많은 헌사가 바쳐진 것은 러시아문학의 황금기에 쓰인 작품들이었다.

예의를 갖추는 차원에서 이반 야코블레비치는 속옷 위에 연미복을 걸치고, 탁자에 착석하여 소금을 약간 뿌리고, 양파 두 개를 준비하고, 나이프를 손에 쥔 다음, 짐짓 의미심장한 태도를 취하며 **빵**을 자르기 시작했다. 덩어리를 둘로 나눈 그는 속을 들여다보았다. 놀랍게도 안에는 뭔가 허연 것이 보였다. 이반 야코블레비치는 조심스럽게 포크로 찔러보고 손가락으로 만져보았다. "딱딱한데!" 그는 중얼거렸다. "이게 뭐지?"

그는 손가락을 집어넣어 그것을 끄집어냈다. 코였다!

「코」

니콜라이 고골

(1836)

인간이 지구에서 살아갈 운명이 아니라면 태양은 다른 생물들에게 온기를 부여하는 것처럼 인간에게 온기를 부여하지 않을 것이고, **빵**도 인간을 살찌우거나 강하게 만들지 못할 것이다.

『사냥꾼 일기』

이반 투르게네프

(1852)

과거와 현재가 하나로 뒤섞였다. 그는 자신이 젖과 꿀이 흐르는 약속의 땅에 당도했다는 꿈을 꾸고 있었다. 그곳의 사람들은 일하지 않고도 **빵**을 먹었으며, 금과 은으로 만들어진 옷을 입고 돌아다녔다…….

『오블로모프』

이반 곤차로프

(1859)

"그건 모두 터무니없는 소리야." 그는 기대에 차서 말했다. "문제될 건 아무것도 없어! 그저 약간의 신체적 혼란에 불과해. 맥주 한 잔, 마른 **빵** 한 조각, 그거면 순식간에 정신은 더 강해지고, 생각은 더 명료해지고, 의지는 더 확고해지지.

『죄와 벌』

표도르 도스토옙스키

(1866)

나, 비열한 레베데프는 인류에게 **빵**을 배달하는 수레들을 신뢰하지 않아. 전 인류에게 **빵**을 배달하는 수레들은 자기들의 행동에 대한 아무런 도덕적 근거도 없이, 인류의 상당수가 자기들이 배달하는 물건을 즐기지 못하도록 아주 냉혹하게 배제해버리거든.

『백치』

표도르 도스토옙스키

(1869)

인류는 영국인 없이도 살 수 있고, 독일인 없이도 살 수 있고, 러시아인 없이는 훨씬 더 잘 살 수 있고, 과학이 없어도, **빵**이 없어도 살 수가 있어. 하지만 예쁜 여자 없이는 절대 살 수가 없다는 걸 알아? 아느냐고?

『악령』

표도르 도스토옙스키

(1872)

이 모든 일은 동시에 벌어졌다. 한 소년이 비둘기를 쫓아 뛰어 올라가다

가 웃으면서 레빈을 보았다. 비둘기가 날개를 퍼덕이며 훨훨 날아가는
바람에 눈가루가 햇빛을 받아 반짝이며 공중에 흩날렸다. 실내에 롤빵
이 등장하자 갓 구운 **빵**의 냄새가 창문 틈으로 퍼져 나왔다. 이 모든 것
이 너무 아름다워서 레빈은 환희의 웃음과 울음을 동시에 터뜨렸다.

『안나 카레니나』

레프 톨스토이

(1877)

이 메마르고 타는 듯한 사막의 돌들이 보이나요? 이것들을 **빵**으로 바꾼
다면 전 인류가 감사하고 복종하면서 양처럼 당신을 따를 거요……. 하
지만 당신은 인간에게서 자유를 뺏고 싶지 않아서 그 제안을 거절했소.
빵 덩어리들로 복종을 살 수 있다면 그게 무슨 자유냐고 당신은 생각했
기 때문이지.

『카라마조프가의 형제들』 중 '대심문관'에서

표도르 도스토옙스키

(1880)

　페이지들을 넘기면서 백작은 미시카의 연구 과제가 표현한 특유
의 거침없는 성격을 감지하고 미소를 지었다. 그런데 '대심문관'의
인용구 다음에 『카라마조프가의 형제들』에서 인용한 구절이 하나
더 있었는데, 백작은 잊어버리다시피 했던 장면이었다. 학교 동기
생들에게 괴롭힘을 당한 끝에 중병에 걸리고 마는, 일류셰치카라는
어린 소년의 일화였다. 결국 소년이 죽고 말자 상심한 아버지는 성
자 같은 알료샤 카라마조프에게 자기 아들이 마지막 부탁을 했노라

고 털어놓는다.

아빠, 내 무덤에 흙을 덮을 때, 참새들이 찾아올 수 있도록 **빵** 껍질을 부숴서 뿌려주세요. 그러면 참새들이 지저귀는 소리를 듣게 될 테고, 혼자 누워 있는 게 아니니까 기쁠 거예요.

이 인용구를 읽자마자 백작은 슬픔을 억누르지 못하고 울음을 터뜨렸다. 그것은 분명 너그럽지만 신경질적이기도 했던, 너무나 짧게 살다간, 그리고 이 처량한 아이처럼 세상의 모든 불공정함에도 세상을 원망하려 들지 않았던 친구를 위한 울음이었다.

하지만 백작의 울음은 자신을 위한 울음이기도 했다. 마리나와 안드레이와 에밀과의 우정에도, 안나에 대한 사랑에도, 어느 날 갑자기 그에게 찾아든 특별한 축복인 소피야에도, 미하일 표도로비치 민디흐가 죽음으로써 젊었던 시절의 백작을 알던 마지막 사람도 함께 사라진 것이었다. 그렇지만 카테리나가 부탁한 대로, 적어도 그는 살아남아서 기억해주어야 했다.

심호흡을 한 백작은 마음을 가다듬고 오랜 친구의 유작을 마지막 페이지까지 다 읽자고 마음먹었다. 2천 년이라는 시간을 아우르는 인용의 행렬은 그리 멀리까지 계속되지는 않았다. 그의 연구 과제는 현재로 이어지는 대신, 1904년 6월에 체호프가 썼던 편지에서 미시카가 잘라낸 문장들에서 멈춰 있었다.

여기 베를린에서는 최상급 호텔의 안락한 방에 묵고 있어. 난 이곳 생활을 매우 즐기고 있단다. 이렇게 왕성한 식욕으로 맛있게 음식을 먹어본 게 정말 얼마 만인지 모르겠구나. 여기 **빵**은 놀랍도록 맛있어서 나는 배불리 먹고 있다. 커피도 훌륭하고, 저녁 식사도 형언할 수 없이 맛있어. 외국에 나와보지 않은 사람들은 **빵** 맛이 얼마나 훌륭할 수 있는지 모를 거야.

1930년대의 궁핍했던 상황을 고려해보면, 백작은 샬라모프가(혹은 그의 상관들이) 이 사소한 부분에 대한 검열을 고집했던 이유가 이해되기도 했다. 그들은 체호프의 발언이 불만이나 반감을 초래하게 될 뿐이라고 추정했을 것이었다. 하지만 아이러니하게도 체호프의 발언은 이제 들어맞지 않았다. 이제는 러시아인들도 유럽의 그 누구보다도 **빵** 한 조각의 맛이 얼마나 훌륭할 수 있는지를 잘 알고 있기 때문이었다.

백작은 미시카의 책을 덮고 나서도 다른 사람들과 합류하기 위해 계단을 내려가지는 않았다. 대신 그는 서재에 남아서 골똘히 생각에 잠겼다.

지금까지의 상황을 고려할 때, 웬만한 사람이라면 백작이 서재에 앉아서 옛 친구의 기억을 떠올리고 있었을 거라는 결론을 내렸을 것이다. 하지만 사실 그는 더는 미시카를 생각하고 있지 않았다. 그는 카테리나를 생각하고 있었다. 특히, 20년이라는 세월이 흐르는 동안 '이 반딧불이, 이 바람개비, 이 세상의 경이'가 어디로 가느냐는 질문을 받았을 때 한 치의 망설임도 없이 '그게 문제가 되나요?'라고 대답할 수 있는 여자가 되어버렸다는 사실을—불길한 예감에 휩싸인 채—생각하고 있었다.

1 어떤 종류의 혼란스러운 상황이 건축업자들에겐 호황을, 건축가들에겐 파산을 가져올 수 있었을까? 답은 간단했다.

1월, 모스크바 시장은 급속한 인구 증가를 고려할 때 수도에 요구되는 사항들을 논의하기 위해 모스크바 내 건축가들의 회의를 소집했다. 3일에 걸친 회의 끝에 여러 위원회 사이에 과감한 새 조치가 나와야 한다는 합의가 신속하게 이루어졌다. 그들은 최신 재료와 공법을 이용하여 로비에서부터 지붕까지 순식간에 이동하는 승강기를 갖춘 40층짜리 고층 빌딩과, 모든 개인적 수요를 충족시킬 수 있는 환경(현대식 주방, 개인 욕실, 자연광을 내뿜는 판유리 창문 등)을 갖춘 아파트를 건립할 것을 제안했다.

회의의 폐막식에서 시장—머리가 벗어진 짐승 같은 부류의 인간으로, 나중에 다시 언급할 기회가 있을 것이다—은 참석자들에게 그들의 예술성, 그들의 천재성, 당에 대한 그들의 헌신에 감사를 표했다. "우리 모두가 합의하게 되어 매우 만족스럽습니다." 그가 결론을 내렸다. "우리 시민 동지들의 주택 수요를 가능한 한 신속하고도 경제적으로 해결하기 위해, 우리는 그야말로 과감하면서도 새로운 조치들을 취해야만 합니다. 그러니 정교한 디자인에 발목이 잡히거나 미적 감각에 굴복되지 않도록 합시다. 대신, 우리 시대에 걸맞은 보편적 이상에 총력을 기울이도록 합시다."

그렇게 해서, 시멘트로 벽을 두른 5층짜리 조립식 아파트의 황금시대가 도래하게 되었다. 시 당국은 120센티미터짜리 욕조를 자랑하는 공동 목욕탕을 언제든 사용할 수 있는 40여 제곱미터의 주거 공간이라고 떠들어댔다(이웃사람들이 욕탕의 문을 계속 노크하는 상황에서 느긋하게 욕조에 누워 있을 수 있는 사람이 몇이나 될까?).

이 새로운 아파트의 설계는 너무나 기발했고 건축은 너무나 직관적이었기 때문에 단 한 장의 설계 명세서만으로도—설계도의 방향이 제대로 됐든 뒤집어졌든 상관없이!—충분히 지어질 수 있었다. 6개월도 지나지 않아 마치 비 온 뒤에 버섯이 자라나듯, 수천 채의 아파트가 모스크바 외곽에 솟아났다. 건물들은 너무 규격화되어서 실수로 같은 구역 내의 다른 아파트에 잘못 들어간다 하더라도 즉시 내 집 같은 편안함을 느낄 수 있었다.

5권

1954

갈채와 환호

"파리라고요?"

방금 들은 얘기를 도저히 믿지 못하겠다는 투로 안드레이가 물었다.

"예."

"**프랑스**…… 파리 말인가요?"

에밀이 눈썹을 찌푸렸다. "당신 취했어요? 머리에 한 방 얻어맞기라도 한 거요?"

"어떻게 그게 가능하죠?" 지배인이 물었다.

에밀이 의자에 등을 기대며 고개를 끄덕였다. 드디어 지능을 가진 인간에게 합당한 질문이 던져졌기 때문이었다.

지구상의 모든 생물종 가운데 호모 사피엔스가 가장 적응력이 뛰어나다는 것은 주지의 사실이다. 인간 종족 가운데 하나를 사막에 떨어뜨려놓으면, 그들은 천으로 몸을 감싸고, 텐트에서 잠을 자며, 낙타 등에 올라타고 돌아다닌다. 북극에 떨어뜨려놓으면, 그들은 물개 가죽으로 몸을 두르고, 이글루에서 잠을 자며, 개가 끄는 썰매를 타고 돌아다닌다. 그들을 소비에트의 기후에 떨어뜨려놓는다면? 그들은 줄을 서서 기다리는 동안 낯선 사람들과 정답게 대화하는 법을 배운다. 옷장 서랍의 절반에 자기 옷을 가지런히 정리하는 법을 배운다. 그리고 스케치북에 상상의 건물들을 그리는 법을 배운다. 그렇게 그들은 적응한다. 혁명이 일어나기 전에 파리의 삶을 경험했던 러시아인들에게는 앞으로는 두 번 다시 파리를 보지 못하리라고 인정하는 것이 적응의 한 방식이었다……

"마침 문제의 인물이 오셨군." 문을 열고 들어서는 백작을 보며 에밀이 말했다. "당신이 직접 물어봐요."

자기 자리에 앉은 백작은 지금부터 6개월 뒤인 6월 21일에 소피야가 프랑스의 파리에 가게 되었다는 사실을 확인해주었다. 어떻게 그런 일이 가능하게 되었느냐는 질문에 백작은 어깨를 으쓱하며 대답했다. "복스VOKS 덕분이죠." 복스는 '대외문화교류협회'의 약칭이었다.

이제는 에밀이 믿지 못하겠다는 표정이었다. "우리 러시아가 외국과 문화 교류를 하고 있단 말인가요?"

"당연하죠. 우린 우리의 예술가들을 전 세계에 파견하고 있습니다. 4월에는 뉴욕에 발레단을 보낼 예정이고, 5월에는 런던에 극단을 파견할 예정이지요. 그리고 6월에는 모스크바 음악원의 오케스트라가 민스크와 프라하와 파리에서 연주 투어를 하게 됩니다. 그

때 소피야가 팔레 가르니에(파리 국립 오페라좌)에서 라흐마니노프를 연주하는 거지요."

"믿어지질 않네요." 안드레이가 말했다.

"환상적이군요." 에밀이 말했다.

"나도 그렇다고 생각합니다."

세 남자는 웃음을 터뜨렸다. 그러다가 에밀이 식칼로 동료들을 겨누면서 다짐하듯 말했다.

"하지만 충분히 자격이 있죠."

"오, 그렇다마다요."

"의심할 여지가 없지요."

세 사람 모두 '빛의 도시'에 대한 각자의 기억을 되짚느라 한동안 말이 없었다.

"파리는 변했을까요?" 안드레이가 궁금해했다.

"그럼요." 에밀이 말했다. "피라미드가 변한 만큼 변했겠죠."

이 대목에서 그들 삼인조는 장밋빛 과거 속으로 더 깊숙이 빠져들어갈 뻔했지만, 그 순간 에밀의 사무실 문이 활짝 열리면서 보야르스키 일일 회의의 신입 회원인 비숍이 들어왔다.

"안녕하시오, 여러분. 기다리게 해서 죄송합니다. 내가 직접 나서서 해결해야 할 일이 프런트데스크에서 벌어지는 바람에. 앞으로는 내가 도착하기 전에는 굳이 수고스럽게 모이지 않아도 괜찮을 것 같은데요."

에밀이 들릴락 말락 "끙" 하는 소리를 냈다.

비숍은 주방장을 무시하면서 백작에게로 몸을 돌렸다.

"로스토프 웨이터 주임, 오늘은 쉬는 날 아닌가요? 일하지 않는 날에는 굳이 일일 회의에 참석할 필요 없소이다."

"상황을 잘 알면 더 잘 준비할 수 있으니까요." 백작이 말했다.

"물론 그래야지요."

몇 년 전 비숍은 백작에게 메트로폴의 직원들은 각자가 맡은 자잘한 임무들만 수행하면 되지만, 총지배인은 호텔 전체가 일정 수준의 탁월한 서비스를 제공할 수 있도록 만전을 기하는 큰일을 혼자서 감당해야 한다고 자상하게 설명을 늘어놓은 바 있었다. 공정하게 말하자면, 비숍의 성격은 그를 그 임무에 완벽하게 들어맞는 인물로 만들어주었다. 객실이 되었든, 로비가 되었든, 2층의 시트보관 옷장이 되었든, 비숍의 소중하고도 까다로우며 약간 경멸적인 간섭의 은혜를 입기엔 그 어떤 세부 사항도 결코 자잘하지 않았으며, 그 어떤 실수도 중요하지 않은 것이 없었으며, 그 어떤 순간도 시의적절하지 않을 수가 없기 때문이었다. 그것은 보야르스키의 벽내부에서도 매한가지였다.

일일 회의는 그날 저녁의 특별식에 대한 상세한 설명과 더불어 시작되었다. 당연하게도 비숍은 특별식을 미리 맛보는 전통을 없애버렸다. 주방장은 자기가 만드는 음식이 어떤 맛이 나는지 완벽하게 알고 있어야 하며, 직원들이 맛볼 수 있도록 샘플을 만드는 것은 무분별한 동시에 낭비라는 이유 때문이었다. 대신 에밀에게는 특별식에 대한 설명을 손으로 직접 작성하라는 지시가 내려졌다.

주방장이 다시 끙 하는 소리를 내며 테이블 너머로 메뉴를 건넸다. 일련의 원과 화살표와 엑스 표가 메뉴에 새겨지다가 어느 순간 비숍의 연필이 멈추었다.

"난 돼지고기에 사과만큼 근대를 넣어야만 한다고 생각하오." 그가 말했다. "그리고 내 기억이 틀리지 않다면, 주콥스키 주방장, 식품 저장실에 근대가 아직 상당히 많은 걸로 아는데."

비숍이 이 새로운 개선 사항을 에밀의 메뉴에 적어 넣는 동안, 주방장은 자신이 종종 '수다쟁이 백작'이라고 부르곤 하는 탁자 건너편의 비숍을 사나운 눈길로 쏘아보았다.

수정한 메뉴를 주방장에게 건넨 다음 비숍은 지배인에게로 관심을 돌렸고, 지배인은 '예약 장부'를 탁자 건너편으로 밀어 보냈다. 1953년의 연말이 가까워지고 있음에도 비숍은 예약 장부의 맨 첫 페이지를 펼치더니 올해의 주간 예약 기록들을 한 장 한 장 넘기면서 살펴보았다. 마침내 이번 주 페이지에 도달한 그는 연필 끝으로 오늘 밤의 예약자 명단을 꼼꼼히 훑었다. 그는 안드레이에게 좌석 배치를 지시한 다음, 예약 장부를 다시 밀어 보냈다. 그리고 마지막 처리 사항으로서, 비숍은 식당 중앙의 꽃 장식이 시들기 시작했다는 사실을 지배인에게 경고하듯 일러주었다.

"저도 그건 확인했습니다." 안드레이가 말했다. "그런데 우리 호텔의 꽃집이 신선한 꽃들로 자주 갈아주는 데 필요한 재료를 조달하기 어려운 실정이라서요."

"아이센베르크 꽃집에서 신선한 꽃을 충분히 조달하기가 어렵다면 실크로 만든 인조 꽃 장식으로 대체할 시점이 된 것 같군요. 그렇게 하면 굳이 꽃을 갈아줄 필요성도 없어지고, 더불어 경제적 측면에서 부가 이익까지 챙길 수 있지 않겠소?"

"오늘 아이센베르크 꽃집 주인과 얘기를 해보겠습니다." 안드레이가 말했다.

"물론 그래야지요."

비숍이 미팅을 마무리 짓고 에밀이 근대 다발을 찾기 위해 투덜거리면서 방을 나가자 백작은 안드레이와 함께 중앙 계단으로 향했다. "아투탈뢰르(또 봐요)." 꽃집을 향해 계단을 내려가면서 지배인이 말했다.

"아비앵토(곧 봅시다)." 백작이 자신의 방을 향해 계단을 올라가면서 말했다.

하지만 안드레이가 시야에서 사라지자마자 백작은 2층의 층계참으로 되돌아갔다. 친구가 계단을 완전히 내려갔는지 확인하기 위해 사방을 둘러본 그는 서둘러 보야르스키로 걸음을 옮겼다. 등 뒤에서 문을 잠근 그는 주방을 엿보며 에밀과 직원들이 각자의 일에 분주한 것을 확인했다. 그런 다음 그는 지배인의 연단으로 다가가서 서랍을 열고, 가슴에 성호를 두 번 긋고는, 안드레이가 들고 다니는 예약 장부의 1954년 판을 끄집어냈다.

2, 3분 만에 그는 1월과 2월의 예약 현황을 모조리 점검했다. 3월에 노란 방에 예약된 행사에 눈길이 잠시 멎었다가, 4월에 빨간 방에 잡힌 다른 행사에도 눈길이 멎었다. 하지만 두 행사 모두 마땅치 않았다. 앞으로 나아갈수록 책의 페이지에 적힌 예약 사항은 점점 더 드물어졌다. 단 한 건의 예약도 잡혀 있지 않은 주들이 많았다. 백작은 더 빨리 페이지들을 넘겼고, 불현듯 절망적인 느낌이 엄습하기 시작했다. 그러다가 마침내 6월 11일이 속한 페이지에 그의 시선이 고정되었다. 안드레이가 섬세한 필체로 여백에 적어놓은 내용을 꼼꼼히 살펴본 백작은 참석자들의 명단을 톡톡 두드렸다. 소련에서 가장 영향력 있는 두 단체인 최고 간부회와 각료 이사회의 공동 만찬이었다.

백작은 예약 장부를 서랍에 다시 넣은 다음, 계단을 올라가 침실로 들어간 뒤 의자를 옆으로 밀치고 바닥에 앉았다. 그리고 거의 30년 만에 처음으로 대공의 책상 다리들에 숨겨진 문들 가운데 하나를 열었다. 백작이 행동을 취하기로 마음을 굳힌 것은 6개월 전 카테리나가 찾아왔던 밤이었지만, 막상 행동의 시계가 째깍거리기 시작한 것은 음악원의 친선 투어 소식이 들려온 다음부터였다.

그날 밤 6시 백작이 샬랴핀에 도착했을 때, 술집의 일당들은 최근 모스크바에 도착한 사교성 풍부하지만 운은 그다지 따르지 않는 미국인 '땅딸보' 퍼지 웹스터의 불운을 축하하는 중이었다. 어렸을 적에 얻은 땅딸보라는 별명으로 인해 겪었던 고통에서 여전히 벗어나지 못하고 있는 29세의 퍼지는, 아버지—뉴저지주에 본사를 둔 몽클레어 자판기 회사의 소유주였다—로부터 자판기 1,000대를 팔기 전까지는 귀국할 생각도 하지 말라는 엄명을 하달받고 러시아에 오게 되었다. 3주 뒤에 그는 마침내 당의 한 관리(고리키 공원의 스케이트장 관리인의 조수)와 첫 번째 미팅을 성사시켰는데, 여러 명의 기자들이 그에게 이 일은 샴페인 한 잔씩은 돌려야 하는 경사라고 추켜세우고 있었다.

일당들 반대편 의자에 자리 잡은 백작은 아우드리우스가 내미는 길쭉한 샴페인 잔을 받아 들고 감사의 표시로 고개를 끄덕이면서 자기 자신만의 축하할 이유를 가진 사람의 미소를 지었다. 인간이라는 존재는 우연과 망설임과 성급함에 좌지우지되도록 설계된 것으로 악명이 높다. 하지만 백작에게 사건들의 최적 코스를 설계할 수 있는 권한이 주어졌다 하더라도, 그는 지금 운명의 여신이 하고 있는 것보다 더 훌륭하게 임무를 수행하지는 못했을 것이다. 그는 입술에 미소를 머금고 잔을 들어 건배했다.

하지만 운명의 여신에게 건배하는 것은 곧 여신을 유혹하는 일이다. 아니나 다를까, 백작이 샴페인 잔을 바에 내려놓는 순간, 그의 목 뒤쪽에서 한 자락 찬 공기가 느껴지더니 다급하게 속삭이는 소리가 들려왔다.

"각하!"

의자에서 몸을 돌린 백작은 어깨에는 서리가 내려앉고 모자에는 눈이 쌓인 모습의 빅토르 스테파노비치가 서 있는 것을 보고 깜짝 놀랐다. 빅토르는 몇 달 전에 한 실내악단에 들어간 뒤로는 밤중에 호텔에 모습을 드러내는 일이 좀처럼 없었기 때문이다. 더구나 그는 마치 전력으로 질주하여 도시를 가로질러 온 것처럼 숨을 헐떡이고 있었다.

"빅토르!" 백작이 외쳤다. "무슨 일인가? 무척 흥분한 듯한데."

빅토르는 그 말을 무시하면서 평소답지 않게 다급한 어조로 얘기를 시작했다.

"백작께서 따님을 무척 아끼신다는 건 잘 압니다. 당연히 그래야지요. 그건 모든 부모의 특권이니까요. 더구나 연약한 딸을 둔 부모라면 당연히 느껴야 할 의무겠지요. 하지만 아무리 그렇다 해도 지금 백작님은 엄청난 실수를 저지르고 계신 겁니다. 소피야는 6개월 후면 졸업할 텐데, 백작님의 결정은 그 애가 괜찮은 자리를 차지할 기회를 박탈하는 것일 뿐입니다."

"빅토르," 백작이 의자에서 몸을 일으키며 말했다. "지금 무슨 얘기를 하는지 모르겠네."

빅토르가 백작의 표정을 유심히 살폈다.

"백작님이 소피야에게 명단에서 이름을 빼도록 지시한 게 아닌가요?"

"무슨 명단에서 이름을 뺀단 말인가?"

"방금 전 바빌로프 단장에게서 전화를 받았습니다. 소피야가 음악원 오케스트라의 연주 투어 초대를 거절했다고 알려주더군요."

"초대를 거절했다고? 여보게, 난 거기에 대해 아무것도 모른다네. 실은 난 그 애의 밝은 미래는 이번 연주 투어에 **달렸다는** 자네 얘기에 전적으로 동의하네."

두 사람은 어안이 벙벙한 채 서로를 바라볼 뿐이었다.

"소피야가 자기 맘대로 행동한 게로군." 잠시 후 백작이 입을 열었다.

"하지만 왜 그랬을까요?"

백작이 고개를 저었다.

"아무래도 내 잘못이라는 생각이 드네, 빅토르. 어제 오후에 그소식을 들었을 때 내가 지나치게 호들갑을 떨었거든. **팔레 가르니에의 수천 명 청중 앞에서 라흐마니노프를 연주할 수 있는 기회라니!** 내 호들갑이 그 애의 마음속에 두려움을 심어준 것 같아. 자네도 얘기했듯이, 그 애는 마음이 여리다네. 하지만 당돌한 구석도 있지. 앞으로 몇 주 뒤면 분명 마음을 돌릴 걸세."

빅토르가 백작의 소매를 잡았다.

"앞으로 몇 주라는 시간은 없습니다. 이번 금요일에 오케스트라

투어 일정과 프로그램을 설명하는 공식 발표가 있을 예정입니다. 단장은 발표 이전에 모든 연주자를 확정해야만 해요. 저는 명단에서 소피야의 이름을 뺀 것이 백작님의 결정이라고 생각했기 때문에 새로운 연주자를 지명하기 전까지는 백작님을 설득해서 결정을 번복할 수 있도록 24시간만 기다려달라고 단장에게 사정사정해서 겨우 확답을 받아놓은 상태입니다. 소피야가 단독으로 이런 결정을 내린 거라면 오늘 밤 당장 그 애와 얘기해서 마음을 돌리도록 하셔야 합니다. 소피야는 재능을 발휘할 기회를 반드시 잡아야 합니다!"

한 시간 뒤, 보야르스키의 10번 탁자에 앉아 메뉴 점검과 식사 주문을 모두 마친 소피야는 기대에 찬 눈으로 백작을 바라보았다. 그가 '제길 게임'의 첫 범주를 제시할 차례였기 때문이다. 그렇지만 승산 가능성이 높은 범주(왁스의 일반적인 용도[1])를 준비해 왔음에도 백작은 지금까지 한 번도 들려주지 않았던 얘기를 끄집어내기로 마음먹었다.

"내가 너한테 아카데미의 '운동경기의 날' 얘기를 해준 적이 있었니?" 그가 운을 뗐다.

"네, 해준 적 있어요." 소피야가 대답했다.

눈썹을 찌푸리면서 백작은 딸과 나누었던 모든 대화를 연대기 순으로 검토해보았지만, 전에 운동경기의 날 이야기를 소피야에게 해주었다는 증거는 전혀 찾을 수 없었다.

"운동경기의 날에 대해 뭔가를 한두 번쯤 얘기했는지도 모르겠구나." 그는 정중한 어투로 인정했다. "하지만 이 **특별한** 얘기는 결코 해준 적이 없는 게 분명해. 사실 말이지, 난 어렸을 때 궁술에 상당한 소질이 있었단다. 어느 해 봄—아마 네 나이쯤이었을 때—아카데미에서 운동경기의 날이 개최되었고, 우리 학생들은 모두 각기 다른 종목의 선수로 선발되었단다…….."

"그때 아빠는 열셋에 가깝지 않았어요?"

"그게 무슨 소리니?"

"그 일이 있었을 때 아빠 나이가 열세 살 아니었냐고요."

백작은 눈알을 굴리며 나이를 계산해보았다.

"그래, 맞다." 그는 다소 초조하게 얘기를 이어갔다. "아마 열세 살 무렵이었던 것 같구나. 아무튼 얘기의 **요지**는, 궁술 소질 덕분에 난 전교를 통틀어 궁술 경기에서 가장 우승 가능성이 높은 선수로 여겨졌고, 나 역시 잔뜩 기대에 부풀어서 경기할 날이 오기만을 손꼽아 기다렸지. 그런데 운동경기의 날이 가까워질수록 내 실력은 점점 더 형편없어졌단다. 50보 뒤에서 포도알을 꿰뚫는 실력으로 유명했던 내가 갑자기 5미터 떨어진 코끼리의 엉덩이도 맞히지 못하게 된 거야. 활을 보기만 해도 손이 떨리고 눈물이 앞을 가렸지. 로스토프 가문의 일원인 내가 갑자기 아프다는 핑곗거리나 찾아내 양호실에 입원할 궁리나 하게 되었던 거야…….."

"하지만 그러지 않으셨죠."

"맞아, 그렇진 않았어."

백작은 와인을 한 모금 마시고 극적 효과를 높이기 위해 잠시 뜸을 들였다.

"마침내 두려워하던 날이 오고 말았어. 운동장에 모든 관중들이 모인 가운데 궁술 경기 시간이 되었지. 과녁을 마주하고 서 있으면서 나는 내가 쏜 화살이—내 명성에도— 과녁을 한참 벗어났을 때 느끼게 될 수치심을 충분히 예상할 수 있었어. 그런데 떨리는 손으로 시위를 당겼을 때, 늙은 타르타코프 교수가 지팡이에 걸려 넘어지는 바람에 거름더미에 고꾸라지는 모습이 시야의 한쪽 구석에 포착된 거야. 그 광경이 어찌나 우스웠던지 나도 모르게 손가락을 놓았고, 화살은 시위를 떠났단다…….."

"그리고 화살은 공기를 가르면서 날아가 과녁의 정중앙을 맞혔고요."

"그래, 그거야, 바로 그거야. 정중앙에 맞았지. 이 얘기를 전에도 네게 들려준 적이 있는지 모르겠구나. 하지만 그날 이후로 난 설정한 목표를 달성하는 게 두려워질 때마다 타르타코프 교수가 거름더미에 고꾸라지는 모습을 떠올리며 편안한 마음으로 과녁을 맞추었다는 사실도 알고 있니?"

그는 대미를 장식하는 듯한 과장된 동작으로 손을 공중에서 돌렸다.

소피야는 미소를 지었지만 약간 당혹스러운 표정이었다. 유명한 궁술 선수가 무슨 이유로 이 특별한 시간에 이 특별한 얘기를 늘어놓기로 마음먹었는지 도무지 이해하지 못하겠다는 태도였다.

"우리가 살아가는 인생도 마찬가지란다. 우리는 종종 두려움이 엄습하는 순간들과 대면할 수밖에 없어. 그게 의사당의 연단에 올라서는 것이든, 경기장에 들어서는 것이든, 아니면…… 콘서트홀 무대에 올라가는 것이든 말이지."

소피야가 백작을 한동안 빤히 들여다보더니 깔깔깔 밝게 웃었다.

"콘서트홀 무대요?"

"그래." 기분이 좀 상했다는 투로 백작이 말했다. "콘서트홀의 무대 말이다."

"제가 바빌로프 단장과 나눈 대화 내용을 누군가 아빠에게 전달한 모양이군요."

백작은 약간 비뚤게 놓여 있던 포크와 나이프를 다시 가지런하게 정렬했다.

"누군가에게서 뭔가에 대한 얘기를 들은 것도 같긴 하구나." 백작이 어정쩡하게 말했다.

"아빠, 난 청중들 앞에서 오케스트라와 협연하는 게 두렵지 않아요."

"확신할 수 있니?"

"그럼요."

"팔레 가르니에만큼 큰 홀에서는 연주해본 적이 없잖니……."

"맞아요."

"그리고 프랑스인들은 까다롭기 그지없는 청중으로 악명이 높다는 것도……."

소피야가 다시 웃음을 터뜨렸다.

"아빠가 지금 제 맘을 편하게 만들어주려고 노력하시는 중이라면 높은 점수를 주기는 어렵겠네요. 솔직히 아빠, 두려운 마음과 제 결정은 아무 상관이 없어요."

"그럼 뭣 때문이니?"

"그냥 가고 싶지가 않아요."

"어떻게 가고 싶지 않을 수가 있니?"

소피야는 탁자를 내려다보며 은제 포크와 나이프를 만지작거렸다.

"전 여기가 좋아요." 식당 안을, 나아가 호텔 전체를 가리키는 동작을 취하며 소피야가 말했다. "전 아빠랑 여기 있는 게 좋아요."

백작은 딸의 얼굴을 유심히 살폈다. 길고 검은 머리칼, 하얀 피부, 검푸른 눈동자의 소피야는 나이보다 훨씬 더 침착해 보였다. 아마도 거기에 문제가 존재하는지도 몰랐다. 침착함이 성숙의 징표여야 한다면, 무모함은 젊음의 징표여야 하기 때문이었다.

"너한테 다른 얘기를 하나 들려주고 싶구나." 그가 말했다. "이건 분명 네가 들어본 적 없는 얘기일 거다. 아마 30년 전쯤 바로 이 호텔에서 벌어진 일이지. 오늘 밤처럼 눈이 내리던 12월의 어느 밤이었어……."

그렇게 백작은 1922년 피아차에서 소피야의 엄마와 함께 보냈던 크리스마스 얘기를 이어갔다. 그는 니나가 먹었던 아이스크림 애피타이저와, 굳이 학구파들 사이에 끼지 않으려는 니나의 고집과, 사람이 자신의 지평을 넓히려면 그 지평 너머를 탐험해보는 것이 가장 효과적이라는 니나의 주장을 소피야에게 들려주었다.

백작의 기분이 갑작스레 가라앉기 시작했다.

"소피야, 내가 너한테 몹쓸 짓을 한 것만 같아서 두렵구나. 네가 어린아이였을 때부터 난 너를 이 건물의 사방 벽 내부로 한정된 삶으로 너를 끌어들였어. 우리 모두가 그런 거야. 마리나, 안드레이, 에밀, 나, 우리 모두가. 우린 이 호텔이 진짜 세상처럼 넓고 멋진 곳으로 보이도록 만들려고 애를 썼어. 네가 이 안에서 우리랑 더 많은 시간을 보내도록 하기 위해서였지. 하지만 네 엄마 말이 정확하게 맞았어. 사람은 금박으로 장식된 홀에서 〈셰에라자드〉를 들음으로써, 혹은 자기만의 동굴에 갇혀 『오디세이』를 읽음으로써 자신이 지닌 가능성을 실현하는 게 아냐. 사람은 거대한 미지의 세계를 향해 발을 내디딤으로써 자신의 가능성을 실현하는 거야. 중국 땅을 여행한 마르코 폴로나 아메리카 대륙을 찾아 항해에 나섰던 콜럼버스처럼 말이야."

소피야가 이해하겠다는 뜻으로 고개를 끄덕였다.

백작이 얘기를 계속했다.

"내겐 너를 자랑스러워할 이유가 셀 수 없을 만큼 많단다. 그리고 가장 큰 이유 가운데 하나는 바로 음악원 경연 대회가 열렸던 밤이었어. 하지만 정작 내가 최고의 자부심을 느낀 순간은 안나와 네가 우승 소식을 가지고 돌아왔을 때가 아니야. 그것은 바로 그날 저녁, 경연을 몇 시간 앞두고 네가 경연장으로 가기 위해 호텔 문을 나서는 모습을 보았을 때였어. 인생에서 정말 중요한 것은 우리가 박수갈채를 받느냐 못 받느냐가 아니야. 중요한 건 우리가 환호를 받게 될 것인지의 여부가 불확실함에도 앞으로 나아갈 수 있는 용기를 지니고 있느냐, 하는 점이란다."

"만약 제가 파리에서 피아노를 연주한다면," 잠시 뒤 소피야가 말했다. "전 아빠가 청중석에 앉아서 제 연주를 들을 수 있기를 바랄 뿐이에요."

백작이 미소를 지었다.

"얘야, 난 장담할 수 있어. 네가 달에서 피아노 연주를 한다 하더라도 나는 네가 연주하는 음 하나하나를 모두 다 들을 거야."

전장의 아킬레스

"안녕하시오, 아르카디."

"안녕하십니까, 로스토프 백작님. 제게 부탁하실 일이라도 있으신가요?"

"번거롭지 않다면 문구 몇 가지 좀 빌려주시겠소?"

"물론이죠."

백작은 프런트데스크 앞에 선 채 호텔 이름이 박힌 메모지에 한 문장짜리 짤막한 내용을 쓴 다음, 봉투에 받는 사람 이름을 적었다. 그는 적당히 기울어진 필체로 글씨를 썼다. 이어 사환 주임이 다른 용무로 분주할 때까지 기다렸다가 무심한 발걸음으로 로비를 걸어가서 사환 주임의 데스크에 메모가 든 봉투를 슬쩍 떨어뜨린 다음, 매주 한 번씩 찾는 이발소에 가기 위해 계단을 내려갔다.

야로슬라프 야로슬라블이 메트로폴의 이발소에서 마법을 발휘하던 시절은 벌써 몇 년 전에 끝났으며, 그때부터 지금까지 여러 후계자들이 그의 자리를 대신하려는 시도를 해오고 있었다. 보리스 무슨비치라는 이름의 최근 이발사는 손님들의 머리를 짧게 깎는 데는 완벽한 자격을 갖췄지만, 야로슬라프만 한 예술가도 아니었고 대화의 달인도 아니었다. 그는 '침묵의 효율성'을 고수하면서 업무를 수행했기 때문에, 혹시 그가 인조인간은 아닌지 의심하는 사람까지 있을 정도였다.

"다듬을까요?" 주어나 목적어나 다른 수식어 등은 한 마디도 덧붙이지 않은 채 그가 백작에게 물었다.

점점 숱이 적어지는 백작의 머리와 효율성을 중시하는 이발사의 성향으로 볼 때, 다듬는 데는 10분 정도밖에 걸리지 않을 듯했다.

"그렇소, 다듬을 거요." 백작이 말했다. "그리고 가능하면 면도도……."

이발사가 눈썹을 찌푸렸다. 그의 내부에 자리한 인간적 속성은 틀림없이 백작은 몇 시간 전에 면도를 한 게 아니냐는 지적을 했을 것이다. 하지만 그의 내부에 자리한 기계적 속성이 무척 정교하게 조율되어 있었기 때문에 그는 벌써 가위를 내려놓으면서 면도용 브러시로 손을 뻗고 있었다.

브러시를 저어 거품을 충분히 낸 보리스가 백작이 면도하지 않았더라면 구레나룻이 자리 잡고 있음직한 부위에 거품을 문질렀다. 그는 가죽 숫돌에 면도날을 문질러 날을 세운 다음 의자 위로 몸을 기울이며 거칠 것 없는 솜씨를 발휘하여 단 한 번의 칼질만으로 백작의 오른쪽 뺨 위의 면도를 끝냈다. 허리춤에 찬 수건에 면도날을 닦은 그는 백작의 왼쪽 뺨 위로 몸을 기울여 아까와 똑같은 민첩함으로 면도를 끝냈다.

이런 속도라면 1분 30초면 끝나겠는걸, 백작은 속으로 안절부절못했다.

이발사가 굽은 손가락 관절을 이용해 백작의 턱을 치켜 올렸다. 백작은 금속의 면도날이 목에 닿는 것을 느낄 수 있었다. 바로 그때, 신입 사환 중 한 명이 문간에 나타났다.

"실례합니다, 이발사님."

"예?" 이발사가 백작의 목정맥에 면도날을 바짝 들이댄 채 말했다.

"이발사님 앞으로 메모가 왔습니다."

"저기 벤치에."

"그런데 급한 거라서요." 젊은이가 걱정스러운 투로 말했다.

"급하다고?"

"예, 지배인님한테서 온 전갈입니다."

이발사가 처음으로 눈길을 사환에게 돌렸다.

"지배인님?"

"예."

길게 숨을 내쉰 이발사가 백작의 목에서 면도날을 떼고 메모 봉투를 받아 들더니—사환이 복도로 사라진 것과 동시에—면도날로 봉투를 길게 잘라 열었다.

메모를 펼친 이발사는 족히 1분 정도는 뚫어져라 내용을 들여다보았다. 그 60초 동안 아마 그는 내용을 열 번 이상은 읽었을 것이다. '즉시 내 방으로 오시오!'라는 겨우 네 어절로 이루어진 짤막한 메모이기 때문이었다.

이발사는 다시 한숨을 내쉬면서 벽을 바라보았다.

"이해가 안 되는데." 그는 혼잣말을 중얼거렸다. 그러고 나서 다시 1분 동안 곰곰이 생각하더니 백작에게로 몸을 돌렸다. "급히 볼일이 생겼습니다."

"난 괜찮아요. 볼일부터 보시오. 난 급할 게 없으니까."

자기 말을 확인시켜주려는 듯, 백작은 낮잠을 잘 것처럼 머리를 의자에 기대고 눈을 감았다. 하지만 이발사의 발자국 소리가 복도 저편으로 사라지자마자 백작은 고양이처럼 잽싸게 의자에서 튀어 일어났다.

★

젊은 시절에 백작은 시계가 째깍거리는 소리에 자신은 전혀 동요하지 않는다는 사실에 자부심을 느꼈다. 20세기 초반, 그의 지인들 중에는 극히 사소한 일에까지 시급성을 부여하려는 이들이 있었다. 그들은 마치 군사 작전을 준비하기라도 하는 것처럼 아침 식사를 하는 데 걸리는 시간, 사무실까지 걷는 시간, 고리에 모자를 거는 시간까지를 꼼꼼하게 쟀다. 그들은 전화기의 벨이 한 번 울리자마자 전화를 받았고, 신문은 주요 기사만 대충 훑었으며, 업무와 밀접한 관련이 있는 내용에만 대화를 한정했고, 대부분 하루를 분 단위로 쪼개면서 살았다. 불쌍한 사람들 같으니라고.

백작은 의도적으로 서두르지 않는 삶을 택했다. 약속 시간에 맞추고자 서두르지도 않았으며─심지어 시계를 차는 것도 경멸했다─한가롭게 점심 식사를 즐기거나 강둑을 따라 산책하는 것을 세속적인 문제들보다 중요하게 생각한다는 점을 친구에게 납득시킬 때 최상의 만족감을 느꼈다. 어쨌든 와인은 세월이 흐를수록 맛이 좋아지지 않던가? 가구에 고색창연한 멋을 부여하는 것은 세월의 흐름이 아니던가? 결국 대부분의 현대인들이 시급하다고 여기는 일들(가령 은행가와의 약속이나 기차 출발 시각에 늦지 않는 것 등)은 기다려도 되는 것들이며, 반면 그들이 가장 사소하다고 여기는 것들(가령 차 한 잔이나 다정한 대화 등)은 즉각적인 관심을 받을 자격이 있는 것들이었다.

차 한 잔과 다정한 대화라고! 현대인은 그걸 가소롭게 여긴다. 그렇게 한가로운 것에 시간을 할애한다면 어른이 되는 데 필요한 일들은 어떻게 처리할 수 있단 말인가!

다행히도 기원전 5세기 그리스의 철학자 제논은 이 수수께끼에 대한 답을 제시한 바 있다. 행동과 시급성의 사나이인 아킬레스는 10분의 1초까지 재면서 행동하도록 스스로를 단련함으로써 20미터를 단숨에 주파할 수 있었다. 하지만 1미터를 전진하기 위해서 영웅 아킬레스는 우선 50센티미터를 전진해야 했고, 50센티미터를 전진하기 위해서는 먼저 25센티미터를 전진해야 했다. 25센티미터 전진을 위해서는 12.5센티미터를 우선 전진해야 했고, 계산은 그런 식으로 계속되었다. 그렇게 20미터 질주를 완수하기 위해 아킬레스는 무한히 많은 숫자를 횡단해야 했다. 그것은 수학적 정의상 무한히 많은 시간을 필요로 할 것이다. 이런 사고의 연장선상에서(백작이 즐겨 지적했듯이) 12시에 약속이 있는 사람은 지금부터 약속 시간 사이에 정신의 만족을 추구할 수 있는 무한히 많은 틈새 시간이 있는 것이다.

쿼드 에라트 데몬스트란둠*.

하지만 소피야가 음악원의 연주 투어 소식을 듣고 귀가한 12월의 그날 밤 이후로 시간의 흐름에 대한 백작의 관점은 180도 바뀌었다. 투어 참가를 축하하는 자리가 끝나기도 전에 그는 소피야의 출발 예정시간까지 6개월도 채 남지 않았다는 계산을 마쳤다. 정확히 178일이 남아 있었다. 하루에 두 번 울리는 시계로 치면 356번의 종소리가 남은 셈이었다. 그리고 이 짧은 시간 동안 해결해야 할 일은 산더미였다…….

---

* Quod erat demonstrandum. '증명 종료'라는 뜻의 라틴어.

젊은 시절 의도적으로 서두르지 않는 사람들의 대열에 가담했던 백작의 성격을 고려할 때, 독자들은 그의 귓가에 울리는 시계의 째깍거리는 소리가 한밤의 모깃소리 같았으리라고 예상했을지 모른다. 아니면 오블로모프♦처럼 그를 옆으로 돌아눕게 만들거나 권태감에 젖어 멍하니 벽만 바라보도록 만들었을 것이라 예상했을지도 모른다. 하지만 실상은 정반대였다. 바로 다음 날부터 백작의 발걸음은 가벼워졌고, 감각은 날카로워졌으며, 기지는 한층 더 빨리 발휘되었다. 시계의 째깍거리는 소리는 마치 험프리 보가트의 분노를 일깨우듯, 백작을 의지의 사나이로 만들었다.

12월의 마지막 주, 백작이 대공의 책상에서 꺼낸 예카테리나 여제의 초상이 새겨진 동전 하나가 바실리에 의해 중앙백화점의 지하로 전달되어 상품 구매용 현금으로 교환되었다. 그 돈으로 바실리는 작은 갈색 여행 가방과 수건, 비누, 치약, 칫솔 같은 잡다한 여행용품들을 구입했다. 물품들은 예쁜 포장지에 싸여 크리스마스이브에(자정에) 소피야에게 전달되었다.

바빌로프 단장은 소피야의 라흐마니노프 피아노 협주곡 2번 연주를 전체 프로그램 가운데 끝에서 두 번째에 배정하였으며, 소피야 뒤에는 바이올린 신동이 드보르작의 협주곡을 연주하도록 하였다. 두 연주 모두 전체 오케스트라와의 협연이었다. 백작은 소피야가 라흐마니노프 2번을 완벽히 꿰고 있다는 사실을 추호도 의심하지 않았다. 하지만 호로비츠에게도 스승 타르놉스키가 있었다. 그래

♦ 러시아 소설가 이반 알렉산드로비치 곤차로프의 작품 제목이자 주인공 이름. 귀족 집안에서 태어나 결국엔 소극적이고 무기력한 사람이 되어버리는 인물로, 무기력하고 나태한 사람의 대명사처럼 사용된다.

서 1월 초, 백작은 빅토르 스테파노비치를 고용하여 소피야의 리허설을 돕게 했다.

1월 말, 백작은 마리나에게 콘서트용 드레스를 제작하는 임무를 맡겼다. 마리나, 안나, 소피야가 참석한 디자인 모임(뭔가 알 수 없는 이유로 백작은 참석하지 못했다) 후, 파란색 호박단 한 필을 구입하기 위해 바실리가 중앙백화점으로 재차 파견되었다.

지난 몇 년 간 백작은 나름대로 소피야에게 생활 프랑스어 기초를 가르쳐왔다. 그럼에도 2월부터 아버지와 딸은 애피타이저를 기다리는 동안 '제길 게임'은 접어두고 프랑스어의 실질적 용례들을 점검했다.

"Pardonnez-moi, Monsieur, avez-vous l'heure, s'il vous plaît?"

"Oui, Mademoiselle, il est dix heures."

"Merci. Et pourriez-vous me dire où se trouvent les Champs-Élysées?"

"Oui, continuez tout droit dans cette direction."

"Merci beaucoup."

"Je vous en prie."✦

✦ "선생님, 죄송합니다만, 지금 시간이 어떻게 되나요?"
"아, 아가씨, 10시입니다."
"고맙습니다. 그리고 샹젤리제로 가는 길 좀 가르쳐주시겠어요?"
"예, 이쪽 방향으로 곧장 가시면 됩니다."
"정말 감사합니다."
"뭘요."

3월 초, 백작은 그해 들어 처음으로 호텔의 지하실을 찾았다. 화덕과 전기실을 지나 구석진 곳에 있는 조그만 방으로 갔다. 손님들이 버리고 간 이런저런 잡동사니들을 보관해두는 곳이었다. 그는 책을 꽂아둔 선반 앞에서 무릎을 꿇고 책등을 살펴보았다. 특히 금색 글씨로 '베데커'[*]라고 쓰인 조그만 빨간색 책들에 주의를 기울였다. 자연스러운 현상이지만, 지하실에 있는 대부분의 여행안내서는 러시아 여행에 관한 것이었다. 하지만 다른 나라 여행에 관한 책자도 몇 권 있었는데, 아마 여행객들이 마지막 여행지에서 버리고 간 것들인 듯싶었다. 백작은 버리고 간 소설들 사이에 듬성듬성 꽂혀 있는 이탈리아 베데커 한 권, 핀란드 베데커 한 권, 영국 베데커 한 권을 발견했고, 마침내 파리에 관한 베데커도 두 권이나 찾아냈다.

그리고 3월 21일, 백작은 메모지에 박힌 호텔 이름 아래에 적당히 기울어진 필체로 한 문장짜리 내용을 썼고, 그걸 사환 주임의 데스크에 슬쩍 떨어뜨린 다음 매주 한 번씩 가는 이발소로 갔으며, 거기서 그 메모가 전달되기를 기다리고 있었다…….

보리스가 계단을 올라가는 것을 확인하기 위해 복도로 고개를 빼꼼 내밀고 있던 백작은 이발소 문을 닫고 야로슬라프의 유명한 유리 캐비닛에 주의를 돌렸다. 캐비닛의 앞쪽에는 '망치와 낫' 샴푸 회사의 상표가 붙은 커다란 흰색 병들이 두 줄로 늘어서 있었다. 범세

[*] 독일인 칼 베데커(1801~1859)가 쓰고 제작한 유명한 여행안내서.

계적인 청결함을 위해 싸우는 병사들 뒤에는 지금은 잊힌 지 오래
지만 옛날부터 전해져온 환한 색깔의 병들이 자리 잡고 있었다. 백
작은 여러 개의 샴푸 병들을 끄집어낸 뒤 화장수와 비누와 오일 들
을 살펴보았다. 하지만 자신이 찾는 것은 발견할 수가 없었다.

분명 여기 있어야 하는데, 그는 생각했다.

무슨 물건 뒤에 무슨 물건이 숨어 있는지 확인하기 위해 백작은
그 병들을 체스보드의 말처럼 움직이기 시작했다. 마침내 두 개의
프랑스제 향수병 뒤쪽의 구석에 먼지를 뒤집어 쓴 채 처박혀 있는
검은색 작은 병이 눈에 들어왔다. 야로슬라프 야로슬라블이 눈을
찡긋하며 '젊음의 샘'이라고 불렀던 그 병이었다.

백작은 그 병을 주머니에 집어넣고 캐비닛 안의 병들을 원래의
상태로 되돌려놓은 다음, 캐비닛 문을 닫았다. 서둘러 이발용 의자
로 돌아간 그는 셔츠를 매만지고 나서 머리를 뒤로 기댔다. 그러나
눈을 감았을 때도 보리스가 면도날로 봉투를 길게 잘라 열던 모습
이 눈앞에 아른거렸다. 백작은 의자에서 다시 벌떡 일어나 카운터
에 있던 여분의 면도칼 중에서 하나를 재빨리 낚아채서 주머니에
집어넣은 다음, 다시 의자로 가서 앉았다. 바로 그 순간 괜한 장난질
때문에 시간만 낭비했다고 투덜거리면서 이발사가 문을 밀고 들어
섰다.

계단을 올라가 방으로 돌아온 백작은 서랍 뒤쪽에 검은색 작은
병을 내려놓은 다음 파리 베데커를 들고 책상에 앉았다. 목차를 살
펴본 그는 제8구 지역의 안내가 시작되는 50쪽을 펼쳤다. 개선문과
그랑 팔레, 마들렌과 막심 식당에 대한 설명이 시작되기 전, 얇은 종

이에 인쇄된 그 지역의 상세 지도가 접힌 상태로 삽입되어 있었다. 주머니에서 보리스의 면도칼을 꺼낸 백작은 날을 사용하여 안내 책자에서 지도를 깔끔하게 잘라냈다. 그러고 나서 빨간 펜으로 조르주 생크 거리에서부터 피에르 샤롱 거리를 지나 샹젤리제에 이르기까지 조심스럽게 지그재그로 선을 그었다.

지도 위에서 작업을 끝낸 백작은 소피야가 농 밑에서 해방시켜 준 이래로 책장에서 편안한 휴식을 취하고 있는 아버지의 책, 몽테뉴의 『수상록』을 들고 왔다. 책을 대공의 책상으로 가져가 페이지를 넘기기 시작한 백작은 여기저기 멈춰 가면서 아버지가 밑줄을 그었던 부분들을 읽었다. '아이들의 교육에 관하여'라는 제목의 특별한 에세이에서 한동안 머물고 있을 때, 하루에 두 번 울리는 시계가 정오를 알리기 시작했다.

이제 173번의 종소리가 남았군, 백작은 생각했다.

그는 한숨을 내쉬고 고개를 저으면서 가슴에 성호를 두 번 그은 다음, 그 걸작의 200쪽부터 여백을 남겨둔 채 글씨 부분을 보리스의 면도칼로 오리기 시작했다.

안녕

5월 초 어느 날, 종려나무 화분들 사이의 등받이 높은 의자에 앉아 있던 백작은 얼굴을 가린 신문 너머로 막 승강기 문을 빠져 나오는 이탈리아인 부부를 훔쳐보았다. 키가 크고 피부가 검은 미모의 부인은 기다란 검은 드레스를 입었고, 그녀보다 키가 작은 남편은 재킷에 바지를 입고 있었다. 백작은 부부가 모스크바를 방문한 목적은 잘 몰랐지만, 아무튼 두 사람은 매일 저녁 7시에 호텔을 빠져나가곤 했다. 아마 모스크바의 밤 문화를 즐기고 싶은 모양이었다. 중요한 것은, 6시 55분에 승강기에서 내린 그들이 곧장 안내 데스크로 걸어갔을 때, 바실리가 푸시킨의 희곡을 각색한 연극 〈보리스 고두노프〉의 티켓 두 장과 늦은 저녁 식사 예약 내역을 준비해두고 있었다는 사실이다. 부부는 프런트데스크에 들러 자기들이 묵는 객실 열쇠를 맡겼고, 아르카디가 넷째 줄의 28번째 구멍에 열쇠를 집어넣었다.

신문을 탁자에 내려놓은 백작이 몸을 일으켜 하품을 하며 팔다리를 쭉 폈다. 그는 날씨가 어떤지 확인하려는 사람처럼 회전문 쪽으로 느릿느릿 걸어갔다. 바깥 계단에서는 로디온이 젊은 부부와 인사를 나누고 손짓으로 택시를 부른 다음, 부부를 위해 뒷문을 열어주었다. 그들을 태운 택시가 출발하자 재빨리 몸을 돌린 백작은 로비를 가로질러 계단으로 향했다. 한 번에 한 계단씩(1952년 이래로 늘 그래왔다) 4층까지 걸어 올라간 그는 복도를 가로질러 28번째 문 앞에 섰다. 조끼 호주머니에 손가락 두 개를 집어넣어 니나의 열쇠를 끄집어냈다. 그리고 좌우를 살핀 뒤 방 안으로 들어갔다.

안나가 배우로 복귀하기 위해 애를 쓰던 무렵인 1930년대 초 이후로 백작은 428호에 들어와본 적이 없었다. 하지만 그는 작은 응접실의 장식이 어떻게 변했는지 평가하는 일 따위는 안중에도 없었다. 그는 곧장 침실로 들어가 왼쪽 옷장 문을 열었다. 오늘 밤 검은 피부의 미인이 입었던 것과 정확히 똑같은 드레스로 가득 차 있었다. 무릎 높이에 짧은 소매의 단색 드레스였다. (어쨌든 그녀에게는 잘 어울리는 옷이었다.) 여성복 옷장을 닫은 백작은 나란히 딸린 다른 옷장 문을 열었다. 안에는 바지와 재킷 들이 옷걸이에 걸려 있었으며, 빵모자처럼 생긴 뉴스보이 캡이 고리에 걸려 있었다. 그는 갈색 바지를 하나 고르고 나서 옷장 문을 닫았다. 그리고 책상의 두 번째 서랍에서 흰색 옥스퍼드 셔츠를 찾아냈다. 주머니에서 접힌 베갯잇을 꺼내 옷들을 안에 집어넣었다. 그는 응접실로 돌아와서 문을 살짝 열고 복도에 아무도 없는지 확인한 다음 방을 빠져나왔다.

딸깍 걸쇠가 잠기는 소리를 듣는 순간, 백작은 모자도 가져왔어야 한다는 생각이 들었다. 하지만 조끼 주머니에 손가락을 집어넣으려는 찰나, 삐걱거리는 바퀴 소리가 또렷하게 그의 귀를 때렸다. 세 걸음 만에 복도를 달려간 백작이 종탑 안으로 몸을 숨겼다. 바로 그때 룸서비스 담당인 올레크가 카트를 밀면서 모퉁이를 돌아 백작 앞을 지나갔다.

그날 밤 11시, 백작은 샬랴핀에서 브랜디를 한 잔 마시면서 자기가 작성한 체크리스트를 점검했다. 예카테리나 여제의 초상이 새겨진 동전, 여행안내서, 젊음의 샘, 바지와 셔츠, 마리나에게서 얻은 튼튼한 바늘과 실은 모두 확보되었다. 아직 해결해야 할 문제가 몇 가지 더 있었지만, 그중에서 중요한 문제는 딱 하나였다. 어떻게 알릴 것인가 하는 문제였다. 애초부터 백작은 이 부분이야말로 계획을 성사시키는 데 있어 가장 힘든 요소라는 걸 알고 있었다. 그냥 전보를 칠 수는 없는 일이었다. 그렇지만 절대적으로 필요한 것은 아니었다. 별다른 대안이 없다면 알리지 않고도 진행할 작정이었다.

백작은 위층으로 올라갈 생각으로 잔을 비웠지만, 의자에서 일어서기도 전에 아우드리우스가 샴페인 병을 들고 나타났다.

"서비스로 주는 건가?"

60세를 넘기면서부터 백작은 점차 11시 이후의 음주를 삼가왔다. 늦은 밤에 술을 마시면 불안정한 아이들처럼 새벽 3시나 4시에 잠을 깨야 했기 때문이었다. 하지만 백작으로서는 바텐더의 호의를, 더구나 병의 코르크를 따는 수고를 마다하지 않은 사람의 호의를 거절하는 것은 예의가 아니었다. 적절히 감사 인사를 하며 샴페인을 받아 든 백작은 편안하게 자리를 잡고 나서 바의 반대편에서 웃고 떠드는 한 무리의 미국인들에게로 시선을 돌렸다.

왁자지껄한 웃음의 원인 제공자는 이번에도 뉴저지주 몽클레어 출신의 불운한 세일즈맨이었다. 처음에는 전화로 영향력을 가진 인물과 접촉하기 위해 애를 썼던 이 미국인은 4월부터는 생각할 수 있는 정부의 모든 부처 고위 관료들과 일대일 미팅 기회를 확보하기 시작했다. 그는 식품부, 재무부, 노동부, 교육부, 심지어 외교부 인민위원회 관리들과 개인적인 만남을 가졌다. 크렘린 내에서 자판기를 판매하는 것은 조지 워싱턴의 초상화를 판매하는 것만큼이나 힘들다는 사실을 아는 기자들은 이러한 상황의 전개를 놀란 눈으로 지켜보았다. 자판기의 기능을 더 잘 설명하기 위해 웹스터가 아버지에게 미국산 담배와 초콜릿바 50상자를 보내달라는 요청을 했다는 사실을 알기 전까지는 그랬다. 아무튼 단 한 건의 약속도 성사시키지 못했던 이 세일즈맨은 갑자기 백여 개 사무실에서 환대를 받는 인물이 되었다. 그러나 사무실을 나올 때는 빈손이었다.

"오늘은 분명히 한 대를 팔 거라고 생각했죠." 그가 말했다.

그 미국인이 거의 성사될 뻔한 거래의 이야기를 자세히 늘어놓기 시작했을 때, 백작의 머릿속에는 어쩔 수 없이 리처드의 모습이 떠올랐다. 웹스터만큼 눈이 부리부리하고 사교성이 뛰어나며, 유쾌한 이야기를 위해서라면 기꺼이 자기 돈을 뿌릴 준비가 되어 있는 사람이 바로 리처드였다.

백작은 바에 잔을 내려놓았다.

글쎄, 백작은 생각했다. 그게 과연 가능할까?

백작이 자신의 질문에 답하기도 전에, 땅딸보 미국인이 로비에 있는 누군가를 향해 다정하게 손을 흔들었다. 미국인의 손짓에 역시 손을 흔들어 화답한 사람은 다름 아닌 어떤 저명한 교수였다…….

자정 직후에 그 미국인은 술값을 계산하고 동료들의 어깨를 두드린 다음, 〈인터내셔널가〉 비슷한 가락을 흥얼거리면서 계단을 걸어 올라갔다. 그는 4층 복도에서 더듬거리며 열쇠를 찾았다. 하지만 그의 방 방문이 닫혔을 때 그의 자세는 조금 더 꼿꼿해졌고 표정은 술이 조금 깬 것처럼 보였다.

백작이 전등 스위치를 켰을 때 그랬다는 말이다.

낯선 남자가 자신의 의자에 앉아 있는 것을 발견하고 적잖이 놀랐을 법도 한데, 이 미국인은 펄쩍 뒷걸음질 치거나 소리 지르지 않았다.

"죄송합니다." 그가 술에 취한 사람의 미소를 띠면서 말했다. "제가 방을 잘못 찾았나 보군요."

"아닙니다." 백작이 말했다. "제대로 찾았습니다."

"허, 제가 제대로 찾아왔다면, 잘못 찾은 사람은 당신이로군요……."

"아마도요." 백작이 말했다. "하지만 그렇진 않다고 생각합니다."

미국인은 한 발 앞으로 내디디며 초대받지 않은 손님의 얼굴을 좀 더 유심히 살폈다.

"당신은 보야르스키의 웨이터 아닌가요?"

"맞습니다." 백작이 말했다. "제가 그 웨이터입니다."

미국인이 천천히 고개를 끄덕였다.

"알겠습니다. 성함이……?"

"로스토프입니다. 알렉산드르 로스토프."

"아, 로스토프 씨. 같이 술 한잔 하고 싶지만, 밤도 늦었고 내일 아침 일찍 약속도 잡혀 있어서요. 뭐 제가 도와드릴 일이라도 있습니까?"

"그렇습니다, 웹스터 씨. 도와주실 일이 있습니다. 파리에 있는 제 친구에게 전달할 편지가 있습니다. 아마 당신도 아는 사람이라 생각합니다만……."

밤도 늦었고 아침에 약속도 잡혀 있었지만, 땅딸보 웹스터는 결국 백작에게 위스키 한 잔을 제안하고야 말았다.

11시 이후의 음주는 되도록 피하는 것이 백작의 규칙이라면, 자정 이후에는 더더욱 마시지 않는 것이 당연했을 것이다. 사실 그는 아버지의 경우를 예로 들면서 이 문제에 대해 소피야와 얘기를 나눈 적도 있었다. 자정 이후의 음주는 무모한 행동, 무분별한 인간관계, 도박으로 인한 빚밖에 남는 게 없다는 것이 주장의 요지였다.

하지만 이 미국인의 방에 몰래 숨어 들어와서 메시지를 전달해달라는 부탁까지 하고 난 처지이다 보니, 백작은 불현듯 험프리 보가트라면 자정이 지난 시간이라 해도 술 한잔 하자는 제의를 절대 거절하지 않았으리라는 생각이 들었다. 사실은 보가트가 자정 이후—오케스트라의 연주가 끝난 때이고, 술집의 자리가 텅 빈 때이고, 술꾼들이 비틀거리며 밤의 어둠 속으로 몰려나가는 때이다—의 음주를 **선호했다**는 증거는 차고도 넘쳤다. 살롱의 문이 닫히고 전등의 불빛이 흐려지는 가운데 위스키 한 병이 탁자에 놓이는 그 시간이야말로 '의지의 사나이'가 사랑 타령이나 웃음소리에 정신을 빼앗기지 않고 흉중을 털어놓을 수 있는 시간이었다.

"예, 감사합니다." 백작이 웹스터 씨에게 말했다. "위스키 한 잔이면 딱 좋지요."

백작의 본능은 완벽하게 맞아떨어졌다. 위스키 한 잔이 그야말로 딱 제 기능을 발휘했기 때문이다. 두 잔째도 마찬가지였다.

마침내 (한쪽 주머니에는 안나에게 줄 미제 담배 한 갑, 다른 쪽 주머니에는 소피야에게 줄 초콜릿바를 챙겨 넣은 상태로) 웹스터 씨에게 작별 인사를 한 백작은 한껏 고양된 기분으로 자신의 방으로 향했다.

4층 복도는 텅 비어 고요했다. 줄지어 늘어선 각각의 문 뒤편에서는 현실적이며 예측 가능한 사람들, 조심스러우며 속 편한 사람들이 잠에 빠져 있었다. 이불 밑에 몸을 묻고 내일의 아침 식사를 꿈꾸는 그들은 어둠에 잠긴 복도를 서성이는 사무엘 스파츠키, 필리프 마를로우✦, 알렉산드르 일리치 로스토프 같은 사람들은 아랑 곳하지 않았다…….

"그래," 복도를 갈지자로 걸어가면서 백작이 말했다. "난 웨이터 야."

모든 인류를 사랑하도록 감각을 적응시킨 백작의 시야 한구석에 뭔가 은밀한 것이 들어왔다. 428호의 문이었다.

〈보리스 고두노프〉는 세 시간 반짜리 연극이었다. 연극 관람 후의 저녁 식사에는 한 시간 반 정도가 소요될 것이다. 그렇다면 이 이탈리아인 부부가 호텔로 돌아오기까지는 30분 정도의 시간이 남아 있을 가능성이 많았다. 백작은 428호의 문을 노크하고 기다렸다. 확인을 위해 재차 노크했다. 그런 다음 조끼 주머니에서 열쇠를 꺼내 문을 열고 초롱초롱한 눈빛으로, 잽싸게, 아무런 거리낌도 없이 문턱을 넘었다.

야간 객실 담당자가 이미 방을 다녀간 것을 한눈에 알 수 있었다. 의자, 잡지, 물병과 유리잔 등 모든 것이 제자리에 놓여 있었기 때문이다. 침실로 들어간 그는 침대보의 가장자리가 45도 각도로 접혀 있는 것을 발견했다.

오른쪽 옷장 문을 열어 뉴스보이 캡을 고리에서 빼내려는 순간, 아까는 알아채지 못했던 뭔가가 그의 눈에 들어왔다. 옷 위쪽의 선반에 종이로 싸서 노끈으로 묶은 꾸러미가 하나 놓여 있었던 것이다. 작은 조각상 크기 정도의 꾸러미였다…….

뉴스보이 캡을 머리에 쓴 백작은 선반에서 꾸러미를 내려 침대에

✦ 레이먼드 챈들러의 작품에 등장하는 탐정인 필립 말로를 러시아식으로 바꿔 발음한 것.

올려놓았다. 끈을 풀고 조심스럽게 종이를 벗겼다. 인형 안에 인형이 들어 있는 러시아의 전통 인형 마트료시카가 나왔다. 전통적인 방식으로 색칠한, 모스크바의 수많은 상점에서 쉽게 구할 수 있는 이 마트료시카는 부모들이 러시아 여행 기념으로 아이에게 사다줄 법한, 기발한 장난감이었다.

그리고 인형 안에는 뭔가를 쉽게 숨길 수 있다…….

백작은 침대에 앉아 마트료시카의 가장 큰 인형을 열었다. 그런 다음 두 번째로 큰 인형을 열었다. 이어 세 번째로 큰 인형을 열었다. 그리고 막 네 번째 인형을 열려는 찰나, 열쇠를 자물쇠에 꽂는 소리가 들려왔다.

순간, '의지의 사나이'는 '어쩔 줄 모르는 사나이'로 변했다. 하지만 복도 쪽 문이 열리는 소리와 두 이탈리아인의 목소리가 들린 것과 동시에 백작은 분해했던 인형들을 쓸어안고 옷장 속으로 들어가서 조용히 문을 닫았다.

옷걸이 위쪽의 선반은 옷장 높이에 맞추어 바닥에서 180센티미터도 안 되는 지점에 설치되어 있었기 때문에 백작은 참회하는 사람처럼 머리를 숙일 수밖에 없었다. (이 상황에 들어맞는 말이었다.)

부부가 외투를 벗고 침대 속으로 들어가기까지는 그리 오랜 시간이 걸리지 않았다. 두 사람이 함께 화장실로 가서 양치질을 한다면 탈출하기에 더없이 좋은 기회가 생길 텐데, 하고 백작은 생각했다. 하지만 428호에는 작은 화장실밖에 없었으며, 부부는 좁은 세면대에서 서로 부딪치기보다는 한 사람씩 번갈아 사용하는 쪽을 택했다.

귀를 쫑긋 세운 백작은 부부가 각자 이를 닦는 소리, 서랍을 여는 소리, 파자마를 입는 소리를 들었다. 침대 시트를 젖히는 소리도 들었다. 조용한 대화 소리, 책을 집어 들어 페이지를 넘기는 소리도 들을 수 있었다. 영원 같은 15분이 흐른 뒤, 서로 잘 자라는 인사와 달콤한 입맞춤 소리가 나더니 불이 꺼졌다. 그리고 신의 은총 덕분에 이들 선남선녀 부부는 사랑을 나누는 대신 휴식을 택했다…….

하지만 저 사람들이 잠에 떨어지기까지는 얼마가 걸릴지 백작은 난감했다. 그는 근육 하나도 움직이지 않도록 조심하면서 그들의 숨소리에 귀를 기울였다. 기침 소리, 코를 훌쩍이는 소리, 한숨 소리가 들렸다. 누군가 몸을 뒤척였다. 목이 부러질 것 같은 고통과 조만간 화장실이 급해질지도 모른다는 두려움이 엄습하지 않았다면, 백작은 이러다 자기 자신도 잠에 빠지는 것은 아닐까, 걱정했을 것이다.

음, 그래, 백작은 생각했다. 자정 이후에 술을 마시지 말아야 할 이유가 하나 늘어난 거야…….

"Che cos 'era questo?! Tesoro, svegliati!"

"Cos'è?"

"C'è qualcuno nella stanza!"

…….

[쿵]

"Chi è la?"

[쾅]

"Scusa."

"Claudio! Accendi la luce!"

"Scusa."

[우당탕]

"Arrivederci!"*

성년

"준비 되셨나요?" 마리나가 물었다.

여배우의 방 소파에 나란히 앉아 있던 백작과 안나가 고개를 끄덕였다.

마리나가 멋진 의식을 거행하듯 침실의 문을 열자 소피야가 모습을 드러냈다.

재봉사 마리나가 콘서트를 위해 디자인한 옷은 허리 위는 잘록하고 무릎 아래로는 넓게 퍼지는, 활짝 핀 수선화 모양의 긴 소매 드레스였다. 깊은 바다를 떠올리게 하는 파란색 옷감은 소피야의 하얀 피부와 검은 머리에 대비되어, ·마치 딴 세상에서 온 사람 같은

---

* "이게 무슨 소리죠? 여보, 일어나봐요!"
"왜 그래?"
"방에 누가 있어요!"
…….
[쿵]
"누구야!"
[쾅]
"죄송합니다."
"클라우디오! 불을 켜요!"
"죄송합니다."
[우당탕]
"안녕!"

인상을 풍기게 했다.

안나가 헉하고 숨을 내쉬었다.

마리나가 활짝 웃었다.

백작은?

알렉산드르 로스토프는 과학자도 아니고 현자도 아니었다. 하지만 예순넷이라는 나이를 먹은 그는, 인생이란 것은 성큼성큼 나아가지 않는다는 사실을 알 만큼은 현명했다. 인생은 서서히 펼쳐지는 것이다. 주어진 하나하나의 순간마다 천 번에 걸친 변화를 보여주는 과정이다. 우리의 능력은 흥하다가 이울고, 우리의 경험은 축적되며, 우리의 의견은—빙하가 녹듯 매우 느리지는 않다 해도 적어도 천천히 점진적으로—진화한다. 소량의 후추가 스튜를 변화시키듯, 매일매일 벌어지는 사건들이 우리를 변화시킨다. 안나의 침실 문이 열리고 드레스 차림의 소피야가 앞으로 걸어 나왔을 때, 백작에게는 그 순간이 바로 소피야가 성년의 문턱을 넘어서는 시점이었다. 경계의 한쪽에는 백작에게서 우정과 조언을 기대하는, 몸가짐이 바르고 차분하면서도 동시에 상상력이 기발한 다섯 살, 열 살, 또는 스무 살의 소녀가 있었다. 경계의 다른 한쪽에는 자신을 제외한 누구에게도 기댈 필요가 없는 분별력과 우아함을 갖춘 젊은 여성이 있었다.

"어때요? 괜찮아요?" 소피야가 수줍게 물었다.

"무슨 말을 해야 할지 모르겠다." 백작이 노골적으로 뻔뻔한 자부심을 드러내며 말했다.

"정말 아름답구나." 안나가 말했다.

"정말 그렇죠?" 마리나가 말했다.

칭찬의 말과 안나의 박수 소리에 흥겨워진 소피야가 발끝으로 빙글 한 바퀴 돌았다.

그 순간 백작은 드레스의 등이 거의 없는 거나 다름없는 것을 발견하고 믿기지 않는다는 표정을 지었다. 호박단 천이(무려 한 필이나 구입했었다) 아찔한 포물선을 그리며 소피야의 어깨에서 척추의 끝부분까지 깊게 파여 있는 것이었다.

백작이 안나에게 고개를 돌렸다.

"**당신**이 이렇게 한 것 같은데!"

여배우가 박수를 멈췄다.

"제가 뭘 했다는 말이에요?"

그가 소피야 방향으로 손을 저으며 말했다.

"이 드레스답지 않은 드레스 말이에요. 분명 당신의 그 **편리한** 잡지에서 나온 디자인이겠죠."

안나가 대답을 하기도 전에 마리나가 발을 쿵쿵 굴렀다.

"이건 **내** 작품이에요!"

재봉사의 어조에 깜짝 놀란 백작은 그녀의 분개한 한쪽 눈이 천장을 향해 구르고, 다른 쪽 눈은 자신을 향해 대포알처럼 날아오는 것을 보면서 약간 두려움을 느꼈다.

"이 드레스는 **내** 디자인이라고요." 마리나가 말했다. "나의 소피야를 위해 **내** 솜씨로 만든 거라고요!"

의도치 않게 예술가를 모독한 것일지도 모른다는 사실을 깨달은 백작은 좀 더 회유적인 태도를 취했다.

"마리나, 이건 의문의 여지 없이 아름다운 드레스예요. 지금까지 내가 봤던 최고의 드레스 가운데 하나예요. 그리고 난 지금껏 살아오면서 멋진 드레스를 많이 봤지요." 이 대목에서 백작은 분위기를 환기시키려는 듯 어색한 웃음을 지었으며, 동지애와 상식이 깃든 어조로 얘기를 이어 갔다. "하지만 소피야는 몇 달을 준비한 끝에 팔레 가르니에에서 라흐마니노프를 연주하게 되었소. 청중들이 연주에 귀를 기울이는 대신 소피야의 등만 바라보고 있다면 억울하지 않겠소?"

"그럼 부대 자루를 걸쳐줄걸 그랬네요." 재봉사가 말했다. "청중들의 주의가 흐트러지지 않도록 말이에요."

"부대 자루를 입히자고 제안하는 게 아니잖아요." 백작이 항의했다. "하지만 화려함에도 절제라는 게 있는 법인데."

마리나가 다시 발을 쿵쿵 굴렀다.

"됐어요! 우린 당신이 꺼리든 말든 아무 관심이 없어요, 알렉산드르 일리치. 당신이 1812년에 혜성을 목격했다는 이유만으로 소피야가 페티코트와 허리받이를 입어야 하는 건 아니라고요."

백작이 반박하려 했지만, 이번에는 안나가 말을 막았다.

"아무래도 우린 소피야 얘기를 들어봐야 할 것 같네요."

그들은 논쟁이 어떻게 진행되는지 아랑곳하지 않은 채 거울 속에 비친 자신의 모습을 감탄스럽게 바라보고 있는 소피야를 쳐다보았다. 소피야가 돌아서서 마리나의 손을 잡았다.

"정말 근사해요."

마리나가 득의양양한 표정으로 백작을 바라보았다. 그런 다음 다시 소피야에게로 눈을 돌리고는 고개를 약간 갸우뚱거리며 비판적인 태도로 자신의 작품을 관찰했다.

"왜 그러세요?" 안나가 재봉사 옆으로 다가가며 물었다.

"뭔가 빠졌어요……."

"망토가 아닐까?" 백작이 중얼거렸다.

세 여자 모두 그를 무시했다.

"알았어요." 잠시 뒤 안나가 말했다. 침실로 미끄러지듯 들어간 안나는 사파이어 펜던트가 달린 목걸이를 가지고 돌아왔다. 목걸이를 마리나에게 건네자 마리나는 그것을 소피야의 목에 걸어주었고, 두 여인은 한 발 뒤로 물러섰다.

"완벽해." 그들은 입을 모았다.

"정말이에요?" 드레스를 입어보는 의식이 끝난 뒤 안나가 백작과 함께 복도를 걸어가면서 물었다.

"뭐가요?"

"정말 1812년의 혜성을 봤어요?"

백작이 헛기침을 하고 나서 말했다.

"내가 예의범절을 중시하는 사람이긴 하지만, 그렇다고 고리타분한 사람인 것은 아니에요."

안나가 빙긋 웃었다.

"조금 전 당신 행동은 고리타분했다는 거 알아요?"

"그랬을지도 모르지요. 그래도 난 그 애 아비요. 내가 어떻게 하기를 바랐어요? 내 책임을 포기해버리는 거?"

"포기?" 안나가 웃음을 터뜨리며 대꾸했다. "당연히 그건 아니죠, 백작님."

두 사람은 평범한 벽 모양 안에 직원용 계단으로 통하는 문이 숨어 있는 복도의 한 지점에 이르렀다. 걸음을 멈춘 백작이 억지로 정중한 미소를 지으면서 안나를 바라보았다.

"보야르스키의 일일 회의 시간이에요. 어쩔 수 없이 당신에게 안녕을 고해야겠군요." 그렇게 말한 백작은 고개를 한 번 까딱한 다음 문 뒤로 사라졌다.

계단을 내려가면서 백작은 일종의 안도감을 느꼈다. 정확한 기하학적 구조에다 구석구석 침묵이 밴 종탑은 마치 예배당이나 독서실—사람들에게 고독과 휴식을 제공할 목적으로 설계된 장소 말이다—같았다. 문이 다시 열리면서 안나가 층계참으로 발을 내디뎠을 때까지는 그랬다.

믿기지 않는다는 표정으로 백작이 다시 계단을 올라왔다.

"지금 뭘 하는 거예요?" 그가 나직이 말했다.

"로비에 가려고요." 그녀가 대답했다. "당신이랑 같이 걸어 내려가면 되잖아요."

"당신은 나랑 같이 갈 수 없어요. 이건 직원용 계단이니까!"

"하지만 난 이 호텔의 손님이에요."

"내 말이 바로 그 말이에요. 직원용 계단은 직원들이 이용하는 곳이오. 복도 저편에 화려한 사람들을 위한 화려한 계단이 있잖아요."

안나가 미소를 지으며 백작에게 한 발 다가섰다.

"화가 난 이유가 뭐예요?"

"화나지 않았어요. 난 화를 내는 사람이 아니오."

"이해할 만해요." 그녀가 철학적으로 말을 이었다. "자기 딸이 아리따운 젊은 여성으로 변모한 걸 발견한 아버지라면 얼마간 불안감을 느낄 수밖에 없을 거예요."

"난 불안하지 않아요." 백작이 한 발 뒤로 물러서며 말했다. "내

유일한 불만은 드레스의 등이 그렇게까지 깊이 파여야 하는가, 하는 점이니까."

"당신은 그 애의 등이 얼마나 아름다운지 몰라요."

"그럴지도 모르지. 하지만 그 애의 척추뼈를 속속들이 세상에 보여줄 필요는 없잖아요."

안나가 다시 한 발짝 앞으로 다가섰다.

"당신은 종종 내 척추뼈를 보며 감탄하곤 했잖아요⋯⋯."

"그건 완전히 다른 얘기예요." 백작은 다시 한 발 뒤로 물러서려 했지만, 이내 등이 벽에 닿고 말았다.

"내가 1812년의 혜성을 당신에게 보여줄게요." 안나가 말했다.

"시작할까요?"

다른 누구도 아닌, 편견이라는 토대 위에서 먹고 마시고 자는 남자의 입에서 이 놀랍도록 직접적인 말이 나왔다.

끙, 앓는 소리와 함께 에밀이 책상 위로 메뉴가 적힌 종이를 내밀었다.

백작과 안드레이는 의자에서 몸을 뒤척였다.

1953년 여름부터 보야르스키의 일일 회의에 참석하기 시작한 비숍은 1954년 4월에 회의 장소를 에밀의 사무실에서 자신의 사무실로 옮겼다. 주방의 부산함이 주의를 흐트러뜨린다는 이유에서였다. 삼인조가 앉을 수 있도록 지배인은 자신의 책상 앞에 프랑스식 의자 세 개를 일렬로 늘어놓았다. 의자는 매우 기묘한 비율로 만들어졌기 때문에, 혹시 루이 14세 당시 왕궁의 시녀들을 위해 설계된 것은 아닌가 하는 의심이 들 정도였다. 그 말은 성인 남자가 편하게 앉는 것이 사실상 불가능하며, 게다가 촘촘히 붙어서 앉을 경우에는 더욱더 그러하다는 뜻이었다. 결과적으로 의자는 보야르스키의 지배인과 주방장과 웨이터 주임으로 하여금 교장 선생 앞에 불려 온 학생들처럼 느끼게 만드는 효과를 낳았다.

메뉴가 적힌 종이를 받아 든 비숍은 그 종이를 책상 가장자리와 평행하게 내려놓았다. 그런 다음 은행가가 자신의 조수가 계산한 내용을 다시 확인하듯이 연필로 각각의 항목을 점검했다.

비숍이 메뉴를 점검하는 동안 세 학생은 자연히 주위를 둘러보는 수밖에 다른 도리가 없었다. 만약 벽에 세계지도나 주기율표가 붙어 있었다면 그들은 스스로를 대서양을 횡단하는 콜럼버스나 고대 알렉산드리아의 연금술사라고 상상하면서 그 시간을 유익하게 활용할 수 있었을 것이다. 하지만 스탈린과 레닌과 마르크스의 초상만 걸린 벽 앞에서 세 남자는 그저 몸을 꼼지락거릴 수밖에 없었다.

에밀이 작성한 메뉴를 수정해서 돌려준 비숍은 코를 킁킁거리며 안드레이에게로 눈을 돌렸고, 안드레이는 공손하게 예약 장부를 건넸다. 언제나처럼 비숍은 맨 앞 페이지를 펼쳤고, 삼인조는 비숍이 페이지를 한 장 한 장 넘기며 살펴보다가 마지막으로 5월 말 저녁에 이를 때까지 속으로 분을 삭이며 지켜보았다.

"오늘이군요." 그가 말했다.

다시 은행가의 연필이 하나의 예약 내용에서 다른 예약 내용으로, 열에서 열로, 줄에서 줄로 옮겨갔다. 이윽고 비숍은 안드레이에게 오늘 밤 좌석 배치를 지시한 다음 연필을 내려놓았다.

이제 회의가 거의 끝났다고 생각한 삼인조는 꼼지락꼼지락 의자 끄트머리로 몸을 움직였다. 그런데 비숍이 예약 장부를 덮는 대신 갑자기 페이지를 앞으로 넘기며 다가오는 두어 주의 예약 상황을 살펴보았다. 몇 페이지를 넘긴 뒤, 그의 손이 멈췄다.

"최고 간부회와 각료 이사회의 공동 만찬 준비는 어떻게 되고 있는지……?"

안드레이가 목청을 가다듬었다.

"모든 게 차질 없이 준비되고 있습니다. 공식 요청에 따라 만찬은 빨간 방이 아닌 스위트룸 417호 객실에서 진행될 예정이며, 아르카디가 이미 그날 손님을 받지 않고 방을 비워두었습니다. 에밀도 바로 얼마 전에 그날의 메뉴를 다 마무리했고요. 만찬을 주재할 로스토프 주임은 그날 행사가 매끄럽게 진행될 수 있도록 크렘린의 연락 담당인 프로프 동무와 긴밀히 협력하고 있습니다."

비숍이 예약 장부에서 눈을 들었다.

"행사의 중요성을 감안하면 당신이 직접 만찬을 주재해야 하지 않겠소, 듀라스 지배인?"

"전 평소처럼 보야르스키를 지키려고 했습니다만, 총지배인님께서 그게 더 낫다고 생각하신다면 제가 만찬을 맡도록 하겠습니다."

"아주 좋습니다." 비숍이 말했다. "그럼 로스토프 웨이터 주임이 식당에 남아서 그곳의 업무가 순조로이 돌아가도록 챙길 수 있겠군요."

비숍이 예약 장부를 덮는 순간 백작은 몸이 얼어붙었다.

최고 간부회와 각료 이사회의 공동 만찬은 백작의 의도에 안성맞춤인 행사였다. 그로서는 그보다 더 나은 기회를 생각할 수 없었다.

설령 더 나은 기회가 있다 하더라도 음악원의 투어까지는 겨우 16일밖에 남지 않은 상황에서 백작에게는 시간이 턱없이 부족했다.

비숍이 책상에 놓인 예약 장부를 밀어서 돌려주었고, 회의는 그렇게 끝이 났다.

늘 그러했듯이 삼인조는 교장 선생의 사무실을 나와 침묵 속에서 계단 쪽으로 걸음을 옮겼다. 층계참에서 에밀이 2층을 향해 계단을 오르기 시작할 때 백작이 안드레이의 소매를 잡아끌었다.

"이봐요 친구, 안드레이." 그가 소리 죽여 말했다. "잠깐 시간을 내 줄 수 있어요……?"

발표

6월 11일 6시 45분, 알렉산드르 로스토프 백작은 보야르스키의 흰색 재킷 차림으로 스위트룸 417호실에 서서 1954년 최고 간부회 및 각료 이사회의 공동 만찬을 위한 행사장 문을 열기 전에 행사장 세팅이 제대로 되었는지, 그리고 웨이터들의 복장 상태는 양호한지 점검했다.

여러분도 알다시피, 11일 전에 백작은 가차 없이 이 임무에서 배제되었다. 그런데 6월 10일 이른 오후에 듀라스 지배인이 비통한 소식을 가지고 보야르스키의 일일 회의에 참석했다. 그는 얼마 전부터 중풍의 초기 증세와 일치하는 손떨림 현상을 겪고 있다고 밝혔다. 전날 밤 잠을 잘 이루지 못한 상태에서 아침에 일어나 보니 상태가 심각하게 악화되어 있었다. 그는 그걸 보여주고자 오른손을 탁자 위에서 들고 있었는데, 손이 사시나무 떨듯 떨렸다.

에밀은 충격을 받은 표정으로 안드레이를 바라보았다. 이렇게 생각하는 듯했다. **도대체 어떻게 생겨먹은 신이기에 늙어가는 한 인간에게 질병을 주되, 하필이면 그 인간이 동료들과 구별되는 특징이자 모든 사람들의 눈에 돋보이게 만드는 바로 그 특징을 앗아가는 질병을 주는 세상을 만들었단 말인가?**

에밀, 어떻게 생겨먹은 신이냐고? 베토벤을 귀먹게 만들고 모네를 눈 멀게 만든 바로 그 신이라네. 신은 우리에게 준 것을 나중에 와서 반드시 회수한다네.

친구의 상태에 대해 신성모독에 가까운 분노의 표정이 에밀의 얼굴에 어린 반면, 비숍의 얼굴에는 괜히 일이 복잡해졌다고 여기는 사람에게서 나타나는 짜증의 표정이 어렸다.

총지배인의 짜증을 감지한 안드레이가 그의 심기를 가라앉히고자 애를 썼다.

"레플렙스키 지배인님, 걱정하실 필요 없습니다. 크렘린의 프로프 동무에게 벌써 연락을 취해서 제가 내일 밤 행사를 주재하지 못하더라도 로스토프 웨이터 주임이 제 역할을 맡아서 해낼 거라고 안심시켰습니다." 안드레이가 덧붙였다. "말할 필요도 없겠지만, 프로프 동무도 그 얘기를 듣고 무척 안심했습니다."

"물론 그렇겠죠." 비숍이 말했다.

사실 로스토프 웨이터 주임이 국가 만찬을 주재하게 되었다는 소식에 프로프 동무가 크게 안도했다는 안드레이의 보고는 과장된 것이 아니었다. 혁명이 일어난 지 10년 뒤에 태어난 프로프 동무는 로스토프 웨이터 주임이 메트로폴 호텔에 연금된 상태라는 것을 몰랐다. 그는 로스토프가 구시대 인물이라는 사실도 몰랐다. 그가 아는 것은—그리고 개인적인 경험을 통해 느낀 것은—로스토프 웨이터 주임은 손님이 앉은 자리의 모든 세부 사항을 꼼꼼히 챙기면서 손님이 불만을 드러내려는 약간의 기미만 보여도 즉각 대응하는, 충분히 신뢰할 수 있는 인물이라는 사실이었다. 프로프 동무는 크렘린의 업무 진행 방식과 관련하여 아직은 상대적으로 경험이 부족했지만, 그날 밤의 행사에 조금이라도 차질이 빚어진다면 마치 그 자신이 직접 탁자를 세팅하고 요리를 준비하고 와인을 따르기라도 한 것처럼 모든 비난이 자신에게 쏟아질 거라는 것을 알 정도로는 경험이 있었다.

프로프 동무는 행사 당일 아침의 간략한 회의 자리에서 자신이 얼마나 안심이 되었는지를 백작에게도 직접 전했다. 굳이 필요한 일이 아니었음에도 그 젊은 연락 담당관 프로프는 보야르스키의 2인용 탁자에 앉아 그날 밤 행사의 모든 세부 사항을 백작과 함께 점검했다. 행사 시간(문은 9시 정각에 열 것), 자리 배치(기다란 U자 형태로서, 양옆에 각각 20개의 좌석과 머리 부분에 6개의 좌석을 배치함), 메뉴(주콥스키 주방장이 현대적으로 해석한 전통적인 러시아 축제 음식), 와인(우크라이나산 화이트 와인), 그리고 정확히 10시 59분에 촛불이 모두 꺼지도록 할 것 등등이었다. 점검을 마친 프로프 동무는 아마도 그날 밤 행사의 중요성을 강조할 셈으로 백작에게 참석자 명단을 슬쩍 보여주었다.

크렘린 내부에서 벌어지는 일들에 관해서는 백작이 크게 관심을 두지 않았던 게 사실이지만, 그렇다고 해서 그가 종이쪽지에 적힌 이름들을 모른다는 얘기는 아니었다. 그들 모두 접대해본 적이 있었던 것이다. 빨간 방이나 노란 방에서 열리는 공식적인 자리에서 그들의 시중을 들기도 했지만, 그들이 아내나 정부, 친구나 적, 보호자나 피보호자와 함께 한결 친밀하고 한결 자유로운 분위기의 보야르스키에서 식사할 때도 시중을 들곤 했었다. 그는 누가 천박스럽고 누가 퉁명스러운지, 누가 논쟁적이고 누가 허풍쟁이인지를 알았다. 그는 모든 참석자들의 진지할 때의 모습을, 대부분의 참석자들의 취했을 때의 모습을 직접 목격한 사람이었다.

"차질 없이 준비하도록 하겠습니다." 젊은 기관원이 몸을 일으킬 때 백작이 말했다. "그런데 프로프 동무……."

프로프 동무가 멈춰 섰다.

"예, 로스토프 웨이터 주임. 뭐 빠뜨린 게 있나요?"

"좌석 배치도를 안 주셨습니다."

"아, 걱정 마세요. 오늘 밤에는 좌석이 정해져 있지 않습니다."

"알겠습니다." 백작이 미소를 지으며 대답했다. "오늘 밤 행사는 반드시 성공할 겁니다."

국가 만찬에 따로 좌석이 정해져 있지 않다는 얘기를 들은 백작은 왜 그렇게 기뻐했을까?

천 년 세월 동안 전 세계 문명국에서는 가장 큰 특권을 가진 사람의 자리를 탁자의 상석으로 여겨왔다. 공식적으로 배치된 탁자를 보는 순간 사람들은 머리 쪽 자리가 측면에 있는 자리보다 더 탐나는 자리임을 본능적으로 안다. 필연적으로 그 자리의 주인에게 권력과 중요도와 합법성의 위상을 부여하기 때문이다. 나아가 상석으로부터 멀리 떨어져 앉을수록 그 사람은 권력, 중요도, 합법성 측면에서 뒤떨어진다는 것도 사람들은 안다. 따라서 한 정당의 리더 46명을 초청하여 좌석이 정해져 있지 않은 U자형 자리 둘레에서 식사하도록 하는 것은 얼마간 혼란을 유발할 위험성을 내포하고 있었다…….

토머스 홉스라면 틀림없이 이런 상황을 '자연 상태에 놓인 인간'에 빗대어 이야기하면서 분명 실랑이가 벌어질 것이라고 충고했을 것이다. 비슷한 능력을 갖고 태어나 비슷한 욕망을 추구하는 46명의 참석자들은 탁자의 어떤 자리에도 앉을 수 있는 동등한 권리를 가지고 있었다. 따라서 비난과 맞비난, 주먹다짐은 물론이고 총을 쏘면서까지 상석을 차지하기 위한 다툼을 벌일 가능성이 컸다.

한편 존 로크라면 만찬장의 문이 열린 뒤에 약간의 혼란이 벌어지긴 하겠지만, 결국 46명 참석자들의 이성적 사고가 그들을 공정하고 질서정연한 좌석 배정 프로세스로 유도할 것이라는 주장을 펼쳤을 것이다. 따라서 참석자들은 제비뽑기를 해서 자리를 정하거나 아니면 간단히 탁자를 원형으로 재배치할—기사들을 공평하게 대우하기 위해 아서 왕이 그랬던 것처럼 말이다—가능성이 컸다.

18세기 중엽의 장 자크 루소가 이 논의에 끼어든다면, 마침내 사회적 관습의 압제로부터 해방된 46명의 참석자들이 탁자를 옆으로 밀쳐버린 뒤, 손과 손에 지상의 과일들을 들고 한자리에 모여 자연의 축복을 만끽하면서 자유로이 그것들을 공유할 것이라고 로크와 홉스에게 설파했을 것이다!

하지만 공산당은 '자연 상태'가 아니었다. 그 반대였다. 그것은 인간이 지금껏 만들었던 구성물을 통틀어 가장 복잡하고 가장 의도적인 구성물 가운데 하나였다. 한마디로 모든 위계 조직 가운데 가장 위계적인 조직이었다.

따라서 참석자들이 도착했을 때 주먹다짐이나 제비뽑기나 자유의지에 따른 과일 공유 따위는 일어나지 않으리라는 것을 백작은 확신했다. 분명 최소한의 밀침이나 다툼만을 거쳐 46명의 참석자들 각자가 자신에게 적절한 자리를 찾게 될 것이다. 그리고 용의주도한 관찰자라면 이 '자발적인' 좌석 배치를 통해 향후 20년 동안의 러시아의 통치에 관해 알아야 할 모든 것을 파악할 수 있게 될 터였다.

백작의 신호에 맞추어 오후 9시 정각에 스위트룸 417호의 문이 열렸다. 9시 15분까지 다양한 계급과 다양한 연공서열을 가진 46명의 남자들이 자신의 지위에 맞는 좌석을 차지하고 앉았다. 좌석 배치를 둘러싸고 한 마디도 거론되지 않았지만, 탁자 상석의 좌석들은 자연스럽게 불가닌, 흐루쇼프, 말렌코프, 미코얀, 몰로토프, 보로실로프—당의 가장 중요한 여섯 사람—에게 돌아갔으며, 그중에서도 한가운데 두 자리는 말렌코프 총리와 흐루쇼프 총서기 몫으로 남겨졌다.[2]

실제로 자기 위상을 증명이라도 하려는 듯, 만찬장에 들어선 흐루쇼프는 탁자의 머리 쪽으로는 걸음을 떼지도 않았다. 대신 그는 탁자 끄트머리 쪽에 앉아 있던 따분한 중형기계제조부 장관인 뱌체슬라프 말리셰프와 몇 마디 말을 주고받았다. 다른 참석자들이 모두 자리를 잡은 다음에야 모스크바 전 시장은 말리셰프의 어깨를 토닥거린 다음, 가벼운 발걸음으로 말렌코프 옆으로 가서 앉았다. 방 안에서 마지막으로 남은 빈 좌석이었다.

이후 두 시간 동안 참석자들은 마음껏 먹고 자유롭게 마시면서 고상한 이야기부터 유머에 이르기까지 다양한 대화를 나누며 건배를 이어갔지만, 애국정신만큼은 뇌리에서 놓지 않았다. 건배 중간중간 백작이 요리를 내오고, 잔을 다시 채우고, 포크와 나이프를 바꿔주고, 사용한 접시들을 치우고, 테이블보에서 부스러기들을 쓸어내는 가운데 참석자들은 왼쪽에 앉은 사람과 얘기를 나누고, 오른편 사람과 상의를 하고, 축제 분위기에 젖어 혼잣말을 늘어놓기도 했다.

이 부분을 읽은 여러분은 혹시 로스토프 백작이—스스로를 예의 범절의 표본이라고 주장하는 그가—탁자 주변에서 이루어지는 은밀한 이야기들을 엿듣지는 않았는지, 다소 냉소적으로 묻고 싶은 유혹을 느낄지도 모르겠다. 만약 그렇다면 독자 여러분의 질문과 냉소는 전적으로 잘못되었다. 최고의 하인들이 그렇듯, 유능한 웨이터의 **기본 업무**가 바로 엿듣는 일이기 때문이다.

데미도프 대공의 집사인 켐프를 예로 들어보자. 젊었을 적에 켐프는 서재 가장자리에 마치 동상처럼 꼼짝도 하지 않고 조용히 몇 시간이고 서 있을 수 있었다. 그러다가 대공의 손님 가운데 한 명이 목마르다는 소리라도 할라치면 켐프는 이미 마실 것을 대령했다. 누군가 낮은 소리로 좀 쌀쌀하다고 불평이라도 할라치면 켐프는 이미 난롯가에서 석탄을 뒤집고 있었다. 그리고 대공이 친구에게 셰르마토바 백작 부인은 '즐거운' 사람이지만 그녀의 아들은 '믿을 수 없는' 사람이라고 얘기를 한다면, 켐프는 셰르마토바 부인이나 아들 가운데 한 명이 기별도 없이 찾아올 경우, 대공은 한 사람에게는 시간을 내어줄 수 있지만 다른 한 사람에게는 그럴 수 없다는 것을 누가 일러주지 않아도 알고 있었다.

그렇다면 과연 백작은 참석자들이 나누는 은밀한 대화들을 엿들 었을까? 비밀스러운 논평과 신랄한 여담과 낮은 소리로 내뱉는 오 만한 발언들을 귀담아 들었을까?

그는 한 마디도 빼놓지 않고 다 들었다.

식사를 하는 사람마다 나름의 개성이 있기 마련이고, 말렌코프 동무는 아주 가끔 화이트 와인으로 건배를 하는 반면 흐루쇼프 동 무는 하룻밤에 네 차례나 늘 보드카로 건배를 한다는 사실을 알기 위해 백작이 군이 28년 동안 공산당원들의 시중을 들어온 것은 아 닐 것이다. 따라서 식사가 진행되는 동안 모스크바 전 시장이 한 번 도 자리에서 일어서지 않았다는 사실이 백작의 눈초리를 벗어나지 는 못했다. 하지만 11시 10분 전, 식사가 거의 마무리될 즈음, 흐루 쇼프 총서기가 나이프 날로 잔을 톡톡 두드렸다.

"여러분," 그가 말을 시작했다. "메트로폴 호텔에서는 역사적 행 사들이 숱하게 치러졌습니다. 실제로 1918년 스베르들로프 동무는 헌법 기초 위원회 위원들을 우리가 지금 앉아 있는 층의 두 층 아래 에 감금하기도 했습니다. 작업이 끝날 때까지는 내보내주지 않겠다 고 협박하면서 말입니다."

웃음과 박수가 터졌다.

"스베르들로프를 위해!" 누군가 외치자 흐루쇼프가 득의만만한 웃음을 지으며 잔을 비웠고, 주변의 모두가 그를 따라 잔을 비웠다.

"오늘 밤," 흐루쇼프가 계속했다. "우리는 메트로폴 호텔에서 또 하나의 역사적 사건을 목격하게 될 것입니다. 동무들, 저와 같이 창가로 가시면 말리셰프 장관이 발표할 겁니다······."

44명의 다른 참석자들이 궁금해하는 표정에서부터 어리벙벙한 표정까지 다양한 표정을 지으면서 의자를 뒤로 밀치고 일어나 테아트랄나야 광장이 내려다보이는 커다란 창문가로 몰려갔다. 창가에는 이미 말리셰프가 그들을 기다리며 서 있었다.

"감사합니다, 총서기님." 말리셰프가 흐루쇼프를 향해 고개를 숙이더니, 잠시 진지한 태도로 뜸을 들였다. "동무들, 여러분도 대부분 알고 계시다시피, 3년 반 전 우리는 오브닌스크 시에 새로운 발전소를 건립하는 공사를 시작했습니다. 오는 월요일 오후에 오브닌스크 발전소가 예정보다 무려 6개월이나 앞당겨 전면 가동하게 되었음을 알려드리게 되어 참으로 뿌듯합니다."

사람들이 적절한 찬사를 늘어놓으며 고개를 끄덕거렸다.

"더욱이," 말리셰프의 말이 이어졌다. "오늘 밤 11시 정각에—이제 2분도 채 남지 않았습니다만—발전소는 모스크바 시 절반에 해당하는 지역에 전기 공급을 시작하게 됩니다······."

그 말과 더불어 말리셰프는 창문을 향해 몸을 돌렸다(동시에 백작과 마르틴은 탁자 위의 촛불들을 조용히 껐다). 밖에서는 모스크바의 불빛이 여느 때와 마찬가지로 희미하게 반짝이고 있었다. 초침이 째깍거리며 흐르는 동안, 방 안의 사람들은 이리저리 서성이면서 서로 얘기를 나누기 시작했다. 갑자기 도시의 북서쪽 끄트머리 10개 구역에 해당하는 지역의 전깃불이 일시에 꺼졌다. 잠시 후 이웃한 지역의 불빛들도 꺼졌다. 이어서 마치 그림자가 평원을 가로지르듯, 어둠이 도시를 가로질러 움직이면서 점점 가까이 다가왔다. 대략 11시 2분께에 영원히 불이 꺼지지 않았던 크렘린의 창들이 암흑으로 변했고, 몇 초 뒤 메트로폴 호텔의 창들도 어둠에 잠겼다.

조금 전 중얼거리던 목소리들이 어둠 속에서 점점 커지면서 경이로움과 실망스러움이 뒤섞인 어조로 바뀌었다. 하지만 세심한 관찰자라면 어둠이 내려앉을 때 말리셰프의 실루엣을 통해 그가 입을 떼지도 않고 몸을 움직이지도 않았다는 것을 알 수 있었다. 그는 창밖을 뚫어지게 바라볼 뿐이었다. 갑자기 수도의 북서쪽 구석, 맨 처음 불이 꺼졌던 구역들의 불빛이 다시 깜박이기 시작했다. 빛은 도시를 가로질러 움직이며 점차 가까워지더니, 마침내 크렘린의 창문들이 환하게 밝혀지고, 이내 참석자들 머리 위 샹들리에에도 불이 들어왔다. 최고 간부회와 각료 이사회의 공동 만찬장에서는 이유 있는 박수갈채가 터져 나왔다. 세계 최초의 핵 발전소에서 만들어진 전기 덕분에 도시의 불빛이 더 환하게 불타오르는 듯했기 때문이다.

이 국가 만찬의 피날레는 모스크바가 지금껏 숱하게 목격했던 정교한 정치적 쇼 가운데 하나였다. 전기가 나갔을 때 도시의 시민들은 과연 불편을 느꼈을까?

다행스럽게도 1954년의 모스크바는 가전제품의 세계적 수도가 아니었다. 그래도 잠깐 동안 정전이 된 동안 최소 30만 개의 시계가 멈추었고, 4만 대의 라디오가 침묵했으며, 5천 대의 텔레비전이 먹통이 되었다. 개들이 컹컹거리고 고양이들이 야옹거렸다. 전기스탠드가 넘어지고 아이들이 울음을 터뜨렸으며 부모들은 커피 탁자에 정강이를 부딪쳤고 많은 운전자들이—갑자기 캄캄해진 건물들을 앞 유리창을 통해 올려다보느라—앞차의 꽁무니를 들이받았다.

제르진스코보 거리의 모퉁이에 자리 잡은 작은 회색 건물에서는 웨이트리스들이 엿들은 내용을 받아 적는 임무를 담당하는 조그만 회색 친구가 정전 사태에도 아랑곳하지 않고 타이핑을 계속했다. 여느 성실한 관료들과 마찬가지로 그는 눈을 감고도 타이핑이 가능했기 때문이다. 그런데 불이 나갔을 때 누군가 복도에서 넘어지는 소리가 들렸고, 그 소리에 깜짝 놀란 그가 고개를 드는 바람에 그의 손가락들은 의도치 않게 자판 위에서 한 줄씩 오른쪽으로 옮겨졌다. 결국 그가 작성한 보고서의 후반부는 보는 관점에 따라 말이 안 되거나 아니면 암호로 작성된 문서이거나 둘 중 하나로 여겨졌다.

한편 말리 극장에서는 안나 우르바노바가 회색빛 가발을 쓰고서 체호프의 〈갈매기〉에 이리나 아르카디나 역으로 출연하고 있었는데, 불이 나간 순간 관객들 입에서 우려의 목소리가 나지막하게 터져 나왔다. 안나와 동료 배우들은 어둠 속에서 퇴장하는 일에 숙달되어 있었지만, 그들은 그러지 않았다. 스타니슬랍스키의 연기론으로 훈련된 그들은 갑자기 정전이 되었을 경우 등장인물들이 취했음직한 행동을 즉석에서 연기하기 시작했다.

아르카디나 [놀라면서] 불이 나갔어요!

트리고린 그대로 꼼짝 말고 있어요. 내가 초를 찾아오리다.

[조심스럽게 움직이는 소리와 함께 트리고린이 오른쪽으로 퇴장하고, 잠시 정적이 흐른다.]

아르카디나 오, 콘스탄틴. 좀 무섭구나.

콘스탄틴 이건 그냥 어둠일 뿐이에요, 어머니. 우리가 태어났고, 우리

아르카디나 [아들의 얘기에 귀 기울이고 있지 않은 것처럼] 러시아 전체에

불이 난 건 아닐까?

콘스탄틴 아니에요, 어머니. 전 세계의 불이 모두 나갔어요…….

그렇다면 메트로폴에서는 어땠을까? 각자의 담당 탁자로 쟁반을 들고 가던 피아차의 두 웨이터가 부딪쳤다. 샬랴핀의 손님 가운데 네 명이 술을 흘렸고, 한 손님은 꼬집혔다. 2층과 3층의 중간 지점에서 멈춘 승강기에 갇힌 미국인 땅딸보 웹스터는 함께 타고 있던 주변 사람들에게 초콜릿바와 담배를 나눠주었다. 사무실에 혼자 있던 호텔의 총지배인은 '이 사태의 원인을 속속들이 밝히고야 말겠다'고 다짐했다.

하지만 50년 가까이 촛불로 실내를 밝혀온 보야르스키 식당에서는 손님들이 아무런 방해도 받지 않고 계속 식사를 즐길 수 있었다.

일화들

6월 16일 밤, 백작은 딸을 대신해 자신이 그동안 모아온 다양한 물건들을 소피야의 빈 여행 가방과 배낭 옆에 늘어놓았다. 어젯밤 소피야가 리허설을 마치고 돌아왔을 때, 그는 소피야를 앉히고 그녀가 해야 할 행동들을 조목조목 설명했다.

"이런 이야기를 왜 지금에야 하시는 거예요?" 눈물이 그렁그렁한 채 소피야가 물었다.

"더 일찍 얘기하면 네가 반대할까 봐 두려웠단다."

"그래요. 전 반대예요."

"안다." 그가 소피야의 손을 잡으며 말했다. "하지만 소피야, 최선의 행동이 처음엔 탐탁지 않아 보이는 경우가 종종 있단다. 실은 거의 언제나 탐탁지 않아 보이지."

아버지와 딸 사이에는 그렇게 행동해야 하는 이유에 대해, 관점의 차이에 대해, 계획 기간의 적절성에 대해 논쟁이 벌어졌고, 서로 견해가 다른 성공 가능성에 대해 진솔한 토로가 이어졌다. 백작은 소피야에게 자기를 믿어줄 것을 간청했고, 소피야는 그것을 거절할 방법을 찾을 수가 없었다. 얼마 동안 둘 사이에 침묵이 흐른 뒤, 소피야는 그들이 처음 만났던 날 이래로 줄곧 보여준 용기를 끌어내어 각 단계별로 취해야 할 구체적 행동을 차근차근 설명하는 백작의 말에 귀를 기울였다.

오늘 밤, 그동안 모은 물건들을 모두 늘어놓은 백작은 직접 꼼꼼히 점검하면서 혹시라도 잊어버리거나 놓친 구석은 없는지 확인했다. 모든 게 제대로 갖춰졌다고 느끼는 순간, 벌컥 문이 열렸다.

"장소가 바뀌었대요!" 소피야가 숨을 헐떡이며 외쳤다.

아버지와 딸은 걱정스러운 눈길을 교환했다.

"어디로?"

막 대답을 하려던 순간, 소피야가 말을 멈추고 눈을 감았다. 그러더니 난감하다는 표정과 함께 눈을 떴다.

"기억을 못하겠어요."

"괜찮다." 걱정은 기억에 아무런 도움이 되지 않는다는 사실을 잘 알고 있는 백작이 딸을 안심시켰다. "단장이 정확하게 뭐라고 했니?

새로운 장소에 대해 뭐든 기억나는 게 있어? 지역의 특징이나 이름 같은 거 말이다."

소피야가 다시 눈을 감았다.

"콘서트홀이었는데, 아마…… 살 뭐라고 한 것 같았어요."

"살 플레옐?"

"맞아요!"

백작은 안도의 한숨을 내쉬었다.

"걱정할 필요 없다. 거기라면 내가 잘 알아. 음향 시설이 뛰어난 역사적 건물이지. 다행히 같은 8지구에 자리 잡고 있단다……."

그렇게 소피야가 가방을 꾸리는 동안 백작은 지하층으로 내려갔다. 또 다른 파리 베데커를 찾아낸 백작은 지도를 찢어낸 다음, 계단을 올라와서 대공의 책상에 앉아 새롭게 빨간 선을 그었다. 모든 끈들을 단단히 묶고 자물쇠들을 꼭꼭 채운 뒤, 백작은 마치 의식을 치르는 듯한 기분으로 16년 전의 그날과 똑같이 소피야를 옷장 문을 지나 서재로 안내했다. 16년 전 그랬던 것과 똑같이 소피야가 말했다. "우와."

그날 오후 소피야가 마지막 리허설을 위해 방을 비웠을 때, 그들의 비밀 서재는 변신을 겪었다. 책장 위에서는 나뭇가지 모양의 촛대에 놓인 촛불들이 환하게 타올랐다. 백작 부인이었던 할머니의 동양식 커피 탁자 양쪽에는 등받이가 높은 의자가 하나씩 놓여 있었다. 흰 천이 덮인 커피 탁자 위에는 작은 꽃 장식이 놓여 있고, 호텔에서 가장 좋은 포크와 나이프가 자리 잡고 있었다.

"어서 탁자에 앉으시지요." 백작이 소피야의 의자를 빼주면서 환한 미소로 말했다.

"오크로시카인가요?"

"맞아." 백작이 의자에 앉으면서 대답했다. "해외여행을 하기 전에는 마음을 따뜻하게 해주는 간단한 고향 수프를 먹는 게 최고란다. 기분이 좀 가라앉는다 싶을 때, 즐거운 마음으로 추억할 수 있거든."

"꼭 그렇게 할게요." 소피야가 미소를 지으며 말했다. "집이 그리워질 때마다요."

수프를 다 먹어 갈 즈음, 소피야가 18세기식 드레스를 입은 조그만 은제 여자 조각상이 꽃 장식 옆에 놓여 있는 것을 보았다.

"이게 뭐죠?" 소피야가 물었다.

"직접 확인해보렴."

작은 조각상을 집어 든 소피야가 소리를 통해 그것이 무엇인지 알아맞히려는 듯 조각상을 앞뒤로 흔들었다. 땡그랑거리는 소리가 난 순간, 서재 문이 활짝 열리면서 안드레이가 돔 모양의 은제 뚜껑이 놓인 음식 카트를 밀고 들어왔다.

"봉주르, 무슈! 봉주르, 마드모아젤!"

소피야가 웃음을 터뜨렸다.

"수프는 맛있게 드셨겠죠?" 안드레이가 말했다.

"맛있었어요."

"트레비앙."

안드레이는 탁자에 놓인 접시를 치워서 카트의 아래 칸으로 집어넣었고, 백작과 소피야는 기대에 찬 눈으로 은 뚜껑을 바라보았다. 그러나 몸을 일으킨 안드레이는 주콥스키 주방장이 두 사람을 위해 준비한 요리를 선보이는 대신 메모장을 꺼냈다.

"다음 코스로 넘어가기 전에," 그가 설명했다. "수프에 대한 여러분의 만족도를 확인해주셔야 합니다. 여기, 여기, 그리고 여기에 서명을 하시지요."

백작의 얼굴에 나타난 놀란 표정을 보면서 안드레이와 소피야가 웃음을 터뜨렸다. 지배인은 한껏 과장된 몸짓으로 뚜껑을 열고 에밀의 최신 특별 요리인 '소피야를 위한 거위'를 공개했다. "이 거위는 말이죠," 그가 설명했다. "요리 운반용 승강기로 옮겨지고, 복도에서 사람들에게 쫓기고, 창밖으로 내던져진 다음에야 요리되었답니다."

안드레이는 거위를 자르고, 야채들을 접시에 나눠 담고, 샤토 마르고 와인을 따르는 일들을 모두 군더더기 없는 날렵한 동작으로 해냈다. 그러고 나서 두 사람에게 "보나페티(맛있게 드세요)"라고 말한 다음 문밖으로 나갔다.

에밀의 최신 요리 작품을 만끽하는 동안 백작은 1946년의 어느 날 아침 4층에서 벌어졌던 소동을 소피야에게 자세히 들려주었다. 리처드 밴더와일이 경례했던 군용 팬티 이야기도 빼놓지 않았다. 이야기를 하다 보니 어느 사이에 안나 우르바노바가 옷가지들을 몽땅 창밖으로 내던졌다가 한밤중에 거둬들여야만 했던 시절의 얘기로까지 거슬러 올라갔다. 말하자면, 두 사람은 가문의 전설이 되어버린 유쾌한 일화들을 공유하는 중이었다.

백작이 이 특별한 만찬을 준비한 이유가 폴로니어스*처럼 딸에게 충고를 해주거나 이별의 슬픔을 표현하기 위해서였을 거라고 짐

◆ 윌리엄 셰익스피어의 『햄릿』에 나오는 인물. 오필리어의 아버지.

작했던 이들에게는 오늘 밤의 분위기가 상당히 의외라고 느껴질지도 모르겠다. 하지만 백작은 어젯밤, 앞으로 어떻게 행동해야 할 것인지를 소피야와 상의한 뒤에 얼마간 의도적으로 충고의 말과 감정표현을 다 드러내 보였다.

백작은 자신의 성격에 어울리지 않을 정도로 절제력을 발휘하여, 부모로서의 충고를 두 가지 간단명료한 요소로 제한하였다. 첫째는 '인간이 자신의 환경을 지배하지 못하면 그 환경에 지배당할 수밖에 없다'는 것이었다. 둘째는 '가장 현명한 지혜는 늘 긍정적인 자세를 잃지 않는 것'이라는 몽테뉴의 격언이었다. 하지만 이별의 아픔을 털어놓는 일에 있어서만큼은 감정을 억제하지 않았다. 그는 소피야가 없으면 자신이 얼마나 상심하게 될지 솔직히 털어놓았지만, 다른 한편으로 소피야의 위대한 모험을 생각하기만 하면 자신이 얼마나 큰 기쁨을 느끼는지에 대해서도 분명히 밝혔다.

왜 백작은 소피야가 여행을 떠나기 전날 밤까지 그토록 조심하면서 기다렸다가 이 모든 이야기를 털어놓은 것일까? 사람이 난생 처음 해외여행을 하게 되면, 힘들여 해준 지시나 의미 있는 충고, 눈물 어린 감정 등을 돌아보려 하지 않는다는 것을 그는 잘 알고 있기 때문이었다. 간단한 고향 수프의 기억처럼, 사람이 향수에 빠질 때 가장 편안함을 느낄 수 있는 방법은 바로 수천 번 들었던 이런 유쾌하고 가벼운 이야기들을 떠올리는 것이었다.

그렇게 얘기가 끝나고 접시들도 모두 비워졌을 때, 백작은 오랫동안 마음에 담아두었던 새로운 얘깃거리를 하나 꺼냈다.

"내 생각엔……." 그가 약간 머뭇거리면서 말했다. "아니, 갑자기 떠오른 생각인데…… 혹시 네가 필요로 할 것도 같아서…… 혹은 나중에 언젠가……."

평소답지 않게 당황해하는 아버지의 모습에 소피야가 즐거워하며 웃음을 터뜨렸다.

"뭔데요, 아빠? 제가 뭘 필요로 한다는 거예요?"

백작은 멋쩍어하며 재킷으로 손을 뻗어 미시카가 연구 과제의 책갈피로 끼워두었던 사진을 꺼냈다.

"난 네가 네 부모의 사진을 얼마나 소중하게 생각하는지 잘 안다. 그래서 혹시 내 사진도 필요로 하지 않을까 생각했지." 그가 40여 년 만에 처음으로 뺨을 붉히면서 소피야에게 사진을 건네며 덧붙였다. "내가 유일하게 갖고 있는 사진이란다."

깊은 감동에 휩싸인 소피야는 최고의 감사를 표할 요량으로 사진을 받아 들었다. 하지만 사진을 들여다보자마자 그녀는 한 손으로 입을 틀어막더니 킥킥거리며 웃었다.

"아빠 콧수염!" 그녀가 불쑥 내뱉었다.

"안다, 알아." 그가 말했다. "믿거나 말거나지만, 그래도 한때는 경마 클럽 회원들이 모두 부러워했던 수염이란다……."

소피야의 웃음소리가 더 커졌다.

"좋아." 백작이 손을 앞으로 뻗었다. "네가 원치 않는다면 어쩔 수 없지."

하지만 그녀는 사진을 가슴에 꼭 끌어안았다.

"무슨 일이 있어도 늘 간직할 거예요." 미소와 함께 사진 속의 콧수염을 다시 들여다본 그녀가 궁금하다는 표정으로 아버지를 올려다보았다. "그런데 콧수염은 왜 자르신 거예요"

"어떻게 된 일이냐면 말이지……."

백작은 와인을 한 잔 쭉 들이켜고 나서 호텔 이발소에서 건장한 손님에 의해 한쪽 콧수염이 사정없이 잘려 나간 1922년 오후의 사건을 소피야에게 들려주었다.

"짐승만도 못한 인간 같으니."

"맞아." 백작이 동조했다. "그리고 그건 그 후 벌어질 일들을 어렴풋이 보여주는 사건이었다고도 할 수 있지. 하지만 어떤 면에서 난 너와 함께하는 삶을 살게 해준 그 친구에게 고마워해야 해."

"무슨 말씀이에요?"

백작은 이발소 사건이 있은 지 며칠 후 피아차에 앉아 있던 자신의 탁자에 소피야의 엄마가 불쑥 나타나서 방금 전 소피야가 물었던 것과 본질적으로 똑같은 질문—그게 어디 갔어요?—을 던졌던 얘기를 들려주었다. 두 사람의 우정은 바로 그 간단한 질문과 함께 시작되었다는 말도 해주었다.

이번에는 소피야가 와인을 쭉 들이켰다.

"아빠는 러시아로 돌아온 일을 후회해본 적이 없어요?" 잠시 후 소피야가 그렇게 물었다. "혁명 이후에 말이에요."

백작이 딸을 유심히 살펴보았다. 소피야가 안나의 방에서 파란색 드레스를 입고 걸어 나왔을 때 자기 딸이 이제 성인의 문턱을 넘어섰구나 하는 느낌을 받았다면, 지금은 그야말로 완벽하게 그 사실을 확인하는 순간이었다. 어투와 의도 두 가지 면에서 소피야는 어린아이가 부모에게 물어보는 식이 아니라, 백작이 선택했던 행위에 대해 성인 대 성인으로서 질문을 던진 것이었다. 백작은 이 질문을 충분히 곱씹었다. 그러고 나서 그녀에게 진실을 들려주었다.

"돌이켜보면 역사의 모든 전기마다 중요한 역할을 담당하는 사람들이 있다는 생각이 드는구나. 하지만 그 말이 역사의 흐름을 뒤바꿔놓은 나폴레옹 같은 사람들만을 의미하는 것은 아니야. 여기서 내가 말하는 사람은 예술이나 상업, 또는 사고의 진화 과정에서 중요한 갈림길마다 매번 등장하는 남자와 여자들이야. 마치 '삶'이란 것이 그 자체의 목적을 수행하는 데 도움을 받을 요량으로 때때로 그들을 불러낸 것처럼 말이지. 소피야, 내가 세상에 태어난 후 이제까지 인생이 나로 하여금 특별한 시간에 특별한 장소에 있게 한 것은 딱 한 번뿐이었어. 바로 네 엄마가 너를 이 호텔 로비로 데려온 날이란다. 그 시간에 내가 이 호텔에 있었던 것 대신에 러시아 전체를 통치하는 차르 자리를 내게 준다 해도 난 절대 그걸 받아들이지 않을 거다."

소피야가 자리에서 일어나 아버지의 뺨에 입을 맞추었다. 다시 의자로 돌아와 앉은 소피야는 등을 뒤로 기대며 눈을 가늘게 뜨더니 "세 개로 이루어진 유명한 것" 하고 말했다.

"하하하." 백작이 소리 높여 웃었다.

그리하여 초가 녹고 와인 병이 바닥을 보이는 가운데 세 개로 이루어진 것들이 번갈아 가며 언급되었다. 성부, 성자, 성령. 천국, 지옥, 연옥. 모스크바의 3대 환상도로. 동방박사 세 사람. 운명의 세 여신. 삼총사. 『맥베스』의 세 마녀. 스핑크스의 세 가지 수수께끼. 지하 세계를 지키는 개 케르베로스의 세 머리, 피타고라스의 정리, 포크, 스푼, 나이프. 읽기, 쓰기, 산수. 믿음, 소망, 사랑(그중에 제일은 사랑이라).

"과거, 현재, 미래."

"시작, 중간, 끝."

"아침, 점심, 저녁."

"해, 달, 별."

이 특별한 범주로 게임을 계속한다면 밤을 샐 수도 있을 것 같았지만, 소피야가 이런 대답을 내놓았을 때 백작은 졌다는 것을 인정하고 고개를 숙이지 않을 수 없었다.

"안드레이, 에밀, 알렉산드르."

10시에 백작과 소피야가 촛불을 끄고 침실로 돌아왔을 때, 누군가 조심스럽게 문을 노크했다. 두 사람은 마침내 시간이 왔다는 것을 아는 사람의 얼굴에 떠오르는 아쉬움의 미소와 함께 서로를 바라보았다.

"들어오세요." 백작이 말했다.

모자를 쓰고 외투를 입은 마리나였다.

"늦었다면 죄송해요."

"아니, 아니. 딱 맞춰 왔어요."

소피야가 옷장에서 재킷을 꺼내는 동안 백작은 침대에 놓여 있던 여행 가방과 배낭을 집어 들었다. 종탑을 통해 5층으로 내려간 세 사람은 문을 열고 복도를 가로질러 중앙 계단까지 계속 내려갔다.

소피야는 오후에 아르카디와 바실리에게 미리 작별 인사를 해두었다. 하지만 그들은 그녀를 전송하기 위해 다시 데스크를 빠져나왔고, 뒤이어 턱시도를 입은 안드레이와 앞치마를 걸친 에밀이 합류했다. 여느 때와 달리 아우드리우스까지도 손님들을 내팽개쳐두고 샬라핀의 바 뒤에서 빠져나왔다. 그들은 가족이나 친구 사이에서라면 흡족하게 받아들일 수 있는 일종의 부러움을 느끼면서 소피야 주위에 빙 둘러서서 덕담을 나누었다.

"넌 파리에서 제일가는 미인일 거야." 누군가 말했다.

"우린 네 소식을 듣고 싶어 못 견딜 지경일 거야."

"누가 가방 좀 들어줘요."

"그래, 기차 시간이 얼마 안 남았다니까!"

마리나가 택시를 부르러 나간 사이, 마치 사전에 약속이라도 한 듯 아르카디와 바실리와 아우드리우스와 안드레이와 에밀은 모두 몇 발짝 뒤로 물러섰다. 백작과 소피야 둘이서만 마지막 작별 인사를 나누도록 해주려는 배려였다. 아버지와 딸은 포옹했고, 소피야는 성공 여부에 대한 불확실한 마음을 다독이며 메트로폴 호텔의 멈출 줄 모르고 돌아가는 회전문을 통해 밖으로 나갔다.

6층으로 돌아온 백작은 한동안 침실 구석구석을 둘러보며 시간을 보냈다. 벌써부터 이상하리만큼 조용하게만 느껴졌다.

여기도 이제 빈 둥지가 되었군, 그는 생각했다. 정말 서글픈 처지일세그려.

브랜디를 한 잔 따라 마신 그는 대공의 책상 앞에 앉아 호텔 편지지에 다섯 통의 편지를 썼다. 작업을 끝낸 백작은 편지들을 서랍에 넣고, 이를 닦고, 파자마로 갈아입은 다음, 소피야가 떠났다는 사실에도 침대 아래의 매트리스에 몸을 뉘었다.

제휴

제2차 세계대전이 발발하면서, 나치 점령하의 많은 유럽인들은 필사적으로 자유의 땅 미국으로 눈을 돌렸다. 최상의 탈출구는 리스본이었다. 하지만 곧장 리스본으로 가기는 어려웠기 때문에 파리에서 마르세유로, 지중해를 건너 오랑⁺으로, 거기서 열차나 자동차나 도보로 아프리카를 가로질러 프랑스령 모로코의 카사블랑카로 힘겹게 우회하는 피난민이 줄을 이었다. 이곳에서 돈이나 영향력을 보유하거나 아니면 운이 좋은 사람들은 출국 비자를 구해 리스본으로 간 다음 신세계로 넘어갈 수 있었다. 그렇지 못한 사람들은 카사블랑카에서 기다리고, 기다리고, 또 기다려야만 했다…….

"역시 당신 안목은 알아줘야 해요, 알렉산드르." 오시프가 나직이 말했다. "정말 탁월한 선택이었소. 이렇게 재미있는 영화인지는 정말 몰랐소이다."

"쉿," 백작이 말했다. "시작합니다……."

두 사람의 월간 모임은 1930년에 처음 시작됐지만, 세월이 흐르면서 백작과 오시프의 만남 횟수는 점차 줄어들었다. 분기별로 만나던 두 사람은 반년에 한 번씩 만나게 되었으며, 언젠가부터는 아예 만나지 않게 되었다.

이유가 뭘까? 여러분은 그렇게 물을지 모른다.

그렇지만 반드시 이유란 게 있어야 할까? 20년 전에 식사를 했던 모든 친구들과 여전히 식사하는 사람이 몇이나 될까? 각자의 의도는 달랐어도 두 사람은 서로에게 호감을 느끼는 사이였지만, 삶이 중간에 끼어들었다고 얘기하는 것만으로도 충분할 것이다. 6월 초

✦ 알제리 서북부의 항구 도시.

어느 날 밤, 동료와 함께 보야르스키를 찾은 오시프는 식당을 나서기 전 백작에게 다가와 정말 오랜만이라는 인사를 건넸다.

"예, 정말 오랜만입니다." 백작이 맞장구를 쳤다. "언제 만나서 영화 한 편 봐야 할 텐데요."

"빠르면 빠를수록 좋겠죠." 오시프가 미소를 지으며 말했다.

두 사람은 그냥 그렇게 헤어졌을지도 모른다. 그런데 오시프가 문간에서 기다리던 동료를 향해 몸을 돌릴 때, 백작에게 한 가지 생각이 떠올랐다.

"굳이 계획 따위가 뭐 필요하겠습니까. 중요한 건 의지 아니겠어요?" 오시프의 소매를 잡으면서 백작이 물었다. "빠를수록 좋다면 다음 주는 어떨까요?"

몸을 돌린 오시프가 한동안 백작을 바라보았다.

"좋아요, 알렉산드르. 19일 괜찮겠소?"

"19일이면 아주 좋습니다."

"뭘 볼까요?"

백작이 주저 없이 말했다. "〈카사블랑카〉."

"〈카사블랑카〉라……." 오시프가 끙 하는 소리를 냈다.

"험프리 보가트를 좋아하시잖아요."

"물론 좋아하죠. 하지만 〈카사블랑카〉는 험프리 보가트스러운 영화가 아니잖아요. 우연찮게 그가 등장한 러브 스토리일 뿐이죠."

"그 반대입니다. 저는 〈카사블랑카〉가 가장 험프리 보가트스러운 영화라고 생각합니다."

"혹시 보가트가 상영 시간의 절반 정도를 하얀 디너 재킷을 입고 있기 때문에 그렇게 생각하는 거 아닌가요?"

"가당찮은 얘기입니다." 백작이 정색하며 말했다.

"좀 가당찮은 얘기일지도 모르겠네요." 오시프가 인정했다. "그래도 난 〈카사블랑카〉를 보고 싶은 생각은 없습니다."

다른 사람의 어린애 같은 행동에 굴복할 리 없는 백작이 입을 삐죽 내밀었다.

"알았어요." 오시프가 한숨을 쉬었다. "당신이 영화를 고른다면, 요리는 내가 고를 겁니다."

그런데 일단 영사기가 돌아가고 영화가 시작되자 오시프는 완전히 빠져들고 말았다. 우편물을 배달하던 두 독일 병사가 사막에서 살해되고, 시장에서 용의자들이 체포되고, 도망자가 총에 맞고, 영국인이 소매치기를 당하고, 게슈타포가 비행기편으로 도착하고, '릭의 카페 아메리캥'에서 음악이 흐르는 가운데 도박판이 벌어지고, 두 장의 통행 허가증이 피아노 속에 숨겨지는 등등의 일이 숨 가쁘게 진행되었기 때문이다. 그것도 영화가 시작된 지 겨우 10분이라는 짧은 시간 안에!

20분쯤, 르노 대위로부터 우가티를 조용히 체포하라는 지시를 받은 부관이 대위에게 경례를 하자 오시프도 그를 따라 경례했다. 우가티가 도박에서 딴 칩을 현금으로 바꾸자 오시프도 자기 돈을 바꿨다. 우가티가 두 경비병 사이를 빠져나가 문을 닫고 권총을 꺼내 네 발을 발사하자 오시프 역시 달리고 문을 닫고 총을 꺼내고 발사하는 동작을 취했다.

[숨을 곳이 없어진 우가티가 미친 듯이 복도를 달려간다. 반대편에서 릭이 등장

하자 그가 릭을 붙잡는다.]

우가티 릭! 릭! 나 좀 도와줘!

릭 어리석은 짓 하지 말게. 자넨 도망칠 수 없어.

우가티 릭, 제발 숨겨줘. 어떻게 좀 해줘! 날 도와줘야 해, 릭! 뭐든 좀 해보라고! 릭! 릭!

[릭이 냉정하게 일어서고, 경비병들과 경찰관들이 우가티를 끌고 간다.]

손님 릭, 저들이 나를 잡으러 올 때는 날 좀 도와주겠지?

릭 난 다른 사람을 위해 내 목을 내놓지는 않습니다.

[당황한 손님들(몇몇은 막 문을 나서려던 참이었다)과 탁자 사이를 무심히 움직이던 릭이 실내의 손님들에게 침착한 목소리로 얘기한다.]

릭 여러분, 소란을 일으켜서 죄송합니다. 이제 다 끝났습니다. 아무 일 없으니 편하게 앉아서 즐기십시오⋯⋯. 샘, 연주를 계속하게.

샘과 그의 오케스트라가 연주를 시작하자 영화 속 술집에서는 태평한 분위기가 회복되었고, 오시프는 백작에게로 몸을 기울였다.

"당신 얘기가 맞는 것 같소이다, 알렉산드르. 이 영화가 아마 보가트의 최고 걸작인 듯싶소. 옷깃을 잡고 매달리던 우가티가 끌려갈 때, 보가트가 보여준 냉정함을 눈치챘소? 잘난 체하던 미국인이 우쭐거리며 얘기할 때, 보가트가 그를 보지도 않고 대답하는 장면 봤소? 피아노 연주자에게 연주를 계속하라고 지시하면서 마치 아무 일도 없었던 듯 자기 일을 하는 장면도."

눈살을 찌푸리며 오시프의 얘기를 듣고 있던 백작이 갑자기 일어나서 영사기의 스위치를 껐다.

"영화를 볼까요, 아니면 영화에 대해 얘기를 할까요?"

깜짝 놀란 오시프가 친구를 안심시켰다. "봅시다, 보자고요."

"끝날 때까지요?"

"맺음자막이 올라갈 때까지."

백작이 다시 영사기의 스위치를 켰고, 오시프는 스크린에 최대한 주의를 집중했다.

솔직히 말하자면, 주의력에 대해 한바탕 소란을 피웠음에도 정작 백작 자신은 영화의 진행에 주의를 집중하지 않았다. 그랬다. 백작은 38분쯤 릭이 술집에서 혼자 위스키를 마시고 있는 모습을 샘이 발견하는 장면을 유심히 지켜보았다. 릭이 피우던 담배 연기가 파리에서 일자와 함께했던 시절의 몽타주†로 오버랩될 때, 백작의 생각 또한 파리의 몽타주로 오버랩되었다.

하지만 릭의 몽타주와 달리 백작의 몽타주는 추억에 기초한 것이 아니라 상상에 기초한 것이었다. 백작의 몽타주는 열차가 내뿜는 증기가 플랫폼 가득 피어오르는 파리 북역, 열차에서 내리는 소피야의 모습에서부터 시작했다. 얼마 뒤 소피야는 손에 가방들을 들고 역 밖으로 나와 동료 연주자들과 함께 버스에 탑승할 준비를 했다. 버스가 젊은 연주자들이 콘서트 당일까지 체류하게 될 호텔을 향해 달리는 동안, 소피야는 차창 밖 도시의 풍경을 응시하고 있었다. 음악원 직원 두 사람, 대외문화교류협회에서 파견된 두 사람, 문화 담당관 한 사람, 카게베가 고용한 '샤프롱' 세 사람의 감시의 눈길 아래……

영화의 무대가 파리에서 카사블랑카로 다시 돌아오자 백작의 생

---

† 따로따로 촬영한 화면을 적절하게 떼어 붙여서 하나의 긴밀하고도 새로운 장면이나 내용으로 만드는 일. 또는 그렇게 만든 화면.

각도 현실로 돌아왔다. 딸에 대한 생각을 접어둔 그는 영화 속 액션에 집중하면서, 한편으로는 오시프가 주인공들이 처한 곤경에 푹 빠져 있는 모습을 곁눈질로 흘끗흘끗 보았다.

백작은 친구가 영화의 마지막 몇 분 동안 흠뻑 몰입하고 있다는 사실에 특히 즐거움을 느꼈다. 리스본행 비행기가 공중으로 이륙하고 스트라세 소령이 죽어서 땅에 널브러져 있는 가운데, 르노 대위가 '비시' 물병을 찡그리며 바라보더니 물병을 쓰레기통에 던져 넣고 발로 걷어차서 내동댕이쳤다.* 그러자 의자 끄트머리에 앉아 있던 전 적군 대령이자 당의 고위 관료인 오시프 글레브니코프도 물을 따르고, 찡그리고, 떨어뜨리고, 걷어찼다.

적들의 대결 (그리고 용서)

"안녕하세요, 보야르스키에 오신 걸 환영합니다." 백작이 러시아어로 인사를 하자, 금발과 푸른 눈의 중년 커플이 메뉴판에서 눈을 들었다.

"영어 할 줄 아시나요?" 남편이 영어로 물었지만, 확연히 스칸디나비아 억양이 섞여 있었다.

"안녕하세요, 보야르스키에 오신 걸 환영합니다." 백작이 요청을 받아들여 영어로 바꿔 말했다. "제 이름은 알렉산드르이고, 오늘 밤 여러분의 담당 웨이터입니다. 오늘의 특별 요리를 설명드리기에 앞

✦ 상표명이 '비시'인 물병은 점령국 독일에 우호적인 프랑스 비시 정부를 상징한다.

서 우선 아페리티프를 권해드릴까요?"

"예, 우린 주문할 준비가 돼 있습니다." 남편이 말했다.

"긴 시간 여행한 끝에 방금 전 호텔에 도착했거든요." 부인이 피곤해 보이는 미소를 지으며 설명했다.

백작이 머뭇거렸다.

"그런데 혹시, 어디에서 오셨는지 여쭤봐도 될까요……?"

"헬싱키요." 남편이 약간 짜증스러운 기색을 보이며 말했다.

"그렇군요. 테르베투로아 모스코바." 백작이 말했다.

"키토스." 부인이 미소를 지으며 응했다.✦

"오랜 시간 여행하셨으니 지체 없이 즐거운 식사를 하실 수 있도록 성심껏 봉사하겠습니다. 우선 주문을 받기 전에, 선생님 객실 번호를 알려주시겠습니까……?"

애초에 백작은 노르웨이나 덴마크, 스웨덴, 또는 핀란드에서 온 투숙객에게 몇 가지 물건을 슬쩍 훔치기로 마음먹었다. 겉으로만 보면 이 임무는 그리 힘든 일처럼 보이지 않았다. 메트로폴에는 스칸디나비아에서 온 투숙객이 꽤 흔한 편이었기 때문이다. 문제는 백작이 점찍은 투숙객이 물건의 도난 사실을 알아차리는 즉시 호텔 지배인에게 신고할 것인지 여부였다. 그렇게 되면 경찰 당국에도 알릴 것이고, 그러면 호텔 직원들에 대한 공식 조사가 진행되고, 객실에 대한 수색이 이루어지고, 철도역에도 감시 요원이 배치될 것이었다. 따라서 물건을 훔치는 일은 맨 마지막에 실행해야 했다. 그동안 백작은 스칸디나비아 투숙객이 결정적 순간에 호텔에 머무르

✦ 핀란드어 대화. "모스크바에 온 것을 환영합니다", "고맙습니다".

고 있기만을 간절히 기도하는 수밖에 없었다.

6월 13일에 그는 스톡홀름에서 온 세일즈맨이 체크아웃하고 호텔을 떠나는 것을 암울한 표정으로 지켜보았다. 17일에는 오슬로에서 온 신문기자가 본사의 호출을 받고 떠나갔다. 백작은 좀 더 일찍 행동에 옮기지 않은 자신을 적잖이 책망했다. 그런데 고맙기도 하지, 24시간밖에 남지 않은 상황에서 피곤한 기색이 역력한 핀란드인 부부가 보야르스키로 들어와 다른 자리도 아니고 바로 백작이 담당하는 탁자에 앉게 된 것이었다.

그렇지만 한 가지 사소하지만 복잡한 문제가 남아 있었다. 백작이 확보하고자 하는 가장 중요한 품목은 바로 남자의 여권이었다. 러시아를 방문하는 외국인들은 대부분 여권을 몸에 지니고 다니기 때문에, 핀란드인 부부가 시내 여행을 하는 다음 날 오전에 그들의 객실에 잠입할 수는 없었다. 따라서 그들이 객실에 머무는 오늘 밤에 잠입해야만 했다.

인정하고 싶지 않은 사실이긴 하지만, 운명의 여신은 어느 한쪽 편을 들지 않는다. 공평한 마음의 소유자인 운명의 여신은 대체로 성공의 가능성과 모든 노력에도 실패할 가능성 사이에서 균형을 유지하는 쪽을 택한다. 마지막 순간에 여권을 훔쳐야 하는 절박한 처지로 백작을 몰아넣은 운명의 여신은 백작에게 작은 위안을 하나 선사했다. 9시 30분, 백작이 핀란드인 부부에게 디저트를 드시겠느냐고 물어보았을 때, 그들은 너무 피곤해서 얼른 자야겠다는 이유로 디저트를 거절했기 때문이다.

자정이 넘어 보야르스키의 문이 닫힌 후 안드레이와 에밀에게 잘 자라는 인사를 건넨 백작은 계단을 올라 3층으로 가서 복도 중간쯤까지 걸어간 다음, 구두를 벗고 양말만 신은 채 니나의 열쇠를 이용하여 322호 안으로 미끄러져 들어갔다.

아주 오래전, 어떤 여배우가 던진 주문에 걸린 백작은 한동안 투명 인간이 된 것처럼 지냈던 적이 있었다. 그 생각을 하며 발끝을 들고 핀란드인 부부의 침실로 살금살금 걸어가면서, 미의 여신 비너스에게 자신을 안개로 가려주어서—비너스가 카르타고의 거리를 배회하던 아들 아이네이아스를 보호하기 위해 그랬던 것처럼 말이다—발소리는 묻히고, 심장 박동은 고요해지고, 방에 들어선 자신의 존재는 공기만큼이나 눈에 띄지 않게 해달라고 기원했다.

6월 말이었기 때문에 핀란드인 부부는 백야의 빛을 차단하기 위해 커튼을 내려놓았지만, 양쪽의 커튼이 만나는 지점으로 한 줄기 빛이 새어 들어왔다. 백작은 이 가느다란 빛줄기에 의지하여 침대 발치로 다가가서 두 여행객이 잠자는 모습을 살폈다. 고맙게도 그들의 나이는 마흔 살 언저리였다. 15년쯤 젊었다면 그들은 이 시각 자고 있지 않았을 것이다. 아마도 아르바트에서 늦은 저녁 식사를 하면서 와인 두 병을 곁들인 뒤 비틀거리며 호텔 방으로 돌아와 지금쯤 서로 부둥켜안고 있었을 것이다. 15년쯤 더 나이 들었다면 그들은 뒤척거리며 잠을 자다가 화장실에 가기 위해 밤새 두 번 정도 잠에서 깰 것이다. 하지만 40세는? 그들은 맘껏 먹을 수 있을 정도로 식욕이 왕성하고, 술도 절제하며 마실 줄 알고, 아이들에게서 해방된 틈을 타 마음 놓고 잘 수 있는 기회를 누릴 줄 아는 지혜도 보유하고 있었다.

몇 분 만에 남자의 여권과 서랍에 있던 150핀마르크화를 확보한 백작은 살금살금 응접실을 지나 복도로 빠져나왔다. 복도는 텅 비어 있었다.

그런데 비어도 너무 빈 것이, 그의 구두까지도 사라지고 없었다.

'빌어먹을.' 백작이 속으로 뇌까렸다. '야간 서비스 담당자가 닦으려고 가져간 게 틀림없어.'

백작은 한바탕 자신을 질책하는 말을 쏟아낸 뒤, 내일 아침 핀란드인 부부가 자신의 구두를 다시 로비의 데스크로 가져갈 것이고, 데스크 담당자는 결국 구두를 호텔의 미확인 분실물 보관소로 맡길 가능성이 크다는 사실에서 위안을 찾았다. 그는 종탑의 계단을 올라가면서 다른 모든 것이 계획대로 진행되었다는 사실에서 또 하나의 위안을 찾았다. 내일 밤 이 시각쯤이면……. 그런 생각을 하며 침실의 문을 연 순간, 그는 비숍이 대공의 책상에 앉아 있는 것을 발견했다.

그 광경을 본 백작의 최초의 감정은 당연히 분노였다. 불일치를 잡아내는 데 혈안이 된 회계원 같은 이 인물은, 와인의 라벨을 벗기는 일에 집착했던 이 인물은 초대도 받지 않은 채 백작의 공간에 들어왔을 뿐만 아니라, 대공이 한때 정치인들에게 보내는 설득력 있는 주장이나 친구들에게 보내는 섬세한 조언을 작성하는 데 사용했던, 자잘하게 팬 곳들이 있는 책상 표면에 팔을 괴고 있었다. 백작이 해명을 요구하기 위해 막 입을 떼려는 찰나, 서랍 하나가 열려 있고 비숍의 손에 종이 한 장이 들린 것이 눈에 들어왔다.

편지들이구나, 백작은 두려움을 느끼며 그렇게 생각했다.

오, 그냥 단순한 편지라면 좋을 텐데…….

동료들 간에 호감과 동료애를 글로 정성스럽게 표현하는 것은 흔치 않은 일일 수 있지만, 그 자체로는 의심을 살 만한 구석이 거의 없었다. 사람이라면 친구들에게 호의적인 감정을 전달할 권리가— 그리고 약간의 의무가—얼마든지 있는 법이니까 말이다. 하지만 비숍이 들고 있는 것은 최근에 쓴 편지가 아니었다. 아니, 편지 자체가 아니었다. 그것은 맨 처음 잘라냈던 베데커의 지도였다. 팔레 가르니에에서 시작하여 조르주 생크 거리를 거쳐 미국 대사관에 이르는 길을 백작이 선홍색으로 그려 넣은 그 지도였다.

하지만 그것이 편지인지 지도인지의 여부는 애초에 문제가 되지 않았을지도 모른다. 왜냐하면 문이 열리는 소리에 몸을 돌린 비숍은 백작의 표정이 분노에서 두려움으로 변하는 것을 보았기 때문이다. 따져 묻기도 전에 죄가 있다는 것을 보여주는, 그런 표정의 변화였다.

"로스토프 웨이터 주임," 마치 비숍 자신의 방에 들어온 백작을 보고 놀란 것처럼 그가 말했다. "당신은 정말 다방면에 관심이 많군요. 와인…… 요리…… 파리의 거리들……."

"그렇습니다." 백작은 침착하고자 애를 쓰며 말했다. "최근 프루스트의 책을 좀 읽고 있지요. 그래서 파리의 구가 어떻게 나뉘어 있는지, 그 현황을 다시 익히고 있는 중입니다."

"물론 그러시겠죠." 비숍이 말했다.

잔인함은 굳이 꾸밀 필요가 없다. 잔인함은 얼마든지 침착할 수도 있고 조용할 수도 있다. 한숨을 쉴 수도 있고, 믿어지지 않는다는 듯 가볍게 고개를 저을 수도 있고, 앞으로 자기가 하려는 일이 무엇이든 거기에 대해 동정 어린 용서를 구할 수도 있다. 천천히 움직일 수도 있고, 체계적으로 움직일 수도 있고, 막무가내로 움직일 수도 있다. 비숍은 지도를 자잘하게 파인 흠이 있는 대공의 책상에 조심스럽게 내려놓은 다음, 의자에서 일어나 방을 가로지르며 아무 말도 하지 않고 백작을 지나쳐 미끄러지듯 나갔다.

다락방에서 1층까지 5개 층을 걸어 내려가는 동안 비숍의 뇌리에는 어떤 생각들이 스쳐갔을까? 그는 어떤 감정을 느꼈을까?

아마 그는 고소해했을지도 모른다. 30년 이상을 자신이 백작보다 못하다고 느껴온 그는 마침내 이 가식적인 박식가보다 우위에 서게 되었다면서 만족감을 느꼈을지도 모른다. 어쩌면 정의감을 느꼈을지도 모른다. 레플렙스키 동무는 프롤레타리아 계급—그 자신이 속한 계급이었다—의 형제애를 대단히 소중하게 받들었으므로, 새로운 러시아에서 살아가는 이 구시대 인물의 완고함이 그의 정의감을 자극했을지도 모른다. 어쩌면 그저 남을 시기하는 자의 차가운 만족감을 느꼈을지도 모른다. 어렸을 적 학교생활이나 교우 관계에 어려움을 겪은 사람은 인생이 척척 풀리는 듯 보이는 이들을 평생 쓸쓸한 시선으로 바라볼 것이기 때문이다.

고소함, 정의감, 만족감, 이 가운데 그가 어떤 감정을 느꼈을지 누가 알겠는가? 하지만 비숍이 자신의 사무실 문을 열었을 때 느낀 게 충격이었다는 것만은 거의 확실했다. 불과 몇 분 전 다락방에 두고 온 적수가 지금 지배인의 책상 뒤에 앉아 손에 권총을 들고 있기 때문이었다.

어떻게 이런 일이 가능했을까?

비숍이 침실을 빠져나갔을 때 백작은 폭풍처럼 밀려오는 감정—

분노, 회의, 자책, 두려움의 감정—에 휩싸인 채 그 자리에 그대로 얼어붙었다. 어리석게 지도를 책상 서랍에 넣어둘 게 아니라 불에 태워버렸어야 했다. 단 한 번의 실수로 6개월 동안이나 공들여 계획하고 필사적으로 실행한 일이 물거품이 되고 말았다. 게다가 소피야를 위험에 빠뜨린 것이었다. 자신의 부주의 때문에 그 애는 어떤 대가를 치러야만 할까?

백작의 몸이 얼어붙었다고는 하나 그 시간은 5초를 넘지 않았다. 심장의 피가 모두 빠져나갈 것만 같은, 충분히 이해할 수 있는 이 감정들은 그의 단호한 결심에 의해 단숨에 자취를 감추었기 때문이다.

백작은 발을 돌려 종탑의 맨 위쪽으로 가서 비숍이 층계참 두 개를 내려갈 때까지 귀를 기울이며 기다렸다. 그는 여전히 양말만 신은 채로 비숍의 발자국을 따라 걷기 시작했다. 5층에 다다른 그는 소피야가 열세 살 때 그랬던 것과 마찬가지로 종탑을 빠져나가 재빨리 복도를 지나서 중앙 계단을 달려 내려갔다.

계단을 모두 내려온 백작은 마치 안개에 감싸인 사람처럼 그 누구의 눈에도 띄지 않고 복도를 달려가 중역실 구역으로 들어갔다. 그러나 비숍의 사무실 문에 손을 뻗었을 때 문이 잠겨 있다는 것을 알았다. 백작은 하느님의 이름을 헛되이 부르면서도 조끼 주머니를 톡톡 두드렸다. 그리고 안도했다. 아직 니나의 만능열쇠가 주머니에 들어 있었던 것이다. 비숍의 사무실 안으로 들어간 백작은 문을 다시 잠그고 벽 쪽으로 걸어갔다. 할레키 씨의 긴 의자가 놓여 있던 자리는 서류 캐비닛들이 차지하고 있었다. 카를 마르크스의 초상화에서부터 거리를 잰 백작은 오른쪽에서 두 번째 벽판의 중앙에 손을 대고 세게 밀었다. 딸깍하는 소리와 함께 벽판이 열렸다. 백작은 그 비밀 공간에서 상감 세공을 한 상자를 꺼내서 책상 위에 내려놓은 다음 뚜껑을 열었다.

"놀라울 따름이야." 그가 말했다.

지배인의 책상 뒤에 앉은 백작은 권총 두 자루를 꺼내 장전하고 기다렸다. 문이 열리기까지는 불과 몇 초밖에 남지 않았으리라 짐작되었지만, 그는 그 남은 시간을 최대한 활용하여 호흡을 가다듬고, 심장 박동을 진정시키고, 신경을 안정시키고자 애를 썼다. 그리하여 비숍의 열쇠가 자물쇠를 풀었을 때, 백작은 살인 청부업자만큼이나 냉정한 태도를 유지할 수 있었다.

책상 뒤에 앉아 있는 백작의 존재에 너무 놀란 나머지 비숍은 자신이 방 안에 들어와 있다는 사실을 인지하기도 전에 문을 쾅 닫고 말았다. 하지만 누구에게나 강점이 있다고 한다면, 비숍의 강점 가운데 하나는 사소한 의례와 타고난 우월감을 절대 버리지 않는다는 점이었다.

"로스토프 웨이터 주임," 그가 거의 짜증을 내듯이 말했다. "당신은 이 사무실에 볼일이 없을 텐데요. 당장 나가주길 바랍니다."

백작이 권총 하나를 집어 들었다.

"앉아요."

"어떻게 감히 나한테!"

"앉아요." 백작이 좀 더 천천히 말했다.

비숍은 총을 다루어본 경험이 전혀 없는 사람이었다. 그는 사실 권총과 반자동 소총을 구분할 줄도 몰랐다. 하지만 아무리 바보라 해도 백작이 든 총이 골동품처럼 오래된 것이라는 사실은 알 수 있었다. 박물관에서나 볼 수 있을 법한 물건이었다. 진기한 물건이었다.

"안 나가면 경찰을 부르는 수밖에 없소." 비숍이 그렇게 말하며 앞으로 걸어가서 두 대의 전화기 가운데 한 대의 수화기를 집어 들었다.

백작이 비숍에게 겨누었던 총구를 스탈린의 초상으로 옮긴 다음, 스탈린의 미간에 총알을 발사했다.

총성에 놀란 것인지 신성 모독에 놀란 것인지는 모르겠지만 비숍은 펄쩍 뛰면서 한 걸음 뒤로 물러섰고, 그 바람에 수화기가 아래로 떨어져서 달그락거렸다.

백작은 두 번째 권총을 집어 들고 비숍의 가슴을 겨누었다.

"앉아요." 그가 다시 말했다.

이번에는 비숍이 그 말에 따랐다.

두 번째 권총을 여전히 비숍의 가슴에 겨눈 상태로 백작이 몸을 일으켰다. 그는 수화기를 받침대에 다시 올려놓았다. 비숍이 앉은 의자 뒤로 돌아가서 사무실 문을 잠근 다음, 다시 책상 뒤의 자기 자리로 돌아갔다.

두 남자는 잠시 말이 없었고, 그사이에 비숍이 자신의 우월감을 회복했다.

"그래, 로스토프 주임, 폭력으로 위협해 내 의지를 꺾고 날 붙잡아두는 데는 성공한 것 같군요. 이젠 어쩔 셈이오?"

"기다릴 겁니다."

"기다리다니, 뭘?"

백작은 대답하지 않았다.

잠시 후 한 전화기에서 전화벨이 울리기 시작했다. 비숍이 본능적으로 전화기를 향해 팔을 뻗었지만, 백작이 고개를 저었다. 전화벨은 열한 번 울린 다음에야 조용해졌다.

"날 언제까지 여기에 붙잡아둘 셈이오?" 비숍이 집요하게 물었다. "한 시간? 두 시간? 아침까지?"

좋은 질문이었다. 백작은 고개를 들어 벽시계를 찾아보았지만, 시계는 없었다.

"시계 내놔요." 그가 말했다.

"뭐라고요?"

"내 말 들었잖아요."

비숍이 손목에서 시계를 풀어 책상 위로 던졌다. 총부리를 들이대고 다른 사람의 물건을 빼앗는 행위는 결코 백작의 취향이 아니었지만, 오랜 세월 분침을 무시하며 살아온 백작에게도 마침내 분침에 신경을 써야 하는 시점이 다가온 것이었다.

비숍의 시계에 따르면(아마 업무에 절대 늦지 않도록 5분 빠르게 설정해놓았을 것이다) 거의 새벽 1시였다. 늦은 식사를 마치고 호텔로 돌아오는 손님이 몇 명 있을 것이고, 아직 술집에 남아 있는 사람도 몇 명 있을 것이다. 피아차에서는 청소를 하고 탁자를 정리하는 일이, 로비에서는 진공청소기로 청소하는 일이 아직 남아 있을 터였다. 그렇지만 2시 30분이면 호텔의 구석구석 모든 곳이 고요해질 것이다.

"편하게 기다리시오." 백작이 말했다. 그러고 나서 시간을 보낼 생각으로 모차르트의 〈코지 판 투테〉에 나오는 곡의 한 소절을 휘파람으로 불기 시작했다. 2악장 어디쯤인가를 불고 있을 때, 백작은 비숍이 오만한 미소를 던지고 있다는 사실을 알아차렸다.

"뭐, 할 얘기 있어요?" 백작이 물었다.

비숍의 왼쪽 윗입술 끝이 씰룩거렸다.

"당신 같은 부류의 인간이란." 그가 비꼬면서 말했다. "당신은 늘 당신의 행동이 옳다고 확신하지요. 마치 신이 당신의 그 값비싼 예의범절과 유쾌한 일 처리 방식에 감동한 나머지, 뭐든 당신 맘대로 해도 좋다는 축복을 내리기라도 한 것처럼 말이오. 그야말로 오만함의 극치죠."

비숍은 가문 대대로 내려온 것으로 보이는 우스갯소리 같은 말을 늘어놓았다.

"당신은 나름 좋은 시절을 보냈소." 그가 말을 계속했다. "당신은 환상과 함께 춤을 추고, 면책의 이점을 등에 업고 행동해왔지요. 하지만 당신의 작은 오케스트라는 연주를 멈췄소. 당신이 지금 하는 모든 말과 모든 행동은, 모든 생각은, 비록 잠긴 문 뒤에서 새벽 2시나 3시에 하는 것이라 해도 다 알려지게 될 거요. 그때가 되면 당신에게 해명을 요구하고 책임을 물을 거요."

백작은 순수한 흥미와 약간의 놀라움을 느끼면서 비숍이 하는 얘기에 귀를 기울였다. 나 같은 부류의 인간이라고? 내가 원하는 대로 하게 해주는 신의 축복? 내 자신의 환상과 함께 춤을 추면서? 백작은 비숍이 무슨 얘기를 지껄이는지 알 수 없었다. 어쨌든 그는 지금까지 반생을 메트로폴 호텔에서 연금 상태로 살아왔다. 백작은 미소 띤 얼굴로 소인배의 거창한 상상력에 대해 나름 재치 있는 말을 해주고자 했다. 하지만 모든 게 다 '알려지게 될 것'이라는 비숍의 의기양양한 장담을 되새기는 동안 그의 표정은 점점 진지해졌다.

그는 시선을 서류 캐비닛들로 옮겼다. 캐비닛은 이제 다섯 개나 되었다.

백작은 여전히 권총의 총부리를 비숍에게 겨눈 채 서류 캐비닛들이 있는 곳으로 가서 맨 왼쪽 캐비닛의 맨 위 서랍을 당겼다. 서랍은 잠겨 있었다.

"열쇠는 어디 있나요?"

"그 캐비닛은 당신이랑 아무 상관도 없을 텐데요. 내 개인 서류들이 보관돼 있으니까."

백작은 책상 뒤로 돌아가서 책상 서랍을 열어보았다. 놀랍게도 서랍은 모두 텅 비어 있었다.

비숍 같은 인간은 개인 서류가 들어 있는 곳의 열쇠를 어디에 둘까? 그래, 몸에 지니고 있겠지. 당연해.

백작은 책상을 다시 돌아가서 비숍을 내려다보며 섰다.

"열쇠 내놔요." 그가 말했다. "아니면 내가 직접 뺏을 수밖에. 또 다른 방법은 없어요."

비숍이 얼마간 분노가 서린 표정으로 위를 올려다보았을 때, 백작이 비숍의 얼굴을 겨누려는 분명한 의도를 가지고 낡은 권총을 공중으로 들어 올리는 모습이 그의 눈에 들어왔다. 비숍은 주머니에서 작은 열쇠 뭉치를 꺼내 책상 위로 던졌다.

열쇠 뭉치가 쨍그랑 소리를 내며 책상에 떨어졌을 때 백작은 비숍이 그사이 약간의 변신을 겪었다는 것을 알 수 있었다. 마치 열쇠를 소유하는 행위가 우월감의 원천이라도 했던 것처럼, 비숍은 갑자기 우월감을 상실한 모습이었다. 백작은 열쇠 뭉치를 들고 열쇠들을 자세히 살펴보다가 이윽고 가장 작은 열쇠를 찾아낸 다음, 비숍의 서류 캐비닛을 차례차례 열었다.

처음 세 개의 캐비닛에는 호텔 경영에 관한 보고서들이 일목요연하게 정리되어 있었다. 수익, 객실 점유율, 직원 현황, 유지 보수 비용, 재고 목록 등이었으며, 당연히 불일치 항목들도 포함되어 있었다. 나머지 캐비닛들에 들어 있는 것은 모두 개인 신상에 관한 서류들이었다. 지난 세월 동안 호텔에 투숙했던 다양한 손님들에 관한 파일 외에도 직원들 개개인에 관한 파일들이 알파벳순으로 정리되어 있었다. 아르카디, 바실리, 안드레이, 에밀의 파일들이 있었고, 심지어 마리나에 관한 파일도 있었다. 백작은 들여다보지 않고도 파일들의 용도를 알 수 있었다. 그것들은 인간적 약점에 대한 꼼꼼한 기록으로, 지각, 무례한 행동, 불평, 음주, 태만, 물욕 등등의 구체적 사례들이 적혀 있었다. 파일에 적힌 내용을 그저 그럴싸하다거나 부정확하다고 치부할 수는 없었다. 위에서 언급된 사람들 모두 인생의 어느 시점에선가는 이러한 인간적 약점들에 대해 잘못을 저질렀음이 분명했다. 하지만 백작은 그들 중 누구에 대해서든 각자의 장점으로 분류할 수 있는 항목이 50배는 더 많이 포함된 파일을 작성할 자신이 있었다. 친구들의 파일을 끄집어내 책상에 쏟아부은 백작은 캐비닛으로 돌아가서 알파벳 R에 해당하는 파일들을 다시 점검했다. 자신의 파일을 찾아낸 백작은 그것이 가장 두툼한 파일 가운데 하나라는 사실에 만족감을 느꼈다.

백작은 자신의(아니, 비숍의) 시계를 들여다보았다. 새벽 2시 30분, 유령의 시간이었다. 백작은 첫 번째 권총에 다시 총알을 장전하고 나서 벨트에 차고, 다른 총을 비숍에게 겨누었다.

"갈 시간이 되었군." 백작은 그렇게 말하고 나서 권총으로 책상 위의 파일들을 가리켰다. "당신 물건이니까 당신이 들어야겠죠."

비숍이 순순히 파일들을 모아 들었다.

"어디로 가는 거요?"

"좀 있으면 알게 될 겁니다."

백작은 비숍을 앞세우고 빈 사무실들을 통과하여 사방이 벽으로 막힌 계단으로 들어간 다음, 지하 2층까지 내려갔다.

비숍은 호텔의 자질구레한 구석까지 속속들이 꿰고 있음에도 지하실에는 한 번도 와본 적이 없었음이 분명했다. 계단의 맨 아래쪽에 난 문을 통해 지하실로 들어온 그는 두려움과 역겨움이 뒤섞인 표정으로 주위를 둘러보았다.

"첫 번째 정류장이군." 백작이 그렇게 말하며 보일러실로 들어가는 육중한 철문을 당겨 열었다. 비숍이 주춤거리자 백작이 총신으로 그를 찔렀다. "저쪽으로." 백작은 주머니에서 손수건을 꺼내 화덕의 조그만 문을 손수건으로 쥐고 열었다. "집어넣어요." 그가 말했다.

비숍은 타오르는 불길에 묵묵히 자신의 파일들을 던져 넣었다. 화덕에 가까이 다가갔기 때문인지 아니면 서류 더미들을 들고 계단을 두 층이나 내려왔기 때문인지, 비숍은 평소의 그답지 않게 땀을 흘리기 시작했다.

"갑시다." 백작이 말했다. "다음 정류장으로."

보일러실을 나온 백작은 비숍을 쿡쿡 찌르며 복도를 걸어가서 이런저런 별난 물건들을 보관해두는 캐비닛 기능을 하는 방으로 갔다.

"저기. 아래쪽 선반. 저 조그만 빨간색 책을 가져와요."

비숍은 시키는 대로 핀란드 베데커를 가지고 와서 백작에게 건넸다.

백작이 지하실 안쪽 더 깊숙한 곳으로 걸어가라는 뜻으로 고개를 끄덕였다. 비숍의 얼굴은 이제 하얗게 질려 있었으며, 몇 걸음 걷고 난 뒤에는 마치 다리의 힘이 풀린 것처럼 앞으로 나아가지를 못했다.

"조금만 더." 백작이 달래듯 말했다. 잠시 후 두 사람은 밝은 파란 색 문 앞에 이르렀다.

백작이 주머니에서 니나의 열쇠를 꺼내 그 문을 열었다. "들어가요."

비숍이 안으로 들어간 다음 몸을 돌렸다. "날 어떻게 할 셈이오?"

"아무 것도 안 해요."

"그럼 언제 돌아올 겁니까?"

"난 이제 다시는 돌아오지 않아요."

"날 이곳에 놔두고 가면 안 돼요." 비숍이 말했다. "사람들이 날 찾는 데 몇 주가 걸릴지 몰라요!"

"당신은 보야르스키의 일일 회의에 참석하잖아요, 레플렙스키 동무. 어제 회의에서 오간 얘기를 들었을 테니 화요일 밤 무도회장에서 연회가 열릴 예정이란 걸 기억하겠죠. 그때까지는 분명 누군가 당신을 찾아낼 겁니다."

얘기를 마친 백작은 문을 닫고, 화려하고 귀중한 물건들이 자신의 존재를 뽐낼 기회를 기다리는 그 방의 자물쇠를 잠갔다.

이 방의 물건들과 비숍은 아주 사이좋게 지낼 수 있을 거야, 백작은 생각했다.

백작이 로비에서 종탑으로 들어선 것은 새벽 3시였다. 그는 계단을 오르면서 가까스로 위기를 모면했다는 사실에 안도감을 느꼈다.

주머니에 손을 집어넣어 훔친 여권과 핀마르크를 꺼내서 베데커 속에 끼워 넣었다. 4층 모퉁이를 돌 때, 등줄기에 오싹 한기를 느꼈다. 머리 바로 위 층계참에 애꾸눈 고양이 유령이 앉아 있었기 때문이었다. 백작보다 높은 위치를 차지한 고양이가 구시대 인물을—벨트에 권총을 차고 훔친 물건들을 손에 든 채 양말만 신은 모습으로 서 있는 인물을—내려다보았다.

1798년 나일강 전투에서 한쪽 눈을 잃은 넬슨 제독은 3년 뒤 코펜하겐 전투에서 그의 지휘관이 퇴각 신호기를 들어 올렸을 때 일부러 망원경을 안 보이는 한쪽 눈에 댔다는—그럼으로써 덴마크 해군이 백기를 들고 휴전 협상 테이블에 앉을 때까지 공격을 멈추지 않았다는—이야기가 전해진다.

이 이야기를 특히 좋아했던 대공은 가능성이 거의 없는 상황에서 불굴의 인내를 발휘한 하나의 사례로서 종종 이 일화를 어린 백작에게 들려주었지만, 백작의 마음속에 그것은 사실이 아닐 것이라는 의심이 늘 자리하고 있었다. 전투의 한복판에서는 선박이나 병사가 다치기 쉬운 것만큼이나 '사실' 역시 다치기 쉽다. 더 심하게 다치지는 않는다 해도 말이다. 1954년의 하지가 시작되는 시간에 메트로폴의 애꾸눈 고양이는 안 보이는 한쪽 눈을 백작이 훔친 물건들에 던지더니, 실망스러운 표정을 전혀 비치지 않고 계단 아래로 사라졌다.

절정

6월 21일 새벽 4시가 되어서야 잠자리에 들었음에도, 백작은 평소와 같은 시간에 일어났다. 그는 다섯 번의 쪼그려 앉기, 다섯 번의 스트레칭, 다섯 번의 심호흡을 했다. 커피와 비스킷 한 조각, 오늘의 과일(오늘은 몇 가지 딸기류였다)로 아침 식사를 했다. 그러고 나서 로비로 내려가 신문을 읽고 바실리와 한담을 나누었다. 점심은 피아차에서 먹었다. 오후에는 재봉실로 가서 마리나를 만났다. 오늘은 쉬는 날이기 때문에 7시에 샬랴핀에서 아페리티프를 한 잔 마셨다. 늘 주의를 기울이는 아우드리우스와 대화를 나누다가 벌써 여름이 시작되었다는 사실에 새삼 놀랐다. 8시, 그는 보야르스키의 10번 탁자에서 저녁 식사를 했다. 그야말로 다른 휴무일과 조금도 다르지 않은 하루를 보낸 셈이었다. 다만 10시에 보야르스키를 나오면서 나디아에게 지배인이 찾는다는 얘기를 한 뒤, 그녀가 자리를 비운 사이에 휴대품 보관실로 몰래 들어가 미국인 기자 솔즈베리의 레인코트와 중절모를 빌린 것만이 달랐다.

6층으로 돌아온 백작은 낡은 트렁크를 바닥까지 뒤져서 1918년에 파리에서부터 티히차스까지 걸어서 이동할 때 사용했던 배낭을 꺼냈다. 당시와 마찬가지로 이번에도 필요한 최소한의 물품만 가지고 길을 떠날 생각이었다. 갈아입을 옷 세 벌, 칫솔과 치약, 『안나 카레니나』, 미시카의 연구 과제, 그리고 옛 친구가 세상을 떠난 지 10주년이 되는 1963년 6월 14일에 마실 예정인 샤토뇌프-뒤-파프 와인 한 병이었다.

물건들을 모두 챙긴 백작은 마지막으로 서재를 둘러보았다. 수십 년 전, 그는 자신의 가문 전체에 안녕을 고한 적이 있었다. 그로부터 몇 년 뒤에는 스위트룸에 작별을 고했다. 그리고 지금은 9제곱미터짜리 방에 안녕을 고해야 했다. 말할 것도 없이, 이 방은 지금껏 살아오면서 그가 사용했던 방들 가운데 가장 작은 방이었다. 하지만 이 사방 네 벽 안에서 세상은 오고 갔다. 그런 생각을 하면서 백작은 모자를 기울여 옐레나의 초상에 인사한 다음, 불을 껐다.

백작이 로비로 내려가던 그 시간에 소피야는 파리의 살 플레옐 무대에서 연주를 끝내고 있었다. 피아노에서 일어난 그녀는 얼떨떨한 기분으로 청중을 향해 돌아섰다. 연주할 때면 소피야는 연주에 지나치게 몰입한 나머지 듣고 있는 사람이 있다는 사실조차 잊어버리곤 했기 때문이다. 박수갈채 소리에 현실감각을 되찾은 그녀는 마지막 인사를 하기 전에 오케스트라와 지휘자를 향해 우아한 동작으로 감사를 표하는 것을 잊지 않았다.

곧장 무대 밖으로 나온 소피야는 문화 담당관으로부터 공식적인 축하 인사를 받았다. 바빌로프 단장은 진심을 담아 그녀를 포옹했다. 지금까지의 소피야의 연주 가운데 최고였다고 그가 말했다. 두 남자는 다시 무대로 시선을 돌렸고, 무대에서는 바이올린 신동이 지휘자 앞의 자기 자리에 가서 섰다. 콘서트홀은 극히 조용해져서 청중들 모두 지휘자가 지휘봉을 두드리는 소리를 들을 수 있을 정도였다. 어느 곳에서나 공통적인 긴장된 순간이 지나고 연주자가 연주를 시작했을 때 소피야는 탈의실로 향했다.

음악원 오케스트라가 드보르작의 콘체르토를 연주하는 데 걸리는 시간은 30여 분이었다. 소피야는 15분 안에 출구까지 도달해야 했다.

배낭을 둘러멘 그녀는 곧장 연주자용으로 배정된 화장실 가운데 하나로 들어갔다. 등 뒤의 문을 잠근 다음 신발을 차듯이 벗고, 마리나가 만들어준 우아한 파란색 드레스를 벗었다. 안나가 준 목걸이도 풀어서 드레스 위에 떨구었다. 그녀는 아버지가 이탈리아 신사에게서 훔친 바지와 옥스퍼드 셔츠를 입었다. 그런 다음 세면대 위의 작은 거울을 들여다보면서 아버지가 준 가위를 꺼내 머리카락을 자르기 시작했다.

아버지의 여동생이 몹시 소중히 여겼다는 왜가리 모양의 작은 가위는 머리를 깎는 용도가 아니라 싹둑싹둑 자르는 용도로 만들어진 것이었다. 가위의 둥근 손잡이 부분이 너무 작아서 소피야의 엄지와 검지의 마디를 짓누르며 파고드는 통에 머리를 한 움큼 길게 잡고 자르려다가 실패했다. 좌절의 눈물이 흐르기 시작했다. 소피야는 눈을 감고 심호흡을 했다. **이러고 있을 시간이 없어**, 그녀는 속으로 중얼거렸다. 손등으로 두 뺨의 눈물을 훔친 그녀는 다시 시작했다. 한번에 조금씩 두피 전체를 차근차근 돌아가면서 머리카락을 자르기 시작한 것이었다.

이윽고 머리카락을 다 자른 다음, 아버지가 지시한 대로 바닥의 머리카락들을 손으로 쓸어 모아 변기에 넣고 물을 내렸다. 그러고 나서 배낭 옆 주머니에서 메트로폴 호텔의 이발사가 한때 손님들의 콧수염에 생긴 새치를 염색하기 위해 사용했던 조그만 검은색 병을 꺼냈다. 병뚜껑에는 작은 솔이 달려 있었다. 소피야는 열세 살 이후 그녀의 외모를 실질적으로 규정해버린 흰 머리카락 가닥을 손으로 잡고 세면대 위로 몸을 기울인 다음, 나머지 머리카락과 동일한 검은색이 될 때까지 조심스럽게 염색약을 발랐다.

염색이 끝나자 그녀는 병과 가위를 배낭에 집어넣고 이탈리아인의 모자를 꺼내 세면대 위에 올려놓았다. 시선이 바닥에 놓인 옷과 신발과 목걸이로 옮겨갔다. 그 순간 아버지와 그녀 자신이 신발은 전혀 신경을 쓰지 못했다는 사실을 깨달았다. 그녀가 가진 신발은 작년 음악원 경연 당시 안나가 골라주었던 우아한 하이힐 구두뿐이었다. 대안이 없었으므로 그녀는 구두를 쓰레기통에 버렸다.

드레스와 목걸이도 버릴 생각으로 집어 들었다. 그랬다. 드레스는 마리나가 만들어준 것이고 목걸이는 안나가 준 것이지만, 그것들을 가져 갈 수는 없었다. 아버지라면 틀림없이 버렸을 것이다. 혹시라도 검문에 걸려 가방을 수색당하기라도 한다면, 이 화려한 여성용 물건들은 그녀의 정체를 드러내고 말 것이다. 소피야는 잠시 머뭇거리고 나서 구두가 들어 있는 쓰레기통에 드레스를 쑤셔 넣었다. 하지만 목걸이는 주머니에 집어넣었다.

배낭의 끈을 단단히 조인 뒤 등에 둘러멘 소피야는 모자를 머리 깊숙이 눌러 쓰고 화장실 문을 연 다음, 쫑긋 귀를 기울였다. 현악기 소리가 커지면서 3악장이 끝나고 있음을 알렸다. 화장실을 나온 그녀는 탈의실을 벗어나 건물 뒤편으로 향했다. 무대 바로 뒤를 지날 때는 음악 소리가 한층 커졌다. 그녀는 마지막 악장의 첫 음을 들으면서 콘서트홀의 후문을 빠져 나와 맨발로 어둠을 향해 나아갔다.

소피야는 달리지는 않되 빠른 걸음으로 걸어서 살 플레옐을 빙 돌아 포부르 생토노레 거리로 향했다. 그곳에는 불을 환하게 밝힌 콘서트홀의 정문이 자리 잡고 있었다. 거리를 가로질러 어떤 건물의 출입구로 들어선 그녀는 이탈리아인의 모자를 벗었다. 챙 밑에서 아버지가 베데커에서 잘라내 성냥갑만 한 크기로 접어서 숨겨둔 작은 지도를 꺼냈다. 지도를 펼쳐 방향을 확인한 그녀는 빨간 선이 그어진 대로 포부르 생토노레 거리를 따라 반 구역을 나아간 뒤, 오슈 애비뉴를 지나 개선문까지 걸어가고, 이어 샹젤리제 쪽으로 좌회전한 다음 콩코드 광장으로 향했다.

살 플레옐의 문에서 미국 대사관까지 지그재그로 이어지는 선을 그릴 때 백작은 일부러 최단 거리를 택하지 않았다. 포부르 생토노레에서 대사관까지 곧장 갈 경우에는 열 구역 정도만 걸으면 됐지만, 백작은 소피야가 가능한 한 빨리 콘서트홀에서 멀어지기를 원했다. 약간 우회하면 소피야가 목적지까지 가는 데 몇 분 정도 더 소요될지 모르지만, 그렇게 가면 샹젤리제의 익명성 속에 몸을 숨길 수가 있고, 그녀가 사라졌다는 사실이 발각되기 전에 대사관까지 도착할 시간도 충분했다. 그렇지만 백작이 이런 계산 과정에서 염두에 두지 못했던 것은, 야간 점등이 된 개선문과 루브르 박물관을 처음 보는 스물한 살의 여성이 받을 충격이었다. 사실 소피야는 전날에도 다른 여러 관광지를 방문했고, 개선문과 루브르도 얼핏 보았다. 하지만 백작이 예상한 대로 버스의 차창을 통해서 보았을 뿐이다. 여름이 시작되는 날 밤에, 박수갈채를 받은 후에, 외모를 바꾼 후에, 어둠 속으로 탈출한 후에 개선문과 루브르를 보는 것은 완전히 다른 차원의 일이었다……

고전적인 전통에서는 건축의 뮤즈가 존재하지 않지만, 적절한 상황에서는 어느 건물의 외관이 한 인간의 기억에 인상을 남기고, 감정에 동요를 일으키고, 심지어 인생을 바꾸어놓을 수도 있다는 것에 우리는 동의할 수 있다고 믿는다.

그러므로 잠시도 지체해서는 안 되는 소피야였지만 그녀는 콩코드 광장에서 걸음을 멈추고 마치 인식의 전환을 경험하듯 천천히 광장을 빙 돌아보았다.

모스크바를 떠나기 전날 밤 아버지가 자신에게 바라는 행동이 무엇인지를 알고 난 후 괴로움을 토로했을 때, 아버지는 그녀에게 한 가지 생각을 얘기해줌으로써 그녀를 위로하고자 했다. 아버지는 우리 인생은 불확실성에 의해 움직여 나아가는데, 그러한 불확실성은 우리의 인생 행로에 지장을 주거나 나아가 위협적인 경우도 많다고 했다. 그러나 우리가 관대한 마음을 잃지 않고 보존한다면 우리에게 극히 명료한 순간이 찾아들 거라고 했다. 우리에게 일어난 모든 일들이 갑자기 하나의 필수 과정이었음이 뚜렷하게 드러나는 순간이 찾아든다는 것이었다. 우리가 앞으로 살아가야 할 삶으로 꿈꿔온 대담하고 새로운 삶의 문턱에 서 있을 때조차도 그렇다는 것이었다.

아버지의 이런 주장은 너무 특이하고 과장되어 보였기 때문에 소피야의 괴로움을 조금도 달래주지 못했다. 하지만 콩코드 광장을 돌아보고, 개선문과 에펠탑과 튈르리 궁전과 거대한 오벨리스크 주위를 질주하는 자동차와 스쿠터들을 보면서 소피야는 아버지가 말하고자 했던 바를 어렴풋이 이해했다.

"이게 오늘 밤 내내 이랬소?"

대사관 내 아파트의 침실 거울 앞에 서 있던 리처드 밴더와일은 나비넥타이가 기울어진 것을 알아차리고는 물었다.

"당신 타이는 늘 그래요, 여보."

리처드가 놀란 표정으로 아내를 돌아보았다.

"늘 이렇다고? 그럼 왜 그동안 아무 말도 하지 않았어요?"

"그게 멋있어 보인다고 생각했기 때문이죠."

'멋있다'는 말에 아쉬운 대로 만족한 듯 고개를 끄덕인 리처드는 다시 거울을 들여다본 다음, 넥타이를 풀고 턱시도 재킷을 벗어 의자에 걸쳐놓았다. 막 취침용 모자를 쓰려는 순간, 문을 노크하는 소리가 들렸다. 리처드의 부관이었다.

"무슨 일인가, 빌리?"

"늦은 시간에 번거롭게 해드려 죄송합니다만, 어떤 젊은 남자가 대사님을 찾고 있습니다."

"젊은 남자?"

"예. 아무래도 망명을 요청하는 듯합니다……."

리처드가 눈썹을 치켰다.

"어디서 망명한다는 건가?"

"그건 잘 모르겠습니다. 그런데 신발도 신고 있지 않습니다."

밴더와일 부부의 눈길이 마주쳤다.

"안으로 들여보내게."

잠시 후 부관이 뉴스보이 캡을 쓴 젊은 남자를 데리고 들어왔다.

그는 정말로 맨발이었다. 젊은이는 공손하면서도 불안한 태도로 모자를 벗어 두 손으로 잡고 허리춤까지 내렸다.

"빌리, 젊은 남자가 아니잖나."

부관이 눈이 휘둥그레졌다.

"이런, 세상에!" 리처드가 외쳤다. "소피야 로스토프!"

소피야가 안심한 표정으로 미소를 지었다. "밴더와일 아저씨."

리처드는 부관을 내보내고, 웃으면서 소피야에게 다가가 팔을 잡았다.

"어디 자세히 좀 보자." 소피야의 팔을 붙잡은 채로 리처드가 아내를 돌아보았다. "내가 미인이라고 얘기하지 않았던가요?"

"미인이라고 얘기했어요." 밴더와일 부인이 웃으며 대답했다.

하지만 소피야의 눈에는 밴더와일 부인이야말로 미인이었다.

"정말 기가 막힌 반전이로군." 리처드가 말했다.

"제가 오는 걸…… 모르고 계셨어요?" 소피야가 망설이면서 물었다.

"물론 알고야 있었지! 네 아버지는 이런 첩보 영화 같은 방식을 정말 좋아하는구나. 백작은 나한테 분명 네가 올 거라고만 얘기했지, 언제 어디서 어떻게 올 거라는 건 알려주지 않았어. 더구나 맨발의 소년 차림으로 올 거라는 얘기는 입도 벙긋하지 않았단다." 리처드가 소피야의 배낭을 가리켰다. "가져온 건 그게 다니?"

"네."

"배고프지 않아요?" 밴더와일 부인이 물었다.

소피야가 대답하기도 전에 리처드가 끼어들었다. "당연히 배가 고프겠지. 방금 전 만찬에서 돌아온 나도 배가 고픈걸. 그나저나, 여보, 소피야랑 내가 얘기를 나누는 동안, 가서 소피야가 입을 만한 옷

좀 챙겨주겠소? 그런 다음 모두 식당에서 만나도록 합시다."

밴더와일 부인이 옷을 가지러 나가자 리처드는 소피야를 서재로 데리고 가서 책상 모서리에 앉았다.

"소피야, 네가 여기 와줘서 얼마나 기쁜지 모르겠다. 즐거운 대화보다 일 이야기를 먼저 하기는 정말 싫다만, 일단 식탁에 앉으면 아무래도 네 모험담에 온통 정신을 빼앗길 것 같구나. 그러니 주방으로 가기 전에 아버지가 나한테 갖다주라고 한 걸 보여주렴……."

소피야가 수줍은 눈길로 머뭇거렸다.

"아버지는 아저씨가 저한테 먼저 보여줄 게 있을 거라고 말씀하셨어요……."

리처드가 웃음을 터뜨리며 박수를 쳤다.

"맞다! 그걸 깜박했구나."

리처드는 방을 가로질러 여러 개의 책장 가운데 하나로 다가갔다. 까치발을 하고는 맨 위 선반으로 팔을 뻗어 커다란 책처럼 보이는 것을 꺼냈다. 그것은 책이 아니라 갈색 종이로 싼 꾸러미였다. 리처드가 쿵 소리를 내며 꾸러미를 책상에 내려놓았다.

이번에는 소피야가 배낭으로 손을 뻗었다.

"네가 가져온 걸 나한테 주기 전에," 리처드가 말했다. "우선 이게 네가 받기로 되어 있는 물건인지 확인하는 게 좋겠구나……."

"아, 네. 알겠어요."

"나 역시," 리처드가 덧붙였다. "그게 뭔지 궁금해 죽을 지경이었단다."

리처드를 따라 책상에 앉은 소피야가 꾸러미의 끈을 풀고 종이 포장지를 벗겨냈다. 안에는 몽테뉴의 『수상록』 초기 판본이 들어 있었다.

"오호." 약간 어리둥절한 표정으로 리처드가 말했다. "넌 이 나이든 프랑스인의 노력과 공로를 인정해야 할 것 같구나. 애덤 스미스나 플라톤보다도 더 두껍고 무거운걸. 뭐가 들었는지 난 도무지 모르겠다."

소피야가 책을 펼치자 책의 내부를 직사각형으로 잘라낸 공간이 드러났고, 그 안에는 여덟 줄로 쌓인 금화가 들어 있었다.

"감쪽같군." 리처드가 말했다.

소피야가 책을 덮고 다시 끈을 묶었다. 그러고 나서 배낭을 열어 안에 든 물건을 의자 위에 모두 쏟은 다음, 빈 가방을 리처드에게 건넸다.

"아빠가 끈 위쪽의 솔기를 뜯어보라고 말씀하셨어요."

문을 노크하는 소리가 들리고, 밴더와일 부인이 고개를 들이밀었다.

"소피야, 네게 보여줄 옷을 찾아냈어. 준비됐니?"

"완벽한 타이밍이로군." 리처드가 그렇게 말하며 소피야에게 고개를 끄덕였다. "금방 따라가마."

혼자 남은 리처드가 주머니에서 주머니칼을 꺼냈다. 날을 펴서 어깨끈 위쪽을 따라 솜씨 좋게 바느질된 솔기를 조심스럽게 뜯었다. 한쪽 끈의 길쭉한 부분 뒤에 난 좁은 틈새에 촘촘하게 돌돌 만 종이 하나가 숨겨져 있었다.

리처드는 그 종이 두루마리를 꺼낸 다음 의자에 앉아서 책상 위에 그걸 펼쳤다. 윗부분에는 '1954년 6월 11일 각료 이사회 및 최고 간부회 공동 만찬'이라는 제목의 그림이 그려져 있었다. 기다란 U

자 형태를 빙 둘러가며 46명의 이름이 적혀 있는 그림이었다. 각각
의 이름 아래에는 담당 직책과 성격이 세 단어로 요약 정리되어 있
었다. 종이 왼쪽에는 문제의 그날 밤 벌어진 일들이 상세히 기술되
어 있었다.

백작의 보고서에는 오브닌스크 핵발전소에 관해 발표된 내용뿐
아니라 발전소와 모스크바의 정전을 연계시켜 극적인 상황을 연출
한 내용도 포함되어 있었다. 하지만 백작이 보고서를 작성하는 과
정에서 중점을 둔 것은 그날 밤의 일이 갖는 미묘한 사회적 의미였
다.

첫째, 만찬장에 도착한 거의 모든 참석자들은 만찬이 벌어지는
장소를 확인한 후 놀라는 기색이 역력했다고 백작은 적었다. 그들
은 분명 보야르스키의 공식적인 방 가운데 한 곳에서 저녁을 먹게
되리라 기대하면서 호텔에 도착했을 테지만, 실제로는 스위트룸
417호실로 안내를 받았다는 것이었다. 흐루쇼프만이 예외였다. 그
는 만찬이 어디서 열릴지 알고 있었을 뿐 아니라 모든 것이 완벽하
게 준비되어 있음을 확인하고 기분이 좋아진 사람의 서늘한 만족감
을 안고 만찬장으로 들어섰다. 총서기가 평소답지 않게 침묵을 지
키다가 11시를 10분 앞둔 시점에 자리에서 일어나 두 층 아래에 위
치한 스위트룸의 역사에 대해 언급하며 건배를 제안했을 때, 흐루
쇼프는 그날 밤의 계획에 그가 직접 개입했을지도 모른다는 참석자
들의 의심을 지워버렸다.

백작에게는 흐루쇼프가 태평스럽게 말리셰프와 나란히 앉아 있
는 모습을 연출한 것이야말로 그날 밤의 하이라이트였다. 최근 몇
개월 동안 말렌코프는 핵 무장과 관련하여 흐루쇼프와의 불화를 공

공연히 드러내고 있었다. 말렌코프는 서구와의 핵 무장 경쟁을 '종말론적 정책'이라고 언급하면서 그것은 결국 파멸만을 초래할 뿐이라고 예언했다. 그런데 흐루쇼프는 이 정치적 이벤트를 통해 완벽한 속임수를 성공시켰다. 핵발전소에서 생산된 전기로 환하게 빛나는 희망적인 도시의 광경을 연출함으로써 핵전쟁의 공포를 잠재웠던 것이다. 보수 매파 흐루쇼프는 단번에 스스로를 미래의 인물로 부각시켰고, 그의 진보파 적수인 말렌코프는 반동분자로 낙인찍히고 말았다.

도시의 불빛이 환하게 빛나고 탁자 위 보드카 병들이 담긴 통에 다시 얼음이 채워졌을 때, 말렌코프는 총서기와 상의하기 위해 방을 걸어갔다. 참석자들 대부분이 미소 띤 얼굴로 여전히 방 안을 서성이는 동안, 말리셰프가 지극히 자연스럽게 흐루쇼프 옆의 빈자리를 차지하고 앉았다. 모든 참석자가 자기 자리에 앉기 시작했을 때, 말렌코프는 결국 흐루쇼프와 말리셰프 뒤에 발이 묶이는 신세가 되고 말았다. 공산당 총리 말렌코프가 자기 자리에 앉기 위해 두 사람의 대화가 끝나기를 어색한 자세로 기다리는 동안, 탁자에 앉은 어느 누구도 눈썹 하나 까딱하지 않았다.

백작의 묘사를 모두 읽은 리처드는 알렉산드르 로스토프 같은 인물을 백 명은 활용할 수 있겠다고 생각하면서 의자에 등을 기대고 미소를 지었다. 바로 그때 약간 말려 있는 작은 종이쪽지가 책상 위에 놓인 게 그의 눈에 들어왔다. 쪽지를 집어 든 리처드는 백작의 필체임을 즉시 알아보았다. 보고서 안에 같이 말려 있었던 것으로 보이는 쪽지는 소피야가 대사관에 안전하게 도착했음을 통보하는 방법을 간단하게 지시하고 있었으며, 아래쪽에는 일곱 단위 숫자들이 길게 나열되어 있었다.

리처드가 벌떡 일어섰다.

"빌리!"

잠시 후 문이 활짝 열리며 부관이 머리를 들이밀었다.

"대사님?"

"지금 파리는 10시가 다 됐는데, 모스크바는 몇 시지?"

"자정입니다."

"교환수가 몇 명이나 있나?"

"확실히는 모르겠습니다만," 부관이 약간 당황해하며 대답했다. "지금 시각에는 두 명 아니면 세 명 정도일 겁니다."

"그걸론 안 돼! 타이핑실, 암호 해독실, 주방에 가봐. 손가락 달린 사람이면 무조건 다 불러 모아!"

배낭을 어깨에 둘러메고 로비에 도착하여 종려나무 화분들 사이 의자에 앉은 백작은 조바심을 내지 않았다. 일어서서 이리저리 서성거리지도 않았고, 석간신문을 읽지도 않았다. 비숍의 시계를 들여다보며 시각을 확인하지도 않았다.

이런 상황에서 거기 앉아 있는 것이 어떤 기분일지 상상해보라는 질문을 미리 받았다면, 백작은 틀림없이 불안감을 느낄 것이라고 예측했을 것이다. 하지만 시간이 째깍째깍 흘러가는 동안 백작은 기다림이 전혀 고통스럽지 않았다. 오히려 놀랄 만큼 마음이 평온했다. 그는 비현실적일 정도로 인내심을 유지하면서 호텔 투숙객들이 오가는 모습을 지켜보았다. 승강기 문이 열리고 닫히는 것을 보았다. 샬랴핀 술집에서 흘러나오는 음악 소리와 웃음소리를 들었다.

그 순간, 백작의 눈에는 모든 사람이 제자리에 존재하는 것처럼 보였다. 모든 사소한 일들이 어떤 종합적인 계획의 일부처럼 느껴졌다. 그리고 그 계획에 입각해 자신이 지금 종려나무 화분들 사이에 앉아서 기다리는 것이라는 생각이 들었다. 정확히 자정 무렵에 백작의 인내심은 마침내 보상을 받았다. 리처드에게 적어 보낸 지시대로 메트로폴 1층의 모든 전화벨이 울리기 시작한 것이었다.

프런트데스크의 전화기 네 대가 동시에 울렸다. 승강기 옆 보조 탁자 위의 전화기 두 대가 울렸다. 바실리의 데스크와 사환 주임 대기실의 전화가 울렸다. 피아차의 전화기 네 대, 커피점의 전화기 세 대, 중역실의 전화기 여덟 대, 비숍 책상 위의 전화기 두 대도 마찬가지였다. 모두 합쳐 30대가량의 전화가 동시에 울어댔다.

전화기 30대가 동시에 울리도록 하는 것은 개념상으로는 무척 간단한 일이었다. 하지만 그것은 즉각 대혼란을 야기했다. 로비에 있던 사람들은 이 구석 저 구석을 살피기 시작했다. 무슨 이유로 밤 12시에 30대의 전화기가 한꺼번에 울리는 것일까? 메트로폴에 벼락이 치기라도 한 것일까? 러시아가 공격당하고 있는 걸까? 아니면 과거의 영혼들이 현재에게 대가를 요구하고 있는 걸까?

이유가 무엇이든, 전화벨 소리는 당황스럽기 짝이 없었다.

전화기 한 대가 울릴 경우에는 수화기를 들어 '여보세요'라고 말하는 것이 우리의 즉각적인 본능이다. 하지만 30대의 전화기가 동시에 울릴 경우에는 두 발짝 물러서서 멍하니 지켜보는 것이 우리의 본능이다. 한정된 숫자의 야간 당직자들은 한 대의 전화라도 받아야겠다는 의지를 상실한 채 그저 우왕좌왕할 뿐이었다. 샬랴핀의 취객들이 로비로 쏟아져 나왔고, 잠이 깬 2층의 투숙객들은 계단을 달려 내려왔다. 이런 소동의 와중에 알렉산드르 일리치 로스토프는 조용히 미국인 기자의 모자를 쓰고, 레인코트를 입고, 배낭을 어깨에 걸친 다음, 메트로폴 호텔을 걸어 나갔다.

1 양초 만들기, 편지 밀봉하기, 축소 모형 만들기, 마룻바닥 문지르기, 털 제거하기, 콧수염 모양 만들기!

2 세심한 독자라면 스탈린이 사망했을 때 당의 정점에는 여덟 명의 저명 인사가 존재하고 있었다는 사실을 기억할 것이다. 그런데 이 만찬이 벌어 지는 시점에 두 사람은 어디에 있었을까? 철권통치 체제하의 충실한 스 탈린주의자였던 노령의 라자르 카가노비치는 행정적인 임무를 띠고 우크 라이나로 파견된 상태였다. 몇 년 뒤 그는 모스크바에서 1,500킬로미터나 떨어진 칼륨 공장을 관할하는 처지로 전락하고 만다. 그래도 그는 라브렌 티 베리야보다는 운이 좋았다. 스탈린이 숨졌을 때 많은 서방 관찰자들이 대권을 계승할 적절한 인물로 점쳤던 비밀경찰의 전 수장 베리야는 당에 의해 머리에 권총 세례를 받고 말았다. 그렇게 해서 만찬에는 여섯 명만 이 참석하게 된 것이다.

그 후

그 후……

1954년 6월 21일, 빅토르 스테파노비치 스카둡스키는 약속 장소로 가기 위해 자정 직전에 아파트를 빠져나왔다.

아내는 가지 말라고 말렸다. 약속 장소에 나간다고 해서 무슨 좋은 일이 있겠느냐고 그녀는 따졌다. 경찰이 자정에는 순찰을 돌지 않는다고 생각해요? 경찰은 일부러 자정 무렵에 거리를 돌아다녀요. 왜냐하면 그때가 바로 바보들이 약속을 잡는 시간이니까요!

빅토르는 아내의 주장이 말도 안 되는 소리이며, 그녀가 지나치게 멜로드라마에 빠진 탓이라고 대꾸했다. 하지만 그는 아파트를 나온 뒤 사도보예 환상도로까지 10구역을 걸어간 다음에야 버스를 탔다. 그는 다른 승객들이 아무도 자기에게 신경을 쓰지 않는다는 사실에 안도했다.

그랬다. 아내는 그가 자정에 약속을 잡았다는 사실에 화가 났을 뿐이었다. 아내가 약속의 목적까지 알았다면 미쳐 날뛰었을지도 몰랐다. 그리고 그의 의도를 알자마자 도대체 무엇 때문에 그런 무모한 짓을 벌이는 데 동의했는지 꼬치꼬치 따져 물었을 것이며, 그는 아무 대답도 하지 못했을 것이다. 그는 분명 제정신이 아니었다.

그건 소피야 때문만이 아니었다. 물론 그는 소피야가 연주자로서 이루어낸 성과에 아버지와도 같은 자부심을 느꼈다. 어린 예술가가 가진 재능을 발휘하도록 돕는 일은 빅토르가 오래전에 포기했던 꿈이었다. 그리고 예상치 않게 그 꿈이 현실화되는 과정을 경험한 것은 말로 표현할 수 없는 감동이었다. 더구나 소피야를 가르치는 시간은 궁극적으로 그가 포기했던 다른 꿈 하나를 추구하도록 만들어주었다. 실내악단에서 클래식 레퍼토리를 연주하는 일이었다. 그렇다 하더라도 지금 이런 일을 하는 것은 소피야 때문만은 아니었다.

오히려 백작 때문이라는 측면이 더 강했다. 설명하기는 힘들지만 빅토르는 알렉산드르 일리치 로스토프에 대해 깊은 충성심을 느끼고 있었다. 스스로도 콕 집어 설명할 수 없는, 일종의 존경하는 마음에서 우러난 충성심이었다. 아내는 속 깊은 사람이긴 하지만 그런 감정을 전혀 이해하지 못했을 것이다.

하지만 그가 백작의 요구에 응한 것은 다른 어떤 이유보다도 그렇게 하는 것이 옳다고 느꼈기 때문이다. 그런 확신의 감정은 그 자체로 기쁨이었다. 그런 기회가 갈수록 줄어든다는 게 안타까울 뿐이었다.

그런 생각을 하면서 버스에서 내린 빅토르는 낡은 페테르부르크스키 역으로 들어간 뒤 중앙 홀을 가로질러 불이 환히 밝혀진 카페로 가서, 지시받은 대로 백작을 기다렸다.

빅토르가 구석진 자리에—늙은 아코디언 연주자가 탁자마다 돌아다니며 연주하는 모습을 지켜보면서—앉아 있을 때, 백작이 카페로 들어섰다. 그는 미제 트렌치코트를 입었으며, 머리에는 진회색 중절모를 쓰고 있었다. 빅토르를 발견한 백작은 카페를 가로질러 걸어와서 배낭을 내려놓고 코트와 모자를 벗은 다음, 빅토르 맞은편에 앉았다. 잠시 후 웨이트리스가 다가오자 그는 커피를 주문했고, 주문한 커피가 나온 다음에야 빅토르에게 탁자 위로 작은 책 한 권을 밀어 보냈다.

"이렇게 도와줘서 정말 고맙네." 그가 말했다.

"고마워하지 않으셔도 됩니다, 백작님."

"부탁인데, 빅토르. 날 알렉산드르라고 불러주게나."

빅토르는 혹시 소피야에게서 무슨 소식이라도 있는지 백작에게 물어보려 했지만, 카페의 다른 쪽에서 벌어진 실랑이가 훼방을 놓는 바람에 묻지 못했다. 손으로 짠 바구니를 들고 다니며 과일을 파는 핼쑥한 얼굴의 두 행상이 영역 다툼을 벌이고 있었다. 너무 늦은 시간이었던 만큼 그들 두 남자에게는 품질이 떨어지는 상품 몇 개만 남아 있을 뿐이었다. 지켜보는 사람들의 눈에는 그들의 언쟁이 부질없어 보였을지 모르지만, 수입을 차지하기 위한 두 사람의 싸움은 전혀 잦아들 기미가 보이지 않았다. 결국 서로 모욕적인 언사가 오간 끝에 한 남자가 상대의 얼굴을 때렸다. 입술에 피가 나고 과일이 바닥에 뒹굴자 공격을 당한 사람 역시 같은 방법으로 응수했다.

카페 손님들이 대화를 멈춘 채 식상하고 피곤하다는 표정으로 소동을 지켜보고 있을 때, 지배인이 바를 빙 돌아 나와서 싸우던 두 사람의 목덜미를 잡고 밖으로 끌어냈다. 한동안 카페 안은 정적에 잠겼고, 다들 카페 창밖을 바라보았다. 두 과일 행상은 서로 1미터 정도의 거리를 두고 바닥에 주저앉아 있었다. 그때 갑자기 실랑이가 벌어지는 동안 연주를 중단했던 늙은 아코디언 연주자가 친숙한 가락을 연주하기 시작했다. 좋은 분위기로 되돌려놓으려는 의도인 듯했다.

빅토르가 커피를 마시는 동안 백작은 흥미로운 눈으로 아코디언 연주자를 지켜보았다.

"자네 〈카사블랑카〉를 본 적 있나?" 그가 물었다.

빅토르가 약간 어리둥절해하며 보지 못했다고 대답했다.

"아, 언젠가는 꼭 보길 바라네."

그렇게 해서 백작은 오시프와 친구가 된 얘기와 최근 같이 〈카사블랑카〉를 봤다는 얘기를 빅토르에게 들려주었다. 특히 그는 삼류 사기꾼이 경찰에게 질질 끌려 나간 다음, 미국인 술집 주인인 릭이 손님들에게 이제 괜찮다고 안심시키면서 밴드의 리더에게 연주를 계속하라고 툭 던지듯 지시하는 장면을 자세히 설명했다.

"내 친구는 이 장면에 아주 깊은 인상을 받더군." 백작이 말했다. "그 친구는 체포가 이뤄진 직후 술집 주인이 피아노 연주자에게 연주를 계속하라고 지시한 것이 타인의 운명에 대한 그의 무관심을 드러내는 증거라고 얘길 하더구먼. 하지만 내 생각엔……."

★

　다음 날 아침 11시 30분, 카게베 요원 두 명이 모종의 문제와 관련하여 알렉산드르 로스토프 웨이터 주임을 신문할 목적으로 메트로폴 호텔에 나타났다.

　사환의 안내를 받아 6층 로스토프의 방에 도착한 요원들은 그러나 어디에서도 그의 흔적을 찾을 수 없었다. 이발소에서 머리를 다듬고 있지도 않았고, 피아차에서 점심 식사를 하고 있지도 않았으며, 로비에서 신문을 읽고 있지도 않았다. 주콥스키 주방장과 듀라스 지배인을 포함해 로스토프의 친한 동료들 몇몇도 조사를 받았지만, 전날 밤 이후로 그를 본 사람은 아무도 없었다. (요원들은 호텔 총지배인과도 얘기를 나누고자 했지만, 그가 출근하지 않았다는 사실만 확인했을 뿐이었다. 그의 파일에 마땅히 기록되어야 할 일이었다!) 오후 1시, 호텔에 대해 좀 더 철저한 조사가 이루어질 수 있도록 요원 두 명이 추가로 투입되었다. 2시, 수사를 진행하던 상급 요원은 안내인 바실리와 얘기를 나눠봐야겠다고 마음먹었다. 로비의 안내 데스크에서 바실리를(그는 한 손님에게 연극 티켓을 확보해주려는 노력을 기울이는 중이었다) 발견한 요원은 말을 빙빙 돌리지 않았다. 그는 단도직입적으로 안내인에게 질문을 던졌다.

　"알렉산드르 로스토프의 행방을 알고 있나?"

　안내인이 질문에 대답했다. "전혀 알지 못합니다."

★

레플렙스키 총지배인과 로스토프 웨이터 주임이 모두 사라진 것을 알게 된 주콥스키 주방장과 듀라스 지배인은 주방장의 사무실에서 일일 회의를 소집한 즉시 은밀한 대화에 돌입했다. 솔직히 말해서, 레플렙스키 지배인의 부재에 대해 생각하느라 허비한 시간은 거의 없었다. 그러나 로스토프 웨이터 주임에 대해서는 할 얘기가 너무 많았다…….

삼인조의 두 사람은 친구가 사라졌다는 얘기를 들었을 때 처음에는 걱정이 되었지만, 카게베가 좌절하는 모습을 보면서 적잖이 안심이 되었다. 백작이 그들 수중에 들어있지 않다는 반증이기 때문이었다. 하지만 의문은 여전히 남았다. **도대체 이 친구는 어디로 간 거지?**

그러다가 호텔 직원들 사이에 어떤 소문이 나돌기 시작했다. 절대 의중을 드러내지 않도록 훈련받은 카게베 요원들이었지만, 몸짓, 언어, 얼굴 표정에는 근본적으로 통제하기 힘든 통사론이 있는 법이었다. 그런 식으로 오전 중에 암시적인 단서가 새어 나왔으며, 그걸 바탕으로 소피야가 파리에서 사라졌다는 추론이 생겨났다.

"그게 가능한 일일까……?" 안드레이가 큰 소리로 말했다. 자기들의 친구 역시 어둠 속으로 사라졌을지도 모른다는 암시를 에밀에게 전하려는 의도였다.

아직 2시 25분밖에 되지 않았기 때문에 주콥스키 주방장은 비관주의자에서 낙관주의자로 바뀌는 모퉁이를 돌기 전이었다. 그가 퉁명스럽게 대답했다. "당연히 불가능하죠!"

이것은 개연성, 타당성, 가능성의 차이에 관한 두 사람의 논쟁으로 이어졌다. 그때 문을 노크하는 소리가 들리지 않았다면 족히 한 시간은 계속되었을 법한 논쟁이었다. 노크한 사람이 나무 스푼을 든 일리야일 것이라 예상한 에밀이 "예!"라고 짜증 섞인 목소리로 응답하며 고개를 돌렸다. 하지만 문을 열고 들어온 사람은 우편물실 직원이었다.

우편물실 직원의 갑작스러운 등장에 어리둥절해진 주방장과 지배인은 그저 그 사람을 바라만 볼 뿐이었다.

"주콥스키 주방장과 듀라스 지배인이십니까?" 잠시 후 그가 물었다.

"예, 그래요." 주방장이 말했다. "우리가 아니라면 도대체 누구겠소?"

직원은 어젯밤 우편함 속에 투입된 다섯 개의 봉투 가운데 두 개를 말없이 건넸다(나머지 세 개는 이미 재봉실과 술집, 안내 데스크에 들러 전달한 뒤였다). 철두철미한 전문가인 우편물실 직원은 편지들이 지나치게 묵직했음에도 내용물에 대해서는 아무런 호기심도 비치지 않았다. 또한 처리해야 할 일이 산더미같이 많았기 때문에 그들 두 사람이 봉투를 열어볼 때까지 옆에서 기다리지도 않았다. 고마운 일이 아닐 수 없었다.

우편물실 직원이 나가자 에밀과 안드레이는 놀란 눈으로 각자의 봉투를 내려다보았다. 그들은 편지 봉투의 글씨가 예의 바르고 자부심 강하고 다감한 필체로 쓰여 있다는 것을 즉시 알아보았다. 두 사람은 서로의 눈을 마주보다가 눈썹을 치키더니 각자의 봉투를 열었다. 안에는 두 사람과의 우정에 감사하고, '부야베스의 밤'을 결코 잊지 않을 것이라 다짐하며, 영원한 우정의 징표로서 동봉한 것을 받아주기를 바란다는 내용이 담긴 작별의 편지가 들어 있었다. '동봉한' 내용물은 네 개의 금화였다.

동시에 봉투를 열고 동시에 내용을 읽은 두 사람은 이제 동시에 편지를 탁자 위에 떨어뜨렸다.

"정말이네!" 에밀이 헉, 숨을 들이켰다.

신중함과 공손함의 사나이인 안드레이는 '내가 뭐랬어요?'라고 말할 생각은 추호도 없었다. 대신 미소를 지으며 이렇게 말했다. "그러니까 아무래도……."

그러나 행복한 충격(네 개의 금화, 그리고 오랜 친구가 과감하게 탈출했다는 것!)에서 정신을 차린 에밀은 외로운 사람처럼 고개를 저었다.

"왜 그래요?" 안드레이가 걱정스럽게 물었다.

"알렉산드르도 떠나고 당신도 중풍에 걸렸으니," 주방장이 말했다. "이제 난 어떻게 될까요?"

안드레이가 한참 동안 주방장을 바라보더니 빙긋 웃었다.

"중풍이라고? 여보게 친구, 내 손은 예전과 다름없이 날렵하다네."

안드레이는 자신의 말을 증명이라도 하듯, 예카테리나 여제의 초상이 새겨진 금화 네 개를 집어 들더니 공중에서 돌리기 시작했다.

그날 오후 5시, 크렘린의 말끔하게 정돈된 한 사무실(알렉산드롭스키 정원의 라일락이 내려다보이는 곳이었다)에서는 국가의 특수

보안 기구의 특별 분과 행정국장이 책상 뒤에 앉아 서류를 검토하고 있었다. 짙은 회색 양복 차림의 이 행정국장은 왼쪽 귀 위에 생긴 상처―언뜻 보기에 누군가 그의 두개골을 빠개버리려 했을 때 생긴 것으로 추정되는 상처였다―만 아니었다면, 60대 초반의 머리가 벗어져가는 다른 관료들과 비교하여 그리 눈에 띄지 않았을지도 모른다.

누군가 문을 노크했고, 행정국장이 큰소리로 말했다. "들어와요."

셔츠와 넥타이 차림의 젊은 남자가 두툼한 갈색 폴더를 들고 들어왔다.

"무슨 일이지?" 행정국장이 하던 업무에서 눈을 떼지도 않고 부관에게 물었다.

"국장님," 부관이 대답했다. "오늘 아침 일찍 모스크바 음악원의 친선 투어에 참가 중인 학생 한 명이 파리에서 실종되었다는 첩보가 입수되었습니다."

행정국장이 고개를 들었다.

"모스크바 음악원 학생이라고?"

"그렇습니다."

"남학생인가 여학생인가?"

"젊은 여성입니다."

……

"이름은?"

부관이 손에 들고 있는 폴더를 확인했다.

"이름은 소피야, 메트로폴 호텔에 거주하고 있습니다. 그곳에서 알렉산드르 로스토프라는 가택 연금 상태의 구시대 인물에 의해 양육되었습니다. 진짜 아버지인지에 대해서는 약간의 의문이 있기도 합니다……."

"알겠네……. 이 로스토프라는 인물은 신문을 받았는가?"

"그게 문제입니다, 국장님. 로스토프 역시 행방이 묘연합니다. 호텔 주변에 대한 1차 수사는 성과가 없었으며, 조사받은 사람들 모두 어젯밤 이후 그를 보지 못했다고 합니다. 하지만 오늘 오후 진행된 보다 철저한 2차 조사 결과, 지하실 창고에 감금되어 있던 호텔 지배인을 찾아냈습니다."

"레플렙스키 동무는 아니겠지……."

"바로 그 사람입니다, 국장님. 그가 여학생의 망명 계획을 알아내 카게베에 신고하려던 중, 로스토프가 총으로 협박해 창고에 가둔 것으로 보입니다."

"총이라고?"

"그렇습니다."

"로스토프는 총을 어디서 입수했지?"

"낡은 대결용 권총 두 정을 소유하고 있었던 것으로 보입니다. 그것들을 사용할 의지도 있었고요. 지배인 사무실의 스탈린 동무 초상에도 총을 발사한 것으로 확인됐습니다."

"스탈린의 초상에 총을 쐈다고? 음, 아주 무자비한 친구인 것 같군……."

"그렇습니다. 그리고 교활한 인간이라고도 말할 수 있습니다. 이틀 전 호텔의 투숙객 가운데 한 명이 핀란드 여권과 핀란드 통화를 도난당한 것으로 보입니다. 어젯밤에는 미국인 기자가 레인코트와 모자를 도난당했습니다. 오늘 오후 레닌그라츠키 기차역으로 파견된 수사 요원들이 코트와 모자 차림의 남자가 헬싱키행 야간열차를 탔다는 사실을 확인했습니다. 모자와 코트는 비보르크의 러시아발 열차 종점의 화장실에서 발견되었고, 지도가 뜯겨나간 핀란드 여행 안내서도 같이 발견되었습니다. 로스토프는 핀란드로 입국하는 열차의 철저한 보안 실태를 감안해서 도보로 국경을 넘기 위해 비보르크에서 하차한 것으로 보입니다. 지역 보안대에 통보를 했지만, 벌써 손아귀에서 빠져나갔을지도 모르겠습니다."

"알겠네⋯⋯." 행정국장이 그렇게 말하며 부관에게서 파일을 받아 책상 위에 올려놓았다. "그런데 로스토프와 핀란드 여권의 관계는 어떻게 알게 되었나?"

"레플렙스키 동무 덕분입니다."

"어째서?"

"레플렙스키 동무가 지하실로 끌려갔을 때, 로스토프가 버려진 책들 더미에서 핀란드 여행안내서를 끄집어내는 걸 목격했기 때문입니다. 이 정보를 토대로 여권 도난 사고와의 연관성이 신속히 파악되었고, 요원들이 역으로 급파된 겁니다."

"모든 일을 훌륭하게 처리했군." 행정국장이 말했다.

"감사합니다. 하지만 한 가지 의문스러운 점이 있습니다."

"뭐가?"

"왜 로스토프는 기회가 있었는데도 레플렙스키를 쏘지 않았느냐 하는 겁니다."

"틀림없이," 행정국장이 말했다. "그는 레플렙스키가 귀족이 아니기 때문에 쏘지 않았을 걸세."

"네?"

"아니야, 신경 쓰지 말게."

행정국장이 손가락으로 새로운 폴더를 톡톡 두드리고 있을 때, 부관이 문간에서 머뭇거렸다.

"왜, 다른 용무라도 있나?"

"아닙니다. 다른 용무는 없습니다. 그런데 이 건을 어떻게 처리할까요?"

행정국장은 한동안 이 질문을 생각해보더니 의자에 등을 기댄 채 보일 듯 말 듯한 미소를 지으며 대답했다.

"유력한 용의자들을 잡아들이게.+"

비보르크 터미널 화장실에 유력한 증거물을 남긴 사람은 다름 아닌 빅토르 스테파노비치였다.

백작과 작별 인사를 나누고 나서 한 시간 뒤, 미국 기자의 코트와 모자를 걸친 그는 주머니에 베데커를 넣고 헬싱키행 열차에 몸을 실었다. 비보르크에서 하차한 그는 지도를 뜯어낸 다음 그 여행안내서를 다른 물품들과 함께 역 화장실의 카운터에 올려놓았다. 그러고 나서 빈손으로 다음 열차를 타고 모스크바로 돌아왔다.

빅토르가 마침내 〈카사블랑카〉를 감상할 수 있게 된 기회는 거의 1년이 지난 다음에야 찾아왔다. 장면이 릭의 카페로 전환되고 경찰이 우가티에게 접근할 때, 자연히 그의 흥미는 최고조에 이르렀다.

+ 영어로는 Round up the usual suspects. 〈카사블랑카〉에 나오는 대사이다.

기차역 카페에서 백작과 나눴던 대화를 기억하고 있었기 때문이다. 그는 고도로 집중하여 릭이 도와달라는 우가티의 요청을 무시하는 장면을 지켜보았다. 릭의 옷깃을 잡고 매달리던 우가티가 경찰에게 끌려갈 때 술집 주인의 얼굴에 나타난 냉정하면서도 초연한 표정을 보았다. 그런데 릭이 곤혹스러워 하는 군중 사이를 지나서 피아노 연주자에게 다가갈 때, 빅토르의 눈길을 사로잡는 뭔가가 있었다. 몇 장면밖에 되지 않는 아주 사소한 내용이었다. 릭이 걸음을 멈추거나 손님들을 안심시키는 말을 멈추는 일 없이 손님의 탁자를 지나가는 그 짧은 행동의 와중에도 그는 소동이 벌어졌을 때 쓰러졌던 칵테일 잔 하나를 똑바로 세운다.

그래, 바로 이거야. 빅토르는 생각했다.

영화의 무대는 전쟁의 시기에 전장에서 멀리 떨어진 전초기지 카사블랑카였다. '릭의 카페 아메리캥'은 바로 이 도시의 중심에, 서치라이트의 불빛 아래에 자리 잡고 있으며, 그곳에는 오갈 데 없는 사람들이 도박과 음주와 음악 감상을 위해서, 또 음모와 위로를 찾아서, 특히 희망을 찾아서 모여들었다. 그리고 이 오아시스의 중심에 릭이 존재했다. 백작의 친구가 얘기했던 대로, 우가티가 체포당하는 것에 대해 냉정한 반응을 보이고 밴드에게 연주를 계속하라고 지시를 내리는 등의 술집 주인 행위는 타인의 운명에 대한 그의 무관심을 시사하는 것인지도 몰랐다. 하지만 그는 어쩌면 소동의 여파로 쓰러진 칵테일 잔을 똑바로 세움으로써 한 사람의 가장 사소한 행동으로도 세상의 질서를 어느 정도는 회복할 수 있다는 근본적인 믿음을 실천해보인 것은 아니었을까?

때때로

1954년 여름 어느 오후, 60대의 키 큰 남자가 니즈니노브고로드 주의 어딘가에 있는 초라한 몰골의 사과나무들 사이, 높게 자란 수풀 속에 서 있었다. 덥수룩해지기 시작한 턱수염, 신발에 묻은 흙, 등에 맨 배낭은 남자가 며칠째 등산을 하는 중이라는 인상을 풍겼지만, 그는 그 여정에서 전혀 지친 기색이 아니었다.

나무들 사이에 멈춰 선 여행자는 이미 오래전에 수풀로 덮이긴 했지만 원래는 길이었음을 보여주는 흔적이 남은, 몇 걸음 앞쪽을 바라보았다. 남자가 아쉬움과 평온함이 동시에 깃든 미소를 지으며 이 옛길로 접어들었을 때 하늘에서 목소리 하나가 내려와 물었다.

어딜 가시는 거예요?

남자가 걸음을 멈추고 고개를 들어 올려다보자, 열 살쯤 되어 보이는 남자아이가—나뭇가지가 바스락거리는 소리와 함께—사과나무에서 땅으로 내려왔다.

노인의 눈이 휘둥그레졌다.

"생쥐처럼 몸이 사뿐하구나, 애야."

표정에 자신감이 넘치는 소년은 남자의 말을 칭찬으로 받아들였다.

"나도 그래요." 나무들 사이에서 수줍은 목소리가 들려왔다.

여행자가 고개를 드니 일고여덟 살쯤 되어 보이는 여자아이가 나뭇가지에 앉아 있는 모습이 눈에 들어왔다.

"그래, 너도 그렇구나! 손을 잡아줄 테니 내려올래?"

"도와주지 않아도 돼요." 여자아이가 말했다. 하지만 아이는 몸을 앞으로 기울이더니 여행자의 품으로 떨어지며 안겼다.

땅에 내려온 여자아이가 남자아이 옆에 섰을 때, 여행자는 둘이 남매라는 것을 알 수 있었다.

"우린 해적이에요." 남자아이가 멀리 지평선 쪽을 바라보며 덤덤하게 말했다.

"그런 것 같구나." 남자가 말했다.

"저택에 가시는 거예요?" 어린 여자아이가 호기심 어린 목소리로 물었다.

"거기 가는 사람은 거의 없는데." 남자아이가 경고했다.

"거기가 어딘데?" 나무들 사이로 아무런 단서도 발견하지 못한 남자가 물었다.

"우리가 알려줄게요."

남자아이와 여자아이가 지금은 수풀로 뒤덮인 옛길을 따라 남자를 안내했다. 길은 기다랗고 완만한 원호 모양으로 이어졌다. 10분쯤 걸었을 때 저택이 보이지 않았던 수수께끼가 풀렸다. 저택은 수십 년 전에 불에 타서 잿더미가 되어버린 것이었다. 아직까지 남아 있는 거라곤 여기저기 재를 뒤집어쓴 채 공터 양쪽 끝에 서 있는, 기울어진 두 개의 굴뚝뿐이었다.

사람이 한때 소중하게 여겼던 장소를 수십 년 동안 찾지 않았을 경우, 현명한 사람이라면 일반적으로 절대 그곳에 다시 가지 말라고 충고할 것이다.

역사를 살펴봐도 진지한 사례들이 넘친다. 수십 년 동안 대양을 방황하며 온갖 종류의 치명적 위험을 극복한 오디세우스는 마침내 고향 이타카로 돌아오지만, 몇 년 뒤 다시 그곳을 떠나고 만다. 몇 년을 무인도에서 고립된 상태로 생활하다가 잉글랜드로 귀환한 로빈슨 크루소는 얼마 지나지 않아 그토록 열렬히 벗어나기를 갈구했던 그 섬을 향해 다시 항해에 나선다.

그토록 오랜 세월 고향에 돌아가기를 바랐던 여행자들이 귀향하자마자 다시 고향을 버리는 이유는 무엇일까? 단정하기는 어렵다. 하지만 오랫동안 고향을 떠났다가 돌아온 사람에게는 사무치는 감정이 무자비한 시간의 영향과 합쳐져 실망만을 낳을 가능성이 높다. 고향의 풍경은 그가 기억하는 풍경만큼 아름답지가 않다. 고향의 사과 주스도 예전만큼 달콤하지가 않다. 예전의 건물들은 알아볼 수 없을 정도로 변모했고, 멋진 오랜 전통은 심란한 새로운 오락에 자리를 내주었다. 한때는 자기가 이 작은 우주의 중심에서 살게되리라고 상상했지만, 자기를 알아보는 사람조차 거의 없다. 전혀 없지는 않다 해도 말이다. 그렇기 때문에 현명한 사람들은 옛집에서 되도록 멀리 떨어 있으라고 충고하는 것이다.

그렇지만 아무리 역사적 근거가 넘친다 하더라도 하나의 충고가 모든 사람에게 들어맞는 것은 아니다. 와인과 마찬가지로 이웃한 동네에서 태어난 한 살 차이밖에 나지 않는 두 사람 사이에도 근본적인 차이가 존재한다. 그 예로서, 옛날에 살던 집의 폐허 앞에 선 이 여행자는 충격이나 분노나 절망에 사로잡히지 않았다. 오히려 수풀이 무성한 길을 바라보면서 지었던 것과 똑같은 아쉬움과 평온함이 깃든 미소를 지었다. 옛 모습이 거의 대부분 사라졌을 것이라고 예상하고서 과거의 장소를 찾는다면 즐겁게 과거로 되돌아갈 수도 있기 때문이다.

어린 해적들에게 작별 인사를 한 우리의 여행자는 8킬로미터쯤 떨어진 마을을 향해 걸음을 옮겼다.

그는 옛날에 이정표가 되었던 건물들이 너무 많이 사라진 것을 보면서도 크게 신경을 쓰지 않았지만, 마을 끄트머리의 여관이 아직 그대로 존재하는 것을 확인하고는 크게 안도하였다. 머리를 숙이고 현관문을 들어선 뒤 어깨에서 배낭을 내려놓는 그에게 여관 주인이 인사를 건넸다. 앞치마에 손의 물기를 닦으면서 뒤에서 나타난 중년 여인이었다. 그녀가 숙박할 거냐고 물었다. 그는 그럴 거라고 대답하고 나서 우선 요기부터 해결하고 싶다고 덧붙였다. 그녀가 고갯짓으로 선술집으로 통하는 출입문을 가리켰다.

그가 다시 머리를 숙이며 안으로 들어갔다. 시간이 시간인지라, 몇 명의 손님만이 나무 탁자 여기저기에 흩어져 앉아 간단한 양배추와 감자 스튜를 먹거나 보드카를 한 잔씩 마시고 있었다. 남자는 식사를 하다가 고개를 들어 자기를 바라보는 사람들에게 상냥하게 고개를 끄덕여주면서 선술집 뒤편의 낡은 러시아제 난로가 놓인 작은 방으로 향했다. 방의 한쪽 구석 2인용 탁자에는 회색빛 머리를 한 호리호리한 몸매의 여인이 기다리고 있었다.

환경을 지배하지 않으면
환경에 지배당할 수밖에 없다

　작품을 언급하기 전에 먼저 작가의 이력에 대해 말해보고자 한다. 에이모 토울스는 보스턴 인근에서 나고 자랐으며 예일대학교를 졸업하고 스탠퍼드대학교에서 영문학 석사 학위를 받았다. 대학을 졸업한 후로는 20년이 넘게 뉴욕 맨해튼의 투자 회사에서 일했다. 2011년, 40대 후반의 늦은 나이에 첫 장편 『우아한 연인』을 발표하여 "데뷔 소설이 아니라 열 번째 소설 같다"는 찬사를 받으며 전업 작가의 길에 들어섰다. 그리고 2016년에 발표한 두 번째 장편인 이 책 『모스크바의 신사』는 데뷔작의 찬사를 훨씬 넘어서는 열광적인 반응을 얻었다. 2018년 5월 현재까지 미국에서 110만 부 이상 팔리며 《뉴욕타임스》 베스트셀러 목록에 약 58주가량 이름을 올렸으며, 대부분의 매체가 '올해의 책'으로 선정하기도 했다. 우리나라에는 오바마 전 미국 대통령이 공개한 '2017년에 가장 감명 깊게 읽은 책 11권'의 목록 가운데 하나로 미리 소개된 바 있다.

번역을 시작하기 전에 출판사를 통해 '번역자에게'로 시작하는 작가의 친절한 메일을 전달받았다. 인상적이었다. 번역에 참고하거나 유념해야 할 사항들을 10여 쪽 분량으로 정리하여 번역자에게 보내준 작가는 내 경우에 이번이 처음이었다. 게다가 메일의 끝 부분에는 혹시 뉴욕에 올 일이 있으면 기꺼이 자기에게 알려달라는 말도 덧붙여놓았으니……. 흠, 이런 로스토프적 인간이라니. 성공한 비즈니스맨 출신 작가의 교양과 세련된 태도가 얼마간 이 작품의 주인공 로스토프 백작의 몸에 밴 귀족적 품격과 겹쳐 보였던 기억이 떠오른다.

　　작가의 메일이 아니었으면 무심히 지나쳤을지도 모르는 내용 가운데 하나는 이 작품의 시간적 구성 방식이다. 1922년에서 1954년까지 32년 동안의 세월을 배경으로 삼은 이 작품은 1922년 6월 21일을 시작으로 장이 바뀔 때마다 시간이 2배 정도의 빠르기로 흘러간다. 그러니까 백작의 연금이 시작된 6월 21일, 그 하루 뒤, 그 이틀 뒤, 5일 뒤, 10일 뒤, 3주 뒤, 6주 뒤, 3개월 뒤, 6개월 뒤, 1년 뒤, 2년 뒤, 4년 뒤, 8년 뒤, 16년 뒤의 하루를 다루고 있는데, 16년 뒤인 1938년을 기점으로는 시간의 빠르기가 절반으로 줄어들며 진행된다. 즉 장이 바뀌면 8년, 4년, 2년, 1년, 6개월, 3개월, 6주, 3주, 10일, 5일, 이틀의 시간이 흘러가 있고, 이어 다음 날인 1954년 6월 21일을 끝으로 소설의 막이 내리는 것이다. 우리 삶에서도 초기에 일어난 일과 최근의 일들은 선명히, 시시콜콜히 기억나지만 중간에 있었던 일들은 기억에서 뭉텅뭉텅 잘려 나가는 경우가 보통이라는 사실을 고려하면 이 같은 시간적 구성은 우리의 직관과도 잘 어울린다.

　　작품을 감상하는 데는 크게 도움이 되지 않을 것 같은 이 같은 내용을 굳이 언급하는 이유는 이 책의 구성이나 기교적인 수법이 상당히 치밀하고 계산적이라는 점을 말하기 위해서다. 예컨대 시간적 배경이 되는 날의 태반이 6월 21일인 것도 작가 나름의 의도가 작용한 결과이다. 6월 21일은 1년 중 낮이 가장 긴 하지이고, 모스크바의 봄이 끝나고 여름이 시작되는 날이기에 시간의 흐름을 포착하여 보여주기 좋은 날이라고 여긴 것이다.

눈 밝은 독자라면 이 작품에 반복해서 등장하는 표현에 나름의 의미가 있다는 것을 알아차릴 수 있을 것이고, 간혹 앞으로 닥칠 사건을 암시하는 장치도 눈치챌 수 있을 것이다. 다리가 세 개인 농을 괴는 데 백작은 몽테뉴의 『수상록』을 사용한 반면 소피야는 『수상록』을 일부러 빼서 읽고, 대신 『안나 카레니나』를 굄대로 사용한다. 이 대목에서 독자는 백작이 감성적(소설적) 인간에 가깝다면 소피야는 이성적(에세이적) 인간에 가깝다는 것을 유추해볼 수도 있을 것이다. 몽테뉴의 책이 후에 백작과 소피야를 돕는 적절한 도구가 된다는 것도 재미있는 발상이다. 몸을 던져 죽을 생각으로 호텔 옥상에 올라간 백작이 고향의 사과나무 향이 나는 벌꿀로 인해 다시 살아야겠다는 의지를 갖는 대목에서는 고향이 주는 생명력을 느낄 수도 있을 것이다.

이 작품 『모스크바의 신사』의 가장 큰 미덕은 '재미있다'는 점이 아닐까 싶다. 혁명 이후의 러시아를 다룬 작품으로는 당연히 솔제니친이나 숄로호프 같은 러시아 작가들의 문제의식에 비길 수 없을 테고, 문학성의 측면에서는 이 작품에 수시로 등장하는 톨스토이, 도스토옙스키, 고리키, 고골, 푸시킨의 작품들에 비할 바 없을 테지만, 재미라는 측면에서는 대단히 성공한 작품임에 틀림없다.

구시대 인물인 귀족이 평생 한 호텔에서 지내야만 하게 된 상황 자체가 일단 독자의 흥미를 끈다. 이제 이 호텔을 삶의 현장이자 세상의 축소판이자 소우주로 만드는 것이 작가의 과제가 된다. 말은 쉬울지 모르나 한정된 공간을 배경으로 30년이 넘는 세월을 담아내면서 지루하지 않게 이야기를 끌어가기란 결코 보통 일이 아니다. 작가의 역량이 빛나는 지점이 바로 이 대목이다. 주인공 로스토프 백작은 니나라는 어린 소녀와 친구가 되어 호텔을 탐험하고, 호텔의 직원뿐 아니라 손님들과도 깊은 인간관계를 맺고, 오랜 친구와의 우정을 지속하고, 아름다운 여배우와 사랑을 나누고, 세월이 흐른 뒤에는 니나가 남기고 간 재능 많은 아이 소피야의 아버지 역할을 맡기까지 한다. 이 모든 일들이 호텔이라는 한정된 공간 안에서 일어나지만 그럼에도 르네상스적 인간이랄 수 있는 백작의 음식, 와인, 문학, 역사, 철학, 음악, 영화 등을 아우르는 교양과 지식 덕분에, 그리고 주변 사람을 친구로 만드는 그의 인간적인 매력 덕분에 이야기는 전혀 지루하지 않게 진행된다. 독자들을 끊임없이 미소 짓게 할 그의 유머 감각 또한 이 작품의 매력에서 빼놓을 수 없는 요소이다.

요컨대 백작은 피치 못하게 맞닥뜨린 어려운 상황에서 어떻게 삶의 목적을 찾고 어떻게 잘 적응해나가는지를 흥미롭게 보여준다. 백작의 부모님이 돌아가셨을 때 대공이 백작에게 얘기해준 '역경은 여러 가지 형태로 나타나며, 인간은 자신의 환경을 지배하지 않으면 그 환경에 지배당할 수밖에 없다'는 말이 이 작품의 가장 도드라진 주제일 것이다. 작가 토울스가 이 작품이 본격 역사 소설이 되는 것을 피하고, 깊이 있는 본격 문학 작품이 되는 것을 얼마간 희생하면서 대중성에 기반을 두고 보편적인 주제를 다룬 것은 참으로 탁월한 선택이었다고 생각한다. 비즈니스맨 출신 작가답게 작품의 '포지셔닝'을 훌륭히 해낸 것이다.

며칠 전 우연히 신문을 통해 2018년 FIFA 러시아 월드컵에서 우리나라의 첫 상대인 스웨덴과의 경기가 니즈니노브고로드에서 열린다는 것을 알았다. 이 책을 몰랐다면 별것도 아닌 사실이었을지도 모르지만 나는 어떤 반가움을 느꼈다. 사과들이 무지개 빛깔처럼 갖가지 색깔로 자란다는 로스토프 백작의 고향 니즈니노브고로드, 그 마을 끄트머리에 있는 선술집에는 아직도 호리호리한 몸매의 여인이 기다리고 있을 것만 같아 문득 그리워졌다. 흠, 어느새 이 작품에 나도 모르게 깊이 빠져 있었나 보다. 하긴 모처럼 만난 재미있고 감동적인 작품이었으니까…….

어떤 도서 관련 홈페이지에서 한 독자가 토울스에게 새 작품은 언제 나오는지 묻는 글을 본 적이 있다. 그 질문에 토울스는, 자신은 장편 소설을 탈고하는 데 4년은 필요한 것 같다고, 따라서 다음 책은 2021년쯤에 나오지 않을까 예상한다고 답했다. 이 작품을 통해 그의 팬이 된 나 또한 그에게 이런 덕담을 건네고 싶다. 부디 건필하시라, 에이모 토울스 선생!

2018년 6월
서창렬

옮긴이 **서창렬**

연세대학교 영어영문학과를 졸업했다. 옮긴 책으로『밤에 들린 목소리들』『그레이엄 그린』『아메리칸 급행열차』『보르헤스의 말』『축복받은 집』『저지대』『에브리데이』『엄마가 날 죽였고, 아빠가 날 먹었네』『토미노커』『이곳이 아니라면 어디라도』『제3의 바이러스』『암스테르담』『촘스키』『벡터』『쇼잉 오프』『마틴과 존』『구원』등이 있다.

모스크바의 신사

지은이 에이모 토울스
옮긴이 서창렬
펴낸이 김영정

초판 1쇄 펴낸날 2018년 6월 22일
초판 22쇄 펴낸날 2024년 8월 5일

펴낸곳 (주)현대문학
등록번호 제1-452호
주소 06532 서울시 서초구 신반포로 321(잠원동, 미래엔)
전화 02-2017-0280
팩스 02-516-5433
홈페이지 www.hdmh.co.kr

ⓒ 2018, 현대문학

ISBN 978-89-7275-894-5 03840

* 책값은 뒤표지에 있습니다.
* 파본은 구입처에서 교환해드립니다.